Inoue Iwao

# 井上岩夫著作集 II

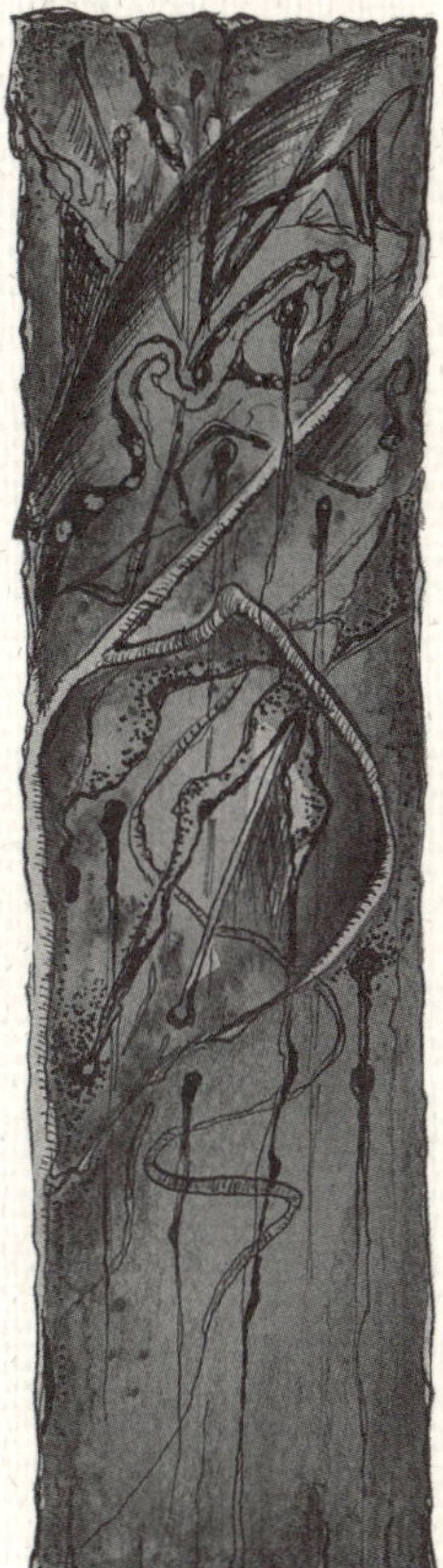

# 小説集

石風社

装幀・装画　毛利一枝

# 井上岩夫著作集　Ⅱ　小説集　目次

ごはさんで

## 1

明け方である。寝呆すけのどこかの雄鶏がまだ塩からい喉をのんびりと押しひろげていた。新聞受で音がした。

俺は寝巻のまま楊枝をくわえて、玄関の突っかい棒をはずした。

新聞に手を伸ばすと、靄が足許から逼い上ってきた。

「や、センパイ！　お目ざめですね。」

俺は一瞬、新聞少年かと思って後ろをふり返った。

相手はくるっと背を向けたかと思うと、またくるっとこっちへ向き直って片手をあげた。尻でお辞儀をされたようなものだったが、この些かユーモラスな挨拶のやり方には、昔、旅先のどこかでぶつかったことがあるような気がした。

「すっかりごぶさたしちゃって……。玄関が開くのを待たせてもらいましたよセンパイ。」

相手はあげた手をついでに頭にやり、ペコリと改めてお辞儀をした。顔の造りは定かには判らない。

「センパイに聞いて戴きたいことがありましてね。お見忘れかも知れませんな。思い出して下さいよ。こっちに言わせないで下さいよセンパイ。その前にタバコ買ってきます。セブンスターじゃないとだめなんです。五分で帰ります。ほんの五分間。おや、鍵がかかってますね。センパイちょっとキイを拝借。」

男はもう俺の自転車のハンドルに両手を掛けている。誰だったか？　こんなせかついた気分の男を咄嗟には思い出せない。記憶のアルバムをバラッとめくってはみるが、つかまる一人がいない。前にもこんなことがあった。座敷に招じ入れて茶などふるまった揚句、結局同姓の人違いと判って送り出したのは十分も経ってからのことだった。

玄関と眼と鼻の物置小屋の廂の下に男は立っている。男のそこだけ浮き出て見える眼鏡の上にキイの尻尾が垂れている。軒に吊るした梯子の出っぱりに引っかけてあるのだ。

「いや、ごぶさたしてるのならお互いさまということだが……。」などと、勝手にことばが口から出ていってしまったからには、まず、そのキイの在りかに顎をしゃくってやらないわけにいかない。

2

自転車は一週間行方不明だった。帰ってきた自転車が自分のものだとはっきり判るまで暫くかかった。七、八メートルの距離をおいた縁側から、俺は車体のすがたかたちを入念に睨め回した。二度三度それをやった。

「一体どこをうろつきおった？」

生き物に詰め寄る気持ちでサンダルを突っかけ、俺は気まぐれな俺の相棒に面対した。

「なんだ！　その恰好は……。」

湿りを含んだクロガネモチの繁みと万両の株の間に鼻面を突っこんで、おっ立てた尻でしょんぼりこっちをうかがっている。方《まさ》に舞戻った家出人である。

女房が走り出てきて俺の前に突っ立ち、長いベロで自転車とテイシュを交互に見較べた。

リムもハンドルもうっすら灰色の錆を吹き、ペダルの片方はナットが弛んで、外側へうなだれている。

愛車などという当世風のべたついた呼称は俺は好まぬが、痛めつけられて舞戻ったこの物言わぬ家出人は今確かに俺の愛車である他なかった。これを月賦で自分のものにしてかれこれ六年、楊枝を使わぬ日はあっても、こいつを磨かぬ日はなかった。女房のくれた雑巾の洗い晒しなど一度も使わず、まっさらなタオルを惜しみなく汚したくらいだ。

一週間。正確に言えば六日と一時間ぶりの対面である。「センパイ、ほんの五分間」という見知らぬ男に鍵を渡したのが始まりだったが、ああすればこうなるか、やっぱりはやっぱりにしかならないか、そんな酸っぱい意識に鼻面を持ちあげられて、どっちを向いてもこの家出息子のずらかる後姿ばかりが見え始めたところだった。

今朝はあれより一時間遅い。日曜だからである。俺はクロガネモチの繁みを覗いてみたりした。届けた奴が潜んでいるかも知れないと思ったのだ。

一体どこをどんな具合に走らされてきたのかお前は……。見も知らぬ奴の不潔なお尻を俺のこのサドルに乗っけたりなんかしてお前という奴は……。後朝《きぬぎぬ》の悴れなど見せつけおって！　俺はサドルをどやしつけた。

二度三度ひっぱたいてやった。

引きずり出してそこに尻をあてがいながら、前輪にのっかった針金の籠に手を伸ばした。見知らぬ週刊誌が放りこんであるのだ。挿挟んだ広告紙の裏に乱暴な文字の鉛筆書きがあった。

——すいませんセンパイ。煙草買いがながくなっちゃって。折角の戴き物をこうやってお返しする青臭さをお笑いになるでしょうね。これもまあ好便があったからのことです。それにしてもこんなバカげたムダをやるのは小生生まれて初めてです。

センパイはキイを渡してくださった上、わざわざ後輪にポンプをあてがって空気を入れましたね。悪趣味だなあとあの時イライラしましたぜ。こっちの気も知らずにさ。つまんじゃ押しつまんじゃ押しだもの。ペダルをこいでいるうち変な気分になってきたんだ。楊枝をくわえたまま無心にポンプをついているセンパイの円めた背中がちらついてきやがる。どうしてもセブンスターを買わないわけにいかないじゃないか。それを買った。待たせておいたライトバンに辿りついたあたりで乗り捨てればいいのに、それがね。小生まだ修業が足りませんやセンパイ。この何日間か、自分では手足も曲げてくれないこの厄介な道づれに手を焼きましたぜ。帰りたいかと聞いたらウンと言いましたから好便に托します。

では先を急ぎますからご免。

センパイどうか背中でカゼをひかれないように……。

追伸、ご迷惑はかかりませんでしたか。あの夜、おとなりにアイサツしたのは小生です。

断るまでもないことかもしれないが、原文は句読点のない流し書きである。

3

俺はあの男を許すことにした。と言えば嘘になるが、そう自分に言い聞かせてみることで、なんとなくそのつもりになれるのだった。

というのもまだ間に合う、何とかなると思ったからである。つまり朝夕二度、みがき粉をつけてこすれば、もともとメッキの剝げに吹いたゴマ塩の錆だからこそぎ落とせる筈だった。

バスで通勤するハメになったこの数日間、どうやって次の自転車を買ったものか、俺は金のやりくりばかり考えてきた。加えて女房のグチである。何かと言えば声が大きくなってしまう。それが終った。毎日つける日記の行数が増えただけで済んでしまった。許さぬと三度も四度も日記に書きつけたことで俺の処置は済んだ気分になってくる。

許せないのはと俺は思った。いきなり人をつかまえてのセンパイ呼ばわりである。俺は人にセンパイと呼びかけられたのは後にも先にも初めてだった。

センパイが代名詞で罷り通るのは昔流行ったユーモア小説か、落語漫才の世界か、さもなければ年に一度の同窓会の浮かれた座敷でのことではあるまいか。だからかどうか知らないが、ぶつかってみると妙に憎めないひびきがある。どうにでもつぶしのきく無頼《やくざ》なしろものであるが、少なくとも陰湿な翳りからは免れている。「ニイチャン」「オッサン」「タイショウ」など、我々庶民の間で無雑作に投げ交わされるボールの中に放りこんでみると、幾らかは上等に見えないこともない。

「センセイ」「ソチラサマ」なんてのの、こもった風通しの悪さがない。

困るのは、センパイがもともと縦にも横にも類意識みたいなものをひきずっていることだ。居直り強盗のセンパイは有難くない。

或いはあの男は未知の年長者はすべてセンパイで片づけているのかも知れなかった。あの晩、いやあの明け方、隣の質屋夫妻を縛りあげた時も、ひょっとするとあの男は質屋のKさんに向かってセンパイと言ったかも知れぬ。

「センパイ、あっさり出して下さい。どうせ懐手で、座蒲団の上で儲けたもんでしょ。人を怪我させるのは小生の好みじゃないんだ。」とかなんとか。

あの男が居直りの常習犯で手配中のしたたか者であったにしても、そのことを咎める筋合は俺にはない。彼が選んだ彼の人生である。だが、言葉とくれば、これは俺のものでもあるのだ。彼の声色でセンパイ！と自分に自分で呼びかけてみると、「なんだい」などとうっかり応えてしまいそうな頼りなさが俺にある。

あの朝は眼鼻だちを見究める明かるさではなかったが、今こうやって舞い戻ってきた自転車のサドルに尻をあてがってみれば、俺はどこを見ているのか判らなかったあの男のいたずらっぽい眼を、眼鏡越しに覗きこんだのだったように思えてくる。

――世の中のことはおもしろおかしくいかなくちゃセンパイ。質屋さんも儲けてばかりじゃ退屈だ。儲けさせている方だって甲斐性なしの不平屋ばかりときている。おもろくないよなあ。そこで小生なんかに声もかかろうというものじゃありませんかセンパイ。そこにはセンパイのぼろ自転車がちゃっかり待ってくれている。でしょうがセンパイ――

あの時そこだけが浮き出ていた眼鏡の奥の眼が、こんな具合に語りかけてくる。

俺は白壁の土蔵を持つ隣人を妬んだことはない。一台の自転車しか盗られる物を持ち合わせないことの気楽さ。女房にこれを言えばすぐ喧嘩になるのだが、俺は心底こっちの方がどれ程高価なことかと思っている。せめて五年ぐらいで自転車を買い換えられる暮らしであればと希わぬわけでもないのだが……。

隣の強盗事件は勿論あの朝、二度三度おまわりの訪問を受けた。Kさんと直接隣り合っているのは俺の家だけである。手をひっ掛けさえすれば乗り越せるKさん好みの凝ったブロック塀と、これも向うさんが植えたあすなろの生垣で仕切られているだけだ。聞きこみなんて遠慮がましいものではない。

——足音ぐらい聞こえたでしょう。とびおりてるんだから。

——何か失くなったものは？

——植込みをかき分けてますね、ここの。

——こっちから這入ってこっちからしか出れないんですよ。向こうの門は閉まったままなんですがね。かんぬきで……。

——思い当たることはありませんか？

ないね。ある筈ないでしょう。何を聞かれても俺には首を横に振るしかない。こんなにも言葉を根っから信じない訓練を閲した人間達がいていいのだろうかと驚きながら……。

隣は何をする人ぞ。Kさんの顔を見るのが年に二、三度である。構えて遠ざかっているわけでもなければ、厄介になる程の質草の持ち合わせもない。そんなつき合いである。そこに訪れたという深夜のよからぬ客のことなど何の罰で知らねばならぬかというわけだ。

というわけだから災難見舞の口利きに女房を差し向けはしたが、それだけのことである。新聞によると、やられたのは十五万何百円かと時計、指輪のたぐい時価約三百万円。カメラなどかさばるものは見向きもしなかった。十五万円とはさすがにKさん値切ったものよ。俺はあの男のマヌケさ加減に腹を立てたものだ。

何故あの時おまわりに自転車のことを言わなかったのかと女房はグズるが、バカらしいから俺は返事もしない。

　俺は五分間で引返してくる筈の客を待っていただけだ。五分が十分になり三十分になりはしたが、それは当たり前である。五分がことばのはずみであるぐらい常識ではないか。煙草屋を叩き起こすのでさえ五分はかかる。

「おや、事故ですかセンパイ。強盗だって？　やれやれサツの旦那方も繁昌だね。」そんな具合に自転車を放り出して、先ず隣へ向かって駈けだすに違いない。そんな客の野次馬ぶりを期待していたのだ。

　それにしても妙なものだ。俺は何でまたあの男がサツのダンナなどという言葉遣いをすると思いこんだのだったか。

　その日の夕方頃からだった。決定的におかしいと俺が思い始めたのは。こんな俺をアホウ呼ばわりして口惜しがるのは女房の勝手だが、若しやということはあるのだ。例えば煙草屋のおかみのふくれ面をみた途端に、後回しにできない集金か何かの契約事を思い出す。あってもおかしくないことではないか。いつ帰って来ても即座に卓袱台を囲えるように、夕食の余裕だけは断乎として女房に命じておいた。

　当節はバス代もバカにならぬ。足をもっていかれた俺は往復二百円余りのムダ銭を使わされるはめになった。いまいましいのはそれだけではない。往きも還りも立ちんぼうで、うまくいっても最初の一台は見送りである。乗りこんだところでまた立ちんぼの続きだ。それが嫌さに息子みたいに労わって泥を拭い埃を払ってきたのではなかったか。

　このことを俺は職場の同僚にも話さなかった。結果が見えているからである。

「今度は自転車ですかシマさん。しっかりしてつかわさいよ。」

　こんなのはまだいい。

「そいつはほら、昨日の強盗、あいつに関係あるな。一昨日だったっけ、質屋の。そう言えばシマさんの家も写っとったよ。テレビで出たろうがの。警察だ。五十番でもいいだろう、島田信之氏が直接かけるべきだね。シマさんほら。」

俺は昔から電話機を見るのが苦手である。

幼い頃、旅先ではぐれて独りぼっちになったことがあった。ふと気づくと周りはあかの他人ばかり。気が狂いそうな恐怖感で慄えながらあてどもなく走り出したのだったが、多分顔中を口にして何かを喚き散らしていた筈だ。そのうちもっと怖い不安がきた。泣き叫べば泣き叫ぶ程仲間の声が聞こえなくなるぞ！　そこで足がすくみ、全身を耳にして立ちどまったのだった。

何故だか自分でも解らないのだが、電話機を見ると稲妻のようにその時の不安が体の中を駆けぬけるのである。だが、こんな具合に言葉にすればこれも態のいい世間様への言訳みたいなものになってしまう。難聴ではないのに、俺の耳はあそこから出てくる声を人間の言葉として受け取ってくれない。聞き取ろうとあせればあせる程、異様な音響にふやけていく。何度も聞き返すうち、最後はきまってガチャンである。

だから電話機をむりやり摑まされる夢をみた朝など、会社を休みたくなってくるのだ。

民警協力という言葉を俺も知らぬ訳ではない。ただ俺がおかしいと感じ始めた頃には、警察も新聞もブロック塀のあたりまでは来るが、あそこを乗り越えてくるのがいなくなっただけのことじゃないか。これはまあ膨れた女房への言い訳にすぎないことだったが——。

# 5

日曜だったから、尾羽打ち枯らして舞戻ってきたその家出息子を、俺は逆立ちさせたり起こしたりしながら磨き始めた。

錆ではあっても吹きたてのごま塩である。俺は荒目の布と椿油を用意した。

女房の奴も時にはいいことを言う。

「テイシュ、油にシッカロールを混ぜてごらん。」

人間の赤ん坊じゃあるまいしと思ったが、何でもやってはみるものだ。

ペダルのナットを緊め、前輪を股に挟んでハンドルの向きを矯めているところへ、不意に後ろから声がかかった。ノッポの若いおまわりである。

「お勤めはこれで通われるんですか？　碁盤を造る会社だそうですな。S町ですと結構いい運動になるでしょう。」

「………。」

「いやあ風雅なお仕事ですよ。羨しい。ところで最近会社をお止めになった方はないでしょうな。」

「ないでしょう。止めたいのばっかりだがね。給料が常識外れなもんだから。で？　何故？」

彼はそれには応えず、俺と自転車の周りをゆっくり一回した。俺は手を休めずに、万両の赤い実の房を彼の警棒がやんわり揺するのを見ていた。彼は胸から手帳を出して何かをメモすると、「どうも失礼。」と帽子の庇に掌をあてがった。そのまま帰るかと思うとそうではなく、生垣の下に行ってあすなろの梢など仰いではちらとこっちを振り向いたりしてうなづいたが、いつの間にか見えなくなった。

俺は不愉快のかたまりになっていた。

強盗がアイサツしたのは隣である。隣人であってみれば、おまわりの訪問を一々けしからんと咎めてみてもはじまらないのだったが、だからといって何でこっちの職場や仕事まで洗われねばならぬか。バスで通おうが自転車で通おうが、こちら様の御都合である。毎日六キロの職場へ砲弾のように飛び交う四輪（中には六輪とか八輪とかのバケモノもある）の爆風に煽られながら自転車で通うことの危険を俺は知っている。運動なんて贅沢なものではない。

ただ俺はマイカー族などと称ばれる賊共の仲間に入りたくないだけのことだ。彼等は顔の硬度がタイヤに似ているだけではなくなった。この頃は人間的なメンタリティの回路まで、只のタイヤの一回りになっている。車道の隅っこをヨタヨタしている自転車を見るだけで彼等はアタマにくるらしい。スマートなスピードの奔流！　俺達にとってこれが美学の全部なんだと言いたげである。そんな中で急ブレーキでも踏まされようものなら、眼をむき出して悪態をつく。林檎を囓りながらのもいれば、コーラの缶を握った侭のもいる。女のドライバーはこれは更にけしからん。「自転車なんか今ごろ造らせなければいいんだわ。」そして轟然と一酸化炭素ガスの屁をひっかけて行く。

この時常に俺は昂然と胸を張るね。（時には涙が出ることだってあったさ）人に二本の足あり、神これを給うはわざわいをまたがしめんためにあらずや。蝮のすえよ、何ぞわざわいそのものたらんとするぞ。クモスケヤロウメ。

乗物にこだわってしまったが、別におまわり氏が乗用車を持たない俺を軽んじたと受けとった訳ではない。今頃になって自転車の在否を確かめに来たのであるなら、喋った奴がいるに違いなかった。職場も職種も洗いあげられていたではないか。妄想だ偏見だと自分を叱るそのことが不愉快に輪をかける。

誰かが（俺は職場の同僚十八人を一列横隊に並べておいて、一人一人の面を睨みつけて通りすぎた）バス停に佇っている俺を見たに違いない。頼みもしないことをいわくありげに喋った奴がいる。どこかの誰かに。

「そう言えば……何か変わったことのうちにいるかどうか判らんが、シマさんがバスに乗ることぐらいかな。」

「ほほう。でも誰だってバスには乗るでしょう。」

「ほじゃが相手は島田さんじゃろうがの。」

「と言いますと？」

「車嫌いなんじゃ。自転車も車じゃがのうオレ達が見れば。余程の土砂降りか台風でもなけれゃバスに乗らんけ。」

「変わってますのう。その自転車、どがいなっとるんじゃろう？」

「その上しまり屋ときちょるけの。で？　ところで？　あんた誰かね？」

こんな具合に。

その誰かに今出て行った制服氏を私服にしてダブらせるのは妄想というものだろうか。女房の「ごはんだよテイシュ冷えるがね。」が三度めには憎たれ口に聞こえて、うるさい！　と思わず怒鳴ってしまう。

無い筈のものが在った。寝巻姿の持ち主にのんびりシッカロールでめかされている。ホシが使ったとすればここにはない。制服氏は俺達を回りながらそんなことを考えてはいなかったか。おめでたい奴だ。用向きを告げる前に用がなくなった。回れ右のついでにしまり屋だという変物を眺めながら一回り。アッハと俺は笑ってみることにした。それはつもりであったが、なんとなく本物に似てきた。

縁に腰をおろして、俺は女房に煙草を命じた。

「誰か来とらんかったねシマちゃ。」

「ヌシャ誰にもしゃべくらんだろうな自転車のこと。」

「まあた。」

「あの男はひょっとするとほんとに俺のコウハイだったのかも知れぬ。」

「テーイシュ。」

「まあええわ。強盗は好かん。コソドロよりはましか知らんが。」

「だっても、よう戻って来たもんだべや。」

「そこよ。コウハイはセンパイにそうする。」

「何がセンパイかね町工場のアニキ。」

「馬鹿者！　ヌシにゃ解らぬ。」

煙草を放り投げ、俺はポンプをあの朝と同じ手順で後輪のバルブの口にあてがってみた。だが、どこからか、誰かの視線に尾けられているような気後れがあって、それを押してみることはしなかった。

6

俺は毎朝、新聞受の前で三面記事にひと先ず眼を走らすのをやめられなくなった。

それから家畜でも引き出す気分で物置に行く。雨をくぐらせた後などは、チェーンや軸受どころかベルの中までマシン油で洗う。

ひと月も経たず、今度は眼の前で白昼を憚らぬやり方で盗《や》られてしまったのであったが、あれが判っていればば……いや、やっぱり判っていても最後の別れの日の朝まで、俺はこの従順な俺の家畜を引き出して、ためつすがめつするのを止めなかったに違いない。

俺は昔ふざけ半分で無口なアイヌを気取ったことはあるが、今、世間で変物扱いされている程無口な人間だとは思っていない。だが今度の強盗事件で、自分がダンマリ屋であるか否かはさておき、世間はまるでムダグチとキキミミとで出来上っているのだということを知らされた。

寄ってたかってこの質屋の隣人の口をこじ開けようとする。職場の昼食には十八人の顔が揃う。俺は被告みたいなものだ。

「奥さんが倉の中で抱き伏せられたんだよシマさん。一人で楽しんじょるけのうシマさんは。」

それは新聞で読んだから「抱きつかれたことにしたんだろう。」ぐらいは俺も口にする。それは皆の気に入らない。この検事達は俺を目撃者に仕立てて、どいつもこいつもわくわくした眼つきになっている。

「逃げんでもよかろうがの。奥さんの話ではテキは二十五、六歳。スポーツマンの感じときちょるんじゃ。なにかない方がおかしいがのシマさん。」

「奥さんはきれいな人？　島田さんは朝晩会ってるんでしょ？」

女の子でさえこうである。

俺はKさんの奥さんに憎悪を覚えた。冗談じゃない。俺の眼が節穴でないならあの男は三十をとっくに越えていた筈だ。危うくそう口走りかけて、俺は唾を呑みこんだ。

「年増だ。抱きつかれてみせたい年頃じゃないのか。強盗君もいい面の皮だよ。」

年に何度かの行きずりではあっても、親の代から隣り合わせに住んでいるのだ。質屋のマダムのひょろりとした馬面を思い出すなという方がむりである。あの男にだって名誉というものがあろうではないか。黙っておれなくなってくるそのことに舌うちが先だつ。

「妙にまた強盗の肩をもつのうシマさんは。新聞ではそれゃ三十二歳となっちょりますよ。北海道生まれ、静岡でおまわりを刺しちょる。あれ、シマさんも北海道ですかの？」

「島田さんはここの地ごろじゃ。じゃがのう島田さん。女は四十が満開、男は当世六十が盛りと言うじゃないか。ほんとのこと喋べんなよ。ダンナは縛られたまま見とったのかね。」

「藪の中ときたか、ちくしょう倉の中だ。」

くそまじめな顔つきになっているに違いない自分がいまいましくなってくる。

「俺も一人前の助平のつもりだがね。十万円積まれてもあんな美人は抱かないよ。済まんが。」

俺は俺の鼻先でニタニタしている若僧のゆるんだ顎を、指先で下から押しあげてやる。

似たようなことを何度か繰り返した筈だが、俺のバス通勤に触れた者はいなかった。誰かに何かを喋った人間がこの検事達の中にいていい筈だったのに、事件の周りで独りでこっそり構えていたことの拍子抜けが、今度は妙に俺を反抗的な気分に仕立てた。それはつまりこの一週間、誰一人としてこの島田信之の存在に日常的な関心を寄せる者がなかったということではないか。

俺は目をつむって奴等の一人一人の顔を俺の回りにひき据えた。そして団扇程もあるその十八対のキキミミに「聞きたくないようだね……。」と嘯いてみせることで、わずかに自分を慰めた。

7

九州の宮崎まで木を見に行っているうちに、また一週間が過ぎた。

開発とか造成とかの名の濫伐で近頃は木らしい木には滅多にめぐりあえなくなったが、それでもそこまで出掛けないことには欲しい木は手に入らないのである。

デパートあたりに並んでいる碁盤には公孫樹や桂はあるが、榧《かや》となると稀である。木理を泥漆で塗りつぶした松か外材が殆んどと言っていい。碁石を並べるのにそれで些の不都合もある筈はないのだが、客の中には金目を問わない数奇者がいる。日向榧の正柾はないかと言ってくる外人もいる。作る俺達が榧の柾に最初の鉋を当てる時は身慄いがくるぐらいだから無理もない。高ければ高い程喜ぶのである。石の響きが違うのだそうだが、ま、美しいもの、稀少なものは高いのが道理であろう。

だから榧のオヤが下がったという情報が這入れば、直接宮崎くんだりまで出掛けて行く。柾で何面正柾で何面と胸算用はいいのだが、それを下回らなかったことがない。つまりは旅費の分だけ赤字になるのだ。こんなのが商売でないことは子供だって解るのだが、社長のたった一つの道楽だから仕方がない。原爆でひきつった耳朶をうごめかしながら「行ってみてくれんか島田君でないと木が見えんけ。」と言われれば黙って従う他はない。話のはかがいかない時、社長の右の耳朶はそっちが顔でもあるかのように相手の鼻面に突きつけられる。もうそっちにしか聴覚がないからでもあるが、その異様な耳朶の異様なうごめきは異様としか言いようのない説得力を発揮しだす。老獪な演技だと笑う者もある。それはどうであれ、広島中にこれ程商売の下手な男もあるまいという説には俺も異論はない。それは然しそれなりに工房烏鷺のもう一つの顔にもなっているのだ。

無駄足づくめで収穫ゼロの九州の旅から帰ったのはもう夕食の時刻だったが、鞄を放り出して、俺は物置から自転車を引き出した。女房に命じておいた「一日一回」の手入れのあとは案の定見られなかった。憤懣を吐き出そうにも、例によって「やっぱり！」という諦めの方が先にくる。

やっぱりは女房の場合に限らない。何日かをかけて木を見に行く。今度もそうだ。割《わ》かないうちに見せてくれと現地の材木商に電話を入れて出掛けるのだが、これがまたやっぱりでなかったためしがない。発電所の取水路沿いに敷かれたトロッコにしがみついて木の在りかに辿り着いてみれば、割くも割かぬも、近頃の建材サイズに合わせて、もうチェンソーを嚙まされて転がっているのだ。そこへ辿り着くまでに俺にはもうそうなっているに違いない確信のようなものができ上っている。

自分で受話器を握ってかけた電話なら文句をつける相手もつかまろうが、俺はくどいようだが地の涯から死人の声で語りかけてくるような、あの黒猫みたいなバケモノが苦手である。同僚はこんな俺をからかったり咎めたりするのを諦めているから、俺は彼等の誰であれ、傍に居合わせた者をつかまえる。ダイヤルの前に帳面を置いて、番号を指差せば始まってくれる。もともと遠くの他人と、こっちの他人とが、黒猫を前にして、これも他人の話を取り継ぐのだから、結果がやっぱりで待ち受けていたとしても、文句は言えないことかも知れなかった。

同じ屋根の下で十五年暮らしてきたこの世で一人の相棒のやっぱりは、相手が物忘れの達人であってみれば、これはもう天災みたいなものである。

「ヌシゃ鍋釜しか磨く気はないようだ。くたばる日までな。」

シッカロールを命じて、俺はシャツの袖を捲りあげた。

女房は大げさに声をあげて忘れごとに気づいてみせる。お芝居でないのは解っているから尻であしらえばいいのだが、続いて「何でここに在るのかね？」などと呟かれると、自転車のことかと思い、つい振り向いて彼女の眼の中を覗きこんでしまう。心ここにない時の小児そっくりの癖で、自転車どころか女房の眼は土蔵の上の白雲でも追っているようなのだ。

何でここにあるのか解らんのが自転車でないことが判ったのは夕食の卓袱台に胡坐をかいてからだった。どこまで旅をしてきても土産物はないのが二人の協定だったし、当然ねぎらいの料理など待っていたことはなかったのに、何のつもりなのか鶏のごて焼きなど転がしてある。飲めない俺なのに、ごて焼きの傍に銚子が一本てれ臭そうに佇っている。

「何だこれは？　どこから出てきた？」

俺は茶碗の傍の錆びた刃物を手にしていた。

「どこかで見た覚えはないかいシマちゃ。」

俺は自分の右膝の内股に蚯蚓の形で匐っている十五年前の古傷が眼を醒ましてずきずきと疼きだしてくるのを覚えた。ギッチョである。

ギッチョは木彫りに使う鑿である。市販はされない。彫師が自らの手の固癖、掌のサイズに合わせて創る一刀彫り用の刃物のことである。木の柄を嵌めこまず、カンバスでぐる巻きした上を更にテグスで緊縛してあるのだが、錆を吸って刀の柄みたいに硬ばってしまったこのギッチョの握りに見覚えがないわけがない。刃の反り、巻きの癖、昔俺がこの手で拵えたいわくつきのものではなかったか。

「こんなもん、ヌシャまだどこぞに隠しとったんか。」

俺は向う側の女房の眼の中をさぐった。先刻まで行方不明だった黒い眼玉がそこにあった。

二人ともきれいさっぱり脱ぎ捨ててきたつもりのアイヌの古着を、この彫物師の娘は十五年間捨てきれずに肌に纏っていたらしい。俺は呆気にとられて唸ったが、そうではなかった。

あすなろが影をさしかけるブロック塀のつけ根に、コーラの空鑵等と一緒に転がっているのを、今朝彼女が見つけたのだという。

「シマちゃはうちの代わりにこれを連れてきたんだべは。うちは可哀想に。ダマされて……。」

「馬鹿者！」

塵紙を巻きつけた鶏の腔をつまみあげてはみたが、それはもう食べ物ではなくて、彫りかけの仔熊にしか俺には見えなかった。

「ヌシゃ物忘れの達人じゃ。ヌシにきまっとる。」

その物忘れの達人はもうケロリとして「九州は夏だべは。」などと言った。その甘ったれた里言葉がこの場にちぐはぐであった分だけ突然俺は眼の前の女が哀れに思えてきた。ちぐはぐであるとすれば、こんな刃物が今頃になってのっこり出てきたそのことの方だった。

「知らぬものは知らぬ。」ギッチョは二人の間を往ったり来たりした。

「強盗さ落として行ったんだべか？」

応える必要もないことなのに「バーカ」と言い「二週間かそこらへんでこんなに錆くえるか。」とおっかぶせて否定した自分がおかしかったが、バーカは先刻からチラチラとそれを意識しないでもなかった自分に言ったのかも知れなかった。強盗君が道産子と聞かされていたからでもあったろうか。ふざけたお尻の挨拶が意識の深みでうごめいていたのだとしても、北海道は広い。然もこの刃物はこの世に一つしかない。

夜逃げのどさくさで、うろたえ者のこいつのボストンバッグに他のがらくたと一緒に放り込まれて、ここまでついて来たものだろう。それがまたいつか、箪笥に溜ったがらくた諸共、庭の隅にはかされる。それしかなかった。

思えばあの頃、ここのあすなろは今の背丈の半分だった。みんな瓦礫の上に質屋の先代が植えたものであったらしい。母もまだ元気で、あの木蔭の草をむしっていたものだ。

「だどもあそこの塀さ乗り越して来たんだど……。」

「見てたとでも言うのかヌシゃ。」

「テーイシュ。」

物言わぬ錆びた一本の刃物がそこに在ることで、むくつけき四十男のマチコウバのアニキが詩人になる。俺は曾て俺が坐っていた月之輪堂の仕事場に、「センパイほんの五分間」と言って消えてしまった男を坐らせてみる誘惑を退けることができない。日頃なじみのないアルコールの戯れかも知れなかった。俺はあの男が無意識のうちに披露したのであったろうユーモラスなお尻の挨拶のルーツに千鳥足で近づいているのだった。毛糸の玉などいじくっている、曾ての月之輪堂の娘を眼の前に据えて。

8

月之輪堂は女房の生家である。その名のように大小さまざまな形の月之輪熊を、さまざまな木を使って、さまざまな意匠で彫って並べてある。白木のままのものもあれば酸で燻したものもあり、塗料で彩色したものも混っている。

俺は気まぐれな一人の観光客として、月之輪堂の軒下に立った。観光客はこっちのつもりではあっても、ゴザを抱えていないだけのこと。見掛けは結構ルンペンに映ったに違いない。

俺は熊たちの肌に喰いこんだ鑿の痕に何かを見た。安もののニスを塗ってあるのがひどく惜しまれた。月之輪堂の娘にそれを言っている所へ、ギョロ眼で童相の五十男が汚れたカンバスの前掛けで出てきた。

父親らしいその小男は、俺の顔を見上げたまま何とも言わない。仕事場に勝手に踏み込む俺の前を後しざりしながら、もぐもぐ口を動かすだけである。俺は構わず彫りかけの木を手にとって木理をさぐった。白樺である。首の月之輪を強調するつもりらしい円い隆起の半月が俗に映って、俺はだんだん我慢ができなくなって来た。俺はずけずけ言った。罵る口調になっているのが自分でも判る。俺は親父の跡を継いで木彫りで身を立てようとしたこともある前科持ちだ。プロの毒舌のすさまじさを体で知っている。欄間や櫺子《れんじ》で飯は食っても、年に一度か二度持ちこまれる仏像や記念木を使う人体の胸像等に向かう時は、矜り高い芸術家に変身するのである。生囓りの彼等の言葉がそのまま出てくる。聞く人が聞けば噴き出さずにはおれなかったに違いないのだが……。

　俺は相手から鑿を受け取って、喉の半月を削ぎ落し、ついでに毛並みのつもりらしい小細工の毛彫りを容赦なくこそぎおとした。

　相手がぶつぶつ言いだせばさっさと俺は退散するつもりだったが、何も言わない。腕白に玩具でも捲きあげられた少年みたいに呆然と、幾らか怖えて突立っているだけである。

　俺は更に鑿の切先の傾斜について、その部分を相手の鼻先に突きつけて、如何に工夫が足りぬかをあざわらった。それどころか、頼まれもしないのに、俺は娘にタガネとハンマーを要求した。その時俺がその日の夕方までかかって作り直してやったのが、眼の前のギッチョの第一号なのだ。

　繰返すが俺は行きずりの旅人。街の木彫師にとっては迷惑千万な風来坊であったろう。ところが娘は、どこの馬の骨か判らぬ髯ぼうぼうのルンペンに、晩飯を食って行けと言いだした。

「ヒトが好意で言うことは聞くもんだべ。」俺にはそれはこそばゆい命令だった。

　馬追丘陵を室蘭本線で下っているうち、俺は風に誘われる気分で追分駅で降りた。夕張線にふらふらと乗りこんでしまったのは、用事らしい用事があったからではない。昔の炭坑の蛸部屋が頭のどこかにあって、その陰惨なイメージを夕張の街のたたずまいに手探りできるかも知れないと思っただけのことである。

　初め円空と木食行道の彫り物の幾つかを現場で見るというのが、俺の渡道の目的だった。と言えば聞こえはいいが、白状すればエゾ地に入ったまま消息を絶ったとされる円空の浮浪性に憧れて、乞食坊主のまねをしてみたかったまでのことだったかも知れぬ。亡父が生前希いながら叶わなかった宿願の旅でもあった。

彼等の足跡は夫々の支廰に足を運べばわけなく辿れたが、めぐりあった仏像のそっけもない単純さには、感動してみようにも俺にはできなかった。俺は若過ぎたし、気負ってもいたに違いない。

円空の足跡が消える支笏湖の辺りで俺は旅の目的を終えた訳だが、言ってみれば、そこから漸く旅らしい旅が始まったという訳でもある。

だが紋別に知人を訪ね、オホーツクの暗い海を眺めて三日をぼんやり過ごした時、俺は自分の嘴の黄色さが判ったと思った。俺の視界を遠ざかって行く円空の笠が、尾羽打枯らした雄鶏の岩乗なトサカのように聳り立って見えた。若輩の風来坊は旅人でさえなかった。函館の埠頭に降り立ってから二か月が経っていた。

円空は父の恋人であった。木彫師にとって何の不思議もないことであったが、若輩の俺は肚のどこかで軽蔑していたのだったかも知れない。白血病で父が原爆病院の一室で息をひきとった日、俺は店を畳むことを母に宣言した。父の年金と明日からそうするつもりの俺の失対人夫の日稼ぎで食うに困らないからでもあったが、鑿を握り続けることに俺は憎悪を抱いていた。せめて鑿でも投げつけてみなければ救われなかった。父が発病したのは、経済白書がもう戦後ではないと述べた年である。発病したのはではなくて、母に感づかれたのはと言い直さなければならない。父は鑿と別れる日を密かに押しやっていたのである。

亡父の一周忌を了えた所で俺は父の恋人の足跡を辿り始めたのであったが、今にして父が円空の作品を愛したのではなかったことを、俺はぼんやりながら理解した。それは父が並はずれて岩乗な旅人だったことに初めて面対したということでもある。父が原爆を呪うのを聞いたことは稀だった。日本があがいなもん持たいでよかったのうと、ぼっそり呟くぐらいの男だったのだ。

俺は残りの乏しい旅費を切り詰めなければならなかった。予定駅のもみじやまで降りたのだったが、俺はすぐ悔いた。一またぎと踏んだ夕張は遙か彼方である。バスを心待ちしながら一時間も歩いた揚句、くたびれた俺の眼が、ふと、一刀彫月之輪堂の白木の小さな看板にぶつかったのである。

八百屋と駄菓子屋に挟まれた、二十坪あるかないかの普通の民家である。道路一つを距てて飛び越せそうな川幅の清流が一本流れている。遠く石狩の本流を涵す夕張川の支流の、そのまた小枝の一つに違いない。暫く湯に縁がなかったから、俺は先ずそこで体を洗った。九月の夕張山地はもう寒い。俺はおもむろに林檎など囓りながら、のっそり月之輪堂の軒下に立ったのだった。

そっぽを向いたまま大声で晩飯を強いる娘の好意が、俺は少しも意外ではなかった。むしろ意外でなかった自分が意外だったなどと言えば蔑まれるだろうか。俺は房々の顎鬚に指などからませて、やむを得ないという恰好をつくろった。

座敷に上った途端、俺は向っ面を張られたと思った。羞恥感が突き上げてきた。鏡台に手を掛けるような形で仏像が立っている。等身大に近い。未完成であるだけに、鉈彫りの味とでも言おうか、剛直な力が一気にあらゆるムダを削ぎ落したといった気迫がある。肩の条帛や頭部の螺髪らしい粒々がなければ、逞しく現代へ歩き出す〈青年の像〉でもあり得るではないか。

遅れて上ってきた父親は、もう街の木彫師ではなかった。背丈がぐんと伸びて見えた。客の視線がどこに注がれているのかを見届けると、彫刻家は傍のミシン台から娘のらしい着物を取ってハラリとそれに覆せた。眼かくしされた立像の上で、煤けた掛時計がせわしく振子を振っていた。

「そこの若いの！」

これがこの日聞いた彫刻家の最初の声である。それも銚子が二、三本空になってからのことだった。

昼間の気難かしい小心者は、晩酌の酔いが回るにつれて、みるみる尊大な饒舌家に変身していった。何かを言う都度、「若いの！」を頭ごなしに浴びせかけておいて始めるのだった。ロダンを言いザッキンを言っているかと思うと、一転して鎌倉時代にひと飛びした。運慶をみそくそにやっつけ、快慶のスゴさを痛ましいという表現で賞揚してみせた。

「ワシは慶派の政治家共を軽蔑しておる。かけひきと口舌の徒輩じゃよ出世するのはね。きまっとる。君は運慶のなり損いか。おやじの手筋をなどっとれば康慶先生の跡継ぎで罷り通る。二科を見ろ！　政治屋の先生がみこしに乗ってねり歩く。息子達がワッショイだ。ワシはさっさとおん出たがね。モダニズムを半世紀も御幣みたいに担ぎよったらどうなる。人間の魂もあそこじゃオブジェだ。解るか若いの！　センセイとおやじ、これが敵だということが解るか。君はどっちのたいこもちかね。一刀彫りにあんな子供だましの刃物は要らぬ。真木一刀齋には真木一刀齋の鑿がある。なめるなヒヨッこのくせに。」

「使ってみて下さい。その上で言って下さい。二科にいたぐらいの人なら解る筈だ。」

俺はたじろいだ。まるでこっちの身の上を読んだ者の言いぐさではないか。俺は盃を握っている彫刻家の貧弱な左手に指先を突きつけた。

「おやじさんは左でしょうが。左のオレが経験から割り出したんだ（本当は父がと言うべきだったのだが）ギッチョとオレが名づけたのはギッチョにはあれしかないからですよ。」

「銭になる物を彫るにはな。銭にならぬものなどさっさと忘れることだ。いいか、月之輪熊を買って下さるお客さんは喉に半月が回っておれば文句は言わぬ。毛並が熊らしく流れておればそれが熊だ。カバを造るならツルツルでもよかろう。彫物で飯食ったことがあるらしいが、どうせ運慶の口だろう。よごれ運慶など坊主にゴマでもすってればいい。ワシは快慶だぞ。ワシは康慶の息子ではない。息子の道具箱を担がされた方だ。君のその恰好を見ろ。そんなに芸術家に見られたいのか。よごれ貴族め！」

「オレは運慶じゃありませんよ勿体ない。だがおやじさんが快慶とは恐れ入りましたな。だがその快慶も確か法眼にまで出世した俗物じゃなかったんですかね。おやじさん程の拗ね者じゃなかったかも知らんが……。」

「いいか若いの！」快慶氏は皿のものに口をもっていき、掌の甲で唇を拭った。

「そこの所が人間というものよ。板極道のMを見ろ。Mは旧いワシの友人だった。あいつはもともとあんな俗物じゃなかったんだが、文化勲章なんか首に吊した途端、眼を掩う俗物になり果てたもんだ。あれがブラウン管で演ずる野人ぶりを君は見たか。ワシは知りすぎているから自分の腋の下から冷汗が流れるのさ。人には生まれながらの器量というものがある。乞われればいつでも芸大の教壇に立つ。ここが肝腎のところだ。若しその器でなかったとしたらどうすればいい？　首に吊した勲章の手前、もう天衣無縫の(ここが涙ぐましく見ちゃおれんがね。)野人たる他はない。それにしても世間の芸術家に弱すぎることよ。Mがハメをはずせばはずす程、世間はそこに純粋な芸術家を見るという次第さ。アッハ、純粋ぐらい滑稽なしろものがあるかね。あいつももとは快慶だったもんだが……いや、Mこそ今も快慶だ。あれこそ本物のバカだ。ワシは……。」

「トウチャンは飲んだ時だけの芸術家！」と娘が言いながら、俺に盃を握らせた。

俺は内心引き留められることを希い、それはそのようになった訳だが、俺には既にこの夜、月之輪堂から暫く足を抜けないはめになりそうな予感があった。母親は客に殊更よそよそしく、父親にしか銚子を傾けることはなかったが、娘は俺にしかそうしようとしなかった。このかよわいと見えた年頃の一人娘は、どうしたことか家庭の独裁者らしかった。誰をも憚ることなくこう言ったのである。

「お客さんには泊ってもらうべ。トウチャャの天狗の鼻が低うなっておらセイセイしたべは。お客さんの髯はポイヤウンぺだべカアチャ。」

ユーカラに出てくるアイヌの英雄ポイヤウンペを俺はその時知らなかった。俺が二十七歳の秋のことである。一泊は案の定二泊になり三泊になった。一刀彫月之輪堂主人真木一刀斎氏と俺は何の契約も結ばなかった。俺は郷里広島の郊外に一人の老母を待たせていたから、彼女に向けて熊を一匹抱いて帰ること、ひと月もせずにみこしをあげること、などを葉書に書いて投函しさえすれば手続きは了るのだった。

その一月が一年になり、更に半年延びてしまうとは……。

おやじさんと俺はことごとに衝突した。向うが出て行け風来坊と怒鳴るべく立ちあがりながら、そこで言葉を喉に詰まらせてガタガタ慄えだすのを見ると、こっちも片意地の塊りになって背中を向けてあざわらう。するうち娘の出番になるのだった。

おやじさんはギッチョなど見向きもしなかった。ギッチョを幾通りにも使い別ける俺の手許を初めのうちはチラと蔑みの眼で覗くだけだったが、毛彫りを入れようとしない〈汚れ貴族〉の独りよがりに突然立ちあがって喉仏をひくひくさせ始めるのだ。そこで俺も立ちあがってしまえば幕は降りるのだったが、俺が背中を向ける頃には娘が「トウチャ!」と叫びながら二人の間に飛びこんできているのが常だったのである。

チロンヌップ! と呟くことで俺はその場をやり過ごした。どっちがチロンヌップだったのか、俺はあの時自分の太い尻尾を嘲ったのだったかも知れぬ。

月之輪堂にわらじを脱いだ翌日から、俺はアイヌの厚司を羽織って仕事場に坐った。娘の母親が嫌った。嫌う理由を俺は俺の独り合点で納得した。娘にポイヤウンペを口誦んで聞かせる女にアイヌの血が濃く流れていない筈はなかった。眼窠の微妙なくぼみ、そこに嵌め込まれた不逞さと従順さの同居するまっ黒い瞳、上唇のへりをふちどる密なうぶ毛……。だが俺は構わなかった。摩周湖畔の土産物店で買ったゴワゴワのそれに腕を通してみると、或いは俺はここの座蒲団にこうして坐って、黙って木を彫り続ける為に生まれてきたのかも知れぬと、ふとそう思った。振り払ったつもりの木の怨念は、先回りしてここで待ち受けていたのだった。

観光客も余程の物ずきか、行方を自分でも判らぬ俺みたいな風来坊ででもなければ通り抜けそうもない田舎町の道端で、こんな商いが成りたつことの不思議さに気づいたのは、一週間も経ってからだった。それも、もみじやまから来た小型トラックのあんちゃんが、娘の母親と共に、店に並べた何十個かの熊達を裸のまま荷台に放り込んでいるのを見てからのことである。

月之輪堂には本物のアイヌがいる。熊を彫っているという噂は近辺ばかりでなく、もみじやま夕張にまで流れたらしい。

二か月余りの旅の果てだったから、髪はボサボサ、髯も娘の言うポイヤウンペ程ではなくても、羽織った厚司に相応しい純血のアイヌに人々の眼には映ったに違いない。

胆振の白老まで行けば本家アイヌを売物に熊工場まであるくらいだから、或いは髯だけではなくて、俺の面の造りがここの母親以上にシャモ離れしていたのかも知れぬ。

それらしい好奇心をむき出しにした眼にぶつかると、俺は即座に唖になった。仕事場まで踏み込んで覗こうとする子供達を「見世物でねえどは。」と娘が追っ払った。その声は弾んでいた。汚れ貴族のルンペンスタイルを快慶氏はもう咎めようとはしなかった。諦めもあったであろうが、この風来坊は適当に勤勉であり、下造りの力仕事になると重宝な戦力でもあることを認めない訳にはいかなかったであろう。

居据りの押掛職人を天災みたいに一刀齋氏が諦めかけた頃の或る日、不覚にも俺はギッチョを辷らせてしまった。木を支えていた右膝の内股を刃が真っすぐに走ったのである。俺が驚いたのは一刀齋氏の並はずれたうろたえかたであった。バンドを外して太股を緊縛する迄、俺は相手に知られぬようさりげなく振舞ったつもりだった。というのも「ざまあみろ！　インチキ刃物の素性が今解ったか……。」そんな勝ち誇った眼にぶつかる筈だったからである。一部始終を見ていたらしい一刀齋氏は蒼白になって二、三度立ったり坐ったりした揚句、中腰になって俺に背中を差し出した。おぶっては貰ったものの駈け込む外科医なんていはしないのだ。おやじさん手製の特効薬は塗ったが出血が止まらない。俺は一歩も歩けなくなった。

何日間だったのか、娘の押すリヤカーで、俺は近くのラジューム泉とかいうのに毎日通った。

傷口の肉が盛り上り、ピンクの蚯蚓になってはり着いた頃、その温泉宿のカビ臭い三畳で、まっぴるま俺は娘に襲われた。これを言うと姐御気取りの眼の前の女房が今でも途端に紅を散らして嫌いだす。

「テーイシュ！　言っていいこと悪いことあっペ。」

それは女房の言う通りなのだが、彼女はほんとはこう言いたいのだ。「シマちゃはいつも両手を拡げて待ってたべよ。意気地なしの見栄っぱり！」

娘は父親に似て小造りなところから、わざとねんね呼ばわりして、せびられるままに髯を玩具にさせ、鼻の穴などひくつかせていた方が火元でない筈はなかった。

シマちゃと呼んだりアンちゃと呼んだり。不意に俺の背中に飛びついてくる。そんな時は例外なく俺宛に来た郵便物を手にしている。俺は彼女の前で読まねばならない。苦りきったおやじさんを憚りながら――。

俺は厚司を脱いで髯を落としてしまえば只のシャモだが、娘は……この娘の方こそピリカではなくても、アイヌのメノコである他はなかった。母親そっくりの眼つき、密生した頭髪、女猫のような身のこなし……。だが娘のそんな容姿に惹かれて、俺がわらじを履くのを一年半おあずけにしたというわけでもなかった。これは軽口に過ぎるかも知れないが、ものを言う時、笑う時、唇に赤い歯茎がしゃしゃり出て胡坐をかいたり、或いは耳朶の垂れが全くなくて一直線に顋へ駈け抜けていたりする女が俺は苦手である。彼女は偶々それでなかっただけのことであったかも知れない。

俺達は親の眼を盗んだ。若い男女が昔から例外なくそうであったであろうように、俺達も抱き合うことで少しばかり人間でなくなり、他の部分でその分だけ人間に近づいた筈だった。夜毎すっぽかしてきたおやじさんとの晩酌のつき合いが、いつの頃からか復活していた。妥協であれ堕落であれ、俺の態には俺流の毛彫りが加わるようになっていたのだが、それも、そうすることで償わねばならぬ何かをなしくずしにしていただけのことであったろう。

こんな償いは結局は流れ者の当座の打算でしかないのだ。忸怩たる思いでそれを確かめる日は突然やってきた。桜の咲き始めた或る日、月之輪堂の軒下で、俺は娘の母親にさよならを言った。銭湯にでも出掛ける気分だった。と言えば嘘になるが、自分にそう言い聞かせたのである。ここにこんな具合にして立った一年半前の姿そのままだった。おやじさんが出てきて一万円札を三枚差し出した。「千人に一人という腕だからな。あんたどこかで、いつか名を揚げるよ。」俺は札を受けとって四つに折り畳んだ。娘はいない。娘は先刻飛び出したままなのだ。シマちゃが追っかけてきてくれると堅く信じているに違いなかった。母親が今のうちにと言わんばかり、くるっとお尻を向け、またくるっとこっちに向き直って笑いにならない口をすぼめた。

「シマちゃと懇ろになれば泣くのはお前だべ。生まれてくるやや子どうすんだバカ！」

母親がこう言ったのがきっかけだった。父親が取乱して娘に手を振りあげるのを見た時、俺はもみじやまに床屋はあったんだったかな？　などとそんなことをチラと思ったものだった。

「シマちゃは芸術家だべよ。飲んだくれの熊っこ彫りとはこったら違うべ。」走り出す娘の背中に茶碗が飛んだ。

俺は津軽海峡を渡ってからも、ぬらくら道草を食い、汽車は鈍行にしか乗らなかった。

——いかさま円空め、あのタイミングを狙っていたのか——

剃り落した頰髯顎鬚のあとを撫でさすりながら、途々俺は心の中で後ろを振り返った。

一年半ぶりに玄関に立った息子を、母は途方に暮れた眼つきで出迎えた。彼女の後ろにも人影があった。俺が声を呑んで棒立ちになると、娘はくるっと向うを向いてお尻を突き出し又くるっとこっちに向き直って、まねき猫みたいなしぐさで掌を肩で動かした。かと思うとそのままオンオン手放しで泣きだしたのである。

9

毛糸玉をほどいたり捲き戻したりしている昔の家出娘に、俺は銚子の追加を命じた。呆れて立ち上る女房に「あの強盗君は月之輪堂に坐ってるアイヌを見かけたことがあるんだぞ。きっとそうだ。ヌシ、そこでもういっぺん里のやり方で挨拶をしてみせてくれんか。」

女房は尻を突き出して、そこをぴしゃりと掌で叩いて行っちまった。俺はあの男を今、強引に月之輪堂の仕事場に連れ込もうとしているのだった。「どうだい。今夜は煙草はあるのかね?」

男はセブンスターの封緘を切って一本を銜えてみせた。買いましたぜセンパイと言いたげなそぶりである。「それだ。十五年前、銜え煙草のそんな恰好で君は月之輪堂のアイヌを見物しただろう。」

そんな筈があろうがなかろうが、アルコールはもう力づくで俺の前に一人の男をひき据えていた。

檻房を思わせる殺風景な壁に、さまざまな形の刃物が引っ掛けてあるだけの、昔のままの部屋である。男は物珍らしげに見回している。

「見覚えないつもりか、とぼけるな。」俺はギッチョを男に握らせる。「この座蒲団に坐り給え。」

突立っている男の肩をやさしく押さえる。看守の気分でいるのが我乍らてれくさい。八分通り仕上がった白樺の熊を抱かせると、男はキッと首を捻じ曲げて俺を見上げた。曾ての朝、俺が彫りかけたままさよならしてきた未練の木である。

「何のまねですかいセンパイ？」

俺は構わず釘にひっ掛けてある黒紺の厚司を取って、嫌がる相手にむりやり羽織らせる。裾に角長の唐草模様が白く横に走った厚司のその裾をひょいと指で掬って、男はまじまじと眺め始めた。

「五分間と言ったな。人を信用させたいなら、十五分ぐらいにしたらどうだ。」俺は遠いエコーの声色を使った。

「お話したいことって何だね。聞いて貰いたいのは何だ。そいつを聞こう。」

「センパアイ。お返しする物はちゃんと送り届けたじゃありませんか。」

「あれが君のドロンの挨拶か。君のアイサツは人を縛りあげて刃物を突きつけることだろう。」

「何が言いたいんですか一体。おや、酔っ払っていますねセンパイ。」

「まだ返して貰ってないものがある。あれは君盗んではいけないものだ。」

男は薄笑いを浮かべてはいるが、眼は鷹の眼付になっている。

「セナカだ。君は自分のお尻で騙しておいて、こっちの背中を盗みおった。」そう言いたいのだが、言おうとすれば気羞しくて言葉にならない。

「済んだことだ、もういい。だがね盗んだものを送り返すなんて無礼なまねはするな。自転車の重さだけ君は自分を償っている。人の善意には手をかけませんよというつもりだ。やることが小便臭い！」

男はせせらわらった。

「修業が足りないと謝ったじゃありませんか。あの背中は計算づくだったのかな。」

「黙れ！　ワシはあれから毎日重いペダルをこがされとる。ナルシスの甘え野郎がもう一人乗っかってるんだ。ハンドルがひとりでぐらつきおる。人の自転車の荷台で修業が足りませんなどといっぱし悪党ぶったセリフを呟くのが居直り強盗の美学か。みみっち過ぎるではないか君。」

「自転車をお返ししたのがそんなに気に入りませんかセンパイ？」

「バカモノ。解らんのか君は。一面識もない男に貸してやる自転車にだね。ポンプをあてがってだよ。大の男が……これが大事さ、そいつを神妙な面つきで押してみせる丸い背中のトンマ野郎！　あぶないもんだ、あいつが一番曲者なんだ結局は。あんなのに唾でもひっかけてやればいいのに、青二才のボンクラ悪党がいかれてしまう。あんたがそうならこっちだってこうですという次第さ。人は疲れたらいかぬ。疲れると見てくれをやらかして自分を慰める。いかぬね。世の中が砂糖漬けになるじゃないか。センパイなんてどこから拾ってきた言葉か知らぬが、あれはプラスチックの砂糖壺だよ。君のおやじさんは多分浪華節ファンの見栄っぱりだったんだ。ワシのおやじさんの爪の垢でも飲ませてやればよかった。いや、やっぱりダメのようだね。ワシのおやじさんからはワシみたいな手の混んだトンマが生まれる訳だから……。」

「ひがむのはやめましょうセンパイ。こんなのが混ってることで世の中の歯車は回ってるんだ。小生とかセンパイとか……。」

「センパイは余計だ。すぐ図にのる。こんなのがと君は言うが、こんなのは世の中には要らぬのだ。すんなり回ってる世の中の歯車にブレーキをかけたがる。みんなが腕を組んでゲンバクユルスマジと叫んでるのに、独りベッドで苦虫を噛み潰してる男もいるんだからね。黒い眼であれ青い眼であれ、何かを叫ぶ人間をもう見たくないんだな。そしてこんなのはこんなのが憎めぬように出来上っとる。」

男はギッチョの刃を指の腹でひっかいている。質屋のマダムに二十五、六歳と言わせたこの男は、どこかもう初老の翳りさえ纏っている。かさかさの唇はそれでも赤くて薄い。

「君は質屋のばあさんを抱くまねでもしてやるべきだった。」

「新聞でみたでしょう。小生は抱きしめてやりましたぜセンパイ。」

「君はやらなかった。」

「……」

「やれば新聞には出てこない。女はしゃべらぬ。」

「センパイに委せるよ。気に入る方にして下さい。」

「センパイはやめろ。二言めにはセンパイとくる。無礼者め！」

「そうですかい。コウハイにとってセンパイはセンパイですぜ。盗品を返すやり方が無礼なら、センパイもかなり無礼な人だ。」

男はそう言いながら立ちあがった。ゆっくり厚司を脱いで俺に手渡した。男は自分が坐っていた座蒲団を黙って指差した。今度は俺が裁かれる番だというのがそれで判った。はらわたのはみ出した曾ての俺の座蒲団に俺はあぐらをかいた。交互に厚司の袖に通す自分の腕の重さに十五年ぶりに俺はめぐりあった。

男は俺がそうするであろうと思う通りに動いた。締木の台を挟んで向かい会ったもう一つの座蒲団、つまり月之輪堂主真木一刀斎氏のこれも思いきりはらわたを曝した渋茶の座蒲団のへりに指をかけて、男はゆっくり剝ぎはじめた。生傷にはり着いたガーゼでも剝がすしぐさである。

「判った。そうだったのか。そこまででいいよ。」

男はやめなかった。威厳という言葉の外枠一杯に体を膨らませたといった恰好で、ここを見よとばかり、座蒲団の下の敷物を拳で叩いた。獣皮とも毛布とも見分け難い（それは大豆袋のドンゴロスであったことを後に知ったが）その敷物を、男は一気にはぐり取った。

「どうですセンパイ！　自転車があるかないか御自分で確かめることですな。」

男はそこでセブンスターに初めてゆっくりライターを傾けた。ベソをかくのは俺であるべきなのに、男は泣き笑いを浮かべながら俺に煙を吐きかけた。

「他愛ない遊びが好きですねセンパイ。うろんとした眼つきで盃なんか握って。ひき据えているのは可愛い御自分じゃありませんか。こっちはいい面の皮だ。」

ぼんやり紫煙を纏った男に俺は追い縋った。

「もう一度五分間待ってやる。君はワシに話したいことがあるんだ。ワシは君を待っておった。四十二年間、ここでそれを聞く為にな。」

「センパアイ、小生は次を待たせてあるんですぜ。そいつも五分間なんだ」

「失せやがれ！　こっちを振り向くな。」

男はその通りにした。近づく女房の足音を怖れるかのように、盃の中へ姿を消した。入れ違いに這入って来た女房が銚子を置いて「四本めだよテイシュ、いいのかい。」と言った。この月之輪堂の娘は今も知らない。父親の敷物の下に家畜が飼われていたことを……。

或る夜明け。あの時も鶏が鳴いていた筈だ。鶏鳴というやつは人の記憶の危くなりかけた部分には必ず潜んでいて、時がくればそこを揺り動かして眼醒めさせてくれる不思議な生き物である。今、耳が思い出している十五年前の鶏鳴と二週間前の鶏鳴との間に時間など流れているようには思えない。

日頃密かに発《あば》いてみたかった一刀齋氏の胡坐の下に俺はその朝手を入れてしまった。

敷物をはぐり、ガタつく床板の一枚をさぐりあてれば、そこから先は造作もなかった。板の継ぎめのそこだけ釘は抜かれているから、ドライバーを差し込むだけだった。どれ程の金目だったのか俺にも判らぬ。湿りを吸いこんでぐにゃりと掌におぶさってくる札束の手触りは、柔和な家畜の鼻面を思わせた。握りしめると掌にのめり込んでくるその鼻面を俺はやさしく撫でさすってやった。――快慶先生なかなかやるじゃありませんか――そいつを引きよせて自分のペットにしてやろうかと一瞬思わぬでもなかったが、面倒臭かった。それにタイミングよく（か、悪くか）バカでかい音をたてて掛時計が鳴りだしたのである。

あれもやはり自転車なのだろうか。俺は懐に入れなかったではないか。そのくせ負けた！　という気分を拭い去ることができない。帰ってきた自転車は妙に甘えてよろめいて、誘拐された一週間を懐しんででもいるような素振りを見せる。あれに比べれば、床下の家畜と乳繰り合ったこの掌は、指が六本ぐらいあるみたいで、何とも不潔に見えてくる。

俺は時計の騒音の一発めで肝をつぶした。今度はその騒音をたのみに始末をし、初めの目的であった手洗いに立った。思いきりスリッパなど鳴らしながら――。

後架の格子窓を押しやると、遠くほんのり浮き出た夕張山塊から流れ下る轡気が小さく眠りこけている街並を洗い、眼下の清流から立ち昇る川霧を捲いてうねりこんできた。

お尻の挨拶などもうどうでもよかった。あの男はまさに二週間前の朝がそうであったように、十五年前のあのあさまだきの薄い乳色の海からしかやってくる筈はなかった。「この刃物は俺のコウハイが落っことしていったんだね、やっぱり……。」俺は眼の前のギッチョを盃の尻でつついた。

「テイシュ！　眼が流れてっぺ。」と女房が言った。

## 10

二度めの自転車の家出は、次の様な具合に始まった。

眼の前の格子窓の隙間を、初め白い腕が二本通り抜けた。ハンドルの間隔に開いていた。腕の上を学生帽の頭がよぎった。

俺はその朝、忘れものの書類を取りに引返し、ついでに玄関の手洗いを使って立ちあがったところだった。「待て！」すかさず俺はその学生帽の頭に向かって窓越しに言ったが、それは自転車泥棒に待ったをかけた訳ではなかった。俺は後輪にまた空気を入れねばなるまいと思っていた矢先だったから、一瞬ペシャンコになって罅割れていくタイヤの悲鳴が聞こえたように思ったのだ。

いたずら小僧め、タイヤを膨らましてからにしないか！　それぐらいの気持ちだった。靴を突っかけ損ねたまま飛び出してみると、植込みの向うに、ペダルを踏み外したりしてうろたえながら、もうまさに姿を消そうとしている。

「待てっ！」と俺は大喝した。その声のバカでかさで一気に〈盗《や》られた〉という言葉に行きついた。この時、全く瞬間のことだったが「俺はちゃんと判ってたんだ！」と叫んでいた自分に俺はオヤ？　と思った。見知らぬ男に五分間といって連れ出される自分の自転車のあの時の運命のことだったのだ。

門まで走り出た時は、前後する何人かの自転車通学の中学生に挟まれていたが、件の少年は一眼で知れた。摑まれた首筋を躍起に振りほどこうとでもするようなしぐさである。

それを指差して、眼前を走り抜ける自転車乗りに追跡を乞うているつもりなのだが、こっちに眼をくれる一人がいない。

みるみる自転車泥棒は遠ざかって行く。腰から上をやけにくねらせ、そのくねりとは逆の方に頭を振って調子をとりながら、ここを先途とペダルを踏んでいる。八十メートル百メートル。〈我は往くなり只往くのみ……〉などというふざけた言葉がひょっこり口に飛び込んできて、それを舌先で転がしているとなんとなく顎の蝶番が弛んでくる。次の瞬間救い難い自分の軽薄さにぶつかって上背を伸ばす。それを女房が後ろから突きのけた。

「追っかけんかあテイシュ！　なんで追っかけんかバカッタレー。」

しまった！　と改めて思いはするが、それは追跡らしい追跡をしなかったことではなく施錠を怠ったいまいましさへの舌うちでしかない。

意地悪のいじめっ子たちの眼のようなものに俺は取巻かれていた。大の男が跣ではないか。女房は通りかかる自転車乗りの一人一人の前に両手を拡げて追跡を頼み、その都度こっちを振り返ってマヌケのトンマのと罵り散らす。ざまあみろ！　半分は自分へ向かってそう呟いたのだったに違いないが、そう呟くことで悠々と(?)俺は自分へ引返した。ドロボーと叫びでもしなければ世間様に申訳ないとでもいうのですかいおかみさん。自転車に逃げ出されるのは当り前だ。俺は「待て。」と命じたまでである。自分の自転車に。あのドロボーはドロボーには小さ過ぎる。あんなチビなら、あの子の学校迄の道のりならタイヤが割れることもまああるまい。

怒れ！　恰好を作るな。怒りのインポかお前は！　などと自分をけしかけてみるのだが、なかなかエンジンがかからない。交番に電話だがねテイシュと走り出しかけた女猫の前に両手を拡げて顎のあたりをひっかかれてみても、〈我は往くなり……〉が眼の前にちらついて、滑稽さの向う側へいっかな手がかからない。裁く勿れ、あれもゲームのうちではないか。強盗だって二皮も剝けばゲームの背中が見える筈だ。こんな気分が先回りする。

不幸にして俺は未だ他人の自転車を乗り逃げするスリルを味わったことがない。だが隣の（質屋ではない）おじさんの自転車をこっそり連れ出して、日暮れまで乗り回したことはある。原爆が落ちる一月位前のことだったろうか。あれはおじさん自慢のミヤタ製アサヒ号だった。当時はもう民間の新車なんてなかった。おじさんはその新車で得意げに配給などふれ回っていたものだ。いつもぴかぴかで、車体に装着された黒い空気入れはこれも妖しい光沢を纏っていた。返すどたん場になって、俺はこれと家出してしまおうかと思い詰めた程だ。

おじさんは怒ってはいなかった。雷を落した後でおじさんはこうつけ加えた。「ムリもなかろうでや。何と言うてもこれはミヤタのアサヒじゃけのう。ミヤタのアサヒじゃけ。いつかは盗《や》られることじゃろう。」

あのチビのこそ泥は学校に辿り着いた途端に、胸を反らして仲間を見渡したのではないか。尾鰭をつけて如何に危険な芸当であったかをぶちあげながら……。俺は小柄な中学生の白シャツと学生帽の中に、おじさんの前で神妙にうなだれていた曾ての自分をはめこんでしまう。ドロボーになるかワルサンボーに終るかはちょっとしたはずみで決まる。あの時の俺はどっちのボーでもあり得たのだ。

「お前にやられるヌケサクもこの世にゃおるんじゃのう。」

「そのトンマ野郎、眼は明いとったかや。」

「めくらでつんぼよ。きまっとろうがの。」

「お前、ようそがいな哀れな奴からやったのう。」

「鍵忘れを狙うとは男の恥じゃけね。」

俺はチビ共の嫉妬ともヤジともつかぬそんな毒舌の矢表に立たされているかも知れぬ少年に、こう言い返して貰いたかった。

「羨しいか。じゃろのうムリないわ。なんせこれはブリジストンのスペシャルＨ７じゃけのう。Ｈ７は初めてじゃろ。拝ませてやるけ。」

だが女房のブツブツが幾らか収まって「尾けてきた……」を連発しはじめたあたりから、チビのぶざまな狼狽ぶりが漸く許せなくなってきた。「シマちゃが門をはいるところを尾けてきたんだがね。尾けられたんだべテイシュ。毎朝狙うとったのよ。子供じゃからボロも新車も見分けがつかんからね。だってもよ。選りに選って前科もちのボロを……。」

「何がボロだ。ヌシゃ盲か。あれはまだ新車だぞ。チビの方がボンクラのヌシより百倍も悧巧だ。」さかしらな小猿め！　俺がスタンドを立てて玄関に肩を入れた途端、するするとましらのすばしこさで……。

「まあたバス代が要るねテイシュ。今日は遅刻だよ。」ふてくされている女房の横っ面に手を振りあげてしまいそうな自分を暫く俺はもてあました。

11

脚のロクロを回している男が近づいてきて「捕まりましたのうシマさん。」と言った。

自転車に再度の家出をされて二日めだった。

俺は罫型に漆を含ませていた。つかまりましたのう……の語尾のひねりが、俺の新しい秘密を嗅いでいるように思われた。途端に〈我は往くなり〉がごつい手で首筋をつかみあげられてこっちを振り向いたと思ったのだが、それはあり得ないことだった。中学生はゆっくりひまをかけて俺の中で変身しはじめたかと思うと「センパイ！」と懐しそうに呼びかけてきた。

「そうかね。」

「夕刊に出とったでしょうが。新聞少年に尾けられるなんてね。」

「ほう……。」

「自転車を盗る所を新聞配達に見られたんですな。」

「バカめ、同じ手口しかやれんのか。」

「さ、どうかね。ともかく二台の自転車が薄明の街並をバックに、こう近づいたり離れたりするのは映画的ですのう。ほじゃが相手が悪い。新聞少年に尾けられちゃ逃げきれやしませんよ。」

「さっさと配達をすませるさ。悧巧な子ならね。」

関心を示そうとしない俺に「台がひじっちょるで。」と言い捨てて男は行ってしまった。

躍起になって追跡を続けているらしい中学生の新聞配達の黒い背中を、俺は二重に追跡していた。その襟首をひっつかんで、自転車諸共ひっくり返してやりたくて、罫型を支えた左腕《ききうで》を宙に伸ばして、その襟首をさぐってみたりした。

昼食になると例によってキキミミに取巻かれた幾つかのムダグチが、飯などそっちのけにして始めていたが、シマさんは彼等にとってもう何の用もない人間だった。事件という気紛れ者は現場に最も近くいた者の沈黙から歩き出し、やがて推理の最も奔放な語り手の強弁に抱きとられるもののようだ。

「自転車を何で使うのかと思ったら、流石に奴は知能犯じゃね。勿論待たせてある車も盗品じゃけ大型車の蔭にでも置きそうなもんじゃが、そうはしよらぬ。堂々と車内燈を点けて車と車の隙間で待たせちょく。自転車は途中の十字路のあっち側で乗り捨てる。然もハンドルをあっち側に向けて道路の真中に放ったらかす………。」

「そうかも知れんね。今度は押し入った家の主人に刃型を突きつけて先ず自転車の鍵を外させちょる。」

「新聞配達がうろちょろする頃になんでやるんかの?」

「なんで？　人間のさ睡眠の深さをさ一晩中のカーブでみるとじゃね。そこがピークなんじゃ。あの商売の常識じゃ。」

「その新聞少年は追いかけながら途中で一一〇番してよ、その足でまた追いついたんじゃろな。でないと話が合わんけ。」

「盗んではみたが肝腎のタイヤがパンクでもしちょったんじゃろ。これはパンクしちょりますとは言うてくれんけのう、余程のアホウでもない限り………。」

俺は自分がヨホドノアホウ呼ばわりされている気分で、追いつ追われつする四つの車輪を弁当蓋の蔭からのぞいていた。予定の場所らしい十字路のシグナルが見えた時、追われていた先頭がとびおりて刃物をさぐった。精魂尽き果てたあの男の眼鏡がこっちを向いたと思った時、走り寄った手錠がカチリと鳴った。「や、センパイ！　意地が悪いね。高見の見物ですかい。」俺は自分の手に乳色の手錠が掛かった手応えを感じた。〈君！空気まで入れてやったではないか。何だそのザマは……〉俺は既に靄に取囲まれていた。隣りの男の湯呑みに手をかけて「シマサン！」とたしなめられたのも上の空だった。

「北海道の野郎だって？　北海道はどこだい。」

夕刊を握っていた男が、それを開いて「書いてないな。北海道生まれ、住所不定じゃ。」と言った。

俺はあのユーモラスな挨拶のふるさとを俺だけが知っていることに、妙な満足を覚えた。弁当箱の白い飯はぼんやり展がって、そこに鼻面をくっ着けている俺を靄の深みへ深みへと誘いこむ。月之輪堂はそこに在った。守銭奴の昔の快慶氏は、もうすっかり矜羯羅さんになりきって、月之輪堂の庇の下に立っている。孫のような娘を抱いて――

「婦女暴行は否定しちょるの。」

「そのうち吐き出すさ。ほじゃが縛りあげたおなごは抱きようもなかろうがね。どがいなもんか。」

「あんたでもやるかね、その歳で。」

「こけ！　わしゃまだ六十じゃけね。誰かが言うたろ、男の花盛りよ。」

靄の中のこの矜羯羅さんもとっくに還暦を迎えたであろう。弁当をつついている俺の湯呑みにぼんやり顔を出すのは、故人になってしまった両方の母親達ではなくて、決まって、いつも童相の頭を貧弱な肩に載っけたこの小男の方である。

何度目の里帰りだったか、一刀齋の娘は悄然とやつれて戻ってきたことがある。

「シマちゃには言いにぐいども……。」そしてテイシュの顔色を読みながら、こう言ったのだった。

「とうちゃが嫁さん貰うとる。女のややこ抱いとったきね。」

「ほほう。」俺は驚いたが微笑むしかなかった。

「ふるさとはもう無うなったべよシマちゃ。おかあさんはおらより若いから呼びようもねえ。男はこれじゃからね。好かんよおら。」

「そんなには言うな。妹が一人できたじゃないか。孫の子一人産めぬ娘に一刀齋氏がしびれをきらしたんじゃろ。」

「産ませてくれんもんを誰が産めるかね。」

「推参な！」

「あったら助平じじが表彰さ受けてっから笑わせるもんね。」

女房が投げてよこした北海道新報の横組のゴシック活字が赤鉛筆の線で囲んである。

　熊を芸術に仕上げた執念の人

　ノミ一筋に四十年

　北海道観光の蔭の功労者

その下にぐる眼のコンガラさんが熊を抱いて胡坐をかいている。矜羯羅だ！　誰かに似ていると思ったらそっくりじゃないか！　と俺が感に堪えて呟いたのはこの時のことである。熊なんか抱くより独鈷でも握った方がサマになりはしませんか快慶さん。途端に俺はこの蔭の功労者に親しみを覚えた。人もあろうに運慶の矜羯羅童子。願成就院のあの不動の脇侍を俺はこの眼で半年前に見てきたばかりだった。ギョロ眼だけを勢多迦から移せば仕上がる。昔と変わっているのは、肩のあたりまで垂れているらしい曰くありげな白髪である。おめでとう不遇の彫刻家快慶先生！　あなたにもやっと文化勲章が来ましたか。

本籍東京都、美術学校中退、元二科会員、美とロマンスを求めて飄然と全国を行脚するうち、故夫人と結ばれて北海道の人となる……。

美とロマンスか。俺は面映ゆくなってきて、続きが読めなくなった。月之輪堂の掛時計の下に立っていたあの未完の仏像は、押しかけた筈の記者の眼にも〈青年の像〉と映ったであろうか。唇をくすぐりにくる〈チロンヌップ〉を俺はやんわり嚙みしめた。あれが一刀斎の手筋でないことを俺は三日めには見届けたのであった。鑿の流れが別人のものであることは熊と比べるまでもなかった。左利きの刃がどう這込るか、左利きには判るのである。快慶を自称するには運慶の道具箱担ぎに仕立てることから始めるし、元二科会員をひけらかすには二科をみそくそにやっつけることからしか始めない。或いはひねくれでも何でもなくて、彼流の老獪なリアリズムの定石に従っているまでのことだったのかも知れない。この男こそ精巧で岩乗な世の中そのものかも知れぬのだ。裁く勿れである。

「出まかせならよう……。」そう言ったのはロクロの男だった。一瞬俺はコンガラさんのこの履歴のことかと思った。

「シマさんじゃないが、質屋のマダムは名誉毀損になるのう。」

「て！　ゴウトウに名誉かい。」

「気づかれたら居直るってやり方はお前さんに似とるで。」

「こーけ。俺なら枕を蹴とばして始めるさ。縛るなんど子供のやるこっちゃ。」

バス代は俺にとって、痛い浪費である。それが要らなくなった日が来た所で、今度はその日から新しい月賦が待っている。或る朝、ひょっこり家出息子が舞い戻っている。それはもうあり得なかった。

選りに選ったあげく、わざと選り損ねたみたいにこんな薄給の道楽工場に尻を据えてしまったのも、木の誘惑に負けたからであった。木は女みたいに抱きたがられはしないが、そのくせ木好きとみると、木は態《しな》をつくって逃げるふりをしだすのだ。だがやはり決定的に俺が摑まったのは社長の耳の魔術であったようだ。面接の日、社長はこう言った。

「島田さんの息子さんか。名人じゃったもんのあの人は。ひところはベッドを並べたこともある。傷の無え人は中が見えんけ難かしいんじゃ。特に島田さんちゅうお人は……。」どうだと言いたかったのか、あやしげな耳の芸を鑑賞しているうち、そんなことはどうでもよくなったのである。

## 12

全然錠の着いてないのがあるかと思えば、後輪に錠をかってその上更に岩乗な鎖の錠を前輪に巻き着けた自転車もある。自転車置場の何十台も並んだ新古大小さまざまな自転車の中には、そんな用心深いのが混っている。そんな自転車に限って手入れは届いているのだが、どことなくくたびれて力がない。人間で言えば白髪を染めた若造りの老人といった、そんな感じがする。持主はどんな人？　なんて人間余計なことに興味を持つもんでのう……。

これは女房が聞いてきた中学校の老自転車監視人の話である。頼まれもしないのに、孫の自転車がそこで盗られてから、監視の役を買って出ているのだという。

だが今の話はパチンコ屋一般の自転車置場のことであるらしい。

「で、そんな力のない自転車の持主がどんな奴だって言いたいのか、その年寄りは？」

「それを撫でさするようにして連れて行くのは決まったようなもんだと。」

「高校生か老人？」

「りゅうとした中年の紳士だと。シマちゃみたいな。」

「………」

「んだども鍵コ何ぼ着けてみてもダミなものダミだでやテイシュ！」

「白髪を染めた老人か。ふざけるな。」

「もう出て来っこないよ。三日もはりこんで見つからんのだから。」

「ヌシャ頼まぬことしかしてくれんからのう。一か月知らん顔しとって、或る日中学校の自転車置場からこっそり連れ戻すつもりでいたんだ。あのチビの奴キイは一つしかないつもりでいるからね。うろたえてまたここの門まで覗きにくるさ。」

「何台買うてもムダだべよ。何でドロボウ捕まえて首っこ引っこ抜くこと考えんかね。」

ダミだと言われてもムダだと言われても、やはり買わないわけにいくまいから溜息が出てくる。母の死後一切手をつけまいと誓った親父の年金を少しぐらいへそくっても、親父は眼をつむってくれるだろう。だがもう金輪際！

そう決めた途端に、陥ちこんでいた惨めな気分から俺は立ち直った。

錆を吹こうが泥をかぶろうが、知ったことか。タイヤが凹んだら自転車屋の若者にポンプをつかせればいい。べたべた撫でさするから逃げられる。油差しもポンプも捨てねばなるまい。あんなものがあるばっかりに〈五分間〉と言う男に背中など見られる。

子供みたいなこんな気負いが我乍らおかしくなるのだが、それはもう煙草喫みの禁煙宣言みたいな頼りなさに先回りされているからでもあった。

――センパイ！　ポンプなんか捨てないで下さいよ。捨てたってどうせすぐ拾いに行かねばならない人でしょう。五分間なんてこの世にないことを知っとる癖に、六分より一分短い時間だと自分を誑かして暮らしとる。無礼者が好きだからねセンパイは。まるで体ごとポンプじゃないですか。三年経ってまた小生がやってくる。「ほんの五分間！　センパイ、キイを……」と言う。するとまたぞろポンプを持ち出してさ、背中を円めて……

――馬鹿者！　今度こそ君の肛門から空気を入れてパンクさせてやるぞ――。

俺は十か月の割賦と、社長の顔で金を借りて金利を払うのと、何れが増しかを考えた。

こんな俺を〈しまり屋〉と同僚はからかう。しまり屋とはムダの吝嗇家のことであるから、俺はそれを美徳としている。たとえばコンガラさんの胡坐の下の家畜だって、浪費を避ける当座の知恵であるなら、誰に咎められる筋合でもあるまい。裁く勿れだ。

女房は埃をかぶった算盤を膝にしてテイシュの前に坐っている。

「ごはさんで。」と言った侭、俺は展げたブリジストンのカタログのカラー写真に眼を奪われた。婦人用車に跨ったショートパンツの麗人が言葉の輪を吹き出している。

――テイシュが連れてきたもう一人のあたし――

婦人の肩に手をかけて、男がにこやかにこっちを向いて立っている。

「テイシュ！」と女房が俺の膝をたたいた。そうか、これも。これでもやはりテイシュかと内心俺は苦笑した。算盤を抱いた眼の前の女が、急に不憫なものに思われてきた。

母も例外ではなかったに違いない。自転車さえ持たなかった父にかしづいて、やはりこうしてゴハサンに明け暮れたのではなかったか。何度繰返してみたところで、赤い字は黒くはなってくれなかったとしても——。

「あんなものを日本が持たなくてよかった。」と呟いて死んでいった男は、自分自身何かをゴハサンにしてみる庶民的日常を持たない素寒貧の彫物師だったが、それでもゴハサンにすべきものを忘れることはなかった。カビは生え、珠は欠けていたとしても、と息子の俺には思えてくる。あれは桁外れに大きい算盤だったのだと——。

「ごはさんで。なんもかんもごはさんで。」

急に小さく映りだした女房の膝の算盤に向かって、改めて俺はそう言った。

# 衛門

昔、中国を相手に戦争をしていた頃、世の中には兵隊ばかりがうようよしていました。外出日の日曜祭日ともなると、街はカーキ色の兵隊で溢れたものです。裏通りのカフェーというカフェーはめかしこんだ古参兵（中には軍帽のお椀の中にこっそり香水を一振りして出て行く男もいましたっけ）で埋まり、沖之村の遊廓には風采のあがらないチョン星の二等兵が三三伍々、辺りを憚りながら歩いているのが見られたものです。騎馬憲兵の見えない視線に怯えながら……

やがてアメリカさんとの喰うか喰われるかの戦争になってしまったのでしたから、あれらの兵隊達の殆んどが、異土に骨を曝すか、鮫に喰われるかしたのでしょう。

生きている兵隊などはおりますまい。面の皮の岩乗なのがいて「昔ワシが兵隊だった頃のことだが……。」などと嘯くのが聞こえたら、あまり近づかない方がいいでしょう。

こう言うとそのお方達は、何故だ？　ときっと眼を剝く筈です。ワシ達は籤運がよかっただけだ、気づいた時は捕虜になっていたんだ。何も生きていることを止《や》めろと言われる筋合はないと、人にも自分にも言い聞かせてきたオリコウサン達ですから――

それも戦後の僅かな間のこと、戦中派などという恥知らずな言葉の尻馬に乗っかって、こっそり自民党に一票を投じてみたり（と言うのも、もう共産党に入れたと吹き回ってみても、誰も感心してくれなくなったからのことですが）、ぬけぬけと孫をこしらえたり、もう時効の筈だからと、「昔ワシが兵隊であった頃のことだが……。」などと歴史の目撃者みたいな声色で始めるオジサン達なのですから——

戦傷という程の傷でもないのに、何かと言えば戦傷者バッジをひけらかすし、軍人恩給までせしめているのがこの私です。

後程出てくる若い衛兵司令の伍長さんに、あの世の入口の衛門でもう一度私はビンタをとられることになるでしょう。「浜口か！　やっぱい貴様《わや》喰わせ者《もん》じゃったね。そのバッジをせしめるには勲章よっか要領が要ってね。」

児島の遺作であるこの小説「衛門」の埃を払って展げる度に、要領者、ゴマスリ野郎、破廉恥漢といった言葉が四十年の歳月にも漂白されず、私の内部で身じろぎを始めます。

児島は戦死ではありません。伊敷の陸軍病院結核病棟で、絞り捨てた雑巾みたいに枯れ果てたのです。私が彼の臨終に立ち会ったという訳ではありません。一人の看護婦も、この絞り捨てた雑巾という比喩を使った児島の姉さんも、彼の臨終を見届けてやることはできなかったようです。

私が児島の姉さんの訪問を受けたのは昭和二十二年、つまり敗戦の翌々年、鉛色の昏い師走の夕方でした。玄関に立ってショールをとられた時、霰がパラパラと廂を叩き始めたのを憶えています。「あ！」と声を呑み、そして「若しや児島の妹さんでは？」と呟いて、初対面の相手を驚かせてしまったことも。

児島はここに披露する五十枚ばかり（？）の小説を、絶命する一週間ばかり前、見舞に行ったこの姉さんにことづけていたのです。罫もない藁半紙の然も鉛筆書きですから、今はもうあちこちかすれて、閲した四十年の歳月を物語ってはいますが、読むに困る程ではありません。

「貴方様《おまんさあ》に届けよと言われた訳でもなかし、ご迷惑かも知れ申《も》はんどん……。」

令婦人といった感じのこの人は児島の妹さんではなくて、姉さんなのでした。

「姉ござしとぉ。」と靨を赤らめながら、くるくると風呂敷包みを回しました。

「これに出てくる浜口二等兵のモデルが若しや実名の浜口さんという方ではなかろかち考え申《も》して。本人が自分を児島にしとるから、きっとそうだち思い申《も》したら矢も楯も堪らじ、復員事務所に何度も何度も足を運び申《も》した。やっぱいそう御座したか……。」

弟の骨を引き取りに行った翌早朝、ハワイ大勝のラジオ放送を聞いたと姉さんは言いますから、児島が死んだのは昭和十六年の十二月です。

私が児島と別れたのは小興安嶺の向う側、愛琿条約で知られる国境の街です。グリーブスキー中将によって清国人のジェノサイドが繰り展げられた八月事件というのをその時私は知りませんでしたが、あの要塞の異様さは今も忘れることができません。黒竜江《アムール》は結氷して、戦車を想わせる氷塊がごろごろしていました。

孫呉の兵站司令部に着いた時から児島は力ない咳をしていましたが、愛琿の独立機関銃に配属された頃は、寒さに咽喉をやられて声もろくに出なくなっていました。

弱兵の見本みたいに罵られながら孫呉行きのトラックに追い上げられる彼に、私は只右手をあげただけでした。戦場での別れなんてこんなものです。駄馬と別れる時は尻の一つぐらいはどやしたものでしたが――

顔をそむける時、視線だけはこっちに取り残してしまうような所が児島にはありましたが、この児島の姉さんも、斜視と児島がはっきり書いている程ではなくても、やはり顔の向きとどこか視点のずれる感じがありました。注文をつける隙がない程整った婦人の顔をこしらえてしまった神様が、ついでにもう一つ細工を加えてみたかったのかも知れません。あれに妖しい魅惑を覚えた男があったからといって、神様はお咎めにはなれますまい。「お子さんは？」などと愚かな質問をして含羞屋《はにかみや》らしい児島の姉さんを俯かせてしまったことを、今も私は悔いています。

姉さんの推測通りこの小説の中の浜口二等兵は私です。それにしても児島はひどい奴です。まるでずるがしこい頓馬野郎の見本みたいな相棒を一人こしらえて、自分の引立役に使っています。書かれた大筋に嘘はありませんし、白状してしまえばこっそり録音でもしていたみたいな所ばかりなのですが、私にだって誇りがあります。何度これを風呂釜の下に投げ込もうと思ったか知れません。だがその都度私を思い止まらせたのは、姉さんの「こん小説は嘘ござす……。」といった言葉でした。「みんな嘘ござんど浜口さん。私《あたい》を逃げて、行き場がなくて、仕方なく隊へ帰ったくせに、自分《わが》をヌケサクの粗忽者に仕立ててお。気が咎めたとござんそ。斯様《こげ》な芝居をして、それを文章に写して、逃げたとじゃなか逃げたとじゃなか！　そう言って私《あたい》を慰めかたござす。はい、私《あたい》にはまる見えござんで。こん小説は私《あたい》一人をごまかして納得させる為の遺書みたいなもんござす。私《あたい》が居らん間に飛《と》っ出《で》た臆病者《やっせんぼ》のな。迷惑なとは貴方様《おまんさあ》ござした。」

この通りなのかどうか、そこまでは私には判りませんが、あたいに宛てた遺書だという姉さんの言葉を、どう否定しようもないのです。

あれから四十年近くが経ってしまったとはいえ、児島のこの「衛門」がこんな形で日の目を見ることになったのも、作中の人物が殆んど実名になっていたからのことでした。「児島は……」と自分を冒頭で名指した時、この遺書の書き手は、相棒の私も浜口二等兵で引っぱり出すことにしたようです。

愛暉から孫呉の兵站病院へ、やがて伊敷の原隊へ還送された児島は、そこで仕残したことを仕遂げたようです。何を仕遂げたんだと問われても、黙って見返す他ありませんが……。重営倉三日だったと姉さんは言います。そこで喀血して再び白衣を着る身になった訳ですが、私達の野次馬根性をくすぐるそこの辺りは、姉さんの鹿児島弁で推し測る他ありません。「衛門」の作家にとって、そこは構想の初めに切り捨てるべき部分にすぎなかったのでしょう。

姉さんの言う「嘘」が私の中で重い物質みたいに育っていくトーマス・マンの魔の山のくだりでは、さらでだに小さい文庫本がみるみる小さくなっていく思いです。世に容れられぬ愛情の呪われた不可解さが言語以前のどろどろの洪水になって、私の視野を頼りなくするからです。姉さんの「嘘」を信ずる限り、この弟は臆《やっ》病者《せんぼ》だったというより世俗をのみ慮る卑怯者《ひっかぶい》だったのかも知れません。

# 衛門

## 1

児島は吶喊《とっかん》饅頭の立看板の前で立止つた。膝を折つて弛んでもゐない編上靴《へんじやうか》の紐を締め直してみる。序に右の爪先の綻びに潜り込んだ石ころを指先でほじくり出す。すると出掛けにそこへ詰め込んでおいた葉書の切端が、蛤のやうに舌を喰らひ出してくる。

――児島二等兵殿の御帰館だ。聯隊長以下出迎へろ――

胸の物入《ポケット》から右手が勝手に引張り出す紙きれにちらと眼をやる。そして、またか！　と自分に舌打して苦笑する。——何度これを繰返せば気が済むといふんだ——掌大の藁半紙。帝国憲法みたいな面をしてゐる此奴。六日前に貰つた中隊長の外泊許可証である。一際黒々と書込まれた日限の四月八日が、何度目かに四月九日になつてゐる筈もないではないか。よろしい四月八日十七時三十分ときたか。縁起のいい与太者時刻のやうだ。俺は昔からこんなハンパな時刻が好きだつた。せめて三十一分とくればなあ！　俺の臨終の時刻に貰つてやるんだが。二十九分はどうだらう？　みみつちいかね銀杏さん。五十メートル前方の衛門に覆ひかぶさつてゐる銀杏が、そのざわめく髪をゆらりと横に振つた。

「饅頭をくれをつさん、五十銭でいい。」

　これを待つてゐる古兵の餓鬼がゐるのだ。自らを四十年型人糞製造機と称んで、オヤブンみたいに動きがのろい。その人糞製造機氏にそつくりの饅頭屋のをつさんの頭の上で掛時計があわただしく振子を振つてゐる。

「此処の時計は九分も遅れてるぜをつさん。聯隊御用達もこれぢや失格だ。」児島は改めて腕時計のねぢを巻いた。

「ご冗談でせう兵隊さん。城山のドンよりこつちが正しかち昔から褒められ者《もん》ごわんさ。役《やつ》せんとは聯隊本部の玄関にぶら下つたあん大《ふと》か奴《わろ》お。」などと言ひながら、をつさんは伸びあがつて長針を進めた。

「今日は八日だよねをつさん。」とさりげなく尋ねてみるが、新聞紙に手づかみで芋饅頭を並べてゐる禿頭には反応がない。児島はづかづか陳列棚の後ろへ回つた。くたびれた日めくりが4日のまま斜かひにぶら下つてゐる。頼りないことおびただしい。

　饅頭屋のこの角を曲つてしまへば道はまつすぐ獄門と児島達が称ぶ聯隊の衛門に吸ひ込まれてゐて、そのごつい石門を背に銃剣を構へた歩哨がこつちを向いて立つてゐる。その歩哨の視野に踏み入れてしまへば、つまり休暇は終つたといふことだ。

——四月八日。四月七日の今日はその翌日。往生際が悪いぢやないか。断乎として命令する。王侯の足どりでこの角を曲れ。乞食饅頭の包みでもかかえてな。いい恰好だぜお前さん。

——それにしてもこの世の時の秤は何とケチに出来てゐることか。六日間！　一年より長かつた筈の六日間が、一日をたつた六回繰返すことだつたとは。その一日ときたら二十四時間を一秒だつてまけてくれやしない。今朝迄かかつて読みあげてきたトーマス・マンの魔の山では、三週間が七年にも延びたといふのに。

——ひよつとすると一日勝手に繰上げてしまつてるのかも知れないが〈あり得ることだぞ〉だがひよつとなんて粗忽者のふりがなでなかつたことがない。

「さあ！」児島はエンヂンのレバーに手を掛ける。

——あと五十メートル。正確に。こんな時こそ正確でなくてはならぬ。四十九、六七メートルではどうだらう。弾着修正よし。方向緊定桿キンテイよし。だが今日といふ日に限つて何とまあべらぼうな日本晴だらう。大銀杏の髪がざわめく度に、喇叭調整の調子つぱづれのもの憂いリズムが練兵場の方角から流れてくる。しごかれろ音痴共奴！

聯隊の兵舎に沿うて直線に走る伊敷街道—通称かあちやん通りの末つぼまりの彼方から四人五人と人影が現れた。くつ着いては離れ、離れてはくつ着きしながら徐々に点のつながりになり、やがて落葉色の縦隊になつてうねりながらやつて来る。馬がゐる。——いけない！　先頭の見習士官は三機関銃の坊ちやんではないか。機関銃よりも扱い難い古兵のひがみ屋共が束になつてやつて来た。

後ろから近づいて来るのは曹長さんだ。こつちは軍隊の麦飯を三ケ月喰つただけの二等兵だが、上着の帯革からぢかにダンビラをぶら下げ、馬革の脚絆を巻きつけた男が曹長であることぐらゐ解る。つき合つて得になることなどまづない相手だ。とつ摑まる筋合はないが、もともと筋合などに用のある相手ではない。前方からの集団より、この後門の狼の方が十倍も厄介なことは常識である。

　進退きはまる。見事なもんだ。谷まるを窮ると書いてペケを貰つたこともあつたつけ。谷まるタニマルとはこのことらしいが……タニマルかタニマランか「あのねおやぢさん……」とすかさず饅頭の文字を二つに分けてゐる暖簾の割れ目に背中の方から呑み込んでもらはうと試みたが、一瞬遅かつた。「そこの兵隊待てつ！」と二十メートルの彼方から首筋をつかまれた。

　今日は兵隊の外出日ではない。突立つてゐる兵隊の腕に〈公用〉の腕章が見えない。それもあるが、もともと単独の兵隊が街角にもつさり突立つてをれば、それだけでもう充分に不届なのである。彼等にとつて兵隊とはどんな時でも小走りに走つてゐるべきものであり、歩くにしても前方を目指してそくさと急いでゐなければならぬものだからである。彼等自身かつてさうであらねばならなかつたやうに——

　待つてゐる訳でもない一人の兵隊に、災厄は大なり小なり、いつもこんな具合にゆつくり歩きながら近づいてくるのだつた。

　曹長は児島が差出した紙きれを開き、袖口をまくつて腕時計を覗いた。うなづきながら返しかけた紙きれをもう一度取りあげて、今度は紙きれと児島を交互に見比べた。

「さうか。野戦を志願したね。ぎりぎりまで遊んで来《け》よ。オナゴはもう抱《で》たとや？　野戦に行けばもう休暇なんど無かでね。」

「ハイッ曹長殿。」

「三機関銃からは何人か？」

「…………」

「お前の隊から何人征くのかと聞いとるんぢや！」

「…………」

「つんぼかお前は。口はついとらんのか。」

「言へないのであります。」

「さうか。うん。ぢやつたね。余計な事《こつ》聞いた。」

曹長は金歯を光らせた。そして大佐でもやるやうな鷹揚な白い手套の答礼を返した。

やつぱりと躍り上りたい解放感が足許を衝きあげてくる。やつぱり俺は地球を一回勝手に回してゐたんだ。四月八日なんか馬にでも喰はせろ！　それでゐて、歩き去る曹長に向いて挙手をしたまま回転してゐる自分のみじめさがやりきれない。軍帽の鍔にあてがつてゐるこの掌で、ついでに自分の横面を張りとばしたい気分になつてくる。尻尾なんか振りやがつて「ハイ」の次に曹長殿をくつ着けるとは何事か。あれを耳にする都度、ゴマスリ奴、毛唐の文脈ぢやないかとせせらわらつて来たのではなかつたか。

機関銃が来た。二頭の駄馬を挟んで、ドタ靴とボロ服とデスマスクの縦隊が、左右にうねりながらやつて来た。人も馬も水から引揚たばかりのやうに濡れてゐる。曹長を見送つたのと同じ姿勢で児島が引率者の見習士官に爪先を向け変へた時、縦隊の先頭から一人が抜け出して衛門へ駈け出した。カイモン、カイモーンと叫んで歩哨に向つて両手を拡げた。山寨へ辿り着いた野武士の声色だつた。

俯いた眼の前をドタ靴が流れて行く。交互に踏みあげ踏みおろすドタ靴どもの流れは妙に切ない。くたばつた大鮫に滅多打ちを喰らはせてゐる手斧の音みたいだ。兵隊の足音つてどうしてかうも破滅的にユーモラスなのだらう。鼓笛隊を先頭に凱旋門を目差す軍隊の足音にどれ程の違ひがあるのだらうか。これを占ふかのやうに、昨夜姉がかう言つたのだ。

「演習帰りの兵隊さんにはどんなマーチも滑稽になるね。敗残兵にしか見えんもん。団ちやんには悪かどん……。」

児島は「敗残兵で悪かつたね。」と苦笑したのだつたが、今は岡目八目である。

「おう児島ぢやねか、汝《わ》や……。」聞き覚えのある声だつた。縦隊の最後尾にすがりついてゐる落伍兵の一人がこつちに向けて手をあげた。児島は気づかぬふりをして、それに自分の言葉を継ぎ足した。「何ちふオッチョコチョイか汝《わ》や。桜島へ向けて回れ右だ！」

長居は無用だつた。店頭のガラスケースに並んだ饅頭の一つ一つに焦茶色に焼き着いた吶喊の文字を横眼でなどりながら児島が一歩踏み出さうとした時、一人の兵隊が帯剣を握りしめて走つてくるのが見えた。遠くから手をあげ、近づくと今度は両手を差挙げて激しく前へ振りおろした。「走らんかあ児島……」と兵隊は叫んだ。どうなつてるんだこれは？　何故曹長は横つ面を張つて急がんかあと怒鳴らなかつたんだ。張り飛ばされた勢いで衛門目がけて突入するつもりでこつちは頬つぺたを差出してゐたのではなかつたか。あわてさせるな。今日が四月七日であり、門限の八日が明日であることは、あのダンビラがたつた今証明したばかりではないか。それでもぐらぐら揺れだしたものを踏みつぶして児島は待つた。妙な親近感がこみあげてくる。勇士韋駄天の図ときたが、走つても走つてもこいつは自分の不安に追ひ着けないのらしい。

「まあたお前さんかい。」

やんはり拡げた児島の両腕の中へ泡を吹きながら飛び込んで来た男。こんな時、こんな具合にやつてくる奴なら決つてゐる。お蔭で何度ゼンインビンタを喰らつたことか。点呼の番号をとちり、薬莢の員数を足りなくし（浜口註、これだけは濡衣です）、班長に飯を持つて行くのを忘れる男は他にはゐない。

児島は驚かなかつた。だが、抱き止めた児島の体を逆に小腋にひつ抱へ、有無を言はせず走りだした浜口二等兵の牛のやうな力に怯んだ。引きずられる児島の頬から笑ひが消えた。浜口の耳朶はあらゆる言葉をはね返す為に聳えてゐるやうに児島には見えた。引摺られてゐる方が引摺りはじめた。二人は縺れ合ひながら走つた。衛門がグーッと迫つてきた。仁王立になつた歩哨の銃剣が二人を遮つた。機関銃隊の後尾を呑み込んだばかりの鉄の門扉がガラガラと音をたてて閉まつた。

テレビのCMみたいで恐縮ですが、出しゃばらせて下さい。ここで先回りして、時代の背景など私から説明しておいた方がいいようです。

ノモンハン事件が始まったのは、今記録を覗いてみますと、昭和十四年の五月になっています。

鉄と肉の戦いであったと言われています。関東軍は生き残った兵隊を内地へ還すことを好まなかったようです。ご存じの通り、その惨敗の責任者である筈の参謀辻政信が「敗残兵！」と怒号して切歯扼腕したぐらいですから、戦場の様相は想像に難くありません。気狂い参謀が何と罵ろうと、生証人である彼等は還ってきました。停戦は九月ですが、私達の前に姿を見せたのは、翌十五年の三月末でした。

兵隊達が信じていた〈関東軍のいくさの神様〉辻参謀は、軽装甲車に佐官旗を翻しながら、味方が累々たる屍になり果ててからやって来たのでした。参謀肩章を光らせた栄養満点の将棋差しが「ハイザンヘイ！」と怒号した時、屍体の蔭には何人かの生残りがいました。尽き果てた力をふり絞って戦友の屍の上に三八式歩兵銃を載せ、ハイザンヘイと叫んだ男に銃口を向けたとみるや、この名高い名参謀はエンヂンを全開して逃げ去ったといいます。若し彼等のうちの誰かに槓桿を引くだけの力が残っていたとしたら、辻の殺し屋稼業はそこで終っていたかも知れません。

この話を還ってきた彼等から直接聞いたという訳ではありません。彼等がそこにいたかどうかも私は知らないのです。何を聞くにも、彼等はもう何かを語るということを忘れてしまったような所がありましたから――

彼等は一括してノモンハンと称ばれました。こっそり囁き合われたと言うべきでしょう。特定の一人であれ、何人かの塊であれ、遠くからノモンハンと囁き合う以外に呼びようもない雰囲気をこしらえていたのです。

彼等の中に、飯を喰う時以外はブツブツいつも口の中でお経を唱えている一等兵がいました。その男が白樺で彫ったという観音像を見せたのを憶えています。巻きくるめたボロぎれの中から出てきた掌大の観音の右腕は肩から欠け落ちていて、欠けた腕は背中に紐でくくり着けてありました。

右腕をもぎとったその弾丸がついでに潜り抜けていった肩甲骨の凹みを、男は外したボタンの隙間をかき拡げて、見てはならないものを見せるしぐさで、私たちに覗かせたことがあります。何のご利益があったというのかそれが解らないのです。児島だったか誰だったか、そのことをうっかり（やっぱり聞かない方がよかったから、こう言うのですが）口にした途端に男は胸をかい繕って後しざりしました。今これをはっきり思い出せるのも、あの男の突然の泣き笑いが異様だったせいかも知れません。

「なぜかて？　わからんて？　わからん者にゃわからん。わかるもんか。死ぬ方が当り前と言うつもりか。殺してやるぞ！」泣き声というには当らないし、笑い声というのでもありませんでしたが、耳を澄ませば犬の遠吠えみたいに私の聴覚によみがえってきます。

児島のこの「衛門」にありますように、六日間という長い休暇は、入隊して三か月になったかならぬかの私達二等兵には前例がなかったのですから、少なくともそのうちの三日間はやむを得ずに押しつけたのではなかったでしょうか。彼等ノモンハンが、彼等と同じ北満へ送られる我々新兵に与えるであろう好もしからぬ感化を避ける為に――

これはあくまでも推測ですが、そうでなくてさえ、既に我々野戦志望者は眼に見えぬ恐怖と闘い始めていたのです。外泊休暇をせしめる迄はかくれんぼの鬼みたいに潜んでいて、いざ衛門を出る時刻が近づくにつれてごつい死神の手を首筋に伸ばし始める。一枚の外泊休暇証明書を手にした時点で、取返しのつかぬことをしでかしてしまったと悔い始めなかった者があったでしょうか。

観音男がいるかと思うと、滅茶苦茶に陽気なおっさんもいました。メチャクチャに陽気なおっさんであり続けたい（と思われる）彼の演技は時に眼を掩わしめるいたましさを隠していましたが、仲間にシロブタと呼ばれていたあの上等兵には、他の生き方はもうなかったのでしょう。唄っているか笑っているか、時には肛門でも吹き出してみせねばならない男でした。一等兵に呼びつけられる情ない上等兵でしたが、シロブタもまた陰鬱なノモンハンの語感から這い出せない、今はもう彼等の家畜である他ない生き物だったのかも知れません。大きくて柔かそうなその図体は、ぶん殴られる為に出来上がっていたと言えば言い過ぎになりますが、そこにその野郎がいたから試しにぶん殴ってみたまでだと言えば、何となく頷かれてしまうような男が軍隊にはいたものです。シロブタがそれでした。

児島にとってシロブタは余程興味ある人物だったのでしょう。よく彼の褌や靴下など洗っているのを見ましたから――

飯を喰う時でも彼等は食器を藁蒲団の寝台へ運ばせ、片手に箸を、片手には花札を持って毛布の上に叩きつけていました。そんな所へ近づいた下士官はみじめなものでした。私達新兵には嘘みたいにやさしい代りに、金筋をくっ着けた相手だともうダメなんです。

「おい、この伍長さん、今何か言ったようだぜ。」

「はあて……。」

一人が耳に指を突っこんでほじくって見せます。

「何か聞こえたかい？」

使役の割当てを伝えに来た週番下士官は焦だって「命令だぞ貴様ら！」と怒号したまま膝を慄わしています。

「おい、この伍長さん、また何か言ったようだぜ。」

そして先刻のやりとりが繰返されるのですが、幾組かのバクチウチ共がゆっくりみ腰をあげてくる前に、週番下士官はひきつり笑いをこしらえて「中隊長殿に報告する。」と捨てぜりふを残して退散するのでした。私たちが呆れたのは、どのような裁きの場に引き出されてもそれが抗命を形成しないことでした。（ノモンハン達が状況に応じて難聴になるのはもう常識でしたが）それよりも私達が更に呆れ、且つおかしかったのは、命令とは要領よく、ケガしないうちに引っこめるものだったことです。

児島が喀血して、結局はそれが命とりになったと姉さんが言う〈営倉〉は、衛兵所の奥にある監房のことですが、兵隊はそこをブタバコと称んでいました。同じブタバコでも警察の留置場とは違って、重営倉となると、兵籍名簿が汚れるだけでなく、肉親郷党の名誉を傷つけるのです。新兵にとってそこは熊か虎でも這入る不気味な檻でした。そのごつい潜り戸にぶら下がったバカでかい南京錠が外されることは滅多になく、あったとしても日曜外出の帰営門限をきって、首をくくり損ねた二等兵の兎を放り込む時ぐらいではなかったでしょうか。

この檻に熊らしいクマが這入る日が来たのです。隊付将校を侮辱したのです。

クマはそれまでは幾らかご愛嬌な只のアライグマ。何もかも湯か水で洗わない限り口に入れない男でした。三度の飯も食器の中でジャブジャブ音を立てて水を切るまで監視するし、汁を飲む時は息を詰めてさっと一気に喉に流し込むのでした。煙草さえ臭いクサイと煙に鼻面をこすられないように逃げ回りながら、それでものべつその煙を吹きあげているのです。ホロンパイルの草原にどんな風が吹いたのか、私たちには知る由もありません。

赤い布地に二本の白筋のはいった粋な週番肩章を肩に掛け、拍車を鳴らして偶然アライグマの前に立ち止まった少尉は、体はでかいが、少年の眼を持った若者でした。

「敬礼は要らぬ。そのままそのまま」そう言ったのがアライグマの方だと判った時、皆唖然となってしまって「敬礼!」と叫ぶ一人がいなかったのです。だがそれは序の口でした。少尉の週番肩章に手をひっかけたアライグマは、それを下から上へ上から下へと指で撫でしごき、それへ押しつけた鼻先をひくひくさせながら「これじゃがのう……。」と呻《うめ》いて、相手をひき回しました。

少尉は男を病院へ送るべきだと即座に判断したようでした。振りかぶった拳がやんわり下りていくのでありましたから。だが、

「腰巻じゃろうがこの蛆のたかっとる。腰巻は鼻の曲るき好かんのじゃ。」と叫びだされるに及んで、送り先を変えない訳にいかなくなったようです。そうしないことには他のノモンハン達へのしめしがつかないと考えたのでしょう。中隊長、大隊長、聯隊長の判コが揃った翌る日、アライグマは衛兵に引きたてられて行きました。この時、囚人の飯盒を提げて彼に従ったのが児島であったことは、何れ後で見る通りです。児島の言う「奴隷の王」は逆説家の彼らしい言葉ですが、多分とらわれびとがひきずっているみじめさの中に、寧ろ絢爛たる謀叛―完成された蹉跌、そんな文学青年みたいなものを見ていたのではないでしょうか。或いは「ハイザンへイ!」へのこれしかない返答のやり方に児島の眼には映ったのでしょう。児島は乱暴者では決してありませんでしたが、人から口で挑まれると手で返事をするようなところがありました。「フハツダン」と仲間からこっそり称ばれていたのは、むっつり屋であったからでもありますが、うっかりさわれないといった部分を言い当てられていたようです。ここらは後程、衛兵司令との彼のやりとりで、彼自身の筆で語って貰いましょう。

さて、営倉にアライグマを送り出した後のノモンハン達のことですが、彼等も一皮剝いてしまえば、つまり

はシロブタの仲間にすぎないのを私達は見てとりました。こけおどしの非常呼集の喇叭で羊のようにおとなしく営庭に並び、武装した将校の暗闇にきらめく軍刀の下で、二等兵よりもみじめに番号をとちってしまうのでした。或いは非常呼集は彼等にとって、常に怖れるに足る事態発生の前触れであったからなのかも知れませんが――

新兵の中でも特に外泊休暇をせしめたものが、彼等ノモンハンにただならぬ関心を抱き始めたことは、もう言う迄もありますまい。一枚の外泊証明書と引替えるものが何であるか百も承知の癖に、それに手を出してしまうのは何故なのか。やはり手を出すように仕向ける仕掛けがあるからだと言ってのける他はありますまい。

何の予告もなく、或る日突然、「補充兵全員集合」が掛かったとします。軍歌でも歌わされるつもりで舎前に並んで待っている二列横隊の新兵の前へ、滅多に顔を出さない人事係准尉が一冊の帳簿を携えて現われます。彼がニヤニヤしていればそれは決まって大事な人選びが始まる前兆なのですが、そんな事が判るのはズル賢い古兵になってからのことです。准尉は一列になることを命じます。新兵が何かを感じとるのは、准尉の次の言葉からです。

「妻子のある者、両親のうち両方か片方を欠く者、一歩後へ！」

出たり引っ込んだりした揚句、前列と後列に分かれます。そこですかさず「前列番号」と来ます。

「長男か一人息子、そうでなくとも今まで体の故障で練兵休をとったことのある者、それも後列へ退れ。」

前列が多過ぎたからこう命じたのですが、今度は後列だけが左へ左へと伸びてしまって、前列の員数が准尉の必要な頭数に足りません。

准尉のニヤニヤがニコニコに変るのはこのあたりからです。氏名のチェックが済むと彼はひときわ声を張りあげます。

「前列は解散。直ちに褌の洗濯に掛れ。明日から外泊休暇六日を与える。驚くな六日だぞ。後列は古兵と平常の訓練にかかる。文句のある奴は直接事務室へやって来い。終り。」

足りない人数をひねり出す楽しみではなくて、殺到する筈の志願者をからかいながら撃退することの楽しみが、准尉の笑いを止まらなくするのです。

ワッと鬨の声をあげて散る前列。揚々と引揚げる准尉の後ろには眼の色を変えたのが数珠つなぎで続きます。昔から鉢巻を締める者、白襷を掛ける若者を選び出す場の仕掛けは、こんな具合になっていたのではないでしょうか。その若者の手に入れるのが不毛の討死であったとしても——

隠すこともありますまい。准尉の腰にまっ先にしがみ着いたのがこの私です。児島に軽蔑されました。或いは泣き落しで外泊をせしめた私ではなくて、児島が軽蔑したのは准尉の方だったかも知れません。おまえこそ片親を欠いている癖にずっと前列にいたんだから発いてやるぞと児島に言いますと、「片親なんて奴さん百も承知の上だ。」と吐き捨てました。「狸爺め、俺みたいな札つきの厄介者をまっ先に追っ払いたいんだ。助けてやったまでよ。」

私には妻子がありました。若し六日という日限がその半分であったとしたらどうなっていたかそれは判りませんが、再びこの世で抱き合える筈のなかったいとしい者共の前に突然姿を現わして驚喜させることの魅惑は確かに退けようもないものでした。だがそれと引替えにやがて受けとる筈の屍体用の認識票を呪ったかというと、そうばかりでもなかったのです。何といってもリンチからリンチに明け暮れる留守隊のこの牢獄から脱け出す道は戦場にしかつながっていないのでしたから——実弾が描く弧線の下には、そこにこそ人間が鎖なしで潜める空間がたっぷりあるように思われたのです。

訓練、演習、朝から晩迄、ヒラヒラする仮想敵の赤い三角旗へ向かって繰返す突撃。バカデカイ音をたてる空砲。ヒステリックな罵声で追っかけてくる助教。頭を踏んづけている助教の軍靴の鋲を意識しながら射ち続ける重機関銃の空砲の何と虚ろにやるせないことか。その一発一発が心のどこかを歪《いびつ》にめり込ませていくだけです。内側から腐蝕し剥離していく生甲斐を消燈喇叭の余韻の中でぼんやり計量してやりすごす日常は、これが無限の繰返しになるのではあるまいかという恐怖に行き着いた時、一人の兵隊の戦場志向を決定的にしてしまいます。

日常の全部がごっこであり想定であり、つまり嘘っぱちであることのやりきれなさを何とか慰めてくれるのが実弾射撃でした。あの手応えを一度味わってしまった兵隊は、もうヒトゴロシという裟婆の言葉に何かを感じようとする習慣を捨ててしまいます。

経験のある人でないと解って貰えないかも知れませんが、兵隊にとって戦場と戦争とは関係ないのです。自分が戦争のどこかに関わっているなどと意識している兵隊は多分いますまい。だから兵隊には戦争は土足で近づくことはできません。戦場という蠱惑に満ちた悪魔の微笑でおびき寄せる他ないのです。ドスドスドスドスと握把《ひきがね》を通して全身を少しずつ押し戻す一連装三十発の緊定射。戦場そのものが肩を叩き合うに足る寡黙な大男のように思えてくるのでした。

これが如何に甘ちょろい幻想であったか。北満の曠野で待ち受けていたものが何であったか。ここらはもう御想像に任せます。准尉のニヤニヤをなめてかかった罰でした。

児島が五十銭を奮発して買ったという吶喊饅頭を憶えている人はもう数少ないことでしょう。兵舎に沿って走っていたかあちゃん通りは、国道何号線とかで、車の波は人の横ぎることさえ許しません。それなのに、四十年昔、帯剣を握りしめて息も絶えだえにあそこを走った一人の兵隊はこうして未だに生き恥を曝しています。

2

二人は衛兵司令の伍長の前に直立不動の姿勢で立つてゐた。

二人の息づかいは夫々の走つた距離に比例してゐた。浜口はのべつよろめき、その都度児島の体をつかひにした。

司令は背後の頭上にぶら下つた掛時計に眼をやり、自分の袖をまくつて見較べた。机の上に差出された二枚の小さな紙きれの皺をきちんと掌で押さへて伸ばし、やをら尻で椅子を押しやつた。

「時計が読めるか？　只今何時何分か。」

ドスの利いた低い声である。

卓を半周して近づいた司令の、ふつくらした顎がこつちの軍帽の鍔に触れてゐるのを児島は感ずる。見まいとしても眼前に押しつけてゐる相手の喉仏がゴリゴリ盛り上つてくる。

「お前だ！」顎が軍帽の鍔を押さへた。

この大男がもう少しどいてくれれば正面の時計だつて見えるのにと思ふが、それは見えないし、自分の腕時計を覗くには不動の姿勢である。黙つてゐる他はない。

何がどうなり始めたのか、浜口に引きずられて走り出したのだつたが、今その終点に突立つてゐるのだといふことしか意識にない。

「ハイッ、十七時二十分であります。」

言ひ了へないうちに浜口は吹つ飛んだ。よろけながら立ちあがり、もとの姿勢に戻らうとするが、体の重心が定まらない。二度も三度も爪先を向け変へる。

「余計な口出しをするんぢやない。誰が貴様なんどに聞いた。」

さつさと始めてくれと児島は思ふ。いためつけたい相手にとり掛る前に、此奴等は前戯を楽しむのを忘れない。ビンタなど屁でもないが、このマゾだかサドだかのねちねちに参つてしまふ。隣の男のやうにハーハー息を切らして見せる可憐な芸の持合せはないから、さつさとこつちから俎に載つてやつてるのだ。今に始まつた事ぢやない。

いつも思ふ事だが、軟かい肉の隆起に窪んだ掌が高速でかぶさる音には、何かもの哀しいユーモラスな韻《ひびき》がある。これはまあ隣の音の場合にしか判らないことだが――

「読めんとかァ、つんぼか貴様ァ。」

貴様ァで弾みのついたのを喰らつた激震で、児島はダンビラといふ言葉をひよいと摑まへてゐた。(この癖が相手を逆上させるのだと判つてはゐるのだが)ダンビラダンビラ、大揺れ小揺れのダンビラさんときたもんだ。あそこからのこれは続きといふ訳か。それにしてもこの男、なんとバカ力があるんだろ。

二発めで軍帽が吹つ飛び、三発目めで浜口を突き飛ばして肩から落ちた。散乱する饅頭の一つが椅子の下に転り込むのが見えた。落ちながらマヅイと児島は思ふ。倒れ方が派手過ぎた。そしてこれぢや早過ぎる。思ふのではなくて、三ケ月かかつて体で仕入れた咄嗟の知恵がさう囁きかけるのだ。

「立ていッ!」

これももう新兵の常識みたいなものだが、相手の気負つた一撃をうつかり躱しでもしようものなら致命的である。時には躱すつもりもないのに外れてしまふ厄介な掌もある。別の手で別の奴の耳朶をひねりあげながらのダブルプレーであつたりするからだ。何れにせよ相手はオヤ? と笑つて確実に逆上する。

「落ちたものを拾へ。」

衛舎係上等兵がヒロハンカと言ひながら砂まみれの一つをつまみあげて、しげしげと見とれた。くつ着き合つた浜口の左手の甲が児島の右手の甲をノックする。ふらつく頭が漸く首筋に乗つかると、正面の掛時計の文字盤が一回りして児島の視野にグラリとはまつた。

「衛舎係上等兵、三機関銃を呼び出せ。週番下士のバカは何《な》よしとつとか……。」

衛舎係は裸の饅頭の一つを児島のポケットに押し込むと、箱型電話のハンドルをがらがら回し始めた。

「いいかそつちの横着者《おどふともん》！　気合の抜けた貴様らの中隊に代つて俺《おい》が貴様の曲つたその根性をこの場で叩きのばしてやる。もう一度命ずる。落ちたものを直ちに拾へ。」

聞こえたかい魚売りのおばさん。手前から一匹づつ拾ひ集めていくべきだつたんだあれは。びくをひつくり返したのはあの車が悪いけどさ、ぶちまけた雑魚《ざこ》の一匹ぐらゐ犬がくはへたからつて追つかけて行くバカがあるか。タイヤに次々に均らされてしまふのは当り前だ。地団駄踏んでくやしがる方がまぬけだよ。あれに比べると出前持ちのあのアンチヤンは涼しい奴だつたつけ。肩から崩れ落ちて散らばつた鰻折やドンブリを高下駄の歯先でバシャンバシャンと蹴飛ばして行つちまひやがつた。

児島はアンチャンのバシャンを真似るつもりは毛頭なかつたのだ。眼の下に転がつた一つが鮫鱇靴の爪先で横つ腹を踏んづけられてゐたのがまづかつた。それの始末から始めねばならぬから、まづちよつぴり十糎ばかり爪先で押しやつただけである。

その爪先を大きく宙に蹴上げて仰向けにのけぞり返つた児島に、司令は馬乗りになつた。児島の顎を万力のやうな力が締めあげた。

ぬるぬるザラザラしたものを唇を割つて突込まうとしてゐるのが判るが、それは歯がみをすれば防げることだ。電話のベルを聞いたと思つた途端ヂーンと耳が陥没して世の中が総退場してしまふ。ヘタクソメ鼓膜をやつたなといふ妙な勝利感が冷えびえとやつてくる。軍帽をひきずり寄せて握つてはみるが、暫くは正面の方角がさぐれない。

受話器を耳にあてがつてゐる司令は、反り返つて掛時計を見上げるかと思ふと、それをおいてあたふたと駈け戻り、バネ仕掛のロボットのやうに外に向つて敬礼をする。将校が通つてゐるのだ。

シャリンシャリンと踏み鳴らしてゐる筈の拍車の音を聞き届けようと試るが、今耳に飛び込んだ蟬がジャンジャンやつて邪魔をする。拍車なんていい気なものだ。あんなブリキの歯車で脇腹を痛めつけられるやうな饅頭みたいな軍馬がゐる訳もないが、空砲隊の衛門を罷り通る分にはあんなおしやれが要るのだらう。青、赤、金と刀緒まで仕別ける。殺し合ひの現場からどのくらゐ離れて暮せるか、あれはその距離の序列みたいなものだ。ボスになる程金ピカで、吹かせる喇叭の回数を間違へでもしたら、司令か喇叭手かが営倉入とくる。

あれに比べれば曹長さんのあのダンビラはまあご愛嬌だ。この者は将校にあらずといふお仕着せだらうが、あれで象でも料理するつもりだらうか曹長さんは。せめて大佐クラスの答礼ぐらゐ何度でもやつて下さい曹長さん。俺はあんたに賭ける。曹長さんが正しいに決つてゐる。ぎりぎりまで遊んで来ますとも。見て下さい曹長さん、司令のおつちよこちよいはこつちの紙きれを握つて狼狽《うろたへ》てゐますぜ。粗忽者二人司令をして走らすぢやありませんか。奴さん今こつそり地球を一回廻すテはないかと考へてるんだ。

「そつちの抜作、浜口といふんだな。改めてお前に聞く。只今何時何分か？」

済んだ、バトンタッチだと思つた途端に児島の左右の奥歯が、地震のやうな振幅で疼き始めた。

「十七時二十四分であります。」

「うん。遅かつたか早かつたか？」

「ハイッ、到着時刻は十七時二十分であります。」

「ドン百姓！　誰が左様《だいそげ》な事《こつ》聞いたか。汝《わい》も見かけによらん喰はせ者《もん》ぢやつどね。」

司令は椅子に深く腰を入れ、二枚の紙きれを前に腕を組んでゐる。

「衛舎係上等兵、外泊者名簿を持つて来い。」

「そこに置いてあります。」営舎係は床に落ちてゐてはまづい物を、箒と塵取で始末してゐる。

児島は舌先で動く奥歯をさぐつてゐた。その舌にねつとり塩つぱいものがまつはり、口中に溢れてくるのだが、吐き出すわけにいかない。

「若しあと十分遅かつたらどうなつた？」

「営倉であります。」

「言ふどね模範兵、営倉を見たことあるか。」

「ありません。」

「こつちの横着者《おどふともん》、汝《わ》やよ？」

児島は返事ができなかつた。半殺しにされるのは望む所ではないが、見たと言つても見なかつたと言つても嘘になる。夕飯の飯盒とその飯盒の飯をジャブジャブやる為の湯罐をぶら下げて、狂人を装つた一人のノモンハンについてきたことがある。十日にもならない。見えなかつた。まだ日は暮れてゐなかつたのに、あそこはまるで闇夜だつた。歩哨の懐中電燈の光の輪に、人間の顔を銜へた四角い窓が映つただけだつた。王の館《やかた》、奴隷の王はあつち向いて坐る。奴隷の王はあぐらかいてどつこいしよ。しよぼくれた気分でゐる自分を鼓舞する為だつたか、児島はそんなふざけたドイツをポケットに入れて帰つたのだつた。

「よく見えませんでした。」と児島は自分に言つた。

「初めて口を利いたね臆病者《やつせんぼ》！　あそこが怖いばつかりに大事な休暇の日数迄数《ひかずづい》へ損ねた。どうぢや……。」

さう言つたかと思ふと、司令は突然椅子をはねとばして立ちあがつた。

「もういつぺん言うてみろ。見えませんでしたとは何ちふ言ひぐさか！」

児島はこの力持ちの腕つぷしに兜を脱いだといふ訳ではなかつたが、「あそこは昼でも見えませんから。ノモンハンに蹤いて来たのです。」と言訳めいたことを言つた。そこで止せばいいのに、ついで「わざと見えないやうに造つてあるのですからあそこは。自分で這入つてみないことには……。」

司令は両の拳を腰にあてがつて「ドン百姓！」と絶叫した。

児島の耳には、それは刀折れ矢尽きたといつた悲鳴に聞えた。

どつちがドン百姓か知らないが、この男二十歳《はたち》を幾つ越えたであらうか。衛兵司令といつてもたかが伍長。体はでかいが召集兵の児島達にとつてみれば弟みたいな洟垂れにすぎない。張三李四の口減らしで、親に口説かれて志願してきた口だらう。

「三機関銃の週番下士は頭が左巻ぢや。二十四時間も早く帰営すれば模範兵の証拠ぢやげな。俺はさうは思はぬ。汝等《わいどま》今日が四月の八日と思うて飛び込んで来たんぢやから、神聖な帰営時刻をナメとつたといふことぢや。それもあるがこつちの児島、汝《わ》や面《つら》を叩き割られる為生《よ》まれ《わろ》てきた様な奴ぢやね。」

司令はシガレットケースを開き、浜口の胸に突きつけた。

「一本取れ！」

息遣ひの収まつた隣の戦友は一歩退り、揉手でそれを辞退した。分に過ぎますといふ仕種である。

「命令でもか？」まるで抗命の部隊長を諭す将軍のそれだ。

位牌の前で線香でも抜き取るかのやうに浜口は背を円めた。

「汝《わい》も取れ！」

気ぜはしくまばたきをするが、見詰め合ふと貼り着いてくる眼だ。凜々しい面構へと言へなくはないが、赤茶けてふつくらした頰の造りに、たつた今鍬を放り出してきましたと書いてある。ケースを載せたただつぴろい掌。鰻取りの名人だつたに違ひないザラザラの指が生えてゐる。

「命令でも取れんとか？」

「ですが、自分は……。」

「不服があるね。もう一度言ふ。今日は四月八日だ。お前達にとつて先刻《さつき》までさうだつた。十分前に走りこむなど以ての他。帝国陸軍の伝統をナメとる。然もだ、然も……」

司令はパチンとケースを鳴らしてポケットに納め、人差指で児島の軍帽の鍔を突いた。

「その眼は上官を上官とも思はぬ不逞な眼だ。人を侮辱しきつとる。蝮の腹の中からでも生れてきたのか貴様。さつさと野戦に行つて抉り取つて貰へ。」

「今から出て行つてよろしいでせうか？」

「何と？」

司令は怪訝な視線を児島の爪先から這ひ上らせた。

思ひがけぬ言葉が反射的に蝮の腹から飛び出してしまつたのだが、児島はもうあわてなかつた。

「今からでもよければ明日の今頃まで休暇を続けたいのであります。自分は帰営する為にここに来たのではありませんから。」

司令は啞然となつて言葉を失つた。

「四月八日迄の休暇なのに、今日帰営する訳がないでせう。ただこいつが……。」

「ただこいつが？」

燃えさかる相手の眼に怯まず、児島は隣の戦友の腰のあたりに手をやつた。

「こいつが引つ張るもんだから、こいつに引きずられて来ただけです。走れ走れと言はれて……。」

司令は浜口に向き直つた。浜口はもぞもぞ体を動かしながら、被害者はこつちであると言ひ始めた。セリフでも読んでゐるやうな口調だつた。（浜口註、ここらの修飾は卑怯です）

「自分はこれが、児島が吶喊の店先に立つて自分を待つてくれてゐるのが見えたので走りだしたのです。電停で降りて引返さうかどうしようか迷つてゐた矢先でした。」

「どうなつとるんかモハンへイ達、これ。」

そして、汝《わや》……と司令は浜口に人差指を突きつけた。

「汝《わや》今日が四月八日ぢやつたで家を出てきたんぢやろが。どうぢや？」

「それは……。」

「はつきりせんか、女《おなご》ん腐《けつさ》れが！」

「は、さうであります。」

「そいなら児島、汝《わや》、何故《ないごて》浜口を引止めて今日は七日ぢやつどち教えてやらんかつたとよ？　止められたか浜口？」

「いいえ」と浜口は呟いた。

「かなはぬね。汝等《わいどん》の様《よ》な抜作とつき合ふとは俺《おい》も今日が初めてぢやらい。三年軍隊の飯を喰うて来たどんよ。こら聯隊《ここ》が始まつて以来ぢやろで。」

班長殿、話にもなんにもならないぢやありませんかと、営舎係の上等兵が口を挟んだ。さつさと中隊へ追つ払つてしまひませうと言つてゐるのだ。

「ちやんと四月八日十七時三十分となつてゐて、中隊長殿の判コがあるんですから。」

その時バンコに腰掛けてゐた控の哨兵が「ケイレイ！」と叫んだ。児島に一歩踏み出しかけてゐた司令は、づかづか踏み込んで来た週番士官の前で硬直し、「勤務中異状なし！」と叫んだ。週番士官は歯牙にもかけず無言のまくびすを返した。棒杭みたいに突立つてゐる司令の方を向いて「わかつた、今判りました。」と浜口が呟いた。

「何《ない》が判つたとよ？」司令はむつとなつてゐた。

「いや……その」浜口は驚いて口ごもつた。

「言はんか、まこて汝《わや》グズぢやね。何《ない》が判つたとよ？」

「あれが、家内の奴が早く帰つて来たやうです。それで……。」

「さうか。奥さんがゐるのかお前。」

「ハイ。」

「ぢやろね。をぢさん達ぢやらいね汝等《わいどま》。で、奥さんが如何《いけん》したとよ？」

「里から帰つてくるのが六日の予定だつたんです。それが一日早かつたやうで……。」

「なる程里帰りしとつた訳ぢやね。で？　そいで何《ない》が判つたとよ？」

シンデシマヱモン奴！　通らぬ筋をぬけぬけと通すではないか。司令の前に神妙に俯いて黙りこんだ隣の詭弁家を一発張り飛ばしたい気分を児島はもてあました。この血の巡りの悪い大男のハンチヤウドンの前では、もう何も言つて貰ひたくなかつたのだ。取るものも取り敢へず、父《とう》ちやんと走り寄つて抱きついたに違いない母子が救ひ難く哀れに思はれてきた時、児島はもう矛を納めてゐた。浜口のことだから、こんな時に選りに選つて何で里帰りなんかしてたんだ、などと怒鳴りつけたに決つてゐる。その情景が見えてくるにつれて、この傍迷惑な伍長さんもここらで放免。といふ気分になつてくるのだつた。

「もう一度出れるかどうか、中隊へ帰つて指示を仰げ。そんな図々しい二等兵はたつた今営倉へぶち込みたいぐらゐだ。よろしい直ちに帰隊せよ。急げばまだ夕飯が貰へる。」

返された紙きれを一枚づつ受け取つて、二人はカチンと踵を打鳴らした。

児島は泣いてゐるつもりは全然ないのに、嚙み潰しても呑みこんでもこみあげてくる口惜涙がいまいましかつた。児島は昂然と胸を張つた。そしてブルンブルンと頭を振つて流れ落ちる涙を振り飛ばした。

3

「出ていいと言ふかも知れないぜ児島。話してみろよお前。」

「そしたらお前もつき合ふといふのか。」

衛兵所を後にすると、浜口は息を吹き返した。

「だつて、ちやんと四月八日となつとるんぢやから……。」

「本気かモハンへイ!」

「お前が言ひ出したんぢやないか。」

「這はされたいのか、黙るんだ。」

児島は先刻からもてあましてゐた口のぬるぬるを芝生に吐き捨てた。それを見ると浜口は言ひかけてゐた言葉を呑みこんだ。児島が軍靴の踵でそれを踏みにじつてゐると、衛兵溜りのバンコから哨兵の一人が立ちあがつて「引率せんかあ。」と怒鳴つた。すかさず浜口は児島の左側へ走り寄つて歩調を揃へた。バカげた話だが、営庭では二人以上の人間は隊伍なのである。中隊まで五十メートルあるかないかなのだが、ここをうつかりバラバラで歩いて、何度歩哨に追つかけられたことだつたか。

「疑つてるんだらうがお前は。本当だと言つたら本当なんだ。お前が吶喊のあそこで待合はせてくれたと思ひ込んだんだから俺は。」

「シマヱモン！」

「だつたら何でお前あそこに人待顔で立つてゐたんだ？　なんで桜島にゐる筈のお前があそこに、然もあの時刻に突立つてゐなければならんのぢや？」

「営倉が怖くて怖くて堪らなかつたのよ。」

「バカにするな。」

「今から考へてみる。もう少し離れろ。」

これとそつくりの経験を一度やりすごしてゐて、気の重いその本番を今こなしてきたのだといつた気分がどこかにある。児島は濁つたコップでも透かすやうにそれを覗いてゐた。

4

第三機関銃中隊では、兵舎の前で週番上等兵が二階を見上げて叫んでゐた。

「飯あげ出ろーい。各班二名づつ飯あげ出ろーい。」

先刻帰り着いた演習班の何人かが、横に並んで助教のビンタを喰らつてゐる。放置された機関銃に被革はかぶさつてゐるが、馬具の傍には馬糞が二、三こ転つたままである。

二人は石廊下で脚絆を解き、軍靴を脱いだ。

事務室の扉を開けると、週番下士官の山内軍曹（児島達の内務班長でもあつた）が振向いて、「バカに早い御帰館ぢやないか。」と言つた。

帰り支度をしてゐる准尉に挨拶をすると、准尉は吊りかけたサーベルを弄びながら、二人の心掛を賞揚した。六日間の休暇だからといつて、がつちり六日とも戴くといふ根性は二等兵としてあまり感心出来る心掛ぢやないと准尉は言つた。更に、これは山内軍曹の母親としての日頃の教育がこの二人に実つたのだと言つて皮肉に満ちた片ゑくぼの微笑で山内軍曹を見やつた。

「食需伝票を切り直さんといかぬね。」突然の二名の増員である。週番下士は忙がしくなつた。

「これは俺も初めてぢやらい山内……」と准尉は二人を顎で差して頭をひねつた。

「どうしたい？　衛兵司令かこれは？」

山内軍曹は児島を招き寄せて、両掌で頬を挟んだ。

「ハイ。」

「なんでお前が殴られんとならん？　ハデにやりやがつたね。何でや？」

「態度が太かつたんです。」

「なんと？」

「もういいんです。」

「自分で態度が太かと言ふバカがをるか。門限は明日だぜヲッチヤン。態度もへつたくれもあるか。」

「司令殿が日を間違へてをられたやうです。」と、浜口が口を尖らせて言つた。

「何ぢやあ?」浜口を睨んだ軍曹の眼は異様に光り始めた。だがさう言つて聞き咎めたかつたのは寧ろ児島の方だつた。巻き添へといふもんぢやないのかあれは。「わかつた、今解りました」などと言つた奴は誰だつた!

「けしからん。態度が太からうがこまからうが、三機関銃の兵隊に手を出されて黙つて引つ込んでをれるかい。おもしろくなつたぜ。ついて来い児島。浜口も来い。先刻の電話からして生意気な野郎だつた。今日の上番衛兵は二中隊の筈だ。目星はついとる。」

後ろから声が掛つた。

「山内、ちよつと待て。」

准尉の眼は笑つてゐた。

「司令どんが日を間違《まつご》たち言うたね。間違《まつご》たとはお前達の方ぢやなかろでね。今日と明日を取違へたとぢやなかか。如何《いけん》か浜口?」

「ハ、自分はただ今日帰営したかつたのであります。」

「うむ。そいでよ。今日が明日ん心算《つもい》ぢやなかつたか?」

図星でございますとここらでうなだれてしまふものと思つてゐた児島は唖然となつた。浜口は無雑作に「今日は四月七日で、八日は明日であります。」と言つたのだ。

准尉の質問には全く答へてゐないのであつたが、准尉はそこで頷いてしまつた。

「兵隊は子供《こどん》ぢやなかわいね、そん親ぢやらい。只聞いてみただけよ。所《とこい》で何故《ないごて》司令どんが日を間違《まつご》たことがわかつたかね?」

「解りましたよ准尉殿。」と山内軍曹が引き取った。

「営倉ものだの、三機関銃は呑気だのとチンプンカンプンを並べるもんだから、二十四時間も前に帰営すれば模範兵ぢやないか、褒めてやつてくれとさう言つたんです。奴さん時刻が時刻だつたから錯覚を起したんですよ准尉殿。」

あんな突撃のやり方で走り込まれた衛兵所こそ厄病神に見舞はれたやうなものだ。この血の気の多い軍曹が衛兵所に殴り込むのを思ひ止まつてくれればと、児島は今はそれを希ふ。

「ぶん殴らねばならんのはどつちか一体！　やり方もあつていい筈だぞ。これぢや三機関銃に喧嘩吹つかけられたやうなもんぢやないか。絶対許さぬ。」

山内軍曹は交換台を呼び出し、「衛兵所！」と怒鳴つた。

出れるものならもう一度などと心にもないことを口走つてあの大男を困らせはしたものの、済んでしまつたドタバタ劇の皮を洗ひざらひ剝がれるのは何としても辛かつた。

牝獅子よりも子煩悩な母親であるこの山内班長（児島が今迄相手のビンタに黙つてうなだれて来た只一人の人物であつた）の鉄拳で、明日の今頃この場に這はせて貰ふつもりで児島はゐたのだ。何故？　なんてどうでもいい。衛門を出る時からそんな予感に尾けられて来た。体のどこかに自分でもブレーキの利かなくなつた部分が隠れてゐる。これも班長どんあれも班長どんとそこが嘯く。

送話器の箱をぶつ叩きながら吠え猛つてゐる山内軍曹の精気に酔ひ痴れてゐると、アレモハンチヤウドン、コレモハンチヤウドンと疼く児島の奥歯が伴奏を入れてくる。立場を取り替へればどつちもそつくりのことをおつぱじめるに決つてゐる。士官の上に下《か》をくつ着けてみても、こんな素朴な戦士をひきたてる呼び名にはならぬ。酸つぱい汗の軍隊が若し酸性以外のものを隠してゐるとするなら、将校の気どりでもなく兵隊の狡猾さでもあるまい。臆病を悪徳として叩き込まれた精悍な牡共がお母さんを演じさせられるユーモラスな切なさではあるまいか。彼等が健気にその母親役の名優であらうとすればする程、そのアルカリ分は息子達の中で沈澱し切なく屈折し、頑なな背中を造りあげてしまふ。

そこにしか落着きやうのない息子の背中を、或る日練兵場でこのお母さんの怒号の軍靴ががつしり踏みつける。兵隊は眼の下の草を噛みながら、何かを手繰りよせてぼんやり観察し始めなくてはおかないだらう。

「児島は氷を貰つて冷やせ、炊事に電話を入れておくからな。内務班に帰つて二人共ゆつくり休め。明日の十七時三十分迄自由時間にする。使役には出ないでよろしい。ノモンハンが出て行つたから、今夜から寝台で寝れるぞ。」

ぶら提げた軍靴がやけに重かつた。児島は爪先の蛤が喰らひ出した白い舌を引きずり出して叩きつけた。二日も我慢すれば死装束用のまつさらな編上靴が支給されるだらう。だつたら、この右足が耐《こら》へ続けた三ケ月間の屈辱を償ふに足るとでもいふつもりか。魔の山なんかに読み耽るなんて愚の骨頂だつたと児島は思ふ。あつらへたまま下駄箱に押し込まれる破目になつたあのチョコレートのコートバンを毎日履いて、この哀れな右足の奴を慰めてやるべきだつたのだ。

「中隊長がお帰りになる。西郷上等兵何しとるか！　早く馬をもつて来い。」

帯剣を腕に引掛けた男が浜口を突きとばして、風のやうに飛び出して行つた。

5

野戦上番班も残留班も、兵舎はノモンハン達に置き去りにされてゐた。油を吸つて茶褐色に光る銃架や、そのつつかひの四本柱が、台風をやり過ごしたあばら家の虚ろなくつろぎを思はせる。

誰もゐないと思つた窓際のベッドから鎌首が伸び上り、「挨拶は要らんでミヤゲを持つて来《け》」と言つた。四十年型人糞製造機殿である。どの班にも一人か二人はゐる炊事要員の万年一等兵だ。

「汝等《わいどま》追出《うだ》されたね。」とぞろぞろ這ひ出してきてバンコの端に尻を据ゑた。

「女房《うつかた》にじゆつなか、もう戻いやんせて追出《うだ》されとぢやろが、助平共《どん》が。」首に白い布を巻いて、片腕を吊してゐる。

週番上等兵は食需伝票になかつた二人分の飯を工面して、バケツに入れて持つて来た。

「勿体《ない》なかも何も斯様《こげ》な野郎共《わろどん》ちね。俺《おい》が代れるもんなら明日《あした》ん今頃迄《づい》をなごの二人や三人な落とせつくつとによ。如何《いけん》見てん悧巧な面つきぢやなかね汝等《わいどま》。」

「カライモばつかい喰はされて麦飯が恋しゆなつたとぢやろ。」

「マ、そんなところです。」

「そいどん俺《おい》も経験が有つがね……。」と腕を吊した男が始めた。長か休暇は却つて仕様《しよん》なかもんぢやらい。足らん、短いち思ふとよ欲《よつ》が深《ふけ》でね。一日二日はまだよか。三日目あたりになれば先をつもり後をつもる。四日になれば怪しくなつてくる。一日《ひして》つもり損ねたと思《も》て心配になつてよ。五日目ともなつてみれ。とんでもなか所まで来てしまうた気分に絶対なつで。どうせ戻らにやならんのなら粘つてみても仕様《しよん》なか。とどのつまり門限の鼻面を摑《つ》こで引寄せつしもわい。笑事《われごつ》ぢやなかど。

「そいどんね。まるまる一日《ひして》ちふとは汝等《わいどん》ばつかいぢやろ。な古兵殿。」この上等兵は人糞製造機氏にとつては初年兵なのである。

頰に当てがつた児島の濡れタオルを、週番上等兵がむしり取つた。

「やーつたね。」

それを見た浜口は箸をおいて立ちあがつた。

「炊事に行つてくる。」飯盒を摑んでゐた。

麦飯には豚汁がぶつかけてあつた。沢庵も黄色くのぞいてゐた。

児島が冷笑をうかべてだんまりを決めこむと、腕を吊した男がうんざりした口調でかう呟いた。

「汝《わい》も辛《のさ》ん奴《わろ》ぢやね。人なら打たれんでんよか所を打たれにやならんで。損な性分ぢや。」

胃袋は何かを受けつけてくれさうにはなかつた。空いてゐる筈の胃袋の中には一人の女が坐つてゐた。家を出る時から、ここでジッとこつちを見詰めたままだ。奥歯に紛れ込んだ麦飯の一粒を舌先で捲取らうと試みると、今度は口の中に歯痛を俅へて坐つてゐる。

「今から考へてみる」と浜口に言つたが、何かを考へようにもその緒が見つからぬ。跳び越してしまつたのがどの一日であつたのか。何故衛門を眼の前にしてから時間の落し物を意識し始めたのだつたか。考へてみようとすれば、家の玄関を一歩踏み出した時、かうなることをすつかり知りつくしてゐたやうな成就感に居据られてしまふ。そこから先に何かがあつたとすれば、それは先刻衛兵司令が決めつけた臆病者《やつせんぼ》を探し出せば済むことだ。ああヤッセンボ、ヤッセンボ。何でこんなに世間様を怖がるのか。

魔の山でどの一日かを取落してしまつたには違ひないが、魔の山に追ひ上げたのは、今胃袋に端坐してゐる和服の似合ふこの人だつた。たつた一人の同胞《はらから》であるこの人を姉と呼ぶこともなく、何故他人みたいにオテイサンなどと呼び慣つてしまつたのだつたか。

お貞さんであり団ちやんであらねばならなくなつたことに、本当は何故?などの這入りこむ隙間はどこにもなかつた。朝から晩まで手を取り合つて育つて行く一人の女と一人の男が小さな磁石の両極のやうなものから変質できなかつただけである。寧ろ変質を迫るすべての外部に、身を寄せ合つて鎧ひ始めた時、二人は性を意識しない昇華の頂点で、取替へのできない異性を我が物にしたのではなかつたか。神が人間に知恵を与へる時、この二人だけは傍に退《ど》けられたのだと眼と眼で語り合へばそれでよかつた。鼓舞される為にだけ二人は神の方を向いた。人間のこしらへた神様などに用はなかつた。

戦争が男に赤紙の召集令状を突着けた日の深夜、二人は白い粉薬を飲み合ふのに失敗した。男はもう世間様といふ岩乗な神様に擱まつてしまつてゐたのだ。

さあ母様《かつさぁ》も一緒に夕飯を食べませう。

汁は喉を下りてくれるが、麦飯は砂礫である。前歯の辺りで舌が押し戻す。咀嚼といふ野蛮な行為を止めよと奥歯が命令する。

「みやげも持つて来ん罰《け》よ。どら口《くち》よ開けてみれ。派手にいかれたもんよねまあ！」

「古兵殿こそ派手ぢやありませんか。」

児島はアルミの丼を古兵の前に押しやつた。

相手は吊した自分の腕に眼をやつて、にやりとべそをかいた。

「シロブタよ。あん野郎《わろ》よ。」

「まさか？」

「転属命令が出た途端に眼が吊上つてしまうてな。ゆうべなんだ何人もやられてバッタイ蜂の巣よ。」

「ブタぢやなくてあれもクマだつたわけですか。」

「ソウがウツになりかけた時ぢやげな。」

泣く代りの笑ひ続けか。メチャクチャに陽気だつたあのノモンハン。俺が褌を洗つてやつただけのことはある。嬉しい男だ――

「シロブタを叩いて遊んどつた連中《わろどま》みんなひん逃げてな。何《ない》も知らん俺達《おいたつ》がつかまつた訳よ。」

空の飯盒をぶらさげて浜口は帰つてきた。氷はくれなかつたと膨れて言つた。顔を冷やすのだと正直に言つたのがまづかつた。そんな軟《やわ》つこい面《つら》を冷やす氷など無か。もつともつと叩き堅めてもろて、ハンバリみたいな面になれと怒鳴られたが、山内班長どんは電話をしてくれなかつたのだらうか——

「炊事軍曹ちふ者《もん》なね……。」と炊事要員の常連が鼻をうごめかした。

「あれは汝《わいどん》等には歯が立たん。大食漢《うぐれもん》の狂犬《はしかいん》よ。何で俺様《おいさ》へ言はんとよ。」さうは言つたものの、この頼もしさうな古兵殿は立ち上る気配は見せなかつた。

## 6

伊敷電停から電車に乗り、桟橋の一時間おきに袴腰に向かふ連絡船にタイミングよく走り込めれば、桜島の児島の家迄二時間はかからない。あの日は裾回りの木炭バスがえんこして動いてくれず、児島が我が家の玄関に立つたのは、もう昼を回つてゐたのだつたかも知れぬ。

突然の帰省客に驚喜したのは母よりもお貞さんだつた。やがてみるみる落着きをなくし、満洲か？　支那か？　と生気の失せた顔を顎の下に持つてきたのもお貞さんだつた。

座敷にひつくり返つて、夜となく昼となく小さな文庫本に体ごと隠れてしまつた弟に、その不安な眼はつき纏つて離れなかつた。児島が背を起して煙草に火を点けると、襖の向ふでソッと離れてゆく人の気配があつた。

食事時になると、あれは食べんかこれは嫌か、煮た方がよかか焼いた方がよかか、醤油にしようか味噌にしようか。昔から黙りの団四郎と名づけて飼育してきた弟だから、体のどこかが動けばそれで答へを読みとつてくれる。「ぢやつたね。あんたは刺身に酢味噌、昔から。ほかに食べもんのなかばしのごつ。楽しんの無か男ぢや。」

あの文庫本が魔の山などである必要は少しもなかつた。軍服を和服に替へて窓辺のソファに腰を入れた時、自然にあれに決つてしまつたのだ。吹きつける潮風に乗つて、庭先のソメイヨシノの花びらがゆらゆら舞ひ込んで、魔の山の煤けた表紙に、蝶のやうにヒラリと止まつた。マンのあの暗鬱なロマンの一冊が何であそこに読みさしの形で伏せられてゐたのか。或いはあれは児島の応召の日のままに、母もお貞さんも動かさうとしなかつたのだつたかも知れぬ。

計画を樹てたのは夕方だつた。児島が今記憶らしい記憶へ引返せるのは、この夕方が間違ひなく帰り着いた第一日目の夕方であることぐらゐだ。読みあげてみるか、よしと何となく挑まれた気分になつたのは、この小説が長過ぎるからといふに過ぎなかつた。薄くもない文庫本の四冊を積みあげてガッシリ摑みあげてみたとき、償はねばならぬ負目のやうなものが、秤の片方で、今、文庫本の重さを測つてゐるのだと思はれてきた。「ケイレイイハ要ラヌ。ソノママ、ソノママ。」「洗ッタカ。ジャブジャブ洗ッテキタカ?」対岸の鹿児島市街の凸凹の家並みを黒く縁どつて夕日が銅を流し始めてゐた。

思へば何度か読みかけて、その都度投げ出す破目になつた曰くつきの本だつたが、それといふのもやはり、ベラボウに長過ぎたからでもあつたらう。

母親にとつて、息子の口は昔から食べ物の差入口でしかなかつたから、そこからひとつながりの「ものごと」など抽き出すことは、とうの昔に諦めてゐる。只管息子の好みのものをそこへ押込んでゐさへすればそれで心安まるのであつたが、お貞さんと来ればさうはいかない。魔の山を投げ出してきた今迄のその回数まで知つてゐる。

亡父に似て、お貞さんもよく見れば少し斜視だが、焦点を僅か外したその視野で、弟が今どの巻のどのあたりに差掛つてゐるのか、ちやんと読み取つてゐるやうなところがある。

小説の主人公ハンス・カストルプが山を降りて戦線へ赴く終章へ走り込むのが予定より早かつたのだとすれば、あの眼に追つかけられたからかも知れない。

児島は走つた。マンが二人のお喋り共を決闘させて、何時終るとも判らぬこの長編の結末を急いだやうに、ひたすら児島も走つた。記憶にない部分に辿り着くまでは、三段跳びで跳び越した。

跳び越えた都度、そこで待受けて抱き止めにくる粘着性の白い腕に足を取られてたたらを踏んだ。振返ればそこに眼がある。深い沼の底で見開かれる蓮の蕾。わづかにずれるその焦点の死角には、児島が生れる前に見てきたやうな白い幻の墓がある。みつめれば二基になり、眼を外らすと寄り添つて一基になる白い墓。

ヨーアヒム少尉の死に手向けた三回の小銃斉射が聞えてきた時、立止つて黙禱する気持で本をおけば、亡父の仏前で花を剪つてゐたお貞さんがチラと振向く。あたいにもその銃声が今聞えたよ団ちやん！　そんな風にお貞さんの瞳は潤んでゐる。あの仏壇の奥深くで母の眼を拒んでゐるお貞さんの秘密は、また児島の秘密でもあつた。あの二包の白い粉薬のうち、一つはもう要らなくなつてしまつた訳だ。

日が暮れ、朝がくることで一日は数へられるといふのに、明け方晩酌を始めたり、真夜中に飯はまだかと言つてみたり、あれで取落す一日がなければ嘘かも知れぬ。

――その時轟然と世界がどよめいた――

マンはこの言葉で主人公の背中を押しやつたのだつた。山を降りて戦線へ赴くドイツの若者の背中に児島は呼びかけた。「ハンス・カストルプ君、君は二十年間歩き通さねばなるまい。チョビ髭の君達の総統にめぐりあふ為にな。多分君は颯爽たる制服の君に行き着くだらう。ま、君のその眼で見て来給へ。」

あのあたりだ。児島にも行かねばならない戦線が待つてゐた。児島の国では「若者は挙つて戦線へ身を投じた」と掛値なしに書かれた一冊の本をまだ持つてはゐなかつたが……

繕つた靴下に足を突込み、何日か前脱ぎ捨てたままの鮟鱇靴に手を掛けた時、今スイスの山の駅で別れたばかりのブロンドの青年に振返られたやうな気がした。羞恥感が足許から来た。児島はあり合はせの葉書を折り重ねて鮟鱇の口に詰め込んだ。何足かの靴に混つて、まだろくに足を通して貰つたことのないチョコレートのコートバンが、それを不服さうに下駄箱の中から見詰めてゐた。

「団四郎のお出ましだ。二人共長生きしてな。」

お貞さんも母もゐなかつた。彼女等の指はやがて見送らねばならない一人の兵隊の日限を指折数へて誤ることはなかつたであらう。多分、最後の晩餐を彩る為に、二人で漁夫《もぐり》の所へでも出掛けてゐたのだらう。

7

「これも食べてくれ浜口。」児島は古兵の前の丼を、今度は浜口の顎の下へ押しやつた。

眉毛と耳の間に焦茶色の黒子があつて、よく見ればそこに二、三本の毛が生えてゐる。くたびれた一つ星のこの肩章は、明後日の今頃は鮮紅色の二つの星に取替へて貰へることだらう。手首まで隠れるダブダブのこの上着も。死装束で購つた陸軍一等兵殿が誕生するわけだ。

自分もその同類である癖に、児島は眼の前の男がやけに哀れに思へてきた。

「お前が言ふ通りだ浜口。俺は吶喊のあそこで待つてゐたんだ。」

浜口は眼をぱちくりさせた。喧嘩が了つてまだ和解の済んでゐない相手の腕白に、不意に手を差出された恰好だつた。

「俺はな……。」浜口は唾を呑みこんでから続けた。

「俺は……電車の中で少尉さんに咎められた。伊敷の電停に近づいてからだよ。第二ホックが外れとる！　と来なすつた。満員電車の中でイイタマだよ。外泊証明書を見せるとな……。」

「ぎりぎりまで遊んで来い、か。」

「……」

「野戦に行くともう休暇はないからね。だろ？」

口を尖らせて、浜口はその通りだとこつくりをした。そして、あの野郎に一杯喰つたんだと大発見をしたみたいに上背を伸ばした。

「お前でも喰はされることがあるのか？」

「四中隊の野郎さ、一緒に帰つた奴だがね。すぐ隣の男なんだ。と言つても四、五分はかかるがね。そいつが今朝出て行つたと聞いたもんだからさ。あそこらからどうも怪しくなつた。女房の奴がちよつと待つて、暦で確めてくるからと引留めたのに振切つてきてしまつた。帰つてくる迄待てばよかつたんだ。」

「暦もないのか？　お前んとこ。」

「坊主がみんなおもちやにするからね。」

「揃つとるぢやないか何も彼も。」

「お前は？　お前はそれぢやどうだつて言ふんだ。」

「待て。どつちが本当なんだ一体。先刻《さつき》お前は司令の前で言つたろ？　家内が早く帰つてきたとか何とか。ノロケてさ。」

「どつちも本当だよチクシヤウ！」浜口は卓を叩かんばかりだつた。

「俺は少尉さんに遊んで来いと言はれた時気づいたよ。ヘマをやつたことにな。羞しいやら腹が立つやら……がまあ兎に角電停まで行つて模様を見ることにしたんだ危いからね。そしたらそこで見えたのがお前ぢやないか。しまつたと思つたぜ、本当だ。門限は迫つとらうが。お前迄巻添へにしたと思つたら眼の前がまつ暗になつた……。」

「助からんなあ。」

児島がタオルを洗面器に浸けて絞りはじめると、浜口は一旦引寄せてゐた児島の丼を押し戻した。

「俺はお前に許して貰はんぜ。俺はお前に許されてるみたいぢやないか。あんな所になんでお前が突立つとつた？　聞かせて貰はうぢやないか。」

「お前は詭弁家かと思つてゐたが、筋を通すな。」

「人をバカにするな。」

浜口は立上つて児島の鼻先に顔を押着けた。下ぶくれの童顔を両の福耳が押さへ込んで、やつと大人になつてゐる。二つの糸眼がせはしく瞬きをする。年中泣かされてワアワア喚き散らして育つた奴に限つて、白い唾を口に溜める。

「さあ殴れ。恩には着ないぜ。」

「やめろよバカ。」

「殴れと言つたら殴れ！　お前は俺を軽蔑しちよる。」

「模範兵殿に痛がつて貰ふことはないよ。俺のは俺の分さ。あれは触《さは》らせてやつたまでだ。屁でもないわ。」

涙ぐんでゐる浜口が、児島にとつてこの上もなくいとしい仲間に思はれてきた。

この男、猫可愛がりに幼い息子を舐め回し、愛玩して来たに違ひない。その息子にトウチャンと呼んで抱き着かれる日がもう一度くるだらうか。

真先に外された組だつたのに、何故この男は准尉に喰ひ下つて行つたのだらう。男の兄弟が四人もをれば何故それが許されるのだらうか。こいつが死んでも、妻子を引継ぐのがあと三人はゐるといふ勘定なのだらうか。

児島は准尉のニヤニヤに激しい憎悪を覚えた。一体今迄何人の浜口があの欺術に引掛つて消えて行つたことだらう。

そこに休暇がある。今迄例もなかつた六日間であつてみれば、新兵は胸の中で即座に一年間の長さに引伸ばしてしまふ。長からうが短からうが、何れは確実に手操り寄せられる釣糸である。児島は笑へない。お互ひ死なないかも知れない、或いは右が斃れ左が斃れても、まさかこの自分までが斃れることはないであらうスリルに満ちた海外旅行に賭けたまでのこと。訓練に音をあげた弱兵共の逃避行ではなかつたのだらうか。

「もう一度言ふがね浜口。あそこで待つとつたのは俺だつた。走つて来たのはお前だつた。速かつたぜお前。ここで約束しとかうぢやないか。俺は待たないし、お前はもう走らない。さうすれば、どつちか一人ぐらゐ生きて還れる。今から俺達が相手にするのは衛兵司令ぢやない。とてつもないバカでかいのつぺら棒なんだからね。」

浜口は横を向いてゐた。

「やつぱい汝等《わいどま》へマばつかいやらかすとよ。悧巧な面ぢやなか。」

片手を吊した四十年型人糞製造機氏は、行き場のない丼を引寄せながらさう言つた。


児島の小説「衛門」は以上で終っています。仕残したことを仕遂げたと初めに書いてしまいましたが、別に児島が営倉に辿り着くことを念願していたと言うつもりはありません。そんな非常識なことを言っても誰も相手にはして下さいますまい。それでも私は「やっぱりおまえはそこまで歩いて行ってしまったのか児島。」とそう彼に言ってやりたいのです。

「営倉に這入ったと仰言いましたが……重営倉三日だったとか？」

私は姉さんに火鉢を押しやりながら、その場で聞かずにはおれませんでした。

「あの頃はもう営倉に這入ろうと思っても、そう簡単には入れてくれなかった筈ですがね、軍紀は弛みっ放しですし、補充兵に二つ星をくっ着けて送り出すのが精一杯だった筈ですから。脱営か何かでつかまらない限り。」

脱営ではなかったが、誰かの脱営を援けたのだと姉さんは言いました。動哨をぶん殴って追いかけさせ、その隙を衝かせたようです。〈フハツダン〉らしい知恵のないやり方ですが、そんなにまでして辿り着いてみたかった王の館とかで、奴が何を考えてみることがあったのか？　まるっきり何も考えずに、ぼんやり満ち足りていたのではないか、私にはそうとしか思われません。喀血なんて思わぬ不覚をとったのは自業自得ですが、孫呉を後にする時からそれは彼に読めていた筈です。「俺はもう待たない。お前ももう走らぬ。約束しよう。」と彼が言った事実は、彼が自分の筆で書き残している通りです。それにしても、待たな過ぎるにも程があります。私はその後も走り続けだったように思うのですが、それでもこうやって還って来ました。そして手のこんだこんなやり方で自殺して、むりやり自分を始末した一人の男と、彼が書いた小説を挟んで、こうして三十年向き合ってきた訳です。

渋茶を前にして「羞しゅござんどん……」と児島の姉さんは俯いて、膝の「衛門」をパラパラとめくったのでした。

「私《あたい》と斜視《ひんがらめ》にゃ斯様《こげ》な遺言なんど通用し申《も》はん。近親相姦ちゅう言葉が怖くて怖くて、傍《そば》までも行《い》っきらん癖に逃げ出して、逃げて逃げて営倉迄《づぃ》逃げこんで隠れやったとござす。他人相姦でん近親相姦でん、たかが人間の言葉ござすとにな。『鼓舞される為にしか二人は神の方を向かなかった』なんど、きれいごと等《どん》並べてお、卑怯者《ひっかぶい》が！　男とおなごがキョウダイなんどより先に居んさおな。辿っていけば人間の世の中なんど近親相姦で始まった事《こつ》ござす……」

　何を言おうとしているのか、その時の私には勿論、ただ漠然と何かを手探りするしかありません。その薄い唇を衝いて出る鹿児島弁の異様な気迫にたじろぎながら——

　玄関を辞される時、私の手にした「衛門」の綴りを指差して「山内軍曹さんのお名前は誰様《だいさぁ》おさいぢゃんどかい？」とオテイさんが言いました。

　何人かの山内をおしのけて一人の軍曹がその精悍な風貌で歩き出してくるのにさして暇はかかりませんでした。

「さあて名前は？」

「山内儀七郎さんか山内正之《まさゆき》さんか……。」

「正之の方です。マサシと訓むのでした。」

「そん方ならブーゲンビルで戦死おぢゃす。二年ばかり復員事務所に通い申《も》したが、お前様《まんさぁ》にめぐりあえ申《も》して、私《あたい》の務めもやっと終い申《も》した。」

　霰は止んでいましたが、檐下には夕闇がしのび寄っていました。

「お前様《まんさぁ》だけでん長生きしやったもんせ。」

　そう言いながらショールで頬を包み、夕闇の中に消えて行ったオテイサンも、それから間もなく結核で亡くなられました。今想えば、あの度を過ぎた含羞は、いろんな意味で生き続けていることへの羞らいだったように思えてなりません。

私は、二・三度、芋など携えて陸軍病院跡の結核療養所へ見舞に行きましたが、何度目かに行った時、オテイサンのベッドには別の人が寝ていました。

病室は違ったにしても、団ちゃんと同じ屋根の下で旅路につかれたことは、あの薄幸な麗人にとって満足だったことでしょう。

なにしろ、すさまじい飢餓の時代でした。恥かしい話ですが、見舞のつもりで携えて行ったフスマの団子を、また大事に抱えて帰ったのを憶えています。

数年前、魚釣りで桜島に渡ったついでに、足を伸ばして赤生原から武の辺りまでうろついてみたことがあります。でも児島姓の家を尋ね当てることはできませんでした。ここらに私が狙いをつけたのは、小説の中に対岸の鹿児島市街……云々の件りがあるからでした。

仮に尋ね当てたにしても、親類か他人であるに決まっていたのでしたが――

ただ私を立ちどまらせたのは、花吹雪を散らして聳り立っているソメイヨシノの古木でした。若しあれが花の季節でなかったら、私に気づかれることもなかったのでしょうが――風霜に堪えた樹齢の程も判らないその桜の木の下で、私は一枚の花びらを拾いあげ、それを手帳に挟んできたのでした。

初めにも書きましたが、児島の眼に鰻獲りの名人に映った大男の衛兵司令に、私はもう一度「ドン百姓！」と蔑まれなければならないことでしょう。地獄の衛門で――

彼にとって、今生きている人間の中に兵隊が紛れ込んでいていい筈はないのです。生きのびた者は将軍をはじめ一人残らず、彼にとって只のドン百姓にすぎないのです。

彼がどこであのごつい体を大地にあずけたか、それをたずねるすべは私にありませんが、彼は、彼こそ正味一人分の人間の分量で、異域の草を肥してやったに違いありません。帝国陸軍は彼が斃れた時に亡びたのでした。

# カキサウルスの鬚

1

勿体ぶるな潔く返事をせよと君は言ふが、何を乃公が勿体ぶればいいのかね。今ごろ犬ころか何ぞのやうに妹を貰へなどと本気で言ふ兄貴は、お前さんぐらゐのものだらう。然も妹には絶対黙つてろなどと言ふ。どうなつてるんだ。可憐さんの事は可憐さんに決めさせてやれ。乃公のことは乃公が決める。考へてもみろ。一体人を娶つたり娶られたりする年齢か。十年前なら話は解らぬでもない。何故今頃になつてこんな手紙を書かせるのかね。十年前と何一つ変つたといふ訳でもあるまいに。それに乃公はもう亡妻共々、墓石の下に往つた男だ。これだけ言へばもういいだらう。

本音を吐けば乃公は君の妹が欲しい。それも、もう牡に戻らないで済むのならばの話だが。欲しいといふ言ひ方が牡のものであるなら（どうもそのやうだね）好きだと言換へよう。だがこのスキダにしても、五十男の乃公には照れ臭い。どうも、やつぱり少しばかりムチムチしてゐる。

ムチムチと言へば、可憐さんは変らないね。変つたとすれば髻のあの辺りだらう。昔の含羞がこのごろは何となくベソに見えることがある。

無理もないがね。戦争が彼女から奪つたのは御主人や御両親もだが、可憐さん自身の其の日其の日だつたわけだから。もう一度自分の明日を組立ててみる気力まで根こそぎだつたわけだから。その上、弟の順造君まで追討をかける。順造君はまあ乃公が殺したやうなものだつたが……


曾て、ハバロフスクの収容所で、君達の弟だと名乗る男に出会つた時（もう何度も喋つたかも知れぬ）、眼の前の美青年の含羞の翳の中に、乃公は自分の幼な妻をみた。ガキの頃別れた少女が年を取らずに其処に居た。可憐さんは肩あげのついた矢絣の単衣の肩に、ふつくらしたお河童頭をのつけてゐたつけ。四十年昔のことだ。可憐さんは抱き寄せる乃公の胸の中で慄へた。両掌を顎の下で固く固く組み合はせた。乃公たちには其処が行き停りだつた。乃公たちは青い桃の実のうぶ毛の周りを、空しく二人で回つたものだ。

そんなことならと君はすぐ咎めるだらう。可憐を呉れと一言言ひさへすればかたがつくことぢやないか。男の癖にと来る。

君はまさか自分の奥さんを忘れてるのぢやあるまいね。奥さんの意見を大事にし給へ。乃公ときたら、失ふものなど、もともと何もなかつた。親父も妻も死んだが、これはお互ひ死別れただけのことだからね。このことは、はつきりしとかう。野次馬が多いから。

もともと乃公は野良犬の生れなんだ。戦争のお蔭で公認になれた。昼はパチンコ、夜は盛り場の似顔絵かき。税をごまかすことも要らないし、女を養ふ負目もない。お前さんの詩集の文句ぢやないが、

夜は暗がりを盛る一枚の皿
昼は立ちんぼの伏せられたコップ

といふ次第さ。

だがね松ちや。この野良犬も舞鶴へ上陸した頃には、まだ嚙み着ける歯も、振回せる尻尾も持つてゐたんだ。舞鶴の埠頭で乃公をチェックしたトーマスとかいふ大尉さんに、乃公は心にもない尻尾振りをやつた。それからといふもの、乃公の歯は乃公の尻尾に喰らひ着いたままなんだ。大尉さんの後ろに控へた自分の妻に、乃公は「や、奥さん」と言つて犒つてやつたものさ。勿論ロシヤ語でだつたがね。どうだね。気に入るかい野次馬伍長。

乃公は何れ、妻に就いて語るだらう。勿論可憐さんにさ。貞淑とか不倫とかでは届かない奥の所で女がどの程度の妖怪だか、牡の君には解らないからね。ま、日曜作家のお前さんがこなしきれるネタでないことは確かだ。

結論を言はう。乃公は君の妹が好きだ。好きだからこそ青い桃の実の回りを、あの日のままで回つてゐたい。今迄留保してきた返事がこれだ。これで全部だ。

雪の季節がやつて来た。ペンを持つ指が疼く。ザハリスクの落葉松林に置いてけぼりにした乃公の分身もカチカチに凍つてゐることだらう。

命令だつたからこれは会社宛に出す。奥さんに赤いバラを、可憐さんに白いバラを、こんなキザな科白を喜ぶ伍長さんにシラガネノツユを。

はさみ生

小松松造君

## 2

この手紙を受け取って三日ばかり経っていた。といった具合に書き継いでいくつもりだが、先ずこの手紙の文句が嘘であることを言わないことには先へ進めない。

貰った手紙をどこかへ蔵うという習慣がないから、この手紙もそれを展げて書き写そうと思った時には、もうどこを探しようもなかったのである。

なければないで却って都合のいいところもあった。この退屈でとりとめもない話の梗概《あらすじ》みたいなものを潜《もぐ》りこませることができるからである。で、それをやった。

記憶にある原文はこんな形には整理されていなかった。だから読者はこんな作為などとっくにお見透しに違いない。

だが間もなく書き写さねばならないもう一つの手紙の方はこれは忠実な謄本である。カキサウルスの鬚という題はこれから藉りた。果たしてこれを写し取る根気が私にあるかどうか、今のところは判らない。こっちも化け物の仲間入りをしない限りできそうもないのだ。だが多分私はそれをやってのけるだろう。心の便秘というやつも（これはまあそんなようなものだが）ちっとぐらい力まないことにはおりてはくれまい。とるに足りないウソみたいなホントを語るつもりであるが、それでも幾つかのホントらしいウソの傍を通り抜けねばならないのが解っているから、気は重いのである。

昨年、三島悠紀夫が死んだあの頃、これを書くことを私はぼんやり考えていた。何の関りもないことなのにである。日が経つにつれて、彼から何かを鼓舞されていたらしい自分の浅薄さが恥かしくなってきた。その時点で、今度はその恥かしさをスプリングボードにして、改めてこれを書こうと思いたったのである。

幸い、妹の机の抽斗をあさってみると、件の大型封筒の手紙はそこにあった。で、これが始まったという次第である。

四の五の言わずに続けよう。この手紙を受け取って三日ばかり経っていた。といった具合に。或いは一週間も十日も経っていたのだったかも知れないが……

3

この手紙を受け取って三日ばかり経っていた。

年末に追い込みをかけるつもりなら、済ませるものを早めに済ませておいた方がいいですよ社長と、販売課長の留さんが言いにきた。忘年会のことである。若い者はそうでないと落ちつきませんよああたと留さんは言うが、落ちつかないのは誰か、私には判っている。

よし、それなら本日夕刻と一決。留さんは色めきたった若いのを叱りつけながら、あちこち電話で会場をあたっている。

その留さんに私は注文をつけた。はさみ先生を取っ摑まえるには、はずせない時刻があるからだった。

留さんのお蔭で、忘年会は予定の時刻に打ちあげた。初め執っこく私のあとを蹤けてきた留さんは、公衆電話の入口に立った私に「まさかハサミの所じゃなかでしょなああた。」と、侮蔑のこもった一瞥をくれてくびすを返した。

電話で奴を摑まえたのは、キャバレー太郎のレジだった。ハサミセンセーと叫ぶレジ嬢の鼻にかかった黄色い声から暫く待たされた。

「今すけべえの虎を一匹摑まえて紳士の肖像とかをやらかしているとこさ。ゴビに行っておばさん達と遊んでいてくれ。待たせないから。」

ゴビもキャバレーであるが、昔のカフェーといった雰囲気がある。それでもシアターのフロアは仕切ってあって、彼は時刻がくるとそこへ現れてハーモニカの独奏をやる。誰かに師事したのかどうか知らないが、素人芸ではない。ゴビにしか出ないのだから悪いギャラでもない筈だが、出番の時刻がくるまでは、ベレー帽なんか頭にのっけて、夜毎内職の似顔絵を描いて流す。野良犬を自称するが、彼は怠け者ではない。毎日の午後から夕刻迄を、もう一つの内職でやり過ごす。その時間帯では、彼は名うてのプロのパチンカーなのである。仲間から貰ったニックネームがはさみ先生であることからも解る通り、彼の右手には拇指と子指しかない。その右手で器用に玉をはじく。器用ぐらいではプロにはなれまいから、多分、残った二本の指は失くした三本の分の神経まで、何時の間にか自分のものにしたのだろう。

ハンドルに当てがった彼の二本の指の力学的合理性に、私は見惚れることがある。ムダというものが全くない。パチンコの天才になりたいなら、真中の三本の指をとって除ける他はあるまいと思わせる程だ。

額に垂れ下る半白の髪をせわしく振りあげながら忘我の境に酔い始めると、もう彼は人に声を掛けさせない。何かを忘れたい男が、その記憶の断片を一発ずつ、過去へ過去へと弾き返しているように見えてくる。時には見物の輪に置き去られて、台に凭れたまま、一人黙然と瞑想に耽っていることもある。疲れた指を休ませているだけのことかも知れないが、そんな時の彼は人取沼に捉まった猟師みたいに、椅子ごとだんだん陥没しはじめる。

こんなダブついた言葉の遊びは、興ざめでしかあるまい。つまり「伍長さんの喜ぶキザな科白」なのであるから。それでも私の眼には、夏でも冬を連れた男、凩を着こなした男に写ってしまうのである。

そんな昼間のはさみ先生が、夜の盛り場の似顔絵師であることを知る人は少ない。彼は自分をすっぽり脱ぎかえるからだ。

「届いたかね。手紙なんてものを十年ぶりに書かされたが……。」

はさみ先生こと大隅一人は、右手で払い落したベレー帽を左手で受けて、ズボンのポケットにねじこんだ。

「おはるさん、十二番にビールとシシャモ。」

カーテンをはねのけて外に呼びかけながら、今度は両手の白い手袋を交互に脱いだ。

「そろそろお時間ですよさぁはさみ先生。」とそのおはるさんが応えた。

ハーフガウンとでも言おうか、黒ラシャのくたびれた上っぱりのその襟から、これもひん曲がった黒の蝶タイが覗いている。細い金ぶちの眼鏡は、彼自身ハイド氏の扮装を意識しているのかも知れない。

「ぞっとするね。鏡を見たことがあるのかお前。」と私は言った。

この十二番のボックスは二重のカーテンで仕切った支配人専用なのだが、風来坊のハーモニカ吹きが気分まで身ぐるみ脱ぎ替える仕度部屋でもある。私はゴビの定連ではないが、ここにもぐり込んでも追い出されることはない。

「飲《や》ってくれればよかったのに……。」

カズはいつもの焦茶のセビロに戻ってから、ゆっくり眼鏡をはずした。

「今来たばかりだ。その肖像画って一枚幾らになるもんかね。」

「二千円。似顔絵と言ってくれ。」

「ぼろいね。ひと晩に何枚描く？」

「日によるよ。魚釣りと一緒さ。」

ジャンジャーンとカーテンレールを鳴らして、おはるさんが来た。ワーンと騒音が充満した途端に一発、シンバルが耳を叩いた。

「だーめだ、ここじゃ。」そう言ってカズがビール瓶を摑もうとするのを、赤いドレスがひらひら走り寄ってきて横取りした。

「二人だけにしてくれないか。今夜だけ。」

首にかじりついた別の女の剝出しの背中をやさしく叩きながら、カズは私の方を向いてベソをかいてみせた。

「よかがカズ。みんなはさみ先生と一緒に飲もで。話なんだ如何《いけん》でんよか。あげな手紙どんじゃごまかされんでね。」

「可憐さんに話してやれ。ご覧の通りだ。」

沈黙がゆっくりやってきて、二人の間に割り込む。カズと私の場合、こうなるのは、概ね可憐の名が出たあたりである。

十ルクスはないかも知れない。ざわめく薄明の海に、ノッポのカズの上半身はしっくり溶けこんで見える。ゆっくり四囲の壁を這い回る青と赤の光の飛白が、カズのバックでスーッと消える。帰り着いた息子といったくつろぎも、ここではもう彼のものだ。削ぎ取ったような頰に、可憐の嫌う剛い無精髯が疎らに見える。額に皺は見えないが、垂れ下がった蓬髪のつけ根の辺りに、私だけが知っている細い谷川が一筋流れている筈だ。昔、松の木のてっぺんで、自分の振回す鎌の秀先《ほさき》で自分が掘った谷川である。

「ごめん。松ちゃは焼酎だったんだ。」

「よかが、今夜はこいでよかど。」

カズは私の里言葉に釣られて「ママに言うて焼酎《そっ》を貰っ来《け》。おけいどん汝《わい》が行たっ来《け》。」と言った。

はさみ先生の二本指の間に自分の拳をはめ込んで遊んでいた赤ドレスが「時間だよさセンセ。」と、ステージの方を指さしながら立ちあがった。

「何がいいか松ちゃ。」

カズは白い手袋をはめた。一方には細工が施してあるらしく、それを嵌めると両方共しゃんとした五本の指になる。

「シシャモでよか。こいが一番おいしい。」

「そうじゃないんだ。何か吹かせてくれ。ショウジタロウでもいいぞ。」

私は応えなかった。カズは足許のバッグから長短三本のハーモニカをひきずり出して、立ちあがった。

「じっぷんで片づけるからな。逃げるな。」

トランペット吹きが次の演奏者を紹介して引っ込んだ。

スポットライトが態《わざ》とらしくぐるりと空回りして、ノッポの男を捉えたところで、私も腰をあげた。

私はゴビを出た。鉛のような手で背中を押されている気分だった。

ユーキノシラカバナーミキ……聞くまいとしても、その素朴なハーモニカの旋律は、洞窟のような狭い階段を下りる私を執拗に追いかけてきた。

若しかすると、あいつシベリアを懐しがっているのではあるまいか。誰もが忘れたがっている不毛のツンドラを。通り過ぎて行ったものは夷狄にさえ人をふりかえらせる背中がある。夏でも地下二メートルは凍土だったというザハリスクでのカパイの手応えなど忘れてしまって、そこで仲間の鶴嘴に一瞬にはね飛ばされた生き別れの三本の指たちにハーモニカを聞かせているのではあるまいか。私にはシベリアは見えない。私の視野にハーモニカのリズムが連れてくるのは、雪煙をあげる時代遅れのトロイカに過ぎない。

「気をつけろ！」

コートの袖をこすった車が、大袈裟にブレーキを軋らせた。

人が流れている。時雨が通っていったらしい。どの人影も化物に見える。遠くで、気の早いジングルベルが糸をひいて消えていく。

——可憐さんに話してやれ。ご覧の通りだ……

牡でないのならお前の生きざまは詐欺じゃないか。死ぬ者はどいつもこいつもさっさと死んだ。生き残った者は四の五の言わず生きている。みんなこうやって師走の街角を曲るではないか。もう出て来い。拗ね者のお芝居など沢山だ。これまでこれまでと幕をひんめくって可憐のところへ降りて来るんだ。——

電車はもうなかった。タクシーを物色していると、時雨が返って来た。私はコートを脱いで、頭からかぶった。

4

甲突川の河口に近いカズのアパートの南側のベランダからは、錦江湾を一望に収めて余さない。桜島は朝から噴き上げていたが、煙の秀先はやんわり吹き折られて高隈連山へ向けて傾き、煙の腰から下だけが風神雷神の取っ組み合いをやっていた。借景もこうなると豪華である。北風の季節だけは、降灰に眼をしょぼつかせることも要らない。

喜入沖のマンモスタンカーの横腹から飛出してきた銀の飛魚が徐々に太りながら近づいてくる。温都指宿と鹿児島空港を結ぶ水中翼船である。

「あのホバークラフトと正面からぶつかるような形で、白銀坂の辺りから突込んだろうな零戦は……。」これには応えは返ってこない。ここに来た度に口にする、バカの一つ憶えだからである。

「パールハーバーもこんなそっくりの雛形があったんじゃ助からんわけだ。」

カズは口笛で、スチェンカラージンを吹いていた。

「インチキが出来てるぜ。」家具らしいものといえばそれしかないバカでかいステレオの上のガラクタの中から、葉書大の紙きれを選り出してきて、私の前の応接台にのせた。

何時か私が頼んでおいたものだ。弟の写真とそれに肖せた鉛筆画である。

頼んだ私の方はもう忘れかけていた。というより諦めていたのだ。カズはその時返事もしなかったし、遺稿集にフィクションを入れるのかと咎めたのだったからである。

五分もかからんことじゃないかと口説いただけの甲斐はあったわけだ。なるほどこれなら三分間の勝負かも知れぬ。これ以上は省けまいと思われる何本かの線が、一気に人間の顔を囲み取っている。

「そっくりじゃね。」

そっくりなのは寧ろ可憐の方にだったが、私はそれが気に入った。企画倒れに終っていた弟のシベリア日記も、これでもう先に押しやる口実は何もなくなった。

「ルパシカまで着せっくれたとや。順造の奴が羞んどらいみれ。」

眼の高さに持ちあげて、遠ざけたり近づけたりする私に、カズは軽蔑の色を隠さなかった。

〈シベリアでの順造――ハバロフスクにて――大隅一人氏の手帳から――〉それはカズの言う通りインチキかも知れないが、この一枚を挿入したからといって何が潰されるというのか。当然シベリアでやるべきであったことを、今償っただけじゃないか。そんな気持が私にはある。

鳥籠が幾つあるのだろうか。錦華鳥・カナリヤ・紅雀・十姉妹・それにカラスまで飼っている。

水滴を光らせた取り替えたばかりの青菜もあるが、萎びてうなだれたのも混っている。ベランダの床に縦に積み重ねた籠もあれば、軒にぶらさげた籠もある。

「誰が世話をすっとよ。自分の世話も碌にでけん癖に。」

「そのうちみんな逃がすよ。でも春にならないとね。」羽のずり落ちた紅雀の一羽が止木で小刻みに震えている。

「逃がしたって此奴《こいどん》共な籠の外では暮らせぬとじゃろが。」

「そうなんだ。それを思うとみんな叩殺してやりたくなる。」

「生きる資格がなかか。」

「人間が仕向けたことだろうがね。乃公《だいこう》は此奴等に自殺の仕方を教えなかった神様に腹が立ってくるのさ。」

ベランダの鴨居に差渡した竹の棒から白いものが落ちた。下にはビニールの上に新聞紙が敷いてある。

「これはまだ子供だがね。見てごらん。」カズは頭上のカラスに手を伸ばし、嘴の前でグルグル拇指を回した。カラスは回る指先にさりげなく嘴を合わせながら無関心のそぶりでいるが、機をみてパッと嘴をくり出す。

「ずるい奴だろう。こいつが一番可愛い。」

可愛いのか小面憎いのか、唇を歪めた五十男の微笑の中から、一人の腕白坊主が私の視野に還ってくる。ずるい奴と言うのだったらカラスどころのずるさではなかった。急に生き返ったギラギラの二つの眼は昔のガキ大将のものである。

今、一番可愛い奴に注がれているその視線は、一番可愛い奴の遙かふるさとに届いている筈だった。薩摩半島の突端が東支那海になだれ落ちる辺り、鬱蒼たる黒松の隊列が渚に沿って横に走る。潮風が吹き分けるその松たちの蓬髪は私の眼にも今鮮かに見えている。どちらかの口がその含み笑いを吐き出しさえすれば、途端にフィルムは回り出す筈だ。四十年のこちらでも色褪せることのない共有の劇画である。

台風銀座一丁目の防潮林。その中でカラスが巣を掛ける松は何本かに決まっていた。どの木が誰と誰の木で、どの木の二の枝が誰の枝、三の枝が誰の枝といった具合に、不文律の腕白協定ができあがっていたのだ。

私は意気地なしだったから、高い所には登れない。高さも苦手だったが、うっかり手順を誤れば十字砲火を描いて襲いかかってくる親鳥の嘴と、蹴爪の方がもっと苦手だった。カズは生まれつきのボッケモン（向う見ず）だったから、役目は自ら決まったようなものだった。思えば生まれてこの方、私は木の下にばかりいたのではなかったか。上を向いて、下知ばかりして。

「頭《びんた》を三針縫うたこともあったね汝《わ》や。」

「まだ覚えてるのか。」カズが白い歯を見せながら拳を突上げると、カラスは両肩をさっと尖らして身構えた。

「此奴は猛禽類の仲間なんだ。見ろ此奴の眼を。どうだ松ちゃ、いたずらがしたくてたまらんわいという眼つきだろ。」

「お前も昔はこんな眼つきだったよ。」

これは茶化しているのではない。ドンゴロスで拵えた陣羽織みたいなのを着込み、その上に縄を巻きつけて、背中に利鎌を斜かいに差すのが、この雛盗人のいでたちだった。囮役の合図があれば、両手に唾を吐きかけて、二抱えもある松の幹に抱きついていくのだった。両足に渡した荒縄で松の鱗を辷止めにし、一の枝二の枝と自分に言い聞かせながら手繰り上がっていくのを、遠くからハラハラして見守るのが囮役の私の役目だったのだ。

「あん時や餌を二匹とも盗《や》られっ狼狽《せしこ》たもんよ。」

餌は前以て漁師に頼んでおいた茶斑の海蛇であるが、これこそカー公一族垂涎のご馳走なのである。

「松ちゃが降りろーと叫んだのは聞こえたかも知れないが、もう巣の枝が頭上にあったもんね。よう然し三針ぐらいで済んだよ。ヘルメットがこう凹んでたんだから。」

「ヘルメット？」

「かぶってたじゃないか。鍋だったよ。取手のとれたアルミのさ。」

「覚えがなかね。だがあん時の怪我はお前が自分の鎌でやったたっど。」

「昔から松ちゃは譲らんね。君が乃公にそう教え込んだだけだろう。」

或いはそうだったのかも知れない。囮役はカラスよりはずるくなければ勤まらなかったし、勇敢な相棒をカラスに突つかせちゃ囮役のメンツに係わるのだ。更に弱るのは、そのことで雛泥棒仲間から無能呼ばわりされ、吊しあげを喰うことだった。

尻尾に棘のある海蛇はその肌に触れるのさえ私は顔をそむける思いだったが、それでもそれをきっちり竹竿の先にくくり着け、見晴らしの場所で打振りながら、カー公一族をおびき寄せ、釘づけにしなければならなかった。一羽が舞い下りてくれれば、後は雑作はなかった。鳴きつれ鳴き交わして、黒い野次馬共は餌の周りに全員集合して乱舞する。雛も何も放ったらかしである。

竿をうまく操って、餌を時たま彼等の嘴に触《さわ》らせてやり、鮮度のよさを見せびらかすのが上手の手口なんだが、年寄りのカー公には此方より年季の入ったのがいて、油断をすると餌を盗《や》られる。慌てて予備をつけ替えるのだが、どうやればパクれるのか、利口な奴等はもう見て取っているのだ。

「あの頃、順造君をみた記憶がないんだ。幾つ違いなんだ松ちゃと。あの現場にいてもいい筈だが……。」

「可憐より二つ下よ。順は叔母さんの家で育ったでね。でも順はお前をカズちゃんと呼んどったど、あん頃も。」

「記憶ないんだ、さっぱり。ハバロフスクの器材倉庫だったがね。びっくりしたよあの時。小松です松造の弟ですと名告られてみても、さっぱりなんだ。何時も言うように、可憐さんそっくりだったのにはうろたえたね。」

「俺の面《つら》には似とらんかったとや。」

「おれのつら？　なるほどそれは面だ。あれは顔というものだがね。」

「死ぬ日迄、順は大隅中尉殿に感謝しとったぜ。何かのことでお前に救われたげな。」

「片言のロシヤ語でも時には人様のお役に立つことはあったね。自分には鎖になってしまったが。」

「聞いた。順造から聞いた。よかザマじゃなかや。」

眼下の船が汽笛を吹かせると、カズはソファから腰をあげて、ベランダの柵に凭れた。

「何を喰わすっとよ。このカー公には。」

「モツなら何でも。人間のモツが一番好きなんだがね。シベリアガラスを知ってるだろ。」

「順じゃなかど俺は。」

「白いのも黒いのもいるがね。まことに以て恐れ入ったズル公ばっかりだ。味覚の方もバカにならぬ。ちゃんと人間の美味さを心得てる。」

「好かん野郎《わろ》じゃね。」

「屍体で真先になくなるのがきんたま。これはまあ無理もないわけさ。簡単に喰いちぎれるのがそこなんだから。次が目玉。でも大概五分も経てば氷のカチカチになっちまうが。」

「止めんかい。何時も言うどが。俺も可憐も人間の部分品の中から這いずり出して来たんじゃ。俺たちは鶏のレバーさえ食べられぬことは知っとろがお前。」

髻の片方を歪めて、カズは鼻の先で、ひまをかけてせせらわらった。そして煙草の煙を斜に吐出してみせながら、「ビフテキは薩摩牛に限るなどとぬかす癖に。人間のレバーのにおいがするがねお前さんは。」と呟いた。

私にはシベリアガラスは視えなかったが、松林の上空を乱舞する黒いチェックマークの一群はまだ視えていた。下から煙草を挟み上げる眼の前の奇怪な指先が、そのバラバラの一群を、喰いちぎられた人間の部分品に組みたててでもいるような不快感が来た。

「あん海はね。拗ね者みたいに不貞寝しとらい。行ってそん眼で昔の海を見て来《け》よ。」と私は言った。「まるでお前そっくりじゃ。松は松喰虫に台風が追討ちをかけて、ヨボヨボの生残り。渚に貝殻一つ落ちてるじゃなし。舟影もなければ漁師もおらぬ。うろついとるとは砂鉄掬いのおっさんぐらいよ。」

「お前さんが昔の松ちゃでないようにな。そうかい。そんな海が海というもんじゃないのか。渚に打ちあげられた得体の知れない白骨はあれは絵になる。欲を言えばあれもない方がいい。」

「そんな風には持っていくな。そげなキザなニヒルには俺は蕁麻疹が出ってね。メッキだと判っとってもよ。」

クックと喉を鳴らして「ウィスキーにしようか伍長さん。」とカズが言った。

「焼酎《そっ》ん方がよか。汝《わ》や毛唐のドブロクどん呑《や》れ。」

カズは額に掌をかざして沖を見ながら言った。

「頑固な地ゴロじゃね汝《わい》も。ひねくれもんのからいもおやじじゃ。」

私は私用の〈白金《しらがね》の露〉を、ここの厨房に置いてある。厨房と言っても、四畳半二間に申訳にくっついた洗面所兼用の流し場である。そこのガス焜炉で、私流の燗つけをする。焼酎七・水三の割で鉄瓶に水割りを作り、弱火でゆっくり温めていく。

小さな冷蔵庫を開けると、カズがゴビからくすねてきたシシャモが放り込んであるから、妊み具合のいいのを選んで、鉄瓶の傍に差しかければいい。

日曜日の午後、行く所がなければ私はここにくる。兄の私がいる時だけ、可憐が後からやってくる。そうならなかったためしがない。カズは内職のパチンコをサボらされる訳だが、嫌な顔をしたことは一度もない。寧ろそうなることを希んでいたように振舞う。その気になりさえすれば一生サボっていい内職の筈なのに、彼はそれをやろうとしないのだ。

「また可憐から叱《が》らるっど汝《わ》や。」

残飯が屑籠に山盛りに捨ててある。脱ぎ捨てた肌着の類が、水気のない洗濯機の水槽にうずたかく積もっている。

私の妻は可憐がここにくるのを喜ばない。自分の妹を他人に押付けるのは兄の越権行為だと夫の私を咎めるが、それはうわべのことである。何といっても、妻は戦死した可憐の亭主の妹なのだ。嫂を二夫にまみえさせるに就いては、それなりの発言権があるのらしい。が、一皮むいてしまえば、妻ははさみ先生と称ばれる街の野良犬の生きざまを好まないし、彼の右手を気味悪がっているのである。

「やっぱり入れるのか。」

カズはシシャモの尻尾をつまみあげて、私の手許に顎をしゃくった。応接台の順造の肖像を左手のコップで押さえている。

「やっぱり入れる。」私は引ったくってポケットに入れた。

「君は順造君の為に田畑を売ったと何時か言ったね。」

「闇市のヤク屋共に稼がせてやっただけだ。」

「そんなに痛がったのかい。」

「もう止せ。一杯こっちの方をやらんか。」

カズは私がつきつけた長太郎の盃を受けとった。それに同じ長太郎焼のスッポン型の黒じょかを傾けて、白《しら》金《がね》の露を私が注ぐ。お前もこれに改宗しろと言いながら——

「だいたい薩摩隼人の裔《すえ》がだね。オサケだのビールだのに舌を誑らかされてたまるかよ汝《わ》や。祖先に相済まんどが。」

「そげなもんか。」とカズはカラスに言う。

「そげなもんよ。俺は口をこじあけられても日本酒だけは飲まんどお。あれはお前隼人共に犬の鳴きまねをやらせた優雅な蛮族共の飲物じゃなかや。何とかのつぼね共を侍らせながら喰らった代物なんだ。」

「焼酎を褒め上げるのも楽じゃないね。」

「アッハ、ま、里の娘よ。」

言ってみれば、私は妹の可憐まで里の娘に仕立てているのかも知れなかった。年齢はおばさんのくせに、ムスメの語感にすっぽり納まって、何時も青い菜っ葉と連れだって来るのだ。私はその里の娘が持ってくる筈の豆腐を心待ちしていた。可憐がその手籠にしのばせてくるのは豆腐だけではない。人参、ピーマン時にはグリンピースも出てくるが、その殆んどは小鳥達の為の青菜である。加えて彼女は、カズを饒舌にさせる妙な雰囲気をも連れてくるのだ。

「可憐を押しつけるとお前は言うが、自分では菜っ葉一つ買えはせぬじゃないか。」

「彼女を女中にはできない。」

「インポなんどでごまかすな。毎晩女共に取巻かれとる癖に。おはるさんもこのアパートのどこかにいるんじゃろが。」

「らしいね。だがここで会ったことはない。此奴はおはるさんの息子が連れて来たんだ。姶良郡の溝辺あたりには今でもカラスが巣を掛けるらしいね。拾ったんだそうだ。」

「はぐらかすな。赤ドレスのあのセナハゲはお前の何よ。」

その時ズシンと窓ガラスが鳴った。気圧の衝撃波が鼓膜を搏った。

「昏が寒くないか松ちゃ。」

立ち上がって柵の手すりに凭れた二人の亢ぶった視野に、みるみる盛り上がっていく噴煙があった。先刻迄ワイワイやり合っていた風神雷神も一気に宙天へ噴き上げられ、もがきながら更に上へ上へと押上げられている。

「可憐からは言い出せない。男のお前が手を差伸べるんだよ。あんな手紙の文句などで遊んでる時か。お前も可憐ももう家へ帰らなくちゃね。もう夕方だぜ中尉さん。お前の中にはあんなマグマのひときれもないのか。」

カズはスリッパを応接台の下へ踏み入れ、インコの屍体をつつき出した。そのインコの硬直した鉤型の嘴をこじ開けてウィスキーを一滴二滴垂らした。器用にコップを挟んでいるその右手の二本の指も、私にはコンドルの嘴かなんぞのように見えてくる。

「そうかい……。」

何の真似か知らないが、こんなキザな返事の仕方をする相手に、そうかいなどと頷いてみせる自分の軽薄さに腹が立ってくる。ドシンと一発卓を叩きたいのだが、それができない。

カズは長太郎のスッポンを鷲摑みにして、私の盃に傾けた。可憐さんが来たよという合図みたいなものである。階段の鉄板を踏みつける間延びした鈍い金属音が近づいているのだ。

彼女は二人の傍をすり抜けてから「マッチャ、明日から出張でしょ。よか加減で尻をあげやんせ。」と言った。可憐は家ではアンチャであるが、カズの前ではマッチャになる。

可憐の通った後を、可憐の香りがほんのり通っていく。可憐の香水を私はあまり好まないが、亡夫の好みだったというから言わない。

エプロンを着けて可憐は引返してきた。豆腐の皿と醬油入れを持っている。私しかこれは喰わないから「わるかねカズちゃん」と可憐が言う。

「洗濯代ぐらい取れよ可憐。やもめの特権みたいに思っとるからね此奴は。」

「カズちゃんは感心よ。やもめにしてはまだ蛆が湧いとらんからね。マッチャには出来んよ。」

「姉さんみたいな口を利くな。」

「姉さんじゃがね。斯様《こげ》な坊主が二人もおるもん。」可憐は私の頭に手を載せて撫でた。カズがそっぽを向いて、クッと咽喉を鳴らした。

可憐の口が軽くなるのを敏感に意識する自分が妙に嫌らしい人間に思えてくる。そしてその分だけ、こっちの口は重くなってしまう。

妹を貰えという兄の裏工作を知れば、この矜り高い女は、兄貴に嚙みついてくることだろう。或いは鬱ぎ込んで三日ものを言ってくれないことになるかも知れぬ。何れにしろ、もうこんな気さくな訪問はできなくなる。私の中にそうなることを希んでいる男がもう一人潜んでいるとしたら、そのバカげきった矛盾をどう自分に説明すればいいか、私にもそれが解らない。

「シシャモしか食べんもんねカズちゃんは。」

可憐は卓に両肘をついて、体をくねらせながらカズの顔をまじまじと覗く。そして、「不精髯なんか生やしなさんな。」と母親みたいな物言いをする。

嚙み殺そうとしてみても、こみあげる微笑が私の唇を弄ぶ。——青い桃の実の産毛の周りを回ったのかいお前達は——それは同時に限りもなく妬ましいエロスの原型として、今そこに在る。矢絣の単衣の裾を、どんな手つきではぐったのか、この餓鬼大将は。途方に暮れた可憐の眼が視える。今だって眼の前でそうしているのだが、彼女の両掌は、何かといえば顎の下で組み合わされたまま離れないのだ。

洗剤を買いに行くという可憐をカズが引止めた。マフラーを摑んで立上がっていた私も腰をおろした。

「証人がいてくれた方がいい。小松家ではレバーを食べないのか可憐さん。」

「そうです。なんで左様《そげ》なこと聞くと？」

「やっぱりそうか。生まれつき嫌いなんだな。」

「嫌いですよ、ねえさんがね。それがどうしたと？」

可憐は怪訝な眼つきでつけ足した。「ねえさんが好かんからね。みんなあきらめたとよ。」

カズはニヤニヤして、二・三度こっくりをした。

「仕返しか。陰険だぞお前。」私は差出したカズのシガレットケースに手を延ばした。

「なんの……。」とカズは顎を振った。そして「レバーは美味しいがね。この頃はもう肉屋の前が通れなくなった。」と言った。「君達みたいに人間の部分品をかき分けたりした訳じゃないんだが……。」

可憐はまたカズの鼻先に自分の顔をもっていった。「また言いだしたこの坊やは。」

「何のこっちゃ？」

可憐は二人の男共を見較べた。「大の男がね。夢なんどに怯えとらすとよ。臆病者《ひっかぶい》じゃよこの人は……。」

私は初耳だった。

「松ちゃは本当に何ともないか。ぶら下がった胴体の半分から白い骨の切口が突出てるだろう。乃公が通れば肉屋という肉屋が先回りして待ってるんだ。」

「ほらね。斯様《こげ》な調子よ。」

「美味《うま》そうだと思うだけよ。肉ならね。」

「この頃は毎晩だ。解体屋をやらされてるんだ乃公は。忘れかけてたのに、またやって来だした。斧と鋸と出刃がちゃんと待ってやがる。床に這入るのが苦になりだした。」

「俺が暗示を与えたからだと言いたいのじゃあるまいな。」私に思い当ることがないでもなかった。が、それはもう昔の話である。

「あれはだってそげな陰惨なもんじゃなかったど。俺達《おいどま》ただ視たと言うただけよ。なあ可憐。あん頃は何も彼も食べ物《もん》に見えたでね。」

可憐は私の手を摑んで強く引張った。

「ごめん。」カズは瀬戸物の下からインコの屍骸をつまみ出して、屑籠に放り込んだ。

「他人《ひと》さまに言ってみたって始まることじゃないわいね。老いぼれたらしいよ乃公も。」

言わんことじゃない。そんな夢も可憐と二人で分け合えばいいじゃないかと喉までは来たが、眼の前に可憐がいた。私は可憐をおいて、階段を下りた。

5

出張から帰った昨晩も、今朝も、可憐は全く口を利かない。時々あることだから驚きはしないが、背を向けるタイミングがいつもとは些か違う。

妻は私に「あんさんが独り決めで勝手なことばかりしなはるよって……おねえはんの気持も考えてあげなはれ。」と、こっそり言う。

妻は義妹であり義姉でもある可憐をおねえはんと称ぶし、可憐はこれまた年下の妻をねえさんと称ぶ。庭先の一坪菜園を二人でいじっている時などは、概ね私をワルに仕立てて、どちらかがどちらかをいたわっている。それにのんびり聞耳を立てておれる商売でないからでもあるが、私は咳払いもせずに外してやる。

事務機販売の零細な下請会社だから、親会社から押しつけられた契約販売額を割りそうになると、私と担当責任者の留さんは椅子に腰をおろす日はなくなってくる。市内には大資本の販売網が張りめぐらされていて、そのどこかを切崩すことなどそれこそ夢物語りだから、ボロのライトバンで県下一円を走り回らなければならない。

小役人の出張でさえ出張手当が付くというのに、こっちはガソリンも手もち、泊れば宿賃も自前。露払いに提げていくウィスキーの何本かも、この頃はサントリのタヌキではだめでリザーブになった。余程のことがないと日帰りを繰返すのだが、今度は山崎で二泊するはめになった。

山崎町は私でなければ、留さんや若い者では埒があかない。用度係長の古狸は煮ても焼いても喰えない男である。山崎には町長が二人いるといって出入商人に煙たがられている。安田という五十男だが、その安田を「オイやすだ。」と呼び捨てにする小商人は私ぐらいのものかも知れない。「戦友風を吹かせて威張るのもいいが、卓上オフの一台ぐらい買ってみろ安田。」そんな調子で持ち掛ける訳だが、風の吹き回しでは他愛なく陥ちる。今度もそうだった。二泊の必要はなかったのだが、気をよくして、翌晩の一泊は彼の家で、安田曹長殿の自慢話に徹夜でつき合ってやったのだ。

序でだったから、帰りに薩摩半島の外延を一周りした。墓参である。少なくとも盆と暮れの二回はこれを欠かさない。棄郷者の不孝のお詫びのつもりである。

曾て、膝をくっつけ合って、ぎっしり墓地を埋めていた一人一人の墓石は跡形もなく取払われてしまって、代りに何段かの墓地には、見上げるような安物の小山田石などが、ぽつんぽつんと突立っている。踏込無用の高さでコンクリートを敷き詰め、石の正面には何何家の墓と金文字が派手に彫り込まれている。ここには昔カラスに頭をつつかれた仲間も何人か眠っている。こんな寄せ墓になる前には、その一人一人の名前を持った墓石の前に突立って、苔むしたその頭を撫でながら、憎まれ口をたたいて周ったものだ。「故陸軍上等兵石田善次郎か。まだお前さんは上等兵か。もう准尉さんぐらいにはなってるだろうと思って来たがね。」といった具合に。時には煙草に火を点けて、竹の線香筒に挿してやることもあった。だがもう彼等はどこにもいない。夫々の家族の中へ紛れ込んでしまった。上等兵も大佐も、どうやら軍服だけは脱がせて貰ったようだが、その時点で彼等の姿は見えなくなった。

今は小松と大隅の一族だけが、頑固者の部落のように、夫々の孤塋を守っている。墓守りがいるのもここだけである。墓守りは私達の小学校のクラスメートである。およしさんという寡婦だ。墓地から五十メートルの一軒家に息子と二人で住んでいる。この時も（といっても一昨日のことだが）およしはバケツを提げてつき合ってくれた。時にはおよしから説教を喰うこともある。

「見て御覧《みやい》。寄せ墓も建たんとはお前《まい》の家とカズさあの家だけじゃっど。今からでんよかで黒御影のバリッとしたとを建てて見返してやらんと……。」

何を、何故見返すのか。墓守りを傭って一人一基の墓域を守り通してきた自分に、私は秘かな矜りを抱いているのだが、およしには逆らわない。「したくなかもんな貧乏じゃがおよし。世間態が悪かどん仕方がなか。お前《はん》が居ってくるっで助かっど、カズも俺《おい》も。」

鬼芒にぐるりを取囲まれた村外れのこの墓地は、薩摩富士を正面に据える。海に崩落れ込んだ山裾は大きく湾曲して、疎らな松林の海岸を一直線に横に走らせている。（あそこにカラスの群れが戻ってくることはもうあるまい。）足下から陥ちこんでいく段々畑は徐々に隆起をはじめ、奇を凝らしたジグザクの緑のモザイクを、薩摩富士の紫紺の裳裾が降りてきてふんわりぼかす。

私の墓域にあるのは、順造と母のものを除けば、何れも風雪に堪えたといった苔の香を漂わせており、時には石の割れ目から百足やごきぶりの親玉みたいなのが這い出して来たりするが、数歩を隔てた大隅家の一郭には、比較的新しいものが三基ある。カズの父親弥四郎氏のものと、カズの妻君久子さんのものである。二基ではないかと言われればその通りなのだが、久子さんのは二基分を兼ねているのだ。大隅久子の右側に、大隅一人の文字も同じ深さで彫り込んである。弥四郎氏の歿年は昭和二十一年、久子さんのは二年遅れて昭和二十三年となっている。その昭和二十三年の文字は左側に寄せられて、右側には数字の空いた年月日だけがあり、そこに子供がいたずらしたらしい文字が見える。金釘で引掻いたその落書ももうしかとは読めない。そこに確かな数字が彫込まれる日は何れ巡ってくるにしても、誰がその鑿を握るのか。およしはその花筒に水を注ぐ度に、私に向かって皮肉を言う。

「死んだ奥さんなんど誰も盗りはせんとにね。ライオンが隣におるからじゃろかい。」

ライオンは弥四郎氏生前の綽名である。それを口にする時のおよしおばさんの卑猥な唇には、私は背中を向ける。

そのおよしは、これがまた亭主を落雷に撃ち殺されるという珍らしい運命の持主なのだ。ブーゲンビルから幽鬼のように痩細って奥さんの許に辿り着いたというおよしの旦那は、半年も経つとどうやら野良に出られるようになったのだが、それが却って仇《あだ》になった。一夕、農作業の汚れを洗うべく金盥に足を突込んだその途端、悪魔の一閃が襲いかかったのである。この話をする度に、およしは白痴のような眼つきから暫く出てこれない。

「およし、元気を出せ。旦那が持ち帰った残りの分はお前が引受けて長生きせえよ。そのうちカズと二人で黒御影の石塔を建つってね。お前さんの旦那も一緒に祀ろう。」

およしの一人息子は町の農協に勤めている。一昨日は帰りがけにおよしの家の庇の下にホンダのごついオートバイが立ててあるのを見た。あれならと私は思った。あれを乗りこなす程の若者なら、金盥の上ではくたばるまい。そう呟きながら私はアクセルを踏んだのだった。

この墓参の話をすると、妻は安田はんの方はどないなりましてん？　と、こっちの胸倉を取りかねないけしきだったが、間もなく、

「そら済まさんと年の明けんことですさかいにな。気のお利きやすこと。わざわざ出直すことあらしまへん。」

などと子供を犒うような調子で言った。

可憐は妻の最後の言葉に引っかかった。口に出して咎めたわけではないが、そぶりでわかる。やたらに空洟をすすりあげてみせる。今朝、玄関で踵に靴篦を当てがっている私の背後にひっそりかがんで、「何故《ないごて》あたいを連れて行かんと？」と言った。妹はこれまで盆も暮れも、墓参に同伴しなかったことはなかったのだ。それに言訳をする代りに、「ゆうべからお前はこの世にいなかったが、やっと今話が聞こえたね。生きとってよかった。」などと、話をはぐらかしてしまった。

6

昼過ぎ、名古屋の親会社から在庫調査に来たチンピラをライトバンに乗っけて、空港へ送り届けた。

待合室で一服していると、眼の前をおはるさんが通った。連れだった太り肉《じし》の四十女がゴビのマダムであることは、女にくっ着いて歩いているボクサーあがりのような男が、女物のコートを腕に引掛けているので、それと解った。私はこの男をゴビの支配人室で見たことがあるからだ。カズにハーモニカを吹かせている男に違

いないが、初め私はパートの用心棒ぐらいに勘違いをした。その時、カズとこの男との間で激しいやりとりのあった揚句、「何時でも止め給え、君は病人だ。熱のある病人なら治療もできるが、君のは零下何度だ。」とか何とか、そんなようなことをまくし立てながら、連れの私をジロリジロリ眺めたものだ。

　クリスマスの書入れどきを目前にして、あちこちの支店《めかけ》の尻をひっぱたいて回っているのだろう。私はライトバンで、彼等のタクシーを追跡した。ハンドルを回しながら、何時の間にかトッコークズレ特攻崩れなどと口誦んでいるのが我ながらおかしかったが、前を走っているタクシーの中の男が、ボクサークズレから徐々にトッコークズレとでもいうべき人物のように思われてくるのが妙だった。彼が鱶のうろつくマリアナ海を八時間泳いだ男だということはカズに聞いていたが、特攻隊員であったかどうかは知らないのである。

　トッコウクズレなどという、戦後風俗の一頁に書込まれて、もう骨董品になってしまった筈のことばと、今でもふと街角ですれ違うことが、年に一度ぐらい私にはある。すれ違った相手の眉が険しいとか、服装がくたびれているとか、そういうことではない。寧ろきちんとした身なりの初老の紳士なのだ。温和な眼や、くびれた柔らかい顎も持っている。でも、行違いざま、相手の体のどこかで何かが軋ったような物音を聞取ってしまう。円い頭蓋骨の裏側にもう一つ、鉢巻を締める幅だけ縦長の頭蓋骨があって、それが内側からこすりあげたのだと思えてくる。多分ゲップでもしたのであったろう。振返ってみれば相手はたいてい特別サイズの烏帽子頭のおっさんなのである。

　トッコークズレ。そいつを自称する男には曾て闇市で何度か出会ったが、どいつもこいつも、特攻とは縁もゆかりもないペテン師ばかりだった。今、眼の前のタクシーの中で、ゴビのマダムの肩に手を回している筈のおっさんが「トッコウクズレ」を私に呟かせたのは、多分三十年前の闇屋のイメージを彼が引きずっているからに違いない。

——お前さんが野良犬の御主人というわけか。掻っぱらった飛行靴にかっぱらった白絹のマフラーなど首に巻きつけて、これも掻っぱらった麻薬をべらぼうな値で売りつけてきたものだ。学徒出陣式でカズの隣を行進した男だというが、選りに選って、いまもってあんな男に隣を歩かれている——

こんな私を、カズは露わに軽蔑する。

「君の襟にはまだ階級章がくっ着いてるもんな。みんな麻疹《はしか》はなおったのにね。いつまで経っても癒らん伍長さんだよ。」

それはそうかも知れない。今でも私は週に三度ぐらいの割で召集令状が来た夢をみる。見ろ、やっぱり自衛隊なんかじゃダメじゃないか。一手遅れの軍隊将棋では勝目はないが、俺も陸軍伍長だ。こうなったら逃げも隠れもせぬ。ところで俺の入隊先は一体どこだ？

時には一度も見たことのない八路軍工作挺身隊長柯軍曹と玄武湖畔の柳の下を歩いていることもある。花《ファ》生要不要《ションヤオプヤオ》などとポケットに手を突っこみながら。

だが、私の眼には、私を軽蔑するカズの方こそ、自分の麻疹の後遺症と乳繰合っているように見えるのだ。

「お前は露出症だね。引っぱがれた階級章のあとをキンタマみたいに隠してやがる。そこをチラチラのぞかせて、そいつで飯を喰らっとる。可憐なんか当番兵に仕立ててよ。へ、憂愁中尉ゴビの沙漠を往くじゃねか。」

そんな具合にやり返してはみるものの、さて、何かを言返してやった気分にはなれない。

今夜はまた、このトッコウクズレと野良犬の口喧嘩が始まることだろう。そしてまた、このトッコウクズレが言うことだろう。「君はやっぱり病人だ。熱のある病人ならいいが、君の心は零度以下だ。」とか何とか。それに受け応えするバカがいる。高校演劇の科白でもあるまいに。

ところで、頼まれもしないのに、他人の車など追っかけているこいつはまたどこの出歯亀だ。全く、こんなぐうたらな時間の持合わせなど私にはないのだった。安田がくれた契約の卓上オフセット印刷機の組立作業が待っている。組立作業と言えば聞こえはいいが、どだい人様の前で口にできる仕事ではない。何台かの中古から、夫々、ローラーをはじめ小はベアリングからゲージの文字盤まで、まだ使える部品の全部を取りはずし、それらを組合わせて一台の新品に仕立てあげるアングラ仕事なのだ。飛行機を使って、あちこちの妾達の尻をひっぱたいて回る結構な人生もあれば、私のようなイカサマ師に尻をひっぱたかれて、死ぬ程嫌いなアングラ仕事をやらされる留さんのような人生もある。

汚損度の最も少ないボデーに塗装を施して、かき集めた部品を夫々装着してしまえば、昨日着荷したばかりの新品が誕生するわけだが、この才覚にかけては、留さんは天才的なカンを持っている。だが、仕事に取掛った途端に、彼は不機嫌で怒りっぽくなる。

帰り着いてみれば、果して、留さんはろくにものも言わない。

上げ底時代を生き抜く小商人にとっては、必要悪という言葉さえ柔弱ではないか。なあ留さん。などと言ってみたところで、自らを空しく鼓舞するだけのことだ。結局は相手よりも不機嫌に黙りこくって、スパナを動かすことでしか始まらない。若い者はどいつもこいつも口が軽いから、門限後の三日ばかりを留さんと二人で倉庫に閉籠るわけだが、その留さんが、夕方、作業着に手を通そうとしている私に「今度んとは山崎じゃろうが、ああた。」と言いにきた。言外に非難がこもっている。

「山崎の安田さんじゃろうが。ニューにスペアのスペアまで揃えて渡そうや。」

息が臭かった。こっそり飲《や》っていたのだ。私は愛用の白金の露を社長室のデスクの下にしのばせているのだが、何時の間にか目減りがしている。が、それは言わない。

「わしに指図か留さん。正義派はそれで腹が膨れるかも知れぬが、わしは若い奴等に給料の遅配だけはやりたくないんだ。頼まんよ。」

　こんなマヤカシでもやらないことには、成り立つ商売ではないのだ。成り立つ商売にする為に、二度・三度これを繰返してきたつもりなのだが、いざ仕上げて、新しいネームプレートを打ちつける段どりまでくると、どちらからともなく吐息が洩れる。ムダボネ無駄骨という虚ろな徒労感に摑まっているのだ。これぐらいバカげた話はないかも知れないが、今迄のところ、このアングラ製品を納めたことは一度もないのである。山崎の安田さんもへったくれもないのだ。只、そうやってムダボネを折っている間、ざま見やがれという仁丹を食わえてでもいるようなカタルシスがあって、やめるにもやめられないだけのことなのである。

「まるまるムダボネという訳でもないよ留さん。」と、私はその都度負け惜しみを言ってきた。これはこれで、使い途はあるのだ。――先方の契約不履行で取りあげた全くの新品――で罷り通るのだったし、中古のままバラバラで流すより、数倍の得になるからである。

　ボーナスも出せない零細会社であればある程、壁の黒板の日程は詰まっている。大晦日の夕方まで焦げつきの取立てに走り回らなければならないし、暦年度決算の我が儘な印刷所もあるから、カタログを鞄に詰めて、最後の泣きを入れに行かねばならない。黒板にはそれらがチョークでごたごた書込まれているのだが、29日の欄だけが、瓢簞型の空白になっている。作業着を床に叩きつけておいて、私はそこに順造遺稿集見積りと書き入れた。書き込んでも邪魔にならないことがもう一つあったが、何故ともなく留さんの眼を憚った。だが、不貞腐れて丸太棒みたいに突立っている眼前の小男に気づくと、私はもう一度チョークを拾いあげた。――はさみ先生誕生日――と、黒板を鳴らして書きなぐった。十二月三十日はカズが勝手に決めた、街の野良犬の誕生日である。その夜はゴビで女たちに取巻かれて、彼は年に一度泥酔する慣わしであるらしい。彼に言わせれば、この日だけが余計者の日。一年中で誰の記憶からもずり落ちてしまう日で、ひるがえって人が何か思い出そうとする時でも、さっさとすり抜けていく、つまり陋巷の痩犬そっくりの日なのである。留さんでなくても歯が浮くが、或いは、ゴビのウェイトレス達の年に一度の慰労会が、この夜もたれる慣わしになっているのかも知れなかった。

7

卓袱台に胡坐をかいて晩酌を始めたところで、電話のベルが鳴った。可憐の受け応えの口調で、東京の私の息子からだと解る。パチンコばっかいしとるんじゃろ、などと可憐おばさんが言っている。

二か月学費を滞らせているから、それの催促なのだ。金は月々送っているのだが、学校の会計迄はなかなか届かない。登山用具に化けたり、アラスカ行きの旅費になったりする。可憐が叱りつけているように、パチンコ狂いもおさまったふしはない。息子ははさみ先生の崇拝者である。東京広しと雖も、鹿児島のはさみ先生に太刀打ちできるウチ師はいないだろうなどと言う。パチンコも自動化してくるらしい。そうなると助かるのは親達だ。純粋のギャンブルになってしまえば、彼等の何割かはそっぽを向くに違いない。幻妙神技の指先を仲間に誇りたいだけなのもいるだろうから。

受話機を母親に渡して可憐が来た。

「パチンコが自動になれば、カズは止めると思うか可憐。」

可憐は一旦取りあげた箸をおいて、「アンチャ。」と言った。暫く空に視線を遊ばせた後「あん人はやっぱい病気じゃよ。」

持って回る妹の癖を知っているから「なんだ、お前まで病人呼ばわりか。カズが喜ぶだろう。」と私は茶化した。「熱のなさすぎる病気らしいね。」

可憐は襖の向うに顋を差しやって「あの手紙を見てごらん。」と言った。

妹のだんまりの経緯《いきさつ》が、ぼんやりながら見えてきた。

「アンチャには見せたくなかったどんよ。どうせマッチャに見られるつもりで書いた手紙じゃから……。」

「何書いとるんじゃ。俺は他人宛の手紙を読む趣味はなかがね。」

「あたいを近づけん為の口実ならよかどん……ちょっと気味が悪くなってきた……。」

「あの日のレバーの続きか。まともにつき合うからよお前が。」

可憐は遠くを見つめて頷いた。あの日と言っても、まだ何日も経ってはいない。

「灰皿を洗えばスミマセン。小鳥の菜っ葉を取換えればスミマセン。スミマセンスミマセンを唱えてニヤニヤしとっとよ、いやらしか。今迄はふんぞり返っとった癖に、ハタキなんど握ってみせるがね。」

その夜私は、件んの手紙を寝床に持って行った。ずっしり手応えのする太った封書を枕許に置き、目を瞑って内容《なかみ》のあらすじを憶測してみた。

——告白すれば実はもう訣れられない人がありまして……とか何とか。おはるさんか、おけいどんか。それならどっこいスミマセンでは済まさないぜ。が、まあそれはあるまい。気味が悪くなってきたというのなら、〈女がどの程度の妖怪か、乃公は何れ妻に就いて語るだろう〉あのあたりのことだろう。〈日曜作家のお前さんにこなせるネタでないことは確かだ〉ときたもんだ。いいとも。関心ないが、女の妖怪性なら見てやらぬでもないぜ。だが妖怪を言うなら、真昼間、肉屋の前が通れない男は一体何だ。

夜は暗がりを盛る一枚の皿

昼は立ちんぼの伏せられたコップ

冗談じゃない。どこの馬の骨の言葉か知らぬが大迷惑だ。聞いただけでブツブツができる。やっぱり神経をいかれてるんだね、おっさん……

枕許のスタンドを点けて、私は手紙を展げた。三十余枚の便箋の、欄外にまで文字があった。

内容は私の予測をはみ出すものだった。これが前にも書いたカキサウルス云々の手紙であるが、今ざっと眼を通すと話の筋は通っている。寧ろ整い過ぎじゃないかと皮肉られてしまいそうだ。旧かなの原文通り次に写すが、不要と思う部分は面倒だから省いた。

8

前六行省く。僕は一瞬、自分が中生代へでも紛れこんだのかと思ひました。

農夫が格闘してゐる相手ときたら、三米に近い爬虫類らしき代物であるが、何かに譬へようたつて、こんな化物に同類などゐやしない。灰色の皮膚の鱗が不規則に重なり合つてゐて、ぎくしやく動くその鱗がやけにギシギシ軋り合ふ。音といふ音は只それだけなんだね。皮はまあ白い鰐だ。「来たなボロンヂ。貴様こんな所に……。」僕は叫びかけて危ふく声を呑み込んだのだつたが、ボロンヂは蛇だ。第一、阿弥陀堂のボロンヂにしてはずんぐり過ぎた。蜥蜴にしては手足が見えない。

取組合つてゐる彼等の傍に牛がゐるではないか。此奴を狙つとるんだと咄嗟に納得したが、どうもそんなことではないらしい。黒牛は岩みたいに体を硬ばらせてゐるが、突立つた儘もう失神してゐるのかも知れない。

農夫は自分の胸にがつちり怪物の頭を抱へ込んで捻ぢ上げ乍ら、必死に押戻さうとしてるんだな。よく見ると農夫の二つの掌は、相手の乳房の隆起にぴつたり覆さつてゐる。農夫の腋の間からちらちら覗く怪物の頭は竜の類ひに違ひないと固唾を呑んだが、さうではなかつた。中国人が発明しさうな、あんなこけおどかしの鉱力細工ではない。さうだ黒耀石を可憐さんは知つてますね。濡れた真丸い双つの眼が、ユーモラスに突出た筒型の嘴の両端に、宝石細工のやうに嵌め込まれてゐる。その真丸い眼はやさしいかと思ふと、妙な妖しさを湛へて吸ひつくみたいなんだ。あれだと僕は思ふ。インコの眼——一昨日あんたは見ましたね。僕が屑籠に放つたのを。五行略。その頃も僕はインコを飼つてゐた。ごめん。飼つてゐたなどと大きな口は利けませんね。妻が見殺しにしたのを、あんた方に救ひ出して貰つたのだつたねあのセキセイインコは。昔の話だな。親父が可愛がつてゐたと聞けば、農家に粟を頒けて貰ひにも行つたものです。或る朝、雄のインコが仰向けになつて死んでゐた。或る朝どころか、思へばあれは、この奇怪な現場にぶつかつた日の早朝のこと、つまり今朝のことなんだ。胸や首筋の羽毛が、滲んだ錆色の血糊で乾いてゐる。雌が喰殺したんだね。死んだ小鳥はどれもがいぢらしく瞼を合はせてゐるものだが、そいつは両眼を真丸く見開いた儘だつた。僕はバタバタ暴れる雌を捕まへて、掌の中でゆつくり握り殺してやつた。そいつも又、僕が床に叩きつけた後迄、ずつと此方を見詰めてゐるぢやないか。バカバカしい。眼なんかに拘泥わるのはやめませう。三行略。

筒型の嘴と言へば、さうですね、ま、スッポンの御面相を考へて戴けばいい。あれにグレイのエナメルをこつてり塗つて下さい。だがスッポンの嘴のやうに、先が割れて刃物みたいな歯を隠した陰険なのぢやない。どう見ても先細のノズルなんだ。そのノズルの先端で相手の膚にぴつたり吸ひ着いて、相手の体液を吸ひ取るのらしい。無理に譬へるなら、ヘラヤガラの体にタツノオトシゴの頭でもくつ着ければいいか。

妻が怯えて叫び出すかも知れないそのことに僕は怯えた。狙はれてゐるのが牛の方なのか、それともいま取組合つてゐる農夫の方なのか、僕達はもうそんな分別など差置いて、只抱合つた。妻が慄へてゐるのがわかつた。農夫に手を藉すどころではない。臆病者と自分を叱るが、足が棒杭になつて動いてくれない。場所を言つてなかつたね。

可憐さんだつて何度もあそこは通つてゐる。物袋・入野から十町へ差掛らうとする彼来坂。今は柿坂かな。——物の本（といつても、親父が暇つぶしに書いたらしい仮綴の南薩地称口転誌《くちころがし》）に怪奇坂と当てたのもある——あそこの緩勾配が始まらうとする辺り。左側は一面の刈田にもう麦の青がそよいでゐたが、そこへ矢筈岳の裾がなだらかに辷つて降りて来る。今はどうか知らないが、灌漑用の溝がそこから国道までチロチロ音をたてて走つて来る。右側は御存じの通りこれも田圃だが、五十米も行けば開聞岳まで這い登る常緑林に阻まれて、視界はそこできれてしまふ。

何故僕達は右側のそのうら寂びた畦道に踏みこんだのだつたか。疲れた妻が暫く横になりたいと言つたのだつたかも知れない。僕達はもう随分歩いてゐたのだから。

妻が死ぬその年だから、昭和二十三年のことです。柿坂を越せばM病院は眼と鼻の距離だつた。あの界隈でストレプトマイシンとかパスとかを使ふのは、当時M医師しかゐなかつた。妻は二年前、つまり僕が帰還する前の年に、一人で親父の臨終を見届けたのだが、妻は親父の病気を引継いでゐたのだね。華奢な造りでしたからね。東京生れの東京育ち、病気の怖さを知らない訳ぢやないのに、まるでネンネなんだ。僕を舞鶴に出迎へた頃にはもう肺は両方共いかれてゐたやうだ。

肺の空洞だけならよかつたが、妻の心の中には、もう僕の力ではふたぎやうもないものが口を開けてゐた。あの頃の僕の日常は妻の影からはみ出さないやうに、何も彼も妻が考へるやうに考へてやることだけでした。だから松ちやが折角骨折つて世話してくれた学校も辞めた。売食ひの毎日だつた。M医師の処方に僕が何かを期待した訳ではなかつた。只じつとして妻の息の根を止めにくる死神の足音を待つ訳にいかなかつただけだ。

何時かこんな現場にぶつかるかも知れないといふ奇妙な不安が僕にはあつた。いやこんなバカげたことを言ふのはやめよう。然もこんな不意うちでは何も彼もぶちこはしだ。

妻は抱きかかへる僕の胸の中で、だんだん小さくなつてゆく。眼を瞑つて。頼りない夫だと思はれてゐるに違ひないことが、更に僕を怯えさせた。今こそ妻に見せてやらねばならぬのはヘラクレスのやうな夫ではないか。

踏ん張つた農夫の地下足袋の踵が、僕達の十米先で、ぢりぢり土にめりこんでゆく。怪物の胴をギシギシ鳴り乍らうねりが走り、うねりの終りはヘラヤガラの尾鰭みたいに開いて、バタリバタリ土を叩く。突張つてゐる農夫の両手は、摑み上げてゐる乳房に、逆に左右に振回される。見てゐると、こつちの意識が怪しくなつてくる。攻められてゐるのは怪物の方で、握られてゐる自分の乳房をもぎ取る為に鱗を波打たせて藻掻いてゐるのではないか。

「久子、見るなよ。絶対見ちやいかぬ。」初めて僕は口を利いた。ぶつかつてから何分経つていたらう。多分秒で測れる時間だつたに違ひない。恥かしい話だが、見ていけなかつたのは僕の方だつたんだ。四行略。

妻は僕の腕の中で頭をあげて、冷たい鼻を僕の顎にこすりつけた。慄へてもゐなければ怯えてもゐなかつた。まるで熱にうかされる大きな息子を見つめてゐる母親の眼差がそこにあつた。

「カパイをやつてるわね。なぜ恐がるのあなた？　あたしがカタキを取つてあげる。」妻は立上つて「あつちを向いてて頂戴。」と言つた。

僕は妻に覆ひかぶさつて止めようとしたのだつたが、空気のやうに妻は僕の腕をすり抜けたのだ。妻はコートの袖から痩細つた白い腕を剝きだしにして、耳朶のあたりに振りかぶつた。その腕の先端が、一塊の稲の切株を摑んでゐたのが今も視える。

ここから先を書くのは本当の恥知らずだ。でも、矢張り書きます。

僕は靴の脱げてしまつたのも構はず、先程此方へ折れた本道めざして走りに走つた。妻を放つたらかして。畦を転び溝を摑みあがつて、一目散に僕は逃げた。「乃公は知らんぞう、乃公の所為ぢやないぞう。」そんなことを滅裂に叫んだ筈だが、声にはならなかつたかも知れない。松ちやの嬉しさうな面が僕には視える。「百mレースでも走つたのかい中尉さん。」松ちやはどんな現場にでもゐなかつたことのない男だ。

怪物の鱗のギシギシは、本道に辿り着いた途端、エンヂンの音にとつて替つた。「来た来た援軍が乗りつけた。」滅多に斯うまく行くものではない。近づいて来たのは確にトラックだつた。米軍払下げの農協の四屯車である。僕は両手をひろげて立塞がつた。六行略。気づいた時は僕は道端に寝てゐた。先刻の農夫が泥まみれの僕の靴の片方を握つて、久子の傍に突立つてゐる。助け起されてみるとズボンの裾はぐしよ濡れだつた。あそこらは昔からなんだが、蓮華の下にでも霜柱の下にでも、ジュクジュクの泥と蛭を隠してるんだ。

ジーパンの若い運転手は、妻の肩に手を掛けて、拗こく何かを尋ねてゐる。僕は自分が幻を見たのではないことを確めた。牛は先刻の場所で、黒い尻を此方に向けてゐるのがはつきり見えるのだ。僕は靴を引つたくつて農夫に詰寄つた。「あいつは何処だ？　化物は。」「何か知らんが、お前のこの女房は恐しかねえ。」と農夫は言つた。頭に巻きつけてゐた捻鉢巻を取つてほぐし、額の白髪にくつ着いた土を、それではたき落した。「自分のウッカタ《うっかた》がいたづらをすつとに、何で止めもせんで逃げ出すとかお前。をなごもをなごぢや。パンパンぢや。」

「黙れ。乃公はあれに襲はれると思つたんだ。」靴の中には水が溜つてゐた。僕はそれを地べたに叩着けて、足を突込んだ。

「あげなおとなしか牛が何をするもんか。」

「牛ぢやない。恍けるな！」

先刻迄怪物と死闘を続けてゐたこの男は、悪寒で慄へる私の顎の下で眼やにをぬぐつてゐる。皺が深い。煮ても焼いても喰へる面構へではない。五行略。

トラックの運転手は一人ならいいが二人は乗せられないと言つた。妻は僕の背に手を回して「さ、あなた。」などと促す。「鹿児島迄行くのよこのトラックは。小松さんとこで待つててね。わたしはバスで追つかけるから。」冗談ぢやない。どつちが病人なんだ。何でまた急に鹿児島まで行くのか。M病院まで半キロもないではないか。言争つてゐるうちに、トラックはエンヂンを大袈裟に吹かせて行つてしまつた。

妻の傍に付纏つて何時までもニヤニヤしてゐる小男の農夫を、急に僕は殴り倒してやりたくなつた。が、拳骨を握りしめたまま、次の瞬間僕は後しざりした。何と誰かに生き写しであることか。白い山羊鬚がないだけである。

バス停迄歩くうち、僕はもう妻に従つてゐました。M病院もいいが、此の際大学病院で一度診て貰ひたいと言ひ出したのだ。僕は内心しめたと思つた。此の際と彼女から言ひ出した此の際を逃してはならなかつた。力づくでも入院させるのだ。今迄、幾ら説得してみても、此の際などといふ殊勝な返事など返つてきた例しはなかつたのですからね。

バスの中では妻は眠り続けだつた。曾て戦後風俗の中でパンパンと称ばれた女達がゐましたね。先刻農夫にパンパンと蔑まれたのは、女らしからぬいたづらを咎められてのことではなかつたかも知れない。妻の装ひは夫の僕の眼にも常に華やか過ぎた。地域の風習に馴染まうとする才覚がないから、何時迄も他所者ではみ出してゐる。ネンネであればある程、色情狂のはねつ返りみたいに人眼には写る。庇つてやれるのは夫しかゐないが、その夫さへムラの片割れみたいなところを隠してゐる。

田舎の美容院ではダメだから、幾種類ものコテを持つてゐる。それを炭火で焼いて、今朝も自分の気に入るまでいぢつてゐたが、焼燋れの見えるその廂髪のウェーブの中に深々と額を埋めて眠つてゐるのが嘘みたいだ。生れつき臆病で、夜道も一人では歩けない癖に、此奴は何故あんな無謀な挙に出たのか。それよりも何よりも、たつた今遭遇した大事件が、此奴にとつて睡魔以上のものでなかつたなんて……

バスの中で、時間が経つにつれて、円らな眼のあの怪物よりも、金壺眼をしよぼつかせてゐた老農夫の方が僕には疑はしいものに思はれ始めた。悶える爬虫類の乳房にぴつたりかぶさつた両掌の甲には猥らな血管が浮上つてゐたが、あれが怪しい。必死に押戻さうと踏ん張つてゐた農夫の姿勢に力学的な矛盾はないか。あり過ぎる。あれは押してもゐれば、引いてもゐた。三行略。

さて、大学病院の受付で、僕達は又々言争ひを始めてしまつた。妻がとんでもないことを言ひだしたからだ。精神科の診断を受けなさい。事情はあたしが話しますから。そんならお前はあの怪物を見なかつたとでもいふのか。思はず私は声を荒げた。乃公は肺病の病人を連れて来ただけだぞ。周りの視線が僕達を取巻いた。「見ましたよ。何も彼もあなたの見た通り。大きな声を出さないで頂戴。」妻はだんだん僕を子供みたいに扱ひ始めた。

受付時刻を過ぎてゐたからでもあつたが、二人共つむじを曲げて、僕達は夕方のバスで帰つてしまつた。これでつまりは、手をつかねて病妻を見殺しにするはめになつたのだが、何も彼もなるやうになつた訳です。「あなたの策略に乗らないでよかつたわ。あなたはあたしを病院へ捨ててくるつもりだつたのよ。」これが妻の言ひ種《ぐさ》でしたから。

この頃から、妻は薬を服まなくなつた。マイシンよりパスが効くと言はれた頃だつたが、胃の弱い妻はパスを服むと何にも喰へなくなる。池の鯉とすつぽんでもつてゐた体だから、特効薬のパスを袋ごと放り出して嫌がるのも無理はなかつた。それよりも、薬など今更といふ気分に、のべつ先回りされてゐたんだね。

親父の病気を引継いだと言つたけれども、それにも順序があつて、初めに妻のを親父が貰ひ、それを培養してまた妻にお返ししたのではないか。さう僕は思つてゐる。確とした証拠がある訳ではないが、久子の一家はおふくろさんを始め、兄姉の何人かが肺結核で既に亡くなつてゐたのだから。四行略。

久子は最後までカキサウルスという名詞を嫌がつた。カキサウルスは彼来坂で僕達がぶつかつた爬虫類の呼び名ですがね。彼女が嫌へば嫌ふ程、僕はこのカタカナが気に入つた。

「農夫の掌の下にカキサウルスのおつぱいがあつたと言ふとお前は穢らはしいといつた顔をするが、乃公が痴漢にでも見えるのか。」

「いいえ。あたしのみたいに貧弱だつたから見てられなかつただけ。」などと外らす。

「お前は見たものを見なかつた、そんな化物は見なかつたと顔に描《か》いてみせる。何故だ?」僕だつて自分の声が偏執狂のそれだと気づかぬではないのだが……

「あなたのやうに説明できないだけよ。あなたが見た通りあたしも見たわ。あたしの眼は何時だつてあなたの眼よ。」

「お前に土くれを投げられて逃げ出すやうな相手ぢやなかつたぞ。どうなつたんだあれから。」

「あなたは逃げたわ。あたしを置いて。それだけよ。後は何にもわかんない。可哀相なあたし。」

これで何時も僕から二の句を取り揚げてベソをかく。さうしておいて、決つたやうにダメをおす。

「そんな恐《こは》い眼であたしを見ないで。あたしにはもうお乳もないのよ。」

確かに妻は何かを問ひ詰められるには、もう堪へられさうもなかつた。そこまで行きつくことで、妻の体は女であることをやめた。

枯れてゆく体にしては納得のいかない自棄つぱちの本能の火が何時燃え尽きるのか、時には僕は神を呪つたこともある。肺病の特徴だと聞いてはゐてもね。生き物の業のおぞましさ。しがみ着かれて燃えろ燃えろとせがまれて、揚句の果は罵られる。「あたしを軽蔑してるのねあなた。お上品だこと。太つた雌豚ならいいんだわ。」

或る明方には斯うも言つた。「あたしは蟷螂だわよ。あなたを喰つてから死ぬの。食べてやらうとシベリアから帰るのを鎌を振りかぶつて待つてたのにね。つかまへてみるとトンボぢやないの。」

妻はその後で、ご免なさいと言つてさめざめと泣くかと思へば、捨鉢な嘲笑を投げて寄越す。

少女の中の妖婦は、死神の手を握ることで、逆に貝の剝き身のやうな無垢の天使を覗かせもする。僕にとつて少女は虚偽の代名詞だが、妖婦もまた、牡共の悪ふざけの美学に過ぎない。僕は妻を軽蔑したことは一度もなかつた。軽蔑できないからこそ抗議し、たしなめ、時にはその落窪んだ頰を殴つたことまである。そんな或る夜「お父様はご立派だつたわ。」と妻が喘ぎ喘ぎ言ひ始めた時から、僕は妻の中に棲むおぞましくもいぢらしい妖怪に、がつちり首筋を摑まれてしまつた。

「おとうさまはごりつぱだつたわ。最後までライオンでいらしたわ。あなたといふ人は。一体おとうさまの子なの？」

可憐さんも御存じの通り、妻が疎開を兼ねて夫の郷里へ移つたのは、僕の応召と同時でした。思へば足掛三年、妻はそのライオンと二人で一緒に暮したのである。

没落士族のなれのはてで、気位ばかり高い老いぼれにかしづいて棒げ尽したといふ嫁の従順さとは一体何だつたのだらう。恥知らずな話だが、僕は冷静さを失つてゐました。ここらでもうペンを投出したいが、妻の名誉の為に書続けねばなりますまい。その時の妻の話を要約すれば、斯んなことです。今はもう遺された彼女の日記の一日を下敷にして僕の言葉で振返る他ありませんが——

縁側のベッドにおとうさまをお移ししてあげて、あたしは離れの病室の掃除にかかりました。おとうさまはその朝めづらしく卵一つと麦の重湯のおかはりをなさつて、今日ぐらゐワシにも庭を覗かせてくれないかと、さうおつしやつたのです。

あたしは湿つたお蒲団をかつぎ出して竿にかけたり、壺にぎつしり詰つた塵紙をかき出して、風呂場のかまにはかしたりしました。

縁側のガラス戸にお陽さまがさして、庭先の李の白い群芳が、ガラス戸越しにゆらゆら重たく揺れてゐました。

おとうさまは竜角散の粉末に噎せたのだとおつしやつて、塵紙を口に当てて咳込まれましたが、それは痰をあたしに見せまい為のいつものお芝居なのです。痰はもう裏のいすの木の嫩葉よりも色づいてゐましたが、あたしは気づかないふりを装つてゐました。

おとうさまは顔を窓ガラスに押しつけて「さうだね。もう啓蟄だね。」とおつしやり、「久子さん済まぬが後であの李の花を一枝折つてきて下さらぬか。」と申されました。二人とも声を出して笑ひました。だつておとうさまは花木を折るとお叱りになる方でしよ。いつも「久子さん。花を採る時は一枝頂戴しますと木にことわつてからでないといけないよ。」なんですもの。

下着をお替へになる時、あたしはいつも洗面器に二つお湯を汲んでお体をふいて差上るのでしたが、おとうさまはまるで三歳の小児みたいに、自分の裸をおかまひにならない方でした。されるがままに瞑目して「すまん、すまん。」を繰返されるだけの方でした。あたしはあたしで、子供のおとうさまのお尻からどこから、ぐんにやりうなだれたおとうさまのお連れあひまでこの手で摑みあげて、ごしごし拭いて差上げるのです。勿論あの時もおとうさまは瞑目なさつたまま「やれやれ」と苦笑をお洩らしになつただけでした。おとうさまの胸にのせた一枝の李の花にも、されるがままにされてゐる裸のお腰にも陽が当つてゐました。するうち、おやとあたしは思はず微笑みました。あたしの掌の中であたしを押しひろげる力があるではありませんか。あたしは「啓蟄ですわ……。」と叫びました。李の枝を顔に当てがつてゐるおとうさまの白いお鬚に自分の頬を埋めて「啓蟄ですわおとうさま。ここも啓蟄なのよ。きつとお元気になるわ。」どうでせう。鬚ばうばうの木乃伊のやうなおとうさまのお顔に、ほんのり紅が射してるではありませんか。「あんたはイヂワルだ。ワシにいたづらをしてからかつてをる。」身動き一つなさるでなく泰然自若。おとうさまはいつだつてライオンでした。あなただつたらどう？　恰好をつけるために叱りつけて追払ふわね。

あたしは、あたしの掌の中で断乎として立ちあがつたイノチに思はず頬ずりをしてしまひました。死物狂ひで、「還つて来たわ、やつぱり還つて来たわ。」わけもなくあたしはさう叫びながら涙を流しました。

「寒いから着せて下さらんか。」とおとうさまが申されました。その時、あたしは息をのみました。李の花弁の隙間から辷り落ちる涙を見たのですもの。

でも、これも燃え尽きる蠟燭のまたたきでした。お亡くなりになる半年ばかり前のことです。

妻はもつとどぎつい言葉を使つた筈だ。でも、僕はここであいつのやうには喋れない。

ライオン呼ばはりは笑止の沙汰だが、親父もしたたかな気取屋でしたからね。嫁の前でボロを出さぬやう振舞つたのだらう。啓蟄なんて、今でも僕は耳を塞いで、ソッポを向きたくなつてくる。

だから、僕はムラの噂などソッポを向いて黙殺してきた。口さがない野次馬どもの追ひうちから、もの言はぬ死者を守る為に、僕は仏と一緒に墓にも這入つた。

あの世でなら、カキサウルスの妖しい眼について、重い彼女の口も開くかも知れない。「死神みたいに潤んでゐたわ。」などと。そしてギシギシ鳴つてゐた鱗の質感について「あれはあなた、うちの阿弥陀堂の小判瓦だつたぢやありませんか。」などと。そんなおトボケも僕は許してやるつもりです。もういい加減にドロを吐きませう。彼女はなんにも見てはゐないのですから。

でもね。あの彼来坂から直線距離で十二粁。今、指宿市になつてゐる小字谷頭の南の松林に、その昔サウントサウルスが住んでゐたといふ記録がある。岩崎光さんの〈父祖母系をたづねて〉に出てゐることなんだ。関係ありませんか。

ごめんなさい可憐さん。この手紙はまだ終りぢやない。一昨日あなたは「すみません、すみませんと言ひなさんな」と僕を叱りつけた。そして「夢に出てくるその気味の悪いお肉さんにも、すみませんすみませんとやつてれば向ふからやつて来れなくなるが。」などと妙な当てつけを言つた。そんな淑やかな相手かどうか、僕の深夜の相棒を見て下さい。デバマネキといふ名前ですがね。

だからといつて「出てこいデバマネキ」と、ここへ呼出せる訳ではない。またこんな所へ来てしまつたと僕が自分の迂闊さを呪ひ始めた時は、もう僕はその解体処理場のコンクリートの床に立つてゐるんだ。使ひ慣れた鋸と手斧がいつもの場所に引掛けてあり、四脚の岩乗な俎の台に焦茶色の肉塊と濡れた出刃庖丁が載つてゐる。その庖丁の柄のどこの部分が脂で滑るか知り尽くしてゐるのに、やつぱりそこを握つてしまふ。

妙な言ひ種かも知れぬが、仕事に掛るといふより仕事を了へるといつた方がいいのかも知れない。この前にやらねばならない荒仕事はもうあらかた自分で片づけてをり、床のぬめりを流すゴムホースの水だけが、まだチロチロゴム長の足許を濡らしてゐるのだ。

畜肉みたいな弾性のある質感で、所々紫斑に掩はれたその肉塊が生き物だなと判るのは、滑《ぬ》める出刃の柄を握つて相手と対峙した時だ。それ自体が内側から伸びひろがつたり、縮んだりし始める。このヒトは動く。いまヒトではなくても、もともとヒトなんだから。そんなこつちの怖れと期待にすかさず応へる、相手からの物理的反応みたいなものだ。やつぱりと僕はうなづく。うなづいた途端に、こつちの下腹がドロリンドロリンと痛み始める。肉塊から突出た白い骨の切口がミヅバセウの花に見えてくる。いつものことだが、もうどこからか歌が聞こえてゐるんです。それは初めは唯の音だつたが、永いつきあひの間にいつの間にか歌詞もできた。

やくざ者の子宮の沼さん
ドロリン　ドロリン
こんちくしやうのミヅバセウさん
ドロリン　ドロリン

音が先か痛みが先かそれは判らないが、二つが一つのものであることだけは確かだ。可憐さんは電気に触れたことはないか。僕は二百ボルトの三相に感電して死にかけたことがあるが、あの痙攣的なショックを体の全部の肉で薄めて、引伸ばしてでもゐるやうなイタミ。こんなくどい説明もやつぱりダメです。

やくざ者の子宮の沼さん
ドロリン　ドロリン

これでなくちや。何の意味があるのか自分でも解らない。ただ眼を瞑つてこいつを唱へさへすればそれが説明になるやうです。

大きさをまだ言はなかつた。ミヅバセウを抱いてゐるそのヒトさ。二十斤ぐらゐの量目かな。僕は旧い人間だからグラムがわからぬ。伸びてみても縮んでみても、凡その形は手足をもがれたシホマネキ。あいつの親玉のまた親玉を引繰返せばいい。この僕の出刃招き野郎に可憐さん、昔、どこかで会つた覚えはないか？　あるまいな。

今夜か明晩か。また僕は仕事場にゐる。だが、僕はスミマセンとは言はない。デバマネキはやつて来るのではなくて居るのだから。あのときが何故そつくりあの場所なのか。もう僕は首でもくくりたい。スミマセンなんかぢや効きめはないのだから。

可憐さんは人が悪い。また僕にスミマセンを言はせる。本当にスミマセンこれで終りです。

一人

小松可憐様

9

「読んだよ可憐。あれは何だ一体。ちらつかせたかと思うと躍起になって隠しやがる。病気だ。放っとけ。」

翌朝、待ち構えていたらしい可憐の膝に手紙を放って、こう言い捨てて私は家を出た。

社長室とは名ばかりの殺風景な灰色の狭い部屋だが、事務の鳥部嬢は、三日おきに応接台の花を取換えてくれる。零細な給料だから申訳に花代五千円と書いて給料袋に入れておいたら、返しに来た。そんなつもりでやってるんじゃありませんと彼女は言う。近頃では稀な娘だ。私は即座にそれに五千円追加した。「今月からこれが本俸だ。どうかね。これなら文句なかろう。」

石油ストーブが燃えている。貧乏人の小倅だから、私にはそれが空焚きのむだごとに見えて仕方がない。薬罐をのっけてみるが、それがたぎり始めると何となく気になりだす。抽斗から長太郎のスッポンを出して時計を見る。熱効率を高めるのに時刻は関係ないと気づくから、愛蔵の白金の露をそれに注いで、薬罐の傍に並べてみる。それでやっと落着いて帳簿に手を伸ばす。これも別に今日に限ったことではないのだが。

その時、ノックもなくドアが開いて、人間の首がはいってきた。

「あんりゃ、出張じゃなかったんか。」そしてまたバタンと音を立てて閉まったドアの向うから、誰はばからぬ舌打ちが返ってきた。舌うちもこの頃の若者の舌打ちは自然のものではない。活字から貰った「チエ」である。

無礼な若僧の靴音が階段の下に消えると、入れ違いに何人かの足音が上ってくる。情ない話に違いないが、階段を上ってくるその足音の数や勢いやらで、彼等の用向きを感じ取り、すかさず身構えてしまうのはどういうことか。零細は零細なりに社長の肩書をもつ叩きあげのこれは哀れな防禦本能でもあるのか。契約がこわれたとか、商品の何かが返品になったとかのマイナスの訴えが持ちこまれる時に、殆んど狂いなく作動する。

「判ったよ。一〇〇〇Cの卓上オフの解約だろう？」私は私をストーブごと取巻いた三人の男達に先手をうった。

「小松さん、これじゃ何の為の契約か解らんじゃなかですかああた。ああたの三日前の契約分ですよ。山崎の用度に小松さんがなめられたんじゃね。」

留さんである。だぶだぶの上着は詰襟で、中国要人のスタイルに倣ったのだと言うが、せっかちな口の利き方からして、要人には程遠いようだ。

若い頃、大阪で喧嘩をして失なったという右眼に硝子玉を入れて、鉄縁の眼鏡をかけている。徴兵検査でこの義眼を兵役忌避ではないかと疑われて苦労したというのが、この小男の自慢である。

「飲ませろ抱かせろじゃなかや？」と若いのが呟いた。黙っとれと留さんは叱りつけて、私にはがきを渡した。安田の字だった。右下りの楷書で、勝手な文句が四行ばかり並んでゐた。赤ジャケツの若いのが覗きこんだ。

「飲ませろ抱かせろの遠回しの催促じゃ。与論《よろ》戻りが言う通りじゃ。」と頷いてみせると、留さんはムッとなって、バーカなと吐き出した。「あげな石部金吉に飲ませろも抱かせろもあったもんか。大体ああた、壊れることを承知で契約したとかね。こいじゃ部下にしめしがつかんでしょうがああた。」

「任しときな。安田という奴はこげな野郎《わろ》よ。こうやって世間をいじめるのが奴さんの生きがいなんだ。留さんにゃ読めん。」

「読めん？　そりゃあたしゃ戦友じゃないからね。売れさいすればよかと。これじゃもう誰が行ったってまらぬ。あたしももう夏で懲りた。みそくそに言われた揚句、お前達のような使い走りじゃわからぬ。社長をよこせ。こうじゃからね。その社長が斯様《こげ》なザマじゃああた。」

「そこが奴のいじらしい所よ留さん。会計監査の都度やられとるんじゃあいつ。用度係長？　そんな下っ端ではわからぬ。出納長を呼べってな調子でよ。」

留さんは受け取ったはがきを、ストーブの上に突きつけた。

「よか身分ですな小松さん。朝っぱらから。うちの定款には社長権限にうたっとかんといかんね。こん野郎共《わろどん》が真似をやりだすから。」

留さんは社長にズケズケものの言える唯一の人物であると決めているようなところがある。社長と同郷で然も二つ歳上であってみれば、それなりの体面というものがあるのだろう。一対一では社長と呼んで律気な受け応えをするが、他人が一人でも混ると、途端にぞんざいな口調になり、社長が小松さんになる。社外では小松君になったりもするらしい。

「あんたはね留さん……。」私は長太郎のかわいらしい盃を留さんに握らせた。

「あんたカキ坂を知ってるだろ。十町からちょっと出た下り坂だ。こっちから行って。」留さんは盃をこぼれる雫の下に左の掌をすけた。

「カキ坂に化物が出るそうじゃないか。」

「バケモノ？」留さんは盃を指に挟んだまま、うっかり口にもできんなといった顔つきである。

「カズの冗談さ。聞く方がどうかしとるか。」

「カズ？　化物なら自分のことじゃろで。」

「妙な小説を読まされたよ。はさみ先生のレパートリーがもう一つ増えた。」

「はさみ先生は小説も書くとですか社長。」と赤ジャケツが割り込んだ。もう一人のパーマの長髪を肩まで垂らしたノッポが「紹介して下さいよ社長、僕たち尊敬しとるんじゃがねえ相手にしてくれんもん。」と言って、右手の拇指を曲げて、二・三回空を弾いた。

「バカモン！」留さんが一喝した。「集金もろくにできん癖に。師走なら師走らしゅ走り回らんか。」

二人きりになると、留さんは盃をテーブルに置いて私に注いだ。

「可憐を貰えと言うんだがね。返事に長ったらしい手紙を寄越しやがった。あることないこと並べたてて、愛想づかしをさせおるんだ。」

留さんは何かを言いかけたが、眼鏡の奥からジロリジロリこっちを睨め回した揚句、そのまま腕を組んでしまった。関係ないといったその素振りの裏側を、私はさりげなく覗きこんだ。

留さんも奥さんを三年前に亡くして、娘夫婦と暮らしている。或いはこの男、可憐に関心があるのではないか。ふと、そんなことを思わせる言動にぶつかることがないでもなかったのだ。

早朝ひょっくりやって来て、一坪菜園の手入れを手伝っていることがある。聞き耳を立てる訳ではないが、殆んどライオン一家が話題になっていないことがない。「そのライオンの息子はただの狐。放蕩者が親父の身代を喰いつぶすのは結構じゃが、わたしゃ先代のお世話になったこともある人間じゃからああた。」といった具合である。

それが妹への関心を具体的に示すものでないことを、私は密かに希っている。留さんの気位が高ければ高い程、なりゆきのまずさは見えている。そこまでいかないうちにという思惑が私にはあるのだ。

「共墓まで建てとるんじゃからね。死んだ奥さんに操を立ててよ。涙ぐましい浪花節じゃなかや。」

「そこが狐じゃろが社長も……。」と留さんは吐き出した。「そうやってあた、誰にも気兼ねなく女を蕩し回っとるんじゃが。」

私は椅子を引き寄せて、留さんの尻に当てがってやった。額から脳天へかけて月代型に地肌の透けた頭髪の、その根っこの部分が一センチばかり灰色である。染めているのだ。

「わしも一生に一度ぐらい女蕩しと言われてみたかったよ留さん。だが伍長さんじゃダメだ。ハモニカは吹けん、絵は描けん、パチンコもダメじゃ女は振向かんもんな。留さんも口惜しかったら将校に生まれてくっとじゃったが。」

「将校？　それがまた何でチンジャラなんどと関係ばしあろか。ひねくれ伍長の、いや、づんだれ二等兵の札つきならじゃろで。」

「将校というても、あいつでなくちゃダメ。はさみ先生が二本の指でうてばの話だ。奴はただチンジャラで儲けとるんじゃなかよ。さんざ苦労して、残った指を残った指でなんとかなだめすかしてるだけだ。それもだ、それで損をする者がいてくれたり、眉根を寄せてみせる上品な人間達がいてくれるからのことよ。やり甲斐ちゅうはそげなもんじゃなかや。似顔絵だって奴の手から離れると独りで肖像画になっていく。なぜだか解るか？奴は頼まれても三人に一人は断るからよ。奴の責任じゃなかど留さん。ゴロツキ将校が握ればハーモニカの玩具でん吹奏楽器になってしまうがね。だからというて、別に奴が世間に頼んでそうなっとる訳じゃなかろうが。」

眼の前の風采のあがらぬ小男を観察している意地悪な自分の眼を意識しないではないのだが、妙にやめられない。

「女を蕩し回っとるちあんたは言うが、逆だね。口説かれる男の辛さの方を考えてやりな。誰か一人を選んだが最後、あの世界ではおまんまの喰いあげなんだ。ゴビあたりの背剝げ共にキャアキャア取巻かれてさ。どれにも気がありそうに見せかけて、どっこいどれにも金輪際手を出さぬというのが矜り高いゴロツキの世渡りじゃげな。これは奴の口から聞いたことじゃがね。」

「ゴロツキ中尉か。敗ける筈じゃがああた。」

留さんは怨念の眼付でつけ加えた。「わたしゃ昔から将校は好かん。藺間臭かとがああた、馬んマラみたいなダンビラなんどブラブラさせてお。わたしゃ将校は好かん。カズみたいな野郎《わろ》が将校じゃったで日本な敗けたとお。」

「わしはそう思わんね。あんな将校が百人でもいてくれれば、見苦しい敗け方はしなかったかも知れぬ。」

相手は唇を「へ」と歪めて、その形でへへへと嘲笑った。こっちもそのへへへの辺りで笑顔を拵えてよかったのだが、逆に「本気だよ。そう思うで仕方がねわいね。」などと妙に気負ってしまった。「あれが本物の将校だね。」とおっかぶせてみて、些か気恥かしい気分にまといつかれないでもないのだが、だからといって、まるっきりの出まかせでもないようなのだ。

「本物はゴロツキであるしかないよ。兵隊にも下士官にもあんなゴロツキがもぐりこんでいる確率はなかかね。奴は今もたった一人で敗け続けておるんだ。どいつもこいつも香港カゼみたいにケロッと癒ってしもうたが、奴だけはどんなワクチンも受けつけおらん。」

「日本人で敗けたとはあれが一人お。みんな立ち直ったとにあれだけが野良犬じゃろが……。」と留さんは詰問めいた語尾のひきずり方をした。そして、「社長はカズが羨しとじゃなかや？　あん大隅の稚児どんが。」

「お、よかこつ言うね。」私は威勢よくスッポンを摑みあげた。鳥部嬢が郵便物をもってきて、引き返し際に「よか色じゃね課長さん。」と言ったが、留さんは振向きもしなかった。

ダべっている二人の間を盃がひとりで往ったり来たりするものだから、いつの間にか課長さんの鼻の頭が熟れている。そこを権五郎景政の気配がよぎるのは、鉄縁の眼鏡の奥でそっちだけまばたきをしない硝子玉のせいか、それとも、たった今、将校を蔭間に見立てたこの元軍属の低くて揺がぬ鼻柱のせいか。

「いいことを言うじゃなかや留さん。カズに言わせれば敗戦のおかげで公認の野良犬になれたのらしいからね。」

「世間が甘やかすからよ。第一社長がいかん。ああたも知っちょるじゃろがああた。戦争とは関係なかと。ただ親父が憎い、奥さんが憎い。それだけのことじゃが。」

話がそっちへよろめきかけると、その入口で私はすぐ他の用事を思い出す癖がこの頃ついた。またかといった顔色を私から読みとると、留さんはすかさず先回りする。話の手綱をしっかり摑んで放そうとはしない。「世間様の口にゃ戸は立てられんでおああた。」とくる。そして、世間様の口のところで立ちはだかったきり、あとはニヤニヤボソボソの繰り返しである。相手の質問の爪先に合わせて、いわくありげに前進し後退してみせるばかりなのだ。

女は男のこんな部分に敏感である。即座に露わな嫌悪を示す。可憐がそうである。自分の恥部をそこに見るのかも知れない。どこかで似てはいるのに、こんなに並べてみようもない二人の男女が他にあるだろうか。この気難かし屋が、会社にとって欠かすことのできない人物であることと可憐に関心があることとは別の話だ。そう自分に言い聞かせてみないわけにいかない。

「南京が陥ちた頃かね留さん？」そんな具合に私は話題をかえた。「ライオンのことよ。親父を憎まぬ息子がおれば、バカかヒッカブイにきまっとるが、カズのやり方は正攻法じゃろうが。ザマミロといわんばかりじゃろ。鼬になったとかね助役を。」

今度は留さんの方が、それか、またかといった無関心のそぶりから暫くは出てこない。だが、ウシウマ戦争を持出しさえすれば、何時だって、何処でだって、この男は前かがみになり始めるのだ。

「ウシウマ戦争は結局はライオンが虎にやられた訳だから、鼬になったのと一緒じゃなかや。」

「冗談じゃなか。社長はそげな風に受取っとるかね。あれはああた虎がライオンに見放されたとああた。」

あれはノモンハンの頃じゃった。わたしゃ旦那様の弁当を毎日役場に届けに行くもんじゃったが……留さんの目撃談は、いつも大体そんな具合に始まるのである。

虎というのは、当時の村長のことである。退役の陸軍大佐であった。文字通り眼光炯々の巨漢で、まさに「虎」だった。荒木貞夫と陸大で首席を争ったとかいう逸話の持主だけに、ライオンの異名をとる大隅弥四郎氏の如き猛烈人間を助役に登用するのも、虎にとっては春秋の人事であったのに違いない。

大隅弥四郎氏は虎とは姻戚関係にあった人だが、こっちは一徹の軍人嫌いで、軍服の御真影には頭を下げないと噂される気難しい国文学者であった。若い頃、幸田露伴の書生で玄関番をしたこともあったらしいから、或いは息女の文さんなど一度ぐらいはおぶったことがあったのかも知れない。国文学者は国学者ではないが、幾らかは右に傾いていて当り前という時代であったから、異とするに足るだろう。もともとこの人は、右と言ったら金輪際左は向かない、天成の拗ね者でもあったらしい。

一人息子のカズは、今でこそ父親を没落士族のなれのはてと嘲るが、少年時代の私などは、カズの家へ遊びに行って、父親の弥四郎氏の前を通らねばならない時など、足早に目礼して通りぬけたものである。その頃、自分の父親をチチウエと呼ぶ家庭などはもうどこにもなかったが、カズはチチウエであり、ハハウエであった。

それは今考えてみると、ガキ共にとっては大変便利な呼び名でもあったわけだ。いちいち君のおとうさんとか君のおかあさんとか言う必要がなかった。誰かがハハウエと言えば、それはカズのおかあさんのことだったのだ。

チチウエは顎に白い山羊鬚を垂らしていたから、カズは所謂チチウエ晩年の子だったわけだが、当時の人間は五十歳でもう老人だったようだから、助役として村長の虎と渡り合った頃はまだ若かったのかも知れない。大隅弥四郎と肉太に書かれた門札の奥は何時も深閑と静まりかえって、時たま人のどぎもを抜くような咳払いが轟き渡ったものだ。

東京で教職を転々とした揚句、最後は女子師範の教師に納まったが、生徒の風紀問題で職員や校友会と一人で対決し、その硬骨ぶりを披露したのはよかったが、ために停年を目前にして強制退職させられたのだという。これは少年の日の私の聞きかじりであるから、女生徒の風紀にどんな問題があったのか知らない。帰郷後は鶏や鯉を飼う傍ら、村の青年達に書道や短歌など教えていたようだ。

やがてカズも私も村を出て、中学校の寄宿舎に移ったから、弥四郎氏が助役にかつぎ出されたあたりのいきさつは、これも聞きかじりの域を出ない。留さんによれば「虎が何度もやって来て、膝詰めで説得しやったとぉ。」ということになる。「俺《お》や汝《わい》に使わるっとじゃなかでね。仕事の加勢に行くだけじゃっど。よかか?」そう何度も念をおして、やっと頭を縦にふったのだという。

生粋の軍人と生得の武辺嫌いとでは成行きの程は読めているのだが、虎の方では、小兵のライオンを手なずけるに犬ころ程の手間はかかるまいと踏んでいたらしい。結局は虎の方が野に遺賢あらしめまいとする理想家であり過ぎたわけである。

虎は功三級の金鵄勲章をもっていた。第一次世界大戦の折、日本は青島のドイツ軍事基地を陥れるのが主な任務であったが、降伏勧告使としての彼の流暢なドイツ語は、殊勲甲に当るものとされたのである。この時、ドイツ砲艦の爆沈に巻きぞえをくい、両方の聴覚を失なってしまった。推測に過ぎないが、功三級はその犠牲に対する償ないも含まれていたのではあるまいか。

国の祝祭日にはその功三級を喉に吊し、白い羽根のひらひらする軍帽を戴き、馬に跨って村人の前に現われたものだ。小学生の私たちにとって、それは痺れるような男性美の典型であった。胸に咲乱れる勲章の下には、常にドイツ製だという大輪の黒い補聴器が見られるのであったが、少年たちの眼には、それこそ勲章中の勲章だったのである。

留さんがそのつど「また出たねぇ。」とニンマリ笑うウシウマ戦争というのも、やはり何かの祝祭日の後日譚なのだから、随分眉唾なところがある。それでも留さんは目撃者であると言張り、眼の前の出来事みたいに、誇らしげに話す。そして「あれでライオンが辞めてやることになったとおああた。」とつけ加える。留さんが貧乏ゆすりをしながら前かがみになって語るその〈先代〉のライオンぶりはこうである。

式場である小学校の正門には国旗が交叉されていた。桜の花びらだったか雪だったか、とにかく白いものが旗の上に降り注いでいた。トラは例によって陸軍大佐の盛装でその正門に差掛ったが、騎乗であるうえに巨漢ときているから、交叉した旗の下がくぐれない。居合わせた何人かが走りよって旗竿を両方から差しあげた。大佐はにこやかにその労をねぎらい、さて改めて胸を張って校庭に馬を乗り入れた。そこに誠にユーモラスな風景が待ちかまえていたというわけだ。

黒牛の背に毛布を垂らし、それに紋付袴の白鬚の小兵が打跨って、ふんぞり返っているのである。役場の使丁に牛の鼻輪を取らせ、牛の両方の角には紅白のしごきが引掛かっているといった珍風景である。

面対数瞬、牛の小兵が口をきった。

「軍人ちゅうもんは不便なもんごわすなあ。」そしてケケラケケラと打ち笑い、「旗竿んしからも通せんぼじゃ。」と痛快がった。

　このケケラケケラの留さんの口ぶりで思い出すのだが、確かに弥四郎氏の〈わらい〉には飄逸をはみ出した、人を小馬鹿にしたような趣があった。

　トラは些も驚かず、

「なかなかの駿馬じゃごわはんか。じゃが、お気の毒に。文士では手綱がとれもはんなあ。」と切返したのである。

「黙らっしゃい！」と牛の小兵が大喝した。相手がつんぼであることも忘れているのだ。人垣が大きな輪で取巻きはじめた。

「いくら胸にキラを飾っても、その蛮族の乗り物に跨っておっては所詮沐猴の冠じゃ。その馬頭《めず》はもと草原の匈奴が掠劫に飼い馴らしたもの。品性下劣な大魔羅の獄卒ごわす。我が日本では大宮人の昔から聖上をはじめ、この優雅な黒牡丹に駕をあずけ賜うたのですぞ。」

　勿論これは留さんが言った通りではないから割引きしてもらっていい。牛頭《ごず》の方だけ黒牡丹とは恐れ入るかも知れないが、この件《くだ》りは忠実に留さんに従ったのである。

　馬上の巨漢は文字通り馬耳東風ではあるが、相手のいでたちと大袈裟なパントマイムで状況は読める。

「助役！　通路を開けい。」と大佐は言った。「助役は村長の露払いが仕事。おはんな気でも狂ったか。」

　その時ライオンは牛から飛び下りて行って、大佐の轡を摑んだ。補聴器に少しでも近づきたいのだ。

「その通りじゃ。助役は村長の助役じゃが、陸軍大佐の当番兵じゃごわはん。おはんな一体、村長か大佐か。村長なら地下足袋を履きなさい。ここは参謀本部じゃごわはんど。」

トラは鐙の上に立ちあがって鞭をふりあげた。

ここらでもうついていけなくなるのだが、留さんは大真面目でこう言う。「弥四郎どん、見上げた根性ごわす。じゃが無礼は無礼。日本一の村長が、日本一の助役を打ちすえる。」

「それでやっぱり鞭がとんだのかね。」

「なあんのああた。ライオンは打たれるようなノロマじゃなか。剣道二段じゃもああた。」

笑い話には違いないが、これがウシウマ戦争とよばれて物語化したところから推し測ると、村人たちは、英邁で鳴りひびいた異色の村長よりも、それから間もなく妻を失ない、晩年を寂しく送った叛骨漢の肩をもったふしがうかがえる。留さんがニヤニヤして口を噤んでみせる世間様の噂というのも、この善意に充ちた硬質の噂の台木から、後日村人が色眼鏡でさぐり当てたやわらかいひこばえであったのかも知れない。没落し去る者には、人は皆、かりそめの夕焼けを贈りたがる野次馬なのだから。

花木を折るのさえ厳しく咎める人だったらしいが、そのくせ奥さんには頭があがらなかったそうじゃないか留さん。奥さんはトラの従妹だったんだろ。つまりハハウエさ。

「頭があがるもあがらんもああた。」留さんは膝許に目をおとす。「慈母観音のような人だったと言うのだ。腹を空かして指をくわえている洟垂れがいれば、呼びつけて握り飯をにぎらせてやらんことには気の済まれん人じゃした。

「あそこの小作は留さんの親父さんの代からか？」

「いんえああた祖父《じぃ》の代《で》からお。子供《どん》が多かしたでな、苦労したろで親父も。」

ここらにくると留さんの口は重くなる。私は大隅家の一人息子の客分扱いで、生意気な洟垂れだったから、留さん父子が大隅邸の池渫いや、その池畔に臨んだ阿弥陀堂《あんだどん》の草むしりなどしているのを遠くから見かけた記憶はあっても、声を交わした覚えはない。

池には水底の砂も見えない程、真鯉緋鯉が重なり合って鱗をこすり合わせていたが、中には拡げた少年の両手に余りそうなバケモノ鯉も混っていた。屋敷の外郭は白い土塀が延々と取囲んでいたが、養鯉池を懐に抱きこんだ植込の緑は、濃淡の層をなしてその土塀ぎりぎりまで溢れていた。池の遙か向うに様々の肢態で四方に枝を差伸べていた赤松群の何本かは、骸骨の姿で今も昔の場所に立っている。

留さんの母親もハハウエの下働きで、大隅家の台所の家具のような存在だったというから、留さんの弟妹たちはあそこらで鯉に木の葉でも投げて育ったのだろう。その幼い弟妹にまじって少年の留さんも、ハハウエの握り飯に手を出したことがあるのかも知れない。

「又一君というのがいたな。留さんと幾つ違いか?」

留さんはライターを弄びながらガッツイ(どうにもこうにも)な……と呟いた。「あたしが三人目でお、もう子供《こど》ま要らん。留吉でとめたつもりがああた年子が生まれるでしょうが。仕方なかむんで又一とやった。もう神様の許しが出たかち思たら、今度はああた次々に妹が二人勝手に出てきてくれてな。先のとがスエ子であとがヨシ子。スエじゃ止まらじ、ヨシでやっと神様が止しにしてくいやったわけお。」

「今、田舎にいるのはスエ子さんだけか。」

「此の間、下に来とったでしょうが。旦那さんと奥さんに可愛がられたのはあれだけですよ。そのご恩返しか何か知らんがああた、奥さんを最初に見つけたのがスエでしたよ。」

「心臓麻痺か?　カズは脳溢血と言ったね。」

「まさか阿弥陀堂《あんだどん》の裏で倒れとらっとは誰も思わんもんじゃからああた。」

そのアンダドンは我々ガキ共にも足をすくませる不気味な雰囲気を漂わせて、いつもひっそり湿った落葉に埋もれていた。畳二枚程の瓦ぶきの祠には蔓草が這い上り、ずり落ちそうになった凸凹の小判瓦の鱗を、その蔓草ががんじがらめに縛りあげていたものだ。蛇や蟇の住処《すみか》であったが、時には池から這いあがってきた洗面器ほどもあるスッポンが鎌首を擡げて暗い祠の中を覗きこんでいたこともあるし、そこから黒いリボンをひらひらさせて、音もなく飛び立つ怪鳥もあった。三光鳥《さんこどい》であった。

「観音だったんだろ、あの仏像は。」

「花でも差換えに行かったとでしょうな。昔は本尊の阿弥陀如来が六観音を連れておらったげなどん、なんせライオンの先代が気狂《しんけい》でしょうが。発作がくると打《ぶ》っこわしてあぁた、残った四つもあの頃はもう片輪もんばっかいお。」

「おっとりした、大島紬の似合うおばさんだったね、ハハウエという人は。」

「社長は知らんでな。グラシカヒトお。」

留さんのくせはここでもちゃんと待ち構えている。そのグラシカヒト（かわいそうな人）のグラシサ（かわいそうさ）の入り口ですかさず通せんぼをしてみせて、グラシサの奥へは一人で入ったり出たりするだけになるのだ。煩わしいから私も聞かない。あの一人息子はハハウエの子ではないのですぞと、留さんはそれをにおわせたいのだ。口にするのを憚かってみせることで、隠された事実の反倫理性を増幅しているのである。

ムラのひそひそばなしなら、とうの昔、私や可憐の耳にも届いている。ライオンが教え子に生ませたことになっていて、それには女子師範退職のいきさつが、まことしやかに織り込まれているのだが、それならカズは私より三つも歳下でなければならないのだ。不思議なことに、ここでもライオンは妙にライオンらしく仕立てられてしまう。なくなくその隠し子を抱いて来た娘を奥さんに引き会わせ、「大隅家に後継ぎを授けてくれた女神だ。労ってやれ。」と大威張りで言ったという。これにはまだオチがついていて、奥さんはその娘を座敷に招じ入れ、当時の金で手切金千円を渡し、たまたまその娘の名がカズ子であったところから、大隅一人と名告らせることとしたというのである。一説では娘が芸妓であったり、或いは女郎であったりもした。

結構なことじゃなかったかと私は思っている。木の股から生まれてきたにしろ、奴は大隅家の嫡子だ。そんな生まれの奴に限ってケンカが強い。オナゴにもてる。将校になる。

それは口には出さないのに、留さんは詰問者の眼つきになる。

「今どきの金なら億のつく資産ですよああた。みんな二足三文で不動産屋に売りとばしたんじゃ。奥さんな打ったり蹴ったりじゃろうがああた。」

繰り返しになるが、ライオン屋敷とか化物屋敷とか村人に呼ばれた邸宅は、今わずかに二・三本の赤松を残すだけである。私は四五日前、国道二二六号線沿いにそこを通ってきたばかりだ。留さんによれば、養鯉池のあったあたりには青い化粧瓦の公民館が建っていて、そこの裏庭に、かき集めた観音像の破片が祀られているという。そんな木の断片《かけら》に用のある人など、もう村には殆んどあるまいに。そう思うと私の気持ちは動いた。気狂いに打ちこわされ、ドラ息子に売りとばされ、最後に歳月という気長な壊し屋の手に委ねたそれら仏像たちは、その姿で、今、誰かを待っているのに違いないと思われ始めた。山崎からの帰りに三十分回り途をすればいいのだった。

「行ってくるよ留さん。山崎の用度になめられるわけにいかんでね。一泊ということになるだろ。」

留さんは慌てて「与論《よろ》戻《もど》りに運転させせやん。危なかど。」と立ちふさがったが、私が椅子を並べて横になるのを見ると「戦友ちよかもんじゃな。」と呟いた。「安田さんなこん前飲み足らんかったとじゃが。」留さんはそう言って、飲み足りて火照るらしい自分の福耳の耳たぶを指でつまんだ。

午後からは氷雨になったが、止みそうもない。サントリー・リザーブ一本と、腸を抜いたブロイラー一羽を買って、国道二二六号線へライトバンを乗り入れた。

解約になったものを電話一本でもとに戻そうなどと虫のいいことでも考えたが最後、解約どころか以後入札差止めとくるのは必至である。初めてではない。だが、曲った相手のヘソの鍵穴が今日はどの辺にあり、どの鍵を差込めばいいか心得ているから気は楽なのだ。

五日前、安田係長をつけまわして強引に判こをつかせた契約ではあったが、この頃安田のいたずらも手が込んできた。帰ってみれば解約の葉書が待ち受けていたという次第だ。

三年前六十万円だった卓上オフセット印刷機が、今では倍の百三十万である。地方自治体に限ったわけでもないが、事務費、設備費等の予算は前年度がベースになるから話にならない。こっちが物価吊り上げの元凶みたいに罵られる。加えて大資本が販路拡張の出血受註をやるから尚更である。二度も三度も古い設備の下取り価格をつりあげておいて、どたん場になれば、あっちの方が安かったでチョンだ。この頃ではもうこんな屈辱的な手順を踏まないことには、簡易計算器一台売り込めないのである。

「お前はね小松。」と安田はセールスマンの心得を懇々と私に説く。

「赤いネクタイなんどぶら下げてくるなよ。チビット不精髯でも生やして、袖口に印刷インキでもくっつけてくるもんだ。間違うてもうちの弘報係より知ったかぶりはするな。よかかい。こんな機械でよくもまあこんなに綺麗に刷りあげましたねぇと斯う呆れてみせるんだ。ジッサイ新しい機種を決めるのは奴らなんだからね。初めお前んとこの下っ端をよこす。あの入れ眼はいかぬ。あんなバカ堅いのよりは若い者がよかかね。あとでお前がくる。そこでせいぜいそろばん玉の二つも落してみせれば勝負はきまるんだ。入札だけで落とせるもんならやってみろ。俺は知らんど。」といった具合である。

こんな耳うちみたいな形での教訓はくすぐったくて嬉しいのだが、他との用談中でも「おい小松どん」で鼻面をグイと引戻す。度重なると舌うちの一つもしたくなってくる。

くたびれたネクタイや袖のすり切れたセビロは、安田が公僕としての見てくれのスタイルだろうから構わないことだが、「小松どんよう。よそはどうか知らんがねぇ。この山崎の用度はチートうるさかどぉ……。」と、自分のスガタ・カタチを意識した微妙な顎の動かし方をする。こっちをダシに使って自分のクリーンさを周囲にそれとなく吹いているようなものだが、それもまあご愛嬌だ。気骨《きぼね》の折れるのは安田が小松どんを連発してくるような場合、彼の欲求不満のありかをぬかりなく読みとらねばならないことだ。

「鬼曹長だったからね汝《わ》や。とにかく動員事務室の安田と聞けば、中隊の新品准尉なんか慄えあがったもんだ。」

ま、こんなセリフをさりげなく述懐してやればいいようなものだが、たまには二等兵同士の頃まで遡らねばならない。

「短剣術はお前さんの特技だったよな小松どん。」

「バカを言え。今でも汝《わい》が憎らしかよ。よく貴様に這わされた口さ。でも汝《わ》や中隊一だったんだからね。」

これなどは即席のサービスである。町の財布を握った男への諂いに過ぎない。だが、安田は少年のように相好を崩して左右を見回す。

安田は私と同年輩の筈なのに、四角な頭の髪の毛は真白である。つむじを曲げようにも曲げられないように角刈りにしているのかどうか。清潔であるというより、そのセビロやネクタイとコミで計算された職業上のヘアスタイルに見えてくる。その額の角刈りの小さな崖の下を走る幾条かの横皺の複雑な浸蝕を見れば、人は彼の名刺を見るまでもなく、その役職を言い当てるかも知れない。

不思議なことに、留さんは安田を尊敬している。安田から二度も三度も油を絞られ、社長と替れなどとどなられているくせに、である。「役人はああなくちゃああた。」と言う。「あれぐらいの人物でなからにゃああた。人の上に立つ者はな……。」などと妙に意味ありげに語尾をひきずる。

町役場の受付嬢に「安田係長さんはたった今帰られましたよ。」と言われて私は指を鳴らした。救われた気分で安田の自宅へ車を走らせながら、ここのタイミングってやつが難しいのでな……と思わず私は口走っていた。もう五分も遅れてしまえば安田は、例えばこんな具合に機嫌が悪いのだ。

「そんな用事なら役場で言え。わざと遅れて来やがって。」

携えていったウィスキーを、安田は手でおさえて開けさせなかった。

「五万まからんか小松。」

これがドテラで対面した安田の挨拶だった。黒猫の仔熊みたいなのが、安田の膝にのってうずくまった。

「東邦がお前んとこより三万安か。機械はやっぱり千Cじゃ。だからお前は五万まけるんじゃ。」

「その代りな。」と安田は言って、ブロイラーの裸を奥さんに渡した。

「その代り？」

「その代り……夏にお前んとこの入れ眼が見積った分よ。あれは三万足してもう一度入れ直せ。山崎中の輪転謄写機のことじゃ。レックスというのか。あれだけは断然良心的じゃった。それで結局二万まけることになる。」

考えこむこともない金額だが、私は腕を組んでみせた。炬燵に入れていた胡坐《あぐら》を引きずり出して正坐した。値引きの勿体をつけるためばかりではない。留さんが夏に私に見せた入札金額の控えと、今、安田が断然良心的じゃったという金額との開きが、即座には呑みこめないのである。

「如何《いけん》か？　汝《わ》や素直には喜ばん野郎《わろ》じゃってね。悪《わり》いくせじゃ。」

「曹長殿《どん》に逆らうわけにもいくまい。」

安田は奥さんに焼酎を言いつけておいて、ウィスキーの瓶を掌に載せた。

「よかか。役場なんどに斯様《こげ》なもの持ちこんだら最後だぞ。小商人の見栄ち哀れなもんじゃね。自分《わが》はカライモウィスキのくせ。」安田は反っ歯をむき出して、せせらわらった。

これで今年も何とか始末がつく。やはり三十日はカズのインチキ誕生日を悲しんでやろう。もう金輪際、深夜の新品造りなど願い下げにしよう。私は五日前そうしたように、ヘドを吐いてでも眼の前の呑み助と討死することに決めた。

安田は私に小松どんと言っては盃を差し、小松伍長とドラ声を張りあげては返盃を求めた。どてらの膝に銚子をひっくり返して猫を飛びあがらせたりした揚句、案の定、安田は泊れと言いだした。

「泊るなち汝《わい》が言うてん泊っどう。」そう私は叫んで、皿をいじくっている奥さんの丸い背中を一つどやした。帰れと言われてもほんとのところ旅館へ行くしかないのだ。

「アア神州ノ桜花」が始まった。歩兵四十五聯隊の歌である。次いで「銀杏城ノ明ケ暮レニ」の六師団歌に移り、やがて「海ユカバ」になる。安田のこの部屋に私が坐って、こうならなかったことは昔から一度もない。この前も全くこの通りだった。そして最後は「小松伍長、始めてくれ。」と言って、安田が正坐するのだ。

軍人勅諭全文を暗誦させられるのだが、酔漢の舌では、幾ら全力疾走してみても十分間はかかる。今頃これを澱みなく暗誦できる男は、もうそれだけで骨董品なのかも知れない。ここに書くさえ気の鬱ぐ話だが、これは泥酔した時にしかできない呪わしい私の隠し芸なのである。

安田の後ろには万年青品評会の賞状とか、地区防犯協会の感謝状といった類《たぐ》いの額が四つも五つも懸っている。軍歌や勅諭の文句に詰まった時は、すかさず私はそこを仰いで眺める。すると妙なことだが、ど忘れしていた文句がそこに書かれてでもいたように、すらすら出てくるのである。

この晩、安田が肘枕で奥さんにぼやいていた言葉を、今も私はそっくりそのまま暗《そら》んじている。こっちはヘドを吐きに行って、死ぬような気分で戻ったところだった。

「伍長と言ってやらんとあん野郎《わろ》は機嫌が悪かでね。まるで軍隊の亡者じゃ。チンピラ伍長が軍歌をうたいにくれば、つき合わんわけにいかんどが。迷惑なた、こっちの方じゃがね。俺はもう寝っど。」

## 11

こそ泥みたいに早朝の安田の玄関を後にして、凍てついた車のエンジンを吹かせていると、国道沿いの田圃道を、ランニングシャツでこっちに駈けてくる男が眼にとまった。首に回したタオルの両端を二つの拳で摑んで、かいがいしく交互に振りながら、ざわめく芒の波の上を浮動してくる。安田である。

それには構わず、私はまっすぐ国道に出た。ふらつく頭の中で「チンピラ伍長」がぐるっと回ったり、留さんの入札金額の数字がヨタヨタ逃げながら尻もちをついたりした。

南薩への迂回路へ大きくカーブをきった時、膝へ倒れかかってきたものがあった。二本の一升瓶であった。昨夜のうちに安田が妻君に命じて、しのばせておいたのに違いなかった。白いビニールの紐でがんじがらめにしてあり、二本の瓶が抱き合っている凹みに裸の鰹節を一本くっつけて、その上にも白い紐がかかっている。

クリーンな公僕殿が、ぬけめなく、受け取った品物のお返しをしているのだ。いつものことだから気にすることもない筈なのだが、このまま引返して、玄関にこっそり置いてきてやろうか……などと鬱屈した気分をもぎはなせない。来過ぎてしまって、そうしろと言われてもできる距離ではないから尚更なのだ。褶曲した左右の山襞が切れて忽然と青い開聞岳が出現した時、ひょっくり留さんの妹を思い出した。開聞岳が見えたからではなくて、フロントガラスの前に黒褐色の不景気なコラ山がヌッと顔を出したからである。こんなケチなみやげ物などスエ子に始末させればいい。昨日話題に上ったばかりだった。カライモウィスキーならスエ子の旦那が手を出すだろう。ところでスエ子は会社迄は来るというのに、なぜ二階まで「マッチャ」と上がっては来ないのか。

土地改良事業のブルドーザーやショベルカーが、蛇行する車のフロントガラスに突然マンモスみたいに現われては消える。コラ層に挑むにはこれしかないのだ。堆《うず》高く積みあげられたあちこちのコラ山に、何時の間にか痩せた芒が根をおろしている。昭和三十年の暮れに始まったというこの辛気くさい仕事の歴史を物語るものだろう。スエ子の旦那が、まだこの辺りでショベルカーに乗っていた頃、受益代表の元地主と派手にやり合ったという噂を耳にしたことがある。今はもう初老のおじさんで、農協の配車係などしている筈だったが、やはりそれはその通りだった。

留さんの家は（と言っても、今はスエ子の家だが）昔のままの場所に、昔のままの姿で建っていた。びっしりぶらさがった吊し柿で、軒の物干竿は撓んでいる。その干柿の下に子供が立っていて、こっちの車が停るのを見届けると、くるっと背を向けて戸口に消えた。

鶏たちに迎えられて、錆びついた耕耘機の傍に立つと、曾てここからは眼の前だったであろうライオン屋敷の鬱蒼たる植込の幻が一瞬蜃気楼のように立ちあがって消えた。

「なんね。兄《あん》ちゃんかち思たら……。」

おばさんが背後を振り向いて、腰に喰らいついた洟垂れの肩を叩いて笑った。

「スエ子さん？　じゃろあんた。」

「スエ子じゃがね。」と子供が口を尖らせて、眼をむいた。

おや？　とそれに引っかかるが、間もなく私は納得する。ヨシ子と間違えたわけではなくても、この子にとってヨシ子おばさんの名は禁句なのだ。大阪で黒い赤ん坊を産んだことだけは私も聞いたが、それも昔のことである。昨日もそういうわけでヨシ子のことには意識的に触れなかった。

私は安田がくれた焼酎瓶をぶらさげ、雨戸の桟をまたいで、土間に立った。

「社長さんもカズトサアも、もうあたいなんどには屁もひっかけてくれんち思ちょったが。」

子供は息子ではなくて孫であった。若いお婆さんである。出稼ぎに出て行った娘夫婦に預けられているのだ。旦那は手の早い癖はおさまらないが、何とか勤めあげて、来年は停年だという。

「すぐ上の兄さんは？　如何《いけん》しちっと？」

スエ子は漬物石を持ちあげながら、「又一じゃろが。戻っちゃ来れんと……。」と呟いて、あとを濁した。それは多分に「何で？」と問われるのを待つ風情で、暫くは石を胸にあてたままなのだ。おそらく今ご本人が抱き上げている漬物石の重さにも足りないようなことで、ずうっと世間様を意識し続けてきたのだろう。多分スエ子が死ぬ日まで、ムラがスエ子の首筋を手放すことはあるまい。いってみれば眼の下のアングリ口を開けた漬物樽こそ、スエ子にとってはムラみたいなものなのだ。

「留あんちゃんに聞いてくいやん。」

それを二言めには繰返しながら、それでもスエ子は「戻っちゃ来れん」その経緯の入口のあたりまで相手を連れていく話術だけは、年季を入れて錬り鍛えているのだ。

又一が兄弟で一番強欲《よっごろ》で、恥知らずだったとスエ子は罵る。カズトサアがシベリアから還ってきて、小作分の田畑をそっくり贈与してくれたのはよかったが、両親が死ぬと、三人の息子たちが、それをめぐって欲の皮をつっぱり始めた。又一はそれまで俺はカクシンノトウシをひけらかして兄達をバカにしとったが、いざとなってみたら人間の屑じゃった。見向きもしなかったのは留あんちゃん一人。俺は要らん。又一が欲しかなら又一にやれ。こうじゃむんね。ライオンの息子が乞食に十円玉を投げつけたようなもんよ。殺されたって貰うてやるもんか。

「なんで留さんはカズを憎むんじゃろ？」

「なんで？」スエ子は薬罐をきびすに傾けながら、せわしく瞬く癖のある眼を、あらん方へ向けてみせた。

「あたいにもわからん。」マッチャは何も知らんのかと言わんばかりの顔つきである。

「久子さんの葬式には兄さんという人が東京から来たげなね。」

「旦那さんの葬式の時にも来やったよ、あん人は。」

「新聞記者だって？」

「よか挨拶しらってな。そん兄さんが。」スエ子は沢庵をボリボリやっては茶で流しこみながら続けた。

「こいつは……とカズトサアの肩に手をかけてな。郷里に美しい幼なじみがいると聞いたので、羨ましくて仲間でぶちこわしてやったんです。すみませんです郷里の皆さん。妹をむりやり押しつけたのはこの私です。ですが妹は果報者でした。こんな人情濃《こま》やかな大隅君のフルサトを自分のフルサトにできたのでありますから……。」

「おいおい、見かけによらん弁士じゃないか、お前さんは。」

スエ子は金歯を覗かせて左右に手を振りながら「あの兄さんも、やっぱ肺病で死んだげなよ。」と言った。言いながら皿の沢庵にのばした洟垂れの手をピシャリと打った。そして「何の用事かね社長さん？」と、慌てて座蒲団を裏返して、上り框に掛けた儘の私の尻に押しこんだ。

「何の用事も。通りかかったからね。只フラッとよ。」

「カズトサアはあたいのことなんど忘れてしもうたろ。」

「あれは世の中を全部忘れたよ。」

「大隅先生が辞めなさる時は、おなごん子供《どん》が泣いて縋りついたちゅ話じゃが。そげんところがあったむんね。やんちゃのくせ……。」

そっぽを向くと、スエ子はそっちに首を回して「本当《ほんのこつ》じゃよ。カズトサアの教え子が隣に居らっとじゃむん。」と語尾をひねった。

「泣かせの名人だからね、あいつは。」

「一人一人五歩ずつ生徒をおぶってな。校門を出るまでにみんなの子をおぶってやったげな。最後に、みんなよかオカアサンになって子供を五人ずつ産め。そんため今五歩ずつ歩いてやったんじゃと。」

「いい気なもんだ。スエ子さんはカズを憎んどらんごたっね。」

「よう蛇を懐《つくら》ん中に入れられて泣かされたとお。」

「そう言えば、たいがいお前さんはカズの尻にくっついとったね。」

「声をかけてくれるわけでもなかとにな。朝から晩迄、影法師みたいにくっついて回るだけお。可憐《かれ》ちゃんと手をつなぐと、あたいはそこで立ちどまって、じっと二人を見送るもんじゃった。ベソをかいてな。」

「阿弥陀堂《あんだどん》の屋根にはぬけがらの太かとがよう下っとったね。」

「あそこの主《ぬし》じゃしたでな。カズトサアは友達にしとったよ。ボロンヂ、ボロンヂち呼んでお。」

「ボロンヂ」は少年にとって、おちぶれた老人の筈だった。とぐろを巻けば叺に一杯もありそうな青大将の鼻面にしゃがみこんで、「ボロンヂよボロンヂよ、お前のキンタマを見せてみろ。」と人差指を回していた絣の少年の後姿は、私にとってもまだ昨日のものである。なぜあれがボロンヂでなければならなかったのだろう。生い茂る雑草を押しのけながら、暗がりへ向けてスルスルとほどけていくその青大将の向うに、白鬚のもう一人のボロンヂが立ちあがってこっちを振りむいたと想った時、観音像などもうどうでもよいと私は思った。破片のまま祀られているという四体のあの観音像は、公民館の裏庭で誰かを待っているのではなかった。安置という名で曝し物にされているだけのことだった。

没落の美学は、或る人々にとっては、没落自体嫉妬に値する筈だった。没落さえ優雅な奢りのフィナーレに見える人々はいるのだ。彼等は没落などできない岩乗な貧しさの系譜の中で、その体質を育ててきた筈だ。スエ子が彼等の一人でないとは言えない。観音像の破片は当分釈放されることはないだろう。いわば語り継ぐべきムラの戦利品なのだから。特に「殺されたって貰うてやるもんか。又一が欲しかならヌ一にやれ。」と啖呵をきるような人物にとっては……

スエ子は軒の吊し柿を二つの包みに拵えて、一つを留あんちゃんにとことづけた。もう暫くおけば食べられるからとスエ子は言った。不服そうに突立っている子供の手に、こっそり私は千円札を握らせた。

12

可憐と妻の反対を押しきって、余計者の誕生日を悲しむ会などとキザに構えた酒盛りを企てたのは、私なりの下心があってのことだったが、考えてみれば中学生もやらぬままごとであった。

妻を憚ってのことらしいが、カズはもう何年も寄りつかないのである。ことばの綾で、喰いの悪い魚をひっかけてみせようと思ったのだが、肝腎の魚は釣れなかった。夕方、むしられた七面鳥が届き、それを届けたゴビのアンチャンが「オレの代りに肴にしてくれとセンセが言うたっけか。」と言った。

おまえは来てハーモニカを吹けとそう伝えてくれと言うと、アンチャンは「センセは風邪ですわ。よんべも店を休まはったもんね。お春さんが面倒みてるんとちゃうやろか。」そして七面鳥に見とれている可憐に顎を突出して「きれいなオバハンのいやはりまんな。」などと吐《ぬ》かして出ていった。

ゴビに電話を入れると、如何にも嘘でございますと言わんばかりの黄色い声が返ってきた。今夜のセンセはあたし達の年に一度の大事なお客様。お貸しできるもんですか。そんなひびきがこもっていた。

「言うたじゃなかね。」と、可憐が口を尖らせた。昨夜も今朝も、こうなるに違いないことを、彼女は、それを希んででもいるような口調で予言したのだった。

夜行列車で今朝帰っていた息子は「おばさんが来るもんか来るもんかと言うからだよ。」と、可憐に向かって口を尖らせた。

はさみ先生を待ち受けていた五・六人の若い社員が、俺たちみんなでタクシーに押しこんで連れてこようかなどと言い始めた。

留さんはまるで元気がない。むりやり若い連中に引っぱり出されたせいもある。余計者の誕生日？　何でそんなのに俺が出るんじゃ。と、つむじを曲げていたのだから。それもあるが、一昨日の夕方、今留さんが胡坐をかいている場所へ坐らされて、年甲斐もなく私に膏を絞られたばかりだからでもある。

「わしは安田の前で泡くったよ。いずれはばれることじゃないか留さん。」そんな具合に始めたのだ。山崎町の場合に限らない。他社との競争価格を一万円割れば、安田が言ったようにカタログの正常価格からは五万円安くなる。割った一万円は自分の懐から償うわけだが、帳簿のからくりは小学生でも判る仕組みなのである。

「そんなにまでしなければ、この貧乏会社はつぶれるというのか。頼みもしない浪花節なんかやめてくれ。販売課長のメンツがあるのなら、二台や三台はわしの分からあんたに回す。留さんにこれをやられたんじゃ、会社も社員もみじめすぎるじゃなかや。どうやったら正常価格でおとせるか、それがあんたの自慢じゃなかったか。」膏を絞ったというより、絞らせてもらったようなものだ。若し相手に深夜の新品造りの切なさをなじられでもしようものなら、忽ち立場は逆転したであろうが、留さんは沈黙を通した。そして結局安田が三万増やして入れ直せと言ってくれたと言うと、留さんは愁眉を開き「戦友ち、やっぱ良かもんですな。」とボソリと呟いたのだ。

　肚を割れば、勿論「わしはいい大番頭をもって果報者だよ留さん。」と相手の肩を叩きたいのである。安田にあけすけに蔑まれるまでもなく、小商人のみじめさは、それを分かち合う仲間が傍にいるのでなければやり過ごせるものではない。

　だが、この留吉という男の肩は、うっかりはたたけないのだ。社長は社長らしくというのが、二人きりになった時の彼の口癖である。ずばり言えば、もっと威張れということなのだが、どんな時に社長風を吹かすべきであるかは、その日その時の彼の虫の居所で変わるのだからやりにくい。下剋上かと思えば、上長をたてようとする律気さに、くすぐったくなることもある。ことづかり物の吊し柿を渡した時も彼は「スエのバカが。人もあろうに社長に頼んだもんじゃ。」とムッとなった。決して繕った儀礼ではない。

　だがその留さんも酔いが回るまでの話なのだ。

「小松さん、こらどういうことかね。人間の代りに七面鳥が来たが……カズはおれに遠慮をしたどお。」

「はさみ氏不参ではね……。」と、リツメイが憂わしげに歎いた。「余計者の誕生日にならんじゃなかや。まともなとばっかしでよ。」

「はさみ先生と留おじさんと親父をハゲマス夕《ゆうべ》にしましょう。くたばれ余計者の日だそうですからね。私にとっちゃ余計者とはこの三人を除いた、他の生きとし生けるすべての人類のことなんですが……。」と息子が立ちあがってぶち始めたが、「誰かもう一人忘れてえへんか。」と母親が腔をつねったので、酒席らしくなってきた。

俺たち戦争のくたばり損いどものお祓いじゃげな。と留さんが言いだした。「敗けいくさの幽霊みたいなとが、まだ天文館のへんをうろついちょるじゃろが。煮ても焼いても喰えぬ七面鳥の化物がよ。甘える方も甘える方じゃが、甘やかす方も甘やかす方じゃねかか。」そして一座を睥睨して「如何《いけん》かヨロモドリ、そこのパチキチ……。」

「戦後型オブローモフもよ。あれだけ息が永ければユニークじゃねか。」

「いかすぜ、なあおい。」

「あれも行動的ニヒリズムじゃなかや。」とリツメイが言った。立命館を退学させられたというこの若造は顎に傷痕がある。二年になるがまだ一台の計算器も売れない。

「じゃろね。三島は三島、はさみ先生ははさみ先生。」

「刃物で遊べばゲームセットになるしかなかとにね。色気がなかわい。」

「はさみの方がフィーリングでよか。」

「はさみ先生と社長はホモですか社長。こん野郎《わろ》がそう言うんだがね。」

「ヒッピーは黙っとれ。男はみんなワセリンのチューブに見えるんだこいつは。こいつが言ったんですよ社長。」

わいわい、がやがや。あげくに留さんが可憐につかまった。何を言ったのか知らないが、「あんたは口が過ぎるよ。」とやられている。盃を持ってうなだれている男を前に、可憐は銚子を膝に握ったままである。

「面と対えばカズトサアでしょうが。裏表があっとは男じゃなかよ。オッチャンの代からダンナサア、カズトサアで来たくせに。」

しまったと私はうろたえた。だがもう遅い。留さんは黙りこんでしまった。それっきりいるのかいないのか、判らないようになった。「課長が逃げたど。」とパチキチに背中を指さされながら、留さんは振り向かずにそのまま縁側に消えた。

社員を招ぶことにしたのは息子の提案であった。女達は一つにはこのきまりきったようなバカ騒ぎと、無意味な浪費が我慢ならないのだ。そればかりではない。可憐に言わせれば「アンチャは関係なかでしょ。向うに招ばれたとなら話はわかるよ。あたいが行って準備はしてあげる。アンチャは三十日を軽蔑しとったでしょ。自分で自分を余計者呼ばわりする奴の甘えには腹が立つ、などと言うとったくせに。自分が主人公面しとるじゃなかね。カズちゃんは肚の中でせせらわろうとるよ。バカらしか。」ということになる。

「だがもう留にも言ってしまったことだ。カズは絶対来る。」

「いつになったら軍服を脱げるとかねアンチャは……。」

あそこで何故軍服が出てこなければならなかったのか、今もよくは呑みこめない。

「軍服を……？　俺がか？」

私は先夜安田の口から這い出したチンピラ伍長をつまみあげていた。自分が、兵隊の前ではふんぞり返る癖に将校の前では揉み手をする一匹の蝙蝠伍長であったかどうかは別として、カズの眼に、いつまでもハシカのなおらない伍長さんに見えるのなら、それはそれで寧ろ救われるのだった。私にはただ大隅の稚児どんが、ゴビの砂漠を往く憂愁中尉が憎いだけのことかも知れなかった。カキサウルスを発明する男の不幸の一切が、美的な陰翳を着こなして、こっちに君臨して見えることはなかったか。若し、中尉さんの優雅な余計者意識に伍長の軍服を着せて、身たけをはかっているくそまじめな道化を可憐が今日見ていたのなら、彼女の炯眼に苦笑して引きさがる他ないのだった。

客が引きとってしまうと、可憐は出て来て、瀬戸物の後片づけを手伝いはじめた。

女という女は、どうやら将校向きにできているらしい。私はとりすました眼の前の妹がだんだん憎らしいものに思えてきた。黙って消えていった留さんが、今引き返して来てくれればいいのだがと私は思った。引き返して来て、何かが始まるという訳でもなかったが……

テレビが十大ニュースで、先月の三島事件の模様を写し出していた。日の丸の鉢巻を締めた男がバルコニーに胸から上をのぞかせた時、私は眼を外らした。妻に何かを語りかけたが画面は意識の中を意地悪く流れ続けた。

「同じもんを何度見せるつもりかね。ポルノでもやってくれればいいのによ。」ブラウン管の前であぐらをかいていた息子が可憐をふり仰いだ。そして、あぐらをそっちに向けかえて、「おばさんはバケモノだね。いくつになっても少女みたいだ。」と言った。

「そんなお世辞はお母さんに言いなさい。脛かじりのパチンコ大学が。」

「だってそう見えるから仕方ないだろ。」

「こげなとを自衛隊で鍛えてもらわんといかんねアンチャ。」

可憐は流れていく楯の会の行進を眼で追いながら、脛かじりの肩に両手をかけた。

「どうねアンチャ。この人に順造のノートを原稿用紙に写して貰うたら。でないと印刷所は見積りもでけんよ。」

それは寧ろ私の考えだった。出入りの印刷屋にそうしろと言われて、脛かじりの帰省を待っていたのだ。

「わだつみの声だろ。おじさんのノートは僕には読めないよね。一枚いくらくれる？」

「バカモン。」

「おばさんも手伝うがね。コーヒーを運んであげるから。」

なるほど息子のお世辞通り、今夜の可憐おばさんは熟れた桃だ。すれちがうと、大島紬のナフタリンだけでなく、水蜜桃の香りがする。「あのヒトは来んよ。来る筈がなか。」と言ったそのヒトは、或いは来るかも知れなかったのであろう。

13

遺稿ではあっても、弟のは世のいわゆる抑留記の体をなしたものではない。ナホトカで興安丸のタラップを上るまで、一冊の手帳も持たなかったばかりか、文字を書くことすらなかったという。それは一人の同胞も信じられないという環境で、自然に手に入れた生活の知恵でもあったろう。すべては我が家に辿りついてから、或る日或る時のシベリアでの寸景を綴った想い出の記にすぎない。

×月×日
クマことフセヴォロド・クマーオフ面つきは名前にそつくり草臥れたシューバを引掛て何時もアクチブの狐を連れてやつて来るサイドカーがえんこした度に呼びに来る此の西部戦線からでも紛れ込んで来たらしい年代物のハーレーダヴィッドソンが旋毛を曲げると運転手のクマはお手あげなのだ徳田書記長を尊敬してゐて還つ

たらドウシトクダに宜敷くが口癖である珍しいことに今日は狐がサイドシートの下から黒パンを引摺出して呉れた大隅さんにみやげにするクマはあの事があつてから自分の前で威張らなくなつただから狐がこんな真似をしても不思議ではない。

ノートを追って写していくと、出来事の順序が逆になる。日時があべこべのまま並んでいるからである。差替えた方がいいところは差替えようかと息子が言ったが、そうはさせなかった。

×月×日では記録性はないが、例えば大隅中尉と出会った時の経緯の冒頭には四月八日と明確な日付があるから、前の×月×日はそれから何日か後のことだろうといった程度の推測はできる。それでよかったのだろう。ただ療養の徒然に、想い出せるものから想い出して書き止めていくことで、シベリアではぐれてしまった自分を、一メートルずつでもたぐりよせてみたかったのではあるまいか。

靴型のエントロピー線図などが書きこまれた大学ノートの表紙は、熱力学Ⅱ内燃機関山路講師となっている。使い残しの半分に後ろの方から、ぶっつけに×月×日が始まっている。旧かなであるのは構わないが、肝腎の句読点が全くない。いきおい息子の吹かすしんせいの本数も増えたようだ。

「おばさん読んでみてくれんね。ここんところはさっぱり繋がらないのさ。」

それでも息子は一週間かかって叔父の遺稿を写し終えると、その日の急行かいもんで出て行った。カズが描いた鉛筆画には縮小サイズまで書入れて、その部分に貼りつけてある。

四月八日

呼出しが来た何の事か解らない寿命の縮む思ひで器材庫の詰所に行き俘虜番号と氏名を言ふいきなりモンキ

スパナと計算尺を鼻先に突つけられたスパナは炊事から自分が預つてゐたものだ何時所持品検査があつたのか知らない通訳はゐるのかゐないのか兎に角クマーオフ　クマーオフ　フセヴォロドと言つてみるが駄目だクマはいはば炊事軍曹である燃料と配食を取りしきつてゐる炊事が薪からスチームになると何処から持つて来たとも判らぬボロ罐は日に一度は故障が出る汽圧のゲージはその日の気分で勝手に遊んでゐるそれの修理も自分である然もサイドカーはサイドカーであるお前が何時も持つてをれとクマに言はれて預つてゐただけだ器材係の巨漢が党員章を着けた中尉に紙片を見せてペラペラ何とか彼とか其の時中尉の後ろであちら向きに帳簿をめくつてゐた日本人がゆつくりこつちを振向いた「あんたカゴシマ？」それから立上つて来てこつちの胸の名札にしげしげと眼をやつた「おはんな小松どんの……マッチャの？」カライモ弁の功徳であつた今迄此のお国訛りのイントネーションを何度笑はれた事だつたか「はい小松松造の弟であります順造です」と自分は叫んだニヤリと差出した相手の手の異様さよりも名告つてくれない相手の柔和な眼に自分は面喰らつた自分は委細を説明した自分はすぐ釈放された「お国柄もですが規則は規則だからね此処では規則は批判される為にあるんぢやなくて守らせる為にあるんだ君用心しないと損するよ残されるからね仲間に気をつけなさい怖いのはすぐ近くにゐる奴ですこれは小松の預り物だと一口も説明してくれませんからね此処ではスパナは国家みたいなものだ定位置にちやんと納まつてないとダメなんだ批判が好きな国だがねそのくせ口が裂けても批判しちやいけないものがあるそのうち解ります」日本人は出て行く自分にマホルカを三本こつそり握らせた此れが大隅さんとの出会いであつた計算尺はスウェデン製の私物であつたが今迄隠し了せたことが奇蹟であつたらう其れはもう大男の胸のポケットから頭だけ覗かせてよそよそしかつた晩の点呼が終ると暫くして「小松は居らんか小松松造の弟は居らんか」と呼びながら大隅さんが訪ねて来られた「ほんとに君は覚えがないのか？」大隅さんのポケットから干棗が出てきた自分も頂いて口に入れた「斯う言ふ僕も君にさつぱり憶えがないんだ」と喉元で笑はれ

たマッチャにこんな弟がゐたとはねカズぢやがねほら大隅のと名告つて下さつて自分が漸く想ひ出せるのはノッポの七高生が白線の帽子をかぶつて兄貴に会ひに来た時の姿位だそれでも昔自分達が化物屋敷と怖れて近づかなかつた武家屋敷だけはすぐ頭に浮んだベッドに横たはつてから初めて自分はありありと想ひ出した自分が応召する日自分を見送つてくれる愛国婦人会のをばさん達の中に貴婦人のように垢抜けした人がゐて其の人がライオンの嫁じよと囁かれてゐたのを

この四月八日の次はまた×月×日である。飛んでいるのか引返しているのか、よくは判らない。この頃はもう病気の徴候を自分ではっきり摑んでいるようだ。

×月×日

女医に尻を撮まれるAであるCにしてくれれば明日にでもナホトカ行に割込めるのだが掌が両方共黄色いそれなのにヤポンスキは黄色くて当り前と女医は言ふ

後日、順造に聞いたところによると、俘虜の受診患者は、臀部の肉の着き具合をみられる仕組みだったらしい。ABCのランクがあって、Aではまだ病人扱いをして貰えなかったようだ。

×月×日

マローズが去つてハバロフスクのキャンプは奥地からの送還者で埋まつてしまつた昨夜の慰安会モンゴルの民俗舞踊のあと俘虜の飛入が許され嫌がる大隅さんは無理矢理担ぎ出された担ぎ出したのはロシヤ人の大男達

だつたハモニカを吹かされたスチェンカラージンや国際民主青年の歌は宜かつたのだが荒城の月を始めると途端にストップが掛つたアクチブの一人がそれはブルジョアのメロディだと怒鳴つたのだ誰も抗議する者はゐない解らぬ全く解らぬ口惜しくて涙が出た

×月×日

ザハリスクの収容所は大隅さんをなぶり殺しにしたやうなものだ大隅さんが指を飛ばされたのは本人がノルマをボイコットする為に故意にしたことにされて大隅さんは懲罰大隊へ送られたのだといふ誰一人として弁護する者がなかつたばかりかロシヤ語ができることまで密告されてゐたのだ此れが崇つてあの人は半年近く遅れてハバロフスクへ来たのであつた自分が憤慨すると大隅さんは「君のモンキスパナも一緒ぢやないか」と笑つたいいかね順造君大隅さんは右手の二本の指を蟹の鋏のやうにうごめかしながら言はれた鶴嘴は或る日突然落葉松の幹の向う側から半円を描いて飛んでくるんだ仕組まれた罠に落ちたが最後もがけばもがく程深みにはまる大隅さんは縞馬だよと言はれた狙はれた一頭をライオンに与へてあの老獪な畜生共は雲を霞と逃げ去るだらう奴等は少しでも遠くへ行く為に仲間が骨の髄までゆつくりしやぶられるのを希つてゐるんだあれが仲間といふものさ大隅さんは自分の肩をどやしてもつと本物のバカになりなさいといつてググッと笑はれた

この縞馬の話の続きみたいな×月×日がもう一ケ所ある。大隅中尉の当番兵Sという男。なかなかの名悪役ぶりだが、それもカズが一方的に善玉に仕立てられたからであろう。鶴嘴の件りも重複して長ったらしいがこれは省略するわけにいくまい。

×月×日　何時の間にか自分は地主の息子にされてゐる例のクマの睾丸握りのアクチブが来てお前の田舎の自作面積は何町歩か山林は?と言ふ呆れて此方は言葉もない相手は満足のにやり「専門学校に息子をやれる百姓は小作人の血を吸ふ地主だけである」「違ふ自分は兄の仕送りだ大隅さんに聞いて貰へば解る」「お前が大隅通訳の友人であることが証拠それ以上の証拠は要らぬ」と言ふモンキスパナの事があつてから自分は周りの眼が気になりだしたお前は炊事に入りびたりで喰放題呑放題俺も高等工業で機関でもやつて来るんだつたと言ふのがゐる笑つてはゐてもまるで親のかたきでも見てゐる人の眼付ではないかこれが昨日迄の戦友の姿であるアクチブに誰が何を喋つたか推測はできた器材倉庫の裏で大隅さんを捉へてこれを言ふと大隅さんは拳骨で空を叩かれた二度と口が利けないやうにアクチブの顎の蝶番ひを打つぱづしてやる自分が自重されるやう嘆願すると大隅さんは眼をおとされた顔面蒼白である我慢しよう君も僕も生きて還らうと言はれた消灯前大隅さんに自分は呼出された舎後の暗闇で「おい地主の息子」と大隅さんは自分の肩をどやして干棗を一握りポケットにねぢこまれたヨカニセはね其処に立つとるだけで嫉まれるぞ隣の男がカライモなら君も純粋カライモで語れ僕は気づくのが遅かつたからこれだと言はれたが手は見えなかつたボヤボヤしてると鶴嘴が飛んでくる巧妙に仕組まれた完璧な罠の総仕上げはボソボソのカライモと来たもんだS（難しい苗字でもう忘れた）と言つたがね虎頭を出るまでは僕はSの中尉殿だつた靴も磨いてくれたものさ時にはね貨車の中では大隅さんになつたしザハリスクで階級章が剝ぎ取られると途端に大隅君になつたね当然の事なのに僕はそんな彼が許せない蛆虫の一匹に見え始めた揚句の果てがこの始末さ親子とか夫婦とか言つてみたつてと大隅さんは言はれた世の中といふものは此のシベリアみたいなものぢやないのかのろまな方が悪いのさ君は仲間の猥談に加はるか?加はつて眼尻が下げられるか?もつとひもじい顔付になりなさい自分はこれは大隅さんが大隅さん自身に教へを垂れてゐるのだと思ひながら黙つてゐた

四月二十二日
男の軍医の回診でやつとCになつた彼は尻などはつままない男の尻をつまむのは女に決つとるぢやないかと誰かが後ろで耳うちしたBを飛越してゐることは自分で解つてゐたことだ扨て茲で入院を断るのに亦一苦労大隅さんに訣れの挨拶に行く器材庫の石廊下で大隅さんは例の髯の大男を激しい口調で罵られてゐたが自分を見ると手招きして計算尺を渡された大隅さんは自分が明日発つことを知つてをられたボヤボヤしてゐると大隅さんは自分の肩に手をおかれた後の烏がどんどん先になるぞ自分はどうして斯うなのか何にも言ふことができない大隅さんはロシヤ語ができるばかりに次から次に貧乏籤を抽いてゐるらしいクマーオフがやつて来て手を出したさよならフセヴォロド　君のダヴィッドソンは素晴らしかつたよ　サヨナラジュンザウドウシトクダニヨロシク佇つてゐるのがだるいから出来るだけしやがむ入院を断るのに体操までして見せたのだから頑張らなくちや

一々ここに書き写してみても仕方がない。飛ばそう。

×月×日
百人ばかりの列から二人が外された折角此処まで辿り着いたといふのに夢にまでみた此のナホトカの埠頭興安丸は出港の準備を了へて眼の前にゐるのだ此れこそ生地獄といふものだらう諜報将校だとか財閥の息子だとか勝手なことを囁き合つてゐる俺は免れた俺ではなかつたといふ安らぎは二人のスケープゴートが選り出されたことでふんわりと膨らんでいくがそれは次の瞬間俺はまだ船のタラップを上つてゐないではないかといふ不

安へすかさず呑み込まれて行く自分こそ縞馬だ大隅さんの眼が見える

×月×日

大暴化で立つてはをれない船艙にはゲロを吐きながら口笛を吹いてゐるのがゐる自分は何時から斯うも疑り深い人間になつたのだらう此のまま船ごとアムール河口のニコライエフスクの辺りへ持つて行かれるのではないかといふ不安がぬぐへない船に乗つてから初めて自分は取返しのつかないことを仕出かしたことに気づいた何故伝言の一言ぐらゐことづかつて来なかつたのだあの大隅どんの嫁じよと囁かれてゐた白襷の人にどうして斯うも見下げ果てたがりがりのエゴ野郎なんだお前は自分は自分の業が恐ろしくなる自分にはあの日に見た大隅さんの奥さんが忘れ得ぬ永遠の人になつてゐるらしいこれでも自分は人間だらうか

×月×日は順造が自分で鉛筆を握れなくなる日まで続いているのだが、最後に近づくとただ「ナルコポンだけが嘘を言はない　人には皆口がある」とだけ書かれた日がある。これを見るのが何とも辛い。ふさがっていた胸の傷口が開く思いだ。

町医の診断は肝臓の腫瘍であったが、兎に角痛がった。呻きながら痙攣を起し、このまま悶絶するのかと思わせる日が続いた。

私は半年前に中国から復員していたが、職はなく、一日おきに鹿児島市の闇市場へ出掛けていた。今、電々公社のビルが立並んでいる南林寺、松原の辺りには、当時得体の知れない人間が得体の知れない品物を蜜柑箱の上に並べて、道端の両側に延々と続いていたものだ。私もまたその連中に寄生して、舌先三寸で出所不明のブツを転がす詐欺すれすれの際どい日暮らしを続けている身分だったから、死にかけた弟の麻薬よりも、口を開けて待っている家族に先ずその日の餌を運ばねばならなかったのだ。

それでも闇市には金さえあれば、そして買う気にさえなれば、蜜柑箱の上にはモルヒネもナルコポンも堂々と並んでいた。予科練くずれ特攻くずれを自称する眼つきの悪い男たちが遠くからそれを見張っていた。そのどれもがベラボウな値段だった。

私もそれに何度となく手を出した。新円をかき集めているという村の煙草作りに、一枚二枚と田畑を買って貰ってはナルコポンに換えた。

注射器を茹でて、そのポンプに薬を吸入れている何分間かを順造は待ちきれずに、私を罵ったこともある。死んでくれと願っていたわけではなかったが、弟の骸の胸に数珠を抱かせ、その手を金剛に組み合わせてやった時、こいつ釈放してくれおったかと思ったのだが、それは兄の私ばかりではなかったに違いない。まだ母も生きていたのだが、その母でさえ「やっとかっと神様《かんさあ》が楽《だき》しっ賜《たも》ったね」と、骨と皮の息子を抱いてさめざめと安堵の涙を流したのであった。

母はそれで体のつっぱりが外れてしまったのか、三か月後には息子の後を追ってしまった。

可憐は順造よりも先に、大阪の婚家から体一つで帰ってきていた。戦火で一切を失い尽くした妹は一枚の着替えさえなくて、妻が迎えに行ったのである。亭主はマニラで消息を絶ったとされていたのに、或る日連合軍司令部から妻の可憐宛に直ちに出頭せよという和英両文の通牒が届いた。生きていて戦犯の容疑でもあるのかとうろうろする間もなく、追っかけてその儀に及ばずというこれまた和英両文の封書が届いた。死亡が確認されたようなものだった。

順造のノートのどこにも見出すことはできないが、それだけに尚のこと、×月×日としてこっそり挿入してやりたい一日が私にはある。シベリアから帰り着いた翌日、挨拶に行った順造に、久子さんは抱きついて、暫くは離さなかったのだという。「オレを大隅さんと間違えたんじゃないかと思った」と順造は照れて苦笑し、我々も傍焼き気分でひやかしたのであったが、思えば、順造にとって応召の日、一眼見たその時から忘れ得ぬ永遠の人であったというその人は、巧まずして何という陰徳を施されたことであったろう。童女のように無心に振舞ったであろうその人と、羞むことしか知らない律気な弟とが、神の眼配せでもった束の間のそのひとときが私にはいたましく切ない。いや寧ろそれは限りなく妬ましい情景として、その後もずっと私の暗室の中のネガになっている。

久子さんは順造が挨拶に行った翌日、舞鶴へ行くと留さんに言い残して、出たきりになったのだった。いつ還るか判らん夫を出迎える為にである。

舞鶴の埠頭で、トーマスとかいう大尉と二人で久子さんがカズを出迎えるまで、彼女がどんな生活を送ったのか知らない。全くの謎である。カズが我々の前に姿を見せたのは、順造に後れること約十か月であるが、その間、東京の実家ででも日をつぶしたのだろうと推察することにしている。そこのところを誰かがそうではないと訂正してみせたところで、何かを問い返す気持には私はなれない。

その後カズがふとした時に私を咎めて洩らす野次馬伍長を私がかくし持っているのなら、ここらを用心深くつつくまいとする小賢しさのことだろう。私はそう思っている。

扨て、還って来たカズに教師の口を世話してやることはできたが、こっちはまだ闇市をうろつく野良犬稼業から足を洗えないでいた。そんな或る日、立喰いのうどん屋で偶然ぶつかったのが留さんであった。

思い出す。空きっ腹をかかえ、瓦礫を踏んで歩いていたあの頃、不思議に人々の表情は明るく弾んでいたものだ。だが私は頭の重しがとれたと思ったあの辺りから、別の重しでよろめき始めていたのだった。弟を母をたて続けに失なった心の空虚感よりも、その為に失ない尽くした田畑の緑豊かな四季の稔りが、今や一きれも自分のものではないという胃袋の屈辱感に先回りされていたのだ。迚もここには書けないような不逞な荒稼ぎばかり考えていたその矢先だった。

今は留さんの前で大きな面をしている私だが、留さんは文字通り野良犬であった私を、現在の中京事務機の前身である中京遊戯器のセールスマンに紹介してくれた恩人なのだ。中京遊戯器はビンゴ専門であったから、間もなく日本列島を巻きこんだパチンコ旋風にあおられて、算盤や黒板をトンネルさせるだけの零細事務器におちぶれた。私のような「闇屋あがり」に出番が回ってきたというわけだった。鹿児島産のツゲ玉を吹きまくって算盤の名器に仕立てあげたのは、私の香具師根性の手柄だったと、今でも思っている。だから本社から来るチンピラ重役などには太い面はさせない。この頃ツゲの仲買いで走り回ってくれた留さんも、それは認めていることだ。「あすこ辺りのツゲは殆んどソロバン玉で無《ね》ごっなったとぉあた。」

今でこそ貸ビルの一角に中京事務機鹿児島支社の看板を掲げているが、始めた頃はトタン葺きのバラックだった。六畳二間のバラックが店舗兼住宅だったのだ。それでも家族は喜んで引越して来た。家族といっても、妻と妻の腹の中にいた今の長男と可憐だけになっていたが、彼女達にはもう売る着物もなくなっていたのだ。一番喜んだのは可憐かも知れなかった。「大隅先生とね、奥さんがね……」どうしたというのか、それは言わずに、空の買物籠をぶらさげて、何も買わずに帰って来たこともあった。妹にとって、ムラはもうひとつ住みづらい場所になっていたようだ。そんなことのあった夜など、可憐は「あたや大阪に帰って三人の墓守りになろうかね。」と箸を持つ手もうつろに呟いて、義妹である妻を涙ぐませたりしたものだ。それは自分の夫と、爆風で一瞬に吹飛ばされたその両親のことだったが、墓は墓地にあっても、「帰る」彼女の家などどこにもなかったのである。

ツゲの仲買人をしていた留さんこと中村留吉氏を呼んで、販売課長に据えたのもその頃のことである。

14

庭先の山椿に目白が来ている。

城山の頂辺にホテルが建ち並ぶ前迄は、目白は珍しくなかった。デッチ（鶯）も来た。可憐が眼配せしたあたりに、確かに鳥翳がちらつく。一体昨夜の気紛れな嵐を、この小鳥たちはどこへ身を潜ませてやり過ごしたのだろう。はじめ籠から逃げたはぐれ鳥かと思ったのだが二羽である。一羽が九分咲きの赤い花房に嘴を入れると、別の一羽があたりを見張っている。

年中吊られっ放しの軒の南部鉄の風鈴がコロンと鳴っただけで、一瞬飛び立ちそうな身構えに移る。

バラック住まいに堪えかねて、城山下のこの売り家を買ってもう十五年になるが、二本の山椿の一本は隣家との垣を跨ぎ越し、一本は一坪菜園に大きく影をおとしている。山椿は郷里の屋敷にもあった。住みついた借家人を追い出し、山椿のあるその父祖代々の家を売りとばして、その金で代りの家を買わねばならない者にとって、山椿のある売り家は何かを償ってくれるように思えて、手が出たのである。花はこっちの方が早咲きである。山懐に抱きこまれているせいだろう。つまり北風を知らないモヤシッ子なのだ。だから一晩吹き回されると葉裏をさらしてしょぼくれてしまう。

「目白《はなし》ん大将にゃ眼の薬じゃね、あんちゃ。」可憐は自分はそう囁きかけるくせに、こっちが何かを言うと、人差指を唇に当ててたしなめる。

可憐が言うように、昔の少年は私に限らずどいつもこいつも目白《はなし》ん大将だったし、山学校の常連でもあった。囮りの這入った陥し籠にオレンジの輪切りでも放りこんでおけば、日に二十羽も目白は獲れた。尻尾をつまんでぶらさげると尻尾だけおいて逃げるので、雌はそうやって逃がしたものだ。尻尾のないのが性懲りもなくかかると、少年は舌うちしながらも、やさしい手つきで宙に放り上げる。

「一昨日《おとて》来《け》、一昨年《おっどし》来《け》、昔《むかし》ゆ一回周《ひとまわいまわ》っ来《け》。」とうたい囃しながら……

丸めた掌の中から外界をうかがう小鳥のいたいけな瞳は、今、私の記憶の中でまん円く瞠く。その白い縁どりのつぶらな黒耀石の窓をタラタラと雨滴のようにウィスキーの玉がころがり落ちる。なんとそっくりなことか。カズに握り殺される妖しげな鳥の瞳がそこにある。

「これもハナシあれもハナシ。オーストラリヤではあっちがハナシだろ。」今度は妻が後手に夫をつついた。

あの嘴の折れ曲った毒々しい装いのハナシの番いを預ってくれと言って持ちこんだのは留吉だったか、スエ子だったか。久子さんに置き去りにされていたのを餌箱共々連れられて来た筈だったが、そこらの記憶はもうおぼろである。

「あれは順造が久子さんに帰還の挨拶に行ったで、そのお礼のつもりで置いていったとかも知れんどね。」そんなことがあるものか。要らなくなった。見捨てた。忘れた。それだけのことよ。持ち込まれた。飼わされた。持っていかれた。それだけのことよ。眼の前にいるのはほんもののハナシじゃないか。ハナシはハナシの解る人の庭にしか来やしない。正月をやりすごし、息子を送り出した後の束の間のくつろぎである。昨夜の吹き散らしはもう凩ではない。暦が改まったからという訳でもないが、確に春の嵐の息吹きがある。そう思わせるのは、一つには長年の債い目であった順造の遺稿が何とか活字になるということもある。その為の三十万という金をひねり出すのに、人々が戦争を忘れ去る程の歳月をかけてしまったが……それでも荷をおろしたくつろぎはくつろぎで、今やこのオネエハンとネエサンのものでもあるのだ。窓越しの陽は二人の女を平等に包んでいる。目白の夫婦など割り込ませて。

「インコのことさ。セキセイインコのことだよ。俺達が預っとる間、喧嘩なんどしたことがあったけね可憐。お前の子供みたいなもんじゃったが。」

聞くところによれば男を喰い殺す女インコなど少しも珍しくないのらしい。珍しいのはその逆で男が女をやる場合だという。こんなことを持ち出すつもりはないのだが、眼の前に可憐の座机があって、そこに載ったまま いつまでも居場所を変えようとしない件のカキサウルスの封筒があってみれば、女インコをじわじわと握り殺した人間の男の生臭い妄執に坐り込まれてでもいるような気分になってくるのだ。日に一度可憐はまだこれを読み返しているのかも知れなかった。一体これが何かの寓喩なのか。怪物共と暮らしているこんな男など放っといてくれと言うつもりなら、便箋一枚で足りる筈である。ずるい露出症奴！　という意識がウェーブの崩れた可憐のうなじの向うからやってくる。なりゆきにまかせよう、出しゃばり伍長が売る気もない妹を売りに出すと、こんな具合に目白のような未亡人が出来上る。亡夫の遺族年金をそっくりそのつど差出すことで、この目白は兄という鳥籠に住みついてしまった。それならそれでと、また私はとって返す。見え隠れする二つの鳥影を追いながら……籠は或る日置き去りにされる為に窓を持つ。それなのにこの人間の目白ときたら窓の外ばかり恐がっている。籠の内側の妄執の修羅には気づかないで、湯殿から平気で素裸で出てくる。そのまま濡れ手で受話器を握る。そのままネエサンと立ち話をはじめる。膝まで届きそうなもう一つの黒髪も濡らしたまま……何度私は息を呑んで視線を外らしてきたことだろう。その豊満な純白の裸像をいつの間にか汗ばんだ手で握りしめている自分を発見して軽蔑し、そのことで密かに妻を憎んでしまう自分を私は恥じてきた。叱られても仕方がないが、誰かに乞われて妹を手離すなどということは私にはあり得なかった。仮に妹が一人の男を選んで彼に奔るということがあったとしたら、私は兇行に及んででも妹を取戻してきたに違いない。死んだ可憐の夫は男として私が選んだのではなかった。押しつけてやれただけである。お互い兄妹同士ではと尻込みする律気者に強引に押しつけるその力で、私は妹を失う過失感をねじ伏せることができたにすぎない。

こうやって舞い戻ってきた鳥籠の小鳥であるからには、このまま籠の中で終らせてやるか、窓を開けてなりゆきにまかせるかすればいいのだ。〈いつまでも青い桃の産毛の周りを回っていたい〉ようなペテン師などに……この手紙はこっちの臍の曲り具合を読んだズル賢い露出症野郎の手のこんだ企み以外の何ものでもないではないか。

爬虫類の口みたいにあんぐり開いたこのデブの封筒から、日に一度カキサウルスやデバマネキを引きずり出して、そいつに誑かされている女がここにいる。この女もやがて久子さんみたいに土くれを摑んで立ちあがるつもりなのだろうか。

こんなふらついた堂々めぐりもここまでである。ちらとこっちを振り向いた可憐のベソならぬ髱で、てもなく出しゃばり伍長に引戻されてしまう。

「喧嘩どころかね。」と可憐が言った。目白がパッと飛びたった。垣根の外で子供たちの声があがった。椿の葉叢をすべりおちる砂の音が続いた。それを見届けながら「ねえネエサン……。」と可憐は続けた。

「喧嘩みたいに取っ組みあって仲んよか所を見せつけたよ。嘴をからませてみたり、ついでに唾のついた栗粒をはき出して口移しにしてみたり……なんのはずみで気が狂うたとかね。」

妻は可憐に「ねえネエサン」と言われてみても、カズのこの手紙を読んでいないから、夫の私の方を覗いてみるだけである。いつものことだが、女同士でどちらかの話がどちらかの耳にしっくりいかない時は、真中の私がチラと覗かれることでおしまいなのだ。だが妻はおしまいにはしなかった。納得のいくまで可憐に説明させた揚句、大きなこっくりを一つした。そして「孵らん孵らん思て割ってみれば卵はいつも無精卵でしたやろ……。」と呟いて溜息をついた。

「留吉だったね、あれを連れて来たとは。つぶしても喰えん代物だとか何とかボヤきながら……。」

「あてでしたがな。生き物が内にいるのによう釘は打たんいうて留さんがあんさんに言いに来よりましたがな。」

「そうか。連れて行ったとがカズじゃった事は憶えとるがね。奴は還って来たその晩に鳥籠を持たされた筈だ。ゆうべみたいにガタガタ吹き散らす晩じゃったでね余計あれが印象に残っとらい。」

妻は呆れ顔で「あ、て、ど、す」と言って夫と義姉を見較べた。「翌る日あてが届けに行ったんどす。スエ子さんに粟をわけてもろて。あの役はオネエハンには辛うおました。いいえ。やや子とのお別れみたいでしたさかいに。あんさん何にも憶えてまへんな。」

とすると、あのインコ夫婦は十か月の間、可憐が手塩にかけたということである。その十か月、あの妖艶な飼主は一体どこで何をしていたというのか。

「このデバマネキだがね。」私は封筒を手に取って、また置いた。「このデバマネキは俺たちが見たあの晩のカズの荷物じゃなかや？　いけんか可憐。俺達に暗示を受けて奴が勝手に息を吹っこんだように思えるんだがね。」

思いつきではない。思いつきではないが、口にしてみれば言うだけムダという気分にとっつかれてしまう。あの晩というのは、帰還の挨拶にカズが幽鬼のような姿をみせた晩のことである。

私にしてみれば、荒唐無稽な化物達と本気で毎日つきあっているらしい妹から、この手紙をそっくり取りあげてしまいたいのだ。

一方の手では押し戻し、もう一方の手では招き寄せている老獪なリビドーの牡牛ががんじがらめに妹を誑かしにかかっていて、間もなく純粋なメスの塊にされてしまうような不安が私にある。啓蟄ですわ、ここも啓蟄ですわと、この耳でいつかどこかで聞いたような押し殺した声まで聞こえてくる。これは矛盾ではない。可憐はくれてやるのである。騙りとられるのではない。牝の塊にせよというのではないのだ。白状すれば寧ろ青い桃の産毛の周りをいつまでも回り続ける処罰の執行人として送りこむのである。

「カキサウルスだか何だか知らんがね。こげなお化けにおっぱいどんくっつけおって。これはどういうことかい可憐。この怪物にはアゴヒゲが垂れとらんとならん筈だ。そこん所はわざと抜かしてやがる。」

「書いてあるがね。」と可憐は呟き、「書いてあったよ。」と煩わしげに念をおした。

「おい？」私はもう一度眼の前の封筒を摑んで中味をひきずり出したが、読む必要はなかった。「そげんとはどこにも書いてなかね。」

妻は席を外した。ベルが鳴っている。

「正直じゃねお前は。じゃが書いてなかもんな読みゃならんど。」

「如何《いけん》でんよかじゃなかね。何も関係なかことでしょ。」

「このデバマネキには青い眼が着いとると思わんか可憐。それともやっぱりこれも、鬚をむしりとっただけか。」

「あんちゃは意地が悪かよ。しつこいがね。あの晩カズちゃんは何もかついどらんかったと言うのに、あんちゃはお肉だったの人間の胴体だったのち言うて嫌わせるでしょ。好かんよあたいも。」

私は暫く言葉を失った。可憐を見つめながら、改めて何かに身構える思いがあった。言ってみるのもなんとなくおぞましくて、そのつど喉元のあたりで呑みこんできた筈の言葉が、今、可憐の口から出たのである。

「人間の胴体？　そうか。お前にもそげん見えたとや。初めあれに気づいたとはお前じゃったもんね。」

可憐はむくれて、手紙をひったくり、抽斗を開けて放りこんだ。

15

その夜は凩が吹き荒れていた。つまり可憐が今言った「あの晩」のことである。

凩は雪がくる前のがさつな前ぶれで、いつもはあれは哀切な犬の遠吠えなど連れてやってくる筈だったが人々の音感はサイレンの断続音でまだ壊れたままだった。枕崎台風でガタピシになったままの木造の家作は雨戸どころか家ごと震えていたのを思い出す。

順造の一周忌を半年延ばして、母の一周忌と一緒に、抱き合わせの法事を済ませたその夜のことだった。数人の客を送り出して、妻も妹もくたびれきって、囲炉裏の榾火の周りでうとうとしていた。十二時、いや一時を回っていたかも知れない。

私はエチルアルコールの水割りで体をほぐし、肘枕で、冷える両足を投げ出して冷えるにまかせていた。十燭光の電球は灯るには灯っていたが、闇市から買ってきたその電球は、仏壇の蠟燭よりも心細かった。女達を励まして寝床を整えさせていると、突然、三和土の向うの潜り戸が開いた。一瞬ガタンと襖が鳴って、床の間の蠟燭が危くまたたいた。風が吹き開けたのかと思ったが、そうではなかった。

上り框からだだっ広く延びている土間の端に突立った人間がどうやら男であることは背丈でわかる。

「どうぞ。こっちへ来やはんか。」そう言ってしまってから「何者だお前は?」と怒鳴りつけるべきだったと、咄嗟にそう後悔したものだ。やり方が無礼だし、時刻も時刻である。

眼が慣れると、客は肩に何かを担いでおり、それをおろす場所を物色している気配がうかがわれた。

「どこでんよかどが。おろせよ。」

こんな無礼者は闇市の仲間に決まっていた。ブツが手に入れば夜中もくそもない。それでも彼等は雨戸の一つぐらいどやしつけて「焼酎《そつ》はあっけ。」などとどなりながら来る筈だったが……

「肉だねあんちゃ。あれはお肉じゃよ。今持ちこんでも塩がなかがね。」いつの間にか可憐が私の背中にくっ着いて坐っており、私の耳朶を後から銜えるようにして囁いた。

「おいでやす。こっち寄ってんか。」妻は気さくに上り框で座蒲団を裏返した。

ブツを転がすのに選りごのみのできる身分ではなかった。肉は肉だが、今解体したばかりなら明日までは無塩でもつ。だが人手を渡り歩いた代物なら塩を喰う。そいつは困る。

突立った客の肩にあるのはどうやら皮から離れたてのセピア色である。斧でやったらしいじぐざぐの骨の切り口が肉塊の真中からのぞいている。牛か馬かは問題でない。人間でさえなければ野良犬だってかまやしない。忙しくなるのは有難いが、鮮度によっては即座に旅仕度にかからねばならない。

可憐が言うように、私がここのあたりを、カズが嫌がれば嫌がる程克明に、しつこく復習してみせた記憶はあるが、それは然しもう昔の話なのだ。

「順造君が見えないね。」客はそう言ったかと思うと、こんどは大股で近づいてきた。

「大隅一人、只今シベリアより帰還致しました。」髯ぼうぼうのノッポだった。可憐の方を向いてカチンと踵を鳴らし、にんまり挙手の礼をした。

これが十年ぶりかも知れなかったカズとの再会なのだが、順造に聞いていたとはいえ、私も可憐も、略帽の庇にあてがった相手の敬礼の掌の異様さに気を奪われて、肩の荷がどんな具合にどこへおろされたのか、そこのところがお留守になっている。

肩にするような荷物は何一つ携えていなかったと、後にカズは断言した。それっきり彼は取り合わない。取り合わないから、ムキになって私は彼をひきすえる。冷笑で蔑まれながら。

可憐は見たのに、妻は見ていない。或る者には見えて或る者には見えないといったオカルトに私は用のない人間である。だが妻はこう言う。

「お肉？　そないなもん何にも見いしまへん。持ってなかった言やはるもん見える訳おまへんやろ。」

カズが手紙の中でデバマネキを創作してみせたのは、「それでも俺は見たぞ、可憐も見たんだ」と言い張るこんな小松兄妹をからかってやりたかったからではないかとまで憶測してしまう。

ムリもないと言えば言える。私はともかく、可憐はバラバラに吹っ飛んだ人間の部分品に蹴つまずきながら、煙の中を逃げ回った、いわば昨日まで自分自身お肉の仲間だった者である。可憐は壕に飛びこむのが遅れて生き残り、夫の両親は壕で暮らしていたから土砂と共に吹っ飛んだのだ。

「お肉だね、あれはお肉だよあんちゃ」と可憐を口走らせたのは、無気味さを即座に何かの形に翻訳させてしまう潜在的な恐怖感のいたずらであったとしても構わない。それなら私は自分の場合をどう説明すればいいのだろう。繰返すことになるが、私は白昼カキサウルスなどを視る優雅な生い立ちの人間ではない。私の眼はまずその物がブツであるかブツでないかを判定する為にしか何かを見るということはない。そいつをそろばん玉にのせて鮮度をはじき出す才覚しか働かぬがさつな男である。少し気どって言わせて貰えば、視えるものを視るといった人種ではなくて、視るに足るものしか視えない野郎だということである。

話を戻すが、何れにしても深夜の客は、ノックして、戸外で名告りをあげるべきであろう。あの夜の客にとって、あれが最も自然な訪問の仕方であったとしても、一生雨戸の内側にいるように生まれついた可憐のような人間にとっては、心の雨戸までゆすぶられてしまうのだ。

客は軍靴を脱ぎ、先ず仏壇の前に赴いたのだった。

可憐はすかさずアルコールの水割りを鉄瓶に入れて、囲炉裏の自在鉤にぶらさげた。妻は皿を鳴らせて、精進料理の残り物を見つくろっている。

「久子さんは一緒じゃなかったのか？　お前を出迎えに行った筈じゃがね。」

カズは私の差し出す盃に右手を出しかけて、さりげなく左手にかえる。

「山川の旅館に置いてきた。バスに割り込ませてくれないんだ。引揚者は犯罪人扱いだからね。」

「じゃあ山川からずっと夜道を歩いてきたのか。」

私の時もそうだった。まだあれが繰返されているのなら、この男は今こそ戦争に敗けたと思っているに違いない。

私はリュックサックごとバスのステップから引戻されたのだった。怪しい日本語を操る男達が得体の知れない荷物を客席一杯に詰めこんで、積荷が終ったと思ったら、バスの引扉は内側から引っこまれてしまったものだ。

「いいもんだね夜道の一人歩きも。海岸で焚火をして一時間ばかり寝てきた。ヒダイビラン瀬で煙草をたかられたが、あんた追剝ぎかと聞いたら、なんの只の強盗だとすましてやがる。」

「じゃまだ途中かお前。家までまだ帰りつかんところか。」

「釘をうってあるらしい。留吉を起こせば開けてくれるだろう。それよりも……。」カズは仏壇に眼をやり「苦しんだかね。」と言った。私はこっくりする他なかった。

「あの時、ひきずってでも病院へ連れていくべきだったが、喜んではしゃいでるのを引戻すわけにもいかずってところだ。」

「お前、チチウエが亡くなられたこと聞いたろ。今度は喰らう方の戦争だぜ。」

「マッチャが生きとるとはねえ。神様は不公平だ。」

「バカ。明日復員事務所に顔を出せ。涙金をくれるからな。伍長殿がついて行ってやるよ。」

可憐はこの幼な夫《づま》と何を話すこともなかった。榾火に蒸れた向う側の男のにおいの中で啞になった彼女は、こっくりといやいやと微笑を繰返すだけだった。

明け方近く客は立ちあがった。立ちあがった客に、妻が改めて初対面の挨拶を始めた。

初対面じゃありませんよ奥さんとカズは立ったまま言って、髭の隙間から白い歯をのぞかせた。

「マッチャのこの家で、昔、大阪のおばさん親娘《こ》という人を見たことがある。あんまりきれいな娘《こ》で、ものが言えないんだが、そのくせ頭のリボンなんか取って逃げたりしたもんです。全然お変わりでないと言いたいが、残念ながら十倍もなまめかしくなりましたね。久しぶりです。」

くどいようだが、出て行くカズが、靴を履いてからその肩にどんな荷物をのっけたのだったか、これも全くお留守になっている。意地悪ときめつける可憐の側には縒った記憶の風化があるのだろうが、カズのデバマネキの手紙を読んでからこの方、私は、あの凩の深夜、我々が目撃したセピア色のブツが、徐々に蟹の形に育っていくのをどう始末しようもないのである。

カズはカキサウルスやデバマネキを書いてしまったことを、今、悔いている筈だ。情念の奥深く巣喰ったものであればある程、それを語りたい欲望は彼の理性を裏切って一瞬の油断を狙うだろうし、それにつけこまれてしまえば、もう言葉は蓮っぱに野次馬どもに流眄を送るだけのことになる。彼はそのことに気づいて、後程登場してくるシベリアの彼の当番兵で以て野次馬伍長の眼を外らそうとしたのではなかったか。だがこれはここでなくていい。今は、これはしつこい意地悪の深読みとしておこう。

16

翌日の八日が仕事始めになった。夕方風呂に這入っていると、「早く出てあんちゃ、電話だよ。」と可憐が言った。

「留さんがゴビで暴れちょるげな。社長さんにすぐ来てくれちさ。マダムからよ。」

留吉に酒癖がない訳ではなかったが、今迄人に手を振りあげるようなことはなかった。二時間ばかり前、二人で白金の露をやりとりして別れたばかりである。然も彼の足はゴビと聞いただけで回れ右をする筈だった。とにかくタクシーを呼ばせた。

出がけに「お前は留さんに厄介なことを言うてくれたもんだよ可憐。」と妹の肩をたたいたが、可憐は怪訝な一瞥を見せただけだった。

はさみ先生がゴビのステージへハーモニカを握って現れるのは、早くても十時である。その三時間前をねらったところをみると、留さんははさみ先生が似顔絵かきに化ける時刻まで知っていたということだ。

ゴビのネオンの下にはオレンジ色の絆纏を引っかけた客引きが二人いて、サッと両手を開いて会釈してみせたが、一人は暮れに七面鳥を届けに来たあんちゃんだった。

人間一人の幅しかない階段に赤い絨緞が敷き垂らしてある。突当りのドアを押すとワッと騒音が出迎える。奥までのフロアに名物コーナーの止り木があって、湯煙りをあげる鍋たちを前に、何人かの男が頭をうごめかしていた。そのとっぱずれの男が矢庭に立ちあがって「やあ、松造くん。」と言った。お春さんがやってきて、奥を指さした。留さんはよろけながら蹤いてきた。「見せてやるもんがあっどお松造くん。今夜はああた。」

はさみ先生は既にハイドのいでたちになってジョッキを握っていたが、私を見て「マッチャ?」と怪訝な面持ちになった。そして「お春さん、焼酎。」と言った。

「ないも暴れてなんだおらんじゃねや。」と私は、留吉ともつれながら来たお春さんに言った。

「この人が電話をかけろと言うからよ。俺が言う通りかけろと言うからよ。」お春さんは留吉に突慳貪に顎をしゃくった。

「見ちょれ小松さん。いや松造くんよ。俺がこのカズトくんにカズトサアと言うかどうか。なあ大隅くん。どうじゃ君。」

カズがにっこりしたのに釣られて、私も思わず舌うちがてら失笑してしまった。すると留吉は涎を掌でこすりあげておいて、ドラ声を張りあげた。

「バカにすっな二人とも……。」暫く留吉の口は、パクパクモグモグした。「年下ん癖。汝達《わいたち》ゃ俺より年下じゃろが。俺は先輩じゃ。俺は大隅どんの小作人の伜じゃなかどお。俺は中村留吉じゃ。俺《お》ゃ俺《おい》。留吉さんちゅて頭《びんた》どん下げんか。」

肝腎のカズの方には初めから背を向けて、留吉は鉄縁の眼鏡の奥から、その充血した隻眼で私に吸いついたまま離れない。

「ムリするなよ留さん。たかが可憐の失言じゃなかや。おとなげないぞ。」

「ムリ？　ムリするなてや？　汝《わい》が社長風どん吹かすっが。昔ゃ俺もハハウエの握り飯に手を出したかも知れん。よかか。あれは貰うてやったまでじゃど。スエやヨシや、あん大喰《うぐ》れ共《どん》に取りついでやっただけよ。中村留吉氏は乞食じゃなかど。誰かさんが痩せ田圃どん呉れても、中村留吉氏は見向きもせんかったもんじゃらい。」

私が、さっさときりあげて商売に行けと、眼でカズに合図したのを、留吉はすかさず立ちあがって咎めた。

「松造！　お前も腹ん中では俺を虫けらみたいに思ちょろが。ああた他人がおらんとすぐ俺に命令しよる。カライモ士族の喰いっぱぐれに仕事をみつけてやったのは誰か。ああた俺を使うちょるつもりかね。俺があのボロ会社におってやるのはな。聞いとるか。可憐さんが可哀想なからよ。その可憐がご無礼様《ぶれさあ》な……。」

暮れは済まなかったとカズが言った。

「うん。これはあの晩の続きらしい。」

「侮辱するな！」と留吉が卓を叩いた。ジョッキの泡がこぼれた。シンバルがタイミングを合わせたので、お春さんが吹き出した。

留吉を黙らせるのは簡単なのだ。相手の倍のドラ声で「ノボセルナ！」と一喝すれば済むのである。だがそれも一対一の場合の話だ。他人が一人でも混れば、結果はまるで逆になる。ここではビールにこっそりウィスキーをもぐりこませて、酔いつぶしてしまう他はない。で、それをお春さんに伝えようとすると、酔漢の眼は追ってくるし、お春さんの勘の悪さといったら話にならない。

「俺があの晩何を言うたか松造！　ただ天文館の辺をまだ敗け戦の幽霊がうろついちょると言うただけじゃったろが。ジッサイよ。敗け続けの最後の一人なんどち言う方も言う方じゃが、言われてニヤニヤしとる方も見ちゃおれんでね。松造がいかんど。ああた甘やかす名人じゃが。安田さんも言うちょった。お前んとこの狸伍長が来た都度、俺は衛門に連れ戻される。気がついてみれば軍歌を歌わされちょるげな。」

留吉の口から狸伍長が出てきたあたりで、私は自分の唇が硬ばっていくのを覚えた。私は拳骨を握りしめている自分が、どっちを向いているのかわからなくなってきた。

「よかか大隅くん。汝《わ》やチチウエを憎んだらいかんど。人間誰でん誤ちはあっと。ライオンな虎以上の傑物じゃったでね。憎んだらいかんど。」

「何で乃公が親父を憎むのかねトメ。ごめん留吉さんだ。乃公は親父を尊敬してるよ。」

「ごまかすな。バラしてやろか何もかも。化物屋敷を洗いざらい……。」

カズは金縁の眼鏡を外して、黒いコートの内側に入れた。出番だと思ったのか、お春さんの肩越しに顔を見せたアンチャンが、その青い顎に手をやりながら「つまみ出しまひょか。」とドスを利かせて言ったが、カズは黙殺して、ベレーを頭にのっけた。

この晩はこれで済んだ。留さんは誰からもいたぶられずに悪口雑言の限りに及んだのだが、翌晩カズにいたぶられたのは私の方だった。今、留吉が口を噤んだあたりで、カズはこっちの言葉尻をつかまえようと狙っていたのだ。脳震盪を起し兼ねない一発を耳のつけ根にかまされてみて、それがわかったのである。

いわばそれは彼の永遠の別れの挨拶みたいなものだった。眼鏡を外してコートの内側にしまう時、カズは殴り倒すべき相手を慎重に選んでいたのだ。

こんにゃくみたいになった酔っぱらいを私は置き去りにはできない。アンチャンに加勢を求めて、しなだれかかる留吉を邪慳に転がしてみたりしながら、タクシーに放りこんだ。お春さんが追いかけてきて「センセは明日ずっとアパートにいるからと言いましたよ」と言った。

17

カズは炬燵にひっくり返って、ムソルグスキーの夜明けか何かをかけていた。

留吉からお前にあやまってくれと今朝電話が来たがね。奴さん流石に顔が出せぬらしいわいと言ったが、こっちを見もしなかった。

「鳥はよ？」

あれだけの小鳥たちが、籠ごと消えてしまっている。

「みんな握り殺したとじゃなかろでね。それとも逃がしてやったとや？」

「今朝小鳥屋に連れて行って貰った。そいつはお春さんの息子に返す分だ。」

取り残された天井のカア公がちぢこまってこっちを見おろしている。

「引越しでもするつもりかおい。」

海は黝んで、対岸の大隅半島は全く見えない。桜島は珍しく煙の傘をすぼめて、落葉色の裾をぼんやり海に漬けている。ねじくれた昨夜の気分がゴツゴツした山の形でとぐろを巻いているみたいだ。ポツンポツンと白波が頭を擡げると、その盛りあがりの下に歯をむき出した鮫でも潜んでいて、そいつが持ちあげているのだと思えてくる。

「それとも旅にでも出るのか？」

レコードが止んだ。寝ていた男は起き上りながら「頼む。」と言った。ネクタイなんかぶらさげている。

「墓参りに行きたいんだマッチャ。乗せて行ってくれるか。タクシーはバカらしいからね。」

「墓参り？　お前がかい。雪になっど左様《そげ》ん事《こつ》すれば。何《ない》が始まったとよ一体。」

私たちは出かけた。急いでも帰りは夜になる時刻だった。

錦江湾沿いに国道二二六号線を開聞岳の裾へ向けてひたすら南下しさえすればいいわけだったが、取返しのつかないことをおっぱじめているらしい気分が車の前を先回りして、渋滞のノロノロに取っつかまると、寧ろホッとして溜息が出た。これをUターンして帰りついたそこでは、破滅的な何かが待ち受けているに違いないが、その何かをまさぐってみることがひどく億劫に思えた。

喜入の石油タンクの見えるあたりで、私は痺れをきらした。三十分経っても、隣の相棒は、今朝凍死していたという錦華鳥の話しかしないのである。

「ゆうべ俺が行く前に留吉は何を言ったんだ。」

それがこの唐突な墓参の引金になっていない筈はないと私は考えた。

「本店を手伝えと言うんだ。Mの奴がね。」とカズは言った。ゆうべ何があったんだねと言わんばかりの恍けた調子である。

「あいつは悪党だがね。乃公はMと喧嘩するのが趣味なんだ。昔からね。」

M！ 日暮れに私が空港から追跡したトッコウクズレである。

「東京でハーモニカでも吹けというのか。」

この男はもう二度と帰ってくるつもりはない。あの時何故あいつの車にぶっつけてやらなかったんだ……チロチロ青い嫉妬の炎が胸の内側を舐め始めているのだが、それが何かの流れ作業みたいに鈍重な劣等感の塊にナマされていくのを、私はフラスコの中の化学変化でも見るように見つめていた。お前は生まれた時からM達ではないではないかと私は自分をあざわらった。お前は安田達だ。優雅なケンカには縁がない。零下何度の熱発などできっこあるまい。

「皿でも洗わせるつもりだろ。」とカズが言った。「乃公のハーモニカなど聞いてくれるのはもうここぐらいのもんだろうからね。」

私は久子さんは墓に置いて行くのかと言うつもりだった。それなのに「可憐を連れて行けカズ。」などと叫んでしまったのだ。

それっきり岩乗なダンマリが二人の間に割りこんで、どっしり居据った。

スミマセン　スミマセンの正体に今にして思い当る自分の迂濶さが、裏切られた屈辱感みたいなものにねじくれていくのをどうしようもない。いつか可憐が歎いたことがある。「小鳥の菜っ葉を刻めばスミマセン、灰皿を洗えばスミマセン。なんでかね気色の悪か……。」あの頃からこれは準備されていたわけだ。留吉はゆうべ、ふんぎりのつかないこいつの背中をちょっと押してやったに過ぎぬではないか。

憂愁中尉の手口がこれだなどと思ってしまう。可憐の名前のところまでこいつが引き返すか引き返さないか。車がそこのところを置き去りにしてどんどん突っ走ってくれるのを秒読みにこいつは読んでいる。

「見ろ……。」

と言ったのはカズだった。二羽の鳶が車窓を画面にして空中戦を演じながら、先刻から車に併行しているのだ。私は無視した。

「一人であれをやってる男も切ないねマッチャ。」

「何だそれは!」

「そう嚙みつくな。トメのことだ。」

時たま雲の断れめにメスを入れるように光の刃が一閃して消える。

「あんなにお前の妹に惚れとるじゃないか。肝腎の社長さんの疎いことよ。」

「ずるかどお前は。トメなんどどげんでんよか。」

「あの男は本気だよマッチャ。乃公には判る。」

「お前に世話やいてくれち誰が言うた。よか逃げ口上を手に入れたね。可憐を連れて行けち今言うたとは取り消す。可憐が行くと言うたってどっこい許すもんか。あれはもう誰にも渡さん。」

喜入麓で右折すれば暫く海と別れる。陥ちこんだ段々畑の遙か彼方から、数戸の屋根が姿を現わす。周りよりも一刻早く暮色を引きよせて、微かに炊煙をあげているのがわかる。あそこにまで何故人は住まねばならないのだろうか。そんな驚きで世のドライバーたちは行き過ぎるであろう。ドライバーたちと言っても、あそこに人の住まいがあることに気づく者は何割もないに違いないが……杖をひいて自らの足で歩く者にとってのみ、あそこは、あの弓指という名の部落は住むに値する場所であるのかも知れない。

私は車窓に顎をしゃくる。

「東京なんど人間の墓場じゃなかや？　お前には百倍も弓指の方が向くがね。あそこならデバマネキはついてこれんど。ゴビもなかし、パチンコ屋もなか。」

その疎らな屋根の帽子が樹立に姿を消した時「あそこだって、人はいるさ。」とカズが呟いた。

「あそこだって君、人の子のフルサトだろうじゃないか。小さなムラだ。」そのまま二人共黙りこんだが、スカイラインの頂上に近づいてから「ムラだよ。ムラにはどうせまた別のマッチャが待っとるからね……。」と言い足した。

私は平静を装うのにうろたえた。何かを言おうとするが、言葉という言葉がみんなふやけて役に立つ一言がなかった。隣の男との間にもう一人分の空席がぽっかり空いたのを私は意識した。

千貫平の頂上で車を停め、二人で立小便をはじめると、こごめざくらの花びら程の冷たいものが鼻先に止まって、すぐ溶けた。「見ろお前、俺が言うた通りじゃが。」視界は灰色にかすみ始めた。ぼんやり見えている開聞岳が裾の方からなくなっていく。

「おや、君、見上げた悪党だね。」カズは並んで虚空に虹をかけている私の前を覗いて、クッと喉を鳴らした。

「ホースを掴み出した途端にシャーと全開するような男は警戒しろと週刊誌に書いてあったがね。こいつは信じた方がいいらしい。」

「いつ発つのか？　飛行機か？」

カズは「そしてな。」とはぐらかした。

「湯気のたつこんないとしい自分の滝を一顧もしない男が世間にはいる。終始悠然と太虚の彼方に心を放ったままでさ。こんな男は近づくに足りないのらしいね。金のあったためしがないというんだ。大概の男は神妙にうなだれて、いくらか物哀しげに足許ぐらいは見るものだろう。なんだ。まだ怒ってるのか。」

カズの先刻の失言を意識しているらしい繕った軽口が私は不愉快だった。

「悪かったねえカネのあったためしがなくて。」私は天に向かって大声で哮えていた。返ってくる筈のない山彦が、波状になって足許からきた。カズがグッグッグッと喉を鳴らしながら、両の手で私の肩をどやした。

「あん豚野郎《わろ》に顎で使われにゃならんとやカズ？　お前達のケンカなんど、留吉じゃなかどんカゲマ同士のくすぐり合いじゃろが。」

「………」

我々は池田湖への急坂を、殆んどノーブレーキで突っ走っていた。

「前からの計画ならなんで言わんとよ。」

「言わん？　誰かの許しが要るとでもいうのか。」

「最後のムラを振りきったという訳かい。引きとめはしませんぜ中尉さん。」

カズは私の唇の間に煙草を押しこみ、自らも一本銜えて火を点けた。そして「君の永いハシカもどうやら終りに近づいたねマッチャ。」と呟いた。

「可憐で不足なら東京でよか奥さんを探せ。お前が引きずっとるのは戦後なんてもんじゃなか。そしてもう大概で久子さんを許してやれや。」

カズはゆっくり煙を吐き出しておいて、吹きとばした。「黙ろう。何を言ってもはじまらぬ。」唄うような調子でカズはそう呟いた。

池田湖畔に出た時はすっかり暮色がおりて、薄墨色の湖面が銀の飛白を織り出していた。雪は止んでいた。

何を言ってみたって始まらぬ。心底そう思うことが人にはある。お互い様だ。それどころか、一人の人間は言ってみても始まらぬことでぎっしり詰まった袋みたいなものかも知れぬ。眼の前の湖のように、こみあげる言葉のさざ波を呑みこむことで一生を終るのが人間なのだと思われてくる。

そのくせ、呑みこんだ言葉のほろ苦さを、人はまあ何と老獪なしぐさで観察して貰いたがることか。それはさりげなく装われる平静さで美事に増幅されるもののようだ。

売店で飲み物を買っていると、店頭のお化け鰻の水槽で飛沫があがった。不意に襲った稲妻の一閃に反応したのらしい。続いて霰が来た。焼酎の小瓶に伸ばした私の手を、カズが押さえた。

湖畔の急斜面を上りきると、時刻に逆行したようにフロントガラスが明るくなる。左右に緩勾配の段々畑が展けて、霰がたたいているフロントガラスの前を旋回しながら退いていく。中国大陸から復員したての頃は、この見慣れていた筈の段々畑の風景が、子供の箱庭みたいに写って困ったものだった。

恢復という言葉がふさわしいかどうか知らないが、とうの昔、私はあの猖獗を極めた集団ハシカからは恢復していたつもりだった。だが、隣の男によれば、やっと恢復の兆しが見えたということらしい。それも間もなくご自分がドロンと消えてなくなってやることの功徳の他ではないのらしい。三晩に一晩は伍長の軍服を着るという男の傍に、優雅なゴロツキ将校が長居し過ぎたのであるらしい。恐れ入った適確な診断と言うべきであろう。

沖縄が還らねば自分の戦後は終らぬと、一昨日も総理大臣がテレビでぶった。戦後どころか戦前のままの男をその時ブラウン管に私は見たのだった。彼の戦後とはカズの言うハシカのことでしかなかったのだ。いやそれどころか、やがて恢復してしまうであろう人々の情念の風俗や思考の傾向などのことでさえなくて、ただ仕残した敗戦処理の事務手続きのことだった。彼が律儀な事務屋であるのは結構なことだがと私はぼんやり思ったものだ。それでも可憐はまだこうやって生きているではないかと。伍長も大元帥もまだ生きていることが終りはしないじゃないかと。天文館の野良犬はまだ帰る我が家が見つからぬではないかと。

だが、何かが間もなく終ることだけは間違いない。こうやって今一人の男が墓参に帰る。真昼間、奇怪な幻を見る男にさえ、その幻共に別れを告げに行く日が待っていたのだ。他人のハシカは見えるくせに、自分の傷口は何も見えない。こいつこそ総理大臣もお手あげの最後のしろものであるくせに。

「これを向う側から来た訳だが……。」

車は十町の家並を抜けて、カキ坂の緩勾配を下りはじめていた。

「何故スピードをおとすんだ。」とカズが咎めた。その長く太い首筋をまっすぐ立てて、正面を向いたままだった。

「お前さんのカキサウルスでも轢いてみろ。タイヤがもたんからね。」

カズは私が「このあたりの筈じゃが、トラックが見えたとは。」と車窓に顎を突きつけたのを、長い首筋で黙殺した。

「お前のあの小説はどこもかしこも力ずくじゃ。ここも開聞山麓じゃもんね。」私は挑発するつもりだった。

「幻覚は幻覚らしく何で書かんとよ。妙に話の辻褄なんど合わせてよ。然も細部の入念なことには恐れ入ったぜ。カキサウルスだか農夫だか知らんがね、どっちかにアゴヒゲをくっ着けてしまえば、あんなに持って回ることもなかろうが。日曜作家の要らざる差出口かね。」

相手の沈黙の長さは太い喉首の長さだけではなかった。墓地まで続いた。相手がこっちをおびきよせ、確実に手ぐりよせていたのに私は気づかなかった。いい気になって自分をけしかけていたのだった。

「奥さんの墓石に自分の名を彫りこまんことにゃムラの口が封じられんかった。美談じゃってねこいつは。美談はよろしいが、俺には墓石の下まで久子さんを追っかけて行ってよ、何かを問いつめとるんだとしか思われんね。そろそろ怒らんかい中尉さん。」

18

墓守りのおよしの家では、もう窓がオレンジ色に色づいていた。近づくとギターの音が洩れてきた。

およしはうろたえながら出てきて、庭先の菊を截ってカズに持たせた。

林立する碑石の隙間をくぐり抜けながらカズは先に立っていたが、いきなり振り返った。「小松、お前いくら持ってる?」

私は即座にその意味を了解した。「今夜でなくてもよかっどが。三万しか無ど《ね》。およしにゃ後から送れ。」

「それ全部出しな。準備してくるんだった。貸してくれ。」

私が「小松!」とカズに呼び捨てにされたのは何年ぶりのことだったろう。私は皺くちゃの紙幣を、そのまま相手のコートのポケットにねじこんだ。その私を「小松」とまたやさしく呼んで、眼の下に引き入れた。

「乃公を連れて帰ってくれるだろうな。どんなことがあっても放ったらかさんでくれよお前。約束してくれるか。」

「ここにゃ泊れまい。いくらお前が野良犬でもね。」

泊ると言い出したところで、泊れる季節ではない。だが昔は、土葬の死者の傍に一升瓶と蓆を抱えて泊りに来た者はいたのである。それは誰にも見られぬよう、深夜を択んでなされる、秘められた土俗であったようだ。私達の子供の頃までは、そうやって死者と一夜を語り明かしたと得々と話す男がいたものだ。白衣の死者が枕頭に立って、遺産の分け前についてその男に有利な言質を与える仕組みになっていることもあった。所謂ハカドマイである。いずれにしろ雪の季節の話ではない。

今日では死人があっても、卒塔婆も霊屋《たまや》も立つことはない。舎利の詰まった小箱を持ってきて、こじ開けた重い台石の下の隙間に始末するだけのことである。気紛れ者が身を横たえる隙間など今はどこにもないのである。

今、眼の前のノッポが猿臂を伸ばして一撫でして行った「中村家之墓」の下に、留吉の係累もそうやって、骨箱の肩を寄せ合っているわけだ。

それらの一見豪華を装った安ピカの碑石群の奥に、檜葉垣に囲まれて、大隅家の墓域はひっそりとある。弥四郎夫妻の間を数歩退がって久子さんは小ぢんまりとした黒御影の石の下に眠っている。

カズは夫々の花筒に、およしが持たせた白菊を押しこんで回った。しゃがむでもなく、掌を合わせるでもなく、二十基ばかりの石の間をゆっくり一回りした。

「そこの空欄にさ。」と私は言った。回り終えた男は今、妻のでもあり、自分のでもある墓石の前に改めて突立っていた。それが故もなく私には、こっちを意識した演技のように思われてきて、呑み込む筈の続きを口にしてしまった。

「誰が一体そこに字を彫りこむのかね。」

カズは振り返ってこっちを見た。とっぷり暮れて、輪郭しか判らぬその顔に向かって私は浴びせかけた。

「地獄の涯で奥さんに待ったをかけておいて、待ち呆けを喰らわすつもりかおい。それともこれで奥さんはやっと無罪放免になるちゅう訳か。」

輪郭だけのその顔がワッと私の眼前で拡がった。ノッポの上背が僅か左へ傾いた時、咄嗟に何が始まったかを直感した。私はかわしきれなかった。やはりかわさなかったと言い直すべきだろう。中尉さんのビンタぐらいという意識がどこかにあった。不覚にもよろめきながら「何のまねかい。力を入れ過ぎるじゃないか。」

ノッポはコートをひき脱いで、弥四郎氏の頭に放りあげた。

「かかって来い。おしゃべり伍長！」

「やろうというのか。」

「親父と妻の前だ。お前が選ばせた場所だぜ。久しぶりじゃないか小松。」

昔軍隊で顎の造りだけは些か叩き堅めて貰ったつもりだが、私は今迄、芝居もどきのこんな挑まれ方をしたことがない。それにもともと天性の臆病者である。いつだって木の下にしかいたためしはないのだ。人眼でもあれば垂れる尻尾を必死に持ちあげて恰好を繕ったかも知れないが、それも相手によるのだった。今かかってこいと低く呟いた相手が、どたん場になればどの程度の蛮族であるか、少年の日にこの腕と耳朶の歯型で承知ずみなのである。おまけにこの男は、相手を足下に踏みにじっておいて小便をひっかける癖がある。

私は墓石の上から相手のコートをとって、自分の腕にひっ掛けた。

「送ろう。約束は約束じゃ、ずるか野郎《わろ》じゃね汝《わ》や。」背を向けた途端、脳天がスパークしたような衝撃が耳朶のつけ根にきた。膝がひとりでに折れて、のめった体を支えた。暫く何も見えなかった。手さぐりでハハウエの墓石の台座まで、何とか尻をもっていった。闇の一点を見つめて耳鳴りをやり過ごしていると、ほんのり白い花々の群芳が浮き出てきた。雪かも知れなかった。やっぱりと私は呻いた。李の花だと私は思った。そう思うと今度は繚乱と綾を織り始めた。〈お前が選ばせた場所ときたか。啓蟄ですわ、ここも啓蟄ですわ、などと罠をかけておびきよせておきながら……子宮のある蟹さんがひっこめるのは碧い眼じゃないか。あれは舞鶴からずっとお前が担いで来たんだ……〉檜葉垣を外から取り囲んだ鬼芒のざわめきが返ってくるのに、暫くかかった。

カズはおよしの木戸口に、およしとおよしの息子と三人で立っていた。およしはヘッドライトの中に一升瓶を突っこんで見せ、「車ん中で飲みやっといかんでなマッチャ。」と叫んだ。そして動き出したドアガラスに走り寄って「こら大雪になっどマッチャ。カズトサアがこげん奇篤《きどっ》な事《こつ》すっで」と言った。先刻から本降りになっていた。

19

ここで口をふさぎたい。これまで何度もこう思いながら、ずるずるこんな徒労を続けてきたが、ほんとにもうここで黙りこんでしまいたい。どんなに取り繕ってみても、痛いめにあわされた卑劣漢の体は、理性のかけらもないウジウジとねじくれた情念の容れものでしかなくなっていたのだ。帰途の二時間、それを押しかくし、ベソに見えたであろう作り笑いをし、タイミングよく合槌をうち、「もう思い残すこともあるまい。お前はムラを打ちすえたんだから。」などと心にもない世辞を言い、恰もスポーツの闘技でも終えた者同士のように振舞い続けた自分を、今も私は許すことができない。できないから……また嘘をつこうとしている。自分の矜りのためになどと。羞恥感は喋り続けることでしか揉み消せないだけのことであるのに。

相手の面にお返しの一発を企てるどころか、この寛容な達人ときたら、何もかも恕しきったにこやかな大人の風格を装って荷造りを手伝い、切符買いに走り、出発前夜はゴビの深夜の送別会にまでのこのこ出掛けて行く始末だった。

それだけならまだよかった。空港での別れ際に、差し出された相手の手を握って、その場に最もふさわしくないことを口走ってしまったのだ。

「お前は憶えとらんどが。あの晩、帰りに車ん中で聞いたミズバショウの歌はすばらしかったど。ドロリンドロリンよ。文句は判らんが曲がよか。」

相手は呆気にとられ、そしてやおら軽蔑の色を浮かべ、そのまま、その白い手套の手を可憐にあずけ、さらにお春さんにあずけして、タラップの方へ歩み去ったのである。

カズを乗せたボーイング727型全日空機が雲の中へ消えてから一週間が経つのに、顎のつけ根に喰らった一発の鈍重な疼きは差し退く潮のように首筋のあたりからやってくる。そこに手がいった都度、心にもなく口走った空港でのドロリンドロリンが倍音を奏ではじめるのだ。後で可憐になじられた時「黙れ！　何も知らぬ癖に。」とぶざまに哮えた自分のみじめさが、発疹みたいに噴き出してくる。〈俺はこの耳で聞いた。聞いたことを翻訳もした。事実を述べた。何が悪い。あれは卑劣漢のお返しではない〉ここのところを説明しようとすれば、可憐どころか自分自身にさえ言訳めいてくるのがいまいましい。

墓地を後にすると、カズはおよしが持たせた焼酎をガブ飲みしはじめた。「マッチャに従おう、今夜はね。君に従うことがあるとすれば、これだけかも知れぬ。どうせ隼人の裔だからね乃公も。」などと言いながら……

この夜私は初めて、この竹馬の友の酔態を見た。ハンドルを握らされる呑み助の身の辛さをも篤と味わった。酔漢はへべれけになった後も、カキ坂での幻視には遂にふれなかった。「終った何もかも終った。」がブツブツの独白の中で繰返された。おはるさんがおはるになり、おはるのやつになった。不意に沈黙が来た。やがて私は啞然となって隣の男をうちまもった。泣いているのだ。泣き上戸だったのか中尉さん！　新鮮な驚きは妙に私を鼓舞した。雷を落とそうかという誘惑を押さえた。それぐらいの芸はこっちにもあったが、それには上るべきメートルがこっちも上っていなければケンカになるからだ。

後のシートに移って、カズがひっくり返ったのは、どのあたりだったか。酔漢は自分のブツブツがシャックリに邪魔される都度、焦だつ風だったが、やがてまた、おはるが出てきた。どこにでも行けおはる、さっさと消えてしまえ！　と酔漢は哮えた。

「乃公が許す。おまえの亭主もな。真乗坊に時効が来たわい。消えうせろ二人とも。」

それは怪しい呂律で途々独りごちてきたことの、いわば締め括りのようなものだった。癒着したものとばかり思っていたカズの三本の指のつけ根は、まだ血泥がついたままの生傷であったのらしい。

問わず語りに断続した酔漢の独白と、ゴビの深夜の送別会で、お春さんの重い口から引き出した事実の断片をつなぎ合わせて組み立てると、次のようなことになる。

真乗坊正秀。これが曾てお春さんと一子を成したまま応召し、戦後舞鶴に上陸するとそのまま蒸発してしまった男の名前である。この男はまた、ウスリー江を挟んでソ連と対峙していた関東軍の虎頭の陣地から、シベリアのザハリスクの俘虜収容所まで、陸軍中尉大隅一人の当番兵でもあったのだ。

十六年前のことらしい。お春さんはパチンコ銀星の使用人だった。パチンコの台を隔てて、お春さんは、はさみ先生の異名をとる稀代の打師とは顔なじみであり、ぞんざいな口を利き合う店員と客の間柄であったのだ。

「シンジョウボウさん、一二〇番は定量だよ。はさみ先生でも定量は定量。」

「シンジョウボウ？　お前さんはシンジョウボウか……。」ここらは私の想像である。真乗坊正秀に置去りを喰わされたという女を、カズはその時初めて眼の前にしたわけだが、恐らくカズがなおりかけた傷口を自らの指で押し開き、「あの野郎！」と唸ったのはこの時点ではなかったろうか。視つめていると、わけもなく、だんだん何か言って慰めてやりたくなる人が世間にはいるものだが、今にして思えば、お春さんという人はそれなのだ。作った髷もベソになってしまう可憐のようなところがある。

将校と当番兵の確執なら、陰惨なのが珍しくなかった。シベリアだけが舞台だったわけでもない。私がほうと思ったのは、カズが蒸発した真乗坊正秀をおびき寄せる囮として、お春さんを十数年も怨念の射程距離に引きつけておこうと企んだそのことだった。

「はさみセンセに何であたいが人質にさるっと？　あたやセンセのハモニカが聞きたかでゴビから離れんだけよ。でも今夜でおしまい。東京までは蹤いちゃいかれんで。」お春さんのこの言葉に嘘はあるまい。お春さんは何も知らなかったのだ。今まで私がそうであったように。

「センセと正秀は戦友よあんた。ロシヤでずっと戦友じゃったとよ。」寧ろ幾らかの誇りをこめてお春さんはそう言う。

カズにカラスを届けたという中学生は勿論真乗坊正秀の子ではあり得ない。その子ならもう大学を卒業している筈である。

どこにでも行け、消えてしまえと放言した我が儘な男が、朋輩の夜の蝶たちに取り囲まれて悦に入っているのを、お春さんは私と遠くから見ていた。

豊満な頬の白粉焼けに職業の疲れみたいなけだるさを漂わせているが、そのけだるさは、まだ子供でも産めそうな胸の隆起と相俟って、黄昏時ともなると、このお春おばさんを二十も若返らせてしまうようだ。それにしても、この人がふと洩らす微笑のなんと救いがたくうら佗しいことか。ここにもまだ何かが終らない一人がいる。飲み慣れぬブランデーのグラスを舐めながら私はそう思った。

消えてなくなれ、真乗坊に時効が来たわいと叫ぶかと思うと「殺しはせぬ。今からでもいいから出てこい当番！　だが詰めるものは根っこから三本、乃公の眼の前で詰めてもらうぜ。」と呼び戻される男は、蒸発したことで何かを終りにできるのだろうか。あの美男の総理大臣のように。

報復から逃げおおせる為なら郷里も妻子も捨てる程の小心者である男に、鶴嘴を斜に振りかぶらせたのは何だったのか。わからんと言っても、わかると言っても嘘になる。

夜の盛り場めぐり、昼のパチンコ屋めぐりが、かたき捜しなどというお芝居もどきのものであったとは思わないが、カズがパチンコ銀星で、その後の自分の運命にめぐりあったということだけは言えるかも知れない。

酔漢はとっくに眠っていた。前之浜の町並を脱け出たあたりで、雪は愈々本降りになったのだった。ヘッドライトの中が滝壺みたいに白濁して、下から岸壁を越えて打ちあげる波しぶきがサイドミラーを何度も洗った。エンジンを停めるしかなかった。空港で口走ったことに修飾はあったにせよ、ここで私は一本のミズバショウを視たのである。

ヘッドライトを消して、煙草を銜えた時、奇妙な音が背後から来た。牝牛が分娩の苦痛で洩らす長く低い、あの地の底からでも洩れでてくるような呻吟を私は子供の頃聞いたことがある。あのように人間の肺活量をそれは越えていた。終ったかと思うと、二度三度やってきた。まるでドロリとした肉質の紐のようにその音は後ろから私を取り巻き、私にからまり、身動きを許さなかった。

やっとの思いで後ろに向き直り「気分が悪いか？」と声は掛けたが、それは自分で人間の声が聞きたかっただけのことである。

苦痛に歪んだ寝顔がそこにあるものと思ったのだが、シートに半分沈んだカズの頰には、車内灯にぼかされた能面の微笑のようなものが貼りついていた。うわごとが始まった。

それはうわごとまでは届かない言語以前のものだったが、固唾をのんで見守るこっちの音感の共鳴をささそって、次第に間延びしたリズムを引きずりはじめた。〈始まったんだな例のやつが〉痺れるような好奇心が先回りする。つかまる筈もないドロリンドロリンの一かけらを捉まえようと戦慄しながら待ち伏せている自分が、ふと卑劣な出歯亀に思えてきた。その時酔漢の痙攣が始まった。ガチガチ嚙み鳴らす歯の隙間から、先より一オクターブ低い奇怪な音の紐が這い出してきた。あれを五線譜にのっけられる人がいるだろうか。相手を揺り起すどころか、自分の網膜にひろがった幽暗の沼を、ぼんやり私は視つめていた。辺りをはばかるように一本のミズバショウがそこに立っていたのである。

私はやはり聞かなかったものを聞いたと空港で言ってしまったのだろうか。カズはすべてを承知の上で、あんな侮蔑に満ちた情ない視線をおいて行ったのだろうか。そう思い始めると、今度は、ずっと墓地の入口まで引き戻されてしまうのだ。

〈真乗坊なんかとすり変えられてたまるか。〉そしてその都度、シベリアも凍傷ではカッコ悪いから順造を誑して遊んだだけのこと、お春さんが何にも知らんのがその証拠じゃないか。などと嘯いてみたくなるのだ。

こうなるのは、一つには可憐の装った分別が我慢ならなくなるからでもある。可憐ときたら「デバマネキは生きた人間じゃったとね。恐ろしか。」と顎をひいては見せるのだが「ここらでもうだまされてやりなさいよ、あんちゃ」そう言いたげなそぶりをかくさないのだ。どんな替え玉を押しつけられても、心の中でうなずくことはできない人間のくせにである。今になってお春さんの方が可憐より十倍も女らしいいとしさをのぞかせるのはどういうことか。

可憐の日常は今迄と少しも変わらない。可憐は恰も手の掛る弟を週末旅行にでも追い出した姉みたいに、にこやかな寛ぎを見せている。感情の起伏を頑なに塗りこめた瞳は、そこから何かを読み取られまいとして、逆にこっちの眼を読んでいるようなところがある。

カズが置いていったバカでかいステレオに居据わられたまま、置き場所を変えようともせず、ぼんやりレコードを繰っている妹の背中に、観賞植物の萎れた不逞さとでもいったものを見てしまう。それがだんだん私には我慢ならなくなってくる。だから可憐よりも頑なに黙りこんでみせるのだ。

ステレオは空港でカズを送った翌日、ゴビのあんちゃんが車で届けてきたのである。

「センセの言いつけだすねん。センセは俺たちにはレコード一枚くだはらんと行かはったね。わてら、こき使われるばっかしで、ハイさいならですわ。上等でっせこれ。」

可憐の六畳の部屋は急に狭くなった。持ち込まれた荷物はそのままにして、可憐は家具の隙間で暮らしている。妻もこれに口出しをすることは当分はあるまい。

自分でもなぜだか解らないのだが、万年少女どころか、四十七歳という暦年齢にふさわしい可憐おばさんがそこにいるのをふと私はみてしまう。泥で染めた艶消しの大島紬は、今や着こなされているのではなくて、彼女の心を囲うにふさわしい唯一の着物に思われてくるのである。

置き去りにされたのはこの女ではなかった。お春さんでもなかった。私は、土くれを摑んで振りかぶった蠟細工の麗人がステレオの影から立ちあがるのを時たま見ることがある。

# 下痢と兵隊

一昨年の暮れ、大阪市のMさんという方から書籍小包を戴いた。〈組合史資料〉という本であった。未知の人である。組合と名のつくものには私は縁のない人間であったから怪訝に思ったが、大阪府軽印刷業協同組合の文字を見て納得した。

用向きは、この組合史資料に無断で掲載させて貰った貴下の〈ガリバン兵長〉のことですがと、別便のはがきに書かれてあった。

——事後承諾を押し付けた形になって恐縮であるが、ご承諾を戴けるなら近く刊行される組合史本冊に収録したい云々——の簡単な文面である。

私はもう忘れていたが、ガリバン屋で飯を喰っていた昔、仲間が〈孔版さつま〉という薄っぺらな冊子を出していたことがあって、付合いでそれに書かされたのを思い出した。その一冊がたまたま同業者であったMさんの手に渡って、今日迄保管されていたというわけだった。

大変光栄です。どうかお使い下さいと、私はMさんに書き送った。序でにこの〈ガリバン兵長〉の標題には、下に（二）を付け加えることも忘れないで欲しい旨書き添えた。読んでみると、前号の孔版さつまに既に（一）

が書かれていて、これはその続きでなければならないことが判ったからである。

翌年の春、豪華な装いの〈組合史〉が届いた時、先ず私はそこを確かめてみた。私の希いは叶えられていた。それを次に写してみる。キザな文章だが、恥をしのんで原文通りにする。

## ガリバン兵長（二）

暁なんとか部隊（部隊標札は私が墨をすって書いたのだが、その五桁の数字が思い出せない）の作戦室には、変わった連中が集まっていた。作戦主任が集めたのである。流行歌手、画家、文士といったたぐいである。これに自称ガリバンの名人というのを一人付け加えて許されるだろう。

そのガリバン専門の私を除くと、皆夫々の道で飯を喰っていたクロウトである。だからというわけでもなかったが、ここでは私もクロウトみたいな顔をしていなければならなかったし、ガリの先生みたいなことを喋っていれば、何かと都合のよいことがあった。

本当はこのガリバン先生、鑢に方眼と斜面があるのを知っているぐらいで、ツブシという技法があり、それで活字のまねや毛筆のタッチが出せるのだと教える者があっても、フンと鼻先であしらう大先生であった。それでも他に腕のたつのがいないとあってみれば、結構中隊の事務室のあたりからガリ講習の呼び声がかかる。人事係の准尉さんが態々懇請に来ることもある。

コンクリートの破片で鉄筆のひっかかりを調整してみせたり、方眼鑢で線引きをする時は定規か鑢かのどちらかを傾斜させねばならないことなど、常識以下のたわいもないことを喋っていればいいのだった。それでも鑢の上で鉄筆をゴリゴリ研いで鑢目を潰したり、一枚めから原紙の線が切れるといったようなことが防げるのだから、やらないよりはましだったわけである。

原爆を受ける前の年のことだから、既に一枚の藁半紙（なつかしい名前だ）一枚の蠟原紙が貴重品になっていた。片面刷りの袋綴じは昔から軍隊事務の動かせない常識みたいなものだったが、その大きなムダをやめにして両面刷りに改めたらどうかと進言して作戦主任の膝を叩かせたぐらいだから、「親方は日の丸」式の印刷用品のムダを省くことが総べてに優先する場所では、さしあたり高級な孔版技術は必要でなかったわけである。

この作戦室の兵隊達は、室を一歩出た所では「貴様ボーイングの子分か？　ふーん」と一目置かれているようなところがあった。

作戦主任の山口少佐はボーイング（B29・米軍重爆撃機）の異名をとる現役古参の雷親父であり、そのボーイングの周りには彼が選んだに相応しい二癖ばかりあるアシスタントの将校がとぐろを巻いていたのだ。そのまた周囲には前述した薄汚れた髭面に絵具をくっ着けた得体の知れない兵隊がゴロゴロしていて、周りを憚らずピカソのゲルニカがどうのこうのやり合っているといった具合だったから、中隊からの飛び込みには、どこかの外人部隊の出店ぐらいには映ったことだろう。

話題がゲルニカになるのには理由があった。当時広島にピカソ画房という画材店があって、絵具の類はそこから買ってくるのであったが、店の親父が我々をつかまえてこぼしていたのである。「ピカソなどという人民戦線派の怪しからん奴の屋号なんか止めたらどうだ」と憲兵に嫌がらせを言われるというのであった。店の奥に〈泣く女〉の複製があったが、後にはそれも見られなくなっていた。

仲間の一人がふと辺りを見回しながら声をおとす時、彼は或いは眼の前のボーイングの向うにフランコを透かし視ていたのだったかも知れない。

戦後、仄聞したのであるが、このボーイング少佐は原爆を受けた時、顔の半面に火傷を負いながら兵営に直行し、混乱する部隊を収拾したという。見せかけだけではなかったのである。

誰からともなく我々はここを広山泊と称んでいた。それとなく梁山泊をもじったのであった。この広山泊に巣喰っていた兵隊達は、中隊のどこに放り込んでみても使い物にならない屑ばかりだった筈だが、ボーイングにしてみれば、それだからこそ彼の方針である適材適所主義を下っ端の屑達にまで及ぼしたという次第であったのだろう。その彼が、中隊からの通勤者である屑達にとって救いの神に見えたのは当然である。中隊イコール我が家なのだが、そこが私にとって牢獄であったことは前回にやや誇張して書いた（この前回がつまり〈ガリバン兵長（一）〉に当るわけだが、これはない）。三度の食事と寝る為にだけ帰ってくるのだから、場所ふたぎの余計者扱いをされても致し方のない事かも知れなかったが——若し私が古参兵長でなくて只の一等兵ででもあったら、週に三度は麦飯を喰いはぐれるはめになったことは間違いない。そんなボヤスケ一等兵が喰いはぐれて来て空き腹を託《かこ》つかというと、そうでもないのだった。恐らく彼等は毎日の三食を二食に減らされても、広山泊を動く気にはならなかったであろう。

このガリバンの大先生は、ここで再び部下という者を従えることになった。（何故再びなのか、この随筆ではそこが欠落しているが、間もなく頷いて下さることと思う）伍長以下五人の兵隊であった。兵長が伍長を従えるわけはないのだが、ことボーイング室に限って珍らしいことでもなかったのである。大男の若い伍長はボーイングの前では兵長をにべもなく呼び捨てにしない訳にいかなかったが、印刷室に一歩這入るとさんづけにして指示を仰ぐという次第であった。事務的能力に関する限り、伍長は一等兵に過ぎなかったからである。

その頃は雑多な事務用具と一緒に、我々は隣接する倉庫に押し込まれていたが、私は作戦室とこの倉庫兼用の印刷室とのどちらか居心地のいい方にいればよかった。

部下達は何れも勤勉ではなかったが、ワルはいなかった。勇ましくない弱兵にもいろいろあるが、どことなくそれを知性のボロみたいに着こなしている所が共通していた。だからここでは鉄砲を一度もぶっ放したことがないと言っても全然軽蔑されなかった。

文士あがりは将校が起草する作戦命令のテニヲハの誤りをずけずけ指摘して適当に嫌われたし、絵かきはポスターカラーを丼に溶いて、停止敬礼・室内敬礼の模範図を中隊の数だけそっくり同じに描いてのけた。流行歌手は当時出来たての船舶隊の歌を聯隊全員の前で範唱するのが仕事だったが、彼等の何れも先ずその能筆を買われたのである。女学校の美術の先生とか、元代筆稼業の作家とかであったが、何れも子供の二人ぐらいはあったのだろう。

私の処女詩集〈野の楽団〉は、この倉庫で、この連中の体を張った協力で作りあげられたのだった。Ｂ６判、三〇頁、二〇部。これぐらいちゃちなミニ出版もないわけだが、それでも大冒険であったことに変りはない。一枚の原紙一枚の藁半紙の使途がチェックされている矢先、全部を官品盗用でいこうというのだったから、皆が張りきったのも当然だったと言えよう。

表紙は二人の絵かきが絵筆を噛みながら一枚一枚描いてくれた。花鳥山水もあれば、果心の透けて見える林檎人間もあった。どの一冊も手放し難いものであったが、公用外出の者に頼んで一冊二冊と詩壇の先輩達に郵送し、手許には一冊も残さなかった。狸兵長の完全犯罪であった。仕事は殆んど晩の点呼後を狙ったが、ヒヤリとする場面もないではなかった。消燈喇叭が鳴ってから、ズカズカと中隊の週番士官に踏み込まれたこともある。入口に頑張っていた例の大男の伍長は出番が来たとばかり、すかさず立ちあがったものだ。

「気をつけっ！」と彼は一こ中隊でも動かしそうな声で叫び、恭しく敬礼をした。

「作戦主任室、船艇甲の異状雑音報告を纏めています。二十三時迄延燈致します。」

我々の机は彼の広い背中ですっぽりカバーされている。

「延燈願いを出したのか？」

「山口少佐殿から週番司令殿へ連絡があったと思います。」

「山口少佐だって？　ここも作戦室か。フーン、よし続けろ。」

少佐がそんな雑役などするわけがないのだが、こっちの計算通り若い少尉はたわいなかった。

作品は稚拙なものばかりで、今思えば人眼に曝すようなものではなかった。残っておれば焼き捨てたかも知れない。だがどんなに貧しく祝福もされなかったにせよ、処女詩集は処女詩集である。

元のままの形はもう望めないが、その短い一篇を呼び戻して、何とか文字にできないこともない。

琵琶法師
地の蓋を開けてくる
その衣で夜を咲かせ
枯木の手で天の窓に灯を入れる

一望音痴の山河
野が窘めるちんちろりん
明日は還る一箱の骨の
あるやなしやからりんこん
空を抹く枯木の撥先から

こんからりんと星が墜ちる

題も、続きがあったのかも、もう思い出せない。それでいいのではあるまいか。センソウでさえもう済んでしまったことである。今は話の先を急ぐことにしよう。

どこかでセンソウがあるらしいと言わんばかりのこんなガリバン兵長の生活に、間もなく私はさようならした。野戦を志願したのである。三こ中隊の大隊編成で、行先はとりあえず上海の昭和島（現復興島）であった。任務は青島から厦門・台湾に及ぶ大陸沿岸の通信連絡である。霙の降りしきる深夜の下関の埠頭で別れた村上中尉以下の第二中隊、彼らは全員海没した。任地が台湾であったから彼等の船だけ別だった。追いたてられるようにタラップを駈け上って行きながら一人の兵隊がこう叫んで手を振ったのを忘れることができない。

「バナナも砂糖も喰い放題さ。口惜しかったらニャンとか言ってみろ！」

潜水艦の魚雷によるものか、空から爆弾の雨を浴びたのか、それさえ遂に判らなかった。

私は電気技術者として、サイン・コサインで一生を終るつもりであった。復員してからも一度は福岡の九州電力へ復職したのである。ところが、広島の広山泊で味わった秘密出版の怪しい魅力は麻薬のように私を誘い、ガリバンをいじり暮らす場所まで拐かさないではおかなかったのである。ガリバン兵長はやがて星が一つ付いてガリバン伍長にはなったが、十五年経った今も万年伍長のままである。だが、今はコンクリートの破片で鉄筆の先を均らすなんてのはもうやらない。

（昭和35・8　孔版さつまNo.3）

原文通りのつもりが嘘になった。書き写していくうちに、舌足らずの独り合点や、読んで下さる側の理解を妨げている所が眼について素通りできなくなったのである。これはMさんへの言い訳みたいなものだが、省くわけにはいかない。

私は何年か前に〈下痢と兵隊〉という題で六十枚ばかりのものを書いたことがある。その頃は小説という遊びをまだ知らなかったので、二度めの応召で経験した最初の四か月分を截り取って、時日の流れを追って随筆風に書き綴ってみたに過ぎなかった。読み返してみているうちに、これもまた書き洩らしたことや、きまりの悪い所は逃げてしまったりしているのが眼について、読み進む程に寧ろそっちの方が多いのではないかと思うようになった。

大阪のMさんから組合史資料を戴いたのは、そんなことを思っていた矢先のことであった。私にはもう〈下痢と兵隊〉を小説に仕立て直す根気も馬力も持ち合わせがないが、それはそのままにしておいて、書き洩らしたことを随所に挿入したり、独り合点の部分を喋り足したりするぐらいのことなら何とかやれる。有難いことに、この組合史の〈ガリバン兵長〉の件りに辿り着いた時点で〈下痢と兵隊〉は終っているのであった。かと言って、これにゴールで待ち受けて貰うのは気が重かった。

二百人近い下士官の中にたった一人の兵隊が混っている話なんて、世の作家にとってなら悪くない材料かも知れないが、その一人の兵隊であった私にとって、そこをもう一度通り抜けるのは呪われた苦役である。人様の眼に曝すには自分がみじめ過ぎる。それでも予めこの〈ガリバン兵長〉を見て戴いてからにするのなら、幾らかは救われるように思ったのだ。いわば我乍らいじらしい小細工なのである。

自分より下のものはおろか、兵卒という対等の身分の者は一人もいないという環境に放り込まれてしまえば、そこで人間としての内面《うちづら》まで放棄しなければならないかというと、そういうわけでもない。やがて彼はこれまでに持ったことのない自分との親密な対話を始めるし、「選ばれて試されてある者」などという珍妙な矜りをも発明する。確かに環境は慣れられてしまうものであるらしいが、その慣れの過程を手際よく要約するというわけにはいかない。やり過ごした時間と経験とをごっそり揃えて差し出す他ないのではあるまいか。

あそこらを小説という仕事場へ引きずり込んで読み物に仕立てていく仕事なら、フィクションなど要らない。唯、過去や未来が自在に手許へ引き寄せられるそのことだけでよかったのである。味わった屈辱の数々にユーモアの一滴だって振りかけられないこともなかったであろう。だが、もうこれは書かれてしまったのである。

〈下痢と兵隊〉という随筆らしきものは。何年か前に——

私が二度めの召集令状を受け取ったのは、昭和十八年の夏である。福岡県の小さな変電所の社宅で、夜直あけの朝食を摂っていた。機関銃手の私にはなじみのない船舶隊要員の召集令状だった。これじゃロクな死にざまはさらせないなと私は直感した。べつに重機関銃の握把《ひきがね》を握って討死するつもりだったわけでもないが、何となく出足をすくわれた気分だった。私は二十七歳だったが、既に二児の父であった。慌しいいでたちの一刻を割いて、二歳に充たない長男に遺書らしきものを書いた。神棚の奥に蔵ってきたその便箋の五・六行ばかりの文句を、私は今も暗誦できる。復員後その封筒の行方を妻に質した時、彼女はニヤニヤして「だってあれはお前様《まんさあ》も……」と、うやむやにかぶりを振った。捨てたのである。彼女にとっては夫の為にも息子の為にも捨ててやるべきものだったのであろう。

何とからかわれようと、召集令状を手にした時、私はこのへなちょこの肩で国家を担いでしまった気分だったのだ。書き遺した封筒の中身はこうであった。笑われるのは辛いが、戦争は息子の代まで続くと思い込んでいたのである。

——父しか言ってくれないことを書いておく。父は機関銃で敵を三百人撃ち斃してから死ぬつもりであったが、あてが外れた。だがもう機関銃では役に立つまい。お前は海軍へ行け。軍艦の砲手はどうだ。あれは遠くまで飛ぶぞ。陸軍には来るな。あそこは馬臭くてきたないからね。人間は馬より安いからね。ほんとだよ。それに一人一人で死なねばならぬぞ。お前を蛆に喰わせたくないよ。これが父の置きみやげだ。

さようなら。

帝国陸軍にケチをつけた罰だったかも知れない。息子にとっておきの(つもりの)置きみやげをして家を出た父親は、間もなくその最も臭くて穢い役どころを体で演じてのけるハメになったのだった。

ここがもう〈下痢と兵隊〉の入り口、つまり何年か前に書いた随筆らしきものへの中継点である。

## 下痢と兵隊

ずんぐりした赭ら顔の中尉が出てきた。どこからともなくふらりと現れたのである。五・六人ずつバラバラで地べたに坐ったり寝転んだりしていた幾つかのグループは、それに気づいた一組があわてて煙草を揉み消して立ち上がったのを見ると、次々にそれにならった。

「着順に申告を受ける」中尉は顎をしゃくった。突き出た下腹に似合わないキンキン声だった。

即座に何列かの分隊が中尉の前に整列した。服装は一列毎に違っていた。開襟シャツに半ズボンがあるかと思えば、詰襟に軍袴巻脚絆というものもあった。

申告なんて儀礼に過ぎないのだから、さっさと済ませてしまえばいいものを、声が小さいの、列が歪んでいるのと、上等兵みたいな叱言を言う。返す答礼ときたら鷹揚に肘をくねらせる師団長クラスの代物である。兵隊は敏感である。とんでもない所へ来てしまったと肚の中で舌うちしているのだ。

我々は兵長の私を長とする六人の兵隊で、検疫島だというこの似の島のバラックに辿り着いたばかりだった。

初めての土地で、不案内な便船にぎゅうぎゅう詰め込まれてみると、お互いは何処かへ積み出される家畜か何ぞのように、眼をしょぼつかせて黙り込んでしまった。さしあたり指示のあった似の島というのが眼差す目的地であるが、そこから先の水路が地球のどっち側へ伸びているのか、そこで自分達が何をやらされるのか、そこらがさっぱり判らないのである。どだいセンパクタイなんて怪しげなものに捉まっているのが心細くて気に入らないのだ。兵隊はバカではないからダンマリを本能的に警戒する。場数を踏んだ古兵ばかりが六人もいて、オンナが出てこなければ嘘なのである。だが我々は前夜眠りを与えられていなかった。ダンビラをぶら提げた船舶司令部の曹長が帳面を繰りながらあっちだと言って指さしたかと思うと、またこっちだったと呼び戻しにくる。行き当たりばったりの編成事務に鼻面を引き回されて夜を明かしたのだった。兵隊には空き腹以上にこれがこたえる。〈員数〉でしかない自分に先ず愛想を尽かしてしまうのだ。黙り込むのもムリはなかった。マッチを貸せと言う代りにマッチを擦る仕種をする。そのマッチに火が点けられて銜えた煙草に差し出された頃は、マッチの欲しかった当人は眼を開けた儘、鼾をかいている始末である。

その眠たすぎるかりそめの旅路の果てでぶつかったのが、この中尉さんの癖のひどい答礼だった。「引っ返そうや君達《わいどん》！」と吉田上等兵が呟いてヒヤリとさせられたが、これは私の実感でもあった。だが、本多が「よかたい」と応えた時、私は咄嗟に隣に突立っているその男の手首の辺りを摑んでいた。この男は言ったら始めるのだったし、これがもう何度めかだったのである。

中尉の訓辞が終ると、一人の軍曹が帳簿を携えて出てきた。バラックの中央に事務室があるらしい。一人一人の階級氏名のチェックが済むと、軍曹は「大島分隊はここで解散。只今より第二兵舎第六班。班長は……」

と言ったきり口ごもって、後で指示すると言った。何もかも今から始まろうとしているのだった。

板敷の床に二列に敷き並べられた藁蒲団の上に勝手な恰好で寝そべっていた連中が一斉にこっちに顔を向けた。お互いどこの馬の骨か判らない先着の消耗品たちである。装具を降ろす僅かな隙間を押し拡げて我々が尻を据えてしまうと、彼等はまた大儀そうに元に戻った。「そればってんくさ」というグループもあれば「んだんだ」という所しか解らないズウズウ弁のグループもあった。

八月の上旬であったから暑さは言う迄もないことだが、痒さが暑さを増幅した。蚤の大群である。朝の点呼の後、毛布を吊るして蚤退治をやるのが日課になった。誇張などというものではない。一枚の毛布の表と裏に少なくとも百匹の蚤が頭を突込んでいた。初めは丹念に潰していくのだが、だんだん手におえなくなって爪先で掻き落して済ませてしまう。翌朝は同じことの繰り返しである。支給された当初から、毛布という毛布は赤錆の砂子で変色しているのだった。蚤一族の強たかな系譜を物語っていた。蚤に喰われたぐらいでという譬えもある通り、中には「掻くのが面倒だから、付き合ってやらねえ」と嘯く達人もいる。古兵ともなればそれで当り前なのであるが、情ないことに私は一晩中眠れないのである。

初めの召集で機関銃隊に這入った時は南京虫だった。入隊の初夜にして私は悲鳴をあげた。一週間めには首筋と両足に水腫をこしらえて軍靴が履けなくなり、練兵休を三日もとって弱兵の見本みたいに蔑まれたこともあった。戦争は一貫して私にとって何よりも先ず死ぬ程痒いものだった。

軍法会議の方がまだいいと誰かが呪った夜毎の痒さ、頑強な当面のゲリラも人間の慣れの前ではやがて矛を収めるものらしい。睡魔が勝つか痒さが勝つかは、弱兵の与り知らぬ所でずるずる妥協が成立するものらしかった。二年後の夏（降伏の日はそこに来ていた）私は南京城内の帰雲堂という部落にいた。そこで蚤、南京虫に加うるに虱と蚊の掻痒四重奏の中で三月ばかりを暮らしたのだったが、もう悲鳴をあげることはなかった。「掻くのが面倒だから付き合ってやらねえ」ところまではいかなかったが、ボリボリやっているうちに、いつの間にか眠りにおちているのである。

さて、蚤退治が終ると朝食である。下士官も兵もぶっ込みの仮編成であるから、中には軍曹より年季の入った一等兵も混っている。彼等は飯あげにも使役にも出ることはない。藁蒲団に据えつけた氏神様である。彼等が軍隊で何とかやって行けるのは、殺されてもそんなマネはやってやらない高い矜りとの道連れだからである。面白いのはこんなゴクツブシ共に若い一・二等兵がまめまめしく三度の飯を運んであてがっていることだ。誰もそうしろと強いるわけでもないのにである。まともな衛門の中で昔から承け継がれてきた不文律の奴隷制は美徳のように守られて、この掃き溜め部隊のバラックの中でさえ微動だにしない。

中にはインチキ古兵もいなくはないのだが、偽装は二日ももつことはないのである。ドスを呑んだヤクザの親分だって、兵隊の嗅覚の前では毛布に頭を突込んだ蚤の親分に過ぎないのだ。彼等の鑑別法については別に一冊の本を書くつもりでいるから、ここでは誰にも頷いて貰えそうな一例を掲げるに止めよう。

彼が煙草を銜えたとする。（たいていは耳に挟んだ吸いさしの皺くちゃだが）それに火が点けられるのは短くて五分の後である。マッチを擦る。火は点いているのだが彼の煙草には届かない。スパスパやって二本めを点ける。軸木と煙草はまた二センチばかりずれている。そこでやりかけた仕事を忘れずに彼が三本めの軸木を手にするようであれば、もうそこらで疑いを解いてもいいだろう。親が生みつけてくれた天然の芸であるから、模倣のきく代物ではないのである。

それはともかく、蚤退治しかすることのないこの生き物の群れを何とか〈兵隊たち〉と呼べないことはなさそうな眺めに仕立てあげていたのは、新兵と古兵が繰り展げる日に三度の配膳風景ぐらいのものではなかっただろうか。お世辞にも〈グンタイ〉などと称ぶわけにはいかなかったが――

既に山本提督戦死、アッツ島全滅、その前にスターリングラードで独逸軍が降伏していた。今頃になって泥縄式の船舶隊をこしらえてそれで何をしようというのか、我々に何を教えてどんな任務につけようというのか、そこらは誰にも判らない。無為徒食の一日がその頼りなさと焦だちで倍の長さに感じられてくる。そこへ忍び寄る集団性疲労は先ずお決まりの賭博という形で瀰漫し始める。花札の組がある。トランプの組がある。どう眺め回してみたところで死に花を咲かせられそうな仲間には見えてこない。

私は何年か前の新兵の時、ノモンハン還りの古兵達と暫く暮らしたことがある。彼等もまたこの風景の外にいたわけではなかったが、それでも彼等の疲労と同義語の暗い沈黙には、無為徒食の休息こそ何よりも相応しかった。見てきた者、通ってきた者の疲労の底にはツカレタと言ってみても何も言ったことにならないような、けだるい蹉跌感が錘りのように垂れていた。当然と言えば当然のことだが、ここには持って回ろうにもそんなものはかけらもない。生まれた時からそうであったみたいに胡坐をかいて欠伸をして汗をかいてただだらしなく草臥れているだけなのだ。そのくせカード一枚のやりとりで殺し合いに近い喧嘩をおっぱじめる。こんなことを言う私もまた、別の場所から、別の眼でこんな具合に観察されていたに違いない。

別棟の編成事務所らしいバラックの一室は終夜点燈していて、人のうごめく気配だけはやけに慌しいのだが、一週間経っても何の指示も出ない。毎日宇品港からの便船が着く度に、五名六名といった分隊単位の兵隊が這入ってきて、狭い藁蒲団の隙間を更に狭くするだけである。将校らしい男をちらほら見かけるのだが、我々の長たるべき男を誰も知らない。或いは宇品の船舶司令部あたりで、速成の隊長教育でまだしごかれているのかも知れなかった。情報に近づくには彼等の身体《からだ》に近づく他なかったのだが、彼等がどこに寝ていて何を喰っているのか第一それが判らない。

炊事場で褌一つの髯男がコップを握ってビールらしいものを飲んでいる。炊事のごろつき共が黙認しているぐらいだから彼が将校でない筈がない。仲間の本多上等兵が使役から帰ってきてボヤいたことがある。

「うっかり歩けんですばい兵長どの。敬礼をせえと吐かすけん、貴様何だと言うたら横っ面を張りやがった。階級章をサルマタにくっ着けとうとですたい裸んぼが。」

この将校は幸運な男と言うべきであった。機先を制したということと、引き際の美事さに於てである。本多の虫の居所でも悪かったら、これで収まる筈はまずなかった。相手のビンタを躱して、逆に一発で逼わしたであろう。サルマタなんかには眼もやらずに。熊本からここに辿り着く迄、私は少なくとも三度は彼の腰にしがみ着いて抱きとめた筈だ。仮に私が「で、本多さんあんたそれで敬礼したのかね。奴さんのサルマタに」とひやかしでもしようものなら、本多は矢庭に引返して追いかけたに違いない。

使役は誰からも嫌われる筈だったが、ここでは寧ろ歓迎された。長い一日を少しでも短くやり過ごせるからである。運のいい者は被服庫の整理とか糧秣庫の鼠駆除に回される。夏だから必要はないのだが、軍手や靴下の類をくすねてくる。自分の甲斐性をあやしまれぬ為である。牛肉の鑵詰をポケットの数だけ戴いてくる奇術師もいる。但し誰でもというわけにはいかない。見掛け倒しでもいいからごつい肩幅と盛り上がった腕っぷしが要るのだ。それ以上欠かせないのは人を喰った糞度胸である。露見してうろたえるようでは体の方もはったりにきまっているのだ。慌てず騒がずハイこの通りとニッコリ笑って元の所へ戻すわけだが、(本物になるとこの時すかさず使うスリの手口を楽しむのである) 監視の下士官を苦笑させるだけの演技力もなければならない。半殺しにされるか、ご愛嬌で幕切れになるか、そのどちらかでしかないのである。吉田はこれの常習犯だった。別に彼が娑婆でスリ稼業をやっていたというわけではない。この鹿児島訛り丸出しの若者は、オレはこんな遊びをする為に軍隊に来たんだと顔に書いてある陽気な正義派だった。我々のグループは彼の戦利品で周りからよく羨しがられたものである。時には清酒正宗の四合瓶にありつくこともあったが、そのくせ当人は一滴で真赤になる超下戸であったから、彼の人徳の程は五人の胃袋にこたえたのである。

ところで私は何故こんなバカげたことばかり拾いあげて書かねばならないのだろう。もっとましなことはなかったか。たとえば戦争の糞真面目な滑稽さについて、或いは祖国の運命についてしみじみ語り合うとか——それを書かなければ読み物らしくなってくれないのかも知れないが、だからといって嘘を書くわけにはいかない。そんなことは一度もなかった。

お互いの一人一人の内なる眼には、太平洋の飢餓の島蔭から差し上げる不気味な潜望鏡が映っていただろうし、期待を裏切ったムッソリーニの黒い背中も見え隠れしていただろう。だがそれはそれだけのことである。誰かの口から誰かの耳へ届くには、言葉という言棄は先ずロクデナシであり、面倒なヤロウであった。

勝ち目もなさそうな相手になんでケンカを売ったんだ、俺は知らぬぞとそっぽを向いてみれば、みんなの顔がそこにある。それを繰り返しているうちに〈祖国の運命〉なんて生っちろいインテリの玩具か将軍連の勲章みたいに蓮葉なものに思えてくる。

ソコクのウンメイと言ってみたところで、ひもじくて痒くて眠い一人の兵隊にとってそれが言葉以外の何だったろう。「俺はソコクなんかとは付き合わねえぜ」といった付き合い方をどこかでは軽蔑し合いながらも、皆が自分のものとして頒かち合うことで連帯しているのだった。こんな得体の知れない羞かみみたいなものが一人の兵隊を道化者に仕立てたり、ゴロツキに追いやったりしたのではなかったか。ソコクなんて自分でしかなかったのだから、そのまたウンメイと言ってみても、それは一本の線でしかありようはなかった。妻子との間に引かれた地図上の線が延びるか縮むか、それだけのことである。

「兵長どの……」と仲間の辻一等兵が手帳を展げて近づいてきたことがある。あんたの郷里の宛先を書いてくれというのであった。辻はこれもがっちりした骨格の植木職人であったが、私よりは一回り歳上だった。

「おりが還らんごたる時はこの宛先に聞けて女房に知らせとくとですたい。本多さんのつも吉田さんのつも、ホラ、あるでっしゅが。」

私は鉛筆を動かしながら辻をからかおうとしかけたが、できなかった。大金でも落したような眼付にぶつかったのだ。辻に限ったことではなかった。自分だけはまさかという虫のいい空頼みは、そのまま自分こそ最悪のクジを抽き当てるに違いないという怖れに直結していたのである。

吉田がその悪いクジに手を出してしまったことは後で判ったが、戦後辻の家族から何の照会もなかったところから見ると、彼は今も郷里の熊本市で植木屋の息子と暮らしているのかも知れない。

兎に角、兵隊は心細いのであった。その心細さをむりやりに押し付けているのが見えないソコクであってみれば、仲間という見えるソコクへ逃げこんで安らぐ他はない。たった六人の人間が占める空間であったが、そこは文句なしに肉眼に見えたし、バカが言い合えた。仲間がかっぱらってきた四合瓶の周りに飯盒の中蓋を持って円坐を作る者共がふざけたり怒ったりしながらやり過ごしていく日常をバカバカしいと言って省略したり、炊事場で使役の上等兵に腹を割かれる炊事軍曹の話をバカバカしいとこれも省略してしまえば、私は私のセンソウを省略するしかないのである。だがこんなところはできる限り駈け足で通ろう。

その上等兵が握っていた刃物は奇妙な形をしていた。鍋を磨き続けているうちに次第に切れるように鋭くなったスクラップの一つではなかったろうか。

突然二つの肉塊が絡み合ったかと思うとすぐほぐれて、一人が餇いながら逃げようとしたがそのまま崩れた。私はど胆を抜かれた。ひっくり返った野菜籠一つを隔てた眼の前である。あっという間に人垣ができて逃げ出すこともできない。刃物を投げ捨てた男は餇った相手をひっくり返し、血泥に染ったシャツの上からその傷口を靴で踏みつけた。誰一人止めようとはしなかった。指笛を鳴らす者がいるかと思えば、チェッと舌打ちしてスタスタ歩き去るスリッパの男もいた。

私は唯おろおろ狼狽たえながら、誰へともなく「衛生兵だ！　担架担架、急がんとダメじゃないか」などと呟いていた。そして辺りを窺いながら密かに安堵の溜息を吐き出した。今靴で踏みつけられた下腹に両掌を覆せてゼイゼイやって跪いている男に、私は呼び出しを受けて来たばかりだったのだ。本多が炊事の使役兵を殴ったのを謝る為であったが、それは班長から押しつけられた名目で、本当はその仕返しを受ける為だった。

食罐返納の時洗い直せと炊事の一等兵に言われたのに、本多が拳骨で返事をしたのである。そのことを私は班長から聞いた。新任の班長はお人好しのおじさんだったが、尻込みして「あんなアバレ者を引率して来たのは誰だ。古参兵長がしゃんとしてくれんと内務班は成り立たんぜよ」などと私の方を向いて眼をしょぼつかせる始末である。私もまた彼に劣らぬイクジナシであったが、本多をやればどうなるか見えていたから、自分が行きますと言わないわけにはいかなかったのである。

炊事軍曹といえば兵隊にとってそれはゴロツキの代名詞みたいなものだった。立派な人格者も沢山いたに決まっているが、やはり腹を割かれねばならぬような人物も混っていたからに違いない。

事情を知らない本多に、私は後で手を出させてそれで拳固をこしらえさせた。笑いながらそれをひっぱたいてやると、彼は「?」と真顔になり、すぐバレタかと悪童みたいに舌を出した。

炊事場という所はそれでなくても、三度の飯あげの都度何となく殺気だった雰囲気に包まれてしまうのであったが、素朴な眼で見直してみれば、木の皮を纏った山男たちが狩猟を終えて、転がした獲物の分配を取り行なう場所でもあったわけである。そこには鉄で決められた分配の不文律があったであろうが、ここにあるのは人間の頭数による公平の原則だけである。隣の班との分量に一人一人の兵隊が各自の目分量で比べ合って監視しているのだが、その目分量たるや、自分の方に秤が僅かでも傾くのでない限り公平とはしないのである。

ゴロゴロやって何もすることはないくせに、腹だけはかつがつ減るのだったから――

それもあるが、軍隊の中で娑婆（兵隊は衛門の外、つまり一般民間の社会をこう称んだ）と絡がっていたのはあそこだけだったからかも知れない。残飯や野菜屑が散乱している。配膳棚に並んだ食罐の列からは、もうもうと湯気が立ち昇っている。周りの風景を外部から一つ一つ消していけば、それはもう二度と引返すこともないであろう故郷の厨の情景に他ならない。無意識に体の中で見詰めているその切なさは、即座に怒りにとって代る。他人の不用意な言葉尻一つで火が点いてしまうのである。

だから炊事軍曹が腹を割かれるようなことも起こるのだと言えば飛躍になろう。炊事場の雰囲気がどうであれ、まともな衛門のある軍隊の中ではそれは考えられないことである。いつ将校に飛び掛るか判らない本多や、スクラップを摑んで野獣になる上等兵が今迄の衛門の中にいなかったわけでもないであろう。戦争が海を越えた向う側であり、他人がそこで死んでくれていた間は、そんなバカげたマネは勘定高い彼等のソロバンに合わなかったというわけだろうか。それが今や必ずしもバカげたマネではないということを、同じソロバンで弾き出したのだろうか。例えば彼等が今自分で選べる道が陸軍檻獄へか戦場へかの二つに一つしかなく、前者を選べばその刑期がどんなに長くても死ぬことだけは免れる。としてみたところで、これは取って付けた理屈である。ところがこの取って付けた理屈をもう一度手に取って裏返し裏返しして眺めているうちに必ずしも空疎な屁理屈としてあしらえなくなってくる。彼等は理屈なんかに用はないが、体はもうその向う側にいるのだった。

私の見る限り本多は唯の向う見ずであった。親から貰った地金である。彼をアバレ者に仕立ててやまないのは、彼に言わせれば何もかも理屈抜きで気に喰わない忌々しさであったろう。これを先に書いた奇妙な羞かみ迄持っていくこともあるまい。相手が本多とくればである。言ってみれば彼は何よりも先ずセンパクタイをぶん殴りたいのだ。そこに手が届かない分だけ唯の向う見ずからはみ出してしまう。そのようにあの炊事の上等兵もまた忌々しいものの横っ面に手が届かず、手許にあった奇妙な刃物を引き寄せたのではなかったろうか。
喧嘩の頻発で、遅まきながら気晴らしの必要を認めたのかどうか、将校の引率指揮による海水浴が始まった。四面海の小さな検疫島であるから、ちょっと歩けば波打際にぶつかる。泳ごうとさえ思えば誰に咎められるわけでもなかったのに、そうする者を見なかった。海が泳げる所だと気付く者はいたにしても、そこで自分の体が浮くような気分になれる一人がいなかったようだ。本気であんな子供のマネをやらせるつもりか？　といった面付きで、途端に腹痛や神経痛を訴える者が出てきた。彼等にとって水泳なんて腹を空かすだけの浮き世の戯れ事に思われたのだ。

この一日一回一時間の水泳が私にはこたえた。泳ぎに自信がないわけではないが、一時間かそこらの入水で腹を冷やしてしまうのである。二日めからもう下痢が始まった。この冷え腹に因る下痢は俗に言うしぶり腹で、鈍重な下腹部の疼きが特徴である。この旨を引率の将校に申し出たが、彼は見向いてもくれなかった。
「センパクタイの兵隊じゃろう。センパクタイの兵隊が何ちゅうザマか。あ？　センパクタイの兵隊ならセンパクタイの兵隊らしく腹の方をうんと冷やして慣らしていかにゃ。判ったな。」

この下痢は後に似の島を出て宇品に引返し、そこの村山隊という通信中隊に所属した後も私を放免しようとしなかった。それどころか、やがて猖獗を極めるに到った集団赤痢のハシリを勤めさせなければ罷まなかった。この時既に私は〈下痢と兵隊〉の三合目に差し掛っていたのである。

皮肉なことに、水遊びでもさせて頭を冷やしてやろうと将校の一人が目論んだらしいこの気晴らし演習も裏目に出てしまった。水の中では見守る者の心の底まで鳥肌だつような陰惨で塩からい取っ組み合いができるものだということを証明したに過ぎなかった。

初めは誰も喧嘩とは思わなかった。誰かが溺れかけて、それをもう一人が救いあげているのだと思ったのである。よく見ていると逆であった。ヤレヤレと誰かがけしかけた途端に水飛沫が倍になった。何とか水面に出そうとあがく相手の頭を力づくで押し込み押し込みしているのだった。立場はあっという間に逆転し、三転する。爪も歯も動員しての潜水攻撃であるからキレイもキタナイもあったものではない。やがて一方の眼から血が噴き出した。将校が割って這入ろうとするが、子供扱いで撥ねとばされる。結局ヘラクレスみたいなのがニヤニヤをやめて、二つの首っ玉を摑んで引き離す。またしても誰かが衛生兵を呼びに走る。恐らくどちらかの無邪気ないたずらに始まったことだったろう。

私にとっては有難いことだった。これで水演という名の水遊びは取り止めになったのである。

水泳が終りに近づいてからのことだったが、我々の近くに焼玉エンヂンをポンポン吹かしながら、小さな舟艇が近づいてきたことがある。上半身裸の三人の男達が乗っていた。貧弱な体格の男が兵隊であることは、体のこなしで一眼で知れた。下士官らしい男とその助手から焼玉エンヂンの前進後退を仕込まれているのだった。我々にとってはもう珍らしい風景ではなかった。あのタイミングを適確に摑むのは傍で見る程易しくはないのだ。「もちょい！　何度言えば解るんだ。ようし、もう一度、いいか、ソラッ！　バカヤロウ」とやられている。泳いでいる我々から五十メートルの沖である。間もなくそのバカヤロウは海に蹴落されてしまった。「やったあ」と誰かが叫んだ。飛沫の中の男は沈んだり浮いたりして大袈裟に泡を掻き立てた。他人事になると兵隊の眼は意地悪になる。うまくやれよ！　などと囃し立てる。計算された金鎚の仕種に映るのである。次の瞬間、舟べりに手を掛けた男の頭を蹴飛ばす靴の裏が鈍く光った。

センパクタイという怪しげなものに捉まっていることは判っているのだが、もともと擲弾兵であったり機関銃手であったりした者のオカの感覚ではそんな水割りされたみたいな軍隊の輪廓など容易に摑めない。唯ざわめかしいだけのゆらゆらしたものに過ぎなかったが、今眼の前で繰り展げられている茶番劇が他人のものでなくなりつつあったのも事実である。どう転んでも、海に蹴落されるという新しいしごきの待ち受けている領域であることだけは間違いなさそうだった。

書き遅れたが、私たちは二週間ばかり前、熊本の聯隊に召集を受けた。砲兵もおれば工兵もいた。掻き集められた軍曹から二等兵迄の何百人かは、夫々の兵舎の夫々の内務班にばらまかれて、そこで一夜を明かしたのである。翌日広島へ送られ、宇品の船舶司令部に着くや否や、輸送編成はバラバラに解体された。徹夜で右往左往させられた揚句、気付いた時は私は五人の兵隊を引率させられていたのだ。その五人は偶然にも熊本の一夜を同班で明かした者ばかりだった。「縁がごわんどな兵長どん」と吉田が先ず手を出した。手など握っているひまはないのだった。「飯はここでは貰えんぞ、先方給与だと言いよる。ぐずぐずしとったら俺達六人とも喰いはぐれるぜ」本多が飯盒を叩きつけてまた拾った。桟橋まで駈け足だった。

喰いはぐれてはならぬものを夫々が一つの胃袋として共有した時、それが軍隊のナカマというものである。引率者も兵隊である外面《そとづら》の弱い小さな分隊は、そうであればある程、外に向かっても内に向かっても結束し始める。今迄兵長なんかにナメられんぞと横柄だった本多が豹変して、兵長殿兵長殿と何かと言えば兵長を立ててくる。勝手なことを言う一等兵には、兵長に代って睨みを利かせる。「目標桟橋、駈け足ススメイ」と勝手に号令を掛けたのも本多だった。引率者の兵長はずるさだけが取柄の非力な古狸であるから、そこらの駈引きは心得ている。上官の視線のない所では、どんな号令も掛けることはない。

宇品港の桟橋は雑多な服装の兵隊の群で混雑を極めていた。そこで似の島行きの便船を待っているうちに、私は一人の見習士官に声を掛けられた。すらりとした見事な体だが、顔つきはどう見てもまだ少年だった。産毛のある耳朶が鮮紅色に日を透かしていた。私のような貧相な小男が、この襟に座金のある見習士官にとっては気の許せそうな相手に見えたのであろう。私は知っているつもりだが、彼等は皆、一見不遜で生意気に見える。だが本当はどこに居ても仲間はずれの孤独な淋しがり屋なのだ。

「俺も似の島へ行くんだがね。一体俺達は何をやるのかね兵長。大隊砲の一こ小隊を指揮する訓練ならやったつもりだが、海軍の下請けみたいなこたあやったことないんだ俺。」

こんな口調は、集団を前にした時の彼のものではないのである。こんな具合に仲間意識を焚きつけるテクニックは襟に座金のない士官学校出にはマネのできない彼等特有の軍隊社会の処世術なのだが、皮肉なことに彼等がナメられてしまうのは、方にこの豊かな人間性のまともさをヨワサにすり替えられて読まれてしまうからではなかったろうか。

「それは自分達が聞きたいことですよ。自分が何故機関銃手であっていけないのか、兵隊にはさっぱり解りませんからね。」

「どうやら日本は一所懸命のようだね兵長。」

何故ともなく、この若者は助からんだろうなと私は直感したものだ。私が軍服を着ていた間、サシで日本が出てきたのはそう何度もではなかったから憶えているのだが、彼はニッポンと言わずにニホンと言ったのである。偏見であるに決まっていたが、日本をニホンと読み慣れた若者が、なりふり構わず死神の手を振りほどいていけそうには思えなかったのである。

塗料の剝げた便船のデッキで膝を抱えていると、詰め込まれた人混みをかき分けて、彼はまた近づいてきた。デマだかどうだか判らないが、と彼は言った。

「木造の潜水輸送艇というのができてるんだそうだ。上陸用舟艇、高速輸送艇、どっちにしろ訓練即戦場だな間に合わないんだから。ばら撒いた軍隊に蜥蜴ばかり喰わせとくわけにいかないからね。南方要員だよ。だが俺は砲だからな。多分輸送船の船舶砲兵を指揮することになるだろうよ。」

気の毒だがと私は思った。輸送船に陸軍の砲兵なんか乗っけて何の使い道があるというのだろう。それもだが大隊砲では炸薬も飛距離も玩具である。艤でも獲ろうというのなら話は別だったが――

勿論彼の並べる何とか艇とか、訓練即戦場なんてのはデマであって欲しかった。

やがて彼みたいにデマだかどうだかと前置きしてありそうもない特殊兵器を発明してみせるお喋べりに人を欠かない日常になったが、中には海軍の特殊潜行艇の補充要員だと主張して譲らぬ男も出てきた。それは信仰のように揺るがなかった。他人の怯える顔を見届けられないことで、彼は更に自分の不安へのめり込んでいく風だった。

これは後に私が似の島を出て、船舶通信隊という比較的広い範囲の情報を握る部隊の作戦主任室に勤務するようになってから確かめたことだが、これらの話がすべてデマばかりだった訳でもない。マルユと称ばれた潜水輸送艇が潜水したまま浮上できなくなり、海底から発信するSOSをキャッチした暗号班の曹長が、悲痛な顔で作戦主任のボーイング少佐に報告に来たのを、この眼で見たのである。何人かの者の後ろにくっ着いて私も暗号班に走ったのであったが、あの時のSOSの・・・―――・・・の電鍵の連打が、今も耳底深く録音されたままである。

デマでも何でもいい、ともかく自分がこれから何をしにどこへ出掛けることになりそうか、それを家族に知らせておきたいという願望は、寄宿舎に這入った田舎出の女学生と変りはないのだが、それが全く不可能となるとそれだけ更に孤絶感をかき立てられる。

熊本を発って小倉駅に着いたのは朝だった。そこで一人の中学生にこっそり葉書の投函を頼んだのだが、中学生は左右を見回してためらった後、すばやく手を出して引ったくった。検印がなく発信人の名もないこの葉書は、結局は届いていなかった。頼んだ中学生があいにく模範的な愛国少年であって、防諜教育を骨の髄まで叩き込まれていたのであろう。

似の島からの通信は許されているのだが、元気でいるということなど書いてみても仕方がない。最も知らせたいことが最も書いてはいけないことだった。蚤と空き腹がこたえると泣きごとを書いて、検閲の准尉にどやされたおっさんもいた。子供の四人ぐらいはありそうな赭ら顔の小男であったが、彼は突返された葉書を引破って叩きつけながら「やるけんね」と呟いた。

「どがん悪かクジでんよかけんくさ。俺が一番に抽くけんね。こがんバカアツカ島から俺は逃ぐるばいた。」

私は腹は空かなかったが、彼が抽きたがったクジは私の方が先だった。抽きもしないで当るクジがろくな面付きをしている筈はなかったが、自分の手で抽き当てるクジよりはましに思われたのは何故だったか。何でもいい、兎に角この痒くて物騒でバカアツカ島から脱け出せさえすれば、という気持ちは、彼のおっさんと変りはなかったのだ。

「大島兵長おるか！」

事務室の軍曹がずかずかやって来て、そう呼ばわったのが始まりだった。晩の点呼に整列している所だった。

「明朝九時の船で出発。集合地事務室前。昼食まで給与するから飯盒に詰めて行け。行先は引率者が心得ている。引率者は集合すれば判る。全部下士官で兵隊はお前が一人だ。お前は下士官適任証を持ってるな。そのうち任官するだろう。しっかりやれ。念の為聞くがお前は電気の心得があるな。無線はどうだできるか？」

「できません。」

私は電気事業主任技術者の資格をもってはいたが、弱電の資格ではない。無線なんてラジオ一台いじれないのである。だが理論は初歩を一通り通ったから、マックスウェルの電磁方程式のあたりから出直すのなら、なんとか蹤いていけないこともなさそうだった。

「心細いことを言うな。はいできますと威張って言わんか。ちゃんと調べあげてあるんだからね。」

両肩の力が抜けていくのが自分で判った。差し当たり弾丸の標的からは退けられたらしいのだ。だが喜ぶのはまだ早い。ここでは陥穽はいつも隣り合わせなのである。

それよりも五人の仲間と別れる辛さの方が先にきた。人との別れが辛いと言えば浪華節になってしまうが、私にとって体の全部で別れる気分で人と訣れねばならなかったのは、後にも先にもあの時ぐらいのものではなかったろうか。辛かったと言うより、やはり心細かったと言う方が正確であろう。彼等は言ってみれば私の親衛隊なのであった。特に熊本の本多、鹿児島の吉田は、臆病で非力な私にとって眩しい程逞しい用心棒だったのだ。彼等の方言丸出しの啖呵は名優そこのけに際立っていたから、腕っ節を披露するにも及ばないのであった。だが彼等の後ろで何度私はハラハラさせられたことだったろう。グループが違えば言葉もろくに通じない。同班でありながら他所《よそ》者である。飯の盛り方でさえ対立する。下士官が割り込んでくる。こっちの長は貧相な兵長で而も相手の威嚇には滅法弱い。我等の隊長愈々不利と見てとるや、本多が先ず階級章の付いた襦袢を脱ぎ捨てて私を押し退ける。吉田が私の唇に煙草を押し込んでおいて、それにゆっくりマッチを擦る。相手が人相の悪い大男であればある程、彼等の声は低く凄み、豹のように好戦的になって行くのだった。吉田はニヤリと笑って引返す汐時を誤らなかったが、そこをひょいと飛び越すのが本多であったから、私はいつでも彼の腰にタックルできる位置にいなければならないのだった。これからは誰の腰にもタックルすることは要らなくなったが、そうなってみると無性に自分が頼りない。手こずることばかりだったその厄介な腰が神妙な面持ちでこっちを見ている。彼もまた彼なりに心細いのである。

点呼が終ると、彼等は私を取り巻いた。一人が水筒を振って見せた。我々は藁蒲団の上に円座を作り、水筒の冷酒を回し飲みし、辺りを憚りながら辻が黒田節を唸り、真赤になった吉田が手品を披露した。

翌朝事務室前に集まったのは下士官ばかり、およそ一ダース。磯田という口の中がまっ黒く見える金歯の軍曹が引率者であった。ともかく宇品へ。それから？「司令部へ行って聞かないと場所は判らん。村山隊というんだそうだ。」

「まさかマルユじゃあるまいね。」

この風采のあがらぬ小男の引率者は仲間になった者共を一列に並べておいて、一人一人の顔に自分の顔をくっ付けて回った。

「只今から本官が引率する。途中許可なく煙草は吸ってよろしい。但し必ず本官の口に一本差し入れてから始めること。解ったな。出掛けようじゃないかおっちゃん達。」

彼は何の号令も掛けずにスタスタ歩き始めた。分隊は自動的に右向け右をし、二列縦隊になって彼の後に続いた。

「お前みたいな汚れが引率者じゃ途中でナメられるバイ。誰かもっとしゃんとしたのと代れや。誰が先任なんだ一体。」

「贅沢を言うもんじゃない。この引率者が先任に決まっとる。いいかい、命を拾ったんだぜお前達。トンツウ要員だってさ。こんな掃き溜めの外人部隊なんか糞喰らえだ。」

一人一人が人間の鮮度を取り戻したような雰囲気を持ち寄っていたが、磯田の他はあまり口を利こうとしなかった。駈り集められた猟犬が猟場へ向かいながらお互いの素性を嗅ぎ合っているといった風景だった。

船着場に五人の戦友が待っていた。手を握り合うことはなかった。そんなことは照れ臭い田舎者ばかりだからである。それもあるが、むっつり黙礼を交わすことしかできない訣れというものはあるのである。我々はそこで訣れた。二度と会うことはなかった。吉田が悪いクジを抽いたことは後に知ったが、他の四人がどうなったか、それは知らない。

村山隊に辿り着く迄、磯田軍曹は方向感の鈍い最低のガイド役に終始した。氷屋の牀几に寝そべって誰も解らないフランスの民謡だというのを歌って聞かせたり、モンペの女の子をからかってみたり、擦れ違うどこの馬の骨とも判らぬ草臥れた部隊の指揮者に投げキッスを送って追っかけられたり、何かを落したと言って、自分だけ五十メートルも引返してみたりした。

三度も四度も彼は道を間違えた。船舶司令部の玄関から出てきた時磯田は「ゆっくり行こうぜ兄弟達。飯は持っとるんじゃからのう。もっとあるかと楽しみにしとったら、なんの一キロそこそこじゃ。オナゴ買って行きたい者は本官が許可するから行ってよろしい。娑婆の空気は吸える時吸って行こうぜ。おたおたしたって始まるか」などと言ったのだが、村山隊に着く迄我々は一キロどころか、その三倍は歩かされたであろう。飯盒の飯を平らげた後、また先刻の氷屋の前に出て、二度めのかき氷を食べた。

誰かが煙草に火を点けると「おい戦友!」と言って彼は手を出した。暫くはそれを耳に挟んでいるのだが、次のを挟まねばならない時には、もうどちらかの耳は空いているのだった。煙突みたいに彼はのべつ煙をひきずっていたから、燃料の補給方法にも工夫が払われていたのである。

村山隊の標札を見つけた時は、日は既に傾いていた。養豚場と間違えそうな、似の島そっくりのバラックであったのに先ずがっかりした。その標札の下に我々を整列させたあたりから、磯田は鬼軍曹の声色と挙動に豹変した。「元気がないっ。番号っ」と蛮声を張りあげて、間違えてもいない番号をやり直させた。誰かが失笑すると眼で合図して窘《たしな》めた。我々をそこに待たせておいて、磯田は事務室らしい窓口へ向かって到着の旨を報告し始めた。窓の内から雷鳴が轟き渡ったのはそれから何秒も経っていなかった。磯田は上体をすっくと起こして一歩退り、カチンと踵を打ち鳴らして恭順の意を表した。彼は大声で罵られながら時々我々の方を振り返った。そして舌を出したり、べソをかいてみせたりした。

間もなくその雷が姿を現わした。中年の准尉で、声とはうらはらな優男であった。彼は新品二等兵がやるような、絵に描いたような答礼を返した。優男はその薄い唇をぴくぴくさせ、酷薄に光る細い眼に怒りを燃えあがらせていた。やれやれこの男は〈モテンゴロドン〉だなと咄嗟に私はそう直感したものだ。モテンゴロドンというのは私の郷里の方言である。喧嘩で泣かされている癖に、どこまでもしがみ着いてくる始末の悪いあのグズのことである。少年の頃一度や二度手こずった経験のない人はあるまい。美少年ではあるのだが不思議に女の子にもてないことから〈モテンゴロドン〉だったのである。ガキ大将よりあっちの方が何倍も難物だったものだ。眼の前の優男にそのモテンゴロドンを見て私は本能的に怖気をふるった。これは不幸なことに読み違いではなかったのである。

たるんでおるから、気合が抜けておるから貴様等七時間も遅れたのだ。ヤロウドモ俺をナメられるつもりか。村山隊の人事係がどの程度のガラクタであるか、時間をかけて思い知らせてやる。今日の夕食は抜きだ。今頃貴様等みたいなゴロツキ共に喰わせてやる飯などない。

彼は切歯扼腕して、文字通り地団駄を踏んだ。

然し我々は夕食をたっぷり頂戴した。村山隊は夕飯が始まったばかりで、我々の飯は我々より先に、我々の場所で湯気を立てながら待っていた。週番下士が先手をうってくれていたのである。

村山隊は下士官ばかりの一こ中隊であった。新入りは一日遅い程歩が悪い。周りの連中は十年も前から俺達はここに居たんだと言わんばかりの眼付きで新入りの他所者を観察している。彼等だって昨日今日あちこちから似たようなやり方で掻き集められてきた癖にである。

私みたいに学歴はないが所謂電気の心得ある者とか、そうでなければ呑み込みが早い筈の大学高専の卒業者とかを選んだのであったろうが、軍隊の通信手に電気の知識が必要であったとすれば、バッテリーの直・並列が絡げるぐらいでよかったのである。寧ろ聴感の鋭い者、運動神経の秀れた者を選抜すべきではなかったろうか。

腹拵らえが済んで一服吹かしている我々の前に立ったのは若い少尉であった。似の島行きの便船で一緒だった見習士官もこれ程子供っぽくはなかった。彼は後に「坊や」と称ばれるようになったが、まるで将校服に着られた中学生であった。

「直ちに合調音の訓練に這入る。俺達は今頃七時間も街を散歩する暇はないんだぞ。カアチャンの名前なんか忘れて今から合調音を憶える。いいなおじさん達、赤い小便が出る迄鍛えてやるぞ。今夜から寝言も言う暇はない。床の中でも便所の中でも唱えさせてやる。始める。裸のままでよろしい。」

坊やが顎をしゃくった向うでは、もう始まっているのだった。褌一つの男達が、これも褌一つの助教らしい男を取り囲んで、まじないみたいなものを唱えている。昨日か一昨日着いた連中なのであろうが、それでも今着いたばかりの者から見れば既習者なのであった。そこの一角へ固まって胡坐をかいてはみたものの、ただそれだけのことである。助教の電鍵から叩き出される長短の発信音の流れを追っているらしいというぐらいのことしか解らない。世に軍隊式という言葉があるのだったが、予備知識もへったくれもあったものではない。ぶっつけ本番である。周りの唱和の中に何とか自分を嵌めこもうと焦るのだが、どこから取り着こうにもその手がかりがない。抑揚を完全に抜いた単調な、意味も何もない音の流れである。隠れキリシタンの一味の中へでも放り込まれたような怪しい気分になってくる。これが一体大人のやることか。何のマネだ。さっさと機関銃を持って来いと私は叫び出したくなってきた。ドッドッドッドッと全身を押し戻してくる重機関銃の手応えを、この上もない懐しさでまさぐっていた。

その時「誰だ今ハーモニカと言ったのは？」と坊やが立ち上がって眼を剥いた。

「何と言えばいいんでしょ、さっぱり解りませんもんで……。」

磯田であった。ベソをかいて周りを見回した。

「解らんでもいいんだ。解らん間は口の中でついてくればよろしい。変な半畳を入れるな。お前はふざけとるぞ。」

「聞こえたかみんな……」磯田は我々仲間を眼でさがして、「変な半畳なんか入れるんじゃないぞ。黙っとるんだバカヤロウ共」と糞真面目な調子で睨みつけた。そこらで電鍵を打っている助教の手つきが怪しくなってきた。坊やが「暫く休憩する。煙草を吸え」と言った。

今朝似の島を発つ時、「掃き溜めの外人部隊なんか糞喰らえだ」と威勢のよかった磯田軍曹もやはり騙されたといった顔つきだった。皆が彼の方を向いてゲラゲラ笑っているのに、彼は一人虚ろな眼付で隣の男のシガレットケースに手を伸ばしていた。

翌日は大詔奉戴日であった。儀式が終って隊長が解散を命じた直後、「待て、残れ！」と准尉が叫んだ。

「兵隊が居なければヤロウドモ便所の掃除もできんのか。炊事場のザマはあれは何だ。なんにもできない癖に、どいつもこいつも班長面をしておる。休め、気をつけ！　そのまま動くな。」

かんかん照りの中、直立不動の姿勢で全員が一時間立ちんぼうをさせられることになった。士気弛緩も何も、そもそもこれが軍隊と言えるか。一に通信二に喇叭などと喜んで来たんだろう。通信隊がどんな所か思い知らせてやる。というのだった。半時間も経たないうち、二人が前後して倒れた。儀式で上衣を着けていたから直射は避けられるものの、内から体温で蒸しあげられるのである。一人は私のすぐ近くで、棒でも倒すように仰向けにのけぞった。

「ゴクツブシ！」准尉は苦りきって、隣の立ちんぼにそのゴクツブシの始末を顎で命じた。

案山子（立ちんぼのしごきを兵隊はこう称んだ）は間もなく打ち切られた。坊やが出て来て、准尉に耳うちしたのである。この親子程も年の違う二人は、別の星の下に生れ、別の育ち方をしてきたに違いないのが見て取れた。後にこの准尉は息子みたいなこの少尉から鼓膜を打ち破られてしまうのだが、やはりこんな場の一つ一つの積み重ねが、二人を上等兵みたいなマネに追い込んだのであろう。滅多に見られることではなかった。所詮暴力が割り込む限りどっちもどっちなのだ。少尉もまた伍長の軍服を着せられてしまえば、それで似合ったかも知れないのである。

軍隊に准尉という当人にとっては割の悪い階級と役職は欠かせられない仕組みにでき上っていたが、気の毒なことに兵隊の眼にも「あれは炊事軍曹よりは少しエライ男」程度にしか映らないのであった。中には勿論尊敬さるべき人物も少なからずいたであろうことは言う迄もないことだが、こんな偏執狂みたいな人事係にぶつかってみると「この男もやっぱりジュンイさんだ」と天災みたいに納得して諦める他ないのであった。そのジュンイさん自身もまた曾て兵隊の眼で「炊事軍曹より少しエライ男」を見て来た一人なのである。

准尉というのは、もともと兵隊からの叩きあげである。乙種幹部候補生出身の准尉もあの頃はもう居たかも知れないが、その多くは農家の二、三男。高等小学校を出てしまえば、もう行ける学校も、金になる仕事もなかった不遇な時代の子である。親に口説かれて壮丁を待たずに軍隊の下士官候補者を目差して志願してきた者も少なくなかったことだろう。世間態はどうであれ、みんな口減らしの為である。

そんな彼を、帝国陸軍が七十年かけて育てあげた意地悪い〈兵隊の眼〉が待っている。初めのナメる矜りと、次第に育っていくナメられない為の保身の本能とは一つながりのものである。ただ一階級上がっていく毎に、それだけ場所が入れ替るだけのことではなかったろうか。伍長も軍曹もいわば准尉の卵である。その百八十人の未来の准尉に、彼は今あとしざりしながら挑んでいるようなものだった。ヤロウドモとやくざのちんぴらみたいな言葉で自らを鼓舞しながら、このモテンゴロドンは昔の自分を引き据えているのだった。

一つにはもうそこが出世の行き止まりだったから、ブレーキの利かないやけくそのニヒルみたいなものを、もてあましてもいたのだろう。彼が将校というまぶしい別格の人間に格上げになるには、抜群の頭脳を示して少尉候補者の試験を突破するか、大隊長の魚釣りのガイド役を仰せつかる幸運を摑むか、そうでなければ気の遠くなるような持ち上がりの偶然を待つ他なかったのである。准尉、つまり昔の特務曹長のことである。

私は三日目に准尉の呼び出しを受けて、事務室へ行った。彼は私の書類に眼を落としながら「下士官のつもりでいるんじゃあるまいね？」と先ず言った。

「下士官適任証は中隊長が発行できるものでね。ただ此の者は下士官にしても構わないというだけのものなんだ。任官には大隊長の決済が要るが、ここは当分教育だけの独立中隊みたいなもんだからね。村山隊でお前が伍長になることはない。このことは心得ておけ。解ったな。」

これでがっくりきたと言わなければ嘘に聞こえるかも知れないが、私には事務室までの途々、こうなるだろうという予感みたいなものが育っていた。だからこれが初めてのことであったのに、何度めかの任官お預けを喰わされたような、そんな気分を先取りしていたのだ。

「今より悪くならないなら黙っていろ」これはこの敗け犬が娑婆から持ち込んだ処生術でもあったが、軍隊という問答無用の力づくの社会を無疵にくぐり抜けていく為の古兵の精神衛生法でもあったのである。すかさず「こんなことを言わねばならない准尉さんも楽じゃあるまいな」などというセリフまで、体のどこかで出来上っている。結局はもの欲しそうな面だけはしてやらないぞといった負の矜りがさせる、いじらしい自己防衛なのである。

そんなセリフのおめでたさを嘲うように准尉は続けた。血管が浮き出たこめかみのあたりに指をやってもみほぐしながら「そういうことだから。下士官面をして太く構えるようなことがあったらいかん。」

その言葉には人間の体温は感じられなかった。

「たった一人でも兵隊は兵隊だからね。やらねばならぬことは解っとるな。飯あげ、食罐返納、便所掃除（この頃ろくに石灰も撒いとらん）、外出もお前の門限だけは六時だ。これを忘れるな。衛兵所がないからといってごまかしは利かぬ。遅くとも五分前には週番下士に帰隊の報告を済ませる。いいな。周りは班長殿ばかりだから欠礼などないようにするんだよ。碌な下士官は一匹もおらんがじゃね。上官は上官。点呼も兵隊がまっ先に並ぶ。万年一等兵の癖に古参軍曹より横着なのがたまにいるもんだ。お前は兵隊の長だからね。模範になるようでなくちゃいかぬ。いじめられた時はワシに言うて来い。ワシはお前の味方だからな。よし、帰ってよろしい。しっかりやれ。」

回れ右をした時点で私は村山隊の奴隷になり果てていたのだった。たった一人の奴隷である。

勿論奴隷一人の労働量には限界があるから、仲間の下士官が自動的にカバーするわけだが、その日から皆が逃げたがるトンツーの演習時間だけが、私の唯一のくつろぎの時間になってしまった。若し後に知り合いになった金山軍曹という心のつっかい棒がなかったとしたら、私は赤痢でくたばる前にノイローゼでやられていたに違いない。日常のちょこちょこ走りや、便所の雑巾がけなど口笛でやり過ごせたとしても——

初めての外出日のことだが、准尉が兵隊の帰営時刻に門のあたりをぶらついているのを見て怖気をふるったことがある。私は一時間も前に帰っていた。自分一人分の夕飯を貰いに炊事に行ったその帰り途でぶつかったのである。何だ、帰っとったのか。相手に拍子抜けさせるつもりで停止敬礼をしてみせたが、彼はうなづくことさえなく、兵隊などに用はないといった素振りで立ち去った。この典型的なモテンゴロドン、彼はこの日週番でもなんでもなかったのである。

これは別の外出日のことであるが、週番下士が見つからなくて、将校室迄行って週番肩章を掛けた坊やに帰隊の報告をしたことがある。彼は何か書き物をしていたが、椅子をはねのけて立ちあがった。なんだ村山隊に兵隊がいたのか！　と言わんばかりの眼付だった。見るからに頰豊かな美少年である。いつもの髷が髷になるまで彼は眼の前の兵隊をためつすがめつして確かめるのだった。

「まあかけないか大島。」

彼は椅子を引き出して私に奨め、机の抽斗からクラッカの袋を摑み出してそれを破った。

トンツーの進度にかけては、たった一人の兵隊は誰にも負けなかったから、この教官は兵隊がいたことなど忘れていたのである。

「あんまりムリするなよ。仲間がいないから外出もつまらないだろうがね。」

腕時計を覗きながら、彼は私の湯呑みに茶を注いだ。門限には後一時間あったのである。他よりも二時間少ない外出時間を、更に自ら一時間縮めてみせる奴隷の片意地など坊やと称ばれるこの教官には見えないのだ。

仮に今、この男の許しを得て人並に二時間遊び足してみたところで、何かが満ち足りるという訳ではないのだ。相手にムリするなよと言われて有難そうな面をしてみせなければならないみじめさは、二時間どころか二百時間二千時間追加されても償えはしないのである。

何を書いても誇張に受け取られそうなこんな日常も、手前から一日ずつ潰していくうちに、やがて他人事みたいに滑稽に映る眼鏡をいつの間にか持たせてくれる。先にも書いたが、環境なんてそれがどんな酷薄な面付きをしていても、人間の慣れの前では兜を脱がされるものらしい。選ばれて試されてあるなどという珍妙な負の矜りを発明するかと思えば、今度はそれをからかって暮らせる日がやってくるのである。

六人の兵隊グループの分隊長から一挙に奴隷に転落した日から、この適応力はひとりでに始動していたと言えよう。室を一歩出たら敬礼のしっ放しであるが、それも二等兵がやるように些かのためらいもあってはならなかった。行き会ったり擦れ違ったりする人間は一人残らず、うむを言わせず私に答礼をさせられるのであった。相手が手を挙げる迄、何歩行き過ぎようが、こっちは手をおろしてやらなかったのである。

金山軍曹と親しく口を利き合うようになったのも、これがきっかけだった。洗面所で歯ブラシを動かしていた手を持ち換えさせられた彼は、呆れてこう言ったものだ。

「あんた日に何百回敬礼をするつもりかね大島さん。大概で止めなバカな遊びなど。される方が迷惑じゃないか。」

「ハイ。」と素直に悪びれた気分になったのが我乍ら妙だった。多分彼の柔和な眼のせいでもあったろう。

金山軍曹は進度甲の私の組であったが、十人ばかりのその組の中で、私をさんづけで呼ぶのは彼だけだった。大らかな眼付の奥に隠した狷介さ、産毛みたいに細い疎らな顎鬚、それにどこか頼りない会話の濁音など。純血の朝鮮人であることを物語っていた。

教官の「休憩」が掛かって、シガレットケースを差し出すと、金山は少年みたいにどぎまぎして首を振った。恐らく彼に煙草を奨めたのは私が初めであり終りであったろう。「僕は生まれてからまだこれを銜えてみたこともないんだ」と、彼は如何にも申訳ないといった風の羞かみを浮かべた。ケースを展げたこっちの掌を、自分の広い掌で持ちあげながら——

唯一人の異郷人の下士官と、唯一人の兵隊がどちらからともなくこうして歩み寄るのを見れば、人は始まったなとニヤニヤして納得してやる気になるかも知れないが、私に言わせれば、彼は周りのどの日本人よりも温かい心の持ち主であったからに過ぎない。或いは金山にとっても、何となく擦れ違うわけにいかない一人にぶつかって、興味半分で立ち止まっただけのことであったかも知れない。

今、省みて私が恥かしく思うのは、金山軍曹の辺りを憚らぬ親身の友情に対して、必ずしも自分が従順ではなかったということである。このことは朝鮮人参一つをとっても例外ではない。

下痢常習者の私に、彼は或る日セロファン包みの奇妙な薬を出して服んでみろと言った。「煎じもできないから嚙み砕いて飲み込めばいい。但し効くか効かぬか保証はできないがね」それが朝鮮人参だった。カラカラに乾いた人間の臍緒みたいなものだった。

「万病の薬だがね朝鮮人には。ただ人を見る癖があるんですよそれは。威張った奴には効かないんだ。」

「高いもんでしょう?」

「さあ、爺さんに押し付けられて仕方なく持って来たんだが……。」

私は服んだふりをして、わざとそれを行方不明にして葬った。

「お蔭でいくらかいいようです」などと嘘もついた。何故ともなくそうなってしまったのである。だがこんなことはまだいいのだ。

環境がいくら慣れられるものであったにしても、金山の視線にいつも付纏われているという甘えの意識がなかったとしたら、慣れも順応力もあったものではなかった癖に、私にはどこかで彼を軽蔑していたのだ。誓っていいが民族的な偏見は私に塵程もなかった。あったとすれば寧ろ偏見に近い程の贖罪感の方ではなかったろうか。彼は彼なりに鍛えあげた当座の順応性で身を鎧っていた筈である。彼が私に差し伸べるのは強靱な怒れる人の手であったのに、それをあべこべに、兵隊を類として肩を寄せてくる異邦人のヨワサと読み違えてばかりいたのだ。彼の示す思いやりがなりふり構わぬものである程それが煩わしく思われて、体を開いてしまうところがあった。

だが、こんな愧ずべきエゴももう贖いのきくことではない。私は何もかもいっぺんに語ろうとしているらしい。金山のことはひと先ずおこう。

我々に初め隠れキリシタンの呪文かなんぞのように聞こえた合調音というのは、誠にたわいないモールス符号の暗記法なのであった。一枚のプリントさえあれば小学生でもたやすく憶えられるのだが、そのプリントをすぐには渡してくれない。〈見るのはあと見ないこと〉の俗な暗記法に従っているまでのことである。音階はなくて拍だけであるから、別に感度のいい耳も要らなかったであろう。

イロハ四十八文字、句読点、アラビア数字などを、さまざまの点と線の組み合わせで置き換えたのがモールス符号であるが、これを手っ取り早く暗記する方法として考察されたのが合調音である。

例えばイは・―、ロは・―・―、ハは―・・・であるが、それをリズムにのせて・―《イトウ》（人名）、・―《ロジョウ》・―《ホコウ》（路上歩行）、―・・・《ハーモニカ》（楽器）といった具合に憶え込もうとするのである。勿論これは生《なま》文であるから、秘密を要する戦争中の軍隊で実際に使われることは殆んどない。発信される前にこの生文は総べて電報班で暗号に組み変えられる。

前記のモールス符号を簡略化した0から9までの数字群の符号を略数字と称んでいたが、それを組み立てて文章にしたり読解したりするのに乱数表が使われた。機密を要する電報を生文で送ろうものなら立ち所に電波監視所にキャッチされて、処罰される。

陸軍と海軍の乱数表は夫々別のものであったらしい。ミッドウェーで南雲艦隊が致命的な待ち伏せを喰ったり、山本提督塔乗機が雲の上で網を張って待ち受けていた米戦闘機群に捕捉されたのなどは、米側の暗号解読班に読まれた結果だと聞いている。乱数表が敵の手に落ちればそうなるのは当然である。だから乱数表はその惧れのある都度更新された。

だが開戦の前に読まれていた暗号は、その生文の構造、つまり国語そのものを取り替えるのでない限り、乱数表の寿命は知れていたのだ。解読の鍵は単純な所にあったらしい。本来その国語を国語たらしめている文脈の造りだけは隠しようがないのだ。助詞の使用頻度や主述の置き方、軍隊用語の癖などを突き合わせていけば、解読する側は新しい乱数表の先回りができるわけである。日本語のテニヲハを心得た専門の解読班は別にやまとことばの教養など必要なわけではない。然も相手側に秘匿された堅牢な暗号とレーダーの機能が参加していたことを思えば、ちっぽけな宇品の船舶通信など、戦争とはまるで別の所にいたことになろう。

今やコンピューターの時代である。恐らくもう世界中に読めない暗号なんて存在しないのではあるまいか。

さて合調音の所迄引返さねばならないが、これの憶えの良し悪しは、彼の知性とか教養などとは全く無関係であった。重量揚げの選手みたいな男や、昨日まで牛の尻をひっぱたいていたに違いない凹んだ鼻をくっ着けたおっさんなどが意外な能力を見せつけるのは愉快な眺めであったが、これ程不適材不適所の見本もないのであった。こんな仕事は女子供にだってできるではないか。重砲を引張ったり川に飛び込んで歩橋を担いだりする場所に連れて行けば、彼等は今の不景気な表情から俄に生き返り、勇躍腕を撫して立ちあがったに違いないのである。

岡軍曹は力持ちではなかった。差し向かいのアンペラの上で、人々の視線より僅かばかり上に眼を据えて、その日本人離れした鼻梁のトンネルから勢よく煙を吹きあげてみせる白面の江戸っ子であった。彼の耳は抜群であり、進度甲の仲間であったが、助教の電鍵が打ち出す分速八十字を楽々こなして坊やを感歎させたものだ。この男はまた微笑ましい豪傑でもあった。そのいつも弛みっ放しの褌からは逞しい一物がのべつ外界を窺っているのであったが、彼はそんなことには頓着しなかった。誰かが指差して笑うと彼は物憂そうに身づくろいをする。だが三秒も経てばまた元に戻ってしまうのであった。ニコリともしない彼の顔には「やれやれ世間なんて住みづれえ所だよ」となぐり書きで書いてあった。後日私はこの岡軍曹と共にボーイング少佐の許で働くことになったのだが、豪傑は誇張であったにしろ、恐い者知らずの涼しい男ではあったのである。ボーイングに巧妙に、且つ強引に焚きつけて、中隊から絵かきや歌手や文士を引き抜いたのは彼である。下手に持って行けば文字通り雷の直撃一発でおじゃんになった筈である。つまり岡軍曹こそ初めに書いた広山泊の産みの親なのであるが、彼はいわば一向に伍長になれない私に玩具部屋をあてがってくれたようなものである。と同時に、染物の絵付師であった彼自身、大っぴらに絵具をいじれるアトリエを拵えあげたわけでもあった。

憶えの悪い筆頭が、似の島からの引率者磯田軍曹であった。四日目には助教の方が音をあげて匙を投げた。進度丙であるが、それは丁がないからのことだった。進度によって甲乙丙に分かれてはいるものの、大世帯の乙を真中に、同じバラックの同じ床の上に胡坐をかいているのである。三人の助教の上に坊やがいて斉しく睨みを利かしているのだったが、丙はどうしても疎かになる。進度丙は二十人いたであろうか。彼等の一人一人が性向不適で怠け者だったわけではないが、丙に所属し、磯田と仲間になった時点で彼等の進度は初めから阻害されたようなものだった。助教も軍曹であるから軍曹の生徒を叱ったり手を掛けたりするわけにいかない。それどころか若い助教はいつの間にか磯田の合棒に成りさがって、坊やの眼を窃んではふざけ合っている始末である。困るのは（というより有難いのはと言うべきであったかも知れない）丙で爆笑が起これば、乙にも甲にも即座に伝染する。全員の顔がワライの放火犯に向いてしまう。坊やは苦笑してタバコにしてくれるのであった。この若い少尉が若さの一途さで磯田を叱り飛ばす場面もあって不思議はなかったのだが、それはなかった。彼が狂人みたいに暴力を行使する現場も後に見たが、坊やのどこがそうさせたのであったか、叱責すべき荷厄介なピエロを、秘かに憎からぬ者としていたのだったことも後に知った。

新聞はもう古いものさえ我々の手には這入らなくなっていた。ガダルカナルの飢餓地獄が口コミで拡がり始めたあたりから、すかさず退却は転進に、全滅は玉砕に称び変えられて、大本営報道部の転身ぶりの美事さを見せつけたのであったが、人々の意識の中では既に南の島々が島ぐるみ雪崩をうっていた筈である。

情報は今や縦のものは総べて疑うべきものであり、横のものは信ずるに足りなかった。兵隊は兵隊なりに、手探りの視界の中で、内なるソコクを一センチずつ後退させていくだけである。その兵隊の眼に将校が頼もしく見えることがあるのは、彼が信じ難い縦の情報の中に躰を入れて、正直に不信の焦だちを見せる時ぐらいではなかったろうか。

坊やの他にもう一人〈セッケン〉と称ばれる少尉がいた。既習者担当の教官であった。〈セッケン〉は花王石鹼の三日月みたいに顎が出っ張っていたからである。彼は戦況の憂うべきを一人で憂えているような男であったが、間もなく毎朝全員を集めて戦陣訓を唱えさせるようになった。彼がことさら短く切るセンテンスをそのまま復唱して蹤いていくだけのことであるから、一人一人にとっては口の運動をやらされているに過ぎない。それが終ると彼は「邦家の為に今我々に何ができるか」と瞑目しながら言うのであった。

「一人一人自分の胸に問え、麦飯に恥かしい一日はなかったか。人が一日でものにするのに三日もかかることはなかったか。通信手は最後の突撃要員であることを忘れてはいないか。」

整列している幾つかの隊列の間を、准尉が猟犬みたいに縫って回るのであったが、その足音の所在を確かめながら「いいえオニイチャン何で忘れますかいな」「まさかあんた。お前さんが危ねえや」「カアチャンにでも突撃するんか？」などといったふざけた呟きがあちこちから洩れてくる。下腹に力を入れて、こみあげてくるこそばゆさを押し下げるのが精一杯である。

「この隊に不心得者が一人おれば、その分だけ戦争は苦しくなると思え、蟻の一穴ということを忘れるな」とセッケンは続けた。

「生水を飲むなとあれ程言ったのに、もう下痢を訴えるものがいる。病院へやって下さいと泣きべそをかいてる非国民もおるぞ。」

この非国民は私のことではなかった。私は軍医には診せていなかったし、この頃はまだ診せるつもりもなかった。だが、赤痢菌は既にこの頃誰かの腸に取り付いていたのだった。入院患者が出ると、それが下痢であれ盲腸炎であれ、准尉は悪党呼ばわりした。そのどれもが仮病であり、病院へ脱走を図っているのだと准尉は確信しているようだった。

やがて隊長の村山中尉以下、村山隊の半分は病院で赤い糞を垂れ流す悪党になり果てたのであったが、この准尉の腸だけは流石の赤痢菌も手におえなかったらしい。金山軍曹の言葉を藉りれば「あんな男が一人ぐらい居てくれないことには、ここは成り立っちゃいかない」のだったかも知れない。

赤痢は初め隣接の他隊に出て予告はあったのだが、感染源である便所に石灰を撒くぐらいのことで、運び屋の蝿の駆除を怠ったぐうたらな村山隊を爆発的に襲ったのだった。

村山隊に下痢を持ち込んだのは私だったかも知れないが、赤痢菌に取りつかれた真性赤痢患者の第一号は権藤という軍曹であった。

この男は金山軍曹に後指を差すことで気取っていた男でもある。後指どころかしまいには金山のそれと判る発音を誇張して口まねし、金山が冷笑で黙殺すると、今度はここに書くことさえ憚られる猥褻な朝鮮語を投げつけてからかうようになった。金山がその気になれば一発で永遠に黙らされそうな猫背のノッポであったが、金山は取り合わなかった。

日本人の名誉の為に書いておかなければならないが、こんな男は権藤だけであり、彼をたしなめる者はいなかったとしても、彼に同調する者は一人もいなかった。赤痢菌は躊うことなく、真先にこの人物を選んだのである。下痢腹をひた隠しにしていた青瓢簞の兵長が選ばれる番もそろそろ近づいていたのだが、その前に、もう書くまいと思っていた奴隷の哀れな僻み根性を披露するのが順序であろう。

その日は船舶隊にとって記念すべき日か何かであったと思うが、兎に角、庭に広々と蓆の類を敷き展げて、隊長以下全員が胡坐をかいていた。ビール箱が次々に担ぎ込まれた。将校は一人一本、准士官下士官は二人で一本である。こんな品物の分配になると下士官は兵隊そこのけでてきぱき動き回るから、私は何もしなくてよかった。金山軍曹が一本を握ってきて、二人の胡坐の真中に据えた。

「僕はダメだからあんた飲んでくれ」と金山が言った。

ビールといえば当時は我々には縁のない贅沢品であったから、誰もが眼を輝かせていた。磯田が早くも「下戸はおらんかや、孝行者はおらんかや」と立ち上って、その場でそれを繰返しながらくるくる回っていた。ジョッキなんて気の利いたものは軍隊にはない。みんなアルミの飯椀か汁椀である。それを膝の前に並べて、ガキ共みたいにワイワイやっている。無精髭のおっさんが「こっちは泡ばっかりじゃないか、やり直せ」などと唇を尖らしながら、黄金色の液体の行方を見守っている。

金山軍曹は二つのアルミ椀を傍へ押しやって「さあ」と泡の吹いている瓶を私に握らせようとしたが、私はことわった。

兵隊の分量に就いては初めから指示がなかったのだ。若し、兵隊は下士官の半分と初めに明示されてでもいたら、或いは私は正確にその分量を金山に要求して自分のアルミ椀に移していたかも知れない。それならみじめでも何でもないのである。ビール瓶を握らされて、指示がなかったのが儲け、相棒が金山であったのが儲けとゴクゴクやれる性分なら可愛げもあるのだが、不幸なことにこっちの躰の造りはそんな風になっていない。こんな時だけもぐりみたいに下士官の仲間入りをしてやるわけにいかなかった。もう一つ。何故将校が下士官の倍であらねばならぬか。このことで先刻からとっくに臍を曲げていたのである。浅ましい性分だからに違いないが、セッケンも坊やもまだビールの味などろくに判りそうもない年齢であることが、私にはわずかながら救いであった。下腹の突き出た所謂ビール腹の将校連でないそのことである。こんな風景につき合わされるのは、これが初めてでも終りでもなかった。私はいつも思ったものだ。こんな恥知らずなマネをしたり、身に綺羅を飾ったりすることでしか人間の豚共を拝跪させることはできないのだと、十六世紀の初め頃イタリア語でぬけぬけと言ってのけた男がいた筈だったが、その豚共の一人一人が武器を携えている戦場でこれが成り立つ筈はあるまいと。ところがその後中国へ渡って、そこで敗戦を迎える迄に、この差別という人間的な概念では掬い取りようもない恥知らずな饗宴は眼の前の風景と些も変るところはなかった。それは私の居た場所が実弾の飛び交う修羅場でなかったからなのか、それは知らない。

いくさに敗けてみるともっとひどかった。飲み喰いだけならまだこの眼を外らせてやることもできたのだ。部隊長を初め将校という将校は（十名前後だったが）引揚げに当って、どこから持ってきたのか判らない新品の背広、コートの類を行李一杯に詰め込んで、当番兵の引く荷車に積み込んだり担がせたりした。呉淞の集中営から上海の飯田桟橋まで六粁前後の道のりである。

桟橋前の携帯品検査場の広場で偶然私は部隊長S少佐の後ろに並ぶことになって、眼を掩いたくなる場面を見せられたのだった。ひっくり返した行李の前で検査官の中国軍少佐は歯嚙みし、行李を叩き、やがて我々のオヤジの胸倉を取らんばかりにして罵倒した。言葉が解らないだけでも救いであった。S少佐は上等兵みたいに直立したまま、微動もしなかった。どこかで溜飲の下がるのを意識しながらも、罵りやまぬ中国軍少佐の前で私は日本兵に引き戻されていくのだった。くやしくて膝がガクガク震えた。何という完璧な敗北であったことか。日本の武官の中身が、ひっくり返った行李の中から、汚物でもつまみあげる仕種で一つ一つ抓みあげられているのであった。あれが兵隊の仕業であったら、中国軍の少佐は笑って見逃したに違いない。もう止そう。ビールの所へ引返そう。今度は私が押しつけられたビール瓶を押し戻して、むりやり金山に握らせる番だった。

金山は手を振って僕は煙草もこれもダメなんだと言った。

「あんた酒豪だとこの間も自慢してたじゃないか大島さん、ほら。」

情ないことに私の卑しい舌は先刻からよろめき続けていた。ほろ苦い人生の味などと金山の前で恋しがってみせたばかりだったのだ。だが「忘れられた兵隊の完全抹消」を自分で執行しないわけにいかなかった。金山の奨めに負けてしまえば、私にはもう自分を支えていくものがなくなるのだった。そのことは金山には言わずに「どうも変なんですよ、用心した方がいいらしい」と、私は自分の臍の下を押さえて見せた。

「折角班長殿にとっておきの人参まで戴いたのに、またぐずりだしたんですよ。どうやら私もあの権藤さんのアカバラを貰っちゃったらしい。」

金山は疑わしい眼付で私を見ていたが、つとビール瓶に手を伸ばした。「仕方がない。あんたの作戦勝ちだ。僕が戴いてしまおう」彼は瓶に喰らいついたかと思うと、二度三度息を入れながら一分間で喉の奥に収めてしまった。

バカな意地っぱりは、してやられたという気分もないではなかったが、自分の口で「権藤さんのアカバラ……」

と言った時に、下腹のあたりが只事ではないのにはっきり気づいてもいたのである。
諦めが悪いのかも知れないが、「或いは?」と私は後に本気で思わぬでもなかったのである。あの時金山の好意に従っていれば、取り付いたばかりの赤痢菌の十匹や二十匹ぐらい、ビールの泡ごと一気に洗い出していたかも知れなかったのにと――

その夜から私は二、三十分おきに厠へ走っていた。キリキリと揉み込むような痛みが下腹部を走る。ガバとはね起きる。袴下の紐の結びめを探りながら足を靴に突込んで走り出すのだったが、この秒刻みのタイミングを狂わせようものなら……端折ろう。順序を追っていけば鼻まで抓んで貰わねばならなくなる。兎に角、もう似の島の続きではなかった。

翌日私は、金山軍曹に尻をどやされて、週番下士に受診を申し出た。私だけではなかった。前かがみになった十人近い下痢患者が蒼白い顔を揃えた。これが村山隊の息の根を止めるに到った集団赤痢の前触れであった。

准尉に一人一人油を絞られ、知能的脱走犯にされた揚句、漸く患者名簿に名前を書き込んで貰った我々下痢分隊は、佐藤というズウズウ弁丸出しの巨漢の軍曹に引率されて医務室へ向かった。医務室はバラックを出て百メートルの距離があった。ところがこの佐藤さんたるや、見かけとはうらはらな小心者で、人も知るうろたえ者ときていたから、途中でどこかの若僧の少尉にでも出会おうものなら「歩調とれ――」と絶叫するのである。下腹を押さえて前かがみになったまま十センチも足のあがらない哀れな下痢分隊は忽ち相手の好餌となる。二度も三度もやり直しをさせられた上に説教である。こっちの事情をてきぱき説明して相手に「よし行け」と言わせてくれるべき唯一の引率者は、逆に相手に成り替って叱責の続きをおっぱじめる始末である。

「お前いつからそんなに偉くなったんだ佐藤。アイサツは帰ってからさせて貰うぜ。俺のケツはもう責任がもてぬと言うとる。お前が責任を持て。」

小男の軍曹にこう凄まれて、佐藤は怯んだ。

「週番下士は演説をするようにはなっとらんぞ佐藤。俺達を医務室まで連れていきさえすれゃいいんだ。俺が引率するからお前は走って行って村山隊の順番をかせげ、ズウズウ野郎め。」

「そ、そったら無茶な。診断は着順だべは。おめえもっとしゃんとしてけれや。」

佐藤さんが演説をぶってもいい相手が一人混っていたので、気の毒に彼は錯覚を起こしたのである。彼は進度Aの私の助教であり、いわば私は彼の説教の聞き役でもあったのだ。

行きはこれで何とかなった。垂れ流す者もなく百メートルをこなしたのである。だが帰りは行きよりも厄介だった。半ズボンに赤い刀緒のサーベルをぶら提げた美丈夫の少佐に取っ摑まったのである。これが後日ボーイングと称ばれた雷少佐であったが、この時は勿論そんな厄病神だとは誰も知らない。

三回敬礼のやり直しをさせてから「所属隊長の官姓名を言え」と少佐は週番腕章を着けた引率者に歩み寄った。

佐藤は見るも無慚に狼狽えて、隊長の姓から先へは行きつけない。

「はいっ、陸軍中尉村山……ムラヤマ……」

「落ちつかんか軍曹。」

落ちつかんかと言われて落ちつけるぐらいなら、初めからあがりはしないのである。

「どうやら名前も持たぬ隊長らしいが、その男に帰ったら伝えろ。貴公の部下は生きたまま皆死んどるとな。忘れるな。」

やっとこれで釈放かと思ったら「週番下士官、復唱！」ときたものだ。

最後のフクショウ！　は聞く者のど肝を抜くドスの利いた声だったから、佐藤はとびあがった。

佐藤さんの事など書いてみても仕方があるまい。唯、口をぱくぱくやるだけのことである。

少佐は金歯をちらと覗かせて、佐藤の肩をやさしくどやした。

この間、おそらく五、六分かそこらのことであったのだろうが、津波のように襲ってくる便意を押し殺している側にとっては、一時間にも思われたのである。

村山隊の診断は十分間もはかからなかったであろう。町医のやり方に比べると乱暴にも見えるが、ここでは何よりも先ず能率的であらねばならない。村山隊みたいなのを幾つか抱えているのだ。聴診器は胸にぶらさげているのだが、そんなものに用はない。検便だってもうその必要も時間的余裕もない所にきていた。軍医は患者を一列横隊に並ばせておいて、一人一人の問診に取り掛る。と言っても、娑婆でやる呑気な一問一答ではなくて、一問多答である。

「昨日の朝食後から今朝の朝食終了時までの便の回数？　一人一人右から言え。」

思い出している暇など貰えないから、即問即答のヤマカンである。

「しぶり腹か水様下痢か？」

「痛みが波のように繰返すかどうか？」

「便を見たか、どんな色だったか？」

「今までこれに似た下痢の経験があるか？」

そして最後はずばり「自分で赤痢だと思うか思わぬか？」とくる。

チェックすべき要点はこれで押さえているのだったが、「感染経路を何だと思うか？」患者にこそ知恵を仰ぐべきこの大事な質問を、彼等は用意していなかった。バカの一つ覚えで、ひたすら水道の生水を犯人に仕立てて疑う節はなかった。

問診が終ると、軍医は一人一人の額を指先で突いて回りながら「生水を飲んだな?」と睨み据えるのであった。

「飲むなと言われたら逆立ちしてでも飲んでやるといった横着者の面構えだ。赤痢菌はお前等みたいなのが好きなんだ。赤い糞でも黒い糞でも勝手にせ。」

ここから先は雑把一からげで肉の棒ぎれ扱いである。生水を飲んだ者は素直に言えと、軍医はわざと声を和らげて誘いをかけた。

私は黙って手を挙げた。それが感染経路でないという自信があったからである。だがそれを開陳する言葉の自由まで許されたわけではなかったから、私は黙ったままビンタを貰った。痛くないそのビンタは私を誇らしい気分にした。このカンカン照りの炎天下に生水を飲まない男などいるわけがなかった。生温い番茶の薬罐がないではなかったが、湯呑みがそこにあったためしはなかったし、然もその薬罐の注ぎ口には蝿の一こ分隊が常駐していたのだ。

私が驚いたのは隣に立っていた秋沢伍長の口の早業であった。

「自分は一滴も口にしておりません」と彼は言った。私がビンタを貰った直後の自発的発言であったから、彼は連帯ビンタの累を免れる為に、軍医の機先を制したのであろう。

夏の生水が如何に危険であるか。そのことを彼は公衆衛生の担当官かなんぞのように、医学用語を交えて静々と述べたてた。そして自分の意志の試錬としてこのことを実行してきた自分がこのような結果になったことを愧ずるものであると言って頭を垂れた。

私は内心地団駄を踏んだ。ビンタ逃れが目的なら、秋沢伍長のこの手口はこっちが本家本元なのだ。秋沢はビンタどころか、案の定軍医を深くうなづかせ、即座に入院許可を得たのである。蝿を持ち出さなかったのも彼の作戦のうちであったろう。〈一つ軍人は要領を本分とすべし〉この軍人勅諭の第六条をタイミングよく実行したわけである。

お蔭で不心得者の私も正直であった所から抱き合わせ入院ということになった。モッサリ突立っていただけの他の連中は「暫く模様を見る」ことにされ、下痢止めと整腸剤で追い返されたのである。

秋沢伍長が帰りに「お前は正直の上に何かが付くな」と言って、近づいてきた。彼が何かを愧じているのが判った。私は空惚けて見せながら、秘かに「君子は巧まずして成ったではないか」と嘯いていた。

秋沢と私はその日の夕刻、太田河畔の広島陸軍病院へ担架で運ばれたのだった。

赤痢はいたずら者ではあるが、ゲリラ戦はやらない。理に叶った正攻法でしか来はしないのに、やり方が夜盗的で卑劣だと軍医連は決めてかかっている。白衣の襟に聴診器をぶらさげ、尊大な合理主義で武装した彼等は、裏口から寝首をかきにやってきたぐらい憎んでいるのだ。

水道管を潜行してきたに決まっているゲリラ達に対抗するにはナマミズ生水とひたすら警告を発する他にうつ手はない。これでは無法者のゲリラ戦法に映るのも当然である。

セキリというこの正直ないたずら者は、別に軍医をからかう為に他の道を通ってきたわけではない。そこに近道があったから、それを選んだだけのことである。彼はまた当然のことながら徹底したリベラリストであったから、取り付く腸を選ぶのに階級章など見はしなかった。これは隊長さんだからと遠慮することはなかったのである。

飲んだ水道の生水が元兇なら広島市の水道水を飲んだ市民達は、原爆より前に集団赤痢の地獄図を繰り展げたことだろう。

運び屋は蠅であった。誇張に趨りそうだから、蠅の異状発生の詳細は省く。現場に足を運ぶ一人の軍医があれば、別に彼が烱眼であることも要らなかったのだ。我々は蝿の中で暮らしていた。三度の食事は蝿を追っ払うことから始まるのだった。シャツやタオルを振り回してそれを追っ払ってみないことには、どっちが飯でどっちが菜っぱか判らないのである。その蝿という蝿の一匹一匹が、厠に撒かれた白い石灰の粉を体いっぱい被っていたのだ。

然も念の入ったことに、秋沢と私が担架で運び出される日迄、一瓶のフマキラーも一本の蝿叩きも手に入れることはできなかったのである。

人は一生に一度は、担架という乗物に乗ってみる不幸な経験を持ってもいいのではあるまいか。車輪の代りには細かに計算された担い手の手足のスプリングがある。タイヤが石ころの一つに大袈裟にバウンドする時でも、担架は揺籃から引き継いできたと思われるさざ波の流れを変えることはない。寝そべっている無賃の乗客が渋面をつくると、トイレのない乗物であることを詫び、もう暫くの我慢であると母親の口調で担い手が励ます。あの乗物のリズムは、人間の魂を旅へ誘うというより、旅からの帰心をそそる大地そのもののゆらめきではあるまいか。

どんなに意地悪の衛生兵でも、担架に横たわった者に対しては即座に母親に変身するようだ。銃弾に撃ち貫かれた者であれ、下痢でくたばった不心得者であれ、担架というあの抒情的な乗物の前では、彼等にとっては同じ乗客であるようだった。それが衛生兵の看護心得であったのかどうか知らない。今私が軍隊を振り返る時、その最も軟かい部分として担架のリズムは還ってくる。

川端の陸軍病院は、もう窓々に灯りがともっていた。

担架は赤痢病棟の前でおろされた。

私は歩けるつもりであったから、立ち上がってみて狼狽えた。足が先へ出てくれないのだ。人間の足なんて何と途方もなく重い荷物を乗っけていることか。一歩一歩が重労働であった。今朝この足で百メートルの医務室まで往復したそのことが信じられない。僅か七、八時間の間のことである。衰弱の進度を「助かりそうだ、やっと辿り着いた」という甘えが、二目盛ばかり進めたのでもあったろう。婦長が走り寄って来て、断る私を叱りつけた。両腋に看護婦が一人ずつ頭を入れた。

軍医は私を裸にして驚き、聴診器を握りしめた儘首を振って憤った。こんなになる迄放置した隊付軍医は誰か？　何という名前か言え！　担送で吹き出た汗を拭っている衛生兵の長に軍医は詰め寄り、「リンゲル！」と大声で怒鳴った。

待ち構えていたとみえて、即座に牛馬用かと思われる大きなアンプルが、看護婦の手で吊り下げられた。隣のベッドから、秋沢伍長は肘枕でこっちを見ていた。構ってくれない看護婦を一人一人つかまえて、病衣がダブダブだから取替えてくれとか、腹が減ったとか言っている。

軍医の正義感は胸に応えた。アップアップやって深みに溺れている所に、岩乗な梶棒を差し出されたようなものだ。かと言ってそれに甘えるにはたかが不名誉なアカバラでしかないのだった。その上「隊付軍医殿は忙し過ぎるのです。放置されたわけではなくて自分が受診を怠ったのです」と隊付軍医の肩をもつのも今更しんどくて忌々しかった。

私はもともと第二補充兵のカマキリであり、兵隊という語感には遠いへなちょこである。生まれてこのかた肋骨の谷間の埋まったことがないのだ。まともな時でも裸になれば赤痢病みかと思われたことだろう。軍医はこれに眩惑されたのである。だがこんな体の男でも曾て重機関銃を担いで人並に走り回ったのであるから、卑下するには当らないことかも知れなかった。

軍医の眩惑はまた婦長以下看護婦のものでもあった。辛いことだが、このことはまた後でも書かねばならない。

「うまくいきそうだなオイ……。」

リンゲルで息を吹き返した私に、秋沢伍長が囁きかけてきた。何がうまくいきそうになったのか、下痢腹の修理のことならその通りだったから、私は頷き返した。こう書けばこのまま先へ進めないこともないのだが、それではやはりごまかしになる。うまくいきそうなその何かは、リンゲルの薬液と一緒にゆっくり時間をかけながら、私の中を通り抜けていったばかりだったのだ。絶望的な面つきで――。ずばり言えばその何かは「このまま逃げきる」ことであった。治癒退院、そして原隊復帰では生殺しである。軍服を脱いだこの機会はもう来る筈はなかった。神が微笑みかけてくれたのだと思われた。面の皮を厚くして言えば、これで我が家へ少しは近づいたかどうかという空しい願望のことだった。自分がまさぐり捨てたばかりの恥知らずな夢を、今秋沢が拾いあげてまさぐっているのだった。勝手な話だが、私は隣の男が許し難い破廉恥漢に思われてきて苦笑した。これも朝方、医務室での雄弁にしてやられたしこりであったかも知れない。

ところでこの破廉恥漢は、と、ここで先回りして書くわけだが、私より先にさっさと退院し、そのまま即日召集解除になったのだから、方に知能犯的怪物だったわけである。私は後にそれを知り、二度めの地団駄を踏んだのだった。

リンゲルで辺りを見回すぐらいの気力は取り戻したものの、便意は依然として波状攻撃をかけてくる。その度にエビみたいに二つ折になってみたり腹匐って両手で臀肉を押し上げてみたりした揚句、最後は万策尽きて厠へ突っ込む。気分は突込んでいるのだが、四つ匐いになったり躄のマネをしたりだから十メートルが百メートルに思えてくる。いくら励ましても呪ってみてもベッドの下のブリキの便器には手が伸びてくれない。その償いがこれである。その上、似の島からずっと酷使されてきた肛門は完全にむくれあがって、時にはそこから鮮血が奔るのであった。

枕許の薬餌棚に琉麻と梅干しの瓶があった。「食べ物は持っていませんね。絶対ですね」その確答と引き換えに看護婦が置いて行ったものである。

琉麻は定められた時間をおいて飲まねばならない下剤であった。白い琉麻の粒子の沈澱したこの白濁の液体は苦かった。ニガイという今迄の味覚が如何に甘ちょろい苦さであったか、これは底意地の悪い苦さであった。下痢患者が最初にありついた薬が、この猛烈な下剤だったというわけである。琉麻が腸を洗って流れ下る速度は、ベッドから厠へ辿り着く迄のいつもの時間を更に半分取りあげてしまうのであった。

その夜、腰掛式の箱型便器が秋沢と私のベッドの間に置かれた。

「これなら大島さんのお尻も言うことを聞くわね」と看護婦が言ってからかった。

秋沢はそれを使った。何の抵抗もなくそれに跨る秋沢を私は蔑んだ。本当はそれのできない自分の性分を蔑んでいたのだ。私は遂にそれを使わずに通した。秋沢の鼻を憚る必要はなかった。お互いさまなのだ。だがいくら自分を説得してみても、彼の耳を憚らないわけにいかなかったのである。

その夜の夜半、私は意識を失って婦長以下を慌てさせたらしいが、何故そういうことになったのか、その前後が判らない。両の太股に新たに刺されたらしいリンゲルの針の痛みが残っている。左腕の上膊に微かにまだカンフルのにおいがする。上も下も着せ換えてくれたと見えて、触ってみると褌の紐は平たく、白衣も糊の利いたごわごわのものに変わっている。両の瞼がやけに重たくて、覗き込んでいる秋沢の顔がすぐ見えなくなる。

「よう眠るのう。眠っとる間は下痢もあっちを向いてくれるようだな。」

それから先を聞くのが恐ろしかった。高熱の後みたいに捉えようもない不安がどんより体の中にくすぶっている。

「憶えとるのかお前？　便所の前で倒れてたんだぞ。滅茶苦茶に垂れ流してさ。一向帰ってこんから俺が見に行ったんだ。どうしても便所でなくちゃいかぬのなら、便所の前で寝るしか手がないじゃないか。婦長さんもこぼしとったぞ。どうしてそうなんかねお前……。」

私は耳を掩った。「憶えてる何もかもみんな憶えてるんだ。もう言わないで下さい」私は毛布の中に顔を突っ込んで叫んだ。文字通り汚辱に塗れて、私は一人で自分の敗戦に立ち会っていた。

私は枕許の梅干を一粒取って口に入れた。梅干はおやつでもなければ、琉麻の口直しでもない。食べなければならない赤痢の特効薬であった。心細いことにこの酸っぱい木の実の塩漬けの他に薬らしい薬は何一つないのであった。それよりも今、汚辱どころか糞に塗れた自分の体と心を消毒してくれそうなものは、一粒のこの梅干しかなかったのである。

看護婦が起床時刻を触れ歩いている。ここもやはり軍隊だったのだ。昨夜は気づかなかったのに、たくさんの先客達が二列のベッドでうごめいている。担送患者は寝たままでいいが、独歩患者は起きて点呼を受けねばならないようだ。

点呼の週番士官と入れ替りに主任看護婦がやってきて「大島兵長さんは個室に移ります。所持品はそのまま、歩かなくていいですからね」と言った。

私はそこで一週間近くを夢のように暮らした。「夢のように」に註をつけるとすれば「信じられないぐらい自由に」とでもなろうか。一人きりになれる場所が厠以外にあるとは思ってもみなかったのだ。

個室つまり重症室である。担当軍医と看護婦が附く。それでも一人でおれる時間の方が長かったし、夜は三畳程の個室に人生が、世界が遊びにやってきた。

こんな特別待遇にありついたのも、やっぱりカマキリの仕業に違いないと私は考えた。今まで死ぬような病気をした経験がないからでもあったろうが、自分が重症だとは私は考えていなかった。失神なんて疲れたら誰でもやることだった。ものは言えたし、視るものは視えた。腹は減ってガキにもなっていた。ともあれ自分が自分の意識で何かを考え、判断できるうちは大したことはないと決めてかかっていたのだ。

ここには型の変わった幾つかの便器があって、中に蓋のある壺型のどっしりしたのが私には有難かった。それでも看護婦の眼を窃んでしかそれを使わなかったから、看護婦は「またやられた！」とその都度機嫌が悪かった。彼女は便器を持ちあげて鼻の所に持って行き、そのにおいを確かめようとするのだが、既に鮮度がおちているのである。小づくりのかわいらしいこの娘は、私の褌も強引に外して洗濯してきてくれた。その胸の名札に薦田と書かれてあったのを、今も忘れることができない。まさか原爆といえども、あの牛乳でこしらえたような可憐な娘まで焼きつくすことはしなかったであろう。

軍医は個室に移った日、脈搏をみたり体温計を透かしたりしながら「君の郷里はどこか？　この辺か？」と言った。

「会いに来いと言ってやれば来れる人がいるのか？」

私は兄貴を見るような気分で軍医のごつい顎を見ていた。大袈裟なというくすぐったい気持の裏でホロリとなっている自分を私はもてあました。「何故ですか？」と言おうとしたが言葉にはならなかった。一度敗戦を迎えた男にはもう強がりは要らなかった。

「遠すぎます。それにここまで来れるようなひまなのもいません」

軍医は何度も頷いた。そして「君、悪い癖だぞ。便は寝たまま看護婦にとらせ給え」と命令口調で言って白い歯を見せた。

三日めまでは、口に入れるものといえば水のような重湯であった。それも一食がアルミ椀半分である。おかずは勿論梅干と僅かな塩。大部屋に戻ってからは尚更だったが、空き腹に両掌をあてがって間断なく責め苛む飢餓感をもてあましながら一夜をやり過ごす辛さは下痢の辛さに劣らなかった。そんな時、きまったように、似の島で訣れた吉田上等兵のやんちゃな横顔を捉まえていた。彼ならこんな時ひょっこりやって来て、上着の下から罐詰を出して「斯様《こげ》なとは如何《いけん》な？」などと北叟笑んでくれそうに思えたのである。後で知ったことだが、吉田はアカバラのつき合いなどしているひまは、この頃はもうなかったのだ。彼は得体の知れぬ舟艇の中で特訓を受けていたのである。

私の恢復の速度は軍医を驚かせた。便の回数が半分になり、更にその半分になるのに三日もかからなかった。排泄するにも口からの補給がなかったわけだが、それよりもあてがわれた琉麻をその都度こっそり痰壺に飲ませてやったのが原因だった。リンゲルがきれてくると覿面に懈怠の海へ引き戻されていくのだったが、それは言わなかった。体温が八度を下がり脈搏も正常に近づいたのである。六日めには軍医を説いて大部屋に戻った。

何としてでも大部屋へ戻らないことには、憧れの白飯に辿り着くのはいつになるか判らない。下痢の症状に応じて稀重から三分粥、五分粥、七分粥とクラスが上がって行く。やがて白飯というまともな大人の食事に行きつくのだが、そこはマラソンの決勝点みたいに視界の中に這入って来ない。「〇〇軍曹さん、明朝食から白飯になります」なんてのが耳に這入ると、神様もなんと不公平な！　などと本気で僻みたくなってくるのである。

大部屋はもうぎっしり詰まって、秋沢伍長の両隣はふさがっていたが、やはり元の場所に新しくベッドが押し込まれた。腰掛便器はもう見られなかった。

「隅に置けないぞお前。うまいことやってるじゃないか。見直したよ。」

秋沢が皮肉な含み笑いで迎えた。あれもこれもみんな何かの作戦に見えるのであろう。

「バカの上に何かが付く」男にしては意外だというわけだ。

バドリオが連合軍に降ったとラジオが報じていた。シチリアに連合軍の上陸を許したというニュースを耳にしたのは、医務室で軍医の説教を聞きながらであった筈だから、あっという間のできごとである。今記録を繰ってみると九月八日になっている。召集令状を受け取ってから一月余りが経っていたわけだ。私のこの回想記を辿ってみれば、その倍近くの日時が流れていてもよさそうな勘定になってくる。だが今から余分な（と思える）日時の刈り込みをして辻つまを合わせてみても仕方がない。

秋沢の隣りも私の隣りもどこかで見た顔だと思ったら、何れも村山隊の男達であった。

昼過ぎに新しく何人かのアカバラ達が這入ってきて、その中に一際ぬきんでた大男の佐藤軍曹が混っているのに私は眼を瞠った。

「よう、佐藤じゃねえか。おめえよう図々しくやって来たな」と一人が言うと「ここでまたエンゼツみたいなもんおっぱじめんといてくれや」ともう一人が言った。こう言った男達が誰だか私にはすぐ判った。それよりも私が当惑したのは、彼が看護婦の押してきたベッドを私の隣に入れるように頼んでいるのを見た時だった。

私は彼に慕われる覚えはなかったし、親しく口を利き合ったこともなかったのである。唯彼は進度Aの助教の一人だったから、毎日顔だけは合わせていた。彼には進度はAでも兵隊は兵隊だといった所が露骨にあって、例えば何かの質問を発する時でも、真先に「ヘイチョウ」と言って私を当てないことがない男だった。眺め回してみて、無害で気の許せそうな仲間は、教え児のつもりのヘイチョウしか見当らなかったというわけであったらしい。ボーイング少佐に、所属隊長の官氏名を言えと迫られて、脳天まであがってしまったあのおっさんである。

佐藤軍曹は私に「佐藤さん」と言われたのに先ず面くらった。おや？　と身構える気配で暫くはそのままこっちの眼を覗き込んでいたが、みるみるベソみたいなニヤニヤになっていった。「戦友のそばがええでは、わがんねこと教えてけれや」と言った。

向う側の列には軍属も一等兵もいたが、大部屋同士誰も彼も〇〇さんであったから、私もそれに従ったまでだった。秋沢との間でも、いつの間にか「秋沢さん」になり「大島さん」になっていたのである。

おとなしいのを世間ではよく「借りてきた猫みたいに」と言うが、佐藤軍曹は猫ではなくて風邪をひいたおとなしい豚だった。のべつブツブツ独りごとを呟いていた。食事時になると左右を見比べて、そのブツブツはブウブウになるのだった。腹が空くのである。佐藤さんも人並に赤痢に好かれる柔らかい腸の持ち主だったというわけだが、空き間の容積が図体に比例していたのだろう。そこがもはやがらんどうになったといって独りで嘆いているのである。

今、この佐藤軍曹のブウブウを浅ましいとからかって通り過ぎれば、赤痢病棟の生活風景でもう他に書くことはないのかも知れない。初期はまだしも、恢復期に差しかかると、一人の例外もなく文字通りの飢餓地獄に陥るのであった。逆にそれを地獄に思い始めたあたりで、彼の下痢は峠を越えたのだと言ってもよかったわけである。

敗戦当時のひもじさとは、比較するにもしようがない。あの時の餓えは眼隠しのとれた心の餓えでもあったから、人間をここでよりは幾らかましなものに見せかけてくれた。筍暮らしでも掻っぱらい稼業でも、人々は空き腹を慰めながら上を向いて歩いて来れたのである。

ところがここときたら、物々交換も掻っぱらいも利かないし、闇市もない。「これはフスマで豚の飼料だが、仕方ないから一食ぐらいこれで我慢しよう」という、その豚の飼料もないのである。今や「餌を通す管」になり果てているわけだから、何かを考えていてもその句読点みたいな所で湯気の立つおにぎりに出迎えられてしまう。誰かが口をもぐもぐやっていれば、それが咀嚼でないことを確かめる迄眼を離さない。

そんな一日を送り迎えている間にも、ベッドとベッドの隙間は日に日に狭くなっていった。南方からの復員軍属が次々に割り込んできたのだ。魂の脱け殻みたいに一時間も自分の掌を見ている男や、蟻のたかった砂糖壺を肌身離さず抱いているおっさんもいた。看護婦は便器の始末よりも、ベッドから厠迄点々と筋を引いて続いている牛の涎みたいな赤い粘液の拭き掃除に追われた。

彼等もまた喰い物の話しかしようとしなかった。蒲焼や鮪のトロやいせえびの類が明けても暮れても登場する。それに聞き耳を立てることで飢餓感は更にかきたてられるのに、腹から先にそっちを向いて、自分が今迄向き合ってきたあらゆる食卓のあらゆるメニューを眼の前に繰り展げてやまないのだった。

「こっちは何もご馳走持ってこいと贅沢言ってるんじゃねえぜ。足りねえから足りねえと言ってるだけだ。飢え死にさせられる覚えはねえや。」

「なら黙ってろ、飢え死にしたくなけれゃな。その分だけ腹も減らねえってもんだ。」

「芋がゆで育ったんだろお前。米のお粥さんでもご馳走だぞ。ご馳走ってのは馬みたいに喰うもんじゃねえ。」

「バカヤロウ！　生まれてこの方鰊と稗粥しか喰ったことあんめ。」

「てめえのこと言ってやがる。俺んとこじゃビフテキだのカツだのってなあ猫の餌さ。この頃はもうロースでなきゃそっぽを向くがね。育ちってなあ争えねえなあ。」

「いいかい喰いっぱぐれ共。お前たち下衆な野郎共に限って足許が見えないもんだ。教えてやろうか。舎前のカボチャはもう喰えるぜ……花をくっ着けた若いのがうめえんだ。ほら一夜漬にして喰ったことあるだろう。」

それから二、三日経って、そのカボチャは本当に消えてなくなった。丹精こめて育てていた婦長さんが怒った。眉を引き攣らして彼女は病室を歩き回った。「カボチャを食べた人は正直に言いなさい。下剤をかけないと助かりませんよ。死にたければ黙っていなさい。いい見せしめになりますからね。」

いい見せしめのあたりに怨念がこもっていたが、カボチャ泥棒の方は何ともなかった安らぎでゲップを押し殺していたのだろう。婦長は全員の検便をするといきまき始めた。軍医に「放っとけ毒にはなるまい」と言われて頭にきたらしかった。

「ばってん婦長さん、赤痢んもんが盗っちゅう証拠はなかでっしょもん？」

「んだんだ。あったら青臭いもん喰う人間なら向うさんだべ。」

「向うさんですしゃろな。あんなえげつないもん口に入れはるんは。」

えげつないもんと言われて婦長は色をなした。「もういっぺん言ってみなさい！」

だが、検便まではいかなかった。

向こうさんというのは、十メートルを距てた棟並びの病棟で、赤痢病室の真向いにいる連中のことだった。五、六人のレプラ患者で、彼等は一日中卓球をして遊んでいた。レプラであることは一眼で判った。ツルツルの頭あり、穴だけ開いた鼻あり、中にはアキレス腱が伸びっ放しの歩き方をする若者もいた。若者だと判るのは彼にだけ青々とした頭がある上に、球を外らした時のはしゃぎ方が子供のものだったからである。

「えげつないもん……」と言って婦長に憤慨させた男は権藤であった。もうどこかで紹介した村山隊の赤痢の元祖である。この男は金山軍曹が朝鮮人であることが気に入らないように、レプラ患者が陸軍病院にいるのがけしからぬのであった。

「しょむないわ。一人前のつもりで飯だけはがっぽり喰らいよる。」

カボチャ泥棒はこの権藤に間違いないと私は確信していた。別に根拠があったわけではなかった。唯、私にとって何の根拠もなしに疑うに足る男だったのである。

がっぽり喰らいよるように権藤が僻んだのも仕方のないことだったかも知れない。下痢病棟のガキ共とは、向うさんに限らずどこの病棟だって給与が違っていて当然だったのである。僻みだと判っていながら配膳の時刻になると、向うさんに顎を突き出して誰かがこんな風に呟かねばならなかった。

「あれ達には喰わせてやろうじゃねえか。あれしか生き甲斐はないんじゃからな喰うことしかよ。ピンポンもさせてやろうぜ。腹を減らしてもっとたくさん喰べて貰わなくちゃ申し訳ねえよ。奴等には悪いが俺達にゃ何と言ったたって婆婆が待ってるんだから。」

憧れの白飯に辿り着いてみても、そこがひもじさの終点ではなかった。アルミ椀の中味が増えるわけではなくて、飯の水分が少なくなっただけのことである。ここまで来れば入浴も許されたが「うっかり湯ぶねにでもつかってみろ、朝まではもたんぜ」ということになる。こうなると蝿のたかった山盛りの麦飯のイメージを払いのけることはもうできない。婦長室へ毎日退院願いに通い始めることになる。

隊長の村山中尉が最初我々の病室に姿を見せた時、彼は軍服を着けていた。一人一人の部下のベッドで立ちどまり、枕頭の名札を読みあげ、いちいちこっくりをして頷いて回った。

それから暫く経って、今度は白衣になって現われた。看護婦を従えていた。「古兵諸君!」と彼はニヤリともせず言った。

「今日から隊長もここの初年兵になった。古兵の諸君に琉麻の上手な飲み方を教わりたいもんだ。あれはあんまりうまくないからね。こうなったら敵は当面この下痢だ。ここが村山隊本部みたいになったが、この垂れ流し本部は一日も早く解散しなければね。笑うな。気分のいい者はやって来い。ワシは将校病棟の○号室にいる。

おわり。」

顔付きだけで言うなら、セッケンよりも彼の方がもっとセッケンだったが、部下の眼に本名のままムラさんで抵抗なく納まった所をみると、人の長たる風格を備えていたのであろう。「兄貴がやって来なすった」といった歓迎の雰囲気がベッドというベッドから立ち昇っていたのだ。これはサーベルや長靴や胸の隊長章と抱き合わせで身につくというものではない。或いは小姑根性の塊りである兵隊の眼を、こんな具合に誑かしきった彼の演技の方を見るべきであったかも知れない。将校という役職は、まともな人間である限り、何がしかの羞恥感なくして演じ了せる筈のものではなかったからである。

さて、これで村山隊が壊滅したということではなかったのであろう。その後も隊からの連絡者は毎日一抱えの郵便物を届けに来た。決まった時刻に間違いなくやってくるその定期便は、待ち受けた人垣に忽ち取り囲まれて身動きもできなくなるのだった。

二、三通の封書を両手で差し上げて人垣を胸で割って出てくる者もいれば、中には誰よりも先に飛び出していくくせに、葉書一枚手にすることのできたためしのない男もいた。

金山軍曹がその時刻に病室の入り口に立ったのを見た時、私は無意識にベッドの上で手を振っていた。いつもの風景が見られなかったわけではないが、ワイワイガヤガヤの人垣にはならなかった。私の眼が僻んでいたからに違いない。金山は「〇〇軍曹」と声高に呼びあげながら、一人一人のベッドに配って歩いた。

「大島さんに小包みが来てたからね。今日は僕が引き受けてきたんだ。この役も志願者が多くてね。娑婆の風に吹かれたいんだな。僕もそうなんだが、何をするにも僕はうまくいかないんだ。公用証を回して貰うのに煙草二箱ですよ。」

佐藤が横から「進度Aはサボったらダミだでや。俺帰《か》いったらアンコ出るまで鍛いてやるっからな」と助教風を吹かせたが、金山は全く無視した。

「公用証で商売をするのがいるんですか。流石ですね。」

金山は笑いながら図嚢から煙草を二箱出して小包みの上に載せた。彼は煙草を喫まなかったから溜った配給品を私に回してくれるのであったが、これで合計四箱の投資というわけだった。

小包みの筆跡は妻のものだった。そこに載せたばかりの煙草の一箱に横から手が伸びた。秋沢である。「いただいとくよ。慰問品は平等が原則だからな」金山も秋沢も相手を見ようとしなかった。

「赤痢も班長殿には手が出せないようですね。何人ぐらい残ってますか？」

「半分でしょう。やりにくくなりました。でもね……」と明らかに佐藤を意識した小声で「ガタガタ言うえらい先生が居ないだけ楽ですよ。二言目には帝国陸軍なんだから」と金山は言った。

「准尉さん相変わらず咆え回ってますか？」

「坊やが機嫌が悪いですよ。隊長代理兼務ですからね。セッケンよりあっちが先任なんですな。貫碌はないのに。」

「トンツーを覚えたらどこへ持っていかれるんですかね我々は？」

軍曹は困った微笑を浮かべた。

「その前に器材があります。基地開設もある。乱数表を使いこなすのだって駈け足でってなわけにはいかないからね。トンツーを憶えてみたって何にも始まりゃしない。先の先の話ですそれは。」

また来ますと言ってベッドの腰をあげてから、金山は「弟が予科練を志願したらしい」と言った。

いつか金山が「近頃ふっつり手紙をよこさなくなった」と歎いていた平東《ぴょんとん》君とかいう弟の消息である。本人からでなくて、お爺さんが知らせてきたのだという。

「バカな奴だと思うでしょう。つける薬がないんだ。それが奴のアリバイならそれでもいいが、やり方が子供だからね。僕がいれば殴り倒してでも連れ戻したんだが……。」

「アリバイ？」

金山はジッと私の眼を読んだがすぐ表情を和らげて「あんたにゃ解らんでいい」と呟いた。

「志願したんじゃなくてさせられたんじゃないかな。周りのハシカに感染したんでしょう。あれは逃げきれませんよ。」

「愛国少年か。そんなとこにしとけばいいんだ。僕はそうじゃなかったがね。准尉さんに出世して、将校みたいなサーベルが吊りたかった。」

「班長殿……」

金山は冷ややかに左右を一瞥して、またベッドの端に腰をおろした。

「死んでも嫌だった場所が一番いい隠れ家なもんでね。聯隊区司令官に僕は賞められましたよ。志願だったからね。『日本人として当然のことだが』と前置きされながらだった。有難涙がこぼれたものさ。」

「つらいな……」

「あと二年あいつがバカなまねをしないでくれればね。だが鉄砲玉なんですよ。」

「二年？　二年ね。」

「それ以上は要らないだろう。そうなればあいつともう一度相撲がとれる。もっといい場所でね。あんたにゃ悪いが……」

「そんな言い方をするんですか？　言う方は気が晴れるんだろうな。」

「怒っていいですよ。本当は僕はあんたみたいな日本人が一番苦手だな。金持ちケンカせずで『二年ね』なんて他人《ひと》事みたいに言うでしょう。腹の中はおだやかでないくせに。相手に調子を合わせてやってるんだ。」

「ハンチョウ殿……」

「どうぞご心配なく。二年なんて出まかせです。平東《ぴょんとん》のバカが僕にはかけがえがないのでね。平東のバカと一口ぐらい言ってくれるかと思ったんだ。おめでたいだろう。」

「………」

「さ、権藤さんがあそこから見張ってますよ。朝鮮人と話すけしからんのがいるってね。」

「どうせこの兵隊も権藤だと思ってるんでしょう。」

「権藤なんか問題じゃない。権藤はいっぱい居てくれた方がいいんだ。あれがこっちにはガソリンなんだからね。正直な男だ。あれこそ本物の日本の下士官です。付き合いにくいのがこんな兵隊さんだよ。」

「老獪だというんですか？」

「あんたは自分を慰めたい時だけこっちを向く。人眼を憚りながらね。僕の眼は節穴じゃないよ。下士官にでもなればその日から用はなくなるんだ。あそこに朝鮮人がいるという眼付きになる。」

そう言いながらも金山はたえず両隣の佐藤と秋沢の在りかを窺っていた。

「それなら……」と私は小包みを膝にしながら金山に向き直った。

「それなら班長殿だって、自分を慰める為の哀れな兵隊を一人手に入れているじゃありませんか。それともこれは舌先で弄んでからかう為の玩具って、そういうわけですか。」

金山はあわてて立ち上がり、今度は別人のように大声で「早くゆっくり還ってきて下さい。待ってはいませんから」と言って、舌を出した。

自分を慰めたい時にしかこっちを向かないと金山に言われてみれば、黙り込む他ないのだった。それでいて改めてそれを非難されてみると自分の身勝手さはさておき、それを読んでいる金山の懐の深さが逆に疎ましいものに思われてきたのだ。

「あんまり深入りしない方がいいんじゃないか大島さん」と秋沢が言った。仰臥して瞑目したままだった。聞き耳を立てていたのである。この男は枕元にいつも二、三冊の文庫本を置いていた。茂吉の万葉秀歌やプラトンのパイドロスなどがあったが、日頃彼がそれを開くのを見たことはなかったのに、金山が来てから立ち去る迄、その一冊を顔の上に展げていたのだ。「深入り……」に私は目を瞠った。

この男はベッドを並べただけの隣人としてなら、無害な人間と言わねばならなかった。どんな喧騒の中でも黙々と手帳に何かを書き込んでいる神経の持ち主であっただけに、隣が何をしていようが一切干渉しなかった。もともと便器の音を憚ってやらねばならぬような耳など持ち合わせていなかったのである。日が経つにつれて私はそれを羨しい彼の美徳として見るようになったのだが、その彼の「深入り……」などという刑事でも使いそうな日本語にだしぬけにぶつかってみると、何かダマされていたという気分になってくる。深入りも浅入りもあったものではない。日本と同じ色に塗られた日本ではない国の地図が意識のどこかに痣みたいに展がっていない日本人がいたとは私は信ずることができない。権藤を軽蔑することはやさしい。だが彼のねじくれた意識の回路を辿って行けば、「贖えないもの」を自嘲しているのでないとは言いきれないのである。権藤に比べればこの男は軽蔑にも値しないのだった。秋沢は東京の何とか大学の助教授であった筈だが、私が助教授という肩書を持った人間を怪しく思うようになった頑固な癖はこの時に始まっているのかも知れない。

小包みの中身は洗い晒した一枚のシャツとシャツにぐるぐる巻きにされた一袋のビスケットであった。ビスケットだと判った途端にシャツごと敷布の下に押し込んでいた。ここでは危いと思うが、移す場所は他にない。胸がドキドキしはじめた。

軍隊という組織がひけらかす鉄の規則も、内側から覗けば穴だらけなのだったが、これもそのトンネルの一つを傍目もふらず直行してきたようなものだ。

院外からの持込品はすべて受付でチェックされる。ビスケットの包みが赤痢病棟に無事故で辿りついたことが信じられないぐらいなのだが、そこがつまり軍隊という所でもあった。窓口から声が掛っても、金山みたいに馬革の脚絆を脛に巻きつけた大男の下士官なら悠々と無視して罷り通ればいいのである。これが貧相な小男で草臥れた布の巻脚絆なんか巻いて、ちょこちょこ歩きでもして差しかかろうものなら、階級章はもう役に立たない。窓口のヨーチン（衛生兵）共にナメられて、私のこのビスケットだって、とうの昔に彼等の口へ放り込まれていたに違いないのだ。

今やこの不逞なとでも言うべき辷り込みをやって転り込んで来た一袋の乳菓の一粒一粒が、敷布の下で金貨みたいに光り輝きながら息をひそませているのだった。

あたりを窺いながらこっそりその何枚かを懐に忍ばせて厠に潜むのであったが、その一枚を口に入れて唾液で溶かしているうちに、墜ちる所まで墜ちた己れのみじめさが喉の奥からやってきた。それでもそれをやめられなかった。乳呑児と二歳の幼児を抱えた妻が、その子供への僅かな特配品を、眼を瞑って小包みにしたのである。十燭光の電燈の下で紐を掛けている妻の手つきが見えていた。私は二人の子供の泣き声を耳の近くに引き寄せながら、一つ一つそれを呑み込んだ。この切なく甘い一きれのお菓子を自分の血を分けた幼児達の手から取りあげようとする者と戦う為に、死をかけていたいけな者共を守る為に父親は軍服を着けて故郷を後にしたのではなかったのか。誇張になったかも知れないが、私は一人で戦争を先取りして歩き出していたようなものである。

だがこの貴重な金貨も長くはもたなかった。秋沢と佐藤にみつかって、たかられ強請《ゆす》られたのである。

秋沢のたかりは正攻法で、掌を差し伸べてこっちの枕許を叩くやり方であった。恍けてみせると「敵同士でさえ隣に塩を送ったじゃありませんか」とくる。三度めにはそれも効きめがない。「あんたもう一ぺん三分粥に戻るつもりかね大島さん。それならそれで共犯の一人ぐらいあった方が気楽というもんじゃないの？　共犯なんて三人もは要らないことだがね」つまり彼は佐藤なんかによこすことはないと言っているのだ。と同時に、共犯キョウハンと言うことで、その気になれば看護婦にバラさぬものでもないことを仄めかしているのだった。

佐藤となると、これはもう手放しの泣き陥しである。泣きといっても、そこは彼らしく威厳を損うことのないよう「オレ高級な人間でねえでは」とか「喰わせ飲ませてえ欲望はおめえ生存の根源的要請でねえべか」とひねりをきかせてくる。効きめがないと解ると売ってくれと言い、それでもダメだと郷里の林檎を持ち出す。戦争さえ終れば十箱でも二十箱でもお前の田舎へ直送できる。悪い取引ではないではないかというわけである。

こんな風に書くからといって、私は佐藤を軽蔑しているわけではない。立場を変えれば私もまた秋沢ではなくて佐藤なのだ。それもだが、本当は佐藤こそ或る意味で最も日本軍の下士官らしい下士官ではなかったかと、そのことを今も私は思っている。何故だと言われると困ってしまうが、私の見た所、彼もまた准尉さんみたいに現役下士官を志願してきた農家の二、三男の一人であったことは間違いない。

彼等に見られる特徴は、将校のサーベルに呆れる程弱いことだった。そしてその弱さは兵卒への上官意識を肥え太らせることで相殺されていたのである。実際に軍隊の内務班を一度でも経験した者なら「班長殿」と称ばれる彼等の日常が、神の如き存在であったことをご存知であろう。

面従腹背という微笑ましい言葉も世の中にはあるが、佐藤軍曹の上官に対する心情は面も従、腹も従の完璧な忠臣のそれだった。だから先に村山中尉が白衣で現われて「古兵諸君」とやった時、彼は「こら！　いい気になって笑うな」と私を咎めずにはおれなかったのである。

但しこの只管な忠誠も、若し仲間の進級から一人取り残されるというようなことでもあれば、それ迄である。そこで完全な面背腹背の一匹狼に変身する。彼等もまた下級サラリーマンの夢みる一人なのだった。

ポツダム宣言受諾の途端にそんな手合が続出した。自暴自棄で任務は放ったらかし、引揚業務をも阻害して省みなかったのである。現役志願で来てやがて准尉になり、その給料で妻子を養うつもりだった彼等は、敗戦即失業者というわけだったから、ムリもないと言えば言えた。

彼等が実弾の飛び交う修羅場で、どの程度の戦士であり得たのかそれは知らない。佐藤みたいな小心な律義者が、小心で律義であったが故に、命じられた陣地を死守して部下共々全滅するという壮烈な武勇談（？）も知らないではなかったが、それはそれで私には唯哀れであるだけである。所詮、軍神は将校の為の将校の発明であり、勇士もまた兵卒からしか生まれることはない仕組みに出来上っていた。今私が言いたいのは、統帥権力のヒエラルキーの裾野で彼等が少しも勇ましくなかったとしても、その勇ましく見えない部分を如何に軍隊という組織が必要としていたかということである。

佐藤軍曹の喰いはぐれてはならぬ岩乗な肩が、一人の兵隊の眼に最も下士官らしい下士官のものに映っているという現場の風景はちょっぴり哀しい。年月に曝してみるのでなければ領いて貰えまい。勿論これは眺望の利かない現場の隅っこに居た者の独りよがりの感懐に過ぎないだろう。

帝国陸軍が無尽蔵の資源として眺めた生きた兵器が彼等であったわけだから、生かさず殺さず肥培管理してきた膨大な彼等の供給源の方から見れば当然のことで、それを逆さに言ってみただけではないかと言う人もあろう。私はここでエッセーを書くつもりはないから、これ以上は言わない。唯私は彼等を見る時、いつも年老いた彼等の父親をそこに見ていた。それは習性みたいなものだった。息子が伍長になり軍曹になる度に神棚や仏壇の前に額づく父親を私も又幼い時から見て育ったのだ。だから「何で俺に断りもせずに勝手に敗けやがったんだ」と沢山の佐藤達が茫然自失しなければならなかった裾野の生態系が、私には唯一途に腹だたしいものとして甦ってくるのである。

村山隊に佐藤達が五十人いたであろうか。准尉の眼に何とか下士官らしく見えるのはこの連中だけであったのは致し方ないが、あとの大半を占める乙種幹部候補生出身者が坊ちゃん育ちの落第生にみえたのもまた致し方なかったであろう。彼等はグズ呼ばわりで憎まれた。

この連中に共通項みたいなものを探す興味は私にはなかったが、それでも総べてに「俺は知らんぞ」といったよそよそしい無関心さと、何もかも理不尽な強制に見ようとする一種の被害者意識みたいなものは、見まいとしても見えてくるのだった。彼等を雑把一からげにして、一握りの甲種幹部候補生の颯爽たるイメージに重ねれば、そんな眼で見るからには違いないのだが、グズと蔑まれても致し方ないような落第生の劣等感まで透けてくるのだった。

私は前回の応召で歩兵聯隊の中隊事務室に一年ばかり居たことがあるので知っているが、幹部候補生の甲種乙種の判定は当日の審査官の顔ぶれで決まってしまうようなところがあった。審査官はその都度聯隊命令で出るわけだが、その中にA大尉の名があれば生きのいい跳ねっ返りのS候補生が有利だが、A大尉の代りに大隊副官のB中尉が坐っているようだと、逆に紳士型のT候補生にしてやられるだろうといった具合である。

学校の配属将校から聯隊区司令部を通して各中隊に送られてくる一人一人の考科概要には、士官適、下士官適、不適の何れかの大きな判コが朱で捺されているのだが、それが決めてにはならなかった。教練の出席時数が百%であれば、士官適になる傾向があったからである。それより力があるのは所属中隊長の考科表である。これが下士官適になれば配属将校の士官適は退かざるを得ない。

私は一兵卒の下っ端であったが、この判定審査がある毎に興味を以て結果を見守った一人である。この審査官の顔ぶれなら（概ね自分の属する大隊や中隊の将校が目やすになるわけだが）誰と誰が甲で、あとは乙になるだろうというわけだ。候補生と言っても同じ班で同じ釜の飯を喰っている初年兵とか補充兵とかだから古兵のこっちには試験官との彼の相性というものが判るのである。それは当らぬこともあったが、当ることの方が多かった。

甲乙の判定は当日の審査官の顔ぶれ云々と言ってみても、夫々の好みの性格の向うに、欠けてはならないものが見えていなくてはならない。並居る将校連を相手にどの程度図々しく振舞えるか、それである。人物の優劣を判定するという名目ではあっても、ここは統率能力を見る場所でしかなかったのだ。その統率能力にケチをつけるつもりはないが、一例を示せば部下の前で彼等の倍のビールを飲んで噎せたり咳込んだりすることない能力をいうのである。笑うのは自由だが、これが本質的能力の端的な現われであることを見逃してはならない。

そんなものである。だから乙にされたからといって、そこで自分の人格そのものが突然下落したというわけではないのだが、そこは人間である。一年も経てば一方は少尉で当番兵がつき、こっちは平の伍長という猛烈な差別に直面させられるのである。やる気がないと准尉を憤慨させてしまったのも必ずしも故ないことではなかったであろう。

だが、と言うべきか、それだけにと言うべきか、准尉に嫌われたこっちには毛色の変わった人物が紛れ込んでいた。磯田も秋沢もその一人である。権藤だって例外ではない。後に出てくる五郎丸三郎という軍曹など、名前も変わっているが、私にとってはもうこの世でめぐり会うこともなさそうなタイプの人間である。こんな道づれがいなかったとしたら、私は〈下痢と兵隊〉など書くことはなかったであろう。時計にもそっぽを向かれたような一日を何とか明日へ押しやる潤滑油の役を果たしていたのが彼等だったのである。

この他に、万年古兵で年期も判らなくなっているうちに、いつの間にか伍長にされていたという連中もいた。三十代以下というのはいなかったから顔つきで先ず判るのだが、兵隊にとって最も身近で無害なのはこのおっさん達である。村山隊に関する限り、戦争はこのおっさん達から殆んどまともな付き合いをして貰えなかったのではあるまいか。煙草の中箱で力士を拵えて相撲をとらせる。金を賭けているから、その声援たるや彼等の息子達とどっこいである。千人針を展げて糸のかがりを一つ一つ検め数えている。かがりの一つ足りないのや一つ多いのが見つかれば、どっちも縁起物で尤もらしい理屈が付けられ、呆れるような値がついたからである。それもあるが、糸のかがりでそこを縫った女の品定めをして遊んでいるのだ。「みろ、この女はまだ娘のおぼこだぜ。大きい方がええと思ってやがる」「バカヤロウ、虱がもぐり込んでるじゃねえか」

浮世の波をかぶってきているだけに、一人でしょんぼり頬杖をつくことの怖さを知っている。ノイローゼを追っ払う為に、忍び寄ってくる故郷や肉親をそうやって追っ払っているのだ。

その力士作りの名人の一人は、今、佐藤の向かい合わせのベッドに寝ているのだったが、彼の赤痢はアメーバ性で治療の方法がないのらしい。毎日畳針大のリンゲルの注射針を両の太股に突込まれる度に「タスケテクレー」と悲鳴をあげて看護婦に叱られている。どこから見てもセッケンの言うような「最後の突撃要員」には映らない。

またぞろ私は道草を喰ったようだ。こんなことを一々書いていたのでは、決勝点どころか、退院迄も近づけない。季節はとっくに秋に移っているのだった。自分に戻ろう。口の重くなる下痢の所まで。

癒りかけの下腹は暁け方にはシクシク冷えこんだ。下腹に抱いた懐炉の火が消えていくのに比例してウツウツしぶり始める。すっかり消えてしまうと、とっくにやり過ごした筈の重い疼きが波のようにやってきた。それは然し夜が明ける迄我慢しなければならなかった。継ぎ足す炉灰は当直看護婦の部屋にしかないのだ。そこ迄誰かに行って貰うにも、隣は佐藤と秋沢である。手を伸ばせばそこにいるのに百メートルも離れた住人に見える。ビスケットはもうないが、あったとしても何かの役に立つのはそれが彼等の口に這入っている間のことだった。我慢しなければならないのはそのことだけではなかった。佐藤の向うに、三分粥に戻されてベソをかいた男が寝ていることだった。「オレは懐炉灰をくれと言うただけばい。叩き起こされた仕返しか！」と彼は看護婦に喰ってかかったが「毎朝でしたからね。用心の為です。あなたの為です。軍医殿の命令です」と軽くあしらわれてしまった。もう一度飢餓地獄からの出直しというわけである。

勿論こんな冴えないのばかりいたわけではない。入院一週間めには白飯に出世し、ベッドに碁盤を持ち込んで終日碁石をじゃらじゃらやりながら憎まれ口を利き合っているかと思うと、追われるように消えていく男達もいた。退院してももう使いものにはならない（と自分で決めてかかっている）南方下番の軍属達であった。彼等は殆んど黙って消えたが、一人が出がけにこう挨拶したこともある。

「病棟を間違えちゃったよオレ。アバヨ。今度は卵の喰える結核病棟へ来てみせるからな。こんなクセエ所に頼まれたって来てやるもんか。また会いましょうぜ赤痢の皆さん。」

砂糖壺を抱いていた男はいつの間にかその琺瑯びきの茶壺みたいなのを、薬餌棚に移していた。蟻に手を焼いたのであろう。それでも腹の方は本物だったと見えて、痩せ衰えた力ない眼付きで、のべつ近寄る者を見張っていた。

彼等がどこから還ってきたのか、そんなことはお互いどうでもいいことだったから、語ろうとする者はなかったし、聞こうとする者もなかった。蜥蜴を喰って生命をつないできたような連中は、特に好奇心の眼を向けられるのを嫌うような所があった。そんな眼付に感づくと、もう背を向けているのである。

どうしてもまだ自分に帰り着けないでいるらしかった虚ろな眼付きのおじさんは、初めおしめを当てがって貰っていたが、一月も経った頃はもう姿が見えなくなっていた。移るべき別の病棟へ移されたのであろうことは誰の眼にも見えていた。

その頃、村山中尉は態々離れた我々の大部屋の浴場に、タオルをぶらさげて毎日やってきた。彼には上等の将校専用があるのだから、垢の浮いた湯槽で態々汚れに来ることはないようなものだが、彼はそれをやめなかった。繰返しでくどくなるかも知れないが、彼は何となく田舎の青年団長を思わせた。尊大でもなく卑屈でもない。糞真面目な面つきで結構人の下腹をくすぐるといった指導的人物がいて、憎まれもせずにいつも真中に坐っていたあれである。

裸の躰には階級章もついていてはいけない。剝き身の蛤同士に還った所でも、この青年団長はいつも真中にもって行かれた。

「隊長殿、背中を流しましょうか」というのがいる。「今日は俺にやらせろ」と、それを押しのけるのがいる。息子達を引き連れて銭湯に来たおやじさんみたいにされるがままにされながら、眼の前の一人をつかまえてあっちを向かせそいつの背中をこすっている。

「隊長殿は強電の技師だと聞いていますが、無線の出身ですか?」

「電車の運ちゃんだよ。チンゴウゴウじゃなくて大きいがね。もっといい仕事があったら世話してくれ。娑婆へ帰る日がきたらな。」

「いい躰してますね。労働者みたいですね。将校には勿体ない。」

「ありがとうさん。貴様ら学校の先生とか会社の課長さんなんてのとは育ちが違うからね。相撲ならそこの佐藤にだって負けないぞ。どうだ佐藤、腹が減ってかなわんだろう。」

佐藤は赤くなって「へい」と首をすくめた。

「いいかみんな。村山隊は間もなく解散するぞ。他の者にも伝えておけ、ボヤボヤしとったら取り残されて帰る所もなくなるからな。ワシは知らぬぞ。」

「退院なさるんですか？」

「藤間少尉が引っ張り出しに来よった。編成は始まろうとしとるのに何しとるかというわけだ。村山隊は新しい教育大隊に編入される。忙しくなるぞ。ところで君達は藤間少尉を坊やなどと失敬な呼び方をしとるようだが、あの男幾つだと思っとる。」

ニヤニヤしてお互い同士顔を覗き合っているのを見て隊長は「驚かすのはやめとこう」と出っ張った顎を引きよせた。

彼は予告通り二、三日後に退院した。

退院の日の朝「村山隊の患者は将校病棟に集合、駈け足」と衛生兵が叫んで回った。

集まったのは二十名足らずであった。いつの間にか次々に退院していたわけだが、ベッドが空かないから気づかなかったのである。集まった中に権藤がいるのを見て、村山中尉はそこへ歩み寄った。

「権藤軍曹は明日退院せよ。軍医殿に話しておく。」

権藤は何か言おうとしたが、諦めてコックリをし、下を向いた。

さて、この続きをありのまま書くには、一息も二息も入れないことには前へ進めない。何年経っても、この時の情景は風化してくれないのである。

「その場にあぐらをかけ。どうだみんな。我々患者のことを一番心配してくれているのは誰だろうかね？　ワシをはじめ、こんな重大な時局にベッドで只飯を喰ってる我々のことをさ。一日も早く戦列へ立たせたい。お国の役に立たせたいと心を痛めてくれている人がいるだろう。誰かそれは誰だと思う。」

そしてやっぱり私が読んだ通り「ヘイチョウ」と長い顎を突き出したのである。あわてることはなかった。彼が待ち受けている筈の答を何で私が取り違えよう。こんな時「はい軍医殿であります」などと小学生みたいなことを言って失笑を買う呆気者ではありたくなかった。そんな答える必要もないような単純な質問を大人に向かってする筈がないのだ。彼の指している対象は一つしかない。

私はおもむろに立ち上がり、毅然として隊長に正対し、低く「気をつけ」を宣した。

隊長も誰も立ち上がろうとしなかった。唖然とした面もちに取り囲まれてそれに怯んだが、もう引返せなかった。

「おそれ多くも大元帥陛下であります。」

太宰治の小説〈人間失格〉の主人公葉蔵が竹一という少年に、無意識に見せかけた演技を「わざわざ……」と看破されて、げんなりなる件りがあるが、「気をつけ」を発した瞬間から私の腋の下からは冷汗が流れ始めた。「わざわざ」なんてかわいらしいものではなかった。意識の中に超弩級の「わざわざ」がけつをまくって坐りこんだのである。

村山中尉は「気をつけ」どころか、やっと事の成り行きが呑み込めたといった面持ちで苦笑を浮かべ、こう呟いた。

「それは……うん。それはまあそうだが……」

彼は「軍医殿であります」という、何の読みも要らない、つまり一年生の即答を待っていたのだ。南瓜を盗んで喰ったり衛生兵をぶん殴ったりするような恥ずかしいマネをやめさせる方向に話を持って行こうとしていたのである。

当惑したのは寧ろ中尉の方であった。突如大元帥陛下の登場と相成ったので、彼村山運転手はレールの直前に石塊でも見つけたみたいに些か狼狽えた。そして止めを刺すようにこう付け加えたものだ。

「兵長、お前の奥さんは軍医殿よりもっと心配しとるぞ。いいなオトウチャン。」

軍隊を知らない世代の人々には、こんなやりとりはバカげた漫才に映るかも知れない。が、私の世代の男達なら「やらかしたのかいバカ」と失笑はしながらも、身につまされる所がないではあるまい。

私は今も思うのだが、若しこれが鹿児島の歩兵四十五聯隊の一室ででもあったとしたら、中隊長以下さっと立ちあがり、直立不動の姿勢をとったであろう。隊長は待ち受けていた答が何であれ、「大元帥陛下であります」ときた限り、即座にこう反応してみせた筈である。

「その通りである。みんな東の方を向け。陛下に今からお詫びをする。黙禱！」

私がトチったとすれば、場所を取り違えただけのことではなかったか。てれ隠しを言っているのではない。「一にツウシン、二にラッパ」と歩兵聯隊では通信は昔から軽蔑されていたものだが、ここは隊長以下その一にツウシンの本家本元だったというわけだ。

先に佐藤を佐藤達として眺めて書いた時、故意に眺望の利かない場所にいることを断って、歩兵聯隊の佐藤達をよけて通ったが、出征即最前線といった部署にある彼等若者の鮮度のよさは、ここの佐藤達とはまるで別のものだった。

彼等もまた下級のサラリーマンの出世根性を隠し持っていたことに変りはないが、佐藤達がその類意識で連帯する時、彼等はお互い同士それを蔑み合った。勇ましく見えなく仕立てようとするものに、青春をかけて抵抗したのである。即ち邦家の難に赴く若武者の気概を争うことこそ彼等の生き甲斐であらねばならなかったし、周りの視線にそう映る時、彼等は未来の准尉を棒に振って省みなかったのである。私が見て育った佐藤達の父親は即ち彼等の父親であったわけだが、息子をお国のもの陛下のものとして疑わない供給源の伝統的な体質はまた息子のものでもあったろう。短絡するのを恐れずに言えば「陛下にお詫びする。東の方を向け……」で明け暮れる日常がなければあの鮮度は培えなかったのではあるまいか。相手が上官であれ部下であれ、「気をつけ」を宣することなく大元帥陛下を口にすることは許されなかったのである。精鋭の六師団と全軍に鳴り響いた彼等一人一人を見れば、別にケンカが強かったというわけでもあるまい。

ここらにペン先を引っ掛ければ、それだけで一冊の本になるだろう。ここはその場所ではないからこれでおこう。狸兵長の猿知恵が罷り通らなかったという一席のおわらいである。

村山中尉はまだ蒼白い顔をしていたから、強引な事故退院というべきであったろう。部隊の編成替えという劇務が待っていたからであるが、一つにはグズついた部下に気合いをかける気分もないではなかったろう。その彼の眼に権藤軍曹が歯痒く映ったのも当然である。体温計の水銀球をこすってベッドにしがみ着いているのは権藤だけではなかったのだが、真性赤痢第一号の顔は隊長に憶えられていたというわけである。

彼は命令通り、翌日退院した。これが呼び水になったのかどうか、佐藤を初め退院者が相継いだ。入院の夜「うまくいきそうだなおい」と枕許で囁いた秋沢伍長もそれに倣った。

秋から冬へ季節は移りはじめていたが、日本列島は逆に熱く火を噴き始めようとしていた。ラジオは帝都の空に初めて姿を見せた（十一月一日）ボーイングＢ２９に体当りを図るゼロ戦の勇ましさを「見敵必殺、鬼神をして哭かしむるもの……」とぶちあげていた。

秋沢のあとにはパラオから還ったという跛の軍属が寝ていた。これは聞きもしないのに、しゃがれ声をこっちの鼻面におっかぶせて飽きない男だった。二言めには「下痢様さまですわ」を付け加えながら——

船が魚雷を喰らった時、彼は甲板にスダレ囲いで特設された下痢患専用の樋便器に腰かけていたのだという。衝撃でひっくり返った時、何かを摑んでいたが深夜のことだからそれが何だか判らない。海に投げ出されてみて初めてそれが浮く物であり、消毒剤の空瓶であることが判った。結局はそれが救命具になった。硫酸瓶程大きいものではないが、中は空でコルクの栓が嵌まっていたというわけだ。「かねてあんた下痢ばかり五、六人馬と一緒の船艙でハッチの下に捨てられとったようなもんですしゃろ。夜が明けてみれば何にもあらへん。海があるだけですわ。何人救かったもんやら、下痢様様ですわほんま。」黙っている時は毛布をひっ被って何かを口に入れている男だったが、或いはこれも「入院先を間違えちゃった」一人かも知れなかった。

私が退院したがっているのを知ると、彼は呆れて、世の中には変わった人もいるもんだといわんばかりの眼付きで気の毒がった。

「兵長さーん。なにもそれ自分から言い出すことおまへんやろに……」

私の退院の願望に火を点けたのは、実はレプラの二人の患者達であったのだ。彼等が軍靴を踏み鳴らして、二人だけの隊伍を組んで颯爽と出て行くのを見た時、「後れた！」としみじみ胸にくるものがあったのである。

この前に彼等の姿は揃って私達の視界からポッカリ消えてなくなっていたのだ。まだ暑い初秋の頃のことである。癩患者の収容施設のある草津の陸軍病院へ転送されたということであった。

ところがこれまた突然、その中の二人がもとの古巣に舞い戻ってきた。誤診だったというわけである。

彼等は窓越しに見送るアカバラ共など見向きもしなかった。傲然と肩をそびやかしているようにそれは見えた。二人にとって誰よりもそれは自分自身に見せてやらねばならない白昼の行進であったろう。私の眼にも発くべきものを発きに出掛ける無辜の囚われ人に映ったのである。

草津に残った人々について私は何を言う資格もない。あそこに居た者の一人として私に言えることは、彼等は二枚の軍服を着せられた人々だったということだけである。

「僕らの行く手には、眼帯、松葉杖、義足、杖、そんなものが並べてあるんですよ。それをひとつひとつ拾ってゴールインするんですね。無論、焼き場へですよ。はははは」

　これは何年か前に読んだ北条民雄の作品の文句であった。彼等を見た初めの頃は、こんな小説があったことさえ忘れていた。それなのに、今、二人に置き去られた向いの空部屋が白いコスモスの花を裾に纒って静まりかえっているのを見ていると、この条りだけが活字の並びも大きさもそのままに、本の中から這い出してくるのだった。

　誤診だった者はまだしも救われる。「癩ではなかったから出て行ってよろしい」が酷薄に過ぎても、あの二人の稀な受難者は、彼等にことばがある限り、償わせる時と手段に事欠かないだろうからである。

　それでも白昼の行進を演じて歩き去ったあの二人がやがてゴールインするであろう焼き場が、草津に残った人々の焼き場より遠くにあるようには私には思えなかった。このことは私を感傷に誘った。「後れた！」という意識は感傷のものである。私もまた私のゴールを目差す他はないのだった。何かを一つ一つ拾いあげながら――そこが焼き場であれ鱶の海であれ、とにかく一歩前へ踏み出さないことには何も始まりはしないのだ。

　こう書いてみて、我乍ら些か面映ゆくなってくる。権藤が脱けたあと、私は村山隊の最古参になってしまった。正直のところ、その甚だ具体的な「後れた」に見詰められて、それでもなお逡巡《ため》らい続けていたのだ。いわば彼等二人がそのグズの背中を押しやってくれたというわけである。

　明け方やってくる下腹のシクシクには、もう構っておれなかった。

「下痢という奴は付き合ってみればどことなく憎めませんね。便秘みたいに意地悪じゃないからね。お説に従って残しましょう。下痢様々といくかどうか判らぬが……とにかく明日は出て見せます。私も一度ぐらい瓶を抱いて泳いでみたくなった。」

　軍属氏はへへへと笑った後「あんたじゃダメですわ。もちーと肉を付けてからにしなはれ。むりに止めしまへんけど」と言った。

その日に、翌朝退院させて欲しい旨を主任看護婦に申し出た。検温に歩いていた彼女は立ち止まってこっちの眼を探っていたが、やがて頷いた。そして手にしていたカルテの綴りをめくって私ととっくり見較べた。彼女は私の心掛けを賞揚しはじめた。「そうなくてはいけません……」と言った後、こうつけ加えた。

「大島さんはそんな体質なのね。もう少し太っていい筈なのに不思議だと思ってました。肛門は隊に帰ってから医務室で軟膏を貰いなさい。でもよくがんばったわね。軍医殿があわてたのは初めて見たわ。手遅れだったものね。知らなかったのはあなただけよ。軍医殿が何と仰言るか婦長殿に聞いてきて貰います。とにかく大島さんが最古参になっちゃいましたからね。」

婦長室から引返してきた彼女はこっくりをして「よろしいそうです」と言った。

入院した曾ての夜、軍医の正義感をかきたてた痩軀は、今、いくらかの侮蔑感が漂わぬでもない主任看護婦の柔和な微笑の前に引き据えられていた。あれから太りもしなければ細りもしなかったカマキリぶりをあやしまれながら――

村山隊は既に解散し、別の第六教育隊というのに編入されていたから、今はそこが帰るべき我が家であった。

翌朝、白衣と引換えに受け取った軍衣袴の記名がすべて小松原伝次であるのに先ず出鼻を挫かれた。神にも祈る気持で略帽を見ればそこにも小松原伝次があるではないか。看護婦に抗議したり泣きついたりしてみたがダメだった。退院者の衣服は原隊から使いの者が持参するのだが、必ずしも前に脱ぎ捨てたものにめぐりあえるとは限らない。一着しか持って来はしないのに選択が利くわけがないのだ。それはボロではなかったが、どこかにまだ小松原の体温が残っている筈だった。

小松原伝次は一昨日入院してきた男である。然も私が帰るべきその第六教育隊からであった。私は彼から新しい我が家の模様など知ることができて重宝したのであるが、それはそれ、彼の頭ときたらザル碁の碁盤の上でも覗くような念の入った台湾禿げであったのだ。神様もいたずらが過ぎると秘かに同情していた矢先なのである。選りに選ってその男の脱け殻をそっくり持ち込まれていたというわけだった。叶うことなら彼の略帽だけでも石鹸でしたたか洗い晒してから頭にのっけたかったが、時既に遅かった。

比治山下の我が家はバラックではなかった。古い石の衛門があって、歩哨が立っていた。もとから通信聯隊であったのかどうか、他所者の私には解らない。

内務班にはアカバラあがりが顔を揃えていた。進度甲も丙もごはさんで一から出直しの連中が一こ班を作っているのだった。力士作りの名人に今朝ことづかっていたものをH軍曹に渡した。Hは「利子はついとらんね」と不服そうだった。入院前に払うべきだった賭け金の負け分を今支払ったというわけだった。権藤がいた。佐藤を「おいエンゼツ」と呼んで嫌わせるズングリ男の顔もあった。だがその佐藤はもうこの班の助教ではなかった。押しのきかなくなった先生は更迭されたのであろう。

赤痢も取り着けなかった不死身の連中が隣の班にいた。金山は卓上で無線機を分解しているグループにいたが、私を見ると不服そうに唇をすぼめた後、笑顔に戻った。

「何で今日帰るなら帰ると知らせないのあんた。迎えにいくんじゃが。」

その向うに岡がおり、磯田もいた。

「もう器材をやってるわけですか？」磯田さんまで？　という気持だった。

「どうです。麦飯の味は？」

「准尉さんが見えませんね。申告がまだなんです……」

「本部に転出しましたよ。今度きた准尉さんはどうやら鹿児島の男らしい。アクセントがあんたにそっくりだ。」

「本部にね。そう言えば本部向きかも知れませんね。」

聞いてみると、坊やに殴られ、鼓膜を打破られて目下入院中というのが真相らしかった。あり得ないことではなかったが、相手が日頃睨み合っていた筈のセッケンではなく坊やであるのがすぐには納得できなかった。

「みんなが坊やを焚きつけてやらせたんですよ」金山は後ろの方を後頭部で差してみせてニヤリとした。坊やはシャツ脱ぎになって、彼を焚きつけたという男達に取り巻かれていた。

「はじめ准尉さんが磯田を殴ったんですよ。ガマの油売りをやってたんだがね。あの男を殴っちゃまずいんだ。みんな自分がやられた気分になるからね。下士官を殴るような准尉は将校に殴られてもともとですよ。それから三日後だったんだ。あれは本当は磯田が悪いんだがね。」

「なるほど。」

「鼓膜なんか破れてる筈ないんだ。奴さんの口惜しまぎれの反抗なんだよ。ま、本部が拾ってくれたからね。結構なことでございましたよ。だがあれはあれでいい所もあったんだ。奴さんがいなくなったその日から、まわりがなんとなく締まらなくなっちゃった。」

「なるほど」モテンゴロドンの成り行きの程はそれで腑に落ちた。

だが「秋沢？　あいつは帰って来たその日に召集解除になったよ」というのには耳を疑った。

入院中に大学側と謀って準備工作をしたのだろうと金山は言う。彼は工学部の助教授であり、そこで軍の委嘱研究をやるようになって、彼が不可欠の人間になったということであったらしい。それも入院中に軍医を説いて書かせた「軍務に適せず」という診断書が決め手になったのだという。

「あんたも召集兵じゃろ。悧巧に動かなくちゃ。恰好つける為に頭をくっ付けてるわけじゃないからね。あれが秋沢でなくあんただったらね。そしたら僕は逆立ちして衛門まで送るんだったが。」

二度めの地団駄を踏んだと先に書いたが、本当は阿呆みたいに口を開けていたのだ。駈けっこで競り合っていた相手に一気に距離をあけられた時の気分だった。

軍人勅諭第六条の完璧な履行である。

「うまくいきそうだな、おい」その情勢判断やよし、その作戦やよし、美事な手口である。黙って引下る他なかった。

音痴共の中に放り込まれて、またトンツーのやり直しが始まった。隣でワッと爆笑が起こると「本気でやれよみんな。磯田軍曹でさえものにしたんだからな。」と助教がタイミングよく活を入れて引き戻す。

営庭で基地開設が始まると、車輌用や船艇用の雑多な通信機が持ち出される。それを一つずつ四、五人のグループで取囲んで相手局の呼出し応答から始めるわけだ。椅子に腰掛けてレシーバーで頭を挟んだ磯田の傍には坊やがぴったり寄り添っている。何かをしきりにアドバイスしているが、今度はレシーバーを引ったくって自分の耳にあてがいながら磯田の肩を二度三度どやしつける。磯田は例のベソ面で坊やの顔をふり仰いでいる。両手の置き場を失なった悪びれた仕種は三歳の童児のものである。「こら！」と叱りつけながら坊やは再びレシーバーを彼の頭にかぶせるのであったが、亀みたいに首をすくめてそれを受けている彼等のやりとりは、傍眼にはいたずら息子の宿題を手伝っている父親に見えてくる。

いたずら息子は、だが、決してふざけているわけではない。傍眼にはどう映ろうと、彼は常に本気で糞真面目なのである。電鍵を叩いては通信紙に鉛筆を走らせ、名通信手の仕種でそれを繰返しているが、矢庭に立ちあがってしまう。

「早過ぎるじゃないか手前ら！　ここは戦場だぞ戦場！　正確に迅速にを忘れたのか」と叫んで後方を睨みつける。相手基地は五十メートルもないそこにあるのだった。

ここは戦場だぞという教官の殺し文句が這入っている限り、坊やは怒るにも怒れない。「よし五分間休憩」と言って事態を収拾するのであったが、あれならと頷かないわけにいかなかった。准尉さんが殴り返されるのもムリはなかったのである。

「藤間少尉は磯田の副官みたいだね」とセッケンにからかわれているのを見たことがあるが、坊やはその時磯田の頭に掌をかぶせて、「これで法政大学の学士さんだからな、泣かされるよ、全く」と、独り言みたいに呟いたものだ。

その時迄、私は磯田の学歴を知らなかった。だが学歴などどうでもいい。軍隊では何の意味もなかったからである。

話が磯田に外れると、どうも引返せなくなってくる。暫く彼をよけて通ろう。

ここの衛門の中には他に第五教育隊というのがあった。そこに広島の詩人山田迪孝曹長がいて、或いは営庭のどこかですれ違ったこともある筈だが、この時はまだ面識がなかった。「比治山下のあの聯隊は今広島市民球場になっているよ」と後日教えてくれたのは彼である。彼はマルユ要員だった筈だから、船舶隊に就いて明かるいのだが、詩人はどうも口が重い。こっちの聞きたいことは、彼にとっては済んでしまったことでしかない。彼は今も山に行き、山の詩を書いている。

当然のことながらここにも喇叭手がいた。どこにいても日に何度かはそれが聞こえてくる。すると、なるほどどこも軍隊という所だったんだと思われてくるのだった。喇叭の音だけは歩兵も通信も変わりはないのである。消灯喇叭の曰くありげにひきずる余韻に騙されることはもうないつもりだったが、一日が暮れたという溜息の底で「待てよ」と呟いている自分にふとぶつかる。やりかけたまま職場の机の中に放り込んできた衝撃電圧測定装置の設計ミスを見つめているのだ。喇叭の誇張したリズムを測っているうちに、突然神の啓示のようにそこが見えてきたのである。即座に飛び起きてそこまで突っ走りたくなってくる。これでもう明け方まで眠りを捉まえることはできない。騙されんぞという気構えの男には、喇叭は別の回り道をして拐かしにくるのだった。

タラワが玉砕した。十一月二十五日である。この日付をはっきり憶えているのには理由《わけ》があった。タラワがいつ陥ちるか、その日時に煙草を賭けていた者があって、ラジオの放送が始まったその途中で勝った一人が勝鬨をあげた。負けた者の一人一人から煙草を集めて回っていたが、彼は何を思ったのか、黙ってそれを戻して歩いた。別に驚きもしなかったが、笑えもしなかった。だが、その光景を何故か今も忘れることができない。

高木軍曹がおかしくなったのもその頃である。酒保で狼藉に及んだのが始まりだった。饅頭も酒もなかったが、定刻になると酒保は店を開いた。兵隊は並んで売出しを待つのであったが、高木はクラッカやみそせんべいの袋を積みあげたカウンターを乗り越えて向う側に行き、それを全部兵達にくれてやったのである。「今日は特別サービスだぞ、一人三袋、さあ貰った貰った」兵隊は誰一人彼が酒保の主計軍曹であることを疑わなかったという。

書き遅れたかも知れないが、第六教育大隊は兵隊が七割を占めていた。編入された村山隊はその一こ中隊にすぎなかったのである。

高木がおかしいと私が思ったのは、それより三日前の深夜、不寝番に立っていた時だった。彼は外からフラッと石廊下に這入ってきた。「おや？　お前も不寝番に立つのか」と彼は私の前で立ち止まった。彼の仲間で不寝番に立たねばならない者はいない筈だった。不寝番は兵隊の役目である。高木は自分の仲間が不寝番に立たされているのが気に入らないようだった。

「お前がバカだからだよ。バカでイクジナシでボンクラだから立たされたんだ。週番下士を叩き起こしてこい。俺が拳骨で解らせてやる。」

十燭光の薄暗い光線の下であったのに、その眼はギラギラと青白い光を放っていた。私は思わずゾッとした。不意に胸倉を摑まれた時は本能的に木銃を両手で握り直したぐらいである。

「班長殿、もう遅いですから寝んで下さい。風邪をひきますよ。不寝番でもやらせて貰わなくちゃ兵隊はやることないでしょう。」

彼は別人のようにケロッと「そうだったな。ごくろうさん、辛いけどがんばってくれや。お前こそ風邪ひくなよ」と言って、牝鶏が鳴くようにケケッケケッケッと笑った。

私は誰にもこれは言わなかった。

どこから拾ってきたのか、一本の棒ぎれを英軍の少佐よろしく小腋にかいこんで営庭を濶歩する。行きずりの将校に「そのまま、敬礼は要らぬ」などと放言して、その場でぶちのめされる。

「秋沢伍長が羨しくなったのか高木。だがその手は古いぜ。見え透いた芝居も大概でやめろ。」

「気狂いのマネは難かしかとばい。ツンボでもやればよかたい。」

仲間から舌うちであしらわれながら、どうかしたはずみには「解った解っとる」とニヤリとすることもある。つまり、あきらかに不可解な言動があるかと思えば、次には全くふだんのまともな高木がいて、仲間はのべつ好奇心の鼻面を引き回されていたのである。

だが高木の眼球はだんだん異様に光り始めた。

それまで最も冷静に哀れな一人の部下を観察していた筈の坊やが、誰よりも冷静でなかったのを見せつけられて私は唖然となった。アッという間にそれは始まった。

「貴様の化けの皮を剝いでみせる！」

高木は胸ぐらを摑まれて、そのままずるずる洗面所迄引っ張って行かれた。坊やはそれを素裸にしておいて、足払いでひっくり返した。洗濯槽の二つの蛇口を開きっ放しにしたかと思うと、バケツで水を掛け始めた。息つく間もない。師走はそこに来ていたから、見ている方に身慄いがくる。夕闇はもうおりようとしているのだ。高木の発する叫びが正常な人間のものでないことに気づくには、坊やの方が正常な人間でなくなっていた。彼はやめなかった。

「降参か？　泣いとったて判らぬ。降参なら男らしく降参と言え。」

「コーサン、コーサン、お前が先にぶっつけたんじゃないか悪党！　タスケテクレー、コーサン、コーサン。」

恐らくバケツ二十杯はかけたであろう。

高木軍曹は翌日入院した。五郎丸軍曹が付き添いを買って出た。

他隊の将校からの通報があったからに違いないが、坊やに理性を失なわせたのは彼の若さばかりだったとは思えない。

眼に見えない形で忍び寄っている好もしからぬ雰囲気を、彼も肌で感じとっていたのだろう。厭戦気分などというダブついたサイズの言葉が娑婆にあって、人々の生活に影を落としてはいても、それは裏通りの戦時風景で見て見ぬマネで通り過ぎもできたろうが、坊やにとって苟くもここは軍隊なのであった。「ここは戦場だと思え」とのべつ活を入れていなければどっちを向いているか解らぬ頼りない部下達であってみれば、将校は自らを鼓舞しようと焦るだろう。発狂した一人の部下を観る若い将校の眼が、兵隊の私の眼より節穴であったというわけではなかったであろう。悪ふざけであって欲しい「冗談だよ」と出てきて欲しいその願望は「秋沢が羨しくなったのかおい、その手はもう古いぜ」とからかう周りの声に火を点けられる。そんなことではなかったろうか。

一人の狂人が狂人の場へ辿り着くのでさえ容易ならぬ時代だった。周りの痴呆的エゴイズムと、ひた隠しにした奇妙な嫉妬の渦をくぐり抜けなければならなかったのである。

あそこでは「癩ではなかったから出て行ってよろしい」と籠の戸が開けられた。ここでは「ホンモノだから這入ってよろしい」と籠の戸が開けられる。一体何百羽何千羽の小鳥達があそこを出入りしなければならなかったことだろうか。一方は肩をそびやかしながら、一方はモーゼのようによろめきながら――

高木が出て行った晩、酒保に行ってみないかと金山軍曹が誘いにきた。その頃はもう酒保とは名ばかりで、アルコールの類は何もなかったが、焼鳥という名のいかがわしい串焼きを売っていた。今日では街で見掛ける牛や豚のモツの類はなじみになって気味悪がることもないが、金山が私の眼の前に置いた皿の中のものは素性が知れなかった。歯車そっくりの青味がかったのや、猿の尻でも剝ぎ取ったのではないかと思わせる赤錆びたのもあった。何という生き物のどの部分品なのか見当もつかない。だが、口に入れてしまえば見掛け程の難物ではなかった。ニンニクで臭みは殺してあるし、味噌の大豆がこびり着いていて手頃な歯応えもある。

「すまないね大島さん、朝鮮人はこれが好きでね。」

金山は皮肉な笑みを隠しきれないでいた。

「またそんな風に持っていく。」

私は博多に住んでいた頃、ニンニク臭いドヤ街の一角で、精気のむんむんする荒くれ男達と飲んだことが何度もある。毎晩と言ってよかったぐらいだ。今、金山に「これが好きでね」と言われてみると、あの頃鍋の中で煙をあげていたモツの中にも、青い歯車が覗いていたように思えてくる。私はそこの若いおやじさんと顔なじみになって軽口を利き合っていた。キムチに焼酎というのは博多の街にはそこしかなかったが、嘘みたいに安い上に悪酔いしないのが有難かった。

黄昏ともなると、十も歳上ではないかと思われるチマチョゴリを着たおかみさんと二人で、どこから持ってくるのか判らない雑多なモツを腑別けして俎に並べるのだった。

常連は皆私の解らぬ言葉でかたまり合っていたが、私が独りしょんぼりやっていると、肩を叩いてコップを突き付けてきたものだ。

「ニンニクの香りは私も好きです。これが初めてじゃない。」

「僕は高木軍曹が羨しくてたまらないんだよ大島さん」金山はあらぬ方に眼を向けていた。

「………」

「あの体罰だけは僕に代わらせて貰いたかったな。そうすればもっと背骨がしゃんとなるからね。ただ僕はここから別の所へ行けさえすればいいんだ。ここじゃ気が変になるのを待つばっかしだからね。」

「そろそろ近づいたんじゃないですか。サムチョクの近くへ沿岸通信の分隊長でという風にはいきませんか。」

「サムチョクなんかに船舶隊は用がありませんよ。あそこにはもう祖母の家の林檎畑が少し残ってるだけでね。でも兄弟で一度は行ってみたいと思ったんだが、墓参りにね。」

「ピョントン君うまくやってますか？」

金山は暫く経ってから「死にましたよあのバカは……」と呟いた。

金山が酒保に誘った理由がそれで呑みこめた。今迄こんなことは一度もなかったのである。

「少し早過ぎませんか。予科練に入ったと言われたのは夏だったでしょう。」

「一年目ですよ僕が知ったのは、反対しそうな兄貴には事後承諾でね。単独飛行の初日だったらしい。」

「墜ちたんですかやはり。」

「バカはね、飛行機が墜ちるもんだってことを忘れてるんだな。本当は百も千も承知で計算づくだったのかも知れないがね。だから初日にしたんだろう。どうせあいつは鉄砲玉だったから、つける薬はなかったんだ。どっちにしても許せない。」

「何故教えてくれなかったんです今迄。いつの事ですかそれは。」

「十日になるかな。高木がやり始める頃だ。あの男に手紙を見られましたよ。傍から覗くもんだからね。朝鮮では父親は遺骨宰領に行かないのか？　ときなすった。死んでから父親も息子もあるか、死んだ者を振り向くひまなんか朝鮮人にはないんだとそう言ってやりましたよ。」

「休暇を願い出れば何とかなったでしょうに。おじいさん一人にあてつけるんですか。」

焼鳥を銜えて引き抜いている金山の眼には冷笑があった。言っている方でもやはりそれは空々しい思いつきでしかなかった。

「磯田軍曹の四六のガマじゃないが、ガマそっくりに叩きつけられている恰好が見えてね。どうしても許せない。あそこじゃ人間が墜ちるのはちっとも構わないんだ。ただ飛行機を道連れにするのがけしからん。憎まれるだけの話です。ボンクラ練習生の見本にされてね。それが目的だったのなら、あのバカは舌を出しているかも知れないがね。」

「おじいさんの手紙ですか、それを見せてくれるわけにいきませんか。」

「読めませんよ。ハングルだから。」

「何故親父さんと別居してるんです？　余計なお世話かな。」

「いろいろあってね。あんたにゃ解らんでいい。徴用が来た日におふくろと協議離婚してね。その日から僕達の前から消えてしまった。おふくろの居場所は判ってます。多分まだピョントンのことは知らないでしょう。あのバカは今考えれば両親のアリバイをつとめたようなもんだな。」

「そのアリバイて何だろ？　班長殿は何故私を警戒しないのかな。私は病院で秋沢伍長に言われたことがありますよ『深入りするな』なんてね。嫌なことだが、アリバイなんてことばを使う時は隣に気を許してはいけないな。私がその隣でないという保証はないんだ。」

「大島さんはいつか〈ヌウドルカンピョン〉を歌ってくれたことがありましたね。」

私はもう忘れていた。金山が朝鮮人参をくれた晩、舎後で月を眺めながらヌウドルカンピョンを口誦んで金山を驚かせたことがあったのだ。あれは貰った人参のお礼だったかも知れない。なんでもない文句だが、人を憚らねばならない歌詞だったのである。

　ヌウドルの河辺の柳
　そのしだれ枝《え》で
　月日を縛って引留めたとて
　柳は頼りにならぬ
　青い水だけが流れて行くよ

「あれが何だというんですか。」

「憲兵に聞かれたらどうなるかは知ってますね。あれも〈鳳仙花〉も僕達はもう歌えないんだ。」

「私は原語は解らないし、そんなことは知りもしないな。ただ博多のモツ屋のおっさんに教わっただけです。この人も金《きむ》さんで金山と名のってましたがね。彼の飜訳ですよ。誤訳かも知れないが気に入ったので覚えちゃいましたよ。曲がいいもの。誰かが口の中で歌い出すと私は日本語で追っかけたもんでした。」

私が皿に手を伸ばして、二本めの串を指にして躇っているのを金山はニヤニヤ見ていた。「僕が警戒しなければならんのはあんただろうな」と金山は言いながら、私の手を指差した。

「憲兵なんか屁でもないがね。あんたのその手つきを見てごらん。これは朝鮮人の食べ物だとその手が言ってるんだから。そのくせヌウドルカンピョンなんかでくすぐりにくる。何にも知りませんと恍けながらね。」

「まあた始まった。」

「日本の兵隊さんの中には本物の猿回しがいるんでね。」

「この間あと二年と言われましたね。何か根拠がありますか?」

「ほらね、あったらどうなんですか。」

「自分の国が敗けるのを望んでるバカはないでしょう。」

「敗けるとは言わなかった。僕だって礼儀は知ってます。」

「礼儀の次元じゃない。私は弟さんに謝るつもりはありません。敗けるかも知れないが、それまでは私も飛行機を道連れにして貰いたくない方の人間ですね。過失か故意か知らぬが、現場にいたら私もきっと舌うちしたでしょう。これも猿回しの口上に聞こえますか。」

「時にはあんたも本音を吐くね。ムリすることありませんよ。あんたに謝られたらあのバカが救われぬ。日本人に謝る資格があるもんか。」

「だが私も一人の少年を悼む権利はもっている。朝鮮人の許しを得なくてもね。」

「あんた怒ってるのか大島さん?」

「口惜しいだけだ。気の毒でしたとひとことが言えないでしょう。それも誰に向かって言えばいいんです?何を言っても裏返す名人がいるんだから……」

黙り込んだ金山の眼は潤んでギラギラ光っていた。その眼が合図したので私達は立上がった。皿を持った男達がそのあとに腰掛けた。半分喰い残した皿を金山からひったくって私はそれを戻しに行った。

哨兵を連れた歩哨係衛兵をやり過ごしたところで「五郎丸が珍しく怒ってな、見直したよ」と金山が言った。高木の水責めのことである。

「あれで坊やがやめなかったらあの男飛び出して行ったでしょう。将校のやることじゃない。」

私はまだピョントン君にひっかかった儘だった。弟の事故死をそれとして受け取れない兄貴の心情は納得できても、それを口にして憚らない異邦人の軍曹をまだ許せないでいた。立場をかえればこの男は血相を変えて詰めよるのではあるまいか。

「それゃ怒るのが当り前でしょう。」

金山は黙った。彼が何を口にしようと、今彼の胸の中に弟以外の人間が住んでいる筈はなかった。この十日間、彼は一人の兵隊にこうやってぶちまけるのを何度躊ってきたのだろう。高木の水責めを代わらせて貰いたかったと言うのなら、それだけが彼の本音であったかも知れない。でもそれで何が償えるというのか。黙り込んだ金山の大きな背中に私は手を回した。温かく、軟らかかった。

「坊やもあれで男を下げましたね」と言ってみたが相槌には遅過ぎた。金山は頷いただけだった。

「ピカピカの長靴にサーベルでしょう。あれでいわば一こ中隊分の暴力を貰ってるようなもんですからね。その上手を出したんじゃお粗末ですよ。相手が准尉さんとくれば話は別でしょうがね。」

「いやあ、あれは……」と金山は終りの所にひっかかった。

「あれは磯田が悪いんだ。軍隊は軍隊だからね。」

「ガマはいけませんか?」

「准尉さんが這入ってきた時やめれば何でもなかったんだ。『さあさあ今来たお立合い、買うか買わぬかは財布が決める……』とやっちゃったからね。」

こうは言っても、別に准尉の肩をもっているというわけではない。規律と秩序に厳重なのが悪徳だといわんばかりの周りの狎れ合いに金山はいつも批判的な男だったのである。

その晩消灯喇叭を聞きながらウトウトしていると、誰かが「磯田がまた五郎丸にやられとる」と言いながら這入ってきた。その光景は見なくとも判っていた。妙に切ない気分に襲われて「五郎丸三郎、もう君のピエロを寝かしてやらないか」と、胸の中で私は呟いた。

言う迄もないことだが、船舶通信隊がこんな男達を飼って、それに私みたいに一々構っているひまはない。第五、第六の二つの教育隊をひっくるめた通信聯隊への最終的な再編成が図られており、その実施の段階はもう近づいているのだった。

そんなことは然し我々にとっては「誰かがやる」面倒なことでしかなかった。

「今俺達が乗っかってるこの船はそう悪い船ではないようだぜ。乗り換えることもなかろうじゃないか」と先回りして億劫がるぐらいのことだ。だから口喧嘩は絶え間もなかったが、腕づくにまでなるのを見たことはなかった。何もかも今はバカらしいのである。似たような無為徒食の毎日であった似の島で、殺し合いの喧嘩も辞さなかった同じ男達なのである。

彼等の中で磯田は唯一人忙しい男だった。何も彼が好きでガマの油売りをやっているというわけではなかった。金歯の他は歯という歯をニコチン漬けにしているヘビースモーカーであったから、嫌でも時には内職をしなければならなかったのである。彼はまた「秋の日のヴィオロンの……」とか「都に雨の降る如く……」などをヴェルレーヌの母国語で聞かせるといった多芸の持主であったが、そっちは収入《みいり》にならないのだった。

「磯田、ガマ！」と誰かが言うと、もう周りが放っておかない。彼はきまってうんざりだと肩をすぼめる。時には十八番のベソで逃げ了せることもある。

だが煙草が投げ込まれる。三本、四本、五本。たったこれだけかと周りを見回すのだが、仕方なしに上着を脱ぎにかかる。するともう始まっているのだった。襷を掛ける。これはこの為に褌の新しいのを三本つないで誰かが拵えてやったものだ。タオルで鉢巻を締める。銘刀代りの箒を小腋にかいこむ。こうなるともう周りに誰が来ようと止まらない。

「お立合い、も少し前を開けて下さらんか。御喜捨はこの帽子に入れること。投げちゃいかぬ。手前大道に立ち、未熟な生業《なりわい》は致イても、憚りながら天下の素浪人、泥つきの投げ銭を拾って生活《たつき》の代《しろ》とは致イ申さぬ。わかったな。」

取巻連も心得ているから、ここで縁日の野次馬よろしく半畳を入れる。

「手前ここに取り出イたるガマといえば、四六のガマ。四六、五六はどこでわかる。前足が四本後足が六本。これを名づけて四六のガマ。このガマの住める所といえばこれよりはーるか北の方《かた》、筑波の山の麓に住み、車前草を喰らい、はたまたはーるか南の方、薩摩は国分の里に住み、緑の煙草の葉を喰らい、妖気漂う煙を吐くが、さあてお立合い、五本六本の煙草では、いくら四六のガマとはいえ、吸うて煙も出やしない。」

ここで煙草の追加がないと打ちあげになってしまうから、誰かがチェッと舌うちして笑いながらポケットをさぐる。

「いいかなお立合い、このガマの油をとるのには、四方に鏡を張り巡らし、下に金網を敷いた螺鈿の箱に追いこむのだ。ガマは己れの姿を鏡に見て驚き、タラーリタラーリ脂汗を流す。その脂を金網にすき取り、柳の小枝をもって三七、二十一日の間トローリトローリと煮つめるのだ……」

これはまだ入り口である。バカバカしいからやめるが、腰の業物を引抜いて半紙を飛ばす仕業にはいると、この男は本当にこれをやっていたのではないかと思われてくるのだった。

「坊やが来たぜ」と誰かが囁いても、取巻連が振返った時は坊やは背中を見せて引返しているのだった。

この磯田にもたった一人苦手がいた。五郎丸三郎である。だが五郎丸がこのピエロを憎んでいたのだとは、今も私には思えない。皮肉な笑みを片頬に浮かべて取巻連の中から熱演中の磯田を観察していることもあったが、一人置去りにされて（というより皆を置き去りにして）窓辺で文庫本を展げていることもあった。

五郎丸と磯田が擦れ違う。するとそこが中廊下であれ石廊下であれ、必ず取っ組み合いが始まるのである。内務班では煙草の火を借りたり貸したりしているくせにである。磯田は身を躱して逃げようとするが、腰にタックルされて捉まってしまう。揉み合った揚句、磯田は五郎丸の腰に乗っけられて蛙みたいにその場に叩きつけられる。手加減もくそもあったものではない。五郎丸が踞んで蛙の観察をはじめる。磯田のベソが十八番のベソであっても、それが本物に近ければ彼は満足のコックリをして立去るのである。この間どちらも一言も発しない。

磯田はすぐには起上れないことが何度かあった。何故こういうことになるのか、当の磯田に判らないのだから、我々に判るわけがない。止めるべきなのか見守るべきなのか、誰かが止めようとしてみたところで一瞬の出来事であるから間に合わない。

奇妙なのはその止めようとする一人がいなかったどころか、眼の前で始めると誰もがそそくさと外してしまうことだった。

一度はハアハア言いながら揉み合っている二人に石廊下でぶつかったことがある。周りには誰もいなかった。人みたいにさっさと通りすぎる知恵もない。止めだてするには私は非力である。「ヤメテクレー、ソンナノガアルモンカ、ヤメテクレー」と私は大声をあげた。おろおろして見守る私の足許に磯田はもんどりうって横転した。大の字になった負け犬は眼球の白い裏側を半分覗かせていた。知らない人ならあわてたかも知れないが、この眼付を私は何度か見ていた。ガマのセリフをど忘れした時こうやって周りの援けを求めたものだ。ベソ同様これもこの男の芸のうちだったのである。

五郎丸は私の顎を掌ですくった。「心配するな兵長、これが俺の道化でな。殺しやしないよ」そう言い捨てて立去った。

掃き溜めの外人部隊なんかくそくらえだと嘯いて陽気に似の島を出てきた磯田だったが、もう一つ得体の知れない外人部隊に待ち伏せされていたというわけだ。

立ち去って行く男の背中に落莫とした気配があったかなかったか。「ソンナノガアルモンカ」と人を叫ばせる男にとっては何の演技も要らなかったであろう。

五郎丸が妙なマネをする男であった程、受けて立つ磯田の挙動も腑に落ちなかった。教官や同僚に暴力男の非を鳴らして自らを護るのが大人の知恵である。彼はそうはしなかった。恰もそれは天刑の如きものとして執行された。

軍服を着る前の磯田を私は知らないから浅薄な観察であることを免れないが、ここで彼を道化に追いやっているものの正体は、やり場のないひえびえとした孤独感みたいなものだったのではあるまいか。孤独感は怒りに生えた茸みたいなものである。常に正体不明の五郎丸を自らのうちに飼っており、いつでも暴力に転化し得る自らの負いめとして、五郎丸の発作を消化してやっていたのかも知れない。こんな風にしか私には納得のしようがないのである。

乙幹、即ち乙種幹部候補生、つまり将校になり損ねた連中の中にこそ磯田とか五郎丸とかがもぐり込んでいて少しも不思議はないのであったが、若し不幸（？）にして彼等が将校服を着せられサーベルを吊らされるハメになっていたら——という想像は愉快でもありまた残酷でもあった。彼等もまた全く別のその道化を鹿爪らしく颯爽と演じ了せたには違いないが、恐らく発狂歴然たる部下に水をぶっかけるようなマネなど思いつきもしなかったであろう。洗面所で裸になって、その水を自分がかぶることはあったにしても——

乙幹の中の変種として、皇道派の兵隊版みたいなのもいた。相良伍長がそれだったが、彼こそ最もサーベルが似合ったのではあるまいか。

「敵が如何に皇居を狙おうとも……」と相良は拳で胸を叩きながらブチあげるのだった。

「その邪悪な爆弾は必ず神威によって跳ね返されるのです。神州は不滅、絶対不滅。これは不易の真理であるのに、何故だ？　などと言う人がいる。実に嘆かわしい。中野正剛を見なさい。自刃しましたよ。我が屍を乗り越えて行けとの激励ではないのですか皆さん。」

「アホ言いな相良。あれは東条はんに睨まれて動きがとれんもんやさかい。やけのやんぱちでやっただけやないか。」

「それにくさ。このごろカミカゼも碌に吹かせおらんばい。神威か神州か知らんばってんくさ。」

「あんた方それでも帝国軍人か。恥を知りなさい。我々は何れ皆死ぬのです。こんな不敬なならず者共を掃除してからカミカゼはやってきます。必ずきます。絶対にくる。」

「つける薬あらへんなお前。みな死んでもたらやな、アメやんが上陸してきおってや、別荘建ててや、お前の妹を妾にしおってや、わやゃないかおっさん。そないなところにカミカゼが来たかて何ちゅうことあらへんやないか。」

この関西弁の男は似の島から一緒だった男である。ここにとぐろを巻いている眠たい眼付きの男たちを一緒くたに団子に丸めて人形を拵えれば、大体この男になるのではなかったろうか。この男の名前が浮かんでこないのはそのせいかも知れない。とりあえずここではL軍曹とでもしておこう。

この頃ラジオは大東亜会議の成功をブチあげたり、カイロ会談の宣伝を罵倒したりするのに明け暮れていた。私達がそれに何の関心も持たなかったと言えば、これもやはり幾らかの誇張になるだろう。

誰かが指している将棋盤の上の哀れな歩の一駒が船舶隊であるなら、我々はその歩にくっ着いたゴミみたいなものでしかなかった。関心と言ってみたところで、ゴミの域を出るものでは勿論ない。

それでいて一人一人のゴミは、例えば私がそうであったように、眠たそうな眼付きはしていても、内に向かって秘かに桂馬になり飛車になり、時には角にもなってソロモンの島々を行ったり来たりしていたのである。ところが妙な言い方かも知れないが、ゴミが他のゴミを顧るや否や、それは柄にもない恥ずべきことであったように思われてくるのだった。L軍曹も例外ではないのだ。相良伍長をからかって憤慨させるL軍曹の中に相良が全然棲んでいないかというと、そうではないのである。「つける薬あらへんな」とL軍曹が言う時、彼は自分の内なる相良をからかっていたのだと言ってもいいだろう。

兵隊は衛門の外をシャバと称んだが、そこでは一人一人の大人はゴミでは居ない。歩でも承知しない。皆が金か銀のつもりで敵陣と向き合っている。私達がお互いでシャバと言い合う時、L軍曹じゃないが「つける薬あらへんな」といった侮蔑的な異和感をも隠していた筈である。

磯田にとって自分の外側はすべてシャバでしかなかったのかどうか、それは知らない。その磯田の羞かみを秘かに頒かち合っていたのが五郎丸の道化であったのかどうか、勿論それも知らないのだが、ここに持ってきて付き合わせてみれば、必ずしも言葉の遊びではないように思えてくる。

セッケンや坊やが我々の眼に時に浮薄な他所者に映ることがあったのは、本当はビールの滑稽な配当より前に、彼等がこの羞かみに用のない人間だったからではなかったろうか。彼等もまた少尉であれ少佐であれゴミの一粒に過ぎなかったわけだが、我々の内と外とを彼等はシャバみたいに逆に着こなしていたのである。

磯田にとって、金か銀みたいな面つきの彼等の道化ぐらい気羞かしいものもなかったのではあるまいか。その分は天下の素浪人になった彼のしゃがれ声にのって、周りをくすぐりやまなかったのであろう。

私はここでシャバや将校を語ろうとしているわけではない。ただ何とも奇妙な（と言うしかない）我々の羞かみを秘かにいたわってやりたいのである。さっさと言ってしまえば、ゴミがゴミ達を顧みて故もなくテレるのであったら、そのゴミの集団は頼むに足るナラズ者共ではなかったかということである。その時がきてその場所に持って行かれる迄彼等がどんなに眠たい眼付をしていたにしても、である。

どうやらゴールが見えてきたようだ。

私は私のセンソウの四カ月間を截り取って、そこからバカげた他愛もない（と思われるだろう）ことばかりを拾い出してきたが、いい加減うんざりしてきた。だが似の島で別れた吉田の消息の所までは行かねばなるまい。

明けて十九年早々、夫々の教育隊を併せた船舶通信隊が誕生した。大佐を長とする一こ聯隊である。

私は村山中尉の呼び出しを受けて、中隊長室に這入った。

「大島兵長は前に中隊事務の経験があるようだね。字はうまいか？」

先に呼ばれた四五人の仲間がいて、一人が「書道の先生みたいなもんじゃないですか」と言った。

「よし決まった。岡軍曹の指揮下に這入れ。作戦主任室勤務を命ずる。所属中隊は第三中隊。装具を持ってひと先ず聯隊本部の方へ行け。忙しいぞ。駈け足！」

兵隊はみじめである。装具を持ってひと先ず本部へなどと言われても、そうはいかないのだ。新しい所属中隊へ走り込んで、自分の寝床が何班のどこであるかを確かめて、そこへ装具を放り込まない限り、浮世の宿なしと同じである。

仕事場は本部であっても、下士官以上でないとそこでは飯は喰わせて貰えないし、勿論寝かせても貰えない。当然のことながら隊外勤務者は中隊に寄生したゴクツブシに過ぎないから、進級任官一切が後回しになる。「残飯喰い」と称ばれていたが、うかうかしているとその残飯をも喰いはぐれるハメになる。このことは初めにも書いた。

唯一の救いは、兵隊が兵隊達の許へ戻れる日が来たということだった。そこではまたなじみのない他所者同士が暫くはお互いの素性を嗅ぎ合って暮らさねばならないにしても、古参兵長にとってそこが天国でない筈はない。右も左も下級者ばかりである。敬礼はして貰えなくても、こっちから手を挙げることはもう要らない。

もう一つ有難かったのは、相棒が岡軍曹であることだった。既に紹介したように、村山隊のアンペラの上で、ちぢかんでいた羽根がひとりでに展がっていくのだ。

貴公子風の鼻梁の下から紫煙を吹きあげていた涼しい豪傑である。思わず私は失笑した。いつもユルフンから外界を覗っていた頼もしい〈彼〉がひょっこり坊主頭を出して会釈したのだ。

あわただしい引越騒ぎの中では、磯田を捉まえるのがやっとだった。昨日まで冬眠していた熊達が一斉に叩き起こされて、別のねぐらへ追い出されているのだ。

「これでお別れです。似の島からずっとお世話になるばっかりで……。ご武運を祈っています。」

磯田は被甲（防毒マスク）をかぶってふざけていたが「ありがとうさん」と、そのままで言った。

「内職がうまく行ったのは君のお蔭さ。わしのインチキなヴェルレーヌを聞いてくれたのも君だった。アバヨ。死ぬなよ兵長さん。アバヨ。死ぬんじゃないよ……」

アバヨ、死ぬんじゃないよは三度めからマスクの中で鼻唄になった。

君のお蔭というのは蟇の油のセリフのことである。「はたまたこれよりはーるか南の方、薩摩は国分の里に棲み……」の件りは、彼の頼みで私が付け加えてやったのであった。

金山が来た。私は黙って頭を下げた。彼は石廊下の出口まで蹤いてきた。

「どうやら兵隊の親分に戻れたようですね」と金山が言った。

「班長殿は?」

「五中隊だ。また下士官ばかりですよ。」

金山は大男だから面対すれば私の頭は彼の顎の下に這入ってしまう。推定年齢二十三歳。赤毛の眉の下にぐりぐりした涼しい眼玉があった。まだ固まりきらないかに見える頭骨は角錐に近く、額に帽子の痕の輪がはまっていた。私が金山を見たのは、本当はこれが初めてだったと言っていいのかも知れない。そしてこれが最後だったのである。

「おじいさんに返事を出しましたか?」

金山はそれには応えず「あんたもっと飯を喰わなくちゃ。そんな痩せっぽっちじゃ兵隊の親分に見えないよ」と、晴々とした表情で白い歯を見せた。私達はいつでも酒保で会える筈だった。だがその機会はもうやってこなかったのである。

作戦主任の大親分は三日めに姿を現わした。もう何度も紹介した男だが、私は立ち竦んだまま暫くは動けなかった。

「貴公の部下は生きたまま皆死んどるとそう隊長に伝えよ」あの男だったのである。

それにしても、辺りを威圧するこの偉丈夫の何と端正なマスクをそのいかつい肩にのっけていることか。

「親分は西部で裸馬に跨らせれば映るぜおい。」

岡軍曹は横眼で私に囁きかけた。

「その役なら班長殿のものでしょう。あれじゃ見る方も肩がこりますよ。」

江戸っ子の軍曹は上機嫌だった。彼は眼の前の男が後にボーイングの異名をとる難物の雷少佐であることを、この時はまだ知らなかったのである。

ボーイングＢ２９が初めて帝都の上空に姿を見せたのは昨年の十一月である。これは先に書いた。だが本格的な空襲が始まったのはこの年六月の北九州からである。これを皮切りに日本列島は火の海になって行ったのであるが、我々はその〈空の要塞〉といわれる四発のバケモノを自分の眼で見ることはできなかった。マリアナや七月に陥落したサイパンからの空のお客さんは連日連夜やってきていたのに、我々の頭上に姿を見せることはなかったのである。この年の暮に私は広島を後にしたので知らないのだが、広島の市民が最初に見たＢ２９はエノラ・ゲイだったとどこかで聞いた。信じられないことである。

吉田上等兵が奇妙な舟艇に乗っていることを聞かされたのは、似の島を出て一年が経ったこの年の夏のことだったと思う。

飛行雲を一条曳いて超上空を翔け抜ける異様な姿のグラマンを仰いで、あれは最近開発された〈鍾馗〉だよと嘯いた男がいて、その男と口喧嘩になった所だったので憶えている。衛庭をこっちに歩いてくる男に「大島じゃないか」と声を掛けられたのである。

「忘れとったわ、えろ済まん」と彼は言った。器材を持って似の島へ渡った帰りに、吉田という伍長に伝言を頼まれたのだと言う。二か月も前のことらしい。

「吉田なら上等兵の筈ですが？　えらい早いですね。」

「べらぼうに速い舟や。エンジンも気狂いみたいなやつやで。乗ってみんか言われたけどよう乗らへん。」

「で、何か？」

「お先に出掛けますさかい、それだけや。」

「今も似の島にいるんでしょうかね？」

「あそこに何で？　無線機の真空管を受け取りに来ただけやろ。江田島とちゃうか？　どいつもこいつも無茶苦茶に張りきりよってな。」

「どこに行くんだろ、出掛けるって？」

「言いよらへんそんなもん、鹿児島弁丸出しやさかい聞いたかて判らへん。救命胴衣に吉田伍長と書いてあったよって『お前さん吉田伍長はんやな』と言うたら、うんと言いよる。」

そんな調子の男なら彼に間違いなかった。

「あかんわ。あない張りきりよったら躰がもたんで、もうくたばっとるやろどこかで。」

そう言い捨てて立ち去った男の背中を、呆然と私は見送った。

戦後、私は復員事務所に二度行ったが、吉田の消息をさぐることはしなかった。彼の郷里は伊佐郡であったから、町村名は判らなくても伊佐郡の吉田喜八郎を探せば容易に判ることであったが、二度ともそれを躊った。確認しさえしなければという気持がどこかにあった。いくら死神の手に握られたとはいえ、あの罐詰くすねの名人なら、自分の運命だってくすねたかも知れないのであった。

〈下痢と兵隊〉はこの吉田の件りで終っている。削ったり付け加えたり、或いは場所を入れ換えたりしたが、原形は崩れなかった。

作戦室の風景に就いてはもう繰り返すまい。私はボーイングの下で約一年暮らしたから、書くべきことはそっちの方が多い筈だが、必ずしも時間の分量には比例しないようである。書くとすれば冒頭に置いた詩集の地下出版ぐらいのことではなかったろうか。

ここで待ち受けていて貰うべきであった〈ガリバン兵長〉を冒頭に持って行ったことの言訳は、これもそこで書いておいた。

ここに辿り着くまでのエネルギーを初めに下さったのが大阪のMさんであった。改めてお礼を言わねばならない。

「何だこれだけのことか、何もなかったじゃないか」と舌うちなさる人もあるだろう。凄惨な死闘や飢餓や、意表を衝く作戦などが出て来なければ、人々はもうセンソウに出会ったとは思わないだろうからである。そんな戦記や小説に比べれば、これは屁のようなものには違いないが、ゴミでしかなかった一人の兵隊にもまたゴミなりのセンソウがあったことを観て戴けば、それでいいのである。

この後中支に渡り、そこで敗戦を迎え、米軍のＬＳＴで内地へ帰還する迄行動を共にした二人の戦友とは今も文通を続けている。和歌山の相馬恒雄氏と長崎の中村兼夫氏である。両氏とも似の島から磯田軍曹に引率されてきた共通体験の持主であるが、アカバラで醜態を曝したのは弱兵の私だけである。

今両氏に記憶の援けを乞うとすれば、恐らく日時や場所などの殆んどが修正されてしまうだろうし、内側から私がつかまえた一人の磯田像に「俺は知らんぞ」と北叟笑んでそっぽを向いてしまわれるかも知れない。その程度のものとして読んで下されば結構である。文中の人名はすべて仮名であることも付記しておく。

# 雁八界隈

# スドウさん

## 1

「ネパールへ行った時のことですがね。カトマンズの北に方るんだが、シェルパ達がユエと称んで近づきたがらない部落があるんだ。毀れたラマ廟を取り囲むように十四、五軒。そうね、軒なんてもんじゃないな。包《パオ》とでも称びたい泥煉瓦の饅頭屋根なんだが……そこで僕は体中の毛がウソウソ戦ぎだす思いをしたことがあるんだ。おや、もう疑ぐってますね、あなた」

スドウさんはなみなみと注がれたグラスの焼酎にすぼめた唇をもっていき、そのつど濡らした半白の口髭を掌の甲でのごいながらそう言った。

駅前を出る終電車の音に弾かれたように飛び出した慌て者がいて、止り木の酔客達はそれを笑い飛ばすのに忙しかった。スドウさんの間延びしたネパールでの話とかに耳の片方でも藉していた者があったとすれば、風来坊の宇多津と、流しを終えて深編笠を脱いだばかりの虚無僧の梅吉ぐらいのものだった。

宇多津はスドウさんの隣りで、スドウさんのセブンスターの銜え方まで、横眼で意地悪く観察していた。いつものことである。

始まったな。宇多津は黙ってライターを点けて、眼の代りに今度は手だけそっちへ差し伸べる。

――今夜はネパールか。そしてまたユエと来なすった。この前はリビヤだった。ツモーという沙漠の町の、やはり人の近づきたがらないユエという部落での話ではなかったか――

「おかげ様でセンセイ、妹のやつ、今日から鳥ぎんに皿洗いにいってます」と虚無僧が止り木の端っこから、中腰になってスドウさんに敬礼をした。

「僕の判コでよかったかね」

「疑われもした。あんまり釣り合わぬ保証人ごわしたもんで」

アッハとグラスを持ち上げたところで、スドウさんはもう梅吉を忘れた。

「体中の毛がウソウソなんて言い方は大袈裟だがね。信じてくれるかな宇多津さん」

「大袈裟ならいいが、センセイのは小袈裟だから乗っけられるんだ」と宇多津は言った。

何故隣の男が、この雁八の怪しげな酔客達からセンセイと呼ばれるのか、宇多津は知らない。センセイと言えば言った方を振り向くから、宇多津も周りに従っているまでである。

「必ず舞台や小道具を揃えてくるでしょう。カトマンズはまあいいですよ。シェルパもいいとしましょう。ヒマラヤに憧れた若い日がセンセイにあったって左程不思議じゃない。ラマ廟も悪くはないが、今夜もまたユエじゃないですか。銘酊なさったかな」

「や。これは……嬉しい人ですなあなた」スドウさんは改めて宇多津に向き直って、垂れ下った眉毛の下の飴色の鼈甲めがねの奥でパチパチとまばたきをした。

「そうでしたか。ユエはネパールの土語でしてね。小乗で謂う因縁という程の意味はあるでしょう。日本語の故《ゆえ》はちょっと理屈っぽいが……。いやあ取り消します。リビヤの方をです。あれはユエじゃないんだ。ツモーの町外れにね。駱駝の馬頭観音というわけじゃないが、駱駝を祀ったアラブ人らしい天幕部落がある。沙漠でくたばった駱駝の骸骨を積みあげてね。うん組みあげてと言うべきかな。とにかくその駱駝の形になっとるんですよ、骸骨の山がね」

「それはこのあいだ聞きましたよ」

「でしたか。じゃ言いますまい。その部落の名前もね。どうせ宇多津さんに小道具にされるだけだから。うっかりユエと出ちまったんですな。然しあなた変わってますなあ。あの話を嘘だと思わないんですか」

「思います。そりゃ思いますよ。でもま、座興にはなりますからね」

梅吉が、ババドン！　センセイにタンを一皿差しあげてくれと言ったので、スドウさんは手を振ってことわった。

「で、宇多津さんあんた昨夜《ゆうべ》あれからどうしなさった？」

「センセイ、雁八ですよここは」

「でした。すぐバカを言う。でもね、あの足どりで家まで辿り着くだろうかと思ったもんでね。顔はいつまでも素面《しらふ》だが、足まではごまかせぬようですな」

辿り着く家なら宇多津にもある。タクシーを拾えば二十分で着く。が、宇多津はそこへ一週間は帰っていない。ゆうべあれからどうしたかと聞かれて、こうこうでしたと応えられるぐらいなら、今夜またここへこうして、ゆうべの続きを続けになんど来るものかと宇多津は思う。コップ四、五杯目ぐらいの所までは記憶にある。翌朝眼覚める迄、そこから先はプツンと断れているから、その間だけでも宇多津という男はこの世に居なくても済むわけである。これがどんなにキザな言いぐさであっても、ハンドルを失ないブレーキを失なってしまった巷の一人の酔漢にとっては、これを何かの価値みたいに思いこみたいのだ。そのくせ完璧な自己不在のその空白のザラついた虚しさ。「また何かをやらかしたに違いない」という強迫観念は死にも値する程の凶々しさで頭をもたげてくるのだが、それもこの頃は眼覚め際の贖罪の儀式みたいに自らを傍観する癖を身につけた。記憶を失うまで夜毎飲まねばならぬ男だからといって「御意見無用」の札を背負って歩くわけにもいかない。「ゆうべあれから?……」と聞きたがるのが世間というものであれば、スドウさんという世間の前で、正真正銘の阿呆面でニヤニヤするしかてはないのだ。

唯、若し、今朝どこで眼覚めたのかと問われるのであるなら、いくら聞かず聞かせずの雁八ではあっても、コの字の止り木の向うかこちらかを顎で差し示すことぐらいはできる。ゆうべは然し、こっちの梅吉の所ではなかった。

酔客にタダ酒《ざけ》をたかって回っている向う側のチビの所でもなかった。

そこだけはもう金輪際行ってはならぬと自らに言い聞かせ誡めてきた長田町の他人の家で、今朝もまた眼を覚ましてしまったのであった。

「で、ネパールのそのユエとかで何があったんです?」宇多津はほんとうはもう独りにさせてもらいたかったが、隣の視線がそれを言わせるまでは離れそうもないのだ。

「行きずりに見たまでの話でね。何かがあったという程のことであるかないかそいつは人によりましょう。宇多津さんだから僕は話すのでね。とにかく驚きましたよ」

宇多津に催促する気がないのを観てとると、スドウさんはグラスを押しやってみせて「僕は一目散に走って逃げましたがね」と、おしまいの方から先ず言った。

「ほほう、イチモクサンですか。イチモクサンにね」

「あなた……」とスドウさんは一瞬しらけて怯んでしまったが、やはり続けた。

「こねあげた粘土でダルマみたいなものを拵えていました。起きあがり小法師の不細工な代物ですよ。テニスボールぐらいの頭が小さい。少年は仕上げ間際に、その粘土の中にビイ玉を一つ埋めこんだ。変な呪文を唱えながらですよ。そして体をひねってその起きあがり小法師の頭をつついて転がした。一度目は左程驚かなかった。え。だって腕の弾みに複雑なひねりが加わっていたに違いないんですから……。よろよろ停りかけるかと思うと、そのボールは急に速度を速める。当るべき石にぶつかってよろめき、凹みにつかまりそうになると危うくぎりぎりですり抜ける。木の根では停る停らねば嘘だと思ったが、苦もなくバウンドして少年の足許へ還ってきた。

僕が声を呑んでウソ寒《ざむ》くなったのは二度目を見届けてからでしたね。全く同一軌跡同一運動の偶然なんてものを信じますかあなた？　あんな複雑な地形でですよ。そんな確率はゼロだなんて言ってみても始まらない。そいつをこの眼で見たんだから仕方がないんだ。

もう一度ボールの動きを追う必要はありますまい。今言ったことをそっくり繰返すだけですからな。

破けた檜皮色のチャンチャンコに真黒な跣。何故僕は彼を少年などと勘違いしたのか。こっちをふり向いた彼の口にはあなた歯らしいものが一本もない。只の穴です。おまけにめっかちときている。そいつが三度目にとりかかろうとするじゃありませんか。

僕は連れの友人に首筋をひきずられてるのが判ったが、どうやって脱出の第一歩を踏み出したものか、縛られたみたいに、くびすが返せないんだね」

「連れの友人を出しましたね。ま、いいでしょう。だが……」

「だが？　だが何ですか」

「困ったね。わたしは今の話を夢でいつかみたような気がする。確かにみましたよ」

「或いはもう前に宇多津さんには話したのかも知れませんね。あなた聞き上手だから。その時宇多津さんはもう定量すれすれに近づいてたというわけだ」

「かも知れません……今夜のこのことも、もうわたしの過去にはなかったことになるかも知れないんだ。明朝眼覚めた時はね。わたしは世の中のことがこの頃疑わしくなってきました。肝腎のこの自分がセンセイの舌先三寸で物語られているだけの存在じゃないのかと思ったりする。どうにも始末が悪い」

「宇多津さん程の達人が……。もう一杯ずついきましょうや」

「素面《しらふ》のわたしは昼間の夢の中にもぐっていて、夜になると見失った前夜の自分を尾けはじめる。わたしもその起きあがり小法師のたぐいかも知れません。確率がゼロであってくれればと思ってみたところで、眼覚めてみれば繰り返してしまってる。住居侵入ってのは立派な犯罪なんでしょう。それをやるんです。これもどうもセンセイとここで飲んだ晩に限って……と言えば叱られますね」

「おや、あなた僕とここで会わなかった晩がありますか。その住居侵入とおっしゃるのは何のことか僕には解らぬが」

「幾晩もあります。泥酔してここに腰かけてもセンセイには酔漢には見えないし、わたしは誰かと会ったなんて憶えがない」

「羨しい。実に羨望に堪えぬですな。僕など一晩でもいいからそうなってみたいと思うが、酔えば忘れるどころか、忘れてた借金取りの憎まれ口まで思い出す始末ですわ。修業が足りません」

「住居侵入罪というのに過失が成り立つもんでしょうかね。と言って、月に一回もやらかすというわけでもないが、センセイとここにこうして腰をかけて、ユエだかツモーだか自分の足場が頼りなくなるような話を聞かされた翌朝《あさ》に限って、他人の家で眼を覚ますんだ。呪われたもんです」

「じゃ、今夜もそれをなさるんですか。どこの家か知らぬが。聞けばまた雁八ですよここはとくるからね」

チビがカランカラン高下駄を鳴らして来て、宇多津の鼻面に手を差し伸べて展げた。

「前借りできまへんか宿泊料。ヨシ公連れてきてもよかですよ」

宇多津はクシャクシャの紙幣をズボンのポケットから摑み出して、その一枚を小人《こびと》の掌にのっけた。かわいらしい掌だが一本一本の指はずんぐり節くれている。

宇多津はこの晩、久し振りに我が家へ帰った。帰ったというより帰っていたという方が正確だろう。そうしようと思った記憶はなかったが、翌朝眼覚めてみてそれが判ったのである。

2

独りで朝食のパンを噛るのにも慣れた。飯も鍋の煮物も腐って、カビが白い綿毛の帽子を持ちあげていた。で、宇多津は一度放り出したパン袋を引き寄せて、真中の一切れの耳をちぎり捨てて、息を詰めて口に放り込んだ。

ひと頃は入り猫が同居していて、残飯のたぐいは彼が器用に蓋をかきのけて始末してくれていたものだが、いつの間にか姿を見せなくなっていた。

家主の一人娘のあかりちゃんが来て冷蔵庫を開けていじったらしい形跡はあるが、家出人に等しい「ソツノンゴロ（焼酎呑野郎）のオジチャン」に愛想をつかして、かえりみなくなったのだろう。あかりちゃんにまた叱られねばならない。ツンツンしたおしゃまなソプラノで――

パンは水で流し込んで、宇多津は萎びた青物をポケットから掴み出した。テレビの上のミニ仏壇にそれを振りかけた。へちまと無花果の葉っぱである。昨朝眼覚めた他人の家から摘み取ってきたものだ。掌に納まってしまいそうなこのかわいらしい仏壇は、二十年前四歳で夭折した一人娘の身丈に合わせて、その時妻の千代子が選んだ紫檀製の京都物である。

留守の日数に合わせて線香七本を抜き、それにマッチをする。ついでに一時十五分で停った置時計のネジを捲いてみる。ジャリー、ジャリーと捲き戻されながら次第に手に抗ってくるゼンマイの手応えで、宇多津は自分が自分の塒に辿り着いた実感を一巻きずつ手に入れる。と同時に、ネジを捲くことでケロッと生き返るこの奇妙な生き物がいわれもなく煩わしい同伴者に思われてきて、針を直しながら、宇多津はその指で百回も二百回も一気に回してみたい衝動にかられてしまう。

郵便受には新聞がゴタゴタ狼藉にねじ込んである。税の督促状だとかガス検針の紙きれとかがそれにくっ着いて出てくる。一枚の私信もない。こうなるように自ら仕向けてきたくせに、ひと頃までは何か裏切られでもしたような気分で、空だと解っている郵便受の底を手さぐりしたものだった。

ひっくり返ってその新聞の一枚を展げてみるが、眼はバカでかいゴシック活字のロッキードしか映してくれない。そのロッキードが回りはじめた。眼をつむるとその瞼の裏に、昨朝眼覚め際に顔の真上にあったM氏宅の天井板の木理がグッと降りてきた。宇多津は新聞で顔を掩った。昨朝掛蒲団の襟でやったのと同じしぐさである。だが木理が描き出していた怪しい生き物は天井板から脱け出て、新聞活字と一緒に宇多津の周りを回りはじめた。

――宇多津は睡魔の尻尾で顔をなでられながら眼を開けたのだった。昨朝のことだ。

天井板の木理が次第に明瞭になり、木理の曲線が象っているのがウシダヌキだと判った時、宇多津は自分の体が内側へギュンと引っこんだ思いだった。二十四時間前の出来事なのに、現場へ追い返された気分になってくる。M氏か奥さんかが掛けてくれたらしい夏蒲団の襟を引っつかんで宇多津は亀みたいに首からひっこめた筈だ。内心ではガバと跳び起きていたくせにである。ウシダヌキに間違いはなかった。

宇多津がこの家をM氏の父親に売り渡す迄の十何年間、毎朝眼覚め際に眺めてきた天然のカンヴァスである。その木理が彫り出したシュールばりの絵に宇多津はウシダヌキと名づけていた。だが、自分の口で「ウシダヌキ」と発音したことはない。そうすれば妻も気づかないこの秘蔵の名画が途端に世俗の手垢にまみれてしまうように思われたのである。

胴体は徳利と通い帳をぶらさげた大ふぐりのタヌ公なのだが、頭の両端に角が生えていて、その角の尖端がどっちもそこだけ緻密な木理を頒け合って相対している。

宇多津はちぢかんだ心と体を押し展げる気持で、いつものように大きな空欠伸を二つばかりした。掛蒲団を四つに折って、それに枕を載せた。

「またやりましたなあ奥さん」と襖の向うに言ってみる。これまたいつものように、磊落なつもりの惨めなかすれ声でしかない。

大きな黒猫の丸めた背中をすっぽり両腕に抱いてM氏の小さな娘がやってくる。その子にポケットの黒砂糖の一かけらを塵紙にくるんで渡すのもいつものことだ。血糖欠に襲われるくせがあるので、独り者の宇多津のポケットには四六時中黒砂糖が這入っている。スドウさんに白より黒が体にいいと言われる迄は角砂糖だったものだ。

ところが何故か昨朝に限って、あの子はあれを受け取ろうとはしなかった。或いは「ブタのエサなど……」

と母親の尖った口でたしなめられていたのだったかも知れない。

M氏が結びかけたネクタイに手をやったまま、娘の後ろから出てきて言った。

「かまいませんからお引き取り下さい。今ちょっと女房がそこまで出ていますから、今のうちに……」

「何故一一〇番を呼んで引き渡して下さらなかったんですかMさん。このあいだもお願いした筈だ。今からわたしが自分で留置場へ行ってしゃがんでみても始まらんじゃありませんか。

あのノブなんだがな。せめて玄関のあのノブを取り換えて下されればね。こんな狼藉に及ぶのは深夜に決まってる筈だ。そうすれば救われるのはこのわたしです。勿論経費は仰言って下さればわたしが負担させてもらいます」

「気になさらんでいい。ウダツさんでしたね。そのうち癒るでしょう。おやじもそう言うとりました」

そのうち癒る？　何が癒るのか知らぬが、放っといてなおるのが鍵の方である筈はなかった。

M氏は性癖を呑みこんだ自分の老父の小言でもあしらう風で、鞄を提げてふらりと出て行った。

ここの玄関の鍵にはクセがあって、M氏夫妻のやり方では開かないが、宇多津はノブの微妙なひねりを心得ているのである。これは妻の千代子にもできなかった。だから「空巣ねらいもいいとこじゃがね。どこで左様《そげ》な芸《と》を覚えたと？」と、深夜呆れて何度かなじったものだ。

「あつかましいが、ついでにトイレを拝借しますよ」宇多津は女の子の胸に顔をおとして、抱かれた黒猫にそう言った。

濡れ縁には万年青の不景気な鉢が二つある。葉は桜島の灰をかぶった侭、凡そ構ってもらった形跡はない。

ここを出る五年前迄はまだ人の背丈程しかなかった無花果が、倍の高さで枝々をさし展げている。

万年青は宇多津がトラックに積みこむのを故意に忘れたものだったし、無果花は千代子が木市から求めてきたものだった。

厠の格子戸の隙間から侵入している蔓の青芽は糸瓜だった。――そうか、ヘチマときたか何のヘチマかこらヘチマ。あの年もお前さんが梅雨を連れてきたんだった。そして三本のお前さん達に妻は死出の旅を見送られたものさ。今年はここでめぐりあうハメになりましたか――宇多津はそう呟きながら、その青芽の蔓を掌に載せて、先端を爪先でちぎってポケットに入れた。お千代さんのいるミニ仏壇に供えてやりたくなったのだ。

M氏の妻君は、四つに折り畳んだ掛蒲団の傍に坐って待ち受けていた。

「さ、気のすむまで罵って下さい奥さん。なんならその箒でぶちのめして下されば、わたしは救われるんだが……」

「いいえウダツさん」などとあの若く美しいご婦人は応えたのではなかったか。いつもとは別人のやさしい声だった。ゆっくりエプロンを脱ぎながら――

「今迄あたしが鬼婆に見えたでしょうねウダツさん。あなた何故奥さんを亡くされたと仰言らなかったんです？」

「それとこれとは関係ないことですから」

「ご飯を食べていきませんか」と立ちあがってから奥さんは羞かみ笑いを浮かべて「でも主人には黙っおじゃったもんせな」と言った。

M氏は女房のいない今のうちにと言い、女房は主人には内緒でと言う。宇多津にはこたえた。若し今度こんな狼藉を繰り返すようなことがあったら、と宇多津は言おうとしたが呑みこんだ。死んで始末をつけるなどと言ってみたところで、そこから先がうけあえなかった。既に一度まねごとに終っていたからである。

宇多津は女の子と黒猫と三人で朝食というものを食べた。虚無僧の宿にも湯気の立つ味噌汁がないわけではなかったが、白い卵が添えられてあるだけで、忘れかけていた家庭を見た。それもだが、宇多津が眼に泌みる懐しさでうちまもったのは、まだ木の香の漂うようなまっさらなお櫃であった。

奥さんは二杯目を強請《せが》んで、それをよそいながら「ウダツさんは田上の家にも行かるっそうじゃありませんか。田上には何年いらっしゃいましたの？」と言った。

「女房が亡くなるまでです。三年ばかりですかな」二年だったか四年だったかもう忘れましたと宇多津は言いたかった。忘れたいのはその年限の方ではなくて、もう一人M氏のような被害者が田上町にいる事実の方だった。

M氏がどうやってそれを知ったのか。それは行ったと言われれば行ったことになるのだった。行ったのではなくて行っていたのですと言い繕ってみても、そこから痛いめにあわされて帰ってきたという事実は覆らない。ですがね。ですがそっちはたった二度ですよと宇多津は言うつもりであったが、「軽蔑して下さい奥さん、困ったもんです」と茶碗の湯気に眼をおとしていた。

「ウダツさんの奥さんと大学病院の内科で一緒だった方が居いやしてな。聞上《きっきゃ》げもした。あんなにここを出る時はお元気ごわしたとにな」

「お千代さんは損はしたくない女《おなご》でした。先に逝った奴の儲けには敵いません。わたしが擱まされたものと言えば女房の保険金ぐらいのもんだ。野良犬になり果てて飲み喰らってみるのですが、ちっとも減ってはくれません。小遣いがなくなった頃にはもう銀行が利子を届けにきてくれる。これが曲者でしてね奥さん。負けましたよ。あの世からの浮気封じってやつです。テキさんもやりますわ」

「何で後添いをお貰いにないやらんとですか。まだ五十かそこらでしょうお前様《まんさあ》は……」

「今言ったでしょう。然もテキは後添いを貰えと遺言までしやがった」

「このあいだ父が来て言ってましたよ。そうすれば田上のハンパやくざなんどに打たれんでも済むのにて。ほんとに打たれたとですかウダツさん」

「すみません。Mさんもあんな調子でやって下さればいいんだ」

「うちは構いませんけどね。田上に行かるっとだけはもうおやめになったら……」

宇多津は茶碗を置き箸を置いて、心の中で深々とうなだれた。

田上町の、そこも今は他人の住宅になった元の借家に踏み込んで、冷蔵庫を開けて、何かを喚き散らしながら中のものを片っ端から引っぱり出して投げ散らしたという五十男を宇多津自身許すことができない。だからといって他人の前で神妙に今何かを誓えば、その結果、曾て妻の前で宣誓した朝酒昼酒の禁を犯してしまうことになるのは見えている。宇多津は黙ったままコックリをしたが、それが我ながら子供っぽくて、みじめだった。

「この風来坊をそろそろ宇多津が追い出します」そう言って宇多津は立ちあがったが、開けたままの座敷に裏庭から手を差し入れている無花果の葉っぱの一枚を引きよせた。

「これを一枚失敬させて下さい奥さん」

宇多津はそれを糸瓜の芽の這入っているポケットにねじこんで、M氏宅を後にしたのだった。惜しまれてたち去る訪問客の足どりをつくろいながら——

それから行きつけの薬店に寄って、睡眠薬のネオ・ググを買った。帳簿にサインなどさせられて——

それから雁八にしけこむ迄のたくさんの昨日達の記憶を今消し去ることができるなら、アルコールの力を借りずにそれができるなら、銀行にある鐚をそっくり投げ出してもいいのになどと思ってしまう。悪銭、ビタ。幾ら残っているのか知らないが、何百万、何千万であろうと鐚は鐚だ。妻が生きている間は母親めいた彼女の思いやりを喰いつぶし、死んだら死んだで今度はその屍体で贖った保険金を喰いつぶす。そうすることで妻の希いとは逆に、自ら「生ける屍」を決めこんでダラクの地獄をほっつき歩く。妻を取りあげた神との和解を拒絶するには俺のやり方でやり通す。それがこれかいソツノンゴロのおじちゃん。そんなにまだ甘えたいのか、甘え足りないのか嘘つき坊や――全く世界はお前独りのもんだからな。

公園の鳩は今も宇多津の足許まで来て、宇多津の素性を円い目玉で探っている。やくざ映画のアンチャンの注射針は、いくら差し伸べてみても宇多津の腕までは届かない。

「今日もおいでですか」と私服の矢野さんがトレードマークの茶革マスクの奥から錆びた喉で声をかける。その善意を隠した低い声は時に麻雀台の後ろからくることもある。

ほろ苦いググは幾粒噛み砕いてみても、アルコールの応援がなければ気休めにすぎない。そのアルコールは部屋のさまざまな形のあらゆる瓶の中で蠱惑的なシナをつくって待ち受けているのに、手は出てくれない。わしを生殺しにしてあの世から眺めて楽しむ為にあんな宣誓をさせたのかお千代さん――

新聞を払いのけて、宇多津は冷蔵庫を開けて検めた。なければならないものはそこにある。あるにはあっても、上段のそこには使えるものは一つもない。四分の一だけ切り取られた林檎。食べられない喉を通ってくれないと夫に抗議しながら齧り残したパンのかけら。蓋を開けただけのイチゴジャムとソフトピーナツ。一口食べてあとは見向きもしなかったパインの缶詰。うずらの卵もパックに一個欠けた侭そこにある。

どれも入院の朝、妻の千代子が食卓に残していったものである。もう萎びるものは萎び、変色する物は幾度か色を変えた。

お節介やのあかりちゃんもこれだけには手が掛けられない。これをいじればどうなるか、何故そうなるか、小娘は小娘らしからぬカンで嗅ぎあてているらしい。

——見ろよお千代さん。こんなものを二年も冷蔵庫に蔵ってるバカがこの世にはいる。それをいいことにしてお前という奴は！　いつもここからわしを見張ってるのだ。

朝酒昼酒だけはやらない。これが二十何年か前、結婚式が終った直後、花嫁姿のままの千代子から、式場の廊下で、宇多津が呑まされた結婚条件の追加条項だったのである。おそらく彼女は披露宴に移ったあたりから、みるみる饒舌漢に変身し、招待客の中に紛れこんで見えなくなった夫に、驚きと不安の眼を瞠ったのであったろう。それはやがて世帯という名の女の墓場へ歩き出す人妻の本能的な知恵でもあったのだ。

宇多津にとって不覚としか言いようがないこの軽はずみな宣誓で、彼女はぐうたらな亭主を何とか世間的な日常の軌範にのせた。そこから脱け出そうとする不埒なオスの習性を彼女は見て見ぬふりをした。それがメスの賢明さなのかズルさなのか。その為オスは自らを縛る習性の方を戒律みたいにいつの間にか身につけてしまっているではないか。謀られたようなものだ。

冷蔵庫の傍には、明日入院と決まった晩に、千代子が漬けていった干大根の小さな漬物樽がある。噎えた臭気にあかりちゃんが鼻をつまんで、トイレみたいだわなどと眉をしかめてみせるが、宇多津はそれが捨てられない。

退院する日が来ないことは凡そ判っているのに、入院の朝になって、手を差し伸べている三本の糸瓜たちに速成の棚を拵えてあてがわなければならない女を宇多津は呆然とうちまもり、やがて自分は懐手のまま、「バカ！」と叱りつけたものだった。一昨年の今頃だったわけである。

それよりも、その日宇多津が決定的に「バカ」にぶつかったのは、そのちょろちょろ動き回る女をつかまえて病院に送り届け、自らは魂の抜け殼みたいになって舞い戻った時だった。腹を空かしたモノグサ男を、炊きたてのご飯が待っていたのだ。冷や飯の残りでもと思って電気釜の蓋を開けた宇多津の顔をワッと熱い湯気が取りまき、宇多津の眉毛を濡らしたのである。

その電気釜は今も冷蔵庫の上に、田上町のあの日のたたずまいで坐っているが、スイッチがはいることはもう滅多にない。

シャワーを浴びようとして、宇多津はシャツの襟にくっ着いた飯粒を見つけた。払い落とそうとしたが落ちなかった。一匹の虱だった。栄養たっぷりの、みるからにあんこ型の横綱だった。梅吉の下ぶくれの生まっちろい顔の造作を思い浮かべて、宇多津は苦笑を誘われたが、あんこ腹には短かすぎる何本かの手足をモゾモゾやっているのを見ているうちに、梅吉の顎の下からひょっこり小人が顔をのぞかせた。侏儒どんの五位め！宇多津はその力士をつまみあげ、それをテレビの所へ連れて行って、ミニ仏壇の前に逼わせた。

「どうだいお千代さん、いい面構えだろ。こいつの出自をちょっと占ってみてくれんか。お前さん昔から千里眼だったからな。くっ着けてきた口紅の色でこれはモナミ、これはアスナロ。ぴったり当てたじゃないか。どうだ。こいつ普化門の出じゃあるまい？　どうしたって五位のなにがしといった風格だろう」

嫌がる横綱を線香の先で二度三度転がしていると、膝頭が地震を感じだした。腹ばってふり仰いでみるが、電灯は揺れていない。来たな！　と体は本能的に身構えはしたものの、既に四肢は石でもくくりつけられたみたいだ。いつ、どこでこの血糖欠に襲われても困らないように、黒砂糖の小皿が座敷のどこかに置いてある。宇多津はそこに這い寄り、埃をかぶった黒砂糖の一かけらを口に入れて、ガリガリと嚙みつぶした。ひっくり返って二つめ三つめを口に入れながら「お前さんあっちを向いてろ！」とテレビの上の千代子に言おうとしたが、それはもう重労働だった。唾液と共に糖分が喉をおりて行き、血液の中へ還流し始めるまで早くて凡そ五分、その間痺れきった懈怠感の中で寝返りすらうてないのである。

宇多津の自嘲が始まるのは、いつも黒砂糖の幾つめかに手を伸ばし、死の渕から逼いずり上がった時である。

——そんなに貴様はわしを売るのは面白いのか宇多津信彦！　絶交だ——そう喚いて自分の手に噛みつきたい思いなのだ。死神の奴が「さ、出掛けようか気難かしやのおっさん」と声をかけてきたとでも思ってるのかお前は。これはわしの自前の始末ではないか。それなのにまたぞろ慌てふためいて執行猶予に持ちこんでしまう。いつか安楽死についてスドウさんが言ったことがある。「あれに限りますよ。一時間我慢すれば勝負は決まる。独り者程成功の確率は高いでしょうな。だが僕みたいに飲みながらガツガツ喰らう卑しいのには滅多に来てくれませんからあいつは」

この時スドウさんに言われて、宇多津のポケットからも、座敷の小皿の中からも白い角砂糖は追放されたのだった。

宇多津は首筋にかかった不潔な死神の手がゆっくり離れていくのを充分に見届けてから、エイッと気合をかけて立ちあがった。そして素裸のまま庭に出て、上下の肌着を丸めてライターで火を点けた。

3

雁八へ行くのに、宇多津は鴨池電停まで歩いて、そこから電車に乗る。鹿駅前の終点で降りて磯街道へ曲り、国鉄の線路沿いに四、五分も歩けば着くのだが、途中に豚平と書いた赤提灯がぶらさがっていて、獣脂と葱の香を煙と一緒に団扇であおぎ出して、往来の通行人の鼻腔をくすぐる。空腹であれば宇多津の足はひとまずそこで停る。

雁八のばばどんは「またブタに寄って来やったとお」と機嫌が悪いし、豚平のおやじはおやじで「宇多津さんも。ほかに行く所のなかばしのごつ。奥さんが知いやれば泣きやっが……」と、軽蔑の色を隠さない。このブタのおやじは宇多津がまだ長田町の、今はM氏のものになった実家に住んでいた頃、無銭飲食の宇多津のつけ馬でついて来てそのまま上りこみ、二人で飲み直すうちにお千代さんとも知り合いになった男である。

宇多津が串をくわえてガツを引きぬいていると、おやじが駅の方へ顎をしゃくって「チビ公がまたやられたど」と言った。置き引きの現場を公安官におさえられたらしい。「スドウのセンセが貰いさげ行かったどん、こんどばかりはダメじゃったげな」と言う。

雁八の暖簾をくぐってみると、当のチビはそこに居るではないか。

「なんだチビ、ケロッとして。お前チェリーを買ってこい、罰だ」

チビは五百円札を受け取ると「うちはショートピースでよかです。負けときましょ」と言って、小人の四十男は高下駄で床をはじきながら出て行った。

「塗ったくったねババドン」

ババドンは襟首を真白に塗りあげていた。この豊満な年増を何故ババドンと皆が呼ぶのか、宇多津は知らない。彼女の鼻梁の構築には神様が手を抜いたと思われるところがあって、何となくゴッババ（ネズミゴチ）のツラを連想させるところから、酔客の誰かがうっかり失言したのが始まりであるのかも知れない。常連の客の顔ぶれを見れば失言などではなくて、どいつもこいつもゴッババの名づけ親みたいに見えないこともなかったが――

宇多津も時に千代子をババドンと呼んでみることがあった。勿論酔興からではあったが、そう呼んでみることで、捉まえようもなくチョロチョロ亭主の周りを動き回る世話女房の秘めている貝殻の奥の一番柔らかい部分を振り向かせることができそうに感じるからであった。

「あいよ。何かね?」と、それはその都度軽く受け流されるのであったが、宇多津は眼の前のババドンを横眼で追いながら「あの返事のさりげなさは……」と思わないわけにいかない。

あの返事のさりげなさは息子にかあちゃんと呼ばれた母親のものだった。あの都度俺は自分が後《あと》に取り残されるハメになることを漠然と予感してはいなかったか。何故だと言われても……（全く二言めにはどいつもこいつもナゼだときやがるからな）そんなことまで俺が知るか。亭主にかくれてべらぼうな保険にこっそりはいってみたり、それがバレて叱られるとこれまた母親の口調で「あいよ、あたしはバカよ」と軽く受け流したりしたものだ。だが俺の予感がゼニカネなどで測られてたまるか。ババドンと呼ばれた時の妻の柔和な眼に何が宿っていたか、先だつ者からの不断の眼配せはサインにはならないが、取り残される者には取り残される者のアンテナがあるんだ――

なあババドンと口走りかけて、宇多津は改めて煙草をくわえた。

「チビはまたドジったのかいババドン」

ババドンはキビナゴを開きながら「ブタのクソおやじがしゃべったね」と呟いた。

「お前様《まんさあ》もいんま引っ張られるよ宇多津さん。彼様《あげ》な所に泊ったりしおれば……」

「ブタ箱へしゃがむのならわしが替ってやっていいんだ。世間で一番ヒマな人間だからね」

暖簾を水の棒でひっぱたきでもするような音に続いて、ザーッと夕立が来た。それに追いかけられて何人かが走りこんできた。その後からチビが来、チビに続いてスドウさんが来た。

スドウさんの連れらしいノッポの紳士は、宇多津と視線が合ったとみるや、クルッと背を向けて暖簾の外へ姿を消した。それを見て「ババドンは居るんですよ木戸先生！」とスドウさんが叫んだ。何のことか宇多津には解らなかったが、その時ババドンは桝の中に一緒に居た虚無僧の女房の背中にかくれた侭キビナゴを開いていたのだ。

こっちと視線がかち合えば背中を向ける。今夜に限ったことではない。絵にかいたようなキザなまねというやつだが、どこの馬の骨ですかあのノッポは？　とスドウさんに聞こうとして宇多津は苦笑した。ここはつまり雁八だったし、聞くにも相手はどうやらここの憲法起草者であるらしいのだった。

「要りませんやろ……つり銭」チビは煙草だけ出したが、宇多津は銅貨まで正確に計算して受け取った。

「お前太ったのをくれたな。横綱だったぜ。五位のなにがしと顔にかいてあったよ」

ババドンがコの字の桝の内側から猿臂を伸ばした。宇多津がズックを持ちあげてその手に渡した。ズックのあとへスドウさんがゆっくり尻をもってきてあてがった。先客をひとわたり見わたしながら——そこが彼の指定席みたいなものであり、彼が来る迄はいつも正体不明のズックが鎮座している。

「おや、鳥ぎんには行ってないのかお秀どん」とスドウさんはグラスにかんてきを傾けている梅吉の妻君に言った。

「もうじき出掛けます。今日は遅出ごわしたもんで、はい」

宇多津を膝から上へ見上げてからスドウさんは「今日は句会がありましてね」と言った。「味噌樽が出掛けたもんだからあなた……」

「呼び出しでしょう。駅の公安室から」

アッハと口髭を撫でつけたスドウさんを、向う側の片隅で窺っていたチビが、しょんぼり背を向けて出て行った。

「ところで宇多津さん、奥さんの病気は何だったんです？　今日の句題が水枕とやどかりでしてね」

「家内の病気ですて？　何故です？　家内は水枕とか氷枕とかに用はありませんよ。ま、頑健という程でもありませんが……」

「またお恍けになる。ま、いいでしょう」

「やどかりなら川柳と違いますか」

「やっぱりね。やっぱり別のもんでしょうな俳句と川柳は」

「ま、いいでしょう。で、出来ましたか」

スドウさんは膝のポケットから紙きれをひきずり出し、皺を伸ばして宇多津の前に置いた。宇多津は透明な液体を一口含んでグラスをおいた。

やどかりの宿選る尻の自嘲めき
やどかりの尻外れをり一度二度
尻高くそばだててみる宿の主

「どうやら夜店での風景らしいが、何とかもぐりこんだようですな。だがまたすぐおん出ますよ。こんなのがいるもんです。風来坊ですな」

「チビに宿かるあなたですこれは。何度もは言いませんがね。あいつは僕の力ではどうにもならぬ。人間はワルじゃないが、手の方が鉤にできてるからね。病気なんだ」

「眼が覚めてみると、そこに不景気な宿借りの殻があった……。いけませんか」

「こんなのはどうです。こっちは水枕ですがね」と、スドウさんは紙きれの端っこを指さした。

水枕するも独りのあごさばき

孤雁おつ湖《うみ》を入れてや水枕

「出来は悪いが、宇多津さんを見る僕の実感です。後添いをお貰いになった方がいい。余計なお世話とは重々解ってのことだ」

「肝臓の腫瘍でした。悪性というやつだったのでしょう。それに腎臓もです。ネフローゼ症候群とか、蛋白が出ちまうんですな。わたしには内緒で時々病院へ行ってたらしい。何で亭主に言わないのか、わたしが甲斐性なしときているから言ってみてもはじまらなかったのでしょう。まるで下り坂を一気に駆けくだるようなもんでした」

「二年前とおっしゃいましたね」

「センセイ……」

「いやあ疑っていました。本当に完璧に忘れるんですなあなた。自分の言ったことも」

「……」

「ゆうべの起きあがり小法師の話。あれは宇多津さんあなたから聞いたんですよ。その前のリビヤでの話、あれもね」

「わたしはリビヤなんかに行きやしません」

「勿論リビヤもネパールも場所は僕の好みにさせてもらいましたがね」

「かなりの山師ですなセンセイも」

「それは宇多津さん、僕の方に言わせて下さいよ」

リビヤの話。あれは一週間前？　それともう半月経ちましたかね。リビヤのツモーで何を見たと言いましたかねセンセイは？　それは言わずに、宇多津はグラスを一気に空にした。待ち受けていたババドンのかんてきが傾いて、空になったグラスの中で、コココと音をたてた。

宇多津はありもしなかったに違いない架空の句会など拵えて、遠回りしてやってくるスドウさんの隣人感情みたいなものを初めて感じた。それをグラスの形で撫で回しているうちに、だんだん煩わしいものに思えてきた。野次馬は現場へ近づきたがる。観てしまうまでの陽気な立会人だ。リビヤのツモーもやっぱりやどかりの話ではなかったか。

やどかりといっても、あの沙漠のやどかりは小エビだか小ガニだか判らぬ海辺のユーモラスな奴ではなかった。「毛蟹の親玉とでも言いましょうかね。こんな代物でしたよ」スドウさんはそう言って掌を出し、五本の指先を奇怪な形に折り曲げて見せた筈だ。

——勿論沙漠には貝殻なんてありませんからね——こんな順序ではなかった。これではちっとも気味悪くならない。だが、人を気味悪がらせて何になるというのだろうかスドウさんは。

そうだ先ず動いたんだった。骨が……

——膝関節のそこだけぶち切れた灰色の膝車が独りで動きだしたんですよ。勿論駱駝の骨です。特大のサザエぐらいあります。ボクは月並なことばだがまるで白昼夢をみている思いでした。だってその一つに見とれていた僕の周りには、いつの間にか同類の膝車がニョキニョキ立ちあがって右往左往してるんだもの。アラブ人の老婆が笛を吹くとね。この笛がまた駱駝の長い脛なんだが——笛に調子を合わせるんだ。動きのテンポを変えるんです。そいつが一斉に伏せたかと思うとね。くたばった侭の駱駝の形が出来上るんだが、次の瞬間また一斉に立ちあがる。気づいた時には僕はそのやどかり共に包囲されて逃げ出す足の踏み場がない。

「つまり貝殻なんかなくても、ということですか。人は所詮沙漠のやどかりなんだ。そんなようなことですか。何をおっしゃりたかったんだろうセンセイは」

「あれね。あれこそ宇多津さんに聞いてみなくちゃ」

「沙漠はわたしも嫌いじゃない。余分な水気がないのはね。何となく惹かれます。しょっぱなから忘れねばならぬものもないし、と言って女房のことなんかじゃありません。とにかく最初に人が歩き出してきたフルサトでしょうあそこは。あそこじゃ人影が重なりませんからね。一人一人が少なくとも一センチは離れている」

「進んでますよ宇多津さん、あなたの幻覚はね。コップ一杯ずつでも減らした方がいい」

「センセイの幻覚には程遠いもんです。なかなかあのツモーの風景もリアルじゃありませんか。沙漠のどこがいいのかよくは解りませんがわたしには。やはり父なる海だからでしょうかね。サバクと口ずさむことで、もう人は帰り着いていますからね。父の足跡があそこにだけは残っていますね。変なやどかりが出てきても誰も咎めるわけにいきますまい」

「で、宇多津さん、あなたやっぱり見たんですな、その毛蟹の親玉を」

「わたしはこのあいだ見せて貰った方じゃありませんか。止して下さいよ。わたしはあんなグロテスクなやどかりを発明した憶えはない……ま、いいでしょう。ここで何かを憶えないと言ってみても、八割方信じては貰えないんだから」

「本音を吐けばね。ボクは辛いんだ。あんたに焼酎を減らされるとね。『じゃこれで失敬』などとボクが毎晩ここに取り残されたんじゃ絵にならぬからね」

「わたしなら絵になると仰言りたいのかな」

「その通り。まさにその通りです」

「喰い散らしの肴になれというわけですな。年齢からいってそれが順序かも知れません。取り残されるのにはもう免疫になりましたよ。ここは私には遠いから来る甲斐があるのらしい」

「ボクは近過ぎるからダメなんだ。却って酔えない」

「奥さんに待たれてるうちが娑婆なんですよ」

「奥さん？　アッハ。ま、いいでしょう」

「お恍けになってもいい。ここは雁八ですから。だが梅吉とくると毎晩抱いて寝る女房をイモウトで押し通してやがる。バケモノだ」

「梅の奴に女房なんか居たことはない。今のは五人目ですがね。みんな妹《いも》っどんだ。今ばやりの使い捨てで、子供ができようが古くなったらポイだ。僕も随分説教してきたが、チビの手癖と梅の女癖は僕にはもう天災みたいなもんですわ」

その天災の梅吉が来て、ニヤニヤしながら二人を見やっていた。絹物ではあるらしいが墨が褪せて鉄色になった衣の襟から、垢じみたシャツをのぞかせている。外には漸く闇がおりていた。

いつものように手招きして、梅吉に扇子を出させる。それに縁起《げん》つけの初穂を宇多津が載せる。スドウさんが載せる。扇子に載った二枚の紙幣を梅吉は恭しく胸に吊した明暗に辷りこませる。

「稼いで来《け》、虚無僧《こもんぞ》。合羽を忘れるな」

一曲やれと言われなくても、梅吉はごつい継ぎ竿を継いで唇にあてがう。都山流というのはみんなこんな太竿なのか知らないが、竹の空洞はやけに大きい。肺活量も自然に育つのだろうが、竿の近くにいると、吹きこんだ空気の半分は筒の中を素通りしてしまうのではないかと思われるぐらいだ。

追分も鶴の巣籠りも勿論こなすが、所望すれば軍歌もやるし童謡もやる。はやりの歌謡曲で知らぬのが一つでもあれば成り立たない商売である。

宇多津は梅吉の尺八の筒先が自分に向いている時、奇妙な幻覚にとりつかれている自分を発見することがある。それも泥酔してこの世との境をあわあわと漂っている時だ。虚無僧の深編笠がみるみる梅吉の顔になり、笠の編み目がそのまま顔の亀裂に変っていく。その深編笠から突き出ている尺八の先端が、吹き手の首振りにつれて男の巨根みたいに蠢動しはじめる。

宇多津を初めて雁八に連れこんだのはこの梅吉である。海岸通りの屋台前の往来に胡坐をかいてブツブツ独り言を言っている泥酔漢を肩にひっかけて、百メートルもあるここまで連れて来たというのだ。そこらの経緯は梅吉の恩着せがましい一方的な説明に従う他ないわけだが、その時宇多津はかなり暴れたらしい。

「座頭《ざっつ》！　退《ど》け。離さぬかこの地獄座頭……」ザッツと怒鳴られたとはウチも初めてごわしたと梅吉は今も時々白い歯を見せて宇多津をひやかす。相手がごひいきの宇多津さんであれば放っとくわけにもいかんでしょうが。たった今宇多津さんにヒサゴでゲンをつけてもろて、一回りしてくればもう往来に坐りこんでござるもんな。あそこらはK親分が手をひいてからこっち無法地帯でしょうが。あんまま放っとけば身ぐるみ裸ごわんど。仕方ごわはんでな。ウチまで連れあげたとごわす。

もう何度梅吉の口からこれを聞かされたことか。これが宇多津と雁八界隈との腐れ縁のはじまりであるが、虚無僧の三畳で一夜明かしたその朝「ここは何という寺かね？」と梅吉にこわごわ訊ねたと妹っどんが言う。その記憶も宇多津にはない。これももう一年か一年半も前の話である。

「晩飯をウチで済ませて行きやんせ宇多津さん。イモウトが大根どん煮ていましたから……」尺八を腰に差しながら梅吉がそう言った。丸ぐけの帯にぶらさげた漆塗りの印籠を尤もらしくいじっているが、二、三日前の明け方宇多津が梅吉の三畳で眼が覚めて、所在なく枕許のガラクタを弄んでいたとき、この印籠の中から出てきたものといえば、爪切りと二つのゴム製品だけだった。

「妹っどんを今夜借りるつもりだがね」

「どうぞ。拡げすぎっと困いもんで、お手やわらかに……」

四人めか五人めかは知らないが、何故自分の女房を妹呼ばわりするのか、宇多津にはそれが解らない。亭主は女房にニイサンなどと呼ばせている。夜の屋台店を軒並に流して歩く不景気な虚無僧にも、ニイサンである限りよろめいてみたくなる女がまたいないでもないという寸法だろうか。

「宇多津さんも……」とスドウさんはイキな解説をする。それは天災へのお手あげの解説でもあったろう。

「あれは梅の発明じゃないです。芸人ちゅう者は昔から世間の泣き所は外さぬもんです。あんたの耳はオナゴの耳じゃないからね」

梅吉は外から暖簾にへばり着いて中を窺っていたチビの頭をコツンと喰らわして出て行った。五、六歩行ったその虚無僧の背中へ向けて、聞くに堪えない卑猥なソプラノの悪罵が、機関銃のように火を噴いた。そのソプラノが年齢相応にかすれているのが宇多津は些か切なかった。センセイと呼ばれるとそっちを向くどこの馬の骨か判らぬ隣の顔役氏より、暖簾の外で地団駄踏んでいる侏儒の方が百倍もいとおしく思われてくるのだった。

雁八を中に挟んでのこの一郭の住人達は余りにもべたべたくっ着き合って暮らしている。貧し過ぎるということの他に何の共通点もない者共が、四六時中面突き合わせて貧しさの度合を探り合い蔑み合っているのだ。そのくせ隣人の誰かが外から侮辱でも加えられたとなると、途端に自分のことにして血相変えて立ちあがってしまうのである。

「こういうのは如何でしょう？　即興ですがね」宇多津は指をグラスで濡らし濡らししながら板の上に字を書

いた。スドウさんは読んでくれと催促した。

邸宅も塔も見向かず小やどかり

「比喩の陳腐さをお咎めになるでしょうな。小やどかりは子ではいけない」

「またチビの所へ行くつもりですなあなた。困ったお人だ」

「彼は今夜わたしの泊り賃をあてにしてたようです。小遣いがないから今日みたいなことになるんじゃありませんか。ヨシ公が自前で体があかないんですね」

「尺八の方がまだしもいい。あっちにしなさい。晩飯があるというんだからあなた、ここにゃ飯なんてありゃしないでしょう。チビとくれば飯なんか世間の誰かが炊くものに決めてやがる」

「多分帰ることになりましょう今夜もね。そんなことしたら、あの調子じゃ刃物沙汰になりますから」

「今夜も帰る。なるほど。ということはゆうべは家へ帰られたというわけですな。だけどね。だけど宇多津さんあなたが帰るわけじゃないでしょう」

「ですから今この足に頼んでるところですがね。これぐらい頼り甲斐のない足もありませんけどね」

「宇多津さん、チビを呼び入れて下さい。さっきからそこに居るんだが、僕が煙たいらしい」

「恭順の恰好でもしなくちゃね。かわいらしい奴だ」

「耳をひねりあげてやりましたよ。僕のペコペコではもう向うさんが承知してくれませんからね」

「何をひっかけたんですか?」

アッハとスドウさんは愉快そうに口を開けっぴろげにした。

「風呂敷ですよ。オムツがたくさん這入っとった」

「なら、耳をひねりあげる程のこともありますまい」

「うといねあなた。安宅の関ですよ。弁慶の杖です。あれもあんまり痛くなかったろう」

「センセイはK親分の身内ですか？　顧問？　そんなのありますか」

「人ぎきの悪い。何ですか宇多津さん。小学校が一緒ですKとはね。それだけのことだ。それだけのことだがKにズケズケ言う分には遠慮はしません。私の身内にやくざなどいませんよ。身内といっても今は宇多津さんぐらいのもんかな」

「でもチンピラが目礼するじゃありませんか」

「あなたが傍にいるからと違いますか」

チビは向う側の暖簾をはねのけて、のっそり這入って来た。ウチは何も聞きませんよといった空恍けた顔をこしらえていた。そして客と客の間に割り込み、そこから伸びあがったとみるや、金切声を張りあげた。

「ヒトを左様《そげ》な眼付で見るなクソババア！　払うばい。おう、ちゃんと払うて呑むばい。一杯つげ！　インチキをせんで零れるまで注げ。ガツもフクロも要らぬ。タンを焼けこのクソババア」

ババドンは口では笑っていたが、眼はひきつっていた。身丈程もある冷蔵庫を開けた侭、それを背にしてババドンはゴッパババみたいな鼻をひくひくさせた。

常連のヤマさんが「ヨシ公から声がかからんとじゃろ。五位どんの気嫌の悪かこつ」と言ってからかおうとした。チビはキッとヤマさんの方を向いた。そうして徐ろに唇に人差指をつきつけてついて見せた。眼が血走っていた。ヤマさんは黙ってそっぽを向いた。

「酔ったようです。たったこれぐらいで」

宇多津はそう独りごちて、首筋のあたりを撫で回した。老いぼれたかと宇多津は思った。まだ五杯もとは飲んでいなかった筈である。それなのに宇多津はチビにつられて危うく大声を発するところだったのだ。アングリ開いた冷蔵庫の上段はババドンの扇で見え隠れしたが、そこに在ってはならないものを見たのである。「ババア！」叫びかけて宇多津は危うく呑みこんだ。「誰がその上段をいじれと言った！」と怒鳴るつもりだったのである。

この晩も宇多津は自宅へ帰った。

足にそのことを頼んだ記憶は一夜明けた宇多津にはもうなかったが、足は聞き届けてくれていたのである。ポケットから出てきた紙きれを展げてみると、鉛筆の稚拙な文字が乱雑に並んでいた。

センセはみみをひねりあげたと言うたがウソです　センセは私くしをコウアンカンの前でなげとばしたです　私しがヒザをすりむいとりますけ　フロシキの中みはカメラと本でした　コンヤのリビヤのはなしもウソです　ウダツさんが雁八にくるまえからセンセは人にあのハナシをする　私くしをケイベツするのはやめてください　私しはセンセみたいにうそつきじゃなかですけ　うけとったヤドチンはもうありませんから　またとまってください

五位孝夫

4

宇多津が性懲りもなくM氏宅のウシダヌキの下で眼を覚ましたのは、それからひと月ぐらい経っていたろうか。梅雨はあがって、M家の裏庭の糸瓜は棚から溢れて軒まで這い上り、黄色い花々を咲かせていた。

宇多津はステテコ姿のM氏のおやじさんと茶を喫みながら、糸瓜の花々をぼんやり見ていた。するとだんだん花達の方がこっちを胡散臭げに観察しているのだと思われはじめてきた。宇多津は視界がすべて黄色くなっていった。きっとそうだったのだと宇多津は黄色い意識で辿り始める。地上に花が姿を現わした時、それはこの黄色い残り火の色を映しているしかなかった筈だ。花という花、花と名のつくすべてのものが生殖の美粧を凝らし始めた頃、地上は俺みたいな黄色い人間ばかりだったか、或いはこんな余計者は一人もいなかったか、そのどっちかだ。

宇多津は糸瓜の花に追っかけられた記憶がある。

——材木置場に通りかかる頃はもう日が暮れかけていた。置き忘れられた大きな材木が草むらに横たわっていた。宇多津は少年だった。蔓がいたので近づいてみると、一本の丸太の裏側に糸瓜の蔓が絡みついて、黄色い花を二つ咲かせていた。花と花の真中に白い茸が一本ニョッキリ生え出ていて、それが歯をむき出した人間の口に見えたのだ。宇多津は走った。追っかけてくるのは口ではなくて、黄色く腐爛した双つの眼窩だった。双つというのがツミの始まりなら眼だけじゃあるまい。人間の耳も鼻腔も手も足も太初《はじめ》にそれを受けもたされてしまっている。こいつらだってもうちゃんと雄花と雌花に別れている。宇多津は例の空欠伸を繰り返して黄一色のスクリーンをかきのけた。

蜜蜂が花弁の中へ消えたかと思うとひょっこり出てくる。花を取り換えてはそれを繰り返している。その放縦な動きは宇多津を焦だたせた。この住居侵入犯に見せつけているつもりなら、ちゃんちゃらおかしいと宇多津は思った。百屯もある黄色い花を宇多津は見ているのだった。その残忍で自由な花弁の内側は宇多津のものである筈だった。

「恥知らずなお願いですが、この糸瓜がなったら、小さいのでも一つ戴けませんか」

「その頃また取りにお出でやんせ」と相手は言った。この元陸軍少佐は曾て宇多津と土地家屋売買契約書に判コを捺き合った仲である。相手が一円も値切ろうとしないから、宇多津の方で勝手に二十万値切られてやった。お千代さんが言った通り、元軍人の戦略的読みにはまったのかも知れなかったが——

何れにしろ、宇多津という男がここらで悪びれて度重なる闖入をくどくど詫びる細かい芸の持ち主でないことを、この老少佐はもう知りつくしている。

「一晩泊りでよしごわんど又。糸瓜ぐらいいつでん取りにおじゃんせ」

燃え残りの蚊取線香の紫煙が老少佐の骨太い毛脛にたわむれていた。

「後悔なさってるでしょうなお父さんは。息子さんにこんな厄介な家をあてがってしまって」

「これは内緒ですがね宇多津さん。言いましょう」

突立っている孫娘に顎で用事を言いつけておいて、老人は「息子は別に悔やんでなんかおらんです。第一親に戴いたものに文句のある道理がごわはんで」と言った。

「と言って、喜んどるわけでもなかですがな。ただ、あんたがくればウダツがアガルなんど言うとります。こないだ検果主任になったが抜擢だそうです。若いくせ縁起屋《かつぎや》ごわしてな息子は。あんたが運を連れてくるなんど言うとる」

「青果市場でしたかね息子さんは。災難ですね。自分でサイナンなどと言えたぎりじゃないんだが……」

「そういうわけでホラ、ゆうべも、いやもう今朝になっとったかな。宇多津さんが玄関でとって返そうとなさるもんで、息子がむりやり抱きあげたでしょうが。ゆうべちょっとした内祝いがありましてね。ワシもここで久しぶりに孫と寝たわけです。何年ぶりごわすかな宇多津さんとは」

「ウダツがアガランと困る。そういうわけですか。泣きたくなります。あなたそんな駄洒落でわたしを慰めようとなさってるんだ。きっとそうです。そんなにやっぱりベソをかいてるんでしょうなこのツラは。幾らかは居直るお芝居も覚えたつもりだったが」

「ワシは事実を申しておる。つくりごとじゃごわはん。あんたホンのこて何も憶えやらんか？」

「ハイ」ハイでは小児の答えだったが、宇多津にとって「玄関でとって返そうとした」という老少佐の証言の貴重さは、ハイでしか受けとめようがなかったのだ。

「信じられんな。あれで酔うとるのか。嫁にスルメを渡して、缶詰を渡して、あれも憶えやらんかあんた？」

「スルメ？　スルメなんかにわたしは縁のない人間です。歯が悪いから」

「困った人じゃね。よかよか。そのうち癒《なお》る。奥さんを貰《もろ》やればこれも癒ると」

ナオルか。なるほど。宇多津は一向に直そうとする気配もない玄関のノブの方を見やって苦笑した。

一体アルコールはこの体を駆ってどんな狼藉な演出をやらかすのか。どんな足どりでウシダヌキの下までこの体をもっていくのか。先客があればこの間どりからいって、既にそこに誰かが寝ていなかったという保証はない。そこらを求めて聞く勇気は今迄の宇多津にはなかったし、思えばM氏夫妻の翌朝の控えめなボヤきにも、そこらは故意に端折られていたように思えてくる。宇多津は心の中で老少佐の証言にしがみついていた。

「安か売家ごわしたでな。息子がこれでよかと言うからワシは助かったが、あいつはツキの先まで読んどったらしい」

「退散します。奥さんにまた朝飯をなどと言って甘やかされないうちに。この通りです」

宇多津は少佐の胡坐の膝に深々とお辞儀をした。

「拙宅へも遊びにおじゃんせ宇多津さん。糸瓜なんど家《うち》んとはもう斯様《こげん》なっとる」

少佐は両手を持ちあげて近づけたり遠ざけたりしたが、宇多津にはそれは眩しかった。宇多津は後頭部でその仕種をみていた。

モクマオウ、台湾梅、ニセアカシヤ、コケモモなど、玄関から門までの植込みは曾ての侭であるが、何れも閲した歳月にその身丈を合わせている。

虚勢を張った「惜しまれて去る客の計算された足どり」も、この木達はちゃんと見抜いていた筈だ。心の中では前かがみになってコソ泥のようにここを通り過ぎた曾ての主人をこの木達はここから何度情ない思いで見送ったことだろう。だがこれもホントにこれでお終いにしよう。お前達ともさよならだ。宇多津は一枚一枚その葉っぱをちぎってポケットに入れた。

小さかったコケモモは、もう実をつけてもおかしくはない。コケモモは鴨長明が方丈記の中で村童と摘んだという岩梨である筈だった。木市で一本しかないそれを見つけて、宇多津が買い取ってきて植えたのである。モクマオウもその時のものであるが、千代子はモクマオウは黙魔王に聞こえるといって喜ばなかった。おそらく密生した葉群《はむら》のたたずまいが、そんな陰気な連想へ誘ったのでもあったろう。

そのモクマオウのこんもり湿った木蔭に懐しいものを見つけて、宇多津の足は停った。宇多津はラグビーボール大のその石ころに近づいて蹴倒した。サイダー瓶に糸瓜の雄花が挿し込んであるのが滑稽だった。宇多津は蹴倒した石を元に戻して土を寄せた。昔千代子が建てた飼猫の墓なのだが、縁起《かつぎ》やのM氏は触らん神に祟りなしとでも思っているのであろう。

「どうだお千代さん……」宇多津は往来へ踏み出したところで、改めて上背を伸ばした。両手を腰にあてがってふんぞり返った。

「わしは今人を訪問しての帰りだがね。どうだスドウさん程わしは猫背じゃあるまい」

そう独りごちながら宇多津は長田町の電停へ爪先を向けたが、前後を見届けて右足の靴を脱いだ。それを爪先にひっかけて前方へ放り上げた。

麻雀か、映画か、公園か、それともお千代さんの所か。宇多津は靴がもんどりうった所までチンバをひいて近づきながら、ポケットの黒砂糖を一かけら口に入れた。

宇多津は谷山行きの電車に乗った。靴占いに逆らうわけにいかなかった。お千代さんに叱られに戻らねばならなかった。

鴨池で降りなければならないが、若し眼が覚めたそこが鴨池だったら降りてやってもいいさと宇多津は思った。宇多津は眠かった。

――お前も眠れお千代さん、お前様《まんさあ》の胸の中にしか寝床はなかとよと言ったないつか。わしも眠るぜ。住居侵入なんて、なんとケチな罪科を発明することかね人々は。少佐殿はあれでいっぱしの人物気取りなんだろうか。あれが策謀家という代物さ。お前さんそっくりじゃないか。朝酒昼酒を取りあげるにはそいつを咎めさえしなければいいんだった。だからもうやめにしたよ。お前さんも聞いていたろ。わしは「玄関でとって返そう」としたんだぜ。あの軍人は偽証なんかできっこない石頭だからね。わしが何に弱いかお前さんだけしか知らないことさ。もう頼まれたってやるもんか。止めたね。断々乎としてこれっきりさ。おや？　疑ってるのか。何という眼つきで亭主を見るのかお前さんは。お前という奴はいつもこうだった。世間様は、いや世間どころか全世界は信じても、あなただけは！　ときたもんだ。その眼にちゃんと書いてある「また自分で自分をダマクラかす気だね嘘つき坊や」ま、いいでしょう。わしがスドウさんの域に近づけるとでも思ってるんだ。わしはスドウさんの足許にも及ばぬ退屈なホントつきさ。ネムレ。眠れお千代さん。その眼をつむるんだ――

宇多津は欠伸をした。その掌で口を掩った時、宇多津はおや？　と思った「おれは今多分ホンモノの欠伸をしたらしいぞ」するとそのホンモノが追いうちをかけてきた。周りが滲んだ涙の海に溺れはじめた。

――こじ開けた人間の口から這い出していくこの懈怠の呻きを誰が咎められるか。お前さんだって三度もこれを繰り返したじゃないか。でもわしの欠伸は自前の欠伸だ。お前さんの欠伸は……

千代子が臨終に先だって宇多津に遺していったのは、ことばではなくてもの憂い欠伸だった。三度それを繰り返した。それは欠伸というにはもう絹糸のように細く、一度開けた口は閉じるのにひまがかかった。彼女が入院してから六十八日め。土砂降りの日だった。享年四十九歳。

その欠伸は苦悶を極めた何十日かの果てにやっと辿り着いた盲目白痴の昏睡の中からもう一度ムリに揺り起こし、甲斐性なしの亭主に見せつけた神の悪ふざけのように宇多津には映った。

俺は一度も参加させて貰えなかったではないかと宇多津は思った。この契約は欺偽である。神が一人の女を取りあげ、一人の女が神の胸に奔るのを咎める権利は俺にはないが、この女はこの俺がこの胸で抱きしめてきた俺の体の半分ではないか。謀られた。俺は盗まれるのをぼんやり眺めていたのだ。糸瓜の蔓たちに棚をこしらえてあてがっている女に「バカ者！　早く仕度しろ」などと言わせた貴様は、あの時から、いやあのずっと前から独りでせせらわらっていたに違いない。それならそれで……

刻々細っていく妻の脈搏を確かめながら「見ているがいい」と宇多津は呟いた。心の中では哮えていた。「俺が先に並んでたのに何故こんなかよわい女を割り込ませた？　貴様とだけは金輪際和解する日は来ないからな」

苦悶のありったけを嘗め尽くさせて盲目にし、それでも飽き足りずに白痴に仕立て、抱き寄せては突き放して手の混んだこんな欠伸の演出をもてあそぶ。

「見ているがいい。わしはこの女みたいには参りませんぜ。ふざけるな。わしはわしの自前でいつかわしを始末してみせる。そのうち貴様の眼の前に突きつけてやる」宇多津はあの時神の胸ぐらをがっしり摑んでいたのだった。

電車は宇多津の眠りを拒むようにガタピシ揺れた。腕組みして車体の動揺に身を任せていると、宇多津はまた自分がどこかへ引返していくようで、おかしくなってきた。この状態に自分をおくと、いつもあそこからここへばかりで、ここからあそこへという風にはならない。進向方向へ向けて遠ざかってばかりいる思いなのだ。お千代さんの居るミニ仏壇の前へ辿り着くつもりらしいのは解っているのだが、電車は逆にそっちの方から、かわいらしい観音開きのトンネルをかいくぐって、こっちの方へやってくる。スドウさんが今隣に腰かけてでもいれば、彼はこう言うにきまっているのだ。

「ホラ、見えるでしょう宇多津さん、電車の後ろに。あなたが見たというツモーの沙漠が。駱駝の脛を吹いてるアラブの女が。あなたあれを老婆に仕立てましたね。ホラ出てくる今夜の宇多津さんが。電車の窓に映ってる」

宇多津は降りるべき電停の近くで立ちあがり、吊革につかまった。乗車賃の銅貨をつかみ出して掌の上で勘定しながら「やっぱり違う」と呟いた。

——センセはうそつきですとチビは言ったが、チビの方が嘘つきだ。あのツモーのスナヤドカリはオレのこの口から這い出したんだ。あの沙漠の道化者たちは。この足だけはごまかせない——

宇多津の足はしゃんとしており、車体の揺れを踏み和らげるリズムを誤ることはなかったが、それでもその肩はのべつ隣の男にぶつかった。

電車の床でさえ崩れていく砂が宇多津の足許にあった。サラサラというその微かな音を人間の聴覚へ送り届けるには砂は砂で厖大なひろがりを持たねばならない筈だった。

いつかスドウさんがしてみせたように、宇多津は何枚かの銅貨の載った掌の五本の指を折り曲げたり伸ばしたりしてうち眺めた。

## 小さなおじさん

あかりちゃんにはかなわない。この五歳の小娘は、鰥《やむお》暮しの五十男を自分の人形みたいにあつかうくせがある。暫く顔を見ないうちに、鹿児島訛りをすっかり忘れて、倍のおしゃべりになって帰ってきた。

　宇多津は彼女の命令通り「いらっしゃい」と言った。

「ヒトが玄関に立ったらいらっしゃいと言うものよ、おじちゃん」と催促されたのである。

「それだけじゃだめよ。どうぞおあがりなすってとすぐ言わなくちゃ」

「もうおあがりになっとるじゃないか。ずうずうしいぞあかりちゃんは。いいリボンつけとるね」

「ね。ずうずうしいってどんなこと？　ま、だらしない。おじちゃんたら寝床もあげないで新聞読んでるわ。これだからあたしは眼がはなせないのよ」

　この家主の一人娘の口は、ホッチキスででも止めない限り手におえない。それでもやむお暮らしの宇多津にとっては結構重宝な女手であるから、カナリヤに見立てて我慢することにしている。よそよそしく扱いでもしようものなら「今日は虫のいどころが悪いわね。ごあいさつだわ」などと唇をとがらせて、ねっちりからまれるからである。

おあがりになると「卵はまだあったかしらね……」などと主婦みたいな声色で、先ず冷蔵庫を開ける。卵が見えなければ、いそいそと、角の八百屋まで買いに走ってくれるのである。「やれやれ、あたしとしたことが」などと囀るように言い、エプロンでも脱ぐ仕種でこの小さな主婦は始めるのだ。蟇口の大きいやつを調べもせず手渡されるのが殊更お気に入りで、両手で抱いて蟇口を受けとる。

宇多津がこれまで頑なに捨てるのを拒んできた漬物樽を、無断で始末してしまったのも、このこまちゃくれた主婦である。宇多津が一週間もねぐらを忘れていた間の出来事だ。勿論宇多津がそのことに気づいたのは、ずっと後のことで、「おじちゃん鼻がついてるの？　ひとことぐらいお礼を言ったらどう……」と彼女に催促されてのことだった。

宇多津は叱れなかった。叱る前に彼女の決定的な説諭が立ちはだかったのである。

「あたしのしてあげたことに文句があって？　男やもめにウジがわくってよく言ったわね。でもおじちゃんがかわいそう。早くおよめさんをもらいなさい。おばちゃんの身代りだったんでしょあのクサイの……」

「男やもめなんてママがそげん言うたのかい。口から先どころか、あかりちゃんは口だけ十年前に生まれとったらしいね。なまいきすぎるぞ」

「ね。それどういうこと十年前って？　ね？」

「もうよか。頼まぬことばっかいしてくれて……」

聞いてみると、初め、こぶし大の重石《おもし》の幾つかを一つずつ運び出し、腐ってヌルヌルになった大根を一本一本つかみ出してポリ袋に入れ、最後に小樽のふちに両手をかけて引きずり出したのだという。その時、樽のふちを蛆が歩いていたらしい。

その彼女も、さすがに冷蔵庫の上段だけには手を出さない。冷蔵庫の扉に手をかけたそのつど、判こで捺したように「上をいじるなよ。いじったらその手をぶち切るからね」とたしなめられてきたからでもあるが、それよりもこっちはもう何れも萎びて、彼女の鼻を挑発することがないからなのである。

宇多津はこの小娘に命を救われたこともある。救われたことにして微苦笑で忘れ去ろうとはするのだが、余計な邪魔が這入ったばっかりに……という忌々しい気分に引き戻されることもないではない。

いつか田上町でぶちのめされて、跛をひきながら帰ってきた朝のことだ。ぐずついた梅雨があけて、庭先の梨の木で蟬たちが本格的にジャンジャンやり始めた頃だったから、まだ三月《みつき》にはならない。

血糖欠というのは前回にも書いたが、こっちの無防備を見届けると、野盗みたいに急襲してくる。酒びたりが連日に及ぶと、アルコールを消化するのに血液中の糖分を使い果たしてしまうのだ。この時も、来たな！と気づいた時はもう手足も口も宇多津のものではなくなっていた。まだ半分眠りの中にいる意識は絶望的に落ちついているのに、懈怠の海に投げ出された躰は勝手にもがきはじめる。一メートルしかない砂糖皿への距離が百メートルの彼方に思われるのだ。その時も、今みたいに彼女が勝手におあがりになってきたのだった。

「まだ寝てるのおじちゃん。だらしないかっこう。まあた蒲団も敷かないで寝たのねあんた。いやだわ。なぜいらっしゃいとあかりちゃんに言わなかったの。ここにいたくせに」

しゃがんで宇多津の寝顔をのぞきこんだあかりちゃんの手にあるものを、宇多津は見た。宇多津は渾身の力でそれを奪い取った。その板チョコの一枚を銀紙ごと口に入れて、宇多津はゴリゴリ嚙みつぶした。泣きだしたあかりちゃんが「ママに言うからね。おじちゃんのドロボウ。ドロボウドロボウドロボウ」と喚きながら宇多津の頬のふくらみをひっぱたくのを、宇多津は痺れる恍惚感で受けとめた。宇多津はそのとき、屍体をもてあそぶ妖しいサロメを視ていた。サロメが口に指を突っこんできた時、宇多津はそのやわらかい指をやんわり嚙んだ。

宇多津の亡くした娘の名は「あかね」である。それが口になじんでいたせいか、時に「あかりちゃん」を「あかねちゃん」と呼んでしまうこともある。だがあかりちゃんは咎めない。テレビの上のミニ仏壇の中に、誰と誰がいるかをあかりちゃんは知っているのだ。

「あかねちゃんでもいいよ。おじちゃんの子になってあげるから…。だからほんとのことをおっしゃい。ね。あかりちゃんとあかねちゃんとどっちがきれい？　ね。ねってば。さっさと言いなさい」

「どっちもだよ」

あかりちゃんはこれが不服で、どこまでも喰いさがってくる。だが宇多津は妥協したことがない。「同じくらいきれいだと言ったら、同じくらいきれいだよ」で押し通す。

一人娘のあかねが死んだのは四つの歳だったが、母親に似て大柄だったから、つい眼の前のおねえちゃんと並べてしまう。その時ひょっこりウシダヌキの下のM家の娘がまん中に割り込んでくる。黒猫の背中を両腕にまんまるく沈ませて——これももういつものことになった。何れも一人娘だからこうなるのかどうか、そこは宇多津にも解らない。

並ばせてみているうちに、宇多津はだんだん見分けがつかなくなってくる。三人のオンナの子たちが宇多津の前で謀《たくら》みをはじめるのは、宇多津がまばたき一つする間のことだ。自分でこしらえる即席の幻想の中で、宇多津は曽つてのパパでもおじちゃんでもなくなってしまう。「いらっしゃいと言いなさい」と訓えを垂れるおしゃまな薄い唇と、男を抱きしめる仕種で黒猫を丸めて離さないM家の娘の撓やかな腕と、二十年前小さな棺の中で重く閉じた自分の娘の二つの瞼とが、完成された一人の女人像として宇多津の眼の前で合体する。視ていると自分の眼がその女人像を安置する為のこの上もない空洞みたいに思われてきて、眼窠の周りにビシビシ亀裂が走り回る二種錯覚におちいるのだ。

「今日はこれから出かけるからねあかりちゃん。オハナシなんかねだられんからね」

「ウソばっかり。あたしがうるさいんでしょ？　どうして男は女をうるさがるのかねこんなに」などと囀りながら、黄色いリボンの女の子はゴキブリを追っかけていたが、何を思い出したのか、突然「おじちゃん、ユウレイているの？　ね、いるのね？　ユウレイの顔してみせて」と言いだした。「ね、してよおじちゃん早く」とやけにせがむ。籐椅子の膝に展げた新聞を下から頭でかきのけて宇多津を見上げた双つの眼は大まじめである。

眼鏡を外して、ギュッと口を歪めて白眼をこしらえてみせるが、

「なーん、そんなんじゃないの。それはバカの顔でしょ。ユウレイよユウレイの顔よ。じれったいね」

「そげん顔はおじちゃんにはできんね。まだ死んどらんどがおじちゃんは」

「死ねばできるの？」

「そうよ。ユウレイは死んだ人が出てくるのよ。ウラメシヤちゅうて」

「そんなら死んでよおじちゃん。ね、今死んで。ちょっと死んでユウレイの顔になって。おじちゃんてば」

「テレビにでも出てきたんだな」

「ううん、お友だちをおどかしてやるのよ」

「だったらそのお友だちを連れておいで。これがユウレイの顔なんだから。このままで」

「ダメ。それは焼酎呑《ソツノ》ンゴロの顔じゃないの。つまんない」

「ソツノンゴロ？　ママがそう言うたのかい？　けしからんことばをおしえるね、あかりちゃんのママは」

その時、あかりちゃんの答えを引き取るようなタイミングで、本宅の窓から首が出た。

「あかりちゃん何してるの？　宇多津のおじちゃんに伝えたの？」娘の母親である。

あかりちゃんは「はあい」と叫んでおいて宇多津をふり返った。

「おじちゃんに電話だよ。あたしがきたら電話だとわかってるくせに」

あかりちゃんは白眼をむいた。


電話は木戸からだった。「早すぎたか。俺じゃが」と木戸は言った。宇多津は一昨夜の飲みしろの催促だと思ったから、心配するなと先ず言った。

「誘った方が全部もつとよ。勘定書を見て寿命が縮まったとじゃなかや？　柄にもない見栄をはるからよお前が。気に入ったオナゴでもおったんじゃろあそこに。キザなパイプどんちらつかせてよ。やれやれだ」

先手をうったつもりだったが、勝手が違った。

「パイプ？　何だそれは。とにかっ帰ってさえおればよかとよ。汝《わい》があんまま雁八なんどにひっ返せば例によって迷子になっどがね。迷子になってまた雁八に舞い戻って、あげん不潔な所に泊っどが。計算づくかどうか知らんどんね。感心できんど。あげなお芝居どんして死んだ奥さんに見すっつもいけ。名優だよ汝《わ》や。スドウさんどん肴にしてよ。そんスドウさんに昨日電話をかけたどんね。ゆうべは見えやらんじゃったち言やっどが。安心してよかとやら悪りとやら……」

「見えやらんじゃった？　バーカ。ゆうべはずっとスドウさんと一緒さ。それより帰っとってよかったとはお前さんの方だよ。奥さんにクンクンやられたろ。白粉の匂《にえ》がするちゅうて」

「何のこっちゃ？」

こんなやりとりを順序だてて一々書き連ねるのは面倒くさい。

ここでこの木戸なる人物の素性を語っておくべきだろうが、これは更に面倒くさい。それ程のタマでないからだ。宇多津に言わせれば「そばにいても追っぱらう気にはなれぬ」程度の男だから、彼の素性など話のなりゆきにまかせればいい。

要約しよう。徹夜で飲み明かした相棒が二晩明けたこちらで、その相棒は俺ではなかったというのだ。それだけのことだが、「何のこっちゃ?」と躰ごと狐につままれた気分になるのは宇多津の方なのである。

宇多津が木戸を彼の店から連れ出したのは、おとといの夕方だった。

鹿駅前の終点で電車を降りて、いつもの通り雁八へ向かっていた爪先が、独りでに方向転換をしたのだ。五十メートルばかりを斜めにとって返せば、そこに木戸の店がある。ごみごみした飲食店街の片隅に、うどん屋と間違われそうな間口一間の本屋があって、書屋木戸と墨書された素板の竪看板がぶらさがっているが、こんな看板に気づく通行人が何人いることやら——往来にはみ出した陳列台に積みあげた雑多な週刊誌の類が、うっすらと火山灰《よな》をかぶっている。昼でも暗い奥のカウンターに木戸は胡坐をかいて、終日、俳句をひねったり鼻毛を抜いたりしている。

宇多津がずかずか踏み込んで、木戸の鼻先で顎をしゃくった時、木戸はこれも無言で顎を突き出し、その顎であっちかこっちかを確かめた。

こっち(雁八)でもいい時刻だったのだが、宇多津の顎はひとりでにあっち(屋台)を向いた。そそくさと立ちあがってベレー帽なんか頭にのっけて出てきた木戸を伴って、二人の足はあっちへ向けて歩きだしたのである。奥さんのブツブツを背中にひきずりながら——

海岸通りの屋台はまだ車を引き回して煤けた暖簾をひらひらさせているのもあったが、行きつけの「瓢《ひさご》」のおかみはいつもの場所で七輪をパタパタやっていた。

宇多津はそこでコップ三杯も飲んだつもりはなかった。「俺《おい》がひきあげる時、汝《わ》やまだ左程酔《そげん》うとらんかったがね」と木戸も言うのだ。だが彼に置いてけぼりを喰ったそのことが記憶にないのだから、コップの数はあてにならない。

南西諸島の島という島から県都のここをめざして、大小の貨客船、漁船が一日中ひきもきらないのだが、黄昏時になるとこの界隈はセビロに着かえた船員達で俄然にぎわう。彼らにとって、つまりここがオカの入り口なのである。それぞれひいきの暖簾があって、セビロの下から潮の香をぷんぷんさせたアンチャンやおっさん達で、どの暖簾の中も満杯になったり空になったりしはじめる。彼らはそこで一杯ひっかけた勢いで、オンナを漁りに出かけるのらしい。「みんなオナゴめあてごわんさ」と虚無僧の梅吉は言うが、あまりあてにはならない。宇多津の足に言わせれば、耳たぶに魚の鱗をくっつけていたりするこんな生きのいいアンチャン達が好きだから、爪先が勝手にそっちを向いてしまうのであった。

宇多津の隣に腰をおろし、宇多津があてがったグラスを迷惑そうに握り、宇多津が奨めた焼鳥をこれも迷惑そうにくわえて、終始もっさり控えている木戸などには、初めから用はなかったようなものである。とはいえ、このごろはもう宇多津が独りで瓢にくることは滅多にない。雁八でおしゃべりのスドウさんが要るように、瓢ではだんまりの（といってもこと俳句に話が及べば彼は別人になってしまうが）木戸が何となく要るのであった。

宇多津は時に、木戸を十年来の旧知みたいに錯覚することがある。彼と親しくつきあうようになってからまだふた月かそこらしか経っていないのにである。が、こんな余計なことも後回しにしよう。

宇多津は受話器をおいて暫くは自分へ戻れなかった。「俺《おい》じゃなかど。どこん浮浪者《まぐれ》と飲んだとかね汝《わ》や」と改めて引導を渡すではないか。

徹夜で飲み合って酔いつぶれて、翌朝その場に放ったらかしにして帰った当の相棒がそう言うのである。生まれてこのかた冗談を言ったこともなさそうな男がそう言うのだから、信じないわけにいかない。どうなっとるんだ一体！　つき合ってやらんぞバカバカしいと舌うちする宇多津の眼には、人間の顔ではなくて、象牙のパイプが見えていた。あの朝、わざとらしい大鼾で襖をゆるがせんばかりにしていたあのマグレの面《つら》を、立ち去り際に一眼《ひとめ》確かめさえすればこんなことにはならなかったのだ。

眼がさめてみると、そこに女が二人いた。昨朝のことだ。夜はすっかり朝になっていて、どこからかテレビ体操の掛声が聞こえてくる。待合？　そんなもの昔の映画での話だ。料亭？　日頃こんな拵えの部屋になじみがないから、宇多津にはそれも判らない。床の間の水盤にごたごた盛りたてた菊の俗っぽさはどうか。木戸の姿は見えないが、襖一重の鼾で所在は知れた。ポケットをさぐると銅貨が二、三枚出てきた。それだけである。出がけに一万円札一枚と何枚かの千円札をポケットに突っこんだ筈だったが、それがどこかで消えた時のこれは釣銭ででもあるのだろう。

木戸という男は宇多津とつきあいだしてこのかた、間違っても飲みしろを払ったことがない。みごとなものだ。持って出ないのか持たされないのか、それはとにかく、立場があやしくなると、誘われた方は被害者であるという岩乗なドグマをちらつかせて、われ曾つて鐚を帯びずといった姿勢をくずしたことがない。飲みはじめると煙草でさえ自分のものは巧妙に出し忘れる。

「取りに帰らんと二、三十円しかなかがね。勘定はまだなんだろう？」女がちらとこっちを振り向いた。

聞くまでもないことだった。相手は木戸なのだ。それはいいが、多分気前よく振舞ったに違いない二人連れの、こんなぶざまな退き際が宇多津はいまいましかった。懐のいたまないのをいいことにしゃがって！　所もあろうに選りに選ってこんないかがわしい所に連れこむなんて——木戸の図々しさがだんだん許し難いものに思われてきた。

誰かが掛けてくれたらしい派手な花柄の掛蒲団をはねのけてみると、座卓に勘定書が載っている。華奢な竹の編皿に納まったその紙きれに、五万何千円とか書いてある。下に明細欄があって、宿泊料のケタがひとけた大きい。これに見合うような接待かこれが！　腰椎のあたりがバカに痛いのだ。さぐってみると蒲団の中から杯が出てきた。これに一晩中腰を持ちあげられていたというわけだ。

和服をきっちり着こなした女が二人、床の間を背にしてボソボソ囁き合っていたが、子供みたいな顔つきのグラマーが「どうぞお客さんはお構いなく。車をお呼び致しましょうか」と言った。どこかで見た顔だと思ったが、宇多津は思い出せなかった。どうやらこの女たちは、客に逃げられないよう監視を仰せつかっているのらしい。杯盤狼藉のあとは見られない。昨夜のうちに片づけたのであろう。

「何でわしがここにいるのかねおい？」

一夜明けてみれば……といったこんな不愉快な自分にぶつかるのは、宇多津にとってこれが初めてではない。灰でも銜えこんだようなこんな気分が、チビや虚無僧《こもんぞ》の所で迎えた朝とさほど変わりがあるわけではないが、自分が何故ここに居なければならないのか皆目見当がつかないというのは、そう何度もではないのである。

「お構いなくと言うたって、払うものは払わんわけにいかんどが。タクシーを呼んでくれ。付け馬でくるならその太っ尻《ちり》の若いおねえちゃんがよかね」

はちきれそうなお尻を殊更セクシーに二揺り三揺りしてみせてから、女は宇多津の鼻面に掌を出して展げた。

「お勘定はお連れさんから戴くことになっちょんで。ゆうべそん約束ごわしたどがウダツさん。はいお忘れもの」

掌にパイプが載っていた。雪のように白い女の指々にからまれたごつい象牙のパイプは重たそうに、少し卑猥に燻んで見えた。火口に巻きつけた金の輪に、宇多津は苦笑を誘われた。ノッポの狸め！　木戸がひたかくしにしてきたもう一人の木戸が女の掌の上で羞かんでいた。

「そうかい。木戸先生そんなに気前のいい男とは知らんかったな。お見外れしたよ。約束だったのなら逆らうこともあるまい。そのパイプは奴さんのだからね、猫婆せずに渡せよ」

呼んで貰ったタクシーに乗って、宇多津はそのまま郡元の我が家へ帰った。それからずっと今あかりちゃんが呼びにくるまで、いつ木戸が泣きを入れてくるか、それを依怙地な気分で心待ちしていたのだ。

「おまえが瓢を出る時、俺は誰かと話しこんでたかい？　たとえば鼾かきの蓄膿みたいな鼻の野郎《わろ》と」

「臥蛇島のあんちゃんどん摑まえて油を売っちょったよ。もう一人キザなおっさんがおったどが。チョビ髭のよ。俺《お》やあん野郎《わろ》の演説に恐れ入って逃げたがね。そんあとどこんマグレを摑まえたとかね。汝《わい》の自慢話がまた一つ増えたじゃねや。スドウさんが喜ぶよ。そいどんどうか、人におごられるとは辛かもんじゃっちこっが解ったどが。時にゃ左様《そげん》して善も施さにゃ宇多津」

妙な具合に木戸に慰められて、宇多津はそこで受話器をおいたのだった。おいたというより、受話器はひとりでに宇多津の手からずり落ちたのである。

あかりちゃんは幼稚園の制服に替えて、そこにいた。赤いカバンに何かを詰めている。

「ユウレイがいたよあかりちゃん」と宇多津はあかりちゃんの背中に言った。

「斯様《こげ》な不景気なユウレイより何倍も手上のユウレイがおったよ」

あかりちゃんはもう忘れていた風だったが、くるっと向き直って、眼の玉を一回転させた。

「あかりちゃんが帰ってきてから死んでねおじちゃん。ユウレイのまねができないとくやしいんだからね、あかりちゃんは」

ママが「あかりちゃん！」とたしなめた。

宇多津は爪先でつっかけ下駄をさぐりながら「だが、あのユウレイはむりだな。パイプの顔なんだから。マネはきかんよ」と言った。ついでに少々いじわるな気分で「男やもめのソツノンゴロにできるマネじゃなかもんね」とつけ加えた。襖越しの耳に届く音量で。

その晩、宇多津が雁八の暖簾をくぐった時、スドウさんは既に相客の何人かの視線にとりかこまれていた。桝の中にババドンの姿は見えず、梅吉の妻君がいて、その後ろにヨシ公がいた。かいがいしくエプロンなどつけて、ヨシ公は瀬戸物をがちゃつかせている。

桝の中の二人の女は、常連の眼にはそのまま呉越同舟の図なのだが、飛びこみの客には姉妹みたいに映るらしい。虚無僧の妻君はそれが気に入らない。「よしオレは妹の方に決めた」などというけしからんことばが客の中から飛び出したりすると、そっちを本気で睨みすえる。チビがニヤリとして咳払いをしながら、睨まれた男の方へ移動する。スドウさんはいつもの指定席だ。

「援護射撃して下さい宇多津さん。あなたいい所に来て下さった。この連中ときたらニヤニヤだけで合槌もうってくれんからね。やりにくい」

「始まってるんですね、また何か」

「ウラガエシサブロウを疑うんだからね。サブロウが人を裏返すと言えば、この人達はニヤニヤヘラヘラやるだけなんだ。シャツかズボンみたいになどとひやかす人もおる。話にならんです」

「ムリでしょうなそいつは。何でまた？」

「いやあ、あの人がね……」とスドウさんは桝の向う側でニタリニタリやっている四十男を顎で差した。みんなが「ヤマさん」と呼んでいるここの気さくな常連である。

「酔っぱらって夜中に帰ると必ず同じ場所で……でしたなヤマさん？　この同じ場所でってのが曲物《くせ》なんでしてね。同じ場所で道をまちがえる。迷子ですな。ヤマさんの家なんて鼓川町でしょう。眼をつむっとっても行けるんだ。赤提燈を三つ四つ辿ってしまえば後は一本道でしょうが。それでダメだというんだな。堂々めぐりのムダ足でまた元の所へ戻ってしまう。そういうことでしょうヤマさん。また例の所だなとそこへ坐りこんで見当をつけてから立ちあがるんだが、行きつく所まで行きついてみると元の所だというんですよ。そのくせ、その元の所がどこなんだか、素面《しらふ》では見当もつかん。こうなんだ。思い当たるでしょうが宇多津さん」

「それもサブロウのせいだと仰言りたいんでしょう。わたしもヘラヘラするしかありませんな」

「おや？　ウラガエシサブロウを僕に引き会わせたのはあなたじゃありませんか宇多津さん。ヤマさんに説明してあげて下さい、あなたから」

ヤマさんは頭のタオルに手をやりながら、「センセや見っおったごつ言やってでね。どもならん。みんな本気にすっが」と言った。そしていたずらの現場をあばかれた悪童みたいに、ベロッと舌を出した。

宇多津はそれにはとり合わず、お秀どんが差し出すグラスを受け取りながら、「虚無僧《こもんぞ》は生きとるかい妹っどん」と、お秀どんのガラスの指輪にアイサツした。「生きっおっとごわんそな。先刻《いんま》出かけもしたで、ハイ」と女が言った。

稼ぎに出る時刻ではないのだ。梅吉が百円バクチに手を出して、妹っどんのへそくりをくすねたり、商売道具である三本の尺八を三本とも抵当《かた》にとられたりして、スドウさんにしたたか油を絞られたのはついこの間のことだが、妹っどんのこの口ぶりでは、その癖が改まったふしは感じられない。

百円バクチというのは雁八用語である。下にバクチをくっつけては隠語にもならないが、まださぐりが這入らないところを見れば、常連の口は堅いということだろう。百円は表づらであって、お茶菓子代百円也の頼母子講をよそった、れっきとした賭博なのである。

チビが客達の背後から伸びあがって、両手を頭上に差しあげて、ヨシ公と手話を交わしている。ヨシ公に話しかける客がいると、そのつどすかさずチビが引き取って通訳をするのだ。それでチビはうまくコップ一杯の焼酎にありつくこともある。それをお秀どんがチラチラ伏眼で追いながら、癇のたった咳払いで牽制する。だがチビは一顧もくれない。「よし俺は妹の方に決めた」などと放言する飛びこみのアンチャンでもあれば、それはチビにとって願ってもないカモなのだ。

時にはどうやらヨシ公と一夜を共にしたらしいおっさんが紛れこんでいることもあって、それと判る匂わせ方でヨシ公を振り向かせようとするが、ヨシ公は歯牙にもかけない。歌の文句じゃないが、あんたイッタイゼンタイどこのヒト？　といったそぶりである。

ババドンが風邪で寝込んだり、やむを得ず店を空けねばならぬような時、たとえば徳之島の母親が危篤だといってきた時など、梅吉の妹っどんは島ぎんを早退させられてここに詰めるのがしきたりみたいなものだ。それは結構なのだが、後で売上げの計算でババドンと揉めなかったことがないとチビは言う。

それはだが必ずしもソロバンの上で揉めているわけではなくて、ババドンの不機嫌な口の利き方をお秀どんが咎めることに始まっていたのだ。

ババドンは何の証拠もなしに（だから尚のことらしいのだが）売上げをちょろまかされたと思い込む病的な癖があり、更に悪いことにババドンの母親というのがまた一癖もっているのだ。「アンマがおかしい。今度はダメかも知れぬ」という島からの電話で帰ってみれば、娘恋しさの仮病でなかったことがない。ババドンは、仮病を見破れず泣きつかれるままに電話をかけた島のおっさんをしたたか罵ったその余憤を、体一杯詰めこんで引返してくるという次第だったのである。

ヨシ公はこの界隈の住人ではない。とはいっても、ここらがチビの縄張りである限り、ヨシ公が商売仲間の視線をはばからねばならぬことはなかったから、チビが呼びに行けば彼女は商売仕度でやってくる。勿論これは渋々ながらのアルバイトであるから、自分の商売の時刻が熟れると、いつの間にか姿を消す。

チビがヨシ公の紐なのか、ヨシ公がチビの紐なのか、宇多津にはよく判らない。ヨシ公はチビを男にはしてやらんとですよと虚無僧は笑うが、それならそれで、躰だけが元手の二人が喰いはぐれに備えた共生のヒモ同士であることは間違いないだろう。それも然し、うまくいく日ばかりではないようである。ヨシ公が自前の客で躰の空かない日が続くと、その日数に比例してチビの癇がたってくる。常連でもない客がそんな時うっかり「チビ」とか「ピグ」とでも言おうものなら、チビは血相を変えて詰め寄っていく。

「出刃は一本あればよかとばい。オレは五位孝夫。五位が苗氏で名前が孝夫だ。おいチンピラ、もう一ぺん言うてみろ」

そのあげく駅の待合室あたりに出張して、もう二度とやるつもりのなかったヒッカケでもやって、口を賄わなければならなくなってくるのだ。

そのチビが宇多津の背にきて

「キビ刺しにしなっせ宇多津さん。今夜のキビ刺しを喰わんと罰が当たる。まだ生きとりますけね」と言った。

「おまえが仕入れてきたのかい？」

「オー・イエス。うちが態々市場まで行ってやったとです。くそ婆あもあれで、斯様《こげ》な時はギを言わんからですな」

スドウさんが手を挙げて「宇多津さん、空きましたよ」と言った。空いたのではなくて、隣の若者をスドウさんが立たせて空かせたのである。初めの頃は宇多津はこれにこだわって周りをひどく気にしたものだが、くり返すうちに、いつの間にかあやしまなくなった。とはいえ、こんな時宇多津の内部でチラとまたたく憂わしげな女の視線がないわけではない。

「ゆうべは？　あれからどちらへ？」

スドウさんはもう出来あがりかけていた。こんなことを口にするのがその証拠でもあったが、突き出してこっちへ向けた顎の後始末がのろいし、拭ったつもりの半白の口髭の先の雫はそのままである。

「ゆうべ？　ゆうべセンセイと顔が会いましたかねここで？」

「まあた始まった。ま、いいでしょう。はじめて下さい」

「だってセンセイは木戸にそう仰言ったのでしょう。今朝の電話で。ゆうべは宇多津とは会わなかったって
——木戸がそう言ってましたがね」

「宇多津さんも。あれはあんた浮世の厳然たる真言ってやつですよ。会わなかった方がよかったんでしょう。咄嗟にそう直感したもんだからね」

「どうしてです？　会ったらまずいことにでもなったんですか？」

「あなた！　どこかで彼をすっぽかしたんじゃなかったの？　あのタカリストを。はぐれたふりでもして」

「そんな風に言っていいんですかセンセイ。歳下かも知れぬが自分の俳句のお師匠さんなんでしょう」

「それはそれ、これはこれです。木戸氏はふたこと目にはことばを惜しみなさいと仰言るが、酒代《さかて》まで惜しむからね。病気ですなあれは」

「ああなくちゃ喰っていけません。うどん屋だか本屋だか判らんような店構えでしょう。わたしも古本屋をやったことがありますがね。似たようなもんでした。女房の稼ぎで喰ったり飲んだり……で、付け馬がついてくると首でもくくりたくなったもんです。でも木戸みたいに素直じゃないから傲然として居直る。付け馬をひっぱ

りあげておいて飲み直しでしたからな。木戸はその点立派です」

「一昨夜《おとて》は宇多津さんは見えなかった。これはご本人が相手だから正真正銘ですな。どうも宇多津さんが欠けると、日蝕みたいに雁八に異変がおこる」

「何ですかそれ？　わたしはおとてはどうやらセンセイのそのサブロウとかいう人物とつきあってたらしい。人物だかバケモノだか知りませんが。まさかね」そう言いながら宇多津は向う側のヤマさんに眼をやった。

「聞きましょう宇多津さんそいつを。やっぱり宇多津さんが来んことにゃ始まりませんわ。それで？」

スドウさんは串をつまんで、躰ごと宇多津に向き直った。途端に宇多津はシラケてしまう。

「ユウレイと一晩つき合っただけのことです。パイプのつらをした奴とね。鼾だけは豪快なユウレイでした」とはぐらかそうとしたが、スドウさんはそうはさせなかった。宇多津はあかりちゃんの瞳がゆっくり一回転するのをぼんやり視ていた。

「宇多津さーん。もうバカバカしいと思ってますねあんた。それが悪い癖です。ヒトをじらす名人だからね宇多津さんは。さては木戸氏の今朝の電話と関係ありですな」

宇多津は口の中に手を突っ込まれてことばを次々にひきずり出されている気分で、太っ尻《ちり》の女は指が曲者だとか、その指がパイプを証かすとか、フロイトはパイプに言及していましたかねとか、勘定書の容器は華奢な竹の編皿に限るとか、そんなことをあとさきもなく口走りながら、眼は別の所にやったまま遊んでいた。

ヤマさんはヨシ公のおっぱいに手をやって、タオルでぶたれている。ヤマさんは叩き大工である。大工職人というのは皆そうするのかどうか知らないが、ヤマさんはここで飲んでいる時でもねじり鉢巻をするくせがある。いなせに見えるし、ここではヤマさんだけのファッションで客に賞められたりすることもあるからやめられなくなったのでもあろうが、あれがあそこにないことには頭の鉢のおさまりがつかないなと思わせるところもある。その鉢巻の真紅のタオルをヨシ公にひったくられているのだった。

宇多津は口ではスドウさんの誘導訊問についていきながらも、ヤマさんのごつい褐色の腕が大袈裟に頭をかばってみたり、獅子鼻の下の金歯をキラキラさせながら助平声で喚いたりするのを眼で追いかけるのがやめられない。生き物のオスとメスか。いいだろう。厳粛な遊び程ふざけながらやるもんだ。などとどこかやっかみ気分につかまっているのが我ながらいかがわしい。

ところでと。一昨夜のマグレがこのヤマさんである確率は〇・〇〇何%ぐらいのものであるか。なるほどこの〇を何桁おとしてみたところで、ベクトルの向きも長さも桁はずれというわけだ。

口と眼がこんな具合に近づきかけたかと思うと「この男でさえ……」と宇多津の意識はグッと視覚の方へ傾くから、スドウさんは「それでどうしました？」とか「ということは？」とか、眼鏡の奥の眼をパチパチやりながら、その都度宇多津の背中を押しやらねばならない。

――この男でさえ……と、宇多津は新鮮な驚きに改めて引き戻される。ヤマさんの三角錐の赭ら顔が、妙に身近なものに見えはじめるのだ。

この「物」と「事実」と「体験」だけでできあがったようなごついおっさんでさえ深夜の露地に坐りこむんだ。かわいらしいじゃないか。多分そのとき頭のねじり鉢巻をつかんで地べたの二つぐらいは叩くことだろう。俺様の帰り途をまた隠しやがってこのやろうとベソでもかきながら――いや、ベソなんて抒情的な遊びには用があるまい。ちゃんと見えとるよヤマさん。ちょん切れた自分の行途《ゆくて》に向かって胡座をかいて、その胡座の上にくそいまいましい自分をのっけて、裏返し裏返し検べ改めてさ。またのっそり立ちあがるだけのことだろう。おんなじことをやらかすためにな――ところで待てよ。そいつをいつかわしに見られたことはなかったかいヤマさん――。

「それはやっぱり……」とスドウさんが宇多津の膝をたたいた。これも酩酊した時のスドウさんの癖である。

「やっぱりそいつはウラガエシサブロウでしょうなそんな人物は。と言いたいところだが、サブロウは料亭で酒飲みの相手はしてくれますまい。どうなんですか宇多津さん」

「なんだ、こっちの話ですか。道に迷ったのはヤマさんですよ。わたしはただ自分が嫌らしくてね。よくもまあどこの馬の骨かわからん男にのこのこ蹤いて行ったもんですよ。実に不愉快だ」

「五万いくらの勘定なら高くはありませんよ。その男の抱き賃も這入っとった筈ですからな。或いは宇多津さんの分までね。キンタマを調べてみましたか宇多津さん」

「見損ってたなと本気でそう思いましたよ。木戸ですからねなにしろ。いやあこれは木戸先生大物だわいと感じ入ったわけで……」

「木戸氏なら首でもくくりますよ。そんな」

「ところでセンセイはパイプはお持ちでしょうな象牙の。いや別に……」

「ほほう。ボクである確率もゼロではないというわけですかそのマグレが。若い頃はパイプぐらい持ってましたがね。琅玕堂のおやじに十八金の帯など巻かせたりしたもんです。何でしたかね？　そうその少し卑猥なやつでしたよ」

「鼾はかかれるんでしょう？」

「よして下さいよ。ボクは一昨夜《おとて》はずっとここに居た。ずーっと宇多津さんを待っとった。なあチビ」

「一年前ならわたしはセンセイを疑ったでしょうな。何故？　と言われると困るんだが」

「今はもう疑ってくれないんですか。いざとなるとこれでもまだ女ぐらい抱きますがね。だが五万何千円はいたずらをする金額じゃない。ボクの半年分の飲みしろだ」

「夢だってこんなアホらしい夢はみないでしょう。だが文句は言えません。一晩ではあっても、わたしからわたしを預かってくれたわけですから……」

「うらやましい人だよ宇多津さんは。あなたでなくちゃサブロウにも会えませんわ。ボクみたいなヤボテンじゃね」

「サブロウなんかくそくらえです。ばかばかしい。わたしにはヨシ公のでかいおっぱいの方が何倍も気になる」

宇多津はふたことめにはサブロウを持ち出すスドウさんが煩わしく疎ましかった。いい歳をして（といってもスドウさんの年齢は知らないのだが）カトマンズのユエを発明したり、沙漠のやどかりをつれてきたりする。それを忘れたかと思うと今度はサブロウである。

時に煩わしく疎ましいとはいえ、もともと宇多津の足をこの雁八界隈から抜けなくしたのは、この奇妙な顔役センセイの適度な煩わしさ疎ましさなのだった。正体不明のこの雁八憲法起草者がいつ頃からここに君臨しているのか宇多津は知らない。ババドンもチビも十人ばかりの常連も、それがどうしたといった顔つきで居る。虚無僧も例外ではない。だが今桝の中にいる虚無僧の妹っどんだけは例外かも知れぬと思わせるようなところがある。それも何故？　と言われれば根拠らしいものがあるわけではない。頼みもしないのにセンセの苗字は首胴と書くのだと宇多津におしえたのが、このお秀どん一人ぐらいのものだからである。

「あの胸のお椀を片方もぎとって立たせれば、東洋のヴィナスになりませんか？」

「逃げるつもりですね。ま、いいでしょう。でも宇多津さんはヨシ公みたいな共同便所ではおしっこが出てくれないと言ったじゃありませんか、いつか」

「ヨシ公の胸の丘は軟かい神殿ですからな。ひっくり返してみればヴィナスそこのけの太っ尻《ちり》ときた。前も後ろも猛烈なメスってのは少しむごいと思いませんか。おっぱいが通ればヨシ公が通る。ヨシ公が通ればお尻が通るといった次第でしょう。聴覚と引換えに造物主もむごい細工をしたもんです」

「めだちますね、典型的な蜾蠃女《すがるめ》だから」

「念が入ってます。だが少しムダかな」

「蟬のオスを羨んでみせた男がいましたね、横文字で。誰だったかあれは」

「ゲーテにでもすればどうです。片かなの名前が出ない時はゲーテがいてくれます」

「なるほど。だがこのメス蟬ははねっかえりだからね。目鼻だちが寸詰まりだと気性まで寸詰まりになっとるんですな」

「思い出しましたよセンセイ。寸詰まりで今思い出しました。昨日の朝パイプを掌にのせていたおねえちゃんのことですがね。どこかで見たと思ったらこのヨシ公でした。そっくりなんですよ。キュウピーの顔をのっけてますからね大人の躰に」

ヨシ公が客の止まり木に近づくと、梅吉の女房がさりげなく割って入って、背中で洗い場へ押し戻している。一度や二度ではない。その背中のトゲをヨシ公はこれもさりげなくあしらっているが、時に胸のバネではねのけて、客を驚かすこともある。

お秀どんもヨシ公に似て気性は寸詰まりだが、この三十女はスドウさんの前では別人みたいにおとなしい。スドウさんの口利きで鳥ぎんの職員（亭主の梅吉はジョシソクインなどと言う）にもぐりこめたからばかりではないようだ。保証人のハンコをついて貰うにはそれなりのいきさつがあるのだろうが、宇多津は知らない。知ろうと思ったこともない。スドウさんの名前だって知ろうと思ったことはないのだが、それをわざわざ紙きれに書いて、首胴伝吉だとおしえたのはこのお秀どんである。首胴の胴がいくら怪しく思われても、もともと怪しむに足らぬのが人の苗字である。だからこれをご本人に確かめるようなヤボはやらない。「ちょっと平凡だが、いい名前だ」とその時宇多津はお秀どんに言った。まだひと月にはならない。お秀どんははぐらかされたような眼つきで、宇多津の差し出す二杯めの汁椀を受け取ったものだ。

宇多津が三畳に泊ると、虚無僧夫婦は台所兼用の四畳半の板の間をかたづけて、そこで一夜を明かす。一泊千円也の素泊料は知れていても、いわばそれは寝ていて儲ける純益なのであるらしい。朝食に味噌汁と沢庵を出せばそれでまた五百円になるから、ソロバンに合わぬこともないのであろう。だからというわけでもあるまいが、「チビの虱《したん》の巣なんどに宇多津さんも。人格を疑われてんよかとごわすか」と憂わしげに呟いて牽制する。

明け方、板壁一重の隣室のひそひそ話で眼を覚まさせられた朝など、宇多津は暫くは自分に還りつけない。来るつもりもなかった遠い旅先の道端に横たわっていて、通りかかった村人に囁き合われてでもいるような気分になってくる。アル中のドブ鼠にすぎない現実の自分に一気に連れ戻すのは大抵は隣棟のチビが床下に飼っている軍鶏《しゃも》の塩からい喉笛である。

木戸はこの界隈の住人が苦手だが、特に虚無僧の妹っどんと相性が悪い。暖簾をかき分けてみてこの女が桝の中に立っているのを見ると、木戸は無言のまま背中を向けてそのまま消える。宇多津にもスドウさんにも会釈一つすることはない。

初めの頃、宇多津は木戸をスドウさんの気を許した飲み仲間かとばかり思っていた。スドウさんの顔が暖簾を割ると、よくその上に木戸の顔がのっかったものだ。

扨てやってくるのはいいのだが、何故だか宇多津と視線が合うや否やすかさず回れ右をしてしまう。キザなマネをしやがってと何度か舌うちもした筈だが、そうではないのであった。木戸は彼の相棒の在否を確かめただけであり、宇多津に眼をくれたわけではなかったのである。客の中に相棒のSの顔があれば木戸は躊わずその隣に尻をもっていく。同じ結社の句友だという。その同じ結社に所属していてもスドウさんとくるとそうはいかない。スドウさん自身、人にたかるところも人にたかられるところも見せたことは一度もない。流れ者が常連の誰かにたかろうとでもしたが最後、このセンセイは豹変する。同じ人の喉笛から出てくるとは思えないドスの利いた低い声で「ケガしないうちに帰りなさい」とやさしくたしなめる。二度これをくり返すことはこれまでに一度もなかった。こんな次第であるから、句会の流れでスドウさんに蹤いてはきても、Sの姿がなければ流石の木戸も回れ右する他ないのである。

或る晩（といってももうふた月ばかり前のことだが）そのかねてはキザなマネをする奴が宇多津の隣に腰をおろして「昨夜《ゆうべ》はどうも」と顎を傾けて会釈した。

スドウさんはニヤニヤしながら、横眼で宇多津の反応を観察していた。宇多津が「や」と言ったままそれっきりなのを見て、スドウさんは「ま、いいでしょう」と宇多津に向き直り、更に木戸に向き直った。そして顎のあたりを撫でながら「もう一度紹介をやり直しましょう。宇多津さんはお芝居のできない人なんですよ」と木戸に言った。

聞いてみれば、前夜スドウさんに紹介された後、二人は二時間も俳句論をたたかわしたという。その揚句このタカリストに気前よくたかられてやったらしいのだが、それは今夜の宇多津の与り知ることではなかった。だいたい俳句論だとか何々論だとかには宇多津は用のない人間のつもりでいる。

「それはどうも」と宇多津は改めて会釈はしたものの、どこか胡散くさい気分を捨て兼ねた。それでいてその晩も結局は前夜とそっくりの繰り返しになったのである。これが木戸というタカリの剛の者との腐れ縁の始まりであった。

この後、木戸はSがいなくてももう暖簾で回れ右することは要らなくなったわけだが、ババドンがいない時だけは例外だった。この虚無僧の妻君ががんばっているからである。

彼女もチビも木戸に露骨な嫌悪感をぶちまける。犬と猿のくせにこの時だけはしっくり相結ぶところがあって、木戸のグラスが空になっても女は依怙地に無視し続けるし、木戸が催促でもするとすかさずチビがひき取って「宇多津さーん」と大声を発する。「この人がまた恵んでくれ言うちょりますがよかですか。これでもう四杯めですけね」

女もチビも宇多津の財布に関する限り、外に備えては共有意識みたいなものがあって、自分達がたかられている気分になるらしい。

一つには木戸が他の常連の中で、一人だけ浮き上がった他所者に映るからでもあったろう。周りはステテコかランニングシャツといった暑さの中で、卵色のシルクのカッターシャツを着けている。一際めだつ長身の天辺には、きまったようにブルーのベレーが斜かいに載っかっている。然もその白晰の通った鼻筋のあたりに、周りを睥睨しているような尊大な趣きがあって、一挙手一投足がお高く止まっているように見えてしまうのだ。

宇多津はそんな木戸を見るのがやりきれなくなって（憎たらしいのか、みじめったらしいのか、或いは羨しいのかよく解らないのだが）チビの無礼を叱らずにおられない。

木戸にとってその恰好は、例えばスドウさんがステテコの上下に突っかけ下駄であるように、それ以上壊そうにも壊しようがないのだったし、注《つ》がれる焼酎は恵んで貰うのではなくて、自分が他ならぬそこに躰をあずけていることの正当な代価として受け取っているにすぎないのだった。

だから一度止まり木に納まってしまった木戸は終始堂々とふるまった。ババドンに空になったグラスを顎でさし示す時、傍眼には寧ろたかられてやっている人の仕種に映ったであろう。

酔至った頃、周りに立ち飲みの客が一人でもあれば、木戸は小用を装って無言で消えていく。そんな木戸を憎めない自分に宇多津は腹がたってきて、若し木戸がこのチビのように見境いもない蝿みたいなタカリストであってくれればと思ったりもする。そうであれば初めの頃のように木戸さん宇多津さんのさんづけのまま、浮世の脇役のまた脇役同士で、お互い横眼で蔑み合いながらやってこれたのではなかったか。「今夜は割勘でいきましょう」と時に意地悪を言って困らせたりしながらであったとしても――

憎めないのは奴に可愛げというものがないからか？　可愛げのなさがまがいものではないからか？　彼の眼には雁八など許すにも値しないガサツな屑の溜り場としか映っていない。蔑まれ憎まれながら一杯の焼酎を悠々と口にふくむ時、その冷ややかな双眸がキラと戦闘的に光ることがある。大袈裟なと笑われるかも知れないが、世を拗ねた辻斬稼業の浪人が愛刀の刃先を舌で確かめてでもいるような仕種に見えなくはない。そんな時、彼の意識のどこにもチビやお秀どんなど蝿みたいなものは居やしないのだ。宇多津はそれを知っている。「宇多津財閥がちびちび仲間に施しどんして、よか気放じじゃろね。あわれなもんじゃ」と放言したのは十日ばかり前、やはり瓢でのことだった。あわれなのは彼の方かと思ったら、そうではなかった。彼はこう付け加えたものだ。

「糠みそなめて、小ゼニを貯めてよ。別荘の一つでん建つっとかち思えば或る日福祉施設にそっくい寄付すっバカも居ってでね。貯まれば貯まっしこ空《むな》しゅなって荷になってよ。逃げ出さにゃ息がひっ詰まっとじゃろ。汝《わい》のごつアブク銭《ぜん》ぬちびりちびり撒くちやり方を知らんでねバカは」

この時は喧嘩にはならなかった。彼は嫌がらせではなく褒めたつもりだったのだ。宇多津のアブク銭の出所を知っていての放言であってみれば、四つには組めない。若し喧嘩になったとしたら、彼の態度がもう少し卑屈で迎合的であった場合だけだろう。

こんな木戸のねじれた不逞さが計算づくで身につくものだろうか。或いはみみっちい虚飾で卑猥にねじれているのはこっちかも知れないと宇多津は思う。チビにしろ虚無僧にしろ、用があるのはアブク銭だけではないか。

　瓢のバンコに腰をおろす時、今ではもう隣に木戸の躰がなければならない程になってしまった。

「お千代さん！」と宇多津は隣のベレー帽を仰ぎ見ながら、心の中で呟くことがある。「厄介な相棒に引き合わせてくれたもんだお前さんは。これがわしの新手の監視人というわけかい。この乞食野郎の愚物を選りに選ってさ。お前の保険金にタカリながら善を施しとるつもりなんだぞこの乞食野郎は。本気でそう思っとるんだぞ。それなのにもう捉まっちまったよ、お前さんのさしがねでな」

　木戸はどこであれ、マイペースを崩すことはない。酔至れば飄然と消えるやり方を、スドウさんは「いい気なもんです。あの甘えが木戸氏の手なんだ。句風は高潔なのにね」ときめつけるが、宇多津は微笑でうなずいてごまかす。甘えかどうかはおくとして、あれでなくて高潔な俳句など作れるもんかという気分がどこかに潜んでいるからだ。

　瓢のおかみの木戸評価は雁八とは逆である。雁八で拒絶反応をひきおこすまさにその部分に、おかみは一目おいている。「おえら方はどこか違う」などと言うのだ。木戸が何故おえら方に見立てられるのか解らないが、その分だけ勘定係の宇多津は体重をさっぴいて測られてしまう。今夜この雁八への途中、宇多津は先ずまっすぐ瓢へ向かった。一昨夜のマグレをおかみの口から割り出そうと思ったのだ。そこでのおかみの第一声が「ダメよ宇多津さん。お前様《まんさあ》も木戸さんを見習《みな》ろやんせ」であった。

「誰様《だいさあ》が誰様と飲もが出て行こうが一々憶えちゃおらんよ。どうせここはついでごわんどが宇多津さん。さっさと雁八から行たっおじゃんせ」

　その通りであったから、宇多津はさっさと追い出された。途中、書屋木戸の看板の前で週刊誌をパラパラやりながら中を窺ったが、木戸のいつもの場所には奥さんが坐っていた。彼は或いは今夜の雁八には、この手剛い女が控えていることを知っていて、別の河岸をうろついているのかも知れなかった。

「このお秀どんもね」と、スドウさんがその木戸の手剛い女を顎でとらえた。

「このお秀どんもその寸詰まりのキュウピーねえちゃんの仲間だったんですよ。加茂川のね。あなた。ひょっとするとそこは加茂川だったのかも知れませんぞ。いや、きっとそうです。前の経営者は死んで、今息子の代ですがね。堅気ないい男ですよ。ところがこの女が虚無僧の尺八にいっぺんに痺れましてね。ボクが呼んだんですよ加茂川にね。今は涼しい面《つら》で妹っどんで納まっとりますがね。ふくれたってそうだったろがお前。ヨシ公がくるとニイサンを取られはせんかと気が気じゃないんですな。あっは。いくら梅の尺八でもヨシ公はかもれませんわな。神様もこっちのオナゴを蝉にすべきでしたよ。ハスキーな喉でしょうが。梅の奴もこいつの喉にいかれたんですな」

お秀どんはべつにふくれてはいない。センセイの声など聞こえませんよといったそぶりである。だが、身のこなしがいつものリズムを失って見える。

「道理で妹っどんの味噌汁はうまいんですな。この人の味噌汁は逸品です。センセイはあの味だけはご存じないからね」と宇多津は援軍に出ないわけにいかなかったが、必ずしもこれはお世辞ではなかった。

「鳥ぎんは儲けもんでしたよ。これが行ってから客が倍になったというからあなた。倍はどうか知らんがね。皿洗いのつもりでやったら、その日から座敷ですわ。おやじはボクの旧い知り合いでね。臭い飯も喰った男だが、この頃は商売人らしくなった。女の使いみちを覚えたからねあれが」

「そう仰言れば解りますね。何となく割れてますからねお秀どんは」

「それも二つにじゃなくて三つにも四つにも割れとるでしょうが。ハスキーな風邪声がそこにまた割れめを入れる。梅みたいな女たらしがいかれたぐらいだからあなた」

「五人めとか言いましたね。いつか」これは小声である。

「押し出されたようなもんです、前のはね。この妹っどんに躰で押し出されたんですよ。こっちの尻のバネが強かったんだな。子供も一人居たんだがね。みんな申送りみたいなもんで、前のを後からきたのが尻ではじき出したんですわ」スドウさんは眼の前の女をはばかる気配も見せない。文字通りずけずけである。

宇多津ははらはらしながら、お秀どんを見ていた。聞こえないそぶりで全身を耳にしている筈の桝の中の駻馬が、完璧にそれを黙殺しているのだ。宇多津は奇蹟を見る思いだった。或いは？　と宇多津は二人の間に野次馬の遠眼鏡を向けてしまう。なるほどこれはここの憲法違反かと苦笑しながら――

或いはこの虚無僧《こもんぞ》の妹っどんは虚無僧に奔る前に、この顔役センセイの妹っどんかムスメかだったことがあるのではないか？　そうでもなければ……よさんかバカ。

その時、チビがスドウさんの背後に回って、「刑事さんでしたよ、ゆうべの。ハイ。今ここば覗いていきよったでしょ」と呟いた。スドウさんはまばたきもせず黙殺した。そして「ヤマさんが迷子になるのは宇多津さんの暗示を受けてからじゃないですかね。何度も聞かされとるんですからな。宇多津さんは憶えんかも知らんが」と言った。

「さっきの加茂川ですがね。高級料亭なんでしょう。よく行かれますかセンセイは？」

「二昔ぐらい前迄はね。女気のない所じゃ躰が据わりませんからな若いうちは。今はね。あの息子が下手に判コをついた時など、ま、説教しにいくぐらいのことです」

「役人だったんですかセンセイは？　それとも……」

「宇多津さーん。どこでしたかねここは」

「でした。ところで何故鳥の方の鴨川にしなかったんでしょうかね加茂川を。地ごろらしくあっさり鴨池にすればよかったろうにね。田舎者に限ってそんな名前の所を喜ぶんでしょうかね。わたしなどてれくさくて玄関もくぐる気はしませんな」

「あそこは城山の下でしょうが。鴨池はムリでしょう。それより宇多津さん、あんたもうそこに行ってますよ一昨日《おとて》の晩」

宇多津はヨシ公に奇声を発しさせて浮かれているヤマさんの方に向きをかえた。スドウさんに詐かされて肴にされるにしても、それならそれで宇多津の胃袋にももう少しアルコールを流しこんでやらねばならないのだった。宇多津は「またか！」といった眼つきのお秀どんを促してコップを出させ、それに焼酎をつがせた。背後からチビの手がすっと伸びた。「ごっつぁんです。やっぱ宇多津さんですわ」宇多津は城山下というスドウさんのことばにつかまったままだった。

あの朝付け馬もつかずに鄭重に玄関を送り出された時、宇多津は屋根屋根の上に裳裾を展げている桜島を正面に見た。タクシーの窓を図書館の建物が流れて行った時、宇多津は自分がどこで一夜を明かしたかを知って啞然となったのだった。城山はあの建物の上にあった筈だ。

宇多津は「城山下には加茂川しかないことになりますねセンセイの口にかかると」と言おうとしたがやめた。あそこが加茂川であろうがなかろうが、今はどうでもいいことだった。「全くどうでもいいことばかりで出来上がっとるんですな世の中なんて」と宇多津は言ったが、これも声にはならなかった。どうでもいいどころか、首根っこをつかまれたような気分をもてあましているだけなのだ。

「誰かにご馳走になったとですか宇多津さん？」

チビがそう言って、貰ったグラスを眼の高さに持ちあげ、それからお秀どんの方に向けて舌を出した。

「ババドンは風邪でもひいたのかいチビ」

「宇多津さんも。ゆうべ言うたじゃなかですな」

「ゆうべ？　いま刑事が覗いて行ったと言うたなチビ。なんでか？　それと関係でもあるのか」

スドウさんが「ゆうべの宇多津さんはユウレイだったらしい」と引き取った。

「宇多津さんを解れといってもこれゃムリだよ。トンネルでできとるもんねこの人は。ゆうべはパイプの話なんかおくびにも出てこなかったからね。ゆうべこの話が出とればボクは木戸氏にお悔みを言ってからかったでしょうな五万何千円かのね。今朝の電話でですよ」

「関係ないことですからね、わたしとは。一昨日《おとて》の晩わたしはこの世にいなかったわけで……」

そう言おうと思ったが、口では別のことを呟いていた。「恥ずかしかったんでしょう。どこの馬の骨か判らん野郎《わろ》の尻にね。ノコノコ蹤いていく図を想像するとヘドが出る」

スドウさんの言う通り酩酊後も喋らなかったのなら、これが正直な言訳だと宇多津には思えた。

名だたるタカリの剛の者に一挙にたかり返して、奴の太い尻尾を見届けましたよと言ってスドウさんの酒の肴に供するのを遠慮しなければならない筋合はなかった。だがそうすることは、つまり、「宇多津財閥がアブク銭をちびちびバラ撒いて……」と木戸にからかわれたこっちのさもしいナルシスの尻尾を、改めてスドウさんの前に差し出すことになるのだったろうからである。

それとも相手がどこのマグレであったにしろ、昨夜の宇多津がそれを吐き出すには、スドウさんの口真似ではないが、自分のトンネルをそっくり裏返して差し出す他はないその煩わしさが先だったのだということにしようか。ところであの男はどうだろう。宇多津は背中しか見えないやくざな人影をつかまえていた。

二年余り前のことである。霊柩車に妻の柩を運び入れる時、ふと、その霊柩車の金ピカの悪趣味を極めたごたごたの屋根の造作に宇多津はしたたか打ちのめされ「ここまで手を廻すのか死神野郎め」と独りごちながら、人前もはばからずゲロを吐いたのだった。鳳輦《ほうれん》造りのつもりらしい四面の金ピカの棟木は獅子頭《がしら》の顎みたいにグロテスクに彎曲していて、凡そ醜と俗の野獣の一匹に見えたのだ。その時、躊《ため》らっていた宇多津に「どうぞ」と手をひろげて乗車を誘い、その手で宇多津の首筋をひっ摑んで、遮二無二霊柩車の中に押しこんでガチャンとやった無礼な男。あれが葬儀屋のあんちゃんでなかったことは確かだが、今以てわからぬあの地獄野郎こそ、一昨夜のマグレの同類ではなかったか――

アルコールが少しは回ったかバカ。ところでお前は何でスドウさんに言訳なんか発明しなければならんのかおい。スドウさんに報告する義務でもあるみたいじゃないか――

ここまで逃げたところで、先刻から宇多津の意識の中で宇多津を観察していた刑事の矢野さんが、はじめておもむろに立ちあがった。

ゆうべここに辿り着く前に、宇多津は豚平の暖簾の下に立っている男から声をかけられた。矢野さんだった。「ちょっと宇多津さん……」豚平の止まり木は空いてはいなかったが、おやじが顎で割り込ませた。

半袖の開襟シャツにサンダル履きの矢野さんを刑事だと知っているのは、客の中では宇多津だけであったろう。宇多津が昔、古本屋をやっていた頃からの顔なじみである。夏でも茶革の小さいマスクをかけるのがこの人のトレードマークみたいなものだが、それは見えない。滅多に見せないチョビ髭にいつの間にか白いものが混っている。

「協力して下さい宇多津さん」と矢野さんは宇多津に耳うちした。矢野さんが追っているのは徳之島から公金を着服して逃げた男だという。

「飛行機を使った形跡はないからね。船は張り込まれたもんだから、漁船をチャーターしたらしい。どうもね。

ゆうべ遅くカモガワに泊った男が臭いんですよ。ここらに近寄りますから協力して下さい。絶対やってきますから」

「カモガワ？　どこですかそれは」

「城山の下です。かわいいおっさんですよ、さっさと気前よく使っとる」

矢野さんはもっさりしている宇多津の耳に男の人相や着衣などこそこそ囁いたかと思うと、豚のおやじに眼配せしてすぐ消えた。

何故矢野さんは訊ねなかったのか「宇多津さん一緒だったそうですね」と。くさい男ならあのマグレにきまっとる。あの太っ尻《ちり》のキューピーがウダツさんという名前を何時間かで忘れる筈がない。ところで待てよ。俺はいかにもそのカモガワとやらへ泊ったみたいじゃないか。城山下が何だ。あそこらは料亭とホテルばかりの街ではないか。

宇多津は「カンケイない。クワンケイなかど宇多津信彦氏は」と呟きながら豚平を出た。そんなイサマシイ話には生まれつき縁がございません。カモガワだかネギガワだかそんなものクソクラエだ。こんな具合に独りでに肩臂の張ってくる自分が宇多津はだんだんいまいましくなってきた。このままとって返そうかと、二度三度立ちどまったものだ。あの時の足の重さが、そのまま酔っぱらいの口の錘りになったのだろうか。だが何故？　何で俺はこの顔役センセイに言訳などしなければならぬか。だが宇多津は「多分いつも……」と別のことを言った。「わたしが何かを言いだすとセンセイがそこに待ち伏せていて、好きな方へ拐かされるようですな」

アッハとスドウさんは口髭に手をやった。そして「ゆうべはところで何を話しましたかねボク達は」と言った。

「そいつを聞かして下さい。わたしは昨夜《ゆうべ》をきのうのおしまいの所に置き去りにしとる。街でおとした一万円札は返ってきてもね。ゆうべは返ってきてくれませんから」

「ババドンの彼氏の話でしたたいね」とチビが言った。言ってからスドウさんを向いて首をすくめた。

「どうやらこの雁八ではゆうべのことは一晩寝かしてからじゃないと、出てこないことになりましたな宇多津さん。あなたにはぐれんように蹤いていくのも楽じゃない。トンネルをくぐりくぐりだからね」

スドウさんは幾らかもう呂律も怪しかったが、今迄一度も忘れたことのなかった「あなた、これも後添いを貰えという奥さんの指図ですぞ」というのを、この夜も忘れることはなかった。そして「共同便所のダメな人は専用便所をね。なまくら人間はなまくららしくということです」などと達人めいた訓辞をつけ加えた。

そのあたりまでは、宇多津はぼんやり憶えている。あの訓辞は、多分ヨシ公があそこで消えたからの思いつきだったろう。スドウさんは「もうヒン逃げたどあん奴《わろ》は！」と本気でくやしがっているヤマさんをからかったついでに付け足したに過ぎないのだった。それから？　虚無僧が笠を持ちあげて、スドウさんに一礼した。それから？　「あいつは顔に万創膏を貼っちょるけ笠のとれんとですよ」とチビが宇多津に耳うちした。それから？　何にもない。空々漠々。灰色の海が横たわっているだけである。いまいましい馴染みの海だ。鉛一色の眺望には、さざ波はもとより水平線もない。生き物を内に呑んでいる量感で鈍いうねりが走るのはこれもいつもの眺めである。やどかりというやどかりは沙漠に這い上がっていく前に、ああやって牡牛程の大きさにならねばならぬ。

それにしても、と宇多津は思う。何故この目覚め際の風景には音が省略されるのだろうか。俺をたった今呼び起こしたあの軍鶏《しゃも》の声だって、もう音ではない。絞めあげられた首の筒でしかありゃしない。その時おやっ？と宇多津は思った。音らしいものがあるのだ。寝息というには少しがさつに過ぎるし、鼾というには喉からだか鼻からだか音の素性が判らない。なるほどスドウさんの言う幻聴の忍び足がこれかと宇多津はぼんやり考えた。これなら男やもめの憂き暁にはご愛嬌ではないか。これに比べれば幻視ってヤツはいつも過剰だ。きまって海ときやがる。やどかりの涙の一滴でしかないくせに、牛の形の大やどかりを乳房みたいに隠してやがる——

宇多津はずっしり垂れた重い瞼をゆっくりゆっくり持ちあげた。宇多津が毎朝本能的に怯えるのはこの時である。どんな好ましからぬ外部と出会わねばならぬか？　よし、たといここがウシダヌキの下であろうがなかろうが……卑劣な居直りで傲然とあたりを窺う空しさ。

やがて宇多津の視線はひとりでにずり落ちた。他人の頭があったのだ。

宇多津のパンツの中に片手を突っこんだチビは軽く鼾をかいている。幻聴の忍び足なんて優雅なものではなかった。侏儒のくせに鼾の肺活量はたくましいおじさんのものである。その手を払いのけようとして、宇多津はやめた。顎をおこして観察を始めた。やんちゃ坊主がいたずらをしながら、睡魔に連れ去られた図である。

鼻孔と連動しながら開閉するらしい口が、宇多津の腋の下にあった。その少しねじれた感じの上唇に、無精髭の疎林がへの字に走っている。ここから這い出してきたことばの八割は嘘、遁辞、悪罵、阿諛のたぐいであったに違いない——解ってるよチビ「うちの口が八割なら宇多津さんの口もセンセの口も十割だ」とそう言いたいんだろう。

無雑作に丸を回せば出来あがる顔の真中に急勾配の隆起が縦に走っている。口に臨んだその鼻梁の断崖は急でもなく緩でもない。岩乗そのものの肉厚のこしらえで、二つのトンネルを抱えている。

四十歳を越しているのかも知れない（うちは世の中に要らんもんの二つありますと。年齢《とし》とオナゴとですな、が口癖であるが）この変てこなコドモのおじさんは筋肉質の四肢をパンツ一枚の毬みたいな胴からエイッとばかり突き出してはいるが、徒労ということばを絵にかいたようなものだ。エイッでは遂に届くことのなかった意地悪の外界《あちら》を押しやって、今はこの屈辱の手足をこっそり引き寄せてでもいるように見えてくる。

そこだけが常の大人のサイズを思わせる円い頭骨が軟かいふさふさの毛髪を少女のようにまとって、宇多津の腋の下に転がっている。

緩かな八の字の眉の片方だけにアンバランスな横皺があるが、よく見ると刃物が走った痕である。

枕許の盆の上に水差とグラスが載っている。チビが身銭をきってあつらえた宇多津専用のものである。

宇多津はそのまま、仰臥に戻った。

眼の上の柱時計の振子は動かない。真黒く煤けた時代物だ。その横には額縁に納まった婦人の肖像が掛かっている。多分このピグミーの生みの親であろうが、宇多津は訊ねたこともない。

宇多津は自分の手が勝手にチビの髪を撫でているのに気づいて、改めてそれを自分に許した。眠れ小さなおじさん。おれが添寝してやろう。

瞼のシャッターをおろすと、海はワッと寄ってくる。今度は鑵詰の切り口みたいなギザギザの渦潮を回して、鉛一色の視界を瞬時に呑みこんでしまう。その渦巻きの真中で小さなブイが回りはじめる。寸詰まりの四肢をふくらませて——

その時宇多津はその渦巻の底から、バサバサと背中を叩かれた。続いて鶏鳴が起こった。床下の軍鶏《しゃも》である。先刻の繰り返しだ。四、五回はこれを続ける。宇多津が眼を覚ますのはここであれ、隣棟の虚無僧の所であれ、いつもきまってこの床下の朝寝坊が張りあげる塩からい喉笛でだった。

買ったのか貰ったのか知らないが、チビはこの一羽の軍鶏《しゃも》を唯一の家族として面倒をみている。闘鶏賭博で一度挙げられて、その時もセンセが貰いさげたのだと梅吉は言う。カチドキ号と名前は勇ましいが、勝ったためしはないようである。

宇多津は床下を覗いたこともないのだが、一度「お前の相棒にも何かご馳走してやれ。馬力を出させろ」と言って、千円札をチビに握らせたことがある。

「五位の侏儒どんともあろう者が鶏だからといってお前、そんな弱虫と暮らしとるのか。五位ってのはな。正五位でも従五位でも宮廷人のはしくれなんだぞ。もともと一癖はある拗ね者の代名詞なんだ。常勝カチドキ号といかなくちゃ。今度敗けたらさっさとひねって喰ってしまえ」

その時チビがキッとなって、やがてうなだれたのを見て、宇多津は些かあわてたのであったが、千円札のつもりで渡したのが一万円札であったのに、宇多津はその時は気づかなかったのである。

雁八でこの五位孝夫氏をチビと呼び捨てにして誰からもあやしまれないのはスドウさんだけであったが、宇多津がスドウさん並みに格上げになったのはこのあたりからではなかったろうか。

停まったままの頭上の柱時計は、父親の唯一の遺品《かたみ》であるという。屑屋も手を出しそうにない代物だが、オランダ製だというこの骨董品を、チビは父親を憎むように憎み続けながら同居している。

「これはですな」とチビは聞かれもしないのに、客の眼がそこに行っていれば、悪戯を見られたガキみたいに言訳をしはじめる。彼の口から這い出すことばの八割がいかがわしいなら、残りの二割が何であるか。国籍不明の彼のちゃんぽんの訛りが、みるみる生まれ在所の訛りを取り戻していく時、宇多津はだまされていい気分に仕立てられてしまう。

「これはお客さんが時計の修理代に置いて行かっしゃったとです。万田の坑夫さんでしたがな。この時計の修理ば頼んどいてですよ。その修理代のなかけん、こればとってくれて言わすとですたい。もうよかけん持っていきんしゃいて親父が言うとにですな。そりでん置いていかっしゃったもんな。そりから親父はお客さんの顔さい見れば感心してみせてですな。あげな坑夫さんな、どがんしてん長生きはしなはらんもんじゃて言うとりましたが……なしてかウチにゃようと解らんかったですばってん、こりば今も捨てきらんとですたい。ばってウチは感心はしとりまっせん。あの坑夫さんのベソかいたごたる作り笑いが今もウチは腹の立つとです。タダに釣りのくる話ですけ。ばって何故《なし》かウチはこりが捨てきらんとですたい。そいけあんまりバカにせんといてつかわさい宇多津さん。もうネジを巻く鍵もなかばってんですな。そりでいっちょん構わんとですけ」

これが何歳頃の話か宇多津は知らない。問わず語りに洩らすチビの生いたちを、筋道たてて聞きだそうとしたことは宇多津はないのだが、妙なもので、人は相手にその気がなければない程、むきになって聞かせたがるものらしい。どもったり引返したりしながら——そんな時、彼は相手に聞かせているのか自分に聞かせているのか、どっちとも判らん眼付きになっていたりする。宇多津の記憶の中から、その時その時の断片をひきずり出してつなぎ合わせれば、凡そ次のようなことになる。

けちな時計職人でですな。性格もゼンマイみたいにねじくれた男でした親父は。五位幸吉が本名ですばって、世間ではコベ（幸兵衛）で通っとりました。いつでんブツブツ小言《こごと》ば言うちょる男でしたけ。大牟田と万田の、ほら、俗に言われたケンザカイ。あそこらは淫売屋と坑夫さんと、それに流れ者《もん》の寄って来《ヨッテキ》（当り屋）が幅を利かしちょるシケた街でしたたい。

親父の店は三井さんのハモニカ長屋の筋に挟まれた飯屋でした。その飯屋の六畳ば借りとったとです。各種時計修理で新品はいっちょん無か。ばってお客さんの持ち込んだ柱時計がいろいろぶら下がっちょるけ、時計屋んごつあるのはありますたい。そこで朝から晩まで時計ば腑別けしてですな。油ば射したり、ゼンマイば入れ替えたり、ウチば叩いたり、そりで一生ば終ったようなもんでした。

ウチには兄弟はおりまっせん。おふくろはウチが三つの歳に亡くなっちょります。こりはウチは憶えとりまっせん。よかったとですよ。おふくろはですな。(こんな時チビの瞳はチラと時計の横の肖像に行く)一人息子の軸《しん》が一年生で止まるとば見らんで済んだわけでっしょが。小学校には四年生まで行きました。ケンカなら誰にも負けまっせんばって、運動会が好かんかったとです。ウチが走ればワァワァ囃したてるとですもん。それに敢闘賞きろ何きろ言うてビリケツ賞ばくれらすけ、打ったり蹴ったりですたい。親父はそりばようと見らんけ来よらんとですたいな。みんな家族がご馳走ば持って来よるけ、ウチはいつでんが一人で隠れて弁当ば食べよりました。横から何だかんだおかずば呉れらすでしょうが。ウチは人から同情さるっとが好かんけんですな。

そりはウチは悪さ坊でしたけね。親父によく打たれよりました。物ごころついた時はもう仇同士みたいなもんでしたが、そりでん学校に上がるまではウチは親父のそばを離れたことはなかったです。なんせ親父はウチが外に遊びに出ればああた、ブツブツ言いながら手を振りあげて連れ戻しに来らす。憎んでも憎んでも憎み足りんごたる眼付でつかまえにくるとですけ。

時計ばいじくっとる時でん、親父の眼は蛭みたいにウチに吸いついて離れんとです。そのくせ……そのくせですな魚だの肉だのホーレンソウだの、三度の食事にはウチにだけそりば押しつけて、自分は沢庵と生味噌ですたい。

「喰らえ！　なして喰らわんかこの出来そこない！」

ウチはその頃はボリボリの黄色い沢庵の方が肉よりずっと上等のおかずちばっかり思とりました。ほんとですけね宇多津さん。

食事の時もベソばっかりかきよったが、時計の歯車の一つでん失くなっちみない。ウチの首ばつかんで「また盗《と》ったな、このクソガキ！」で折檻ですたい。

形の変わった歯車があればそりが無性に欲しくなるとがウチの癖ですけ、いつの間にかポケットに入れちょる。初めの頃はそりば敷居の隙間でん襖の破《や》れ目でん、突っ込んで隠したもんでしたが、親父ときたらまるで千里眼ですたい。一発で取りあげられてぶっ叩かれる。ばってウチは負けちょるわけにいかんでっしょが。だんだんリコウになりましたたい。おやじがそがん仕向けたとですけね。そりけ、ウチはやりました。

　壁にぶらさがっちょる幾つかの柱時計にゃみんな振子部屋があるでっしょが。あそこにしのばせたらどうか？　つまりテキの懐に隠そうという戦法です。大発見て思わんですか宇多津さん。お客さんが時計ば持ちこむ。何日にそりば取りにくる。ウチはちゃんと知っちょりますけ、次々に部屋がえすればよかとです。

「なんで歯車みたいな仕様んなかもんば欲しがるんじゃ。時計屋の息子が」て言われても困ります。後はもうただ親父の奴を困らせさいすればよかったとでっしょ。親父は最後には溜息まじりで泣き落としですたい。

「看板ばおろさにゃでけぬ。お前のその手ばぶち切っておりも死ぬ」こうですけ。

　こうなるとウチも可哀想になってですな。あっちこっち探すふりをしたあとで「こがん所に隠れちょった。お父さんがしまい忘れたとじゃろが」などと空とぼける。ばってここが子供ですたいな。同じ手はもう使えまっせんけね。

　小学校に上がってからはやりまっせん。今度はああた先生の眼鏡にチョーク箱、それに級友の（と言うてもトモダチじゃなかです。妙な話かも知れませんが、ウチのトモダチは親父だけでした）カバンに帽子、運動靴。こっちが何倍も面白かったけんでしょな。こりばまた先生が親父に言いに来よった。そりけウチは神さんの前で縛られて、もうしまっせんて言わにゃならぬ。言うまでほどいてくれんとですけ。神さんちゅうてもキツネの坐った神棚でした。いつか親父のおらん時、ウチは神さんにションベンをひっかけてやったですよ。余計するとバレますけね。チョビッとです。チンポばキツネの鼻にくっつけて——

お前のは手癖だけかと思ったら、幼にして既にマラ癖もあったんだねなどと宇多津は時にからかうこともあったが、そのせいか、チビの問わず語りはいつもここらが終点であった。

この後のチビの人生遍歴は、こんな遊びのいわば実益的な「ひっかけ」遊び、つまり置き引きの遍歴みたいなものであったに違いない。親父さんの死後、母の郷里であるというこの九州の最南端へ流れ着くまで、この一二〇センチのおじさんが、どんな小説をこの体で書いてきたのか。

幼児が握った落書きのマジックペンみたいに、紙を辷って畳に及んだブレーキの利かなかった気まぐれな軌跡の一筋が宇多津には見えていた。

伸ばしても伸ばしても届かなかった寸詰まりのこの手で、浮世の何が摑めるものか。いやいやそうではないかも知れぬ。長すぎる手の破廉恥さを知っているのは、短かく届かなかったこの手だけかも知れぬ。摑めなかったものとの隙間にこそ、チビの倨傲な悪罵は充塡されねばならなかった。権力へ、名声へ、蓄財へ、猟色へ人々の長い手は化け物みたいに伸縮自在だ。そうとも。だからひっかけてもひっかけても引っ掛らなかったものを、この手は死ぬ迄ひっかき回してやまないことだろう。眠れ、小さなおじさん。

宇多津は躰をひねって、臍の下にかぶさったいたずら坊主の手から、ゆっくり自分を取り戻した。瞼がひとりでおりてきた。

貨車の連結器の音で宇多津がはっきり目覚めた時、チビの姿はなかった。枕許で薬鑵がチンチン鳴っている。四畳半ひと間の、畳一枚をはぐった床板に新聞紙が厚く敷き展げてあって、そこが炊事場であり洗面所であり、時には洗濯場にもなるのであった。大きなポリ盥は食器棚兼用であるから、普段は瀬戸物の類やアルミの小鍋、茶壺などがぎっしり詰まっている。盥が盥に戻れるのは、ここのあるじがこっそり行水をやらかす時ぐらいのものだ。水道の蛇口は襖一重の隣の住人の部屋にしかないから、チビはそこからゴムのホースを引込んでいて、大抵は「おい何とか氏、水！　やかん一杯」などと叫んで間に合わせている。チビが何とか氏の借家の一室をまたがりしていることは、聞くまでもなかった。「シラミなんか一匹もおりません。ウチはこれで清潔ですけね。宇多津さんが貰いなったとは決まっちょるでしょうが」と言って、虚無僧の住まいに顎を突き出してみせたこともあるが、それでも疑いが霽れんとみたのか、奮発して買ったらしいフマキラーの罐を、得意気に宇多津の鼻先に突きつけたりしたものだ。

ここに泊って宇多津が困るのは、トイレだけのことだった。これも隣と共用なのである。一々襖を開けて横ぎって行かねばならない。何とか氏は起きている時はその六畳の片隅に家具みたいにちょこんと胡座をかいて、往きも復りも胡散くさげに送迎する。その間、こっちの会釈にまばたき一つ返すことはない。座敷一面散乱した週刊誌の類にものうげに手を伸ばして、通行人一人分の通路をあける。寝ている時はやたら空咳をして、頭を踏まぬよう警告を発し続けるのであった。何をする人かチビは語らないし、宇多津は勿論聞かない。飼猫が二匹いて、何れも肉付きのいいところを見れば、その日暮らしに事欠くことはないのであろう。老人というには窪んだ眼の奥に動物精気みたいなものを宿していたし、壮年というには躯幹すでに枯れて禿頭の頂きがやけに尖って見える。咳払いの他に声らしいものを耳にしたことはないが、「おい何とか氏、水……」とチビが叫べば、薬罐にあてがったホースから水が溢れ出るのだから、啞である筈もない。

この何とか氏が曾て贓物故買で挙げられた時、チビの名前だけは頑強に否認し通したのだという。このことで雁八界隈の住人達は彼に一目おいているのらしい。彼が話題になることが全くなかったのはそのせいかどうか。宇多津がこれを知ったのは、もっと後のことである。

チビはパン袋の幾つかを抱いて現われた。それを宇多津の胡座の前に投げ出しておいて、茶筒をいじりはじめた。

「手を洗ったのか」チビは半分振り返ってベロを出した。

「また銜えこんでくれたなチビ。頼みもせんとによ」

「頼みもせんとに……ですか？」チビはガチャンと湯呑みを鳴らせた。「かわいそうに。ウチはいつでんこれじゃけね」

「憶えとっど。ちゃんと。俺《お》やゆうべはヨシ公を買《こ》うつもいじゃった。さかりがついちょったでね。邪魔どんしやがって」

面対して坐ると、チビの坐高は意外に高い。その分だけ足がさっぴかれているわけだ。

「何にも憶えんくせに……」

ちぎったパンのかけらを指先でまるめながら、チビはむやみに唾を嚥みおろした。

「何を憶えちょるとですか。一時が回っちょりましたよ二度めに雁八に来らした時は。どうしてかね宇多津さんは。センセがひやかすともムリなかでしょうが。ゆうべでもう何度めかね」

「何が二度めで何が何度目だ。ひっかからんど汝《わい》にゃ」

「ヨシ公どころじゃなかでしょうがほら。自分のうちが判らんから、初めからもう一度帰り直してみる。ババドン熱《あつ》かと呉れ。こげんバカなとがありますか宇多津さん。本気じゃもんねあれが。奥さんな墓ん下で泣きござらっしゃる。放っとけばどこへまぐれるか判らんから、ウチが躰で止めたとですよ。振りとばされて蹴っとばされて、ウチはドンコのベロですわ。虚無僧《こもんぞ》のクソが余計なお節介は人権侵害だなんて吐《ぬ》かすでしょうが。ヒトをなめたらどうなるかですよ。水ぶくれのなまこのくせ喧嘩は躰でするもんぐらい思ちょるからね」

「暴れたなまた？」

「ノウサー、ウチのやり方を思い出させてやっただけでござんすわ」

チビは、ござんすわをはねあげておいて、独りでうなずき、合点し、そして「これ」とパンの載った黒砂糖の壺を押しやった。

「あっちにすればよかった。お秀どんの味噌汁があるからね、あっちには」

「宇多津さあん、怒りますよウチは。あのままぐれてみなっせ。ついでにケガでもしたかとですか。婆婆をなめたらいかんですよ。うっ叩かれて身ぐるみ剝がれたかとですか」

チビの膨れた頰はパンのせいばかりではなかった。せわしいまばたきを見せるのも、チビがチビなりにことばの空しさに行き昏れた時の生理反応である。

宇多津は他人の記憶で、失くした自分の記憶のどの部分かへ連れていかれる時、いつも胡散くさい空手形をつかまされる気分で立ち合うのであったが、相手がこのコソドロの場合に限って、何かを割引かないでもいいのが妙だった。

「ウチはあの辺だと見当はついとるですよ。タクシーに乗ったらその時すぐ言えばよかとにね。郡元の神社の鳥居の前てね。そうすれば右へ曲るだけでしょうが。小学校の正門前で降りるからいかんとですよ。歩道橋が待っとるでしょう。あれが曲者で宇多津さんをつかまえる。ひょいとくぐればよかとにね、ふらふらとあそこを上がってしまうとじゃから」

「見ちょったような事《こつ》どん言うが、バカ」

「違うた、しまったと思うて上って下った歩道橋をまた引っ返す。と、そこでもう判らんごつなる。面倒くさくなる。ウチにゃずうっと見えちょりますと。宇多津さんがベソかいて坐りこむとまで」

「何《ない》がベソよ。ヤマさんじゃなかど俺《お》や。ゆうべのスドウさんのセリフじゃないかそれは。子供だましどん言《ゆ》な」

確かにこれはゆうべ聞かされた酔っぱらいのセリフだ。ヤマさんの鉢巻とヘラヘラ笑いで稀釈されたあの場の光景を宇多津は手許に引きよせてみる。スドウさんは宇多津の出現を待ち受けて、あそこでもう受入態勢をこしらえあげていたというわけではなかったのか。

「自分のうちも判らんくせに、どうやってタクシーをつかまえるのかね宇多津さん。ここまで戻ってこれるとがウチは不思議でならんとですよ。こっちにくる分には裏返されんとですな。裏返されるてどげんなるとですか」

「スドウさんはつまらんバカをいつ発明したのかねチビ。ふたことめにはサブロウだのウラガエシだの言うとるが」

「あれは宇多津さんがちょいちょい言いなさるからじゃなかですか。ほんとにサブロウはおるとですか宇多津さん」

「バアカ。子供じゃあるまいし」

「これじゃからね。ゆうべセンセとあれから何を話したか憶えやらんとですな」

「憶えとるよ。ヨシ公が蝉に生まれとればということぐらいさ。いや蝉の方がよかとはお秀どんの方だったか」

「サンザンジちゅうとは何ですか宇多津さん？　お寺ですか、サンザンジ」

サンザンジで宇多津は突然足首をつかんで一メートルばかり引きおとされた気分だった。サンザンジ　サンザンジ　宇多津はチビの眼の中をさぐっていた。さぐりながら意識はぐんぐん落下していく。チビは宇多津の眼に吸いつかれて、湯呑みを握ったままパチパチまばたきをした。

「サンザンジち言うたとや？　言うたかほんのこて。サンザンジち言うたか」

「そげん恐《こわ》か眼ばせんでもよかでしょが。センセが言うたか宇多津さんが言うたか、ウチはただ……。サブロウがそこの坊主か寺男んごたるのかウチにゃさっぱり解らんとです。サンザンジサブロウを聞いたとはもうずっと前ですよ宇多津さん」

「サブロウがサンザンジサブロウだったのなら俺が言うたにきまっとる。サブロウぐらいで解るもんか。ウラガエシなどくっつけるからよスドウさんが。サンザンジなんだよな、俺が坐りこむのは。でれでれほっつき回った揚句そこへ出ちまうんだがね。いつだってそうなんだ。お千代さんと別れたのもあそこだったような気がする」

「そこで裏返されるとですか宇多津さんが」

「バカ！　裏返すのが俺で裏返しになるのも俺なんだぞ。そげんとが成り立つか？　わしはただ済ませるだけのこっちゃ。それにしてもあん座頭《ざっつ》がなんでサブロウでなけりゃならんのだろ」

これまで泥酔の濃霧の中で繰りかえしてきた幻視の動画が、今、明晰なイマジネーションのスクリーンの中で、白日下に姿を現わした。宇多津はそこから瞬刻も眼が離せなかったが、口だけはチビの前にとり残したままだった。

「スドウさんはひねり出すからね。ウラガエシなどに本気でつき合うとがバカよ。カトマンズのユエだって猛烈なインチキなんだからね」

チビは胡散くさい眼付きを隠さず「センセもサブロウの正体を思い出せて言うちょったでしょうが宇多津さんに」と言った。

「お前も信用できぬ。いつかもお前はツモーの砂やどかりはセンセが発明したんだと俺に告げ口をしおったじゃないか。わざわざメモなんかに書いたりしてさ。あれは俺が夢でみた話とそっくりだ。スドウさんがそいつを脚色して俺をたぶらかして遊んどったんだ。サブロウもそのくちさ。信用できぬ二人とも」

「信用できんとはこっちですばい。憶えん憶えんて言わすくせにサンザンジを憶えとらすじゃなかですか」

「バカモン。お前がサンザンジなんて言うから、向うでハイ何でしょうかと呼び還されてきただけだ。もともとサンザンジサブロウはれっきとした人間様なんだぞ。ということになっとるんだ。お前なんか知らんでよか。無量光院というお寺の名前も知らんだろ。ここから電車道を県庁前まで行けば、左側にあったもんだ。俺達がガキの頃の遊び場だった。サンザンジサブロウ様《さあ》の墓がそこにあったぐらい覚えちょけ。ウラガエシの何のちサブロウ様《さあ》は知いやらんこっちゃ」

「ばって郡元のあそこらにゃお寺はなかでしょうもん」

「そんな化け寺なんかあってたまるか歩道橋の下などに。わしはあんな所では迷い子にならんど。寺みたいなのが向うで勝手にそこで待っとるから、付きあわぬと言ってみてもしようがなかどが。ゆうべがどうだったかわしは知らぬ。雁八へ舞戻ったのなら、どこかで回れ右したんだろ。何だかわしは生まれてこのかた、あそこから引返してばかりいたような気がする。おなごの躰が欲しかとかも知れぬ。わしの躰もまだ石じゃなかでね。抜くものを抜かぬから妙な座頭にぶつかるのかも知れぬ」

「やっぱ裏返されたとですなゆうべも」

「スドウさんの口まねばかりするなバカ。何もわからんくせ」

「ややこしな。ウチの方が表か裏かわからんごつなった」

宇多津は膝許の砂糖壺に手をのばした。一かけらの黒砂糖に待ったをかけられて……などと横からすべり込もうとする意識を指先で押しのけながら、その指先で、還ってきた幻影の輪廓の方を外側へ一センチずつ押し拡げていた。

宇多津が見つめているのはオランダ製の柱時計だったが、チビが見つめているのは宇多津の膝許だった。周りの時間が停りでもしたみたいに間のびした手つきで砂糖壺をまさぐっている宇多津の手つきの頼りなさの方だった。

床下のチビの相棒が先刻から床板をコツコツついて、餌をねだっている。

チビが立ちあがるのを眼で追っていた宇多津が「おい、そいつを、今のを」と言って手で引き戻そうとした。

「もう一度それをやってみせてくれ、今やった通りだ。まず地べたに両手をついて、それから片膝を立てて、前のめりにエイッと立ちあがる。思い出したぞ。まるで引返す現場を見とったみたいだねお前」

チビは呆気にとられながら、それには構わず出て行った。

「そうやって立ちあがるんだ、あそこではな。ヤマさんだって今のお前とそっくりにやるのさ」

宇多津は仰向けにひっくり返って、両掌を組んで後頭部にあてがった。チビの明瞭な発音で意識の濃霧の中から呼び出されたサンザンジは、今、宇多津のつむった眼の前にあった。サンザンジはもはや人称ではない。行くてを遮る肉質の厚い門扉をゆらゆらさせている不安のやかただ。既に宇多津は自分の胡座の上でふてくされていた。男はそこに立っている。いつもの通りである。真鍮色《あかがね》の衣からブロンズの青びかりする腕を突き出して、男は躰中のひびの割れめを検めている。

たかがリビドーのたわむれだ。手の込んだ前戯じゃないか。だがこれが幻視ならと宇多津は画面をテロップですべる。多分今寝ころんでいるに違いないオレは幻視よりもはすっぱなカゲロウではないか。

この画面に対った時ぐらい宇多津の意識が自分の内なる透視者として明晰に作動するのを感じることはない。裏返すのはオレであり裏返されるのもオレであると、宇多津は改めて自分に宣言する。今チビに言った通りに。

男はやかたの前で衣の裾をひろげる。裾といってもそこだけが門であり、葛蔓の密に絡んだ洞窟の入り口みたいなものだ。頭からかいくぐる他ないのが甚だインチキである。

男の眼窠には目玉はない。これもいつもの通りだ。

「座頭《ざっつ》また来た。回れ右をさせられにな。そのこけおどしの扮装はサブロウ様《さぁ》のマネのつもりか。空っぽのやどかりのくせに。さあさっさと始めろ、地獄座頭め！」

これがそのつどことばになるのか、ならぬのか。地べたに両手をつき、片膝をつっかいにして、たった今チビがやったように、前のめりになってエイッとばかり立ちあがる。済ませねば前にも後ろにも道はないのだ。

男の裾から葛蔓を分けて頭を入れる。門はすかさず頭からすっぽり銜えこむ。それから筋肉質の弾性で息も詰まる程緊めつけられているうちに、宇多津の躰は意識の内側からぬめりはじめる。羊水の海が還ってきたことに宇多津は気づく。霧よ霽れよ。曾て溺れながら波の間に間に見たシルバーグレイのヨットの大群が見えてきた。と思う間もなく、胞衣《えな》もろとも宇多津は意識の皮をむかれながら排出されている。むき身のやどかりで——

この間、宇多津は満ち潮のように昂まり疼く性感に痺れながら、金属製の座頭の成りゆきを観察し尽くさねばならないのだった。男が腐蝕を始めてから崩壊を遂げるまでのむごい自慰の過程を隈なく見届けねばならないのだが、今は、眼は宇多津の外側にあって、やどかりの宇多津自身をも視野に収めている。

先ず男の青い眼窠のふちぶちに亀裂が走る。一条の稲妻型の亀裂が始まりである。亀裂は連鎖反応を起こして顔面を走り回る。最初の割れめがずれ始めたかと思うと、眼窠の奥から蛆が這い出してくる。一匹、二匹。やがて蛆は団子の塊りになってぞろぞろ溢れ、顎が落ちる。そして本番の時に下着をよごしてしまうわけでもないのだが、頭骨全体が崩壊の準備を了えたなと気づくのと、宇多津が身をよじって性感の頂に立つのが同時である。

それから？　何もない。がらんどうである。いつもいつもここで放り出されてきたのだ。バス停の忘れ物みたいに——。今だって眼をあければ、後頭部に両掌をあてがったはすっぱなカゲロウに出迎えられるだけのことである。

これまで何回も通りかかりながら、そのつど目覚めと同時に置き去りにしてきたサンザンジの現場が、果してこの意識の加担した現場とそっくりであるかどうか、宇多津に自信はない。泥酔の涯で行き昏れるという幻覚が、常に同一経過をたどるものか、それも宇多津には解らない。ただ確実なのは、夢の中では躰は参与しないのに、幻覚の現場には生の躰があって、躰が主役を演ずるという事実である。

チビの「サンザンジ」の一言が雪崩のように宇多津の中へ連れこんだこのザーメンくさいシュールの現場は、鉛色の霧でぼかされてはいても、そこへ引返そうとさえ思えば、今や即座に金属製の座頭の前に立てるのだった。それは泥酔のあげくスドウさんの前で口走ってきたのであろうサブロウの素性を、明晰な意識の許へたぐりよせてしまったということだった。

サンザンジサブロウなら、五十年経った今、昔の頑童の許へひょっこり還ってきてもさしてあやしいことではない。フロイト先生が泉下でにんまりしそうな話だ。だが果してあの現場がサンザンジという固有名詞を既に我が物にしていたのか？　チビが気まぐれにサンザンジと口走った時点で唐突に成就した呼称ではなかったか？　そんな胡散くさい気分ももぎはなせない。

少年の日の宇多津にとって無量光院の石塀内は、いわばチビッ子公園の遊び場みたいなものだった。神秘のかげりをまとったような本堂はなじめなくて用もなかったが、そこから墓地がひろがっており、行く程に如来像や菩薩像に摸した様々の墓石や、ほてい腹の丸石にかんむり岩をのっけた奇妙な形の墓石たちが群居して出迎えたものだ。

その一角に仲間がサンザンジ様と呼《さあ》んで、一目おいている崇り墓があった。墓というにはもう土台も崩れて、碑銘の文字も風雪に削られた小さな自然石である。

「おい宇多津、こんサンザンジ様《さぁ》に小便ぬひっかけっみれ。ひっかけんかこら。ひっかけんと汝《わ》や戻らせんでね」などと、よくガキ大将におどかされたものだ。誤ってでも小便をひっかけると、てきめんにチンコの秀先《ほさき》が赤くはれるというのがガキ仲間の定説になっていたからである。

その頃はどこの墓地にだって、こんな祟り墓の一つや二つはあった。多分石の割れめにみみずでも潜んでいたのだろう。大抵はお手討ちになった者の怨霊のすみかみたいな伝説に取りまかれていたものだが、サンザンジ様《さぁ》のは例外だった。

夢に吉祥天女を犯したのを恥じて、自ら食を断った若い沙門。在俗の頃はサンザンジサブロウと名告るサンザンジ流の槍の遣い手だったのだという。

ずっと後のことだが、今昔物語の中でやはり吉祥天女の像を夢で犯した男の話に出くわした時、宇多津は無量光院の出どころはこれかと思ったものだ。

だが、サブロウ様《さぁ》はもう一ひねりひねられていた。逸物のサイズをふみ越えた巨根の持ち主で、初夜にして花嫁に逃げられたのを悲しみ、且つは女犯《ぼん》の煩悩を断ちきる為に仏門に……となっていた筈だ。出所が今昔かぶれの痴れ者の創作であったとしても、何も絶食までもっていかなくても、と、これもその時思ったのであったが、童児の胸の中にしのび込んだサブロウ様《さぁ》のたうつ怨念みたいなものは、歳月に浸蝕されるどころか、年齢と共にオトコの形に近づいていたというわけだった。それにしても、あれから何年、何十年になることか。

今日、行き昏れた酔漢を待ち受けている幻覚が幻覚として結像する場所はどこなのか。曾て童児の胸の中で、いたましい者、何となく憎たらしい者、狂おしいぐらい聖なる野蛮なものといったコンプレックスの塊りで住んでいたサブロウ様《さぁ》が、果たしてあの金属製の座頭に重なるものだろうか。バカなと言ってみたところで、どうにもならない。サンザンジでしか呼び出せなかった卑猥な映像のシュールな流れは、強いられた禁欲のリアクションでしかないのかも知れないが、それならあの手の混んだ亀裂や腐蝕や崩壊が何故要るのだろう。エロスが死をうちに抱えもっているからといったフロイト先生流の理屈でかたづくのなら、幻覚もなめられたものではないか。

お千代さん、お前だけは解ってくれ。やどかりがどこにいようがあれはわたしだ。ごめんねといった形に見えないか。あの宿なしの大やどかりにとっては、お前さんが一番苦手だ。どうかね千代子。こんなグズの首輪はもう外す気にはならないか。女体を近づけざること。他は一切相許さるべきこと。イヤならもっとましな監視人をつけんか。木戸じゃダメ。腐蝕だの崩壊だのでゆさぶりをかけてくるのに、あいつはゆさぶり加勢をするだけじゃないか。ほんものはあかりちゃんだけ。あの子はわたしのオンナだからな。そろそろ叱られに帰らにゃなるまい。

宇多津がズボンに足を突っこんでいると、外で聞きなれたチビの口笛が鳴った。

「おっす。お勤めごくろうさんにござんす。よかったね。かたがついたごたっね。災難たい。サイナン、サイナン」などと言って、またピーピーピッと口笛を吹いた。この威勢のいい口笛は勝鬨号にハッパをかける時のものでもある。

「宇多津さん、ババドンがかえってきよりましたよ。最高にふくれてけつかる。テッヘ」と言いながら、チビは丼を持って這入ってきた。

聞いてみれば(何度おんなじことを聞くのかとグチられながらであったが)ここ二、三日ばかり、何度か警察へ呼ばれていたらしい。そのとばっちりがお秀どんにき、ヨシ公にまで及んだという次第であった。

「徳之島でババドンと同棲しとったことのあるおっさんがですな。チョッパシッテですな。(チビの言うチョッパシリは持ち逃げのことである）ここば頼ってきよったとにですな。ババが追い出したとですよ。薄情もんですけねあのおなごも」

「追い出したのなら警察に呼ばれることもなかろうにね」

宇多津は一昨夜の矢野さんのひそひそ声を耳の中に呼び戻していた——ここらに来ますからね、協力して下さい。絶対来ますから——

「宇多津さんも。パクルまではババは餌でしょうが。餌ば泳がせたり引っぱったりして魚の喰いば見よるとですよ」

「迷惑な話だな、で、もう釣りあげたから帰ってよしというわけか」

「ブタのおやじなんかに言うたらダメですよ宇多津さん」

——かんけいないか？　ないね。くどすぎるぞ。あそこが加茂川だったのなら、ババドンよりこっちが先に呼ばれた筈だ。

「宇多津さんが来ない晩に限って……などとスドウさんが言ったのは、このことだったのかおい」

「きまっちょるでしょうが」

「もうつかまったのか、気の毒にな。わしはさきおとての晩その男と一緒だったよ。うらやましいかチビ。二人の飲みしろが五万何千円さ。みんな向う持ちだったがね。あのマグレは九割九分そのチョッパシリだった。あんな餅をそう誰でもかけるもんじゃないからね。加茂川は気に入っちゃったよ。あっちのヨシ公が上等だった」

フンとチビは鼻であしらった。

「相手が木戸さんでなくて助かったじゃなかですか。そのマグレも裏返されて帰りがけだったとですよ宇多津さん。ひょっとするとサンザンジの前でぶつかったとかも知れん」

「いいかチビ。スドウさんの前で無量光院なんか持ち出したら、もうお前とはつき合わんからね」

宇多津は黒砂糖でよごした指先を、飲みさしの湯呑みの中に突っこんでピチピチ洗い、その指をズボンのポケットに差し入れて紙くずをひきずり出し、千円札の一枚を選り分けて湯呑みの傍に置いた。

「虚無僧にもう手を出すな。あれはお前とは役者が違うからな。懐が深いから後しざりしてみせるが、いい気になっとると消されるぞ。お前がここから消えたって誰も警察なんどに言うてはいかぬ。ヨシ公だって別のヒモをみつけるだけのこっちゃ。生きとれよ。死ぬなよ五位のおじさん。わしは今夜は来れんからね。ソツノンゴロのオトコヤモメのって口やかましいオナゴに見張られとるんだ」

立ちあがった宇多津に誘われてチビも立ちあがり、「おなご？　おなごですて？」と宇多津の腹に顔をおしつけてきた。仰向いた顔は口がへの字になっていた。「眼をつむってみろ。そのままだ」チビは言われた通りにした。「お前のこの手は眠っとっても何かをひっかけんことには気がすまん手だね」と右手をひっぱたかれると、チビは白眼をかえしてダラリとベロを喰らい出した。

宇多津は苦笑して、うーんと唸った。

「よかみやげをくれた汝《わ》や。への字の口からベロを垂らして白眼をむけばできあがるわけだね。ユウレイの顔になれなんて厄介な注文をするオナゴでね」

「オナゴち本当ですか宇多津さん」

「きまっとるじゃないか。ユウレイの好きな男はおるまい。男のユウレイじゃ絵にもならんからね」

靴にかかとをねじこんでいる宇多津の背にチビが寄りそって「しろうとに浮気したらダメですよ宇多津さん」と言った。

「なぜだ」

「奥さんがかわいそうでしょうが。自分でそう言うたくせに……」

「おいおい。お前さんオレになにわぶしを聞かせるつもりかい」

「ユウレイのなんのちゅうオナゴは色気違いです。ぜったいです。男を全部吸いとるとですよ」

「ほう、経験者は語るじゃないか。聞いとくよ。まだ吸い殺されたくないからね」

「センセは二ことめには後添いをもらえて言わすばってん、あれは病気です。自分が後添いを貰うちゃ死なれ貰うちゃ死なれしたから、かっこうの悪かとでしょ。だからセンセは自分で自分に三人めを貰えて言うとるようなもんです。解っとるとですか宇多津さん。ウチはそりゃバカですばってん、センセみたいな人は好かんです。親父は意地悪の頑固もんで好きませんばってん、それでもウチは一番好きです。そりでこの時計ば捨てきらんとです。ウチがいじめられるからちゅうて、後添いなんか見向きもせんかったとですけんね。おふくろは一番幸福なおなごじゃったてウチは思ちょります」

「わかった。だがむずかしいな。わしにゃお前みたい息子がいてくれんのだから」

「仏壇の中におるとでしょうが。あかねちゃんでしたか。いつも自分で言わすくせに」

「ばいばい、五位のおじさん。生きとれよ」

「何ですかその言いぐさは。夕方になればババドンより先に来るくせに」チビはそう言って、掌のものをポンポンとはねあげてみせた。「このチェリーはもうよかとでしょ。ウチが始末してあげますけね」

# 葱

三・四年前、遊園地の角に引越してきた酒屋の養老は、町のおかみさんたちに評判がよかった。遊園地に隣接して売りに出ていた空地を買いとって附近の子どもたちの遊び場に開放してやったことにも因ろうが、養老の店員は昔風に家々の厨に首を突っこんで、ご用を承って回るというのだ。

電話のない家が珍しくなってしまったこの頃では、ご用聞きというのは年輩のおかみさん達にとっては、忘れていた町の風物詩でもあったのだろう。

店員だとばかり思っていた気さくな若者が酒屋の一人息子で、東大の法科出だと聞くに及んで、おかみさんたちはうなづき合ったものだ。

身のこなしから違っていると思いましたよ。かくせないものですわ。養老は代々名のある老舗なんですよきっと。

そうかしら。どこの大学か知らないけど、あぶないもんよ。年増はどこを押せばいいかちゃんと知ってるみたい。あの眼が曲者だわ。誰かの言葉じゃないけど、今人と別れてきましたという眼つきでしょ。

田村にとって東大はどうでもよかったが、養老のサービスには好感がもてた。晩飯時になってあわててダイヤルを回してビールを注文するといった妻君の不手際から免れていたからである。だが朝出て夕方帰る田村はその若者を見たことはなかった。

小学三年生の息子が或る日、ヨーローのスキヤキがね、と母親に話しかけているのを、田村はふと耳にした。スキヤキというのは例の酒屋の青年への子どもたちの蔑称らしい。あのスキヤキはてんかん病みなんだと言っている。

てんかんはてんかんでもスキヤキのてんかんはウルトラCなんだ。ネギを見ると立ちどころにひっくり返って泡を吹きはじめる。みんながそう言ってるんだから……。嘘だと思うなら油断を見すましてスキヤキの鼻面にネギを突きつけてみなよママ。

ばかばかしい。葱なんかでてんかんを起す人がいるもんですか。誰かが嫉んで言いふらしてるんですよ。お店が繁昌すると邪魔がはいるの。スキヤキなんて嫌らしい口真似はやめなさい。子どもの癖に。

なるほど、世間は広いというが狭いもんだ。気の毒にと田村は微笑で聞き捨てる。同業の酒屋なら他の町よりは多いだろう。言ってみれば飲んで食って寝る為にできあがったような消費都市である。田村の妻君が養老にきりかえて一年ぐらいになるが、嫉んでなどというのを聞けば、前の酒屋とすっきり切れるというわけにもいかなかったのか。まさか酒屋仲間の嫌がらせでもあるまいが、幾ら何でも、葱ではその若者に笑いとばされるのがおちだ。気の毒がる方がおとなげないだろう。

会社で残業があった晩、田村は養老の若者を初めて見た。ビールを届けに来たのである。

今迄何度も見ていなければならなかった筈だが、ネギやスキヤキを聞くまでは、行きずりの人でさえなかったのだった。

ぞんざいな口をきく田村の若い同僚に、青年はそつなく如才なかった。尊大な相手をおにいちゃんと呼んでくさらせるあたりで、ほほうと田村はペンをおいた。

梅雨明けの部屋にはクーラーがなかった。水色の袢纏の裾を両手でつかんで、青年は自分の胸をぱたぱたあおいだ。

「ご節約なさいますね。大きい会社程心掛けが違います。この頃は扇風機はもうはやらなくなりましたが、私ども野蛮人の体はこれでないといけませんようで。」

そう言って青年は、田村の前の扇風機のカバーをちょっと押して袢纏を脱いだ。

白いランニングシャツから、盛り上った二つの肩がモリモリ溢れたかと思うと、二本の長い腕を惜しげもなく押し出した。かまきりの田村にはまばゆかった。

端正な頭骨という表現が可能なら、その広い肩幅に乗っかるには些か小さく、丸める前の四角錐でうちきったといった、こんな鑿の手数の少い頭を言うのだろう。抑制された牡のこの精気は丸めた仮分数からは立ちのぼらないものだ。

「節約してるわけでもないがね。みんなの意見ですよ。自然に逆らうのは健康によくないらしいですな。扇風機の風だってごまかしだが、これぐらいは神様も眼をつむってくれるでしょう。」

青年はおやというそぶりで田村を見た。とりたてて特徴のあるマスクではない。遠い祖先にアイヌか熊襲かの血が流れ込んでいるのだろう。濃過ぎる眉毛の下から濡れた深い眼が少年の好奇心をあらわにのぞかせている。髪を職人風に刈り込んでいるのが清潔だ。

「嬉しい話を伺います。昔は団扇でございますよ。クーラーはクーラーで団扇がなくなることはございますまい。今年も団扇を刷らせましたが、皆さん喜んでくださいます。お届けさせて戴きますが、お宅はどちらさんで？」

「田村ですよ。いつも届けて貰ってる。」

「とおっしゃいますと辻ヶ迫の？　太平君のお父様で……。」

「太平の父親です。」

息子の名前で初対面の挨拶がなされ、しかもそれが最も自然なのは小学校の廊下である。なるほどと田村は納得した。相手はつまり校外クラブ活動の担任というわけだ。それはいいが、覚えようとした筈もない息子のスキヤキがひょっこり唇のあたりに這い寄ってくるので、田村は秘かに苦笑した。葱からもぢったのだろうが俗に過ぎる。どこに貼り着けようとしてみたところで、眼の前の青年にスキヤキの語感を貼り着ける場所はない。このままユニフォームを着ければ、今眼の前に写っている巨人・広島のナイターに、ピンチヒッターでひょっくり出てきてもおかしくなかろう。

この夜田村は、油断できない好青年ということばを反芻してみて、その出来合のラフなことばにすっぽり身丈のはまる若者を見たと思った。彼の帰った後耳にした同僚の噂を田村は好もしく聞いたのだった。あの変り者は単車も自動車も見向きもせず、骨太のごつい自転車を自分で組みたてて乗り回しているというのだ。

「ママあ　やったぞ！　ヨーローのスキヤキ……。」

息子が玄関から駈け込んできた。小学三年坊主の説明にしては簡にして要を得過ぎている。この小さな詩人は何時でも何でも目撃者であらねば気がすまない。

「おまえ、その眼で確に見たのか？」

日曜の昼過ぎだった。残業をしたあの夜から十日も経っていたろうか。

「S君とT君が言うんだ。嘘なもんか。」

てんかん持ちであるのかも知れない。逞しい五体だからといっても、脳の気紛れな仕組は傍《はた》からは見えない。だが発作に至らしめた犯人が葱ときては話はそこまでだ。

それを言うと、息子は機嫌が悪い。

「きまってるじゃないか。二人が言うんだもの。救急車が来たけど間に合わなかったんだって。つまんないや、スキヤキめ。」

「すぐなおっちゃったのか。」

「そうさ。もっとやればいいのにスキヤキの奴。」

「そのスキヤキだけは止め給え。ママも言っただろ、下品だよ。」

仮にも犯人が葱なのなら、彼がご用を聞いたり、酒を届けたりして回る家々の厨房で、いつでもひっそり閑とそいつは待ち受けている筈ではないか。とすると彼は日に何度ひっくり返ればすむというんだ。バカな。

葱でないことは確だが……まあいい。人様のことではないか。ネギがヤギだったって……田村は唇をくすぐりにくる自分の野次馬根性に困惑する。やっぱりネギの方が咄にはなるだろう。

――取りかこんだ黒山の野次馬どものまん中で、ふとパッチリ瞼が開く。ひきつけの余波が置き去りにした重い眼球を眼窩の奥にしっかり引き寄せる。このまま熟睡したい欲望を組み伏せて自分の輪郭を内側から起こしにかかる。意識がヤッタ、マタヤッタということばの梯子を昇りつめた一瞬、外界が飛びこんでくる。明晰な直線が漠とした過去から銛をひいて来て立ちどまる。

埃の中でのたうった衣服の乱れをぶったたきながら、ふらふら立ちあがる。どこだここは？　ふてぶてしく周囲をねめ回して唾をはく。——

そんな光景にぶつかったことが田村にも遠い過去に二度や三度はある。何故かいつもあのてんかんは若い青年だった。おまけにその現場には必ず自転車が前輪を九十度はすかいにもたげて横たわっていた。おのれに添寝していたその自転車のハンドルを握って憎々しげに引きずり起す。引きずる前輪で野次馬の円い輪を荒々しくかき分ける。屈辱に塗れてというのはあんなのを言うのだろうか。

あれは終始無言であった。やりきれたものではあるまい。

〈スキヤキだよ。やってるやってる。〉

〈救急車を呼んだのにね。この際入院すればいいのに。〉

〈ネギとどこでぶつかったんだろ？〉

そんな野次馬の囁きさえ聞えてくるようなのだ。

「場所はどこだって？　例の広場か。」

「郵便局の前だよあいつ。あのポストの角を曲ってからやればよかったんだよ。シェパードがいるんだから。」

うーん赤いポストか。それも無理だ。あの青年を倒すには黒い扉でもつれてこなくちゃ。それにしても、この坊主は何故養老の若者を憎むのだろう。ふたことめにはスキヤキがつき、あいつがつく。酒屋の硝子窓にボールをぶっつけて叱られでもしたのだろうか。

「知らなかったのパパは？」と妻君が言った。

彼は坊主たちでヨーローチームを編成しており、彼はその監督兼コーチ兼マネージャーなのであった。

「厳しくて公平で……子どもたちを甘やかさないって評判だわ。」

頼まれたわけではなく、いつからともなくそういうことになったようだ。子どもたちに混って大のおとなが本気でボールを追っかけて走っていれば、そうなるのが自然のなりゆきというものだろう。チームの名まえもうなづける。

第一、場所が酒舗養老の庭先ときている。空地を買って遊園地にくっ着けたのが、年頃の息子の浮気を封ずる養老のおやぢの才覚であってもおかしくはない。

それはわからぬではないが、世間の噂が本当なら子どもチームの監督になるのに東大法科は些か回り道ではあるまいか。

スキヤキはチームメートだけの隠語らしいがあまり息子たちに尊敬されている監督でないことはそれでわかる。こんなチビ共を彼は本気でしごいているのだろうか。それにしてもスキヤキなんてかわいげのない言葉をどの子がどこの叢から拾い出してきたのだろう。

それから何日か経って、息子は一枚の写真を持って帰ってきた。ヨーローチームのオールメンバーが顔をそろえているのらしい。

どの子の面つきも一癖はありそうだが、神妙に草むらに尻をすえて、立てた脛に両手を回している。二十人はいるのだろう。真正面に陣どった大男だけが椅子に掛けて、ユニフォームを着けている。

田村はあやうく吹き出しかけて妻君に渡した。

「この監督さんの列に並んでる子たちがベストナインというわけね。みんなはしっこそうだわ。ボクはどこにいるの？」

息子はふくれて、後列の端っこに立っているノッポを指さした。

なんだあ、こんなところにいるの。見かけばかりで本当は球拾いをやってるのね。と母親は笑いかけて笑わない。呆れた、パパ見てごらん。この人だけよ、バットもかついでいないのは。

「ちがうってば。この日はボク遅れて行ったんだよ。スキヤキのやつ、ひいきばっかりしてるんだから。」

「また言った！」母親は息子の膝をぴしゃりとぶつ。力がこもっている。

「正二塁手だってパパは聞いていたけどな。そうなんだろボク？」

息子はふくれたままこっくりをしたが、「スキヤキ」の発明はおまえではないのか？　というのには、顎を突き出して左右に振った。

田村の妻君は、葱もスキヤキも受けつけない。てんかんの発作がどんなものか見たこともないから、そんなものは噂のこしらえごと。選ばれた偉大な作家が神から授かる恩寵のようなものだと信じている。いつかPTAに顔を出して憤慨して帰って来たことがあった。

そこでも葱の話が出たというのだ。目撃者だという婦人の話を聞いていると、目撃者だという人を目撃したまでの話なのだった。仮にあの人がてんかんだったとしてそれが何だって言いたいの？　バイロンを見なさい。ドストエフスキーを見なさい。大天才のシンボルじゃないの。養老の若旦那がてんかんでないのが気の毒なぐらいだわ。そう言ってやったのよ。気がついたらもうまくしたててしまった後だった。白けたまわりから「ワカダンナねえ。庇ってやりたいのよねえ。むりないわ。」と一人が誰かの背中で呟いたというのである。

息子は息子で、そんなママの買い被りが我慢ならない。口惜しいという一途な表情をかくさない。せっかく見せてやった写真にケチをつける。ぼろくそに言う。ママの見栄坊！　すばらしい田村太平選手のお母様でいたいんだろ。そんな少年らしからぬ深読みにはしる。

ママでさえいかれている。あいつが喰わせものだという証拠だ。ネギに弱いくせに「なに？　ネギだあ、鴨がしょってくるやつか。」などと空呆けてみせる。内野フライもつかめないくせに。

今度こそ吊しておかなくちゃ。ツルシネギだ。これならスキヤキの奴くるくる舞いをはじめるぞ。台所がいいか玄関がいいか。あいつがビール箱をおろして腰を伸ばした途端、奴の鼻面に……。少年はもうその現場に立ち会っている気分だ。忍び笑いをこらえることができない。瑞々しい真白な茎の先で徐々に外側に拡がり、青々とした撓やかな何本かの筒に分かれていく新鮮なネギの一本が少年をうっとりさせる。あれを手に入れなくちゃ。そうすればママも〈青年監督〉なんて言わなくなる。どうしてパパまであいつを悪く言わないんだろ。女たらしかも知れないのに。

それでも少年は宿題をおっぽりだして、グローブをつっかけたバットをかついで飛び出して行く。

「ママあ、鳩の餌をやっといてえ。ボク忙しいんだからあ……。」

その声と一緒に少年はスキヤキもネギのイメージもすっかり吐き出してしまう。

「またやったあ」と少年が誇らしげに玄関に駈け込んでくる日まで、青年監督はネギたちのイメージから徐々に釈放される。

ツルシネギの望ましからぬ臨床実験からも暫く保釈されるという次第だ。

運送課の入口で、田村はトラックを乗り捨てたばかりの犬丸につかまった。トラックの群をかき分け、組合事務所のドアを開けて、犬丸はどうぞと田村を振りかえった。

〈必勝〉、〈団結〉など不細工なアジビラを見るまでもなく、犬丸の用件は田村に察しがついていた。前に一度頼まれたことがある。

たかが市議の補欠選挙に出るというのに大袈裟過ぎはしないか。無所属の市民党を名乗って見せる知恵は湧かないものかと田村は首をかしげるのだが、若い候補者もそのブレーンも革新党を名乗るのでなくて何の選挙ぞと言わんばかりである。あれじゃ負けるよといつか犬丸に洩らしたことがあったのだ。

「ご紹介します。と言っても御二人は同学同窓の間柄ですが改めて……。今度出馬した運送課の重久三郎君です。こちらは庶務の田村さん。」

師走にはいっていた。運送会社の人間がこの時期に選挙にかかずらうなんて正気の沙汰ではない。

赤瓦青瓦が、切り崩したあらわな山肌の上までびっしり這い上った三流の新興住宅都市だが、この串田市のメインストリートを駈け抜ける首都圏向けの青果運送会社のトラックのうち、マルヨコ系のすべての車輛はここで停るのだ。積荷の青果類はここの冷凍倉庫で品別にチェックされる。待機した大型幌はエンジンを吹かせっ放しである。滞貨が重なれば鮮度をおとす。みんな眼を血走らせている矢先である。それでも組合と党に言わせれば、市が重久出馬を見越して敢てこの歳末告示に踏みきったのだから、負けるわけにはいかないのであった。

汚職で市長がその辞表を出したりひっこめたりしているうち二か月が経っていた。市政をたて直すのに市は年明けを待つわけにいかないのだ。それはわかる。ついでに欠員になっている市議の一人も補わねばならないが、そのための告示に日時のかけひきがいるものだろうか。

聞いてみると、この欠けた一議席を埋めたがっている眼の前の男は、犬丸が紹介した通り、曾て田村が暫く籍を置いたことのある三流大学の後輩なのだった。

田村はふたことめにはセンパイを連発するこの組合の若い書記長を正視するのに困惑した。すりきれた革のジャンバーは言ってみれば運送課のユニフォームみたいなものだが、その盛りあがった肩の上の堅固そうな頭が気になるのだ。頭骨のつくりを気に病むのは田村の癖である。さいづち頭やえぼし頭を病的にこわがるし、円頭、ボールの如きは更に気味悪がる。確に眼前のそのものは円すぎず角ばりすぎず、天の公平な彫琢は加えられているのだが、肩の台座にめり込みすぎているのだ。

にこやかな武骨感と言おうか、野性的な温和感と言おうか。その子供のまま大人になってしまったといった広々とした顔の、凹むべき部分は平均よりも浅く、尖るべき部分は平均よりも低いというだけのことであったが、顎の傷痕に千鳥型に残った縫目の見えるのが辛かった。現場で重量車を動かす人間に怪我の一つや二つはない方が不思議であっていいわけだが、田村にはそこが飛び越せない塹壕のように見えてくる。

で、差し出された相手のごつい手を握り返して、がんばってくださいと先輩らしい物腰で、引き揚げる汐時を測らねばならない。

犬丸は引返す道々、戦況を田村に説明した。重久君の有力な対抗馬は保守系無所属の醍醐省一郎だけで、あとは雑魚《ざこ》だと言った。

その柔道の猛者みたいな醍醐省一郎という名前の男が、酒舗養老の若者であることに田村が気づいたのは、酒販連とか飲食店組合とかが犬丸の口から連発されて暫くたってからだった。

田村はほうと思った。二年や三年で一つのまちのまつりごとがつかめるものだろうか。おかみさんたちの人気の秘密をちらとのぞいた気分になる。だが策士という言葉までは見えて来ない。ただバンカラ自転車にまたがった袢纏姿の若者が不意に近づいたかと思うと、はにかみを含んで神妙なおじぎをするのを見たように思った。

「田村さんには改めて又お願いにあがります。ねえさんにも。」と犬丸が言った。

犬丸は田村の妻君の遠縁に当る男だから、そこらもこの辺で思い出してもらうつもりなのだろう。

ベソをかいた息子が時々洟をすすりあげている。おかえりなさいどころか、父親の視線にぶつかるとすかさずはずす。

着換えをすまして煙草をくわえた田村の前に「うんと叱って頂戴。」と母親が膝をおとした。

玄関の沓脱の上にとんでもないものが吊してあったと言うのだ。

「何だったと思います？　見て頂戴。」

妻君はエプロンのポケットに手を突っこんだ。

まだ新しい葱の一本がバネを取りもどして、妻君の掌の上で大儀そうに伸びをした。

「今日も養老さんが見えたんですよ。それも今日に限って玄関からですよ。あたしが若し気づかずにいたらどうなったと思います？　きっとあの人だから気づいても知らないふりをなさったでしょうけどね。」

「選挙に出るらしいな。」

「その挨拶でしたの。やることが陰にこもるじゃない。子供らしくないわ。おっそろし。」

「うむ。却って子供らしいのかも知れないが、確に陰にはこもるね。許せないね。」

ツルシネギの実験の猶予期限がきれたというわけだろうか。

「ワル共と賭でもしたのかボク？」

「そうなのよ。ワルが二人いるの。」

詳しく聞き出すこともあるまい。父親には他愛ないトラブルのいきさつが見えてくる。どの子かが二軍におとされたに違いない。干されっ放しの冷飯組がそいつを取りまいて作戦を練っている。ネギだ。今度こそみんなでやってみようよ。誰かの罠に獲物がかかる。いいぞう。

「何を賭けたんだボク。誰かがバカバカしいとでも言ったんだな？　ネギなんかでひっくり返るバカがいるもんかって？　そこでセイギノオトコはかけた……。」

息子は後ろを見せたままこっくりをする。

なるほどセイギか。こいつの好きな漫画の主人公はセイギのオトコだ。結構喰えぬ幻術も使う。言うにこと欠けばすかさず出てくる。

うんと叱って頂戴と言うけれど、そう言う側でもうたっぷり油を絞ったあとではないか。ひねりあげられた痕が頬っぺたに見える。大声を張りあげるのが一番苦手だ。体罰なんて母親の領分にしてもらおう。

「おのれののろまを棚にあげて、他をことあげするなぞ卑賤の所業。男がセイギを口にするなら真のセイギの痛さを知らねばならぬ。パパは生まれて初めてボクに鉄拳を加える。膝を正してそこへなおれ。神々も御照覧下さろう。しっかりキンタマを握っておれ！」

立つことはない。立ちあがろうとするそぶりのところで、母親がうろたえて取り組ってくる。その前に息子は畳にたたらを踏んで泣き喚きはじめる。筋書通り運ぶのは助かるとして、これを繰返されるのはかなわない。母親の言う通りだ。噂通りの出来物であったとしても相手は多感で傷つき易い青年である。嫌がらせと受けとらない方が不思議だろう。

「あの人はな！」父親は今度は教師の口調を選ぶ。無駄なことだが母親の耳が待っているからだ。

「ヨーローの監督さんは市会議員になるかも知れないぞ。ネギなんかとつき合ってるような人じゃない。そうなるとボクたちのコーチもしていられなくなる。こんなひねくれた子たちの世話なんか、今日にでもやめたがっていらっしゃるよ。」

「自民党の推薦なの？」

「保守系無所属というんだろ。利巧だよあの青年は。」

「もう例の蔭口が聞えてくるのよ。子どもたちばかり責められないわ。重久さんはどうなの？　相手が悪そうだわね。」

「どうだか。悪党ではないようだねあのごつい闘士は。まず取っ組みあいをやらせてみるといいよ。勝った方がいいにきまってる。反則を言い立てて結局すごすご引き退るなんてのはダメだ。」

「あなたはその口ね。」

「そうとも。そのダメな奴だけは然し信じてもいいんじゃないか。」

「太平はやっぱりあなたの息子だわよ。」

「犬丸君がよろしくとさ。」

夕飯を終ったところへ、発送課の応援に出てくれと若い者が裏木戸から声をかけた。

滞貨のすさまじさから考えて、帰りは夜中になるだろう。こんな時、選挙で職場を空ける連中の神経が羨しい。出世できない奴に限って咄嗟に不服も出てこない。

「あとから行くから。」

ビールやコーラの空瓶に足許をとられながら厨の引扉を閉めようとした田村の鼻づらを変なものがこすって揺れた。

腰をかがめて軒の薄明を透かしてのぞくと、いそがしく飛び交う二・三羽の鳥影の間に動かぬ鳥が一羽いる。それが何の鳥かはすぐわかった。糸のくくりめでくの字に折れてもうくったりとしおれている。玄関のよりは先に吊したものだろう。

一瞬背後を伺い、田村は糸とも引きちぎって掌に丸めた。そして瀬戸物を鳴らしている妻君の後ろをゆっくり回って屑籠に放った。

そうだったのかと田村は苦笑する。青年監督の保釈期間は葱の季節までであったのらしい。


息子の宿題を手伝っている母親を、今度は父親が手伝わねばならない。昼夜二日、働きづくめの頭は、小学生のプリントの上を空辷りする。漸く炬燵に下半身を投げ込んでテレビに眼をやったところに「ねえさん……。」と玄関から声がかかった。犬丸だった。

九時を回っていた。

遠縁ではあるが、いとこでもないのに犬丸は田村の妻君をねえさんと呼ぶ。

組合事務所で例のカクシンノトウシに引き合わされてから何日かが経っていた。

ドサッと畳に置いた唐草模様の風呂敷包みがむっくりと崩れて、はみ出した蜜柑が二つ三つ転った。

「買収はされないからね蜜柑ぐらいじゃ。」

と、妻君が台所から言った。

犬丸は炬燵に膝を入れてからマフラーをはずし、蜜柑をむきだした。買収に来たのに、そう先手をうたれちゃきり出しにくいじゃないですか、と田村を見て笑った。

「今夜は？　眼鏡がないと人相が変わるね。」

犬丸は日頃かけている黒縁の眼鏡で赤くなった小鼻の凹みを小指の爪先でかいた。

「晩は要りません。おしゃれだから……。」

「案外君は仏相だね。うん、顴《かん》がちょっと張るか。」

「物騒ですか。ごあいさつだね。骨相はもうごめんです。」

「ホトケのカオだ。めがねのない方がいい。」

「こっちがほんとのホトケです。一つ先ず剝《む》いてください。庶務に見られちゃまずいが、食べて貰えれば共犯ですからな。」

ホトケというのは荷のほどけと布施物の意をもじり合わせたらしい運転手仲間の隠語である。たくさんの荷の中には発送人も受取人もわからない程荷崩れしたものが出てくるのだが、師走となるとそれも蜜柑にきまったようなものだった。

「太平君への手みやげです。」

「どうかね、作戦参謀の見通しは?」

「田村さん、まじめに聞いてください。」と犬丸は台所の方へ向って言い、そして、太平君は寝てしまいましたかと、今度は襖の向うをうかがった。

市長の運動員が醍醐支持をはっきり打ち出したんですよ。これはもう告示前から読めていたことですがね。考えてもみてください。ここへ来てたった三年かそこらにしかならん若僧に、市のやりくりがどうなってるかわかる筈がありますか。人口は十万そこそこでもいやしくも市政とくれば、すねかじり大学の学生運動とは違いますからね。

「人によりけりよ犬丸さん。お爺さんばかりの市議会にはカンフルをうたなくちゃ。」

「そのカンフルに重久が立つじゃありませんか。」

「酒屋さんたちが養老を推したなんて随分フェアなもんだね。」

それなんですよ。本音は基地や自衛隊のおこぼれがなくなると困るもんだから、バアや飲食店がグルになって酒販連を抱っこんだ。それもですよ、実に人を喰った話だが、養老の息子なら戦わずして勝つからなんだそうですよ。それでいてやることときたら桃色作戦から実弾射撃まで。こうなればお互い泥をかぶります。

「君達の党が彼らのドル箱を国賊呼ばわりして二言目には市の癌、市民の敵などとわめき散らすからじゃないのか。どうも聞いてると君たちだけが日本人で、健全な市民であってさ……。その他はジプシーの阿呆みたいなあつかいじゃないか。みんな日本人だ。時が来ればずるがしこい伝家の貝殻を行使するだろうじゃないか。」

「あなたも組合員じゃありませんか田村さん。」

「だったらどうなんだ。僕は何々党員なんてのに組み込まれてるつもりはないよ。」

「洗ってみたんですがね。」犬丸は話題をかえた。いつもこんな調子なのだ。

「養老の先代は高利貸ですよ。然もてんかんもちときている。」

どうです、と言いたげに犬丸は、湯呑を並べてきびすを傾けている妻君の反応をうかがった。

「それも葱てんだと言いたいんでしょ。当代のおやじさんも葱に仕立てたらどう？　ついでにおやじさんに妾でも持たせたら揃うんじゃない？」

にやにやしている田村を見やって、犬丸は、ねえさんがこれじゃ話にならんなと呟いた。

——だが然し……と、犬丸は膝を組み直して首筋を伸ばした。演壇ずれした農村の青年団長のように先ず空咳をした。

市民は事実を知る権利があります。テンカンは議会へではなく病院に行くべきではありませんか。病める保守政治を象徴するかの如く病める候補者を押し立てて、健全なるべき市政を壟断しようと謀る。串田市十万の市民に加うる侮辱でなくて何ですか。

重久陣営にとって必要なのは噂ではなくて事実であり、それを証明する資料です。事実に科学をつき合わせることです。我々は嘱託医戸田先生の紹介状で市立病院の精神科をたずねたのですが……

　弁士はさっぱり反応のない二人の聴衆を両手で押しやるそぶりをして湯呑みに手をやった。

「そんなことよそでもぶち回ってるのあんた。」

「こんな生ぬるいもんじゃありませんね。」

「で、何がわかったの？」

「てんかんもいろいろあるもんですね。ただ残念ながら葱で発作を起した症例はないんですよ。だが我々は諦めない。ねえさんの葱がどこで手にはいったか、それがわかれば俄然張りきれますがね……。」

「葱がどこで手に入るもんかね。八百屋さんにきまってるじゃないか。」

　全くだ。本当のところはですね。おそらくですね。と、犬丸は読みの深いところを披露した。

「おそらくお爺さんのてんかんに手を拍って喜ぶ連中がいたんですね。高利貸ですから。江戸っ子は口も悪いが、お笑いも抜けめなく心得ている。葱の大嫌いなおっさんが即興でくっ着けたものでしょう。それを風の噂というやつが百キロ離れたここまで運んできた。孫がその遺産を相続した。金貸しは三代祟るというが、よく言いあてたものですよ。」

「あきれるも何も、ばかばかしいね。」

「我々が今困ってるのは、孫の受けついだその遺産が噂ばかりで、誰一人この眼で見たという人がつかまらないことです。勿論葱なんかどうでもいいんですよ。醍醐省一郎がひきつけた現場を見た者が一人居ればそれでいい。子供だってかまやしない。」

　犬丸は妻君の眼をはずして襖の向うをうかがった。

「洗い残しているのがヨーローチームの少年たちですが、心当りはありませんかねえさん？」

「ないね。」木で鼻をくくるという言葉を思い出して田村は噴き出した。

「やり方が陰険過ぎやしない！　太平をスパイに仕立てるなんて……。」

「おや、だってさっき葱が出たのはねえさんの口からですよ。ネギテンだったかな。同じ会社の組合員じゃありませんか。醍醐をおおっぴらにスキヤキと呼んでるのはヨーローチームだけのようですよ。それも二人か三人。太平君は中でも有力な証人だとみてるんですがね。」

「太平は監督さんにべったりなの。あたしもあの若旦那のハッピスタイルにしびれているの。わかった？　パパだって」と妻君は田村の手の甲を指先でおさえた。

「少しは嫉いてるけど……ねパパ評点はどのくらい？」

にやにやしている田村の方に犬丸は喰ってかかった。

「ワカダンナ？　冗談じゃない。」

「いいじゃないか。」

「あいつはしたたかな喰わせ者ですよ。」犬丸は救い難いといった困惑の眼つきだ。

あいつは市議を振り出しに県議、県議からいずれは国会の赤絨緞を踏むつもりの男ですよ。その為に修士課程を投げ出した奴だ。前の所じゃ勝てっこないから、ひとクラス落してこの串田へやって来た。戦わずして勝つためにですよ。過激派のリーダーだった男が百八十度の見事な転身だ。空地を買い取ってヨーローチームを作ったのも、ご用聞のまねをして一軒一軒に潜りこんできたのも、今考えればみんなストンとここへ落ちるものばかりなんだ。

そう言って、犬丸はみぞおちのあたりに手をやった。

「大物だよそれは。」

「田村さんはそんな言い方しかしない人だもんね。重久君の先輩は後輩がかわいくないらしい……。」

「泥をひっかけ合うのはやめて、そんな若者にも土俵を与えてやりたいと思うだけだよ。」

「ゲスのすることよ。ありもしない人様の傷をさぐるなんて！」

「ありもしないかどうか、太平君の口を縫いつけてちゃね。僕はねえさん、何も白を黒に持っていこうとたくらんでるわけじゃありませんよ。」

爺がてんかんだから孫もそうに決まっているというわけではないが、遺伝の因子は確実にあるんですよ。犬丸は今度は俄仕込の犬丸精神科を開業してみせる。

真性てんかんの場合はですね。一般人の出現頻度が一割に満たないとはいえ、一卵性双生児となると九割近い出現率を見せるんですよ。遺伝を物語るものでなくてなんですか。葱の症例が報告されていないとはいえ、それが絶無だということにはならない。患者が恥かしがって言わないだけのことかも知れない。或いはですね。葱にまつわる呪われた噂で縛られた男がですよ。突然その噂の原状況に追いこまれる。偏見に満ちた眼で観察される。そういった大変屈辱的な場に投げ込まれたとしてみなさい。高所恐怖症が自ら崖に身を投げるようなことが起らないという保証はない。

「そいつは犬丸君、刑事が犯人をこしらえてぐちじゃないか。病人は犯人じゃないよ。」

「葱の話はやめましょう。ねえさんにそんな眼で睨まれるために来たんじゃないもの。」

「何言ってるの。まるで発作をひきずり出すために、あの手この手の陰謀をたくらんでるみたいじゃない！おそろしくなってきたわ。」

「醍醐君がてんかんだったら寧ろおもしろいと思うがね。僕は。」

無責任な話だけどさ。と、田村はいつかの妻君の話を思い出していた。

そういったスティグマのようなものを頭骨の内側に秘め持つ人間の方が信用できるような気もするし、逆に又隣人ではいたくないというエゴな恐れもあるんじゃないか。大物の素質ありということとは別だよ。田村はそう言いながら蜜柑の一つに手をのばした。

「何かの本で読んだ記憶があるが、ナポレオンとかシーザーなんて怪物がいるじゃないか。あんなのは只のてんかんだろうが、砂漠の風雲児マホメットとくるとなんとも痙攣的じゃないかね。カリスマというのはみんなそうだろう。啓示などと呼ばれるものは、あれは神様がもてあそぶ精神の一種の痙攣じゃないだろうか。桁外れに振幅の大きいやつ……。アブラハムとかモーゼなんて名前は発音していてなんとなく横揺れしないか？彼等がてんかんだったという記録はないものかね。彼らはきっとすばらしい頭蓋骨の持主だったに違いないと思うんだ。たとえばあの醍醐省一郎君みたいな……。」

「ドストエフスキーは誇示したがってますよ。神の恩寵だと言わんばかり……。発作の前兆のことね。経験したことのない至福の恍惚感だって。あたしがこないだＰＴＡで言いたかったのもそのことだわ。十字架よ選ばれた人の。」

なるほど、こいつは小説気狂いだったっけ。と、田村は昔を思い出す。スタヴローギンと結婚する筈だった曾ての狷介な文学少女は、今、故もなく野次馬に取囲まれる一人の青年の前に両手を拡げて立っているつもりなのだ。その名づけようもない痙攣に自らを委ねながら……。

「それはですねえ。ええ。精神科の先生が言ってましたよ。あらゆるてんかん症状のなかで極端に病的なのが天才という大変困った症状だろうってね。ソクラテスがひきつけるんです。ただソクラテスの場合は奥さんのクサンチッペがいつも腐ったタコのテンプラを喰わせるので、いやがらせにちょいちょいひっくりかえって洗濯をさせた。

幸いなことに日本にはそんな化け者やウルトラCをやる賢人はまだいない。醍醐のなんかネギクラスですな。抗痙攣剤というのがいくらでもあって、それさえ飲んでれば人前でぶっ倒れるなんてことはないんですよ。どんな大きな尻尾がくっ着いていても、錠剤一つで狐には見えないわけです。」

「それならこんな回り道をすることないじゃないか犬丸君。錠剤一つでなんともないのなら、ぜんそくみたいなもんだろう。咳止めを飲む市会議員がいて何故いけないんだ?」

「止めましょう。僕は帰ります。田村さんもねえさんも僕をやりこめて楽んでいるだけだ。一票を投じる段になれば結局重久君しかいはしないくせに。そうでしょう。いざ投票用紙に鉛筆を握って立てば……。」

「そんなにわかってれば、態々ホトケさんなんか持ってくることもなかったようだね。」

「太平を変な証人なんかに仕立てるのだけは止めてね。あたしを怒らせるつもりなら怒らせてごらん。」

「はいよ。だがね。証人は個人でなくても結構。最後は市民の中の声なき声。これでいきます。今時の若者で単車を使わない、自動車を使わない。何故だろうかと言えば、みんなうなづいてくれる人ばかりだ。それが噂であったか事実であったかを決めるのは、彼が当選できたかできなかったかという事実だけですよ。がんばりますからねねえさん。」

犬丸が立ちあがって玄関に降りようとした時、襖の向うでわざとらしいソプラノの咳ばらいが聞えた。


年も明けて、早咲の桃の花があちこちの垣根に紅白の群芳をかかげていた。

犬丸の選挙違反容疑で刑事の訪問を受けてくさっていた田村の妻君も、むしろそのことでいまわしい季節にさっぱりけじめがつけられた思いでいた。

師走の投票日から降りはじめた雪は、北向きの低い屋根瓦や日の当らない露地の片隅に灰色にくすんで溶け残っていたが、乾いた舗道のコンクリートの割れ目からは、いたいけな若芽の緑が頭をのぞかせていた。

田村の妻君が買物籠を腕にさげて自宅の門を這入ると、実のおちかけたとべらの植込に頭を突込んで立っている自転車が見えた。並の自転車よりひときわ骨太のその自転車が誰のものか一目でわかる。

門を這入ってくる母親の姿を見るなり、大きな口を開けて泣きだした息子の後ろで、客は白い手袋の手をあげた。玄関の石段でゆっくり腰をあげた。母親は驚かない。多分頬っぺたのあたりにボールでも当ったのだろう。唇にうっすら血が滲んで見える。

選挙はこの客の曲者ぶりを人々に見せつけて終った。敗れた翌日には水色の袢纏をいなせにひっかけて、にこやかな養老のご用聞に戻ってみせていたからである。シーズンオフのヨーローのグラウンドに、季節より先に子どもたちの歓声がよみがえるのを人々は見た。

「すみませんね養老さん。こんな泣き虫なんか放ったらかしておいてくだされぱいいんですよ。」

かまわないんですよ奥さん。こんなことのくり返しだから。それぐらいの答えが返ってくるものと思っていた田村の妻君は、おや！　と思った。

「泣かれるのには弱いんです。太平君には特に弱い。何で泣くのかわからんことばかりだ。」

しのび寄っているたそがれのせいかも知れないが、うるんだ瞳も、くつろいだ日頃のしぐさも見えない。

「時にはもう放免して貰おうかと思うんですよ。大の男がね。子ども相手にと笑われるのを承知できたが、子どもぐらいやりにくいものはありませんね。だが今やめれば、見ろ、選挙めあてだったじゃないかと皮肉られます。」

そろそろ帰るべき人が帰って来てくれてもいい時刻だがと、妻君は先ずそれを思う。

何かがあった。

途方にくれながらも、その何かの正体はすっかり見えている気分にもなる。

母親は自分の背丈に届く泣き虫の頭を掌でおさえつけて、止めなさい！　みっともない！

「監督さんに謝りなさい。」と言ってみる。

言ってみて、監督さんという言葉をこの青年の前で使うのが初めてであることに母親は気づく。今初めてじかに見るこのユニフォーム姿が言わせたのだということにも。みなりだけなら巨人軍の一人でも通ろうが、こんなしょぼくれた暗さをかくしているなんて！

「太平君が何を謝るんです？　奥さん。」

「そんな風に言わないで。何があったかずばり聞かして。あたしは遠回りができないの。」

覗き込むと黒い瞳が奥から出てきて、退りながらこっちの視線をひきずりこむようなところがある。

「ご迷惑かけてることはわかっています。やさしくして戴いてると親たちまで甘えてしまって……。」

「わたしどもが至らんのです。子どもとどっこいだから。つまらんことで深読みをします。気になさらないでください。」

「気にしますわ。大いに気にします。何があったんでしょう。」

「いやぁ軟球ですからご心配なく。打球を受けたわけじゃありませんから。どうかね太平君、泣き戻しはすんだのかい！」

植込に頭を突込んだ自転車のサドルを一つ叩いて、田村は、玄関に無理に引き入れられようとしている青年監督の後ろへ小走りに近づいた。鞄を提げて一緒に玄関をくぐった。

水湊をすすりあげていた少年が、唐突な父親の出現にうろたえてくるりと背を向けた。二度目の泣き戻しをはじめた。

選挙カーの窓から手を振っている醍醐候補を遠くから眺めやったことはあったが、田村がこの青年と面対するのは昨夏以来のことであった。

「スマートだね。写真で拝見したことはあったが……。三田カラーというんですかこれは。渋いもんだね。」

田村は相手のズボンの皺の所を指先でつまんだ。

はにかんでみせる相手を予想していた田村は勝手が違った。

昔は団扇ですよと扇風機の前でにこやかに袢纏を脱いだあの夏の夜の青年ではなかった。

睥睨してはいるが、何も見ていない。脱いだ手袋をさぐりながら又手にはめもどしている。

「監督稼業も楽じゃありませんね。デッドボールで一々泣かれたんじゃ。」

「デッドボールならいいんですが、ただのキャッチボールで受け損っていて地団駄ふんで泣くのがいます。せっかく補欠に上ったというのに。」

てごわいぞと田村は思う。正二塁手であった筈の息子の前で「そうでしたか。補欠ね。やっぱり……。」とうなづいてみせるわけにもいくまい。とりあえず、そのボールを頰っぺたで受けた泣き虫に一喝を喰らわしてみる。

「ここで失礼します。けがという程でもありませんから。」

監督は顎の下にある田村の頭に向ってそう言った。

「いけませんよ。」と妻君が奥で叫んだ。

脱ぎかけていた靴の上に立ちあがろうとしたはずみに田村はよろめいた。取落した鞄が沓脱に置きっ放しの買物籠を思いきりひっくり返してしまった。田村がちらととまどいを覚えたのは、散乱した葱の束が一瞬眼にはいったからだったか。

鞄を拾って傘立にのせ、どうぞ、さあと掌をひろげてみて、なんとなくぎこちない。

「今日はいいじゃありませんか。滅多にないことでしょう。立ったままじゃお礼も言えないから。」

妻君が奥から走り出して来た。背を向けかけたまま田村の足許を凝視していた青年は立ちふさがった妻君をふんわり抱くようにして横にどけた。

後ろの散乱した葱の束を踵でかき寄せて、下駄箱の隅に少しずつ押しやっている父親の足許を指さして、息子が大声を出した。

「違うってばパパ！　監督さんは違うんだよ。」

なにを言うか。これはパパの靴だ。ボクのがこれ。そのしぐさで息子のズックを蹴飛ばしてみせたが、やはりそれは遅かった。

「わかりました。今わかった……。」青年は呻くようにそう呟いた。

田村は悪感を覚えた。眼だ。さげすみの冷たい光とも、怒りのどすぐろい炎ともつかぬものが、二つの眼球でチロチロ燃えている。

何かを言えば言う程まずくなる。なりゆきのままだ。ここは泳ぎきらねばなるまい。それにしても何故、今日に限って玄関のここにコレがなければならぬのか。だが一体これが何だ。葱がどうしたというのだ。

妻君はことのなりゆきにまだ気づかない。「違うってばパパ！」が何のことか、何が「今わかった」のか、買物籠をここに置き忘れたのさえ気づこうとしない。

〝これだ〟と田村は救われた気になる。ぼんやりしているのが今は入神の演技に見えるのだ。女でなくちゃこうはいかぬ。

それも束の間、女は田村の足許へ背をかがめ「これのこと？」と青い一束を差し上げた。

何故誰も笑い出さないのだろう。おかしくはないか。だがひき汐の退くように田村の唇は内側へ引込まれていった。

青年はズボンの尻ポケットに手を突っこんだ。摑み出したものを眼の高さにもっていって検めた。それをふりかぶってコンクリートの床に叩きつけた。

その紐状のものは、田村の視野の中でゆっくり指をひろげ、おそるおそる「ネギ」の語感の中へ戻っていった。

それを俯いて見つめる田村の体の輪郭を、青年の視線が粘《ねば》をひくように上からなどった。

「念が入り過ぎるのじゃありませんか田村さん。わたしどもに何の怨みがあるんです？　なるほど犬丸さんはここの親類だった。太平君はお宅の息子だ。名誉毀損だけではすみませんよ。ひどい！　ここが火元だなんて……。」

「何を血迷ったのあんた！」

引扉のノブに手を掛けた青年の腰に妻君がしがみついた。

「これが何だって言いたいの？　ただの葱じゃない。子供が悪さをしたのなら、こうこうだったと何故高飛車にどならないの。男のくせに。」

むしゃぶり着いている妻君の指を、青年の指が一本ずつゆっくりはずしている。

青年の答はひきつった冷笑だけだった。

血迷っているのはあなたの方だと言いたげに、ゆっくり妻君の体を押しのけて、青年は静かにドアの蔭に消えて行った。

おずおず父親を見おろして框に立っている息子の眼を、父親が先回りして下から追いつめる。逃げきれなくなったところで、すかさず体は泣きの態勢に移っているが、声が出てこない。飛びおりて母親の後ろに取組ろうとするが、てもなくはずされてつき戻されてしまう。首筋をつかまれてひき据えられたところでも泣きのスイッチがはいらない。

「晩飯は今夜誰も食べない。ママはうちで待っていてくれ。パパとボクはこれから監督さんの家へ行く。玄関に土下座して徹夜をさして貰う。」

ママの平手が飛ぶのと、泣きのエンジンが始動するのとどっちが先だったか。

「言ってごらん。この葱はどこにあったの？　ママにわかるように説明しなさい。葱で監督さんに何をしたのよ？」

母親は大音響を発する眼の前の大きな洞穴に呆然と見とれながら、かぶりを振って更に焦だちを取戻す。胸ぐらをつかむ。

田村の推理の中でピンぼけのフィルムが回りだす。

舞台は二人乗りの一台の自転車だ。

ハンドルにひっ掛けたズックから、二・三本のバットがはみ出している。後ろの荷台でしくしく泣いていた少年がポケットをさぐる。ハンカチが要るのだ。少年の手はついでに揉みくちゃになった一本の葱を摑み出してしまう。パパにけなされた件《くだん》のセイギだ。冷飯グループの護符である。実験にふみ切らせるにはそれにふさわしいきっかけが要る。「君も男ならいつまでも泣くな。みっともないぞ。」何言ってるんだい。痛くて泣いてるんじゃないや。おまえがひいきばっかりするからだ。そのくせ変に親切でやさしいからだ。ごまかされるもんか。そこでノッポの少年は後ろの荷台から伸び上り伸び上りして、件の一物を前の男の鼻先へ持っていく。ひらめかす。ユニフォームの長い手が風をきってそれをふんだくる。いつかはあるかも知れないことだった。

「ほんとにワルだぞおまえは。監督さんは葱をとりあげた時何と言ったんだ。スキヤキであろうが何であろうが、今日はボクにとって恩人ではないか。泣き虫のお前を態々送ってくださったんじゃないか。パパならその場で張り倒していたぞ。」

「ママたちがあんたにやらせたと思ってるの監督さんは。どこにぶらさげといたのよ?」

「そうじゃないようだ。そんなつもりじゃなかったんだな初めは? ポケットに手を入れたらあったんだろ。」

問い詰められる度に、泣き虫はかぶりを横か縦かに振るだけだ。

やっぱりそうか。父親の肩はひとりでずりおちる。

あれはやはり曲者だ。はじめにネギをふんだくって自転車を停めたところでは些も動ぜず、ふんだくったまま黙殺し去ろうと努めたのに違いない。しつっこい噂の封じ手はそれしかないことを彼は経験で学んでいるのだ。相手が冷飯組の不平屋であってみれば、似たような場面を既にやり過してきているのかも知れない。だがいくら大人物でもひとことぐらいは言ったろう。太平君！　確にいい香りだよ。だからこんな野菜はポケットじゃなくて、君の好きなスキヤキにでも入れてもらうんだ。スキヤキにな……。

まずかった。若者の堂々たるお芝居を幕切近くでぶちこわしてしまうなんて。「違うってばパパ。監督さんは……」あれを叫ばせてしまった大根役者は、幕の降りた今、葱などという危険な小道具をこんな所に置き忘れた者をなじりたくなってくる。だが、それを言いだせば痛い二幕目がはじまることは必至である。

「ママが詫びを入れるのがやわらかいかも知れないね。」

そうは言うものの、ただ言ってみるだけだ。この泣き虫の母親は、人に何かを謝ることができない。挑まれるとつかみ合いも辞さない。相手が他人でなければ女は更に狂いたつものだ。そして今の相手はこの女にとって他人ではない。何となく田村にはそう思える。

「養老の玄関で土下座をしていらっしゃい。いい格好だわよきっと。」

「相手の場所にも立ってやるもんだ。何もかも仕組んだように写ったろうじゃないか。」

「あんたっておどおどしてたじゃないの。男の屑よ。屑屑屑！　何故ヨーローの向っ面でも張って引きとめようとしないのよ。相手の言いなりじゃないか。太平より意気地なしだわよ。」

むしゃぶり着いた女の指を一本ずつやさしくもぎはなしていた青年の指を田村は改めて見つめてみる。あれが世に言うさよなら用の特製の手か。

「われわれは今喧嘩だけはやめよう。けんかはあとでもできる。どうすれば今一番いいかだ。」

田村はピンぼけのフィルムを明瞭なイメージに組み立てて妻君に見せる。

「おどおどしたとすればこの証拠物件だ。こいつは確に名誉毀損といった恰好をしてるじゃないか。」

そう言って田村は足許の萎びた一本の葱を踏みにじった。

「見損ったわ。バイロンやナポレオンが聞いて呆れるわよ。子供が葱を見せたぐらいでショボクレルなんて。」

「大人物じゃいけないのか。只者じゃない。我々俗物だったらああはいかない。取乱すにきまってる。」

「今わかったと言いたいのはこっちじゃないの！　卑怯者だわ。あれは本当のてんかん持ちよ。ネギテンよきっと。あの眼を見たのあんた。犯罪人を見る刑事の眼だったわ。犬丸が言ったでしょ。噂かどうか選挙の当落がきめる……。」

「バカ者！　止し給え。太平が今違うと言ったばかりじゃないか。ママがそれじゃ醍醐君は救われんぞ。」

その時、しゃくりあげていた泣き虫が、喉をひくつかせながら「監督さんはいい人なんだよ。ごめんね。」と呟いて、おいおい泣きはじめた。おいおいがおーんおーんになった。音階が日頃と変わっていた。田村は息子のこんな泣き声をはじめて聞いた。

妻君が突然エプロンの裾を眼にもっていくのを見た。

田村は眼の前の一人の女が急にいとしいものに思えてきた。

「いいよ。あとでわしが行く。今夜は飯を喰わして貰おう。このインチキ二塁手もな。ここらで葱の神から放免して貰わなくちゃ。」

父親は薄暗くなった床の野菜を籠に押し込む。足許のふみつぶされた一本の葱をもう一度踏みつぶしてみる。笑え。何故あの時笑い出さなかったのか。相手が深読みなら、こっちはもっと深読みかも知れないぞ。田村はそう思いながら軒燈のスイッチを押した。

PTAの送別会から田村の妻君が帰ったのは、夫より少し遅かった。

「見てはならないものを見てしまったわ。」妻君はそこまで言って、続けるのをやめた。

台所におりる足許が少しふらついている。

定期異動で、息子の担任が転校するのを送ってきたのだった。

何を見たんだい？　そんな風に田村が催促することは先ずない。聞えなかったか或いは何の興味もないといううそぶりの方が、話の埒があくからだ。

息子は広場からまだ帰らない。すなおになって球拾いでもしているのだろう。学校から帰って息子がしょんぼり夕方を迎えたのは、あのことがあった翌日だけだった。あれからもうひとつきが経つ。

釈明に行くつもりの田村は先手をうたれたのだった。

翌日の夕方、思いがけず養老の父親が、息子同伴で田村の玄関に立ったのだ。水色の例の袢纏の上で柔和にまばたく青年の眼は、同じ場所に野球のユニフォームを着けて立っていた前日の青年の眼ではなかった。

「みなりばかりで、思慮も分別もまだ子どもでございまして。」

背広に下駄ばきの似合う初老の大男は、櫛のはいった白い頭を深々とさげた。

聞いてみれば何もかもこれの早呑込のようで……。こちらのお子様が葱を持ってるのを見咎めてまきあげたというのですが、これはもう乱暴な話でございます。人が葱をもっていたからって誰に咎める権利などございましょう。そうなら八百屋もけしからん、葱豆腐のみそ汁を作る自分の母親もけしからんではございませんか。

「そうおっしゃってくだされば、こっちも言い訳をさせて戴く気になります。」

差し出されている一升瓶の銘柄が、気軽に読めるのを田村は感じた。

「人参であれ葱であれ、人様にかくして食べねばならん程貧しいものだとは思いませんし、散らかってしまったものはかくすこともできないじゃありませんか。子どもがわけのわからんことを言ったところで、それは……。」

「そうでございますとも。親子の間の話が他人にそのままわかる筈はございません。下衆の勘ぐりというやつでございますよ。」

あんなインチキなやりとりで醍醐青年が釈然とする筈はなかったのだが、妻君によれば、彼は以前と全く変らないという。諂わず構えず、やっぱりパパの言う通り油断できない好青年だわと言うのであった。

油断できないのはどっちだかわからぬが、それはそれでもう葱の災厄からは免れたという安らぎの方をなでまわすことで、田村は自分の日常を取戻していた。

「ご馳走があったのかい？」

「重久さんが来たのよ。文教委員だって。もう政治家気どりだわ。」

「ほう。」

妻君は着換えもせず、つき出しを持って卓袱台の前に膝をおとした。

「田村さんの後輩ですと言ってあたしの手を握ったわ。ほんとにそうなの？」

「今日はまたいやになまめかしいからさ。駻馬には見えなかったんだろ。」

「本気で聞いてるの。」

「それは光栄だが変だね。隠しそうなもんだが。こんなダメな平社員の見本なんか。選挙は終ったんだから。」

「大迷惑よ。学歴証明のダシだわ。ゴリラの鼻と狐の眼。」

家庭科の実習室に四十人近い母親たちが集まって、転校していく担任の教師を取囲んだ。手作りのサラダに手作りのスシ。アルコール抜きでも三十女の集りで座もちには人を欠かぬ。荒城の月が螢の光にかわったところで、一人の男がまぎれこんできた。凡そそんな筋書のようだ。

「ビール二ダース。間もなく届きます。些細ですが先生の御栄転を祝って皆さん乾杯をしてください。申し遅れましたが私は……」そして長々と自己紹介をしたあと、田村の妻君を指さし、私の大学の先輩兼職場の大先輩である田村さんの奥さんであると同時に、本校ＰＴＡの副会長でもある田村夫人と同席できるのを光栄に存ずると言ったというのである。

「すぐ引揚げるものとばっかし思ってたら、ぬけぬけと腰を据えてしまうじゃないの。」

「おかげでそっちも目尻をたるませてもらったというわけか。」

「ビールが来たのはいいけど、養老さんよそれが。誰かに代って貰えばよかったのに。」

「ふーん。二ダースも一緒に積めるのかい、あの自転車は？」

やれやれと差し出していた顎を引っこめて、妻君は帰った息子を出迎える。

「監督さん今日は見えたの？」

「昼来てすぐ帰ったよ。」

「それからもう来なかった？」

息子はぽかんとして、うんと答える。

「養老さんがビールをかつぎ込むとね。走り寄って行って手を握ったの。背中にこう手を回して、やあ醍醐君！ってわけ。わかるのあんた？　まだ二ダースが心配？」

「なるほど。」

「とうとう養老さんも引据えられてしまった。振りきってさっさと行っちゃえばいいのに。」

「むずかしいところだねそこは。二人だけじゃないもの。然もご婦人方ときている。後ろを向けるような気がしたのだろう。」

「敗れた相手を土足にかけるの？　あんたの大学では。」

「判官の影をどこかに引きずっているね。わかるよ。」

「座が白けるってあんなのを言うのね。おかあさんたちもバカじゃないわ。一人立ち二人立ちしはじめた……。」

「わかった。見てはならないものだよそれは。」

「先回りしないで。」

あっち行ってらっしゃいと母親は息子を顎で追いやる。

「神様もいたずらが過ぎるわ。あんなところで二人を並ばせるなんて。」

「神様が並ばせたわけじゃあるまい。」

「そうね。並ばされる方がバカよ。意地だかメンツだか。醍醐君の歌を所望と言われると立ちあがるじゃないの。唾でも吐きかけてやればいいのに。でも初めて聞いたわあんな重い喉。ホコヲオサメテ。勇ましい歌なのに藤原調じゃないの。ソヨロソヨロと身に沁みわたっちゃった。」

「聞きたかったね。」

「信じられるあんた？」

妻君はしばらくためらったあげく、指先をゆっくりこめかみのあたりに持っていった。遠くを見つめている瞳だ。

倒れた自転車を組伏せるように腹ばっていたの。たった今拍手で送り出されたばかりだった。信じるも信じないも、水色の袢纏でしょ。「百十九番」と騒ぐもんだからあたし叱りとばして職員室へ走ったの。車を持たない先生はいないんだから。

「当然だ。」

「葱だったのかい？　そう顔に書いてあるわ。」

「バカバカしい酔っぱらっただけのことじゃないか。」

「眼をむいてがくがくひきつる酔っぱらいがいるかしら。いつかどこかで見た白い紫陽花の色だったわあの眼……。」

「うむ。で、どこの病院へ走った？」

「なんで病院へ走るの。酔っぱらいは酔っぱらいの家へ送り届けるもんだわ。」

「感心だぞママ。」

「騒ぎたてるおばさまたちが誰々だかやっとわかったわ。手品のからくりをあばいた顔つきなんだもの。酔っぱらいの一人ぐらいに何ですか、みっともないって大声を出しちゃった。」

「見ない方がよかったようだ。」

「そこまでならまだよかったのよ。」

家庭科の実習室なら葱がどこにあったって不思議ではない。ところがあとから飛び出してきた男が、現場にころがった葱の一束を差しあげてこう叫んだ。動き出す車の尻に向って。

「ダイゴクーン。こんなもの誰も本気にしないぞう。」

それまで、そこらに積んであった野菜籠に眼を向ける人はいなかった。洗いたての根深や玉葱まで自転車の周りに転っている。籠の編目にハンドルでもひっかけたのだろうか。

「醍醐君だってそんなものに気づくもんか。」

「絶対に許せないわ。」

「重久君が悪意でそうしたというのかい。」

「死ぬ程の屈辱を味わった人を追っかけていってまた侮辱するなんて。あの狐に握られたこの手を切り捨ててしまいたいぐらいだわ。」

「わたしにゃ重久君は無類の正直者に見えるがね。バカが頭に着くぐらいだ。」

「悪党だわ。計算づくよ。あんな狐の犠牲になるなんて犬丸さんも人が好《よ》すぎたわ。」

「悪党はもっと男前だろう。あれは無実だ。頭骨のつくりでわかる。重久君が本気にしないと言うのならそれはほんとだ。わたしは信じるね。信じるに足る男かどうかは別としても、世の中には信じねばならぬことばというものはある。」

「パパ本気？」

「飲めないものは醍醐君も口にしないことだ。見栄を張る敗け犬は尚更惨めに見える。敵役は純情で頑丈にできてるから、やることなすこと天衣無縫さ。それがまたご婦人方の気に召さない。」

「先輩後輩というわけね、やはり。」

「むりやり川に連れて行かれたって渇いてない馬は飲まないよ。芝居気があるから手を出す。ひきつけを起すまで飲むバカに同情する気にはなれないね。」

「お酒のせいかしら？」

「おや？　じゃ何だって言うんだ？」

「パパはずるいわ。ひっかけるから恐い。」

「おまえさんはトマスだよ。呆れたもんだ。」

「あたしはふところが浅いだけ。」

「いいかい。その手を切って捨てるのだけは止めにしてくれよ。重久君に握られたぐらいでな。ボクとパパの大事な手なんだから。」

うつむいて掌をひろげていた妻君がひっこめた。

「あれでとうとうネギテンにされてしまうのかね。」

「重久君にあやかって断言するよ。『そんなこと誰も信じない』って。特に白い紫陽花色の眼なんかみてしまう女流詩人に向ってね。」

「酒屋を替えるわ……。」

息子が這入ってきて「入れていい？」と、テレビの前に立った。

セイギノオトコが出てくる時刻だった。

# さくら

たてつけの悪いガラス戸をギチギチガタンときしらせて、岡田が顔を半分入れた。「禿げ、来てみれ」と外へ向けて顎をしゃくった。

二つ並べた蜜柑箱の上に白ペンキ塗りの垂れ看板を寝かせて、私は寸法を測っているところだった。私が黙殺すると「汝《わい》の昔なじみが来ちょっで……」と言う。面倒くさげなもの言いは、どもりの岡田の癖である。眼がいわくありげだ。

その時、店先へトラックが来て停まったので、私は鉛筆と定規をおいた。

岡田はチェッと舌うちして背を向けながら「待っおってね」と言った。

トラックは田舎町の素人看板屋にとっては最上のお客さんである。ペンキ皿とチビ筆一本を握れば即座に仕事になったし、荷台の三面の文字のかすれを修理するだけだから長くて五分はかからない。かからないというより、かけさせてくれないのだ。

殆んどが道中の検問で、車体の所有者標識の不鮮明を咎められた連中である。

この頃はいかがわしいトラックが、いかがわしい品物をシートの下に積みこんで、日本列島を駈け回っていた時代であったから、進駐軍の指令は末端の警察にまで行きわたっていたのであったろう。荷台のペンキ文字などいじっているひまのない運ちゃん達は、五分間のところを三分間で仕上げると、その分だけチップをはずんでくれたものだ。巧妙に手間を省けば省くほど労賃が高いのだから、しがない馬蹄屋暮らしの岡田にとって、看板屋は甚だけしからん商売で、舌うちに足りたのである。

「字なんど書《け》て汝《わ》や、そいで飯ゅ食うなんどち横着《おちゃっ》じゃっど。その上よ、闇屋のトラックん野郎《わろ》共《どん》が……」となるのであったが、こうなるのも、看板かきが如何にぼろい商売であるかを、私が時々馬糞くさい岡田の仕事場に行って、さりげなくぶちあげてみせるからであった。

岡田を見ていると何となくいじましい気分になってくる。これは軍隊時代からの癖である。老いぼれた痩せ馬の膝を抱えて鎌をあてがっている岡田の背中には、戦乱の生き残りといった卑屈な疲労感みたいなものが貼り着いていて、それがわけもなく腹だたしくなってくる。軍隊でおぼえたテッチン稼業しかお前には能がないのか。そのボロ馬も軍馬の払いさげだろう。鞴《ふいご》も金鎚もたった今衛門の中に投げ返してこい。こんな歯がゆさに衝き動かされて、心にもないイジワルを吐き出してしまう。「世はさまざまじゃねテッチン。その老いぼれの四っ足に鉄を履かせて幾らになっとよ？　ふーん、そうかい。俺のトラック一台の半分じゃね。五分間のよ」ほんとはあべこべどころか、こっちが向うの三分の一なのだが、ふてくされる岡田を見届けないことには我慢ができないのである。

三十メートルを隔てて、吹きさらしの櫨並木の道路沿いに岡田の蹄鉄屋があり私の看板屋がある。ほかはずっと離れて崩れかけた農家がバラバラに五、六軒。といった風景は、あの乱世ならではの眺めであったろう。今は国道二二六号線で、色瓦の屋根屋根がぎっしり並んでいるのだが——

岡田は荷馬車の尻に腰かけて、馬方のおっさんと話しこんでいた。岡田蹄鉄工所の垂れ看板は私が稽古台にタダで書いてやったものだが、その看板の下にもう一人男がしゃがんで、煙草をくわえていた。どっちもなじみのない顔である。荷馬車の前で回れ右しようとした時、「こら、禿げー」と言って岡田が荷台からとびおりてきた。「こん馬《んま》に見覚えはねか？」逃げはしないのに袖をつかんでいる。

「俺の古なじみはこんワロか。ひとくせありそうだね」

岡田は轅《ながえ》に挟まれてしょんぼり突立っている馬の鼻面に回り、垂れさがった前髪を掌一杯につかんで持ちあげてみせた。眉間を立菱に流れるこの白いホシを見て思い出せというわけだ。顎に手をやってぼんやりしている私をじろじろ観察する岡田の眼つきは胡散くさげで、昔のガキ大将のままである。

「如何《いけん》かこら。こん横着な眼つきを忘れる筈は無《ね》が……」

伸び過ぎたたてがみや、岩乗な四肢の関節を覆いかくした糞粒がらみの垂れ毛を見ると、労わられているふしはない。馬方の四角な面《つら》の内側を曝しているようなものだ。

年よりである。年はとっても軍馬であったことはひと目で判る。肉はおちているが骨格が立派だ。どことなくふてぶてしく、どことなくものがなしい。軍馬だった何よりの証拠は、テッチン（蹄鉄工兵）だった岡田の一挙手一投足に、過敏な程の反応を見せることだ。「トウフクッ！」と岡田が叫ぶと、すかさず四肢を折ろうとする。勿論岡田に轡を握られ、轅に体を挟まれているから、それはできない。曾ての怯えと憎悪が同時に呼び起こす反射作用なのである。岡田が前にある時は二つの眼玉は横を向き、岡田が横に回れば前に移る。私が首筋をなでようとすると首全体を押しつけてくる。その眼はこっちを正視して、やくざのちんぴらみたいな冷笑を浮かべる。何故冷笑なのかと問われても答えようがない。軍馬に泣かされてきた弱兵のカンである。

栗毛にあちこち小さな飛白《かすり》があるが、よく見ると脱毛で地膚が透けているのだ。牝馬であることは後ろに回らなくても解る。つるつるの腹なのだ。ダンビラ（牡）は去勢されているからまだやり易かったが、さかりのついた牝《ひん》は手におえるものではなかった。当番兵の後肩に前肢をあげてしなだれかかるあばずれもいたものだ。

「汝《わ》よ見て喜んじょらみれ、こん婆は」と岡田が言った。

「こわごわ近づく相手が一番好きでね。ヒンなダンビラの何倍もいじが悪りで。思い出さんか禿げ」

腕組みしたままの私を見て、岡田は轅の下に頭を入れ、右後脚の膝に手刀を当てた。「クッシー」と叫んで手刀を打っておいて「来てみれ」と私を誘った。持ちあげた蹄の裏は、打ちつけたばかりの鉄の半円が、鑢《やすり》の当たった稜線を鈍く光らしている。半円のきれたいわゆる土踏まずの蹠に親指を当てがって、岡田は私をふり仰いだ。

「ここよこら。テイシャフランよ。よく泣かされたどが汝《わ》や」

テイシャフラン？　ていしゃふらんね。そいつは蹄蹠腐爛と書くのではなかったか。私がうなづいて「まさか苗代《なわしろ》じゃあるまい」と呟くと、岡田は初めて満足そうにこっくりした。「そうよ苗代のなれの果てよ」と、これも呟くように言って、やさしく蹄をおろした。相手が岡田であってみれば、信じないわけにいかない。これが当番兵を慓えあがらせた曾つての厩の女王か。苗代と別れてからざっと七年が経っていた。人間にすれば、七年という歳月は、花嫁が姑にたどりつく程の長さなのであろうか。とにかく酷使されたにきまっている。

蹄蹠腐爛で泣かされた記憶がないではなかった。いくら入念にブラシを入れ油をひいても、苗代の右後脚の蹠はいじわるく化膿するくせがあった。「苗代の当番は誰か、出てこい」と殿週番上等兵に呼び出されて、何度びんたを喰らったことだったか。

そのことよりも私は今、自分の脾腹を踏みつけた嘗つての苗代の肢の重さの記憶を、生々しい鈍重な痛みとして躰でたぐりよせていた。

私の意識は、岡田の前で、嘗ての機関銃隊の陸軍一等兵に引き戻されていた。だが口だけは四角面《づら》の馬方の前に取り残したままだった。露骨なつらあてだったが、ブレーキがきかなかった。

「さっさと喰われてしもうた方が幸福じゃなかか苗代。お前の仲間はみんな喰われたど。皮から骨までしゃぶられたど。因果なワロじゃね汝《わい》も。いつまで鞭《ぶっ》で打っ叩かれにゃならんとよ」

馬方は歯牙にもかけず「こん痩せごろを喰えちゃ?」と、味噌っ歯をくらい出してせせらわらった。

その時、看板の下にしゃがんでヤミモクを吹かしていた男が立ちあがって「ダンナが戻らったど」と言った。櫨並木の彼方から、ギャロップの蹄の音が近づいてきた。乗りてが岡田の父親、通称八郎こと八郎左衛門氏であることは判っていた。私は岡田に背を向けてウインクした。岡田八郎氏ぐらい私にとって苦手な男もいなかったからである。

「汝《わい》も薄情な。苗代の尻《し》っぺたぐらい一発ひっぱたいて戻らんか」と岡田が言った。私がゲンコツでひっぱたきたいのは馬方の四角面《づら》の方だった。どんないきさつで苗代があんな男の奴隷になったのか。無条件降伏のどさくさに乗じて、あいつが乗り逃げしてきたのではないのか。生き恥をさらしやがって苗代のバカめ。書きかけの立看板を蹴とばしてみても、七年前の苗代の顔は蹴とばせない。

老いぼれたにしても、あれが苗代であってはならなかった。岡田がいうように、あいつはくせ馬中のくせ馬だった。泣かされた。いじめられた。だが苗代が縦隊の先頭に立ってたてがみをなびかせている時、私は隊伍の後ろから伸びあがり伸びあがりして、その颯爽たる容姿に見ほれたものだ。

銃馬が往き弾薬馬が往く。だがどいつも我が苗代に比べれば、貧相で野暮ったかった。狷介な女王は他のダンビラ(去勢馬)どもに君臨して見えた。「苗代のおてんばめ、気どりやがって」と私は独りごち、満足し、しばし弱兵の身分を忘れた。

「小休止、五分間。タバコを吸え。駅兵は水がい」とくると、私は後尾から一目散に先頭の苗代に駈けつけたものだ。駅兵の手から水嚢をうばい、近くの農家に走りこんで水をわけてもらった。ズックの水嚢に鼻面をつっこんで一息に吸いあげる苗代の眼は、いつも私を見詰めていた。ポケットに隠し持った一摑みの馬糧（大抵は燕麦だったが）を、誰にも気づかれないように苗代の唇にもぐり込ませるのには神経を使ったが、やめられなかった。

大休止になると、「脱鞍、鞍傷を点検せよ。濡れた鞍下毛布は交換。分隊長は結果を報告」とくる。私は背嚢に準備していた藁束で、苗代の胸から尻までこすりまくる。厩ではだだっ子みたいに悪さをするくせに、こんな時はケロッとして、されるがままになっていてくれる。

「いいかいおてんば、まだ半行程の半行程だからね。いきんで顎を出すな。ダンビラどもに負けたら承知せんど」

こういってハッパをかけられるあたりまではいいのだが、肝腎のこの当番兵殿が弱兵中の弱兵ときているから、やがて遭遇戦に移り、疾走また疾走の状況に這入ると、肩は喘ぎ、視界はぼやけ、馬どころではなくなってしまう。馬たちは身軽になって監視兵と一緒に後方にいる筈だったが、苗代のおてんばは、そこから、くたばりかけた哀れな一人の弱兵をニヤニヤ見守っていたに違いない。

その日、吉野演習場は夕方から雨になった。ポツリポツリきたかと思うと、みるみるザーザーになって視界がぼやけた。

陣地攻撃はこれで状況終りである。三角の赤い小旗をかついだ仮想敵の何人かが駈け戻ってくる。これが演習の有難いところであり、またバカバカしいところでもあった。散らばった分隊は、夫々の機関銃を先頭に、敗残兵よろしく集まってくる。

その時、後方の雑木林から一頭の馬がおどり出た。一人の兵隊が追いすがって「放馬《ほうば》あ、放馬だあー」と叫ぶ。バラバラと何人かの兵隊が麦畑の中に飛び出していった。

私はもう新兵ではなかった。古兵殿《どん》になっていた。相継ぐ仲間の野戦出征と新兵の補充入隊とで、ところてん式にそうなららされるのである。ということは、もう馬の当番なんかしなくてもいい身分になっていたということだった。で、放馬ぐらいでは動かない。後で監視兵のボヤスケを一発ぶんなぐるぐらいが仕事である。

騒ぎは間もなくおさまった。馬は正面から引きあげてくる分隊と、後方からの追手に挟まれてしまったのである。

それはよかったが、雨の中、哮えるような中隊長のドラ声に、古兵たちは一斉に舌うちした。

「状況は終りではない。ここは戦場なんだぞ。雨もくそもない。連隊までの帰途は追撃戦とする。各小隊長は直ちに集合」

舌うちの中から「こ、こ、この罰当りめ」と叫んで一人の男が飛び出した。つかまえてきた馬に走り寄った。岡田だった。手綱をうばい取ると、それを手首にひっかけてビュービュー振り回し、右から左から革むちの連打である。馬が首を振り、後しざりし、両の前肢を高々と持ちあげると岡田はぶらさげられ、振り回される。

「ひっさくれ。ごっとい喰らわせ」と誰かがけしかけた。

岡田の折檻は執拗だった。またぞろ衛門までの何キロかを走らされる憤懣からであったろうが、私は面をそむけた。何頭かの馬たちが怯えて、轡にしがみついた新兵たちを手こずらせている。

この時は私は、いたぶられている馬が苗代であることに気づかなかった。迫ったたそがれと眉をすべりおちる雨滴があらゆる視界をぼかしていたからでもあったが、その頃はもう馬という馬が、ぐうたら古兵の私の中では夫々の固有名詞を失なって「馬たち」の一頭にすぎなくなっていたからであったろう。馬と兵隊の仲なんて、誰の場合であったにせよ、所詮この程度のものではなかったろうか。軍歌「愛馬行進曲」は軍馬とも我々兵隊とも無縁な、女子供のざれうたに過ぎなかった。

動きだした追撃戦のしんがり小隊に回され、もっさり突っ立って出発準備を眺めている所へ、馭兵が走り寄ってきて「古兵殿すみませんが……」と敬礼をする。銃馬が装鞍を嫌って手におえないから来てくれというのだ。行ってみると二人が馬の轡を両方から持っており、他の何人かは地べたに転がった銃鞍の周りでおろおろし、一人が脛をおさえてうつむいている。

「なんだ苗代じゃないかこいつ。どうしたおてんば。おれだ」

苗代なら任せておけという気分だった。一人をうながし、両方から鞍を差しあげ、苗代の臀部に回った時、私は嫌な不安に気後れした。後方を窺っている苗代の眼はらんらんと燃えており、後肢の微妙なゆらめきは、彼女がヒステリーをもてあましている時の徴候だった。

「ようし」と私は掛け声をはりあげて一歩を踏み出した。この時、次の瞬間何が起こるか読んでいたと言えば嘘みたいだが、まるっきり嘘ではない。

ぶざまにひっくり返った自分の横っ腹をずしりと踏みつけてくるものを私は感じた。反射的に伸ばした手に蹄がさわった。馬体の下に這っていたのだ。踏みつけた軟かい物に体重をかけないのが馬の習性だと解っていても、おてんばめ味なまねをしやがって！　といった親近感みたいな気分で這いずり出す。鞍ははるか後方にふっとんでいる。

「どうした古兵どん」と、分隊長が頭にのせた里芋の葉っぱの下からからかった。

怯えている新兵をうながして、もう一度前とそっくりのくり返し。ケガしなかったのがもうけものという気分である。苗代ならヒステリーの烈しさも短かさも知りつくしている。顔見知りである限り、苗代は同じことを二度はやらない。一度溜飲を下げさせてやると、嘘みたいにおとなしくなる。これだけがこのおてんばの取り柄だった。

鞍が乗ると新兵がワッとたかって、腹帯を締め、銃身を脚を駄載する。

馬糧嚢からとうもろこしのひき割りを一摑みとって、苗代の唇にあてがってやる。

「しゃれた挨拶をしてくれたな苗代。ごぶさたしたからか。横っ腹が痛いぞ」

穀粒の消えた手にべっとりくっついてきた黒いヌルヌルが血糊であると判った時、手綱を振りかぶった岡田の背中がぐっと眼の前にきた。テッチン！　と私は心の中でうめいた。放馬したのはお前だったのか。わかっていればとめたものを。何故やった？　今迄一度もやらなかったくせに。雨が気にくわなかったのか大バカヤロウ！

軍隊から逃げるなんて人間にもできないことだ。憲兵の包囲網があり、陸軍檻獄が待ちかまえている。ましてや馬の分際で。たかだか百メートルの五分間ではなかったたか。

掌をくまどった黒い液体を、みるみる雨滴が洗い去った。

分隊長が十字鍬を差しあげて前方に振りおろした。「第二小隊第三分隊出発。目標衛門。途中伏敵があるからそのつもりでおれ。これぐらいの雨でカゼなどひいたら叩っ殺すど。いいか。ようし前へ」

先頭を往く苗代はやはり苗代だった。降りしぶく雨の幕をかき分けていく苗代のたてがみは首筋にへばりついていたが、その鼻面は耳たぶの高さから下がることはなかった。私は岡田を殴り倒して踏みつけたかった。

若しそれだけの腕っぷしがあればの話だったが。

岡田がいつテッチン修業で分遣になり、いつ中隊に帰ってきたのだったか記憶にない。岡田との意識的なつき合いは、この岡田を憎みはじめた日から始まったといっていい。同じ日に同じ中隊に入隊した同郷の、然も小学校のクラスメートでありながらである。これが当時の戦友という浪花節的ことばのなかみではなかったろうか。自分の代りに悪いクジを抽いて野戦に旅発ってくれた男だけが、結果的に戦友なのであった。つまり、がらくたのなまくら古兵どもにとっては、別れてからしか持てないのが戦友という等身大の感傷だった。

ただ岡田の姿が見えなくなって間もなく、中隊事務室に父親の八郎氏が姿を見せたのを憶えている。軍服にサーベルを吊っていた。八郎氏は後備役の騎兵少尉であり、村会議員と在郷軍人分会長を兼ねた当時の顔役であったから、人事係の准尉に不満を洩らすに遠慮は要らなかったろう。高等農林の獣医科を出た息子に甲種幹部候補生になって貰うのが八郎氏のユメであったとしても不思議はない。それがダメなら別途に獣医科軍医の道があった。息子はそのどれをも嫌ったのだ。珍らしい例ではなかった。岡田の場合当然といえた。今こそめだたないが、岡田は小さい頃からドモリだった。配属将校の考科表だって「不適」であったに決まっている。岡田に確かめたわけではないが、テッチン修業を志願したのは岡田自身だったのだと私は信じて疑わない。馬だけはどもっても笑うことはないのだったから——

彼は生まれつきのテッチンなのである。馬の脛を小腋に抱きかかえて「オーラ」と囁きかけている時の岡田をみると、つける薬はどこにもないなと思ってしまう。丸めた背中は戦中も戦後も変わりはない。戦争は一体岡田のどこをすりぬけていったのか。帯剣も銃器もみんな武装解除で明け渡したのなら、その馬蹄用の鎌も放り出せ。お前はテッチンしか能はないのかと歯がゆがってみても始まりやしないのだ。

雨の演習場で放馬して岡田の折檻を受けた苗代が、その後も岡田の特訓を受けているのを度々見た。厩の馬繋場や中隊の舎前などである。これまではテッチンやっとるなぐらいで、気にもとめず見すごしてきたのであったが——

我々人間にはチンプンカンプンの号令をかけて、馬に近づいたり離れたり、突然走り寄って馬腹を蹴上げる。ついでに馭兵にまで平手を浴びせる。かと思うと餌らしいものを鼻面にあてがって首筋をさすり、べたかわいがりに愛撫する。

分遣先が輜重隊だったのか騎兵隊だったのか知らないが、そこでおぼえてきたのであったろう。歩兵隊の駄馬に何のマネだと言いたかったが、将校連はたのもしそうにニヤニヤ見ていた。

我々補充隊の兵隊が間にあわせのかき集めであったように、軍馬もまた昨日まで鋤をひっぱったり荷馬車を挽いたりしていたのを徴発されてきたのである。今頃クソの役にもたたない変な芸など覚えなければならぬギリはなかったのだ。苗代になり代わって私に言わせてもらえば、テッチンはテッチンらしく鍛《たん》工場で鞴《ふいご》をスーパタンやってればそれでいい筈だった。余計のおせわというものだ。

時には練兵場の柳の木蔭で、何頭かの仲間と一緒に草をむしっているのどかな苗代にぶつかることもあった。そんな時はたいてい鞍はなく、馬銜《はみ》縄だけの軽装で、立ちんぼの馭兵をひきずっていた。岡田は決まったように一人離れた所に尻を据え、ぼんやり煙草をふかしていた。

そんな時の岡田が妙にいじましく、また救いようもなく孤独な男に映ったのは何故だったか。獣医さんのなり損ないといった気分が私にあったからでもあったろうか。馬としか語ろうとしないこの男は、内務班でだってこうだった。子供の頃から群れの外にしかこの男はいなかった。手の早いのはドモリのせいもあったろうが、そのどもりも、父親八郎氏の度を越したスパルタ教育のせいだと、私は子供ながら感じていたものだ。

「馬どん遊ばせて、結構な身分じゃねテッチン。煙草があっけ？」と近づいていくと、岡田はそれが癖で、傍の地面を叩いてみせたものだ。坐れというのだった。

岡田と対面してテッチンと呼べるのは、古兵仲間では私だけだったかも知れない。これは蹄鉄工兵の蔑称だったから、手の早いこの難物を敢て怒らせる者はいなかったのである。岡田はシガレットケースを渡し、マッチをする。それだけのことだった。馬は話題にならなかった。岡田が別のことを言って、はぐらかすからだった。

それでも酒保の芝生で、四合瓶を喇叭飲みしあいながら、岡田と話したことがある。或いはこれは、岡田の北支征きが決まったその夜だったかも知れない。何れにせよ、昭和十四年の暮れのことである。

苗代との別れがつらいと岡田は言った。俺は牝馬に恋をしたらしいと岡田は笑った。だが濃い二つの眉は笑っていなかった。

「ぐんにゃりのダンビラを見れば、蹴っ飛ばそごっならいね。オスでもメスでもなかとはただの生きた道具じゃろが。奴らのせいじゃなかどんね。牝《ひん》なよかど。苗代を見っみれ。あいつは一年中さかっちょる。ちょうど娘ざかりじゃっでね。そいどん軍隊《ここ》におれば処女のままじゃろ。母親になる日はあるまい。ぐらしど」

岡田はしんみりなってきた。酒のせいもあったろう。私は聞き役に終始した。

「何で苗代をいじめにゃならんか？　バカな。かわいいからよ。かわいくてかわいくてたまらんからよ。あいつは絶世の美人じゃっでね。好きなオナゴは言《ゆ》こつ聞かせにゃ。わが手足のごつ動かさにゃ気がすまんでね。じゃじゃ馬が叱《が》らるっとは、人間と一緒じゃろが。オナゴはじゃじゃ馬ほど可愛《むぜ》でね。高農にも牝《ひん》が一頭おったが、あげんとはボンクラのババで、苗代とは比べ物にならん」

「蹄の裏を見れば馬《んま》ん氏《うじ》素性は全部判る。あすこを鉄でふさぐからいかんとよ。小《ち》んけ感情がいっぱい詰まっおってね。あすこが大地にぴったりくっ着いちょらんと、馬《んま》は安心でけんと。遠か足音なんだ蹄で聞きとったっでね。そん大事な耳を鉄でふさぐから馬《んま》ん奴《わろ》どま皆んなひっかぶいの癇癪もちよ。昔々の大昔から引き継いできた血の習性じゃろで。ないもかいも人間が悪りと。わがが靴履いちょっでち、馬《んめ》も履かせる。そげんして使《つけ》殺さにゃならんで。オスはダンビラ。怪我でんすれば屠殺場ゆきで喰われかた」

　私は岡田を憎んだことをひそかに愧じた。

　この岡田の最後のことばは、私の中で生き続けていた。七年は一瞬だった。苗代を苗代として正視したとき、岡田のことばがぞろぞろ立ちあがってきた。「そげんして使《つけ》殺さにゃならんで。怪我でんすれば屠殺場ゆきで喰われかた……」

　飢餓に明け、飢餓に暮れる時代だった。馬も牛も屠場まで辿り着ける時代ではなかった。猫も犬もこっそり皮をはがれた。

「こん痩せごろを喰えちや？」とせせらわらった四角づらの馬方の味噌っ歯が、苗代を骨までしゃぶりつくすのは時間の問題だと思われた。あいつのガキ共や近隣の喰いっぱぐれがわんさとたかることだろう。私も私の幼い息子たちも、既に別の苗代を食べていた。

「さくらは要らんかおっさん。燻製もありまっせ」赤イワシの自転車を押して近づいて来た男がこう言ったのは一昨日のことである。荷台の箱の中から黒褐色の練瓦みたいなのをつかみ出して「一斤五十円でどや？」と言った。

「さくら？　食べもんかねそれは」私はさくらという食べ物を知らなかった。

「これやさかい田舎はどもならんねん」と相手は苦笑して、摑み出したものをポクポクもう一方の掌で叩いてみせた。

「軍馬ですせ。海岸防備隊が置いてった若駒ですわ。さしみもあるでおっさん」

私は燻製だという黒褐色の方を半斤買った。妻が湿性肋膜炎で臥していたからである。試しに一きれ口に入れてみると、咀嚼が終るまでアゴがアゴを出してしまう代物だった。それでもチビたちはひたすらにむさぼった。妻は一口ふくんで吐き出した。「ほんに。馬のにおいがするね」と言った。

或いはあれが、若駒に化けた苗代の明日の運命かも知れなかった。あっちに一きれ、こっちに一きれ——ペンキ罐を蹴とばしてみても「さくら」を嚙んだアゴの手応えは消えてくれない。

夕方また岡田がやってきて、蜜柑箱の向うにのっそり腰をおろした。

字や絵を入れている時は私は返事をしないから、岡田は煙草など吹かしながら、ぼんやりこっちの手許を眺めている。時にはひとことも交わさず出ていくこともある。

その岡田が「男は幾つ頃まで色気があっもんかね禿げ……」と言った。

私が無視すると、岡田はブツブツ独りごとをはじめた。今に始まったことではなかったから、この口の重い男をブツブツに追いこんでいる経緯《いきさつ》は知っていた。八郎氏が隣部落の後家さんと懇ろになって、歳甲斐もなく、人眼を構わなくなってしまったのだ。相手は若い戦争未亡人だという。

あいびきの往きにも復りにも馬を飛ばせるからね。村中に定期便の時刻まで知れわたったよ。それをわざわざ見物にくるバカもおると岡田はこぼす。

ははあ、今朝、垂れ看板の下にしゃがんでいた男も、そのバカの口だったのかと納得はいくが、苦笑にもならない。

「汝《わい》がいつまでもテッチンなんかやっとるからよ」と吐き出したいのだが、それもできない。

八郎氏が乗馬を買った経緯について岡田は語らないが、私は読みとっていた。

顔役の矜り高い老騎兵少尉殿は、一人息子の名誉のために、馬が要ったまでのことである。「テッチンは賤業にあらず。馬匹は古今の武具である。見よ、この息子にしてこの父親あるを」という小児的計算に発していたのだ。心ならずも戦争未亡人を慰める仕儀に立ち至ったのも、これは乱世のたわむれとすべきであった。

「さくらを喰うた事《こつ》があっかテッチン？」と私は別のことを言った。岡田は黙った。

「牛馬を屠殺すっとは証明と判コが要っとじゃろ？　獣医とか警察とか……」

岡田は「男はみんな獣医じゃっどが、警察じゃっどが今頃……」と呟いた。

関西弁の男から、さくらという珍品を買ったいきさつを私が話すと、「そん野郎《わろ》は流れ者《もん》よ。関西じゃさくらとは言わんでね」と岡田が言った。そして「汝《わ》や喰うたとや。俺《お》や打っ殺されてんさくらは喰わんど。わが子を喰う親はおらんで」とつけ加えた。

この獣医さんのなり損ないは、多分死ぬ日までテッチンで通すことだろうと私は思った。戦争とも敗戦とも関係のなかった男を、私は改めて眼の前にしていた。

「あげな味噌っ歯野郎《わろ》が……」苗代のことはもう聞くつもりはなかった。聞いたってどうなることでもなかったが、私は先を続けた。

「あげな男《と》が何で苗代の主人でなけやならんとよテッチン。盗品じゃっどが」老いぼれたとはいえ苗代はもっとましな面構えの男に手綱を取られるべきだった。

岡田は、それがどうした？　という眼つきだった。周りの看板をぐるっと見回してから、この達人は面倒くさげに呟いたものだ。

「苗代か。あんおてんばは運《ふ》がよかったと。さくらになれば汝《わい》みたいな飢《かつ》れ者《もん》に喰われにゃならんどが」

以下は蛇足であるが、つけ加えないことには気がすまない。

私はこれまで「馬と兵隊」という題で百枚ばかりの短篇を書くつもりでいた。で、思い出せる当時の記憶の断片を、そのつどメモしてきた。殆んどの記憶が風化していく中で、苗代と岡田はいつもコミで、私の呼び出しを待っているようなところがあったのだ。

だがこれも、死病の妻を看取る何年間かのどさくさで忘れていた。忘れていたというより、忘れることにしたという方が正しい。

それをこんな形でむし返す気になったのは、食用馬が足りないというテレビ番組を見た時だった。敗戦後三十四年が経っている。この催眠的な似而非平和の飽食時代に、味のニューフェイスとして登場してきたのが馬であるらしい。今や牛のロースにも飽き果てた嘗つての敗戦国の餓鬼共は、値が張れば張る程馬を珍重するのだという。カナダから中国から、日本向けの船に積みこまれる馬たちの無邪気な顔が、ブラウン管に映し出された。

「さくら」を書こうと、この時私は思った。自分自身のために、自分が読むために書こうと思った。私のアゴに嚙んでも嚙んでも終りにならなかった一切れのさくらの歯ごたえがかえってきた。昭和二十一年のどのあたりかに置き去りにしてきた歯ごたえである。

それから岡田と会ったのも、もう二十年の昔のことになる。その時、彼は農協嘱託獣医の名刺をくれた。曾つての農村の厩という厩には、馬ではなくて車が這入る時代になっていた。さすがのテッチンも、乳牛や豚のセンセイになりさがらざるを得なかったのである。

岡田が今日存命であるかどうかは知らない。若しどこかで生きていて、あのテレビ番組を見たとしても、彼が私みたいに心を動かされることはなかったであろう。「それがどうした」と言いたげな達人の眼つきが私には見えている。

最後に忘れずにこだわっておかねばならないのは、岡田がふたことめには浴びせる「禿げ」である。私はまだ三十一歳だった。禿げてなどいなかった。（というのも自分では前の方しか見えなかったからかも知れない）「テッチン」のお返しならご愛嬌だと思って許していた。ところが私の頭髪はこのあたりからどんどん退却をはじめた。放馬して逃げる苗代はつかまったが、後へ後へと逃げる頭髪はつかまらない。「テッチンめ、放馬をけしかけやがって」と、時に本気で苦笑することもある。

# 少佐の妻

大尉のおじさんが少佐になって帰ってきたとき、少年はまっさきに肩章を見ました。さすがにものが違います。三つだった星は一つになっているけれど、金筋が二本にふえて、肩章全体が山吹色に輝くのです。「負けた」と少年は心の中で呟きました。

肩から吊るした参謀懸章も、大尉の頃の安ぴかではない。壮年参謀の貫禄にふさわしく渋い鳶色でゆらめきます。六尺豊かな軍服の胸に、勲章は一つもありません。エリートの象徴である天保銭があるだけです。その天保銭が独占したおじさんの胸は、石一つだけの名庭園を思わせます。飾らない庭が飾った庭より段違いに美しいなんて合点のいかないことでした。「やっぱり負けだ。もう勲章遊びなんか絶対やらぬぞ」少年は改めてそう呟きます。何に負けたのか誰に負けたのか、少年にもよく解っているわけではありませんでしたが——

道を歩く時、おばさんは一本の松葉杖と共に、少佐の後ろに従います。長袖の和服の腋下にあてがった黒漆塗りの松葉杖は華奢で、杖というより装身具といいたい程です。だからおばさんの一足毎に、杖は軽く撓うかに見えました。杖にからませた袂の先がほぐれるたびに、おばさんはもう一方の手で、さりげなく元によそうのでした。そのたびに後ろにつき従う少年の鼻腔をバラの薫風がくすぐります。

杖に寄りかかる時、おばさんの上体の傾斜角は十五度もあったのでしょうか。なぜ杖なんか使うのだろう。おばさんがチンバなら世の中は大なり小なりのチンバばかりではないか。少年は一足一足をおばさんの歩行に合わせながら「ようし」と心に誓うのでした。おばさんみたいにこんな優雅な歩行ができるのなら、いつかは足をくじいてやるぞ。間違えるもんか。おばさんと同じ右足のくるぶしだ——

少佐はゆっくり前を行きます。ふり返りません。ゆきずりの村人に軽く答礼の挙手をするだけです。時たま軍刀の先が拍車に触れてカチリと鳴る時、少年はハッと何かに気づきます。そして先を行く若いおばさんに走り寄って並んでみるのですが、結局それだけのことでしかありません。

少年はおばさんにこう言いたいのでした。

「軍人が何だ。ナメられたらダメだよおばさん。離婚が何だ。帝国陸軍が威張ったって、こっちには父がいます。ボクだっているじゃありませんか」

それにしてもこの餅菓子みたいなおばさんは、ほんとに父の妹なのだろうか。おばさんと眼を合わせていると、喉のあたりが詰まってくる。ワッと泣きだしたくなってくる。父がいつか言ったのは本当かも知れない「あれはミューズの手芸品だ。突然変異だ」神様のやつめ、自分の好みでこしらえておきながら、出来過ぎだといって人間に払いさげたのに違いない。けしからんのは少佐である。まっ先に手を出すなんて恥知らずではないか。

少佐は和服に換えて、少年の父の前に坐っていました。おばさんは少佐の耳の高さしかありません。

おばさんは父の一番末の妹ですから、父をにいさんと呼ぶのは当り前でしたが、少佐まで父をにいさんと呼ぶ時、少年は「どうせよそ者のくせに」と唇をとがらせてしまいます。これまでに一度もなかったことです。仲間の前で父が少佐のにいさんであることを自慢したのは数えきれない程でありましたが――

「そういう不文律みたいなものがあるのは事実です」と、少佐は言いました。

「上級軍人の妻は不具者たるべからずということか。これは不具者ではなくてただの怪我人だ。けしからん」と父が言いました。昨夜のことです。少年も少年の母たちも、襖をへだてて息をのんでいたのでした。

「主任参謀に因果をふくめられたのも事実です。そのつど自分ははっきり拒否してきました。どちらかを選べというのなら妻を選ぶといって、軽蔑され続けてきました。どうやら奇妙な嫉妬があるようです。だから自分は自分の胸一つにおさめてきたつもりですが……」

あとをおばさんが引きとります。

「もう五年になりますからね。この人から言われてからじゃ自分がかわいそうですから。あらかじめにいさんの諒解を得ておきたくて……」

少佐が声をあらげました。「軍人に二言はない。おまえは黙りなさい」

少年はホッとし、そして大変がっかりしました。心の中で「すけべい少佐め」と呟いていました。

バス停で少佐と少佐の妻を見送った日、少年は厨で飯をたべながらホロンと涙をこぼしました。おばさんということばを二度と口にすまいと思いました。そして「完敗だ」と呟きました。クヮンパイというおとなのことばを知っているのは悪いこどもかも知れないと思いながら——

日本がまだどことも戦争をはじめていなかった頃の話です。

# 四枚の銅貨

電池というものがどんなふうに成りたっているのか、それを私はガキ仲間の太一郎に教わりました。初め二枚の一銭銅貨を突きつけられて、口にくわえろと言われた時は、後しざりしました。ゼニはおあしと呼ばれて不浄なものだから、口に入れるのはバカだよ、と母に諭されていたからです。

「なんだ、上品《よか》ぶるのか」太一郎はそれならやめてもいいんだぜ、といいたげなそぶりです。ようし。私は眼をつむりました。

銅貨は少ししょっぱくて、汗が匂いました。まさしくこれはおあしの味です。

「二つとも舌の上に載せるんだ。そいつをくっ付けたり離したりしてみろ」

言われたようにすると、うーん不思議。触れ合った時は何ともないのに、ちょっとでも離すと、その途端に舌がしびれる。何度やっても同じです。

我々は共に小学校の二年生か三年生。多分どちらも肩あげのついた薩摩絣の着物の袖を、乾いた洟でピカピカに光らせ、鶏みたいな足に冷飯草履をつっかけていた筈です。五十何年もの昔のことですけれど——

太一郎は更に二枚の一銭銅貨を、私の掌にのせました。これもくわえてみろというわけです。

「いいか。二枚と二枚に組み分けるんだ。いろいろ動かしてみろ。こんな具合に」

太一郎はこっちの表情を観察しながら、自分も口をもぐもぐやります。

四枚の銅貨の動きにつれて、しびれの度合が微妙に変化するのがわかります。顔面神経がそれに反応するのは勿論です。

太一郎は満足そうに洟をすすりあげました。そして
「不思議だろう。オレがまぐれで知ったと思っとるんだろうお前は。ま、いいや。お前だから原理を教えてやるよ。」

この時、太一郎がどんな具合に説明したのだったか。今記憶にあるのは、ツバがサンなんだと言ったことだけです。唾液が電解液で、銅貨が陰陽の電極なのだと言えた筈はありません。後に彼は理数の天才だと、仲間うちで囁かれた男ではありましたが、当時の田舎の小学二年生には、豆電球に灯を入れる電池は、まだ狐か狸の仲間ぐらいに思われていたのでありましたから——

それだけに、「ツバがサンだ」と言った彼のことばは驚きであり、また貴重でもありました。私の中でサンが酸になるまでには暫くかかりましたが、後に電池を教わるようになった頃には、バッテリーというかたかなも仕入れていました。理数には白痴の私でしたが、電極同士の面積とか距離とかの関係も、舌が思い出してくれたものです。

当時の一銭銅貨には、明治サイズの大きいのと、大正サイズの小さいのとがあったものです。太一郎のは何れも裏に飛龍の躍った明治サイズのもので、その龍もよく見ると、頭とか手足とかのどこかが剝げおちていました。私が唾と共に吐き出したその銅貨を厭がるふうもなく、彼は濡れたまま掌で受けとり、そのまま兵児帯をほぐして、そこへくるくる巻き込みました。遠い昔のことなのに、この時の彼の手つきはまだ視えています。

太一郎が生まれて初めてしゃべったことばは、「四つ、銭《ぜん》が四つ」だったといいます。そう言う時の彼のババン（おばあさん）は相手を見据えて、「どうだい。やっぱり只者ではないだろう」と、そう言いたげに、眼をぱちぱちしてみせるのでした。

こう書くと、なるほど「四枚の銅貨」か。芸が細かいねと皮肉られるかも知れませんが、それは聞こえなかったことにして、とにかく太一郎はおばあん子でした。

おみのさんという母親はいるのですが、唖でした。その上、父親の判らない太一郎という子を生んだばかりに愈々世間を狭くし、機場《はたば》にこもって朝から晩までトンカラトンカラ機を織って暮らす毎日だったからです。その筬《おさ》と梭《ひ》が奏でるリズミカルな音の傍にいるのが楽しくて、私は毎日太一郎の家へ行きました。縁側の敷居に頬杖をつくと、眼の前で真白いふくらはぎが交互に上下します。洗いたての大根みたいなふくらはぎでした。その動きが音の階調と緊密に嚙み合っているのに眼を奪われて、太一郎の呼び声に気づかないこともありました。

おみのおばさんは化粧の要らない天成の美人でありましたが、もの言わぬ人であることで、その整った容姿は、更にむごい天の仕打ちに思われてくるのでした。あの頃三十代半ばだったのでしょうか。切れた梭の糸口をくわえたまま、ちらとこっちを振り向く時、おみのおばさんは額のほつれ毛にかくれるようなしぐさで、わびしいえくぼをこしらえてみせます。それがたまらなく哀切で、私はどんなことがあっても、太一郎とだけはケンカはすまいと自分に誓ったものです。

どこのどいつがこのおみのおばさんを犯して太一郎を生ませたのか。越中富山のマンキンタンの仕業だという噂はありましたが、私はその噂を憎みました。生意気な話かも知れませんが、こんな時、少年のスクリーンに浮かぶのは、どんな男の顔でもなくて、象牙色に磨かれた問答無用の肉の棍棒でした。

こんなことはどうでもいい。話をゼンがヨッツに戻しましょう。

「ほんとだよ。太一郎《たあちゃん》は四つ銭《ぜん》が四つと言ったんだからね。ほら、いま鶏が歩いてるあそこでだったよ」

ババンは私をつかまえて、何度、いや何十度これを繰返したことでしょう。その時ババンは太一郎の頭に掌をかぶせて、宝物でも眺めるように、ためつすがめつするのでした。

ババンはおみのおばさんの母親です。我が子のおみのおばさんを叱りつけてばかりいるカミナリバアサンでしたが、相手が太一郎だと、まるで犢を舐める母牛です。どこがそんなに可愛いのか。太一郎はおみのおばさんには似ても似つかぬどんぐり鼻で、仲間からはメシゲ（しゃもじ）と呼ばれている少年でした。ババン流に言えば、団扇みたいに平ぺったい頭だったからです。ババンの名前は思い出せません。太一郎がババンと呼べば、私もババンで用が足りましたから、名前など一度も聞かなかったのかも知れません。

私は太一郎のたった一人の親友でしたが、ババンのことばを信じませんでした。生まれて三つになるまで、うんともすんとも言わない子どもがいるなんて、そんなことがあるもんか。それはバカだ。バカでない証拠に太一郎は算術ではとびっきりの一番ではないか。子どもだましもいい加減にしろ。

ババンはニヤニヤしている私を咎めて、またぞろ庭先での奇蹟譚を繰返さないではおきません。何度聞かされてもこっちの耳は適当にはぐらかしているのでしたが、それでも、口に四枚の銅貨をふくまされたあの日からは、そうもいかなくなっていました。

ひょっとすると？　あの銅貨は？　ババンがその時庭で拾いあげたのを、後で太一郎に持たせたのではあるまいか。磨き粉か何かで磨きあげて。「死ぬ日まで肌身離さず持っておれ。神様からの授かり物だからね。一枚でも失くしたら罰が当たるよ」とか何とか言いながら――。きっとそうに違いない。唾で濡れたあの銅貨を、兵児帯にくるくる巻きくるんだ太一郎のしぐさは、宝物を隠す人の手つきではなかったか。そう思われてきたからです。

持って回りましたが、ここから先は、ババンに、ババンのことばで語ってもらいます。ババンの難解な方言は、これまで通り、翻訳者の私に預らせてもらうことにして――

腹を空かしたり、おむつが汚れたりすれば、そりゃ泣いたさ。でも泣き声がことばかね。犬猫だって泣くぐらいのことはするじゃないか。

二回めの誕生日が過ぎても、オレはあわてなかった。失礼ながらオレはババンだからね。ちゃんと先を見抜いとるんだからね。嘘なもんか。ま、おしまいまで聞きな。

とにかく、辛抱辛抱また辛抱だったよ。マンマ（ごはん）、ブウ（魚）、パッパ（卵）、ポンポン（腹）からウンコシッコまで、あらゆる幼児語のくり返しだった。

「言わんか、ほら言うてみ」と、だんだん声は大きくなる。はては頬っぺたをぺたぺた叩いて泣きださせてしまう。

傍でなりゆきを見まもっている母親が、息子をひったくって、くやし涙でオレを睨む。そうか、やっぱり似てしまったか。血のしわざか。くやし涙を流さねばならぬのはこのババンだということか。

それでもこの子はつんぼではない。啞じゃない。娘の場合とはっきり違う。マンマもブウも聞き分ける。パッパと言えばちゃんと茹卵に手を伸ばす。「おいちいかい」と聞けば唇のあたりまで「おいちい」が出てきているのに、ムニャムニャやって呑みこんでしまう。なんで「おいちい、おいちい」と吐き出してしまえないのか。時には大口開けて泣いている太一郎《たあちゃん》の口の中に手を突っこんで、つかえていることばの頭をつかんで引っぱりだしてやろうと、片膝立てたこともあったぐらいさ。本気でだよ。わかるもんか、ババンのこの気持ち。なにしろ世間ではこの子より後から生まれた子が、「父《とう》ちゃんは母《かあ》ちゃんから打たれたよ」などと、生意気なおしゃべりをしていたんだからね。

お前さんもそんな悧発なおしゃべりじゃなかったのかい。算術はいま何点をもらってるんだ？　ターボウと比べるなだって？　それゃまあ、そう言いたくもなるだろうよね。

やがて三回めの誕生日がきてしまった。

つんぼでないのだけが救いだが、脳が弱いのだったらどうしよう。そうだとしたら、どこの馬の骨とも知れぬこの子の父親のしわざだ。そうでなくても、人の子をこんなに生みつけた父親のツラが見たいもんじゃないか。

頭ばかり大きくて、それも横さいづちの団扇だろう。メシゲだのシャモジだのは、まだいい方だ。それに見てごらん。眉毛と目とが開きすぎだろう。これじゃ神様も一つしかない鼻をどこへもっていったものか、思案したに違いないやね。で、結局は匙を投げた神様に代って、鼻が自分で居心地のいい所に居据わってしまった。そういうことだね。それでもまあ、そこは口の上ではあってくれたし、口は口でちゃんと鼻から何センチかへりくだってるんだから、文句をつけるわけにもいくまいじゃないか。解るかね。只者じゃない者は只者に生まれやしないということさね。天は二物を与えずだって？　冗談じゃない。未来の大数学者に、これ以外のどんな顔が似合うというのかね。ざまみやがれだ。オレはババンだよ。ババンがなんで孫をからかうものか。世の中には人間を目鼻だちで決めるバカ者共がいるからなんだ。前以てそいつらの鼻をあかしてやっただけのことさ。他人にこんなふうにからかわれてみろ。ババンが黙ってると思うかい。そいつの鼻を喰いちぎってやるよ。くやしかったら算術でこいとね。

それでも正直のところ、オレはもう半分あきらめとったんだ。それどころじゃなくなってしまったからね。なにしろ喘息の発作が、一時間おきにくるんだから——

発作がくれば座敷であれ、庭であれ、四つ這いに這いずり回って、やりすごさにゃならぬ。それをみると太一郎《たあちゃん》はババンの背中にまたがりにくる。どこにいても走ってくるんだ。そしてババンの背中で騎手がやるようにお尻をゆする。

たまたまその日は、そこの鶏小舎の前でだった。

オレは息もたえだえだったが、それでも抱きついてきた子に背中をあてがってやらねばならぬ。いっそ一思いにこの場で絞め殺して……という絶望感につかまりながらも、口だけは本能的に動いとった。本能的にというより、念仏みたいにと言った方がいいかも知れぬ。

「はい　どうどう。ほれ言うてみ、はいどうはいどう」

この時だったのだ。背中の沈黙の騎士の動きがとまった。そしてババンの首筋にへばりついた。オレは耳を疑った。誰かの声が聞こえたのだ。大人の声ではなかった。あたりを見回した。人気はない。オレはやにわに背中の声の主をひきずりおろした。小腋にかかえた。よたよた立ちあがった。

「何と言った！　今何と言ったかこら。もう一度言え。言わんか！」

べそをかいた子の小さな人差指が、オレの足許を指さしていた。青錆でふやけた一銭銅貨が、土から半分覗いている。かがみこんでみると、人の顔程の面積の中に、土と同じ色の一銭銅貨が更に三枚散らばっている。

オレはそれを、両掌で土ともすくいあげた。

「もう一度言うてみ。大きな声で四つと言うんだ。銭が四つ。ほら、ゼンがヨッツ」

子どもは泣きだした。びっくりしたのもムリないよね。ババンが気違いみたいに喚《おら》ぶんだから——な。考えてもみてくれや。四つと言えるわけが解るかねお前さん。三つになったばかりのボンボンにだよ。二つとも三つとも言ったことはなかったくせにだよ。わからんだろう。わかってたまるか。どいつもこいつもザマアみやがれだ。

もちろん、その日は鶏をつぶしたとも。もちろんもちろんあずきごはんを炊いた。おみのは機を休んで墓参りに行った。未来の大数学者の手を引いてね。オレかい。オレはこのへっぴり腰を抜かしてしもうて、三日ばかり寝込んだよ。

それからずっとしゃべるようになったかって？　何度同じことを聞くんだね。その日からババンがマンマと言えばごはん。ブウと言えばさかななどと、一々口答えするしまつさ生意気に。


最後の件りは、ババンの勇み足ということにしておきましょう。

ババンに何を言われようと、太一郎は文字通り馬耳東風で、広い耳朶をあっちに向けたままでした。目鼻だちをけなされても、それは算数の天才を増幅するための、ババンのテクニックであることは見え見えでしたし、それよりも何よりも、他人の前でババンに語られることには、もう免疫になっていたようです。

おみのおばさんは、ババンより先に、肺結核で死にました。

私も葬列に連なり、吹き流しの白い弔旗をかつぎました。胸が痛んだのは、人々のひそひそ話を耳にした時でした。「自分の死装束の経帷子を織りあげて、それを自分で仕立てあげて、機場の壁に掛けてあったげなよ」

会葬者が十四・五人もいたでしょうか。粉雪のちらつく日でした。我々六年生の担任の先生が、蝙蝠傘をさして、太一郎に付き添っていました。棺が墓地の祭壇に据えられた時、先生が会葬者に挨拶をしました。太一郎の肩に手をおきながら。最後に先生は「人は悲しみを食べることで、少しずつ人間に近づくのであります」と言いました。

私が太一郎に電池のしくみを教わった頃は、もうおみのおばさんに病気はしのびよっていたのかも知れません。肺結核という病気は、おみのおばさんみたいなたおやかな麗人にこっそり忍び寄って、たまゆら妖しく粧って楽しむ残酷な病気でありましたから――

それがよかったのか悪かったのか、私には解らない。つまり、薄幸なおみのおばさんが、生き継ぐに足る時代であったかどうかということです。それから二年経って、私たちが高等小学校を了える頃は、戦乱はもう満州の全土を掩っていました。世は不況のどん底でした。貧しい太一郎も私も、授業料の要らない土地の青年学校に通うのが精一杯で、然も、ババンとおみのおばさんが期待した未来の大数学者は、数学とは最も縁の薄い農業科を選ぶという、縦にも横にも筋の通らない時代でありましたから――

若者はみんな大なり小なりやけのやんぱちでしたが、太一郎を見ることで、わずかに自分を慰めたのではなかったろうか。一人の仲間の失意の深みに踏みこんでみたところで、何かがどうなるわけではない。未来の眺望の一切きかない時と場所では、才能は寧ろ不幸なお荷物に見えたのでした。

拗ね者め。なぜ腹の足しになることから考えないんだ。田畑もないくせに、なぜ電気科か土木科を選ぼうとしなかったんだ。我々の前に立ち塞がって通せんぼをしているのは、とてつもない怪物だぜ。誰かがやけっぱちで農業科を選んだからといって、相手が一ミリだって動くものか。

これは私の敗け惜しみでした。とてつもない怪物に彼が舌を出して、ケツをまくったのを見せつけられたからです。逆立ちしてもマネのできる芸当ではなかったからです。

さて、農業科の生徒になるにはなっても、太一郎が太一郎であることをやめたわけではありませんでした。電気科にはいった数学バカの私たちに、三角函数とか微積分とかの質問を持ちこまれる時、太一郎は俄然精気を取り戻しました。眼玉が異様に光り、唾が飛びました。複素数の虚数単位を一般数学のｉではなくて、電気工学用のＪにして説明してくれるよう頼んだ時、彼は呆れて「もっと欲を出さんか」と怒鳴ったものです。「定積分は作家で、不定積分は詩人のようなところがあるね」こんなことばを聞いたのも、彼からではなかったろうか。何のことだか今以て私にはちんぷんかんぷんだし、どこでどうやって彼が高等数学をマスターしたのかも知りません。ただ彼に一人の先生もいなかったことだけは確実です。

話は飛びますが郷土誌の戦歿者欄を見ると、太一郎はフィリピンのルソン島で戦死しています。陸軍上等兵。二十七歳。

比島の多くの戦歿者がそうであったように、彼もまたジャングルで飢餓死獄をさまよわねばならなかったことでしょう。彼が自分を預けるに足る場所がルソン島のどこだったのか。それを語ってくれるのは、彼が肌身離さず持っていたであろう四枚の銅貨だけですが、その銅貨も今はあらかた土に還ってしまったことでしょう。ババンがその後どうなったのか。いつ、何歳で死んだのか、私は知らない。知ろうとしなかったと言ったがいい。雌蟬であったおみのおばさんに魅かれた分だけ、ババンは尻もったてた雄の熊蟬に見えていたからでありましょう。

あの動乱の時代に、ババンなんかにかかずらうひまは、あれから一秒だってありやしなかったからだと言えば、その方がより適切であるように思われます。

実はどんな理屈もぬきにして、ババンこそ誰よりもいたわってあげるべき、薄幸な人だったのですけれど――

# 解題および初出誌

豊田伸治

**ごはさんで**　初出「詩稿」三〇号　原題『自転車』筆名　大島遙　昭和五十一年五月十八日
底本「暗河」二二号　昭和五十四年三月三十日

**衛門**　初出「詩稿」三二号　昭和五十一年十二月五日
底本　単行本「カキサウルスの鬚」弓立社　昭和五十四年四月三十日

**カキサウルスの鬚**　初出　単行本「大島遙小説集I」非売品　限定百部　昭和五十三年八月三十日。この小説集はこのIのみが刊行され、『スドウさん』とこの二作が納められている。
底本「カキサウルスの鬚」前掲

井上が鹿児島を中心とする九州の詩人仲間以外にも注目されるようになった作品で、当時西日本新聞の「西日本文学展望」を担当していた渡辺京二氏の指摘がその嚆矢となる。引用しておきたい。

―前略―　今月私が瞠目したのは、『大島遙小説集I』である。―中略―。私は中篇『カキサウルスの鬚』に度肝を抜かれてしまった。九州の一隅にこんなすごい小説の書き手がひそんでいようとは、まったく世の中はわからない。私はまず、これがどこに出しても光る小説であることがいいたい。さらに、戦後三十年のわれわれの内面の劇を、これほど強く凝縮しえた小説は、戦後の文学史においてもごく少数だということがいいたい。本紙の時評を担当したのは、この一篇に出会うためだったという気さえする。おそらく、こういうのぼせた言い方は、この作者がもっとも嫌うものだろう。だが、私にはそうしかいえない。私はこの小説を、眼と心のある人に広く読んでほしい気持ちでいっぱいである。

この小説は、筋だけいえば、「私」が幼なじみの「カズトサア」に、自分の妹を嫁にもらえと、しつこくすすめて、カズトサアすなわち大隅一人から、東京へ逃げ出される話になっている。だが、この一見ユーモラスな立ち廻りには、われわれの戦中・戦後の思想的葛藤の、もっとも肝心な部分が塗りこめられているのである。大隅が昼間はパチンコの景品稼ぎ、夕方は酔客相手の似顔絵描き、夜はキャバレーのハーモニカ奏者という、いわば巷に沈湎した無頼派の生きかたに徹しているのは、彼がシベリア抑留経験と、自分の出征中妻に姦通された傷を、いやすことが出来ぬからである。彼は他者を信じないだけではない。自分も信じてはいないのである。だが「私」には、それが彼のあまえであり、精神のアリバイの不純さに映る。「私」も兵隊経験をもっているが、大隅のように「カキサウルス」とか「出刃まねき」などという、奇怪なイメージをつくり出して高級ななやみにふけるような余裕はなかった。彼は家族を養うために闇屋とならねばならなかったし、いまでは零細企業の社長として金策やセールスにかけまわっている。

作者は「私」を伍長、大隅を中尉というふうに、かつての軍隊での地位を設定している。この兵と将校という対比は、じつは実生活と観念の対立を象徴するものといっていい。物語は「私」の生活者的感情が、大隅の戦争体験という観念にぶっつかり、たがいに激しく喰いあう構造をとっている。この関係は、スタヴローギンとシャートフのそれを思い起こさせるところがあるが、作者はこのふたりの対立を、薩摩気質まる出しの男どうし、しかも幼なじみという特殊な関係にある男どうしの、かなり粘っこい葛藤として描き出していて、テーマの観念性をじつに巧みに土俗的なリアリティにつなぎとめている。大隅の家を大地主とし、その小作人であった男を、「私」の会社の番頭として話にからませることで、薩摩特有の階層感情さえ、倍音として聞こえてくるのだ。

系譜的にいえば、これは野間宏の『顔の中の赤い月』と、縁つづきの小説だ。あるいは、石原吉郎が詩で、内村剛介がエッセイで表現したものを、小説として定着させた作品といってもよい。だが、私が注目するのは、やはりこの作者の個性である。この人の文体は、いかにも詩人らしく、神経のはりつめた即物性でつらぬかれている。それは禁欲的な文体であるくせに、むせかえるように情念的である。つまりこれはおそろしく知的でありながら、おそろしく土俗的な小説で、その味わいはまさに焼酎といってよい。

この小説は伏線が敷きつめられていて、読者は読み終えてはじめて、何のことだったか了解する。工夫のこらされた小説なのである。しかしそれはたんなる工夫ではなく、作者の現実観である。私は、この不定形で不透明なものに、ゾンデを入れて行くような手ざわりに参った。カキサウルスという夢魔的怪獣の奇怪なリアリティや、「私」がほとんど近親相姦的に愛している、戦争未亡人の妹の描きかたの巧みさなど、私が感心したことを列挙すれば、とうてい紙数は足りない。要するに私は、この小説の一行一行にたんのうした。この小説の欠点といえば、作中人物の言葉をかりると「お前のあの小説はどこもかしこも力づくじゃ」という点にある。しかしそれは、欠点というより資質というべきかも知れない。——後略——（葦書房「地方という鏡」所収）

以下「大島遙小説集Ｉ」の後書きと、この本の表紙に帯のように印刷された島尾敏雄氏の言葉を記す。

# あとがき

「カキサウルスの鬚」は人眼に曝すのが恥かしくて破りすてようかと何度か思ったのだが、こうやって私家版百部をこしらえて遊ぶ誘惑には克てなかった。

本当は「スドウさん」をこんな断片的な形で五百枚ばかり書きためたところで一冊の本にしてみたいと思っていたのだが、それがいつのことになるか判らないので、とりあえず五十枚分を巻頭につけ加えてみた。

以前に「詩稿」等に発表した葱・自転車・衛門・下痢と兵隊等は、今ではもう遊び飽きた玩具みたいに振りかえってみる気もしないが、何れ作品集Ⅱ・Ⅲとして残したいという願望はある。

私は四十年ばかり詩を書いてきたが、どうやらその殆んどが物語りや身の上話のたぐいであったようだ。それなら小説という仕事場をもう一つ別にもって、舌の運動はそこでやったらと思うようになった。それが小説を書き始めた動機であった。だがこれも尤もらしい嘘であることを免れそうもない。やはり晩年にしのびよった浮気の一つでもあるのだろう。人にからかわれて、さて止めるわけにもいかないようなのである。

確乎として詩人である井上岩夫が小説集を出すという。彼と私は大正六年という同年生まれだから、どうしても同年兵としての一種の宿命感に覆われている。同年生まれという星占いはふしぎに甘いはたらきを持っているから、彼の軍隊体験もひとしなみに私はおんなじだったと思いこんでいるところがある。ところが、どっこいそうはいかんぞ、と彼の小説はきらりと目を光らせる。彼の小説は軍隊体験を背後に置くものが多いが、その中の確乎として兵卒である主人公は、将校の世間しか知らぬ私に鋭く告発する目を据え、私の背中を完膚無きまでに射通している。嗚呼それなのに何故にかくも私は快いのか。つまりそれは井上岩夫の小説の言葉が、既に獲得された詩のそれで琢磨されているからだ。しかもそこには詩人の目で濾過された、別の物語生活が構築されていて、素朴な体験生活など吹き飛んでしまっている。そしてそこに兵士としてのゆるがぬ視点から渇望された、散文によるもう一つの詩の世界が据えられているからにちがいない。

島尾敏雄

次に、弓立社刊「カキサウルスの鬚」の後書きと、島尾敏雄氏の解説を記す。

## あとがき

括弧づきで詩人の小説と書かれたり言われたりすると、何となく他所者扱いされた気分で次の出足を挫かれてしまうが、向う側から自分の足許を見る訳にいかないから、只やみくもに書きたいものを書いていく他にない。この二つの作品もそれである。

悪い癖かも知れないが、書きたいものが明確に見えてくると、それを書き継ぐのが苦役になってくる。筋が通りはじめると、もうやる気を失うのである。

そういった意味でも、私は思想という日本語がうまく使えない。あれは沈黙の縄のようなものだからである。小説は本来孤独なのではないか。詩がその文字づらの語り口で孤独の擬態を示すのとは別な意味である。明晰にも曖昧にも語れない迷宮みたいな回路が幾つもあって、そのどれかを通るしかないのだが、それを選んだという過失からはもう引返せないといった頼りなさのことである。AとBのたった二人の関係に立ち入っただけでそうなる。例えば試みに会話のやりとりをちぐはぐなものに混乱させてみるだけで、痩せこけた筋は向うへ退いて、人間たちがぼんやり見えてくるといった次第だ。

それは承知の上であっても、何とか他人の眼で読み通せるものにしなければならない。ここの所が、つまりは小説の仕事場なのだろう。

そこまで持ちこめたかどうか自信はないが、宮下さんの御好意に甘えて本にして戴くことにした。すべては評論家渡辺京二さんの勧めにはじまることである。

島尾さんには甘えっ放しできたから、もうここらで乳離れをしなければと思っていたのに、また解説をお願いすることになってしまった。

三氏には言葉はダメだから今は黙って頭を下げるだけである。

昭和五十四年一月　　井上岩夫

## 井上岩夫の中のムラ

島尾敏雄

井上岩夫氏と出会ったのはもう二十年ばかり前のこと、当時私は奄美に住んでいたのですが、たまたま勤務先の出張旅行で鹿児島に出かけた折りに詩人の夏目漠氏に連れられて彼のやじろべ工房を訪れ紹介されたのでした。それ以前も井上岩夫氏の詩作のことは知っていました。彼は私がそれとなく想像していた人柄とそれ程はずれてはいませんでした。つまり無口で狷介な市井の野人を描いていたのです。それは彼の初期の頃の筆名である蟇左衛門からの連想だったかも知れませんが、やはり彼の存在を覆って薩摩の風土がにおい立っていると感じていたのです。果たしてその通りの最初の印象を受けたのでした。名前の如く孤独な巌（いわお）のように確乎として抗い立っていると見えました。目が鋭く光ってすべてに拒否的な気配が漂っていました。止むなく口を開く時の薩摩訛りの残った断定的な言葉のほかは物を言うことがつらそうであったその無口振りはうらやましい程でありました。ところが、彼が方言で言うところのソツ（焼酎）が廻って来ると、彼は次第に饒舌になりました。拒否的な目の光りは受容的になり、笑顔がまざりはじめるのです。まるで彼のからだの底に沈澱していた彼の属するムラのマグマが沸き立って噴出しだす塩梅でした。私は思わずその変貌に目を見張ったのでした。

それ以来私は鹿児島に出る毎に一度は彼の工房を（それはプリント印刷の仕事場であったわけですが）訪ねる習わしとなりました。おとなうと先ず無口の素顔の彼が居るのですが、彼はそれを追い払うように、仕事の最中でもすぐソツを胃に入れ一刻も早く饒舌なムラの住人に変貌しようと努めました。私が無口な素面の彼と話したいのだがといくらたのんでもきき入れないのです。従って私の中の井上岩夫は人なつこい饒舌な酔っぱらいとしての領分を広げはじめました。すると私は薩摩のムラの毒気をもろに浴びることになりました。ほどなく彼と私は大正六年の生まれであることもわかりました。これは同じ星の下の運命を背負った者同士ということです。つまり体験の環境がすっぽり重なっているわけです。同じようにして戦争にも巻きこまれたのでした。お互いに知っていることが説明を加えずに通じてしまうのです。すると彼が下士官体験者であるのに対して（と書いてきてややあやしい気持ちになりました。正確には彼が何の階級であったのかを確かめたことはありません）私が将校だったという過去も明らかになりました。彼は酔眼を据えて、将校であった者は許せん、と言いだすのです。いつもそこの所に頭を突っ込むことになりました。すると私は挑発されて、よしそんなら俺は将校だぞ、と目を光らせる始末でした。過去をどうしたって変換することはできない。酔ってくると彼は薩摩っぽうの発想で充溢しました。しかし彼の目の底では静かなやさしさが、表現の方法を見つけ得ずにはにかんでいることを隠せないでいるのがよくわかるのです。揚げ句の果てはまだ燃焼し切れずに酔狂に荒れている彼を放置して私は帰って来る仕儀になるのでした。孤島の岩の上の俊寛のような悲しげな彼の目。しかし私の胸の中に焼きついているのは無口な彼の在りようです。薩摩の風土にまみれてその穴からじっと世界を伺っている目。

彼がひそかに小説を書いていることを私は知っていましたが、ずっと私は読まずに来ました。彼の詩の素晴らしさは私なりに感受できて、彼の詩集（「荒天用意」）に一文を寄せたこともあり、その中で私の気持を述べたのでここでは繰り返しません。ただ一言だけ敢えて言うとすれば、詩の中での井上岩夫は、無口な彼の風貌のがわからの世界の切り取り方が、贅肉を削ぎ落として実にスマートにあらわれていると思います。彼は確乎として詩人だと思うのです。ではその彼が書いた小説ではそれがどうなっているのでしょう。

この小説集に収録した二つの小説を選んだ経緯について私は知りませんが、彼の小説の世界は饒舌なムラの酔いの奔出ではないでしょうか。ソツが胃にはいった時の彼の風貌の一面が、期せずして散文の世界では大胆に出ているということなのでしょうか。「カキサウルスの鬚」はまさしくそのように彼の酔眼を通して大正六年生世代が見た戦後の鹿児島の或る心象風景が描き出されています。それは薩摩的発想の好個の研究資料だと言っていい程の複合要素を持っているようです。そこには彼が持つムラの荒れ狂いがあります。それだけに私にはやや読みづらかったのですが、「衛門」はどうでしょう。彼のムラは根っこのところにわだかまってはいるものの、あの奇妙な軍隊組織の中の言うに言えぬ情念が実になまなましく描かれていることに私は驚歎しました。これは彼の詩人の発想とムラの混濁とがうまい接点を見つけて定着されたと言うよりほかはありません。彼の挑発に乗って、俺は将校だぞなどと目を光らせたことが恐ろしくなりました。ここには将校であった者は絶対に許せないという彼の思想が腰を据えているからにちがいありません。(二月二十七日、那覇の旅宿にて)

**下痢と兵隊**　初出「詩稿」八号　原題『ガリバン兵長(一)』昭和三十九年十二月二十八日　「詩稿」九号『ガリバン兵長(二)』昭和四十年八月二十日　「詩稿」十一号『ガリバン兵長(三)―暁16710部隊』昭和四十一年七月三十日

「みなみの手帖」一〇号に『下痢と兵隊』(筆名　大島遙)として一本に纏める。

「みなみの手帖」は鹿児島市・みなみの手帖社発行。編集発行・羽島さち。昭和四十六年十一月創刊。

底本「暗河」二四号　昭和五十四年九月十日

この作品を小説集に入れて良いのか、という意見もあったが、これが体験を元にした小説であることは動かない。内容も、「詩稿」では面白い読み物であるが、何故『ガリバン兵長』なのかは(三)の最後に付けられているものの、その内実は判らない。「みなみの手帖」でタイトルが変わり、ここで初めて金山軍曹が登場する。最後に「暗河」に至って、初めに仕掛けがあり、『ガリバン兵長』の始末を付け、金山軍曹が大きな位置を占める。台詞も記録というのではなく、井上作品と呼んでふさわしいものに仕上がっている。このように内容が少しずつ変化しているのは、述べて良くなった事実があり、意味の変容をきたした事実があり、フィクションでないと描けない現実があったということであろう。

**雁八界隈**　(一)『スドウさん』初出「大島遙小説集Ⅰ」

底本「暗河」二七号　昭和五十五年九月三十日

(二)『小さなおじさん』　暗河二九号　昭和五十六年四月五日

『雁八界隈』は(三)まで書き継ぐつもりでいたようで、知人への手紙に、書きあげたような文面があるが、それは見つからなかった。

**葱**　「詩稿」三一号　筆名　大島遙　昭和五十一年八月三十一日

**さくら**　「カンナ」九九号　昭和五十六年五月二十日

「カンナ」は昭和二十八年四月「薩南文学」として創刊。六号から「文苑」と改名し、昭和三十九年四月の十二号から「カンナ」となった季刊誌。鹿児島市。「カンナ」になってからは渡辺外喜三郎氏編集。渡辺氏については、三巻所収の『バカの系譜』というエッセイで詳しくふれられている。

**少佐の妻**　「大家族」八号　昭和五十八年六月二十日

「大家族」は鹿児島市、大家族同人発行。抜水修平・かわさきゴゴ・菅井にるす編集発行。

**四枚の銅貨**　「火山灰」九号　昭和五十八年七月三十一日

尚、小説はこの一巻では収まりきれなかったので、既に葦書房から出版されている『車椅子の旅』他は第三巻に納める。

# 編集後記

豊田伸治

諸般の事情が重なって、第二巻は当初の予定より出版が遅れてしまいました。楽しみに待っていて下さった方には申し訳のないことでした。

第二巻は小説集です。一級の詩人である井上さんは不思議な人で、小説が妙に良いのです。題材の多くが戦争であり、方言が使われ、一見ひと頃の同人誌に登場した素人作家と言う趣なのです（現に、井上さんの小説をそのように語る人もいます）。しかしきちんと読むとそうではないことが解ります。詩人の小説というのは決して珍しくないし、小説にもその書き手の傾向は当然入ってくるのですが、井上さんはそれにとどまらず、戦後文学において詩的魂を小説に持ち込むという試みを成功させた稀有な存在なのです。妙に、というのはそういう意味においてです。それに解題で紹介した渡辺京二氏が指摘しているように（「渡辺京二評論集成―Ⅳ」葦書房所収）、幾重にも構造を捻らずには済まさないところが特徴です。全詩集の『戦争』や『二枚の靴の裏』という詩を思い出して下さい。井上さんの主要な小説の底にはそのような視点が流れています。ただ小説が詩と異なるのはそのような視点の問題にとどまらず、井上さんが把握する「現実」という観点が出てきます。つまり氏にとって現実は、重層的な構造を設定しないでは捉えられないものであり、一人の人物を描くのでさえ、二人に分断しなければうまくいかないもの、と映っているのです。とりわけ『衛門』

と『カキサウルスの鬚』はそういう設定の典型的な作品です。

そのような作品とは趣の異なった、体験記的要素の強い『下痢と兵隊』でさえ、素直には始まりません。解題にも触れたように、内容も初出とは変化し、書き出しに恐らくフィクションによる仕掛けがあって、時間を逆転させています。（但し、詩集「野の楽団」の一件は決してフィクションではありません。どなたかこの詩集をお持ちの方があれば、出版社まで連絡頂ければ幸いです。）

内容の変化について、ついでといっては変なのですが、『衛門』で児島が『魔の山』を読みにかかる部分で、ソメイヨシノの花びらが、本の表紙に「蝶のようにヒラリと止ま」る場面があります。単行本ではその記述自体が伏線となるように工夫がなされています。井上さんも初出のままでは気障すぎると思ったのでしょうか。勿論そのフォローのおかげで、作品は厚みを増しています。

どの作品も、単純な筋立てを嫌い、複雑な構造をなしているのですが、それを支えているのは、恐らく詩人としての井上さんの文章力です。比喩の巧みさ、方言の味わい、伏線が張り巡らされていて、然も冗長に感じさせない筆力を堪能して下さい。

**編集附記**　本書編集に当たって、表現上の工夫とは考えられない誤字・脱字及び誤植以外はすべて底本の表記に従った。また鹿児島方言では、方言辞典を当たったり、南日本新聞社に問い合わせたりした結果、ルビ通りに読まないものや、台詞の効果をあげるために、合成したと思われるものもあったが、それらは残した。尚、「カキサウルスの鬚」にある三島悠紀夫は原文通りである。

井上岩夫（いのうえ いわお）

1917年（大正６年）９月19日鹿児島県に生まれる。1934年青年学校電気科卒業。1946年まで九州電力社員。その後、古本屋、看板かき、ガリ版屋等。その間様々な詩誌の同人になり、また多数の詩誌を発行。1993年（平成５年）１月３日死去。75歳。

著書　詩集：『素描』『荒天用意』（共に私家版）『しょぼくれ熊襲』（弓立社）『いたましいあかりんこたち』『ことばでパチリ』（共に黙遙社）

小説：『大島遙小説集Ｉ』（私家版）『カキサウルスの鬚』（弓立社）『車椅子の旅』（葦書房）その他、雑誌、新聞発表の作品多数。

井上岩夫著作集 II　小説集

二〇〇〇年六月三十日第一刷発行

著者　井上岩夫
編者　豊田伸治
発行者　福元満治
発行所　石風社
福岡市中央区大手門一丁目八番八号　〒810-0074
電話　〇九二（七一四）四八三八
振替　〇一七四〇―七―二五二二七
印刷　正光印刷株式会社
製本　篠原製本株式会社

武野要子
悲劇の豪商　伊藤小左衛門

東アジアの海を駆けめぐった中世博多商人の血を受け継ぎ、黒田の御用商人として近世随一の豪商に登りつめながら、禁制を破った朝鮮への武器密輸にて処刑。鎖国に揺れる西国にあって、海を目指して歴史から消えた、最後の博多商人の生涯
四六判　一五〇〇円

根本百合子
祖国を戦場にされて　ビルマのささやき

故郷の村を、日本と英印軍との故なき戦場とされた人々は、その時何を考え、どう生きたのか。ビルマの人々のひかえめな言葉の中から、日本軍の姿が影のように浮かび上がる。六年の歳月をかけて綴る、渾身の聞き書き
四六判　二〇〇〇円

麻生徹男
上海より上海へ　兵站《へいたん》病院の産婦人科医

〔従軍慰安婦・第一級写真資料収録〕兵站病院の軍医が、克明に記した日記を基に「残務整理」と称して綴った回想録。看護婦、宣教師、ダンサー、芸人、慰安婦……戦争の光と闇に生きた女性たちを、ひとりの人間の目を通して刻む
A５判　二五〇〇円

麻生徹男
ラバウル日記　一軍医の極秘私記

メカに滅法強い野戦高射砲隊の予備役軍医が遺した壊滅迫る戦場の克明なる描写と軍上層部への辛辣な批判、そして濠洲軍による虜囚の日々。これは旧帝国陸軍の官僚制と戦いつづけた一個の人間の二千枚に及ぶ日記文学の傑作である
A５判上製七四〇頁　五八〇〇円

前山光則編
淵上毛錢詩集

生きた・臥た・書いた——水俣が生んだ夭折の詩人が、伝説の海から鮮烈に蘇る。二十歳で発病、病の床に十五年。死を見すえつつ、生のみずみずしさをうたう。人間同志つて／うるさいなあ。／森は／こんこんと／泉が／湧いている。
A５判　一八〇〇円

古川嘉一詩集

球磨川の河口、不知火海の岸辺に生れ、死を目前にした二年間、詩作品五〇編に生を結晶させた伝説の詩人・古川嘉一、五〇年後の処女詩集。「久方ぶりの名品に私は身震いしたのである」（黒田達也氏「朝日新聞」）
A５判　二〇〇〇円